I0699919

ICH WERDE DICH BRECHEN

DAS BRIEFFREUND-DUETT
BUCH 1

GIGI STYX

Übersetzt von
SOPHIE HARTMANN

Copyright© 2024 Gigi Styx

Alle Rechte vorbehalten.

Kein Teil dieses Buches darf in irgendeiner Form ohne ausdrückliche schriftliche Genehmigung, weder ganz noch teilweise oder mit irgendwelchen Mitteln, einschließlich der elektronischen oder fotografischen Wiedergabe, vervielfältigt oder übertragen werden, es sei denn, es handelt sich um kurze Zitate in einer Buchbesprechung.

ANMERKUNG DER AUTORIN

Dieser Dark-Romance-Thriller romantisiert Stalking und andere moralisch verwerfliche Verhaltensweisen zur Unterhaltung. Er enthält grafische Darstellungen von psychischem Missbrauch, ungewöhnlichen sexuellen Handlungen und Folter durch einen psychopathischen Mörder, der sich an der Angst der weiblichen Hauptperson erfreut. Sollten Sie sich bei diesen Themen unwohl fühlen, rate ich Ihnen, bitte nicht weiterzulesen.

TRIGGER-WARNUNGEN

Dies ist ein Dark-Romance-Liebesroman, der Dub-Con, grafische Darstellungen von Folter und Gewalt sowie explizite sexuelle Szenen enthält. Sollten Sie sich bei diesen Themen unwohl, getriggert oder belastend fühlen, rate ich Ihnen, nicht fortzufahren.

Mögliche triggernde Inhalte:
Abtreibung (Hintergrundgeschichte)
Analsex
Angstspiel
Auspeitschen
Autassassinophilie
Autounfall
Cannabisanbau (und -handel)
Collaring
Doxing
Erniedrigung
Fehlgeburt (Hintergrundgeschichte)
Finanzieller Missbrauch (von Nebenantagonisten)
Folter
Freiheitsberaubung
Gaslighting
Gedächtnisverlust

Grabschändung
Grooming (Hintergrundgeschichte)
Gruppenvergewaltigung (an Nebencharakter)
Halluzinationen
Hinrichtung
Menschlicher Tausendfüßler (bei Nebenbösewichten)
K.-o.-Tropfen (von Nebenantagonisten)
Kastration
Kindermissbrauch (Hintergrundgeschichte)
Kindermord (Hintergrundgeschichte)
Kinderpornografie (Hintergrundgeschichte der Nebencharaktere)
Koprophilie (kurze Erwähnung)
Lehrer-Schüler-Beziehung (Hintergrundgeschichte)
Leichenschändung
Lustmord
Maskenspiele
Medizinisches Fehlverhalten
Messerspiele
Missbrauch von Medikamenten
Mobbing
Mord
Online-Belästigung
Osteophilie
Pornografie
Primäre Perversion
Psychische Erkrankung
Sadismus
Schuldzuweisung an das Opfer (durch einen Nebenantagonisten)
Sekten
Selbstjustiz
Selbstmord
Sexuelle Belästigung
Snuff-Filme
Somnophilie
Stalking
Suspensionsbondage

Trauma
Unsachgemäße Verwendung eines Oberschenkelknochens
Unsachgemäße Verwendung von Verlängerungskabeln
Unsachgemäße Verwendung von Weihwasser
Vergewaltigung (von Vergewaltigern)
Versuchte sexuelle Nötigung
Würgen
Zerstückelung
Züchtigung
Zwangsabtreibung (Hintergrundgeschichte)

Es wird empfohlen, diese Lektüre mit Vorsicht zu genießen. Wenn Sie eines dieser Themen als belastend empfinden, wählen Sie bitte ein anderes Buch. <u>Ihre psychische Gesundheit ist wichtig.</u>

*An alle Mädchen, die schon immer einmal die letzte Mahlzeit des
heißen Serienmörders sein wollten*

PROLOG

Ein rhythmisches Klopfen reißt mich aus dem Schlaf. Das Geräusch hat etwas Unheimliches an sich, so als würden Knochen auf Holz klappern.

Als ich mich bewege, durchzuckt ein blendender Schmerz meinen Schädel und Übelkeit wallt in mir auf. Das ist in etwa der Moment, in dem ich es bereue, versucht zu haben, meine Sorgen in Wodka zu ertränken.

Ich öffne ein Auge und erwarte, von hellem Licht geblendet zu werden. Aber alles, was ich sehe, ist mein Schlafzimmer, das in Dunkelheit getaucht ist. Plötzlich ertönt das unheimliche Geräusch erneut und lässt meinen Kopf dröhnen.

Klopf, klopf, klopf.

Panik erfasst mich und jagt eine Welle kalten Adrenalins durch meinen Körper. Jeder Instinkt schreit mich an, nach dem Messer unter meinem Kopfkissen zu greifen, aber ich kann mich nicht bewegen, da meine Arme an meinen Seiten gefesselt sind.

Das ist sein Werk.

Mein Stalker, der rachsüchtige Geist.

Der sadistische Bastard, der darauf aus ist, mich vollkommen zu vernichten.

Bedauern durchströmt meine Adern wie Säure. Ich hätte mich nicht betrinken sollen. Ich hätte ihn am Tag seiner Hinrichtung nicht allein lassen sollen. Ich hätte meine schmutzigsten

Fantasien nicht mit einem Massenmörder im Todestrakt teilen sollen.

Bei Xero fühlte ich mich sicher. Vielleicht war es dumm, aber ich dachte, ich würde ihm etwas bedeuten. Er drückte seine Liebe zu mir auf ein Dutzend schöner Arten aus. Er sprach von für immer, sogar über den Tod hinaus.

Tief im Inneren wusste ich, dass er ein Monster war, aber ich dachte, er wäre *mein* Monster. Ich glaubte, dass seine Liebe zu mir bedingungslos war. Echt. Aber er ist ein Mann ohne Vergebung. Und vielleicht verdiene ich seinen Zorn.

Aber das bedeutet nicht, dass ich mich kampflos ergeben werde.

Meine Aufmerksamkeit richtet sich plötzlich auf eine Bewegung in der Ecke meines Schlafzimmers, bevor sich eine Gestalt aus der Dunkelheit löst.

Der zwei Meter große Geist bewegt sich auf das Ende des Bettes zu, ein böses Funkeln liegt in seinen Augen.

Mein Atem geht stoßweise.

Ist dies die Nacht, in der er mich mit sich in die Hölle schleifen wird, oder wird er mich weiterhin bis in den Wahnsinn quälen?

Der Gedanke sorgt dafür, dass sich endlich der Nebel, der meinen Verstand einhüllt, lichtet. Ich winde mich in meinen Fesseln, aber meine Arme liegen fest an meinen Seiten.

Wird der Geist den Salzkreis passieren?

Er soll böse Geister abwehren. Ich habe ihn perfekt gezeichnet. Zweimal.

Als der Geist an seinem Rand innehält, lockert der Schrecken seinen Griff um mein Herz und wird durch einen Funken Hoffnung ersetzt.

Das Salz wird ihn auf Abstand halten. Oder doch nicht?

Ein kalter Wind fegt durch den Raum und entreißt mir jedes Quäntchen Hoffnung. Sein Kopf senkt sich, die glühenden Augen wenden sich von meinen ab und dem Salz zu.

Ich werfe einen Blick zum Fenster. Wann zum Teufel habe ich es geöffnet? Ist der Salzkreis gebrochen?

Der Geist überquert den schützenden Kreis und tritt an das Fußende des Bettes.

Erneut schießt Panik durch mich hindurch und lässt meine Sicht an den Rändern verschwimmen. Ich winde mich in meinen unsichtbaren Fesseln, mein Geist schreit, mein Blick ist auf seine weißen Augen gerichtet.

Kalte Finger ziehen die Bettdecke zurück, sodass die kühle Luft über meine zitternden Schenkel streicht. Mit einer schnellen Bewegung greift er nach meinem Nachthemd und zieht es mir bis zur Taille hoch. Ein stakkatoähnliches Pulsieren breitet sich zwischen meinen Schenkeln aus und Erregung durchflutet mich. Meine Muskeln spannen sich in Erwartung einer weiteren Nacht der Folter an.

Angst erfüllt mein Bewusstsein, und meine letzte Hoffnung, bevor mein Geist in die Dunkelheit abdriftet, ist, dass er mir vielleicht dieses Mal erlaubt, zu kommen.

EINS

AMETHYST

Ich kann den Tod sehen, und damit meine ich nicht den Mann, den ich ermordet habe.

Adrenalin schießt durch meinen zitternden Körper, wodurch es mir fast unmöglich ist, mich aus dem offenen Grab zu befreien. Ich bin öfter hingefallen, als ich zählen kann, da mir meine Schuhe nicht den nötigen Halt auf dem losen Boden bieten.

Meine Hände wollen nicht aufhören, zu zittern. Ich zucke jedes Mal zusammen, wenn meine Finger irgendein Krabbelviech in der Erde ertasten, und der Wind, der durch meine schweißnassen Locken weht, lässt mich erschauern.

Ich hieve mich heraus, als meine Finger endlich den oberen Rand berühren, und mein Blick richtet sich auf einen zwei Meter großen Geist mit leuchtend weißen Augen. Mein Herz setzt vor Schreck einen Schlag aus. Das Einzige, was noch schlimmer ist, als das grimmige Antlitz des Todes zu sehen, ist, dass er jemanden darüber informieren könnte, wo die Leiche ist.

Der Mond verschwindet hinter Wolken und taucht den Friedhof in Dunkelheit. Ich rapple mich auf und eile zwischen den Grabsteinen hindurch, um den Friedhof zu verlassen.

Der Tod bleibt mir dicht auf den Fersen, sein Schatten scheint jegliches Licht zu verschlucken. Das Einzige, was fehlt, ist eine Sense.

Das ist ... ungewöhnlich. Seit über einem Jahr habe ich nicht mehr halluziniert, und wenn doch, dann habe ich jedes Mal nur die Männer gesehen, die ich umgebracht habe. Aber diesmal werde ich vom Tod verfolgt, und ich weiß nicht, warum.

Ein Schauer läuft mir über den Rücken und ich beschleunige meinen Schritt.

Vor einer Stunde verschaffte sich ein Online-Troll Zutritt in mein Haus. Sein Name war *JakeRake69* und er wollte mich umbringen. Ich versuchte, mich zu wehren, aber er war zu groß, zu stark und zu entschlossen, mich auf dem Küchenboden erdrosseln zu wollen.

Als die Ränder meines Sichtfeldes schwarz wurden, erschien eine dunkle Gestalt in der Tür und signalisierte mir meinen bevorstehenden Tod.

Diese Erkenntnis gab mir den Adrenalinstoß, den ich brauchte, um meine Hand über den Boden fahren zu lassen und mit den Fingern ein heruntergefallenes Messer zu ertasten, das ich, ohne weiter nachzudenken, Jake in den Hals stieß.

Ich dachte, dass die Erscheinung verschwinden würde, da mein Leben nicht mehr in Gefahr war, aber damit schien ich nur ihr Interesse geweckt zu haben. Der Tod folgte mir, als ich Jakes Leiche durch meinen Hinterhof und durch das Dickicht der Bäume zerrte, die die Grenze meines Hauses zum Friedhof markierten.

Nachdem ich die Leiche in ein offenes Grab befördert hatte, nahm ich an, dass auch die Erscheinung verschwinden würde, aber mit dieser Vermutung hatte ich falschgelegen. Er wartete am Rande des Friedhofs auf mich, den Kopf zur Seite geneigt wie eine Eule.

So stapfe ich also nach Hause, gefolgt vom Todesengel. Mein ganzer Körper zittert und meine Nackenhaare stehen zu Berge, aber dieses Gefühl ist nichts im Vergleich dazu, mit Dreck bedeckt zu sein.

Erde hat sich unter meinen Fingernägeln festgesetzt und ich habe das Gefühl, dass sie jeden Zentimeter meiner Haut bedeckt. Sie hat sich in meinen Wimpern verfangen und ist in meine Nase eingedrungen. Sie hat ihren Weg in meine Ohren gefunden und verklebt mein Haar. Am liebsten würde ich mich schütteln und schreien, um dieses unangenehme Gefühl loszuwerden, aber ich will keine unnötige Aufmerksamkeit auf mich ziehen.

Ich ignoriere die Erscheinung und gehe zwischen den Douglasien hindurch, die mein Haus vom Friedhof trennen. Ich bin so erschöpft davon, einen Rohling abzuwehren und in dem offenen Grab einen Platz für ihn mit einer Schaufel, die noch am Rand lag, zu graben, dass ich es kaum schaffe, meine Füße anzuheben. Wer hätte gedacht, dass es so anstrengend sein kann, sich selbst zu verteidigen?

Sobald ich meinen kleinen Hinterhof betrete, fällt das Gewicht von meinen Schultern, das ich durch das Schleifen und Begraben des Mannes, den ich getötet habe, verspürt habe, nur um sich dann in meiner Magengrube festzusetzen. Ich starre über den gepflasterten Hof durch das Küchenfenster und sehe Flammen auf dem Gasherd flackern.

Ich kann mich nicht daran erinnern, ihn eingeschaltet zu haben.

Dieses Haus, das ich nun seit sechs Jahren mein Zuhause nenne, ist ein schmales, zweistöckiges Gebäude, das zwischen zwei größeren Gebäuden eingekeilt ist.

Ich wohne hier, seit meine Eltern mich nach meinem ersten Studiensemester vom Campus geholt haben. Ich bin sicher, dass meine Mutter es leid ist, sich mit meinen psychischen Problemen herumzuschlagen, und sich wohler mit der Tatsache fühlt, dass ich auf der anderen Seite der Stadt wohne. Mein Vater sagt, ich sollte aufgrund meiner Vergangenheit Verständnis für sie haben, aber ich kann mich an nichts erinnern, das vor meinem zehnten Lebensjahr passiert ist.

Aber ich schweife ab.

Meinetwegen ist ein Mann tot, und jetzt werde ich von einem Geist verfolgt. Am schlimmsten ist, dass keine noch so große Selbstreflexion oder Selbstmitleid Jakes Blut verschwinden lassen wird. Ich betrete die Küche durch die Hintertür, wo mich mein Online-Troll zu Boden riss und fast mein Leben beendete.

Wenn das Messer nicht heruntergefallen wäre ...

Ein Schauer läuft mir über den Rücken, als ich das Licht einschalte und das Blut sehe, das überall auf den schwarz-weißen Fliesen verteilt ist. Wahrscheinlich ist auch etwas auf die

Küchenschränke gespritzt, aber da sie aus tiefschwarzem Holz sind, sind keine Flecken zu sehen. Mit einem Seufzer schalte ich den Herd aus und gehe zu einem Schrank, aus dem ich eine Packung Papiertücher nehme.

Gott sei Dank habe ich immer eine große Menge vorrätig.

Ich leere die Packung und lege die Tücher auf das Blut, damit sie es aufsaugen. Danach hole ich sämtlich Damenbinden, die ich finden kann, und packe jeden Tampon aus, damit sie den Rest aufsaugen können. Nachdem ich einen Vorrat an Periodenprodukten für drei Monate aufgebraucht habe, gehe ich zum Toilettenpapier über.

Nachdem ich auch die Schränke gesäubert habe, packe ich alles in eine Tüte und verstecke sie im Schrank unter der Treppe. Als Nächstes hole ich mir den Wischmopp, einen Eimer und reichlich Bleichmittel. Meine kleine Reinigungsaktion wird ein forensisches Team nicht täuschen können, aber ich mache mir eine gedankliche Notiz, dass ich Wasserstoffperoxid kaufen muss. Einer der Vorteile, etwas mit einem Mörder zu haben, ist zu wissen, wie man einen Tatort in Ordnung bringt.

Xero. Xero Greaves verbrachte seinen letzten Tag im Todestrakt allein und elend, und das nur meinetwegen und meiner Feigheit.

Unerwartet werde ich von Trauer durchzuckt, die meine Beine unter mir nachgeben lässt. Meine Knie treffen auf die Fliesen und ich stoße einen Schluchzer aus. Schmerz breitet sich meiner Brust aus und verdrängt das Brennen in meiner Kehle.

„Es tut mir leid, Babe", schluchze ich in die Leere.

Er war vor einigen Stunden hingerichtet worden. Ich hatte geschworen, dort zu sein, wenn sein Leben auf dem elektrischen Stuhl beendet wird, aber ich ließ den einzigen Mann, der mir jemals Liebe entgegenbrachte, allein sterben. Bereits das ist eigentlich unverzeihlich, aber zudem habe ich die Hochzeit verpasst, die wir in der Gefängniskapelle hätten feiern sollen, gefolgt von drei Stunden ehelicher Glückseligkeit.

Xero musste heute allein unter Feinden sterben, weil ich es nicht geschafft habe, mein Trauma beiseitezuschieben. Diese Schuld wird mich bis zu meinem Tod verfolgen.

Ich schlucke schwer und rapple mich vom Boden auf. Plötzlich wird meine Aufmerksamkeit auf das Fenster zum Hinterhof gelenkt, wo ich schwören könnte, eine Bewegung zwischen den Bäumen gesehen zu haben.

„Ruf Dr. Saint an", sage ich leise zu mir selbst und wünschte, Xero hätte mich nicht davon überzeugt, meine Medikamente abzusetzen.

Statt des durch Medikamente verursachten Dunstschleiers, der mein Leben seit meinem Studienabbruch bestimmt, ist alles jetzt in quälende Klarheit getaucht.

Eine Stunde später, nach der wahrscheinlich längsten Dusche meines Lebens, trage ich genug Make-Up auf, um die Fingerabdrücke an meinen Hals zu verbergen. Dann schminke ich mich wie gewohnt, ohne meinem Spiegelbild in die Augen schauen zu können.

Als ich sagte, dass ich seit über einem Jahr keine Halluzinationen mehr hatte, bezog ich mich auf Menschen oder Gegenstände außerhalb des Spiegels. Das ist die Domäne des Monsters, das mein Gesicht trägt. Ich kann meiner Spektrophobie nicht entkommen – ich begegne ihr immer wieder, in Videos, Fotos oder sogar Pfützen.

Schon seit ich denken kann, ist es so. Eine Doppelgängerin, die mich durch jede reflektierende Oberfläche verfolgt. Ich habe versucht, sie Dr. Saint zu beschreiben, aber ich kann nicht sagen, warum sie anders ist als ich. Sie ist ein Wesen, das genauso aussieht wie ich, nur dass sie böse ist.

Es ist eine seltsame Sache, da ich manchmal ewig vor dem Spiegel stehe, wenn ich meine widerspenstigen Locken bändige oder die linke Seite meiner Haare platinblond färbe. Wenn ich ein Auge schließe, schaffe ich es sogar, die rechte Augenbraue passend zu färben. Es ist kein Problem, wenn ich mich auf ein Element meines Gesichts konzentriere – es entsteht nur, wenn ich mir in beide Augen sehe oder die Gesamtheit meines Gesichts.

Ich wende meine Aufmerksamkeit vom Spiegel ab und ziehe mich an. Ich wähle das schwarze Lederkorsagenkleid, das Xero mir geschenkt hat, zusammen mit schwarzen Strümpfen, die mit silbernen Schlangen verziert sind. Lange Handschuhe verbergen die Kratzer auf meinen Armen, und ein dicker Halsreif kaschiert meinen verletzten Hals noch mehr.

Nachdem ich das klobige silberne Kruzifix, das Xero mir als vorzeitiges Geburtstagsgeschenk geschickt hat, angebracht habe, gehe ich in den *Green Room*. Früher war es eine große Speisekammer, aber meine Mutter wollte, dass ich alles rausschaffen und die Wände mit Chroma-Key-Farbe streichen lasse. Dort nehme ich den Podcast und die Social-Media-Clips auf, mit denen ich meinen Lebensunterhalt finanziere, bis ich einen Verlagsvertrag bekomme.

Mein Herz schlägt so heftig, dass ich seinen Nachhall zwischen meinen Beinen spüre. Diese Reaktion plagt mich seit meinem ersten Mord, in dem die Freisetzung von Adrenalin die Durchblutung meiner Genitalien erhöht. Dr. Saint nannte es gewaltinduzierte Erregung und erklärte, dass es sich um eine Traumareaktion handele.

Ich habe es online nachgeschlagen und musste feststellen, dass er das nur erfunden hatte, wahrscheinlich damit ich mich nicht so sehr wie ein Freak fühle. Ich bin keine Sadistin. Das würde bedeuten, dass ich Freude daran habe, anderen Leid zuzufügen. Das ist nicht der Fall.

Aber es ist nicht normal. Nichts an mir ist normal. Eine normale Frau würde sich nicht in das Fahndungsfoto eines Mörders verlieben. Eine normale Frau würde diesem Mörder auch nicht jeden zweiten Tag Briefe schicken, seine Geschenke annehmen oder seinen Heiratsantrag akzeptieren.

Eine normale Frau hätte auch nicht die Liebe ihres Lebens vor dem Altar stehen lassen und dann Erregung verspürt, nachdem sie einen Mann in ihrer Küche erstochen hat. Ich kämpfe mich durch die Erschöpfung, das Trauma, die Orientierungslosigkeit und den Schmerz, den ich angesichts von Xeros Ableben verspüre. Er würde wollen, dass ich seinem Fanclub einen Abschluss gebe.

Nachdem ich die Lichter aufgebaut habe, logge ich mich mit meinem Account des offiziellen Xero-Fanclubs ein, wähle einen Hintergrund für den Greenscreen aus und gehe dann live.

„Guten Abend, Xero-Maniacs", grüße ich mit heiserer

Stimme. „Hier ist eure Präsidentin mit Neuigkeiten vom Mann höchstpersönlich."

Meine zitternden Finger klammern sich noch fester an Xeros letzten Brief. Ich starre so angestrengt auf seine eckige Handschrift, dass mein Blick unter Tränen verschwimmt. Ich werde nie wieder einen Brief von ihm erhalten. Ich werde nie wieder dieses aufgeregte Flattern in meinem Innern verspüren, wenn ich den Briefkasten öffne, in der Hoffnung, einen Brief von ihm vorzufinden. Ich werde nie wieder einen Anruf vom Sportplatz am frühen Morgen erhalten, nie wieder eine Nachricht oder ein heimliches Foto oder Video bekommen, nie wieder diese tiefe Verbindung zu einem anderen Menschen spüren.

Weil er tot ist.

Es gibt einen Grund, warum ich mich in einen Mörder verliebt habe. Weil seine Seele genauso verdorben ist wie meine. Es war nicht das erste Mal, dass ich einen Mann ermordet habe. Und so, wie meine Eltern sich von mir fernhalten, frage ich mich, ob es in meiner Vergangenheit, an die ich mich nicht erinnern kann, noch mehr Tote gibt.

Ich blinzle und zwei Tränen rollen mir über die Wangen. Plötzlich reißt mich das Vibrieren meines Handys aus meinen Gedanken. Ich starre auf den Bildschirm und sehe eine Reihe von Nachrichten im Live-Chat, in denen man mich nach Xeros letzten Worten fragt.

„Richtig." Ich räuspere mich. „Entschuldigung ... Ich werde euch seine letzten Worte vorlesen."

Ich versuche, beim Lesen nicht zu weinen, und bemühe mich, das Zittern in meiner Stimme zu unterdrücken, da ich Xeros schöne Botschaft nicht durch einen Zusammenbruch ruinieren möchte. Nachdem ich auch das letzte Wort vorgelesen habe, mache ich eine Pause, damit jeder Xero-Fan die Endgültigkeit des Moments verarbeiten kann. Ein kurzer Blick in die Ecke des Bildschirms zeigt mir, dass ich bereits tausend Zuschauer habe, die fast hundert Geschenke geschickt haben. Es gibt auch eine Reihe von Leuten, die chatten wollen.

An den meisten Abenden bleibe ich mindestens eine Stunde lang live, damit so viele Menschen wie möglich hören, wie ich Xeros Briefe vorlese. Aber heute Abend möchte ich mich einfach nur zusammenrollen und trauern. Um Xero trauern, den ich sitzen ließ und im Moment des Todes allein gelassen habe. Um mich selbst trauern, da ich die Chance verpasst habe, mich zu verabschieden. Vor allem aber möchte ich um das trauern, was wir verloren haben.

Ohne die heilige Verbindung der Ehe werden wir uns im nächsten Leben vielleicht nie wiederfinden. Unsere Bindung ging unglaublich tief, auch wenn wir uns nie persönlich getroffen, geschweige denn berührt hatten. Xero saß im Todestrakt, wodurch er kaum Zeit hatte, um über das Gelände in den Bereich zu gelangen, wo der Handy-Störsender außer Kraft trat, von wo aus er mich anrief und mir Fotos und Videos schickte.

Trotz all der Hindernisse für unsere Liebe habe ich mich in den Mann hinter der Stimme und den süßen Worten verliebt. Jetzt weiß ich nicht, wie ich weiterleben soll, ohne jeden Tag etwas von ihm zu hören. Meine Kehle ist wie zugeschnürt und mein Innerstes zieht sich vor Kummer schmerzhaft zusammen.

Scheiß drauf. Ich werde ins Bett gehen.

Ich beende die Live-Übertragung und suche nach der Aufnahmeoption, um ein normales Video zu erstellen, das ich auf meiner Seite posten kann. Ich richte einen anderen Greenscreen ein, lese einen Auszug aus Xeros letztem Brief vor, klicke auf ‚Senden' und gehe mit einer Flasche Wodka nach oben.

Wie der Rest des Hauses ist auch mein Schlafzimmer im Gothic-Stil eingerichtet. Zwar ist nur die Wand hinter dem Bett schwarz gestrichen, aber die makabren Kunstwerken, die den Rest der Wände bedecken, sorgen für die richtige Atmosphäre. Bilder von Xero hängen zwischen Leinwänden, auf denen Skelette, gruselige Puppen, Folterszenen und alle möglichen Shinigami zu sehen sind. Nach dieser Nacht beginne ich, meine Liebe zu den japanischen Todesgöttern zu verstehen.

Ich mache mir nicht die Mühe, vor dem Schlafengehen zu duschen, da ich mir vorhin bereits beinahe die Haut abgescheuert habe. Abgesehen von ein paar blauen Flecken sind keine Spuren mehr auf meinem Körper zu sehen, die von Jakes Angriff zeugen. Vielleicht hätte ich seine Online-Drohungen ernst nehmen sollen, aber ich dachte, meine Sicherheitsmaßnahmen wären narrensicher.

Nachdem ich mich ausgezogen habe, spüle ich die doppelte empfohlene Dosis Temazepam mit mehreren Schlucken Wodka hinunter und schlüpfe unter die schwarze Seidenbettwäsche. Meine Muskeln schmerzen noch immer, nachdem ich einen ausgewachsenen Mann auf den Friedhof geschleift und ihm ein flaches Grab ausgehoben habe, und ich sehne mich verzweifelt nach Schlaf.

Meine Augenlider werden schwer und der Schlaf greift bereits nach mir. Ich könnte schwören, dass ich den Sensenmann an meiner Tür stehen sehe, bevor sich meine Augen gänzlich schließen. Sein kalter Atem sorgt dafür, dass mir sämtliche Härchen zu Berge stehen. Er kommt näher und streckt seine knochigen Finger aus, um meine Wange zu berühren. Ich bin zu schläfrig, zu betäubt, um mich zu erschrecken oder zurückzuweichen, selbst als seine eisige Berührung eine Gänsehaut über meinen ganzen Körper jagt.

In dieser Nacht träume ich von Xero, der ganz allein in einem trostlosen Jenseits wandelt, in seinen Augen liegt Schmerz und Wut über meinen Verrat. Ich träume von *JakeRake69*, wie er im Höllenfeuer schmort. Flammen verschlingen ihn, verwandeln sein Fleisch in Asche, nur damit es sich kurz darauf regeneriert. Seine Schreie klingen in meinen Ohren wie die süße Melodie der Rache. Ich sollte mich daran erfreuen, dass mein Angreifer seine gerechte Strafe bekommt, aber ich kann mich nur auf Xeros anklagenden Blick konzentrieren.

Stunden später fallen die ersten Sonnenstrahlen auf mein Gesicht und reißen mich aus dem Schlaf, aber meine Haut kribbelt vor statischer Elektrizität. Seltsame Gefühle ballen sich in meinem Innern zusammen und das Pulsieren zwischen meinen Beinen pocht im Takt meines rasenden Herzens.

„Scheiße", stoße ich hervor.

Was auch immer ich geträumt habe, es muss erotisch gewesen sein, denn meine Klitoris ist so geschwollen wie noch nie. Ich lasse eine Hand zwischen meine Schenkel gleiten und reibe meine pulsierende Perle. Meine andere Hand will nach dem Dildo greifen, den Xero nach einem Abguss seiner Erektion in Auftrag gegeben hat, aber bevor ich es tun kann, schließen sich meine Finger zur Faust.

Ich habe es nicht länger verdient, ihn zu benutzen, um zum Höhepunkt zu kommen. Nicht nach einem solchen Verrat, wie ich ihn begangen habe.

Also begnüge ich mich mit meinen Fingern und mache es kurz.

Ich kneife die Augen zusammen und konzentriere mich auf die Empfindungen, aber vor meinem inneren Auge taucht immer wieder sein wunderschönes Gesicht auf. Starke Augenbrauen, umrahmt von platinblondem Haar und Iriden, die heller leuchten als blaue Eisberge.

Es ist sein Fahndungsfoto, das viral ging, das, auf dem er ein Septum-Piercing trägt, zusammen mit einem Paar Snakebites direkt unterhalb seiner perfekten, vollen Unterlippe. Leichte Bartstoppel bedecken seinen kantigen Kiefer und betonen die scharfen Winkel seines Gesichts. Vollkommene Perfektion. Ich sehe seinen kräftigen Hals vor mir, seine muskulösen Schultern und seine wohlgeformte Brust. Seine Bauchmuskeln sind gemeißelt, auf denen sich eine zarte Linie blonden Haares bis ...

„Xero", flüstere ich, als ich komme.

Ein dumpfer Schlag erschüttert den Schrank. Mit rasendem Herzen springe ich aus dem Bett. Ich durchquere in Windeseile den Raum, lege meine Finger um den Griff und reiße die Tür auf.

Etwas Großes, Steifes, Schweres und Kaltes fällt mir entgegen. Ich taumle mit einem Schrei zurück, sodass es mit einem lauten Krachen zu Boden fällt.

Es ist eine Leiche.

Aber nicht irgendeine Leiche.

Jake' tote Augen starren mich an, seine Lippen sind vor Schreck geöffnet. Schwarzes Blut verkrustet die Wunde an seinem Hals, wobei sich die Spur bis zu seiner rechten Schulter ausbreitet.

Drei Dinge werden mir gleichzeitig klar.

Erstens: Die Leiche, die ich eigentlich letzte Nacht losgeworden bin, hat ihren Weg zurück in mein Haus gefunden.

Zweitens: Ich muss wirklich meine Medikamente nehmen.

Drittens: Das Dritte habe ich bereits vergessen.

ZWEI

Bundesgefängnis Alderney.

Liebe Amethyst,

Dein blutroter Umschlag hat meine Neugier geweckt, aber dein Mordgeständnis hat meine Aufmerksamkeit erregt.

Erzähl mir mehr.

Xero

P.S. Die meisten Frauen parfümieren ihre Briefe. Du bist die Erste, die ich kenne, die das Papier mit dem Duft ihrer Muschi versieht.

Brava.

DREI

AMETHYST

Bilder von *JakeRake69s* totem Gesicht verfolgen mich, als ich die Haustür erreiche. Meine Finger schließen sich um die Klinke, um die Tür aufzureißen, aber als ein kühler Luftzug über meine Haut streicht, erinnere ich mich, dass ich nackt bin.

Scheiße.

Es war nur eine weitere Halluzination. *JakeRake69* kann unmöglich überlebt haben, nachdem ich ihn erstochen und begraben habe, nur damit er dann aus seinem Grab klettert, in mein Haus eindringt und sich in meinem Schlafzimmerschrank versteckt, wo er dann endgültig stirbt.

Das ergibt keinen Sinn. Das kann nichts anderes als eine Halluzination sein.

Mein Verstand ist so durcheinander, dass ich mich kaum noch daran erinnern kann, wann ich das letzte Mal meine Pillen genommen oder ein neues Rezept bestellt habe. In letzter Zeit habe ich meine gesamte Aufmerksamkeit auf meine Präsenz in den sozialen Medien und meine Beziehung zu Xero gerichtet.

Und auf das Buch.

Jake zu sehen, war nichts weiter als eine stressbedingte Reaktion. Es ist einmal im Internat passiert, als jemand in mein Zimmer eingebrochen ist. Danach habe ich mir tagelang vorgestellt, dass meine gruselige Doppelgängerin einen Weg aus dem

Spiegel gefunden hat. Ganz zu schweigen von der Halluzination, die jedes Mal auftaucht, wenn ich jemanden kennenlernen will.

„Richtig", sage ich mir. „Das ist alles nichts weiter, als ein Streich meines verkorksten Gehirns."

Ich atme tief durch, gehe den Flur zurück und versichere mir, dass das Knarren nur von meinen eigenen Füßen stammt und gehe die Treppe hinauf. Aufdringliche Gedanken dringen wie aufgeblähte Leichen an die Oberfläche meines Geistes. Was, wenn es keine Einbildung meines verwirrten Geistes ist und tatsächlich die Leiche von *JakeRake69* in meinem Schrank war? Zu dieser Stunde kann ich ihn gewiss nicht wieder zum Friedhof schleifen, außerdem sind meine Muskeln von letzter Nacht noch immer vollkommen erschöpft.

Jake wollte mich umbringen, weil ich meine Beziehung zu einem Massenmörder öffentlich gemacht hatte. Er sagte, Schlampen wie ich, die Mörder statt aufrichtiger Männer ficken wollten, bettelten nur um den Tod.

Ich erreiche den obersten Treppenabsatz und stelle fest, dass Xero mich heute Morgen nicht vom Trainingsplatz aus angerufen hat, und mein Herz zieht sich krampfhaft zusammen. Tränen brennen mir in den Augen, als ich daran denke, dass er in dem Glauben gestorben ist, ich hätte ihn geghostet. Wahrscheinlich dachte er am Ende, ich hätte ihn einfach nur benutzt, um online an Einfluss zu gewinnen.

Nachdem sein Fahndungsfoto im Internet die Runde machte, versuchten Hunderte Frauen, irgendwie an ihn ranzukommen, weil sie dachten, sie hätten eine Chance bei dem Todesengel. So hatten sie ihn wegen seiner blonden Haare, blauen Augen und seiner markanten Wangenknochen genannt. Er hatte die Art von männlicher Schönheit, die einer Michelangelo-Statue würdig war.

Allerdings sahen diese Frauen nie mehr als seine maskuline Schönheit und verdrängten den brutalen Mord, den er an seiner Stiefmutter und seinen Brüdern begangen hatte. Ich war eine der wenigen Personen, die in ihm einen Seelenverwandten sahen. Die Art und Weise, wie er ihnen die Herzen herausriss, war poetisch.

Ich gehe durch den Flur, vorbei an einem Porträt, das ein Fan von ihm in Kohle gezeichnet hat, und kehre in mein Schlafzimmer zurück. Sonnenlicht dringt durch die Vorhänge, von denen ich sicher gewesen war, sie geschlossen zu haben, und fällt auf mein Bett. Die Gruppe antiker Puppen, die normalerweise auf dem Kissen liegt, liegt nun verstreut auf dem Boden, und von Jake fehlt jede Spur.

Um sicherzugehen, öffne ich den begehbaren Kleiderschrank und schalte das Licht ein. Der Mini-Kronleuchter erwacht zum Leben und erhellt die antiken, von mir schwarz gestrichenen Schränke. Ich kann keinerlei Anzeichen dafür ausmachen, dass hier etwas Seltsames geschehen ist.

Der Anblick und das Gefühl dieser kalten, schweren Leiche waren also tatsächlich nichts weiter als Einbildung, ebenso wie der laute Aufprall.

Dies ist meine erste Halluzination, dieser Art. Ich brauche wirklich ein paar neue Medikamente.

Ich zucke zusammen, als plötzlich der Klang der Türklingel durch das Haus schallt. Es ist wahrlich kein guter Moment, um Besucher zu empfangen. Unten steht ein Müllsack, der mit Hygieneartikeln gefüllt ist, die von Jakes Blut durchtränkt sind, und ich weiß nicht einmal, ob ich den Geruch von Bleichmittel losgeworden bin. Ein Schauer läuft mir über den Rücken, als es erneut klingelt. Wer auch immer draußen ist, ist entweder hartnäckig oder weiß, dass ich so tue, als wäre ich nicht da.

Als mein Handy klingelt, unterdrücke ich einen Schrei.

Mit einem stillen Gebet an den Schutzpatron der Mörder verlasse ich leise den Schrank, gehe vom Schlafzimmer in mein Arbeitszimmer und schaue aus dem Fenster, um zu sehen, wer vor der Tür steht.

Es ist Myra, meine begeisterte Anhängerin, älteste Freundin und Literaturagentin. Sie wohnt in der Innenstadt und würde normalerweise nicht den langen Weg hierher auf sich nehmen, ohne mich vorher zu informieren. Paranoia durchzuckt mich, als ich endlich den Anruf entgegennehme.

„Hallo?", flüstere ich.

„Mach die verdammte Tür auf", sagt sie. „Ich stehe draußen."

„Oh. Entschuldigung!"

Nach all der Aufregung des vergangenen Abends habe ich

vollkommen vergessen, dass sie sagte, sie würde vorbeikommen, damit ich nach Xeros Hinrichtung eine Schulter zum Ausweinen hätte. Ich schlucke den Kloß in meiner Kehle hinunter, schlüpfe in einen schwarzen Kimono, schließe den Gürtel und eile die Treppe hinunter.

Myra steht mit einer Flasche Champagner in der Hand auf der Türschwelle. Die Morgensonne scheint auf ihr rotes Haar und erinnert mich an das Blut, das ich vergossen habe. Heute trägt sie ein burgunderfarbenes Nadelstreifen-Korsett, das ihre frechen neuen Implantate betont. Sie schlingt ihre Arme um mich, wobei sie meine blauen Flecken erwischt und mich zusammenzucken lässt.

„Alles Gute zum Geburtstag", ruft sie aus.

Meine Augen weiten sich bei ihrem Ausruf. Ich hatte vergessen, dass heute mein vierundzwanzigster Geburtstag ist. „Danke."

Sie zieht sich zurück und mustert mich stirnrunzelnd, als sie versucht einzuschätzen, wie es mir geht. „Und herzlichen Glückwunsch?"

„Nicht wirklich." Ich mache einen Schritt zur Seite, damit sie eintreten kann. Gerade als sie in die Küche gehen will, erinnere ich mich und rufe: „Wohnzimmer."

Sie dreht sich um und geht in das vordere Zimmer. Es ist einer der wenigen Räume im Haus, von dem aus man keinen Blick auf den Friedhof hat, sondern die Straße mit Stadthäusern sieht. Die Wände und Decken sind schwarz, ebenso wie die Möbel, und die einzigen Farbtupfer kommen von einem vergoldeten Spiegel über dem Kamin, der zum Kronleuchter passt.

Myra lässt sich auf einem Ledersofa nieder. „Du hast bereits zwei Millionen Aufrufe geschafft."

Es dauert ein paar Augenblicke, bis mir klar wird, dass sie das Video von gestern Abend meint, wo ich einen Auszug aus Xeros Brief vorgelesen habe. Die Anzahl der Aufrufe bedeutet mir in diesem Moment gar nichts, ein hohler Sieg angesichts meines Verrats.

„Oh."

Der freudige Ausdruck auf ihrem Gesicht verschwindet.

„Entschuldigung. Natürlich ist das in diesem Moment nicht wichtig." Sie tätschelt den Platz neben sich. „Wie geht es dir?"

Mit einem Schaudern durchquere ich den Raum, während ich mir mit den Fingern durch meine Locken fahre. Tränen steigen mir erneut in die Augen. Meine Unterlippe beginnt zu zittern, als ich die Worte herauspresse: „Ich war nicht da."

Sie starrt mich mit geweiteten Augen an. „Du bist nach der Hochzeit gegangen?"

Ihre Frage trifft mich wie ein Schlag in die Magengrube, und ich kann die Tränen nicht länger zurückhalten. Wie zum Teufel soll ich diese Worte laut aussprechen?

„Ich ..." Ich schlucke mehrmals und versuche, eine Welle von Schuldgefühlen, Trauer und Bedauern zurückzuhalten. „Ich konnte es nicht tun."

„Amy. Sag mir nicht ...", beginnt sie, bevor sie die Hand vor den Mund schlägt. „Du hast Xero sitzen lassen?"

All die Gefühle, die ich in den letzten Stunden so erfolgreich zurückgehalten habe, drängen sich nun an die Oberfläche und versuchen, sich zu befreien. Ich atme schwer und unterdrücke ein Schluchzen, aber die Last meiner Entscheidungen zwingt mich, in den Sitz zu sinken.

Es wird herzlos klingen, nachdem ich Monate damit verbracht habe, meine tiefsten Geheimnisse und dunkelsten Wünsche mit einem Gefangenen im Todestrakt zu teilen und eine Bindung aufzubauen, die zu unserer Lebensader wurde, nur damit ich ihn am Altar stehen lasse. Allein der Gedanke daran ist erdrückend, und ich ertrinke in einem Meer aus Selbsthass und Feigheit.

„Du verstehst das nicht", brachte ich hervor.

„Was ist passiert?"

„Ich hatte alles vorbereitet. Das Outfit. Die Torte. Das Erotikspielzeug ... Dann habe ich den Fehler gemacht, meine Post durchzusehen."

Myra ergreift meine Hand. „Was hast du gefunden?"

„Einen Umschlag." Meine Kehle ist wie zugeschnürt und ich brauche einen Moment, bis ich mich wieder gefasst habe. „Darin befand sich ein Foto von mir als Kind, festgeschnallt auf einer Liege, mit einer Gummiplatte zwischen den Zähnen und Elektroden an den Schläfen. Sie waren überall an meinem Körper und ich war nackt."

Ihre Augen weiten sich. „Was hast du dann getan?"

„Ich habe die Polizei gerufen. Sie haben mich ewig lang verhört und wollten wissen, wann das Foto gemacht wurde. Als ich ihnen davon erzählte, dass ich mich an nichts aus dieser Zeit erinnere, schienen sie sicher zu sein, ich würde lügen." Ich atme zitternd aus. „Als ich im Gefängnis ankam, ließ mich die Frau an der Tür nicht herein."

„Aber du hattest eine Sondergenehmigung!"

Schuldgefühle schnüren mir die Kehle zu und lassen meinen Atem flach werden. Xero hat ein großes Opfer gebracht, um diese Hochzeit zu arrangieren, und am Ende war alles umsonst. „Ich war nur ein paar Minuten zu spät, aber das reichte dem Wärter, um unser erstes und letztes Treffen im echten Leben zu ruinieren."

„Hast du wenigstens versucht, ihn anzurufen?"

Noch mehr Tränen steigen mir in die Augen und lassen meine Sicht verschwimmen. „Das habe ich, aber ich weiß nicht, ob er meine letzte Nachricht jemals erhalten hat."

Ihre Augenbrauen ziehen sich zusammen. „Oh, Amy. Es tut mir so leid."

Ich starre auf meinen Schoß, hasse mich dafür, dass ich abgelenkt worden bin, hasse den Verkehr, der mein Vorankommen verlangsamt hat, hasse diese dumme Gefängnisschlampe, die mir ins Gesicht grinste und Xero sterben ließ, weil sie dachte, dass seine Liebe zu mir nicht erwidert wurde.

„Bist du sicher, dass du das auf dem Foto warst?", fragt sie und wechselt das Thema von meinem Versagen.

Ein Teil von mir ist erleichtert, dass sie nicht weiter über letzte Nacht spricht, dennoch sorgt ihre Frage dafür, dass eine weitere Welle der Angst mich erfasst. Ich öffne mein Handy und suche die Galerie, um ihr das Bild zu zeigen, das ich von dem gemacht habe, was ich erhalten habe. Es ist so verstörend, dass ich es nicht ertragen kann, es anzusehen.

Sie starrt mehrere angespannte Sekunden auf das Bild, bevor sie sagt: „Das ist KI."

„Wie kommst du darauf?", frage ich.

Sie wechselt zum Webbrowser, tippt ein paar Wörter ein und ruft ein Bild von Jack Nicholson auf. „Kommt dir das bekannt vor?"

Ich schüttle den Kopf.

„Das ist aus ,Einer flog über das Kuckucksnest'. Jemand muss KI verwendet haben, um ein Bild von dir zu erstellen, als ..." Sie kehrt zu dem anstößigen Bild zurück. „Wie alt könntest du da gewesen sein, neun, zehn?"

„Keine Ahnung, aber es ist keine KI."

„Woher willst du das wissen?"

„Meine Narben sind zu sehen, und sie sind an genau den Stellen, wo sie sein sollen." Ich zeige auf die horizontale Linie, die von der linken Seite meiner Taille bis zu meiner Körpermitte verläuft, und dann auf die tiefe Linie, die sich über die gesamte Länge meines rechten Bauches erstreckt.

Myra schnappt nach Luft. „Das wusste ich nicht."

„Das liegt daran, dass ich sie dir nie gezeigt habe", murmele ich.

„Wie, glaubst du, ist es zu diesem Bild gekommen?", fragt sie.

Ich neige meinen Kopf und lasse meine blonden Locken über mein linkes Auge fallen. Ich habe wirklich keinerlei Erinnerung an meine Kindheit, es ist, als wäre es eine absolute Leere. Es fühlt sich so an, als hätte mein Leben erst wenige Wochen vor meinem elften Geburtstag begonnen, obwohl ich lesen, schreiben, rechnen und meine Eltern erkennen konnte.

„Das Foto ist echt", antworte ich. „Was außer Elektroschockbehandlungen könnte sämtliche Erinnerungen meiner Kindheit auslöschen?"

„Aber du sagtest einmal, es gab einen Autounfall ..."

„Das haben mir meine Mutter und mein Vater erzählt, aber dieses Foto sagt etwas anderes."

„Hast du mit ihnen darüber gesprochen?"

Ich seufze müde bei der Erinnerung. „Sie waren diejenigen, die ich nach der Polizei angerufen habe."

„Warum hast du die Polizei gerufen?"

Ich strecke die Hand aus und scrolle zum nächsten Foto. „Weil in dem Umschlag ein Zettel lag, auf dem stand, dass meine

Zeit abgelaufen sei und ich auf irgendeinem Tisch schreien würde."

„Was soll das heißen?"

Ich halte den Atem an, schüttle den Kopf und starre auf meine Knie.

Alles, um ihr nicht in die Augen sehen zu müssen. „Amy?", fragt sie.

Auch wenn ich Myra unbedingt anvertrauen möchte, was passiert ist, nachdem die Polizei mein Haus verlassen hat, kann ich es nicht. Ihr zu sagen, dass ich einen Mann getötet habe, würde sie zur Mittäterin bei einem Mord machen, und das kann ich nicht noch einmal zulassen. Diese schmerzhafte Lektion habe ich beim letzten Mal gelernt.

Als wir Schüler an der *Tourgis*-Akademie waren, habe ich den Fehler gemacht, ihr von meiner Beziehung zu Mr. Lawson zu erzählen, dem Raubtier, bei dem wir Musikunterricht hatten. Ich war damals sehr leicht zu beeindrucken, und meine Eltern schenkten mir überhaupt keine Aufmerksamkeit.

Er füllte diese klaffende Lücke in meinem Herzen und nutzte das aus. Monate nachdem es sexuell wurde, blieb meine Periode aus und er lud mich an einem Freitagabend zu einem besonderen Abendessen in seine Wohnung ein. Am nächsten Tag bemerkte ich, dass er mir ohne mein Wissen eine Abtreibungspille verabreicht hatte.

Erst als ich unter schmerzhaften Krämpfen zusammenbrach und zu bluten begann, wurde mir klar, was geschehen war. Ich flehte ihn an, den Notruf zu wählen, aber er sagte mir einfach, dass es mir am nächsten Tag wieder besser gehen würde. Er rührte sich erst, als ich dachte, ich würde sterben, und versuchte, meine Mutter anzurufen. In der darauffolgenden Woche bat ich ihn, mich im Dachgarten zu treffen, um mit ihm zu reden.

Man könnte behaupten, er sei vom Balkon gestürzt.

Alle glaubten, Mr. Lawsons hätte Selbstmord begangen, bis Myra ihre Schwester Martina um Rat bat und sie dazu brachte, zu schwören, niemandem etwas zu sagen. Martina war damals Jurastudentin und zeigte mich sofort bei der Polizei an, was zu meiner Verhaftung mitten im Biologieunterricht führte.

Was dann geschah, hätte mich direkt ins Gefängnis geschickt, wenn ich nicht erst dreizehn Jahre alt gewesen wäre. Meine Eltern baten Dr. Saint, mir zu helfen und auf Unzurechnungsfähigkeit zu plädieren. Danach wurde ich der Schule verwiesen, meine Jugendakte wurde an dem Tag versiegelt, an dem ich achtzehn wurde, und ich habe eine schmerzliche Lektion darüber gelernt, dass ich den Mund halten sollte.

„Amy, geht es dir gut?"

Ich hebe den Kopf und lächle. „Die Polizei hat das Foto und den Brief als Beweismittel beschlagnahmt und mir gesagt, ich solle sie nicht online verbreiten."

„Als ob du das tun würdest", erwidert sie mit einem Seufzer. „Was ich nicht verstehe, ist, wie dieser Online-Troll, der das geschickt hat, dich aufspüren konnte."

„Wie kommst du darauf, dass es von einem Troll gesendet wurde?", frage ich.

Sie schüttelt den Kopf. „Du hast recht. Ich denke noch immer, dass es nichts anderes als KI sein kann. Aber wenn dieses Foto echt ist, und du dich an nichts davon erinnern kannst, dann musst du mit deiner Mutter sprechen."

Bei ihren Worten schnürt sich mir die Kehle zu. Myra hält ihre Familie auf Distanz. Ihre Eltern missbilligen alles, was sie tut, von ihrer Karriere im Verlagswesen bis hin zu ihrem Auftritt im *Wonderland*-Fetisch-Laden. Dennoch wollen sie sie unbedingt wieder in der Familie willkommen heißen.

Solange ich denken kann, wollten meine Eltern mich nur loswerden. Aus diesem Grund schickte sie mich auf die *Tourgis*-Akademie, und obwohl es möglich gewesen wäre, dass ich nur tagsüber hingehe, schickten sie mich aufs Internat, und auch deshalb kauften sie mir ein Haus am anderen Ende der Stadt.

Ich bin ihnen unangenehm. Dr. Saint sagt, es sei die Schuld des Überlebenden, weil ich die Einzige war, die bei dem Autounfall verletzt wurde. Aber jetzt, wo dieses Foto aufgetaucht ist, denke ich, dass diese Erklärung Schwachsinn war.

„Also, wie wird das Buch enden?", fragt sie und versucht, mich von dem Bild abzulenken.

Bei ihren Worten lasse ich meine Schultern hängen. Das ist eine ausgezeichnete Frage. Eine, die ich nicht beantworten kann.

„Keine Ahnung. In letzter Zeit haben sich meine Gedanken ausschließlich um die Hochzeit und die Hinrichtung gedreht."

„Was hältst du davon, den Grund dafür, dass du nicht hingegangen bist, mit einbeziehst?"

Ich zucke zusammen. Ich werde auf keinen Fall zulassen, dass die ganze Welt erfährt, dass ich mich nicht an meine Kindheit erinnern kann, insbesondere wenn es um Elektroschockbehandlungen geht. „Das ..." Ich schüttle den Kopf. „Myra, das kann ich nicht machen."

Sie seufzt. Ich hasse es, sie zu enttäuschen, aber mein Erinnerungsmangel ist wie eine eiternde Wunde. Als ich mich bereit erklärte, eine wahre Kriminalgeschichte über meine Liebesbeziehung zu Xero zu schreiben, wusste ich, dass ich ein wenig Hintergrundwissen über mich selbst einfließen lassen musste, aber ich möchte nicht noch tiefer in meiner Vergangenheit wühlen.

Wahrscheinlich steckte Jake hinter dem Foto und hatte es geschickt, um zu verhindern, dass ich Xero heirate. Als mich das nicht davon abhielt, das Haus zu verlassen, muss der schleimige Bastard beschlossen haben, mich direkt anzugreifen.

Ich dachte, ich hätte meine Privatsphäre gut genug unter Verschluss gehalten. Myra veranlasste, dass meine Post an ihre Assistentin Kayla geschickt wurde, die sie an einen Postdienst weiterleitete, der sie an mich weiterleitete. Es wäre für Jake eigentlich unmöglich gewesen, mich aufzuspüren, ohne die Informationen von Myra oder Kayla zu erhalten.

„Warum feiern wir nicht, wenn ich das Manuskript fertig habe?", sagt sie.

„Danke", sage ich und zwinge mich zu einem Lächeln. „Warte, ich stelle den Champagner kalt."

Ich nehme die Flasche mit in die Küche und öffne den Kühlschrank. Der rote Samtkuchen, den ich bestellt hatte, um ihn mit Xero nach der Hochzeit zu teilen, hat ein Loch in der Seite und ist mit weißen Streifen bedeckt. Es sieht fast so aus, als hätte jemand seinen Schwanz hineingesteckt und sein Sperma über die gesamte Oberfläche verteilt.

Ich widerstehe dem Drang, mit dem Finger über die weiße Substanz zu fahren, um sicherzugehen, was es ist, stelle den Champagner in die Tür und schließe den Kühlschrank. Wenn mein geschädigter Verstand schon erfolgreich eine Leiche halluzinieren kann, dann dürfte ein entweihter roter Samtkuchen nicht schwierig sein.

Als ich ins Wohnzimmer zurückkehre, blickt Myra mich an und sagt: „Irgendetwas ist mit deinem Account passiert."

Ich gehe durch den Raum und ergreife mein Handy, nur um festzustellen, dass ich aus der App abgemeldet bin. Als ich meinen Benutzernamen und mein Passwort eingebe, blinzele ich, als eine Fehlermeldung erscheint.

„Was steht da?"

„Account wegen Verstoßes gegen die Community-Richtlinien gesperrt", murmele ich. „Was? Warum?"

Ich öffne meine E-Mails, wo eine Nachricht von der App auf mich wartet. „Scheiße."

„Was ist los?"

„Ich wurde aus dem *Creator Fund* ausgeschlossen, was bedeutet, dass ich für all diese viralen Videos nicht bezahlt werde."

„Ruf Gavin an", sagt Myra. „Er wird die Sache sofort klären."

Ich verdrehe die Augen. Gavin arbeitet für die App und könnte mir in Sekundenschnelle helfen, aber alles an ihm lässt mich erschaudern. Wir drei waren zusammen auf der *Tourgis*-Akademie, allerdings sind wir nur über Myra in Kontakt. Er ist Stammgast in ihrem Fetisch-Laden und kümmert sich um ihre E-Commerce-Website. Er ist harmlos, aber seine Sehnsucht nach BDSM-Praktiken schwappt in jedes Gespräch über.

„Lass mich wenigstens versuchen, den Support zu kontaktieren", murmele ich.

„Zu spät", sagt Myra, als sie schon halb zur Tür hinaus ist. „Ich habe ihm bereits geschrieben, dass er heute Abend um acht kommen soll."

Scheiße.

Ich will gerade protestieren, als mein zweites Handy klingelt. Das ist das Handy, das ich ausschließlich für Nachrichten und Telefonate mit Xero verwendet habe. Ich lasse Myra stehen und eile nach oben, da ich es auf dem Nachttisch neben meinem Bett liegen gelassen habe. Nur eine Person hat diese Nummer, und die ist tot.

Mein Herz rast, als ich mich dem Nachttisch nähere. Das Handy hat aufgehört, zu klingeln, und stattdessen blickt eine Nachricht auf. Xero muss sie vor der Hinrichtung von seinem Handy aus gesendet haben, als er keinen Empfang hatte. Jetzt, da er tot ist, muss das Gefängnis seine persönlichen Gegenstände in einen Bereich mit Empfang gebracht haben.

Mit zitternden Fingern entsperre ich das Handy. Mir stockt der Atem, als ich die Worte lese.

Es ist niederschmetternd, festzustellen, dass unsere gesamte Beziehung nichts weiter als *eine Täuschung war, alles nur um einen Bestseller schreiben zu können.*

„Was?", flüstere ich.

Dann kommt die nächste Nachricht.

Und die Frau unter der Postanschrift, die du mir gegeben hast, war nicht einmal du.

Mir bleibt der Mund offenstehen, während ich lese. Wurde er in letzter Minute begnadigt? Sofort verwerfe ich diesen Gedanken. Xero wurde auf frischer Tat ertappt. Die Polizei drang in dem Moment in das Haus ein, als er gerade seiner Stiefmutter das Herz herausriss. Und wenn er ausgebrochen wäre, hätte Myra etwas gesagt. Es wäre in allen Nachrichten gewesen.

Das Handy vibriert in meiner Hand, als ich noch eine Nachricht erhalte.

Nach der Hinrichtung ging ich dorthin, nur um diese Frau zu finden, die das Medaillon meiner Mutter trug.

Dann erhalte ich ein Foto seiner tätowierten Hand, die eine silberne Halskette mit einem herzförmigen Anhänger hält. Xero schickte sie mir, allerdings habe ich sie nie erhalten. Wir dachten, sie wäre bei der Post verloren gegangen. Was hat das alles mit Kayla zu tun?

Bist du am Leben? Tippe ich rasch und schicke die Nachricht ab.

Wie sollte das möglich sein, wenn du mir das Herz herausgerissen hast? Lautete die Antwort.

Wie machst du das nur? Schrieb ich.

Sekunden später erhielt ich eine Antwort: *Elektromagnetische Strahlung.*

„Sehr hilfreich", murmele ich.

Willst du wissen, was ich noch gefunden habe?

Ich ignoriere seine Frage, wechsle zum Webbrowser und suche Informationen über Xeros Hinrichtung. Laut allen großen Medien wurde Xero um 18:05 Uhr für tot erklärt. In einigen Artikeln wird durchgesickertes Filmmaterial erwähnt, auf dem Xero während der letzten Momente seines Lebens zu sehen ist.

Eine weitere Nachricht erscheint oben auf dem Bildschirm.

Du sagtest, mein letztes Geschenk sei verloren gegangen. Ich fand es auf ihrem Nachttisch. Habe ich dir jemals erzählt, was wir im Gefängnis mit Dieben machen?

Kurz darauf erhalte ich ein Bild, auf dem eine Frau zu sehen ist, deren eine Haarseite blondiert ist. Sie beugt sich über einen Schreibtisch in einem Raum, der mit Xero-Erinnerungsstücken dekoriert ist, ihre braunen Augen tränen, und ihre Lippen umschließen ein großes schwarzes Sexspielzeug. Bis auf den Sockel und den Saugnapf sieht es so aus, als ob es ihr im Rachen stecken würde.

VIER

Bundesgefängnis Alderney.

Liebe Amethyst,

ich bin beeindruckt, dass du den Musiklehrer zu einem nächtlichen Rendezvous verführt hast. Deine Beschreibung davon, wie sich das Blut um seinen Kopf herum ausbreitete, wie eine erblühende Blume, war poetisch. Wenn ich darf, würde ich gerne wissen, wie du es geschafft hast, ihn im Alter von dreizehn Jahren vom Rand eines Dachgartens zu stoßen.

Ich bin neugierig, wer die Besitzerin einer so duftenden Muschi ist. Bist du eher groß oder klein? Würdest du mir ein Foto schicken?

Xero

FÜNF

AMETHYST

Ich starre auf das Bild der Frau, in deren Mund ein ganzer Dildo steckt, und weiß nicht, was ich davon halten soll. Es könnte ein Standbild aus einem Pornofilm oder ein Bild sein, das jemand online heruntergeladen hat. Ich habe keine Möglichkeit, zu überprüfen, ob es echt ist, da ich Kayla noch nie persönlich getroffen habe.

Nur für den Fall, dass das Bild tatsächlich echt ist, wende ich mich wieder dem Nachttisch zu, auf dem meine Nachbildung von Xeros Erektion liegt. Die Basis ist dick und darunter befindet sich ein Saugnapf, damit er an jeder glatten Oberfläche haftet. Als ich einen weiteren Blick auf das Bild werfe, erkenne ich, dass die beiden Spielzeuge sich ähneln, allerdings kann ich es nicht mit Sicherheit sagen, da ich den Schaft nicht sehen kann.

Der Dildo, den Xero mir geschenkt hat, ist mit runden Noppen bedeckt, um die Piercings an seinem Schwanz nachzuahmen, aber ich kann nicht erkennen, ob der auf dem Foto, ebenfalls solche hat. Für den Fall, dass die Person auf dem Foto tatsächlich Kayla ist, schreibe ich Myra eine Nachricht, um nach ihrer Assistentin zu fragen.

Das Prepaid-Handy vibriert, als ich eine weitere Nachricht erhalte, aber ich ignoriere sie. Über einen Mörder zu podcasten, ruft extreme Reaktionen bei den Menschen hervor, und auch bei mir melden sich einige Online-Trolle. Jeder aus dem Gefängnis könnte Xeros Handy gefunden haben. Woher weiß ich, dass er es ist und nicht ein Doppelgänger?

Aber was ist, wenn der Gouverneur interveniert hat oder die Hinrichtung gescheitert ist?

Xero könnte noch am Leben sein.

Ich suche erneut online nach Updates zu seiner Hinrichtung und finde Filmmaterial, das aus dem Staatsgefängnis von Alderney durchgesickert ist. Es ist Xero in einer kleinen Kaplanzelle, der einen Priester überragt. Mir stockt der Atem. Eine Welle der Trauer erfasst mich und meine Knie drohen, unter mir nachzugeben. Ich habe bisher nur Selfies von dem Mann oder Nahaufnahmen gesehen, die er aus dem toten Winkel des Gefängnisses geschickt hat. Bis jetzt hatte ich keine Ganzkörperaufnahme von ihm gesehen.

Er ist ein Riese im Vergleich zu den ihn umgebenden Wärtern, mit einer kräftigen Statur und breiten, muskulösen Schultern. Mein Herz zieht sich schmerzhaft zusammen und meinen Lippen entweicht ein Stöhnen, weil ich weiß, was ihn so aufgeregt hat.

Xero wartete am Altar. Auf mich.

Augenblicke später betritt ein anderer Wärter den Raum und sagt, dass die Zeit abgelaufen sei, weil ein anderes Paar darauf wartet, heiraten zu können.

Xero sagt dem Mann, dass ich kommen werde. Ich bin nur spät dran, aber der Wächter geht hinaus und kommt mit einem blonden Gefangenen und einer schwangeren Frau im Hochzeitskleid zurück. Es kommt zu einem Streit, und Xero schlägt einen der Wärter. Das Paar verschwindet aus dem Bild, während die anderen Wärter auf Xero zustürmen.

„Nein", flüstere ich und halte mir die Hand vor den Mund.

Die nächste Szene zeigt, wie Xero einen Aufstand veranstaltet. Sämtliche Wärter stürzen sich auf ihn und weitere stürmen durch andere Türen herein. Xero wehrt sie ab, angetrieben von der Wut darüber, dass ich ihn sitzen ließ, bis einer der Wärter mit einem Elektroschocker auf ihn losgeht. Er stürmt auf eine Tür zu, aber der Wärter trifft ihn mit dem Schocker und setzt ihn außer Gefecht.

Während Xero auf dem Boden liegt und zuckt, umzingeln ihn die Wärter, die offensichtlich auf Vergeltung aus sind. Dann wird die Aufnahme unterbrochen und auf dem Bildschirm erscheint eine Anzeige für *X-Cite Media*, eine Abonnement-Website, die behauptet, das vollständige Filmmaterial von Xeros Niederschlagung und Hinrichtung zu haben.

Mein Magen verkrampft sich, als ich die Webadresse aufrufe und eine Szene nach der anderen sehe, in der Frauen erniedrigt und gefoltert werden. Es ist eine dieser Websites, die extremen Sex verkaufen, mit Szenen echter Gewalt, die jedem Albträume bereiten könnten. Ich brauche zehn Minuten, um die Website verlassen zu können, weil mein Handy mit Pop-ups überflutet wird.

Als ich erneut in den sozialen Medien nach Nachrichten über die Hinrichtung suche, hat eine andere Influencerin bereits ein Video hochgeladen. Sie heißt Lizzie Bath, eine Kurzform des Namens der Serienmörderin Gräfin Elisabeth Bathory. Ihre Seite ist der inoffizielle *Xero-Fanclub* und sie lädt nichts weiter hoch als Reaktionen auf Clips, in denen ich Xeros Briefe vorlese. Sie ist eine dieser Personen, die alles für mehr Einfluss tun würden.

„Schaut euch das mal kurz an", sagt eine heisere Stimme.

Lizzie Bath hebt einen Finger und zeigt auf den Bildschirm, auf dem zu sehen ist, wie vier Wärter Xero auf einen elektrischen Stuhl zerren. Sein wunderschönes platinfarbenes Haar wurde rasiert, sodass man nun jedes Detail seines Gesichtes erkennen kann, das von den Schlägen völlig verunstaltet und voller Blut war.

Meine Brust zieht sich zusammen, jeder Atemzug wird zu einem Kampf gegen ein unsichtbares Gewicht, das auf mein zersplittertes Herz drückt. Tränen steigen mir in die Augen und lassen die Welt verschwimmen.

Xero wollte glücklich, zufrieden und erfüllt auf dem elektrischen Stuhl sterben, im Wissen, dass unsere Seelen für immer durch die Ehe verbunden sein würden. Meinetwegen starb er voller Qualen.

Er windet sich, während die Wärter seine Gliedmaßen mit dicken Lederriemen fixieren. Sobald er bewegungsunfähig ist, treten sie einen Schritt zurück, und dann gibt es eine kurze Pause, während der Priester, der die Trauung vornehmen sollte, im Bild erscheint und sich bekreuzigt.

„Sie haben ihn brutal behandelt", sagt Lizzie unter heftigem Schluchzen. „Sie haben dafür gesorgt, dass seine letzten Momente voller Schmerzen waren."

Dies ist das erste Mal, dass ich mit ihr einer Meinung bin.

Lizzie senkt den Kopf und das Video läuft weiter. Einer der Wärter setzt Xero einen Elektrodenhelm auf. Es handelt sich um eine Metallkonstruktion, die mit nassen Schwämmen ausgekleidet ist, die Wasser über die blutige Seite seines Gesichts rieseln lassen, vermutlich um sicherzustellen, dass der Strom fließt.

Bitterkeit steigt mir die Kehle hinauf und droht, mir die Luft abzuschneiden. Ich zwinge mich, zu schlucken, aber es ist, als würde ich einen Schluck Unmenschlichkeit hinunterschlucken. Xero wollte, dass ich dort bin und ihn beobachte, während er seinen letzten Atemzug macht. Da ich gestern nicht bei ihm sein konnte, darf ich heute nicht wegsehen.

„Was gibt ihnen das Recht, eine so schöne Seele zu töten?", sagt sie mit erstickter Stimme.

Mein Atem stockt, als sein Körper von den ersten Stromstößen erfasst wird. Er atmet tief, sein Körper windet sich unter seinem Gefängnisoverall, dann wird der Greenscreen schwarz. „Mehr kann ich nicht zeigen", sagt Lizzie mit tränenüberströmtem Gesicht in die Kamera. „Der Rest des Clips befindet sich hinter einer Bezahlschranke auf einer Website namens *X-Cite Media*. Allerdings muss ich euch warnen, dass sich das gesamte Filmmaterial um den Tod dreht. Für den Fall, dass jemand krank genug ist, sich die gesamte Hinrichtung ansehen zu wollen, habe ich den Link in meiner Biografie eingefügt."

„Was?" Ich starre auf den Bildschirm, als ihr Video zum Anfang zurückkehrt. „Verdienst du etwa Geld mit Xeros Hinrichtung, du opportunistische alte Hexe?"

Ich verlasse den inoffiziellen *Xero-Fanclub* und lese einen Artikel in der *New Alderney Times*, in dem die Reporterin, die bei Xeros Hinrichtung anwesend war, das Ende der Todesstrafe fordert. Ihre Beschreibung seines Todes ist so anschaulich, dass mir das Handy aus den Fingern rutscht und zu Boden fällt.

„Er starb allein und in Flammen", lese ich mit zitternder Stimme. Die Worte brennen sich in mein Gewissen, jede Silbe ist wie ein Messerstich in mein Herz. Ich hätte an seiner Seite sein und die letzten Momente seines Lebens mit Freude erfüllen sollen. Meine Gedanken kreisen, spielen vergeudete Momente, verlorene Sekunden ab. Ich hätte Xero helfen können.

Schuldgefühle breiten sich in mir aus und schlagen ihre Klauen in mein Herz. Ich stelle mir sein Gesicht vor, verzerrt vor Schmerz, und Scham beginnt, mich innerlich zu zerfressen. Er hatte mir vertraut, und ich ließ zu, dass er allein starb.

Groll lodert in meinem Innern auf. Groll auf mich selbst, weil ich mich von diesen Fotos von mir als Kind habe ablenken lassen. Groll auf die Polizei, die ewig gebraucht hatte, bis sie endlich hier war, und mich über eine Stunde lang verhört hat, weil ich im Besitz von Kinderpornografie war. Groll auf Xeros Familie, weil sie ihn und andere so schrecklich behandelt hat, dass er gezwungen war, ihr Leben auszulöschen.

Ich zucke zusammen, als das Prepaid-Handy vibriert.

Wer auch immer sich als Xero ausgibt, will scheinbar unbedingt Kontakt mit mir aufnehmen. Ich greife danach, öffne die Nachricht und starre auf den Bildschirm.

Genießt du die Show?

Meine Nasenflügel blähen sich. Woher wusste er, dass ich die Hinrichtung gesehen habe? Ist er ein Hacker?

Ich schreibe nichts daraufhin, da ich ihm nicht die Genugtuung einer Antwort geben will.

Er schickt mir ein Bild eines Sexvertrags, den ich unterschrieben habe und in dem die Bedingungen meiner Beziehung zu Xero festgelegt sind. In der rechten Ecke ist der Abdruck meiner Lippen, auf die ich pflaumenfarbenen Lippenstift aufgetragen hatte, zu sehen.

Wut lodert in mir auf und erfüllt meine Adern mit glühendem Feuer. Ich sollte dieses Handy zur Polizei bringen und denjenigen, der hinter den Nachrichten steckt, wegen Belästigung anzeigen, aber ich bin überwältigt von dem Drang, ihn selbst in seine Schranken zu weisen.

Er schreibt: *War überhaupt irgendetwas von dem, was zwischen uns war, echt?*

Meine Finger zittern, während ich eine Antwort tippe: *Weißt du, was noch erbärmlicher ist als ein Gefängniswärter, der seine Schutzbefohlenen brutal behandelt? Einer, der die Besitztümer eines Toten durchwühlt, um dessen Freundin zu belästigen. Das Handy, mit dem du gerade spielst, gehörte Xero. Egal, wie sehr du versuchst, dich als er auszugeben, du könntest ihm nie auch nur annähernd gerecht werden.*

Drei Punkte erscheinen und mein Kiefer spannt sich an, während ich auf das warte, was er als Nächstes zu sagen hat. Hoffentlich etwas Belastendes, damit ich etwas habe, das die Polizei als Beweismittel nutzen kann.

Du hast meine Frage nicht beantwortet.

Ich scrolle zurück, um zu sehen, was er gefragt hat. Als ich die Frage erneut lese, brennt meine Kehle vor lauter Schuldgefühlen, weil ich Xero nur Stunden vor seiner Hinrichtung am Altar stehen gelassen habe. Noch bevor ich diese Emotion verarbeiten kann, erscheint eine weitere Nachricht auf dem Bildschirm.

So wie ich die Sache betrachte, hast du mich nur benutzt, um Ruhm zu erlangen.

Ohne nachzudenken, tippe ich eine Antwort ein: *Xeros Handy zu stehlen macht dich nicht zu ihm, Arschloch. Was ich mit Xero hatte, war echt, und ich kann den Unterschied zwischen einem echten Mann und einer Made erkennen.*

Drei Punkte erscheinen, aber ich habe genug von diesem Widerling. Bevor er noch eine weitere Nachricht tippen kann, suche ich nach einer Haarnadel und stecke sie in das winzige Loch an der Seite des Handys. Ich ziehe die SIM-Karte heraus und werfe sie auf den Nachttisch.

„Scheiß auf dieses Arschloch", murmele ich. „Ich werde ihm nicht die Genugtuung geben, mich in den Wahnsinn zu treiben."

Ich öffne eine Schublade und lasse das Handy hineinfallen, mit dem festen Vorsatz, es für immer dort zu lassen. Wer auch immer der Meinung ist, mich belästigen zu können, kann von mir aus den Mond anheulen. Ich werde mich gewiss nicht auf dieses Spielchen einlassen.

SECHS

Bundesgefängnis Alderney.

Liebe Amethyst,

ich war entsetzt zu lesen, dass dein Lehrer dich in so jungen Jahren ausgenutzt hat. Bitte verzeih mir meine vorherige Aufregung. Was du getan hast, war ein Akt der Gerechtigkeit, kein Mord. Dieser Bastard hat es verdient, langsam gefoltert zu werden, und hatte Glück, dass du ihm einen schnellen Tod gewährt hast.

Der Vorschlag deines Anwaltsteams, auf Unzurechnungsfähigkeit zu plädieren, war ein brillanter Schachzug. Ich gehe davon aus, dass deine Jugendakten mittlerweile entweder versiegelt oder gelöscht wurden.

Ich bewundere deine Tapferkeit und Widerstandsfähigkeit und bin begierig darauf, mehr zu erfahren. Warum schreibt ein nettes Mädchen wie du einem Mörder wie mir? Erschreckt es dich nicht, sich mit einem anderen Monster einzulassen?

Danke für das Foto. Du bist von außen genauso schön wie von innen. Bitte schicke mir mehr.

Xero

P.S. Warum hast du eine Seite deines Haares blond gefärbt?

Entspricht die andere Seite, das schwarze Haar, deiner natürlichen Haarfarbe?

SIEBEN

AMETHYST

Einige Stunden später bin ich darauf konzentriert, alle Spuren von *JakeRake69s* Tod zu beseitigen, und habe die Nachrichten bereits vergessen. Um niemandes Aufmerksamkeit zu erregen, fahre ich quer durch den Staat zu einem Laden am Stadtrand von Carmel, New Jersey, wo ich Wasserstoffperoxid kaufe. Es ist ein Laden, der keine Sicherheitskameras besitzt, welche Aufnahmen von mir machen könnte, wie ich Gegenstände kaufe, um forensische Beweise zu beseitigen.

Ich widerstehe dem Drang, in Jakes sozialen Medien nachzuschauen, ob ihn jemand als vermisst gemeldet hat. Inzwischen sollte auf dem Friedhof, auf dem ich ihn zurückgelassen habe, eine Beerdigung stattgefunden haben, sodass nun sämtliche Spuren seines Körpers verschwunden sein sollten. Ich muss mich nicht selbst belasten, indem ich online nach ihm suche.

Nachdem ich den Müllsack voller blutiger Produkte im Wald verbrannt habe, bezahle ich für die Autowäsche und kehre nach Hause zurück, um die Küche zu desinfizieren. Als ich den Kühlschrank öffne, um nach dem Kuchen zu sehen, fehlen das Loch in der Seite und die weißen Streifen. Ich werfe ihn weg und tue das, was ich zuvor gesehen habe, als Halluzination ab.

Während ich die Reste der Reinigungsflüssigkeit mit heißem Wasser, dem ich Minzöl beigemischt habe, aufwische, klingelt jemand an meiner Tür. Ich schaue auf die Wanduhr und runzele die Stirn, da es erst Viertel nach Sieben nachmittags ist. Ich richte mich auf und werfe einen Blick in den Hinterhof, da ich schwören könnte, dass zwischen den Bäumen eine Gestalt steht. Es ist zu dunkel, um Details zu erkennen, aber das Mondlicht erhellt eine Kapuze, die zu einem langen Umhang gehört, der die Gestalt wie einen modernen Sensenmann aussehen lässt.

Ich kneife die Augen zusammen, neige den Kopf und versuche herauszufinden, ob es wieder nur eine Halluzination ist.

Es klingelt erneut und eine tiefe Stimme ruft: „Amethyst?"

Das bringt mich schließlich dazu, meine Aufmerksamkeit auf die Tür zu richten. „Gavin?"

„Ich bin's."

Ich eile zur Vorderseite des Hauses und öffne die Tür. Mit einer Größe von ein Meter siebzig ist Gavin ein wenig größer als ich und er hat eine schlanke Statur, kaum breiter als ich selbst.

Gavin nickt leicht und grinst schief, wobei eine Seite seines Gesichts wie eine schmelzende Uhr von Salvador Dalí bis zum Kinn herabhängt. Er hat sich heute nicht rasiert, sodass die ungleichmäßigen kupferroten Flecken auf seinem kantigen Kinn von seinem rotblonden Haar verdeckt werden.

Da ich ihn nicht herzlich willkommen heiße, schreitet er an mir vorbei und geht direkt in die Küche. „Zeig mir, was los ist."

Ich starre auf seinen schmalen Rücken und presse die Lippen aufeinander. Er war erst zweimal hier, dennoch führt er sich auf, als wäre er hier Zuhause. Als ich zu ihm stoße, setzt er sich gerade an den kleinen Esstisch.

„Nur ein weiterer Verstoß gegen die Community-Richtlinien", murmele ich.

„Setz dich und zeig es mir." Er legt einen Arm auf die Lehne des Stuhls neben ihm, aber ich setze mich ihm gegenüber, während ich nach meinem Handy greife.

Während ich mich einlogge, steht er auf und umrundet den Tisch, um sich wie ein Geist hinter mich zu stellen.

Sofort beginnen meine Hände zu schwitzen, und Schweiß bricht auf meiner Stirn aus. Mein Magen verkrampft sich und ich rutsche unbehaglich auf meinem Stuhl hin und her. Gavin ist so verzweifelt auf der Suche nach einer Sub, dass er sich die Buchstaben BDSM auf die Knöchel seiner rechten Hand tätowiert hat. Er hält sich für einen Dom, allerdings ähnelt seine Persönlichkeit eher der eines Dackels. Zu eifrig, zu aufgeregt und zu anstrengend.

Ich wende mich ihm leicht zu und starre in seine schokoladenbraunen Augen. „Könntest du bitte ein wenig Abstand halten?"

Er tritt zurück und hebt die Handflächen. „Entschuldigung", murmelt er. „Hast du dich noch immer diesem Typen verschrieben?"

„Ja", entgegne ich in einem schneidenden Tonfall.

„Aber er wurde hingerichtet ..." Gavin verstummt, als ich ihm einen giftigen Blick zuwerfe. Er senkt den Kopf und reibt sich den Nacken. „Ich meine ja nur."

Ich könnte Gavin erklären, dass der Tod nicht das Ende einer Beziehung ist, sondern einfach eine weitere Phase. Ich könnte ihm sagen, dass ich den Schock, den Xeros Hinrichtung in mir ausgelöst hat, noch nicht verarbeiten konnte, weil ich damit beschäftigt war, mich von etwas zu entledigen, das mich ins Gefängnis bringen könnte.

Aber es ist zwecklos, zu versuchen, ihm irgendetwas zu erklären. Gavin ist einer dieser Männer, die ein Nein als Ausgangspunkt für Verhandlungen betrachten. Was auch immer ich sage, um ihm eine freundliche Abfuhr zu erteilen, wird ihn nur dazu motivieren, haufenweise Gegenargumente hervorzubringen. Verdammt, es würde mich nicht einmal überraschen, wenn er am Ende bettelt.

Er ergreift meinen Arm und ich erhebe mich von meinem Stuhl.

„Was soll das werden?", frage ich, während sich meine Schultern anspannen.

„Um deinen Account wiederherzustellen, braucht es mehr als nur das Drücken einiger Tasten", sagt er, wobei er sich mit der Zunge über die Unterlippe fährt. „Es ist ein sehr komplizierter Prozess."

„Beim letzten Mal konntest du es in Sekundenschnelle wieder in Ordnung bringen."

Sein Blick schweift über meinen Oberkörper. Es ist ein Kapuzenpulli, dessen Ausschnitt mein Schlüsselbein enthüllt und kaum Haut zeigt, aber Gavin sieht mich an, als würde ich in Dessous vor ihm stehen. „Diesmal ist es anders."

Anders, jetzt, wo ich technisch gesehen Single bin, meint er. Anders, jetzt, wo er etwas hat, das ich dringend brauche. Aber auch diesmal spreche ich meinen Gedanken nicht aus. Stattdessen gehe ich zurück zum Waschbecken, wo ich eine Tasse stehen gelassen habe.

Er verschränkt die Arme vor der Brust. „Ich berechne fünfhundert Dollar für jeden Account, den ich wiederherstelle. Das letzte Mal, als ich dir geholfen habe, war es ein kostenloser Service, um meine Talente zu demonstrieren."

Der feste Knoten der Angst in meinem Bauch lockert sich. Ich kann mit einem Mann umgehen, der versucht, seinen Lebensunterhalt zu verdienen, auch wenn die Art und Weise, wie er das macht, gruselig ist. „Na gut. Der *Creator Fund* zahlt nächste Woche aus. Stell meinen Account wieder her und ich schicke dir einen Tausender."

„Das meine ich nicht", murmelt er.

Oh, ich weiß genau, was er meint, aber ich weigere mich, seinen Versuch eines unzüchtigen Tauschhandels anzuerkennen. Ich will keine Auseinandersetzung, vor allem nicht so kurz nachdem ich den letzten Mann getötet habe, der mich in dieser Küche angegriffen hat. Zwei Morde reichen bereits. Ein Dritter würde meine Chancen erhöhen, es Xero gleichzutun und mich auf dem elektrischen Stuhl wiederzufinden.

„Wenn du einen Vorschuss willst, kann ich dir sagen, wie viel ich auf meinem Konto habe, und den Rest nächste Woche zahlen", sage ich mit einem Achselzucken.

Er greift nach meinem Handy und stößt einen langen, frustrierten Seufzer aus. „Na gut. Hast du einen Cognac?"

„Klar." Als ich die Küche verlasse, löst sich langsam die Anspannung in meinen Schultern.

Ich kann mich nicht daran erinnern, dass Gavin gerne getrunken hat. Tatsächlich erinnere ich mich kaum an ihn, abgesehen von den wenigen Blicken, die ich von der anderen Seite des Speisesaals auf ihn erhaschen konnte. Gavin blieb für sich, saß mit einer Gruppe von Tagesschülern zusammen und zog nie viel

Aufmerksamkeit auf sich. Ich hingegen war die Aussätzige der Schule, bis ich von ihr verwiesen wurde.

Den Großteil meines Alkohols bewahre ich außer Sichtweite im Wohnzimmer auf, das ich nur für Gäste benutze. Ein Jahr nach meinem Einzug fand ich in einem Trödelladen eine günstige Spirituosenbar. Sie war ursprünglich aus Mahagoni mit aufwendigen Schnitzereien und vergoldeten Akzenten, die ich beibehielt, nachdem ich sie schwarz lackiert hatte. Ich habe ihr Inneres mit schwarzem Samt ausgekleidet, um ihr einen Hauch von Luxus zu verleihen.

Ich nehme eine Flasche Armagnac, in der Hoffnung, dass er damit zufrieden sein wird, und kehre in die Küche zurück, wo Gavin sich über mein Handy gebeugt hat. Ohne aufzublicken, murmelt er: „Ich habe uns etwas zu essen bestellt. Wir können uns die Hinrichtung ansehen, während wir warten."

„Nein, danke", sage ich, wobei mir ein Schauer über den Rücken läuft, und stelle den Armagnac zusammen mit einem Glas neben ihm auf dem Tisch ab.

Gavin schenkt sich eine großzügige Portion ein und nimmt einen langen Schluck. „Wie du willst."

„Konntest du meinen Account wiederherstellen?", frage ich.

Er hebt einen Finger. „Solche Dinge brauchen Zeit."

Ich lehne mich an den Küchentresen und beobachte, wie er auf dem Bildschirm meines Handys herumtippt, bevor er sein eigenes in die Hand nimmt.

„Bist du dir sicher, dass du sie dir nicht ansehen willst? Ich habe 99,99 Dollar bezahlt, um einen Tag lang Zugriff auf *X-Cite Media* zu haben."

„Was?"

Er blickt auf und seine Augen funkeln. „Wer auch immer dieses Filmmaterial gedreht hat, ist ein großes Risiko eingegangen. So etwas ist nicht billig."

„Warum sollte man überhaupt dafür bezahlen, jemanden sterben zu sehen?", frage ich.

„Aus dem gleichen Grund, aus dem Frauen ganze Fanclubs für Serienmörder gründen, schätze ich", antwortet er mit einem Achselzucken.

„Was soll das denn heißen?", frage ich und verschränke die Arme vor der Brust.

Er schaut mir in die Augen und lächelt, als hätte er einen Punkt gewonnen. Das, oder er hat es endlich geschafft, die Aufmerksamkeit einer Frau zu erregen. Ich wende den Blick von ihm ab, gehe zum Herd und nehme den Vintage-Wasserkessel in die Hand, den Xero für mich online bestellt hat. Nicht persönlich. Er sagte, ein Freund außerhalb des Gefängnisses habe sich darum gekümmert.

Ich fülle den Kessel, stelle ihn wieder auf den Herd, drehe das Gas auf und ignoriere das Gefühl, dass Gavins Augen auf meinem Hintern ruhen. Der einzige Grund, warum ich ihn ertrage, ist, dass ich meine einzige Einnahmequelle, abgesehen von den Almosen meiner Eltern, wiederherstellen möchte. Einige meiner Videos sind viral gegangen, und mit diesem Geld kann ich meine Unabhängigkeit erkaufen.

Das, plus ein Trauerkleid und ein großes Blumenarrangement für Xeros Beerdigung.

Gavin dreht die Lautstärke seines Handys auf und verhöhnt mich mit dem Geräusch von Xeros Kampf mit den Gefängniswärtern, gefolgt von dem Elektroschocker. Er lacht, als ein Wärter erklärt, dass er bewegungsunfähig ist, und sie ihn in eine Zelle bringen werden.

Wer auch immer gesagt hat, dass die Hölle keine Wut kennt wie die einer verschmähten Frau, hat Gavin noch nicht kennengelernt. Gavins Wut über meine Zurückweisung könnte mit der Wut des Himmels konkurrieren. Das Wasser beginnt zu kochen, als der Priester ihm die letzte Ölung gibt, und der Kessel pfeift, als ich höre, wie der Gouverneur dem Henker befiehlt, den elektrischen Stuhl einzuschalten.

„Kocht es immer noch nicht?", fragt Gavin.

„Nein", antworte ich mit zusammengebissenen Zähnen.

Er lacht. „Dein Mann ist ein zäher Scheißkerl. Sieh nur, wie er auf dem Stuhl zuckt. Er brauchte ewig, um zu sterben."

Mein Kopf beginnt zu pochen. Am liebsten würde ich Gavin bitten, mich nicht länger mit dem Geräusch von Xeros Tod zu quälen, aber ein Teil von mir ist immer noch neugierig wegen der

Textnachrichten, die angeblich von ihm stammen. Vielleicht besteht eine winzige Chance, dass er es überlebt hat.

Meine Ohren klingeln, während der Wasserkessel weiter pfeift. Als eine Männerstimme am Rande meiner Wahrnehmung sagt, dass Xero überlebt hat, reiße ich den Kopf hoch und stütze mich mit einer Handfläche auf dem Tresen ab.

„Scheiße", sagt Gavin mit ehrfürchtiger Stimme.

„Sie machen es schon wieder."

Ich wirble herum und starre ihn mit weit aufgerissenen Augen an. „Was?"

„Komm und sieh es dir an." Gavin schaukelt vor Aufregung auf seinem Stuhl hin und her.

„Nein."

Er steht auf. „Das musst du dir ansehen."

„Warum?"

„Damit du aufhörst, dich an der Vergangenheit festzuklammern."

Ich stoße ein verärgertes Schnauben aus. „Er ist noch keine vierundzwanzig Stunden tot", fauche ich.

Gavin hält sein Handy hoch, auf dem zu sehen ist, wie Xero immer noch auf dem elektrischen Stuhl zuckt, wobei die Lederriemen es kaum schaffen, seinen großen Körper zurückzuhalten. Flammen schlagen aus seinem Hinterkopf, gefolgt von schwarzem Rauch. Er füllt den Hinrichtungsraum und breitet sich in Richtung Kamera aus.

Einer der Wärter fuchtelt mit den Armen herum und schafft es schließlich mit Hilfe einiger leistungsstarker Ventilatoren, den Rauch zu vertreiben. Xeros Körper zuckt und verkrampft sich weiter in den Fesseln, bis er schließlich erschlafft.

Jeder Muskel in meinem Körper spannt sich an und ich stehe wie erstarrt da, während der Kessel noch immer hinter mir pfeift. Ich schaffe es nicht, meinen Blick von dem Bildschirm abzuwenden, während sich jedes Detail vor mir mit einer surrealen Klarheit entfaltet, die mich an Ort und Stelle festhält.

Xeros Brust bleibt unbeweglich, als ein Mann in einem weißen Kittel sich nähert und mehrere Tests durchführt, bevor er erklärt: „Zeitpunkt des Todes: 18:05 Uhr."

„Siehst du?", fragt Gavin spöttisch. „Er ist tot."

„Und deshalb findet ein Mann wie du keine Freundin, geschweige denn eine Sub", antworte ich mit brüchiger Stimme. „Du bist ein Widerling, der Frauen in ihrer verletzlichsten Phase ausnutzt."

„Was hast du gerade gesagt?", knurrt er.

„Und ein Feigling noch dazu."

Er kommt auf mich zu, seine Nasenflügel blähen sich, seine Brust hebt und senkt sich mit schnellen Atemzügen. Ich recke mein Kinn, schaue ihm in die Augen und fordere ihn heraus, es zu versuchen. Gavin wird noch schnell genug merken, mit wem er sich anlegt. Und hinter mir steht ein Kessel, der seinen Namen ruft.

Das Klingeln an der Tür unterbricht die Spannung, und sein Blick huscht zum Flur. Ohne ein weiteres Wort verlässt er die Küche. Ich blinzle, wobei mir Tränen über die Wangen laufen. Ich folge ihm zur Haustür und sehe, wie er seine Essenslieferung entgegennimmt und das Haus verlässt, ohne sich umzusehen, bevor er sich auf den Fahrersitz seines roten Sportwagens setzt.

„Fick dich, Gavin", knurre ich und schließe die Tür.

Wenn ich seine Anwesenheit tolerieren muss, um wieder Zugriff auf meinen Account zu bekommen, verhungere ich lieber.

Als ich in die Küche zurückkehre, umgibt Dampf den Herd, und ich drehe das Gas ab. Mein Handy vibriert, als ich eine Nachricht von einer Liefer-App erhalte, die ankündigt, dass meine Bestellung in zehn Minuten eintreffen wird, und fragt, ob ich dem Fahrer ein Trinkgeld geben möchte.

Ich scrolle zu meinem Bestellverlauf, wo ich eine Quittung über 549,54 Dollar von *Phoenix Wine & Spirits* für zwei Flaschen *Château de la Croix* XO Cognac, Süßigkeiten, Chips, Dörrfleisch und eine Flasche Gleitmittel sehe.

„Dieser schleimige Bastard", knurre ich.

Auf meinem Handy erscheint eine Nachricht von einer unbekannten Nummer:

Darauf stehst du? Auf Loser?

Mir bleibt der Mund offenstehen, während ich lese. Ich überprüfe das Gerät, um sicherzustellen, dass es sich um mein tatsächliches Handy handelt und nicht um das Prepaid-Handy, das ich dazu verwendet habe, um mit Xero zu kommunizieren. Dieses befindet sich ohne SIM-Karte in einer Schublade im Oberge-schoss. Ich habe Xero diese Nummer nie gegeben. Selbst wenn er sie gekannt hätte, hätte er sie sicher nicht aufgeschrieben, damit ein Gefängniswärter sie nach seiner Hinrichtung finden kann.

Ich starre auf den Bildschirm und frage mich, ob Gavin mir aus irgendeinem kranken Rachefeldzug heraus eine Nachricht schickt.

Eine weitere Nachricht erscheint: *Dieser Mann hat Glück, dass er mit dem Leben davongekommen ist.*

Ich tippe: *Wer bist du?*

Du weißt ganz genau, wer ich bin, antwortet er.

Ich schüttle den Kopf.

Ich weiß es nicht.

Sekunden vergehen, während ich wie gebannt auf den Bild-schirm starre und verzweifelt auf seine Antwort warte.

Würde es helfen, wenn ich dir etwas sage, das nur du und ich wissen können?

Ich antworte nicht, da ich zu sehr darauf fixiert bin, dass mein Stalker meine echte Telefonnummer herausgefunden hat.

Zu Beginn unserer Beziehung habe ich dich vom toten Winkel aus angerufen und du hast mir deine dunkelste Fantasie anver-traut. Erinnerst du dich?

Ich nicke. Das war am Morgen des Gewitters, als der Blitz in die alte Platane am Ende der Straße einschlug. Es regnete so stark, dass ich einen Finger ins Ohr stecken musste, um Xeros tiefe, sanfte Stimme hören zu können. Aber natürlich antworte ich nicht.

In der nächsten Nachricht steht: *Du wolltest, dass ich für eine Nacht dem Tod entkomme, in dein Schlafzimmer komme, während du schläfst, und deine Löcher fülle.*

Du wolltest, dass am nächsten Morgen, wenn du duschen gehst, mein Sperma an deinen Schenkeln hinunterläuft, fügt er hinzu.

Mit einem Kloß im Hals gehe ich die Möglichkeiten durch. Erstens: Ein Wärter, der in Xeros Nähe stand, hat dieses Gespräch belauscht. Zweitens: Diese Textnachrichten sind eine weitere zusammengesetzte Halluzination, hervorgerufen durch das Trauma, Xeros Hinrichtung mit anzusehen.

Denn Option drei ist unmöglich.

Es gibt keine Möglichkeit, dass er zwei Runden auf dem elektrischen Stuhl überlebt hat. Selbst wenn es so wäre, würde er mir ganz sicher keine Obszönitäten aus dem Gefängniskrankenhaus schicken.

Er schreibt erneut, um zu fragen: *War die Liebe, von der du sagtest, du würdest sie für mich empfinden, nichts weiter als erfundener Schwachsinn?*

„Nein", flüstere ich, und meine Kehle ist angesichts des Schmerzes, der mich erfüllt, wie zugeschnürt. *Waren die Briefe über deine Fantasien eine Lüge?*

„Nein", stoße ich schluchzend hervor.

Xero ist gestern vor laufenden Kameras und Zeugen gestorben, darunter auch die Reporterin der *New Alderney Times*. Kein Wärter hätte unser Gespräch während eines lauten Gewitters belauschen können.

Ich habe einen Zusammenbruch, ausgelöst durch Schuldgefühle, Trauer und Schock. Ich brauche dringend medizinische Hilfe.

Eine weitere Nachricht erscheint auf meinem Bildschirm.

Das nächste Mal, wenn du einem Mann erlaubst, das zu berühren, was mir gehört, wirst du seine Körperteile unter deinem Kissen finden.

Mein Atem stockt und ich scrolle durch meine Kontakte. Dr. Saint hat eine Notfallnummer. Ich könnte sie anrufen und sie um Hilfe bitten, um diesen imaginären Stalker loszuwerden.

Denn Geister gibt es nicht. Es gibt jedoch Psychopathen und Nachahmungstäter.

Als meine Finger über der Anruftaste schweben, erhalte ich die nächste Nachricht.

Du glaubst mir nicht? Schau unter deinem Kissen nach.

„Nein", flüstere ich.

Das war keine Bitte.

Mein Atem beschleunigt sich und das Blut rauscht in meinen Ohren. Ich kneife die Augen zusammen und versuche, die imaginären Nachrichten zu verdrängen.

Das Handy vibriert wieder und wieder und wieder, die Vibrationen hallen in meinen Knochen nach. Mein Verstand hört nicht auf, mich zu verarschen, bis ich nach oben gehe und nachschaue.

Mit Beinen, die unentwegt zittern, schleppe ich mich aus der Küche, meine Füße schleifen über die Fliesen, als wären sie mit Ketten beschwert. Ketten meiner Sünden. Ketten meiner gebrochenen Versprechen. Ketten all meiner Versäumnisse gegenüber Xero. Während ich mich die Treppe hinauf quäle, versuche ich nicht darüber nachzudenken, was zur Hölle ich finden werde.

Die weggeworfene SIM-Karte oder etwas Unheilvolleres?

Jede Stufe, die ich nehme, wird von einem unheimlichen Knarren begleitet und die Luft wird beim Hinaufsteigen immer kälter. Jeder meiner Atemzüge fühlt sich an, als würde ich um Gnade flehen.

Was hat mir Dr. Saint darüber gesagt, meinen Wahnvorstellungen nachzugeben? Ich erinnere mich nicht. Dieses Gespräch ist genauso in Dunkelheit gehüllt wie die ersten zehn Jahre meines Lebens.

Ich erreiche die Schlafzimmertür und ignoriere das Zittern, das meinen Körper durchfährt. Wird die Leiche von *JakeRake69* im Schrank oder unter der Bettdecke auf mich warten? Sollte ich meine Wahnvorstellung beiseiteschieben und mir Hilfe suchen, oder sollte ich ein Foto von der Halluzination machen und mir selbst beweisen, dass alles nur in meinem Kopf stattfindet?

Mach das Foto.

Die Worte huschen durch meinen Verstand, als kämen sie von jemand anderem mit derselben Stimme und demselben Tonfall, aber die Persönlichkeit dahinter ist nicht meine. Ich konzentriere mich auf die vor mir liegende Aufgabe und stoße die Schlafzimmertür auf.

Mondlicht dringt durch einen Spalt in den Vorhängen, die, wie ich schwöre, heute Morgen offen waren. Ich unterdrücke ein Wimmern und gehe zum Bett, wo die SIM-Karte auf dem Nachttisch liegt.

Schau unter deinem Kissen nach.

Mit zitternden Fingern schiebe ich es beiseite und finde einen blutroten Umschlag. Als ich ihn erkenne, steigt Übelkeit in mir auf. Es ist genau die Art von Briefpapier, mit dem ich Briefe an Xero geschickt habe.

Ich bereite mein Handy vor, öffne die Kamera-App und nehme die Vorderseite des Umschlags auf. In meiner eigenen Handschrift steht die Adresse:

Xero Greaves. Identitätsnummer des Sträflings 99931
New Alderney Bundesgefängnis, 10 Longis Street
Beaumont, NA 83725

In meiner Fantasie sehe ich sogar eine Briefmarke und einen Poststempel. Was zum Teufel werde ich wohl darin finden?

ACHT

Bundesgefängnis Alderney.

Liebe Amethyst,

Danke für das zweite Foto. Ich liebe deine Sommersprossen. Hast du noch mehr?

Der Einblick, den du mir in deinem letzten Brief gewährt hast, hat mir die Sprache verschlagen. Wie kommst du darauf, dass hinter dem Mord an meiner Stieffamilie mehr steckt als nur ein einfacher Groll?

Würdest du ein Handy von mir annehmen, damit ich ein Foto von meiner Reaktion schicken kann?

Xero

P.S. Erzähl mir etwas, das du bisher niemandem anvertraut hast. Ich möchte deine dunkelste Fantasie kennenlernen.

NEUN

AMETHYST

Das Blut rauscht in meinen Ohren. Meine Finger halten den Umschlag so fest umklammert, dass er knittert. Das fühlt sich zu real an, um eine Halluzination zu sein, aber ich zwinge mich, mich an Jakes Leiche zu erinnern.

Ich kann das Gepolter aus dem Schrank noch immer hören. Die Leiche fühlte sich kalt und schwer auf meiner Haut an, als ich die Tür öffnete und sie auf mich stürzte, und es war laut, als sie auf dem hölzernen Boden aufschlug. Wenn mein Verstand Leichen und den Sensenmann heraufbeschwören kann, die mir auflauern, dann kann er mir verdammt sicher glauben machen, dass ich etwas so Einfaches wie einen Umschlag in der Hand halte und fühle.

Mit meiner freien Hand mache ich ein Foto von dem, was ich in der Hand halte, und überprüfe die Galerie. Der Umschlag ist noch immer auf dem Foto zu sehen, allerdings beweist das noch nichts. Dr. Saint hob immer wieder hervor, wie mächtig das Gehirn sei, welches in der Lage ist, alle möglichen Wahnvorstellungen zu unterdrücken, um die Psyche vor schweren Traumata zu schützen.

Meine Finger zittern, als ich den Brief aus dem Umschlag ziehe, auf dem meine krakelige Handschrift zu sehen ist. Ich führe das Papier an meine Nase, atme den schwachen Duft meiner Muschi ein und verziehe das Gesicht. Er ist so ... real.

Ein kurzer Blick auf den Inhalt verrät mir, dass ich eine wortwörtliche Antwort auf Xeros Frage nach meiner Fantasie lese, in der ich etwas über Somnophilie geschrieben habe. Ich mache ein weiteres Foto, nur um eine exakte Kopie davon auf dem Bildschirm meines Handys zu sehen.

Was, wenn es keine Halluzination ist? Was, wenn der Mann, der mir Nachrichten schickt, in meinem Haus ist und mir dabei zusieht, wie ich wegen eines Briefes dabei bin, den Verstand zu verlieren? Es würde mich nicht überraschen, wenn es sich bei ihm um einen der Bastarde handeln würde, die Xero vor seiner Hinrichtung blutig geschlagen haben.

Ich stecke den Brief wieder in den Umschlag, lege ihn zurück aufs Bett und gehe zum Schrank. Meine Finger schweben über dem Griff. Ein Teil von mir erwartet, Jake wieder vor mir zu sehen, aus dessen Wunde schwarzes Blut sickert.

Dieser fehlerhafte Teil meines Gehirns muss sich zusammenreißen. Es gibt keinen Grund, sich schuldig zu fühlen. Es hieß töten oder getötet werden. Jake ist tot. Ich habe ihn selbst begraben. Halluzinationen können einen heimsuchen, aber sie sind nicht in der Lage einem physischen Schaden zuzufügen.

Oder?

Ich reiße die Tür auf und starre in den begehbaren Kleiderschrank. Alles sieht aus, wie es sollte. Nichts deutet auf Leichen, Blut oder Sensenmänner, denn das alles passiert ausschließlich in meinem Kopf. Ungeachtet dessen gehe ich zu einer Schublade, ziehe eine Tasche heraus und packe Kleidung zum Wechseln ein.

Irgendetwas läuft völlig falsch, und ich habe das Gefühl, den Bezug zur Realität zu verlieren. Ich werde zu meinen Eltern fahren, dort übernachten und versuchen, morgen früh einen Notfalltermin bei Dr. Saint zu bekommen.

Ich ignoriere mein vibrierendes Handy, ziehe den Reißverschluss meiner Reisetasche zu und kehre ins Schlafzimmer zurück. Der rote Umschlag liegt genau da, wo ich ihn zurückgelassen habe, was mich glauben lässt, dass er echt sein könnte. Halluzinationen neigen nicht dazu, zu bleiben. Sie verschwinden, um meinen Verstand zu verwirren, und kehren dann in den unpassendsten Momenten zurück.

Wie damals, als ich einen Freund hatte und mit ihm in seiner Wohnung rummachte. Eine Erscheinung von Mr. Lawson erschien am Fußende meines Bettes und bewegte sich über die Matratze auf mich zu. Ich schrie so laut, dass seine Mitbewohner ins Zimmer stürmten und das Schlimmste befürchteten, und Mr. Lawson verschwand. Das war das Ende dieser Beziehung.

Da dieser Umschlag scheinbar echt ist, muss der Mann, der mir die Nachrichten schickt, irgendwie in mein Haus gelangt sein. Ich eile die Treppe hinunter und beschließe, die Polizei anzurufen, sobald ich im Haus meiner Eltern bin.

Ich reiße die Tür auf und trete in die Nacht hinaus, wobei die kühle Nachtluft durch den Stoff meines Kapuzenpullis dringt. Ich ignoriere die Kälte, renne die Stufen hinunter und werfe einen Blick über die Schulter auf das Haus, um nach Anzeichen eines Eindringlings zu suchen.

Mein schmales Stadthaus steht dort, wo einst ein Kopfsteinpflasterweg zum Friedhof führte, der nach einem Mafia-Mord geschlossen wurde. Früher fand ich die Geschichte malerisch. Jetzt ist sie einfach nur grausam.

Ein Schauer fährt mir über den Rücken, als ich mein Auto entriegele und die Fahrertür öffne. Nachdem ich meine Tasche auf den Beifahrersitz geworfen habe, steige ich ein.

Mein Blick huscht zum Rückspiegel und ich schaue zweimal hin. Von Rücksitz aus starrt mich Jakes Leiche an. Seine kalten, blauen Augen sind auf mich gerichtet, sein rotblondes Haar ist zerzaust. Unter seiner Haut, die sich bereits zu zersetzen beginnt, erscheinen violettfarbene Flecken.

Ich zucke zurück, sodass meine Schulter hart gegen das Fenster knallt und das Glas widerhallen lässt. Ich atme scharf ein und nehme den schwachen Geruch von Alkohol, Kupfer und feuchter Erde wahr. Ich taste nach dem Türgriff und stürze mich auf die Straße.

Scheiße.

Das kann nicht wahr sein.

Warum versucht mein Verstand, mich davon abzuhalten, das Haus zu verlassen? Das ist verrückt.

Ich gehe in die Hocke und starre durch die getönte Scheibe, nur um Jakes Leiche weiterhin auf dem Rücksitz hocken zu sehen, als wäre mein Auto seine letzte Ruhestätte.

Mein Magen zieht sich unangenehm zusammen. Was zum Teufel schustert sich mein Gehirn da gerade zusammen und warum zum Teufel bin ich so ruhig?

Weil ich schon Schlimmeres erlebt habe. Weil es nichts ist, auf eine Ausgeburt meiner Fantasie zu starren, im Vergleich dazu, einen Mann in Notwehr zu töten oder einen anderen von einem Dach zu stoßen.

So oder so, ich will verdammt sein, wenn ich in einem Wahn zu meinen Eltern fahre. Was, wenn mein Verstand beschließt, meine Wahrnehmung der Stopplichter durcheinanderzubringen? Was, wenn er sich einen Lastwagen einbildet?

Mit rasendem Herzen gehe ich auf mein Haus zu. Aber wenn der Brief echt ist, kann ich unmöglich dahin zurück. Ich zucke zusammen, als mein Handy vibriert. Mein Blick wandert zum Fenster im Obergeschoss, wo ich in der Dunkelheit eine vermummte Gestalt ausmachen kann, die mich beobachtet.

Es ist der Sensenmann, den mein Verstand erfunden hat, als Jake versuchte, mich zu erdrosseln.

„Was?", schnappe ich, schon erschrocken über die Sinnlosigkeit, mit einem imaginären Wesen zu sprechen.

Wenn ich nicht aufpasse, werde ich noch eine dieser verrückten Frauen, die sich mit Menschen streiten, die nicht existieren. Mein Blick huscht zurück zum Auto, wo mich meine Gedanken daran erinnern, dass Jakes Leiche dort eingezogen ist.

Ja, scheiß drauf.

Ich werde zu Mrs. Baker gehen.

Mrs. Baker ist die alte Frau, die nebenan in Nummer 15 wohnt und eine malerische kleine Frühstückspension betreibt. Unten brennt noch Licht, also klingele ich bei ihr. Vielleicht lässt sie mich in ihrem Gästezimmer übernachten, wenn ich ihr sage, dass ich mich zu Hause nicht sicher fühle. Ich könnte ein Taxi quer durch die Stadt nehmen, aber Gavin hat meine letzten fünfhundert Dollar für Alkohol verschwendet.

Die Tür schwingt auf und gibt den Blick auf einen fast zwei Meter großen Mann mit eindringlichen grauen Augen, karamellfarbenem Haar und weichen, vollen Lippen frei. Ich weiche einen Schritt zurück und mit einem Mal ist mein Verstand wie leer gefegt. Mein Blick wandert zu den Brustmuskeln, die sich durch sein weißes T-Shirt abzeichnen, und zu den Umrissen von etwas Verheißungsvollem unter seiner grauen Jogginghose. Er kommt mir vage bekannt vor. Ich bin mir sicher, dass ich ihn schon einmal auf dem Cover einer Zeitschrift gesehen habe.

„Guten Abend", begrüßt er mich, wobei Belustigung in seiner Stimme mitschwingt.

„Ähm ... ich möchte zu Mrs. Baker?", stottere ich.

„Sie ist zu Bett gegangen. Kann ich Ihnen irgendwie behilflich sein?"

„Oh." Ich schlucke und meine Wangen prickeln vor Hitze. „Ich habe mich nur gefragt, ob es ein freies Zimmer gibt. Ich meine, mein Haus ist ... Ach, egal."

Er blickt mich mit gerunzelter Stirn an. „Sie sind Amethyst."

„Woher wissen Sie das?"

„Mrs. Baker erwähnte, dass sie gestern, am frühen Abend, einen Tumult aus Ihrem Haus hörte. Ich wollte vorbeischauen, um mich zu vergewissern, dass alles in Ordnung ist, aber sie sagte, dass Sie Videos fürs Internet machen. Ich habe einen christlichen Podcast."

Ich schürze die Lippen, aber ich zwinge mich, einen neutralen Gesichtsausdruck beizubehalten. Ein so kräftig aussehender Mann wie dieser wäre gestern hilfreich gewesen, als ich Jake abwehren musste. Vielleicht würde mein Verstand dann nicht ständig seine Leiche heraufbeschwören.

„Mein Name ist Thomas", sagt er und streckt mir die Hand entgegen. „Thomas Dinsdale. Ich wohne hier, während sie das Pfarrhaus ausräuchern."

Ich schüttle ihm die Hand und erinnere mich daran, wie Mrs. Baker von dem gut aussehenden neuen Priester schwärmte. Hätte ich gewusst, dass er auch noch jung ist, wäre ich vielleicht in die Kirche gegangen. „Schön, Sie kennenzulernen."

„Was ist das Problem in Ihrem Haus?", fragt er und schaut mir dabei so intensiv in die Augen, dass ich schwöre, er würde eine Bestandsaufnahme all meiner Sünden machen.

Ich lasse seine Hand los und verschränke die Arme vor der

Brust. Ich will nicht, dass er der Polizei die Geschichte mit dem Tumult erzählt.

„Oh, eine Freundin von außerhalb hat angerufen und wollte irgendwo übernachten", antworte ich, wobei mir die Lüge leicht über die Lippen kommt. „Sie ist der Typ, der gerne zu lange bleibt, also habe ich mich gefragt, ob Mrs. Baker noch Platz hat."

Thomas lächelt und lässt seine geraden, weißen Zähne aufblitzen. „Ich werde Ihre Nachricht morgen früh weitergeben. Gibt es sonst noch etwas?"

Ich schüttle den Kopf und wende mich wieder meinem Haus zu. „Nein, das ist alles."

Sobald er die Tür geschlossen hat, werfe ich einen Blick auf Nummer 11 und versuche, nicht zu erschaudern. Die Bewohnerin ist eine Frau namens Relaney, die ich versuche zu meiden. Nicht, weil sie sich selbst als Spiritistin bezeichnet, sondern weil ich mir sicher bin, dass sie eine Sekte leitet.

Bin ich wirklich so verzweifelt?

Ich denke an die häufigen Polizeirazzien, bei denen Beamte übel aussehende Männer abführen. Oder an die seltsamen Gesänge, die durch meine Fenster dringen, wenn ich sie nachts offenlasse. Als ich Myra anrufe, geht direkt die Mailbox ran, also hinterlasse ich eine Nachricht. Vielleicht ist es an der Zeit, dass ich Mom anrufe?

Mein Blick huscht zurück zum Auto. Ja, die Leiche ist immer noch da. Ich betrete mein Haus und achte darauf, den Rücken zur Tür gewandt zu halten. Sollte etwas aus den Schatten springen, werde ich direkt zu diesem sexy Priester zurückkehren.

Ich weiß es besser, als Mom anzurufen. Sie hat es so satt, von mir zu hören, dass sie zwei Drittel meiner Anrufe einfach ignoriert. Stattdessen rufe ich zu Hause an.

„Wer ist da?", erklingt die verschlafene Stimme meiner Mutter.

„Mom?", stoße ich hervor.

„Amethyst, was gibt es diesmal?", fragt sie mit einem Seufzer.

Ich schlucke schwer und fürchte mich bereits vor der Ablehnung. „Kann ich heute Nacht bei euch bleiben?"

„Geht es um den Mann, den du angegriffen hast? Du sagtest, er sei noch am Leben ist."

Ich richte meinen Blick auf meine Füße. Mom war die erste Person, die ich anrief, nachdem ich Jake erstochen hatte. Als Myras Schwester der Polizei von Mr. Lawson erzählte, gab Mom mir die Schuld dafür, dass ich zu viel geredet und mich erwischen ließ. Sie gab mir das Gefühl, dass ich es verdient hätte, misshandelt zu werden, und sagte dann, dass ich sie anrufen sollte, wenn ich das nächste Mal einen Mann tötete oder verstümmelte.

Sie war sarkastisch, aber die Botschaft kam an. Also rief ich Mom statt eines Krankenwagens an. Sie flippte aus, und ich ruderte zurück und sagte, ich hätte ihm in die Schulter gestochen, nicht in den Hals, und er sei nur ohnmächtig geworden.

Ich weiß. Lahme Ausrede.

„Der Typ ist letzte Nacht gegangen und hat sich sogar entschuldigt", lüge ich.

„Was willst du dann?" Ihre Stimme wird ungeduldig.

„Ich halluziniere und habe nicht genug Geld, um ein Taxi zu rufen. Kannst du oder Dad mich abholen?"

„Dein Onkel Clive ist hier. Ich kann mich nicht auch noch um die psychischen Probleme einer weiteren Person kümmern."

„Aber ich glaube, ich werde gestalkt ..."

„Amethyst", schnauzt sie. „Mein Blutdruck steigt unaufhörlich. Komm nicht. Noch ein Wort über seltsame Männer in deinem Haus, und ich schicke dich in eine Anstalt. Du bist kein Opfer, wenn du deine Medikamente nicht nimmst. Ich habe genug von deinen Geschichten. Ich habe endgültig die Nase voll davon."

„Mom, ich meine es ernst. Ich glaube, ich brauche Hilfe." Als sie nicht antwortet, frage ich: „Mama?"

Die Verbindung bricht ab.

Vielleicht ist es an der Zeit, die Polizei zu rufen.

ZEHN

Bundesgefängnis Alderney.

Liebe Amethyst,

Ich war sprachlos, als ich das Foto von dir in dem schwarzen Negligé sah, und stöhnte, als du für mich auf dem Bett posiert hast.

Danke, dass du bereit bist, ein Handy zu empfangen. Das Gefängnis ist von Handystörsendern umgeben, aber der Mann in der Zelle neben meiner hat mir versichert, dass es sogenannte tote Winkel gibt. Morgen, wenn sie mich zum Sport rauslassen, werde ich dir auf jeden Fall ein Foto schicken.

Das Töten hat mir keine sexuelle Befriedigung verschafft, aber ich habe auch schon von Somnophilie fantasiert.

Der Gedanke, dich zu beobachten, wenn du am verwundbarsten bist, bringt mein Blut in Wallung. Du wärst meine perfekte schlafende Schönheit und ich wäre dein dunkler Prinz. Ich würde dir die Haare aus dem Gesicht streichen und den Schönheitsfleck auf deiner Wange küssen, bevor ich meine Lippen zu deinem Hals hinabgleiten lasse.

Würde dir das gefallen, mein wunderschönes kleines Juwel?

Würdest du gerne aufwachen, während ich dein Schlüsselbein küsse, oder würdest du lieber weiter schlafen? Sag mir, was dich mehr erregt. Wie weit würdest du mich gehen lassen?

Voller Spannung erwarte ich deine Antwort.

Xero.

ELF

AMETHYST

Die nächste Stunde stehe ich mit dem Rücken zur Tür und warte, dass mir irgendein Phantom entgegenspringt. Das Haus ist vollkommen ruhig, sodass ich mich frage, ob es ein Fehler war, die Polizei zu rufen. Wenn ich nicht unterscheiden kann, was Einbildung und was Realität ist, warum ziehe ich dann die Polizei hinzu?

Ich zucke zusammen, als plötzlich hinter mir an der Tür geklingelt wird. Ich wirble herum, schaue durch den Türspion und verziehe das Gesicht. Officer Vayne steht dort, wobei er mir mit seiner Masse die Sicht auf seinen Kollegen verdeckt. Er lehnt sich so nah heran, dass meine Sicht von seinem buschigen Schnurrbart erfüllt wird. Er ist das Arschloch, das kam, als ich den Umschlag mit dem verstörenden Foto von mir als Kind und der Drohbotschaft fand. Anstatt sich auf die Bedrohung zu konzentrieren, die über mir schwebte, belehrte er mich über die Gefahren, die mit dem Umgang mit Mördern verbunden sind. Er und seine aufdringlichen Fragen waren einer der Gründe, warum ich es nicht rechtzeitig zu Xeros Hinrichtung geschafft habe.

Mit einem Seufzer öffne ich die Tür.

„Miss Crowley, was kann ich heute für Sie tun?", fragt er, wobei sich seine Augen bereits verengen.

Ich trete zur Seite und bedeute ihm zu, einzutreten, aber er verschränkt die Arme vor der Brust.

„Jemand hat mir seltsame Nachrichten geschickt", sage ich.

Sein Blick fällt auf mein Handy. „Wieder einer Ihrer Online-Trolle?"

„Ich habe Ihnen gestern gesagt, dass ich meine Nummer nicht herausgebe."

Mit einem Grunzen tritt er ein und erfüllt meine Sinne mit dem Duft von Zitrusfrüchten. Während Vayne schwerfällig in mein Wohnzimmer stapft, kommt sein Kollege, ein jüngerer, glattrasierter Mann mit einem Bürstenschnitt, mit einem entschuldigenden Lächeln herein.

Ich folge dem zweiten Polizeibeamten in das Wohnzimmer, wo Vayne es sich bereits auf dem Sofa bequem gemacht hat. Der andere wartet auf Erlaubnis, also bedeute ich ihm, dass er sich irgendwo hinsetzen soll.

Nachdem wir alle Platz genommen haben, erkläre ich die seltsamen Nachrichten und hole sogar das Prepaid-Handy und seine SIM-Karte herunter. Ich bin erleichtert, als sie die Texte sowohl auf diesem als auch auf dem anderen Gerät durchlesen und bestätigen, dass sie keine Ausgeburt meines verwirrten Verstandes sind.

„Und war da etwas unter Ihrem Kopfkissen?", fragt Vayne.

Ich nicke. „Ein Brief, den ich an Xero geschrieben habe."

„Geben Sie ihn mir."

Ich greife in meine Tasche und hole den Umschlag heraus. „Wollen Sie ihn nicht auf Fingerabdrücke untersuchen?"

Die beiden Beamten tauschen Blicke aus, sodass ich mich frage, ob sie meine Anzeige ernst nehmen.

Vayne räuspert sich. „Bridges wird ihn in eine Beweismittel-tüte stecken und zum Revier bringen."

„Werde ich ihn zurückbekommen?", frage ich.

„Sobald die Untersuchungen abgeschlossen sind. Holen Sie den Brief heraus und lassen Sie mich sehen, was darin steht."

Hitze steigt mir ins Gesicht, als ich den Brief heraushole, dennoch schaffe ich es, keine Miene zu verziehen. Ich bleibe vor Vayne stehen und halte ihm den Brief hin.

„Näher." Er rutscht auf dem Sofa vor, sodass es ächzt. Ich mache einen Schritt auf ihn zu, aber er winkt weiter.

Ein eisiger Schauer läuft mir über den Rücken, als ich mich ihm ein Stückchen nähere. Er schnüffelt an dem Papier wie ein Bluthund und sein Kopf schnellt hoch, um mir einen bösen Blick zuzuwerfen.

Ich erwidere seinen Blick und fordere ihn heraus, nach dem Geruch vor seinem Kollegen zu fragen, aber sein Blick fällt wieder auf den Brief.

„Lieber Xero", sagt er mit rauer Stimme.

„Der Inhalt tut nichts zur Sache", unterbreche ich ihn. „Ich habe ihn selbst geschrieben und an das Gefängnis geschickt. Ich möchte, dass Sie untersuchen, warum ich ihn unter meinem Kopfkissen gefunden habe."

Er ignoriert mich und liest ihn weiter durch. Ich wende mich an den anderen Polizisten, der einfach nur mit den Schultern zuckt. Manchmal hasse ich Männer. Wenn sie nicht gerade Raubtiere sind, verurteilen sie Frauen für ihre Entscheidungen. Das ist einer der Gründe, warum ich mich so sehr zu Xero hingezogen fühlte.

Alle anderen verliebten sich in sein hübsches Fahndungsfoto, aber mich zog die Intelligenz in seinen Augen an. Nachdem ich ihm geschrieben hatte, stellte ich fest, dass er höflich, aufgeschlossen, unvoreingenommen und mitfühlend war. Am wichtigsten war jedoch, dass er sicher hinter Gittern saß.

„Nachts liege ich wach und stelle mir vor, wie du dich aus dem Gefängnis schleichst und in mein Schlafzimmer kommst. Wie du die Bettdecke zurückschlägst und die ganze Nacht mit mir schläfst. Bei Sonnenaufgang würdest du wie ein Vampir verschwinden und ich würde aufwachen, schmerzgeplagt und zufrieden von dem erotischsten Traum?", verspottet mich Vayne.

Der andere Mann unterdrückt ein Lachen.

„Miss Crowley, nette Mädchen schreiben verurteilten Mördern keine solchen Fantasien", sagt Vayne und wirft mir einen verachtenden Blick zu.

Meine Augen verengen sich. „Vielleicht wären Sie so freundlich, auf den Punkt zu kommen und mir zu erklären, wie der

Umschlag seinen Weg vom Gefängnis in mein Bett gefunden hat?“

Seine Wangen röten sich. „Es sieht so aus, als hätte derjenige, der sich um Xero Greaves persönliche Gegenstände gekümmert hat, den Brief zu Ihnen zurückverfolgt.“

„Aber ich habe keine Absenderadresse hinterlassen.“

Vayne sagt nichts, aber Bridges beugt sich vor. „Wir werden im Gefängnis nachfragen und herausfinden, welcher Beamte Mr. Greaves’ Zelle geräumt hat.“

„Danke“, murmle ich.

„Und ich werde unsere Patrouille auf Ihre Straße ausdehnen und sehen, ob wir jemanden Verdächtigen entdecken“, fügt Vayne hinzu, als wolle er verhindern, dass sein Kollege ihn übergeht.

Ich nicke.

„Können Sie irgendwo unterkommen, bis wir unsere Ermittlungen abgeschlossen haben?“, fragt Vayne und lässt seinen Blick über die Vorderseite meines Kapuzenpullis schweifen. „Bei Familie, Freunden … einem anderen Liebhaber?“

„Vielleicht“, antworte ich, ohne näher darauf einzugehen.

Mom sagte bereits, dass ich nicht willkommen wäre. Myra geht nicht an ihr Handy, und ich hatte seit meiner letzten katastrophalen Affäre keinen Liebhaber mehr. Mrs. Baker schläft und ich kenne niemanden gut genug, um ihn zu bitten, mich in sein Haus zu lassen. Außer Relaney.

Nachdem die Polizei den Brief in eine Tüte gesteckt hat, begleite ich sie nach draußen und überprüfe den Rücksitz meines Autos. Die Leiche ist verschwunden, ebenso ihr Geruch, aber ich traue mich nicht, einzusteigen. Unter Halluzinationen Auto zu fahren ist genauso schlimm wie betrunken Auto zu fahren. Dieses Risiko werde ich nicht eingehen.

Ich greife nach meiner Tasche und werfe einen Blick auf Nummer 11. Es überrascht mich nicht, dass die Lichter im Erdgeschoss noch immer an sind. Niemand in diesem Haus scheint jemals zu schlafen.

Ich kann nirgendwo anders hin. Ich sitze hier fest, bis ich mein Rezept oder eine Mitfahrgelegenheit bekomme, also habe ich wohl keine andere Wahl. Mit einem Seufzer gehe ich zu meiner anderen Nachbarin und klopfe an.

Augenblicke später öffnet sich die Tür und eine Weihrauchwolke schlägt mir entgegen. Relaney Cymbal steht in einem Kimono gekleidet vor mir, ihr blonder Afro wird von bunten Lavalampen angestrahlt. Sie ist Anfang vierzig, hat glatte, blasse Haut, die sich über einen kantigen Knochenbau spannt.

Ihre Stimme ist atemlos und warm, ebenso wie ihre gefühlsbetonte Körpersprache. Trotzdem habe ich die Frau noch nie lächeln sehen. Sie blickt durch ihre Wimpern und eine John-Lennon-Brille, die auf ihrer Nasenspitze thront, auf mich herab.

„Amethyst", sagt sie in diesem luftigen Flüsterton. „Wie schön, dich hier zu sehen. Bist du hier, um etwas über das Leben nach dem Tod zu erfahren?"

„Bei mir ist der Strom ausgefallen", lüge ich. „Besteht die Möglichkeit, dass ich die Nacht in Ihrem Gästezimmer verbringen kann?"

Sie lächelt und enthüllt ihre gelben Zähne. „Komm rein, Schätzchen. Du kannst an unserer Séance teilnehmen."

Ich werfe einen Blick über meine Schulter und frage mich, warum sie sich so darüber freut, dass ich an ihrer Gemeinschaft mit den Toten teilnehme. Vielleicht ist es besser, wenn ich zu Hause von Jake und dem Sensenmann heimgesucht werde. Bevor ich über meine Lebensentscheidungen nachdenken kann, zieht mich Relaney hinein.

Der Flur wird von einer Gruppe Lavalampen beleuchtet, in denen sich bunte Wachskügelchen in durchsichtiger Flüssigkeit bewegen. Meine Nasenflügel zucken vom überwältigenden Geruch von Weihrauch, Cannabis und brennenden Dochten. Ich gehe vorsichtig voran und werfe einen Blick auf die Treppe. Die Wände sind mit okkulten Symbolen, Mandalas und heiliger Geometrie verziert.

„Danke, dass ich bleiben darf", sage ich, meine Stimme ist vom vielen Rauch heiser. „Ich bin wirklich müde. Könnten Sie mir Ihr Gästezimmer zeigen?"

Sie ergreift meine Hand und schaut mir direkt in die Augen. „Ich habe dich gestern gesehen. Ich weiß, was du getan hast."

Scheiße.

ZWÖLF

Bundesgefängnis Alderney.

Liebe Amethyst,

Ich freue mich, dass dir das Foto gefallen hat. Ich habe zwei Piercings: ein Prinz-Albert-Piercing an meiner Eichel und ein Jakobsleiter-Piercing unter meinem Schaft. Einer der Wärter hat versucht, sie mir bei meiner Aufnahme zu entfernen, aber ich habe ihn sehr schnell in seine Schranken gewiesen.

Vielen Dank für die Ausführung deiner Somnophilie-Fantasie. Da du lieber weiter schläfst, würde ich ein Beruhigungsmittel in dein Wasser geben. Ich würde mich unter dem Bett verstecken, während du einschläfst, und darauf warten, dass sich deine Atmung verlangsamt.

Sobald ich sicher bin, dass du tief und fest schläfst, würde ich aus meinem Versteck kommen und mich deiner schlummernden Gestalt annehmen.

Mein Herz würde vor Vorfreude rasen, während ich dein Haar beiseiteschiebe und deinen zarten Hals enthülle. Der Puls unter deiner Haut würde sich beschleunigen, weil du weißt, dass du mir völlig ausgeliefert bist, und mein Schwanz würde anschwellen, während ich mein Messer heraushole.

Ich würde die flache Seite meiner Klinge an der Spitzenborte deines Nachthemdes entlangführen und es aufschneiden. Jeder Zentimeter deiner Haut wäre eine Offenbarung, und mir würde das Wasser im Mund zusammenlaufen.

Antworte am Mittwochmorgen auf meinen Anruf, wenn du wissen willst, was ich als Nächstes tun würde.

Xero.

P.S. Jetzt, da du meine Nummer hast, kannst du mir ein Video schicken, in dem du mir zeigst, wie sehr du auf meinen Schwanz stehst.

DREIZEHN

AMETHYST

Was zum Teufel glaubt Relaney zu wissen? Ich bin so sehr mit dem Versuch beschäftigt, mein Gesicht ausdruckslos zu halten, dass ich sie hinter einem mit Perlen besetzten Vorhang verschwinden lasse.

Die Neugierde lodert in mir auf und entfacht ein Feuer, das mich dazu bringt, ihr zu folgen. Alle Pläne, mich in ihrem Gästezimmer zu verkriechen, lösen sich in Luft auf. In meiner Verzweiflung nach Antworten folge ich ihr in einen Raum, der doppelt so groß ist wie mein Wohnzimmer.

Es ist unbeleuchtet, abgesehen von Kerzen auf der rechten Seite des Raumes am Fenster, die auf einem Altar zwischen einer Standuhr, Kristallkugeln und Karten stehen. In der Mitte des Raumes sitzen vier Männer auf dem Boden um einen runden Tisch herum und starren mich mit großen Augen an. Ich blicke nach links, wo mindestens drei Queen-Size-Matratzen nebeneinander liegen, auf denen sich ein Chaos aus Kissen, Kleidung und Bettdecken türmt.

Wenn ich nicht so sehr darauf aus wäre, herauszufinden, was Relaney glaubt, letzte Nacht gesehen zu haben, würde ich mich fragen, warum sie vier Männer in ihrem Wohnzimmer beherbergt, wenn ihr Haus so viel größer ist als meins.

Ich mache einen weiteren Schritt in den Raum hinein, zu

verärgert über ihre kryptische Anschuldigung, um mich von den Kerlen aus dem Konzept bringen zu lassen, und starre auf ihren Hinterkopf, der mich an eine Pusteblume erinnert. „Was habe ich denn Ihrer Meinung nach gestern Abend getan?"

Sie dreht sich um und blickt mich mit großen Augen an. „Dein Podcast", antwortet sie mit hallender Stimme. „Hast du nicht versucht, die Seele deines Mörders zu retten? Du hast übrigens versagt. Ich hätte es besser machen können."

Ich runzle die Stirn. Meint sie meinen Livestream oder das Video, das viral ging? Das letzte Mal, dass ich einen Podcast machte, war vor der Hinrichtung.

„Die Hintergrundmusik, die du beim Vorlesen seines letzten Briefes gespielt hast", fügt sie hinzu und scheint meine ungefragte Frage zu beantworten. „Sie heißt *Ode an einen Sünder*."

„Oh." Ich reibe mir den Nacken und versuche, meine Erleichterung zu verbergen. Offensichtlich meinte sie nicht, dass sie gesehen hat, wie ich eine Leiche durch den Hinterhof geschleift habe. „Das, was Sie über die Rettung von Xeros Seele gesagt haben, ist das überhaupt möglich?"

Sie deutet auf die vier Männer, die um den Tisch sitzen. „Meine Akolythen und ich werden dir den Weg weisen."

„Sind Sie eine Priesterin oder so etwas?", frage ich und richte meine Aufmerksamkeit auf die Fremden.

Sie zeigt auf einen breitschultrigen Mann, der unter seinem langen Haar und seinem struppigen Bart attraktiv sein könnte. „Das ist Chappy, der sich zum Medium ausbilden lässt." Dann deutet sie auf einen viel kleineren, rothaarigen Mann mit einer dicken schwarzen Brille. „Ezekiels drittes Auge ist bereits geöffnet."

Mein Blick wandert zu zwei großen, schwarzhaarigen Männern, bei denen ich mir sicher bin, dass es sich bei ihnen um Brüder handelt. Als sie sie nicht vorstellt, hebt der Größere von beiden die Hand. „Ich bin Sparrow und das ist Wilder."

„Hallo", sage ich.

Relaney geht zum Tisch und schubst die Brüder beiseite, die beide aufstehen und sich an die Wand stellen. Ich runzle die Stirn, frage aber nicht, warum sie so unhöflich ist. Vielleicht tut sie das, weil sie jetzt nicht mehr wichtig sind.

Sie bedeutet mir, mich auf das gerade frei gewordene Kissen zu setzen. Ich zucke entschuldigend mit den Schultern, aber die Brüder schütteln den Kopf, als wären sie es gewohnt, so behandelt zu werden.

„Komm schon, Liebes." Sie winkt mich zu sich, wobei ihre Armreifen klirren.

Ich lasse mich auf den Platz der Brüder sinken und Chappy streckt mir seine große Hand entgegen. „Hey."

Ich schüttle sie und bemerke die rauen Schwielen. „Schön, dich kennenzulernen."

„Gleichfalls, Süße", sagt er mit leiserer Stimme.

Relaney beugt sich über den Tisch, küsst Ezekiel und wirft Chappy einen verschmitzten Blick zu. Chappy führt meine Hand zu seinen Lippen und küsst meine Knöchel.

Eilig ziehe ich sie weg, da ich nicht in ihr Beziehungsdrama hineingezogen werden möchte. „Sie haben etwas über das Leben nach dem Tod gesagt?"

„Natürlich", sagt Relaney, und ihre Stimme wird wieder zu einem gehauchten Flüstern. „Xero Greaves erlitt einen traumatischen Tod und verursachte viele weitere. Daher ist sein Geist zwischen den Welten gefangen. Als Spiritistin ist es meine Pflicht, ihn dorthin zu führen, wo seine Seele endlich Frieden finden kann."

Ich senke den Kopf und starre auf die Tischdecke. Es gibt einen Grund, warum ich meiner Nachbarin aus dem Weg gehe. Spiritismus, Seelen und übernatürliche Themen sind Schwachsinn. Wenn wir sterben, sind wir weg, es ist vorbei. Danach gib es nichts. Wir hören auf zu existieren.

Das erklärt, warum ich mich an nichts aus meiner Kindheit erinnere. Meine Mutter sagte, ich hätte auf dem Rücksitz des Autos gesessen, als es zu einem Zusammenstoß kam. Irgendwie hatte ich meinen Sicherheitsgurt geöffnet, und durch den Aufprall flog ich durch die Windschutzscheibe, dann wurde ich von einem anderen Fahrzeug getroffen.

Die Sanitäter erklärten mich für tot, aber meine Mutter flehte sie an, eine Herz-Lungen-Wiederbelebung durchzuführen, wodurch mein Herz wieder zum Schlagen gebracht wurde. Ich habe keine Erinnerung an die Bewusstlosigkeit oder meinen kurzen Aufenthalt im Jenseits und kann mich nur bruchstückhaft an die Zeit erinnern, die ich zu Hause mit der Genesung meiner Verletzungen verbracht habe.

Relaney zuzuhören ist zwar anstrengend, aber ich habe nichts zu verlieren. Und ich bin nicht in der Lage, von ihr zu verlangen, dass sie mich über Nacht bei sich aufnimmt, ohne auch nur den Versuch zu unternehmen, gesellig zu sein. Wenn es eine Chance gibt, dass ein Teil von Xero hier in der Schwebe bleibt, dann werde ich tun, was ich kann, um ihm zu helfen, einen Abschluss zu finden.

„Meinen Sie damit Himmel oder Hölle?", frage ich.

Chappy ergreift wieder meine Hand. „So etwas gibt es nicht, Süße. Es gibt nur verschiedene Ebenen der Existenz."

Ich löse meine Hand aus seinem Griff und lege sie in meinen Schoß. „Was soll das heißen?"

„Mit organisierter Religion hält das Establishment die Menschen unter Kontrolle", sagt Relaney. „Befolge unsere Befehle in der Welt der Lebenden, damit du in der nächsten Welt belohnt wirst. Das ist der ultimative Betrug."

Ezekiel und Chappy nicken zustimmend. Als ich einen Blick auf die Wand zu den Brüdern werfe, steckt Sparrow die Hände in die Taschen und zuckt mit den Schultern, während Wilder die Augen verdreht. Es sieht so aus, als würden sie meine Skepsis teilen.

„Also, was erwartet einen Menschen, wenn er stirbt?", frage ich, nur um das Gespräch am Laufen zu halten.

Relaney legt ihre Hände mit den Handflächen nach oben auf den Tisch. Sie schließt die Augen, atmet tief ein und sagt: „Wenn wir aus diesem Leben scheiden, entwickelt sich unser Geist weiter zu höheren Ebenen der Existenz. Wir reflektieren die Lektionen aus unseren vergangenen Leben und entscheiden, ob wir für ein weiteres zurückkehren möchten."

„Wiedergeburt?"

„Genau", antwortet sie und nickt. „Der Tod ist einfach nur ein weiterer Schritt, und dein Mörder ist zwischen den Welten gefangen."

„Ich dachte, es wären Ebenen?"

„Wollen wir mit einer Séance beginnen?", fragt sie und ignoriert meine Frage.

„Warum nicht?", murmele ich, um kein undankbarer Gast zu sein.

Diese Pseudowissenschaft über Geister mag vielleicht totaler Schwachsinn sein, aber zumindest sitze ich nicht zu Hause fest und werde von einem Stalker beobachtet, der vorgibt, Xero zu sein. Oder werde von Xeros Geist heimgesucht. Oder halluziniere *JakeRake69s* verrottende Leiche.

Ich weiß wirklich nicht, was ich von dem, was passiert, halten soll, aber eines ist sicher: Hier bei Relaney und ihren Gefolgsleuten bin ich sicherer. Sie weist uns an, die Hände mit den Handflächen nach unten und gespreizten Fingern auf den Tisch zu legen, sodass sich jede Hand mit der des Nachbarn berührt. Chappy schlingt seinen kleinen Finger um meinen und zwinkert mir zu. Ich werfe Relaney einen Blick zu, die es entweder nicht bemerkt hat oder zu sehr in das Ritual vertieft ist.

Nachdem sie uns aufgefordert hat, die Augen zu schließen und uns auf unseren Atem zu konzentrieren, hält sie eine lange Rede über das Universum. Ich kann mich nicht auf das konzentrieren, was sie sagt, da Sparrow und Wilder anfangen, spöttisch zu lachen.

Ich beginne zu verstehen, warum sie so tut, als würden sie nicht existieren.

Sie ignoriert sie und fragt: „Ist jemand da draußen? Wenn irgendwelche Geister anwesend sind, dann macht euch bitte bemerkbar."

„Ich habe deinen Geist hier", murmelt Sparrow.

Ich öffne ein Auge und sehe, wie er einen Schluck aus einer Flasche Armagnac nimmt. Ich schließe die Augen und unterdrücke ein Lächeln. Was für ein Arschloch.

Relaney schnappt nach Luft. „Jemand ist hier! Geist. Klopfe dreimal, um deine Anwesenheit anzukündigen."

Drei Klopfzeichen hallen durch den Raum. Ich reiße die Augen auf und blicke über den Tisch, an dem alle mit immer noch verbundenen Händen sitzen. Als ich die Brüder anschaue, grinsen sie.

Meine Augen verengen sich. Was zum Teufel denken sie,

was sie da tun? „Wunderbar!", ruft Relaney. „Stellen wir dem Geist ein paar Fragen. Ein Klopfzeichen für Ja, zwei Klopfzeichen für Nein. Einverstanden?"

Ein Klopfen ertönt im Raum, aber es stammt nicht von den Brüdern. Die Hände von Relaney und den anderen beiden Männern sind auf dem Tisch zu sehen. Ich werfe Sparrow einen Blick zu, der seine Flasche an Wilder weitergibt und die Arme vor sich verschränkt.

„Sehr gut. Bist du im Reinen, Geist?", fragt Relaney mit geschlossenen Augen.

Zwei Klopfen.

Meine Kehle ist plötzlich wie zugeschnürt, und ich schaue mich im Raum um. Vielleicht steht ein anderer Akolyth im Flur und täuscht diese Antworten vor. Das könnte das Klopfen erklären. Ich werfe Sparrow einen weiteren Blick zu, der den Kopf schüttelt.

„Wir hören dich, Geist", sagt sie mit sanfterer Stimme. „Gibt es etwas, das wir tun können, um deine Last zu erleichtern?"

Ein Klopfen.

„Sollten wir ihn nicht zuerst identifizieren?", frage ich.

Es gibt ein Klopfmuster, eine Kombination aus einzelnen und doppelten Klopfzeichen. Ich starre Sparrow mit großen Augen an, der mich ebenfalls verwirrt anstarrt. Die Klopfzeichen wiederholen sich immer wieder, bis Ezekiel nach Luft schnappt.

„Das ist Morsecode." Sein Gesicht verzieht sich.

„Was sagt er?", fragt Relaney. „H ...Y... S ...T ...A ... M ... E ... T... H ..."

„Amethyst", sage ich. „Wer ist das?"

Die Klopfzeichen ändern ihren Rhythmus und Ezekiel übersetzt. „R ... O ... X ... E ..."

Ich senke den Kopf, als mir Tränen in die Augen steigen. Wie ist das überhaupt möglich?

„Xero Greaves?", stößt Relaney hervor.

Ein Klopfen.

Meine Lippen verziehen sich. Hier ziehe ich die Grenze. Xero würde nicht in Relaneys Haus schweben, um mit mir über Morsecode zu kommunizieren ... Oder bin ich zu skeptisch?

Erinnerungen an unsere Gespräche dringen in meinen

Verstand ein – seine beruhigende Stimme, die Art, wie er mir das Gefühl gab, verstanden und geschätzt zu werden. Jede Erinnerung ist eine Liebkosung und ein stechender Schmerz, eine Erinnerung an die Liebe, die wir teilten. Seine Aufmerksamkeit war mein Zufluchtsort, seine Briefe boten mir Halt. Der Gedanke, seine Stimme nie wieder zu hören, unsere Verbindung nie wieder zu erleben, lässt mein Inneres sich schmerzhaft zusammenziehen.

Was würde es mich kosten, meine Pflicht zu erfüllen und Hallo zu sagen? Nichts. Was würde es mir bringen, einfach stur zu schweigen? Mehr quälende Gedanken. Mehr gruselige Nachrichten. Ein noch größeres Bedürfnis, die Polizei zu rufen. Noch größere Chancen, dass jemand herausfindet, was ich letzte Nacht getan habe.

„Bist du es wirklich?", krächze ich.

Ein Klopfen.

„Bist du zurückgekommen, um einen Schlussstrich zu ziehen, denn ich kann es erklären."

Zwei Klopfen.

„Nein? Was willst du dann?"

Er beginnt eine weitere Abfolge von Klopfzeichen, die er in Abständen setzt, sodass ich mich frage, ob es sich um einen langen Satz handelt. Ich wende mich an Ezekiel, der den Kopf neigt, die Augen hinter seiner dicken Brille immer noch geschlossen.

„Was sagt er?", flüstere ich.

Er verzieht das Gesicht. „F ... I ... C ... C ... E ... N ... Pause. T ... Ö ... T ... E ... N ...

B ... A ... E ... N ... S ... P ... R ... U ... C ... H ... E ... N..."

Wilder verschluckt sich an seinem Brandy und lässt die Flasche fallen, die mit einem lauten Knall auf dem Boden aufschlägt und zerspringt. Sparrow schlägt seinem Bruder auf den Rücken, und Panik zeichnet sich auf seinem Gesicht ab.

Niemand am Tisch scheint sich an dem Tumult zu stören, sie scheinen zu beschäftigt zu sein, um sich darum zu kümmern, dass einer ihrer Freunde erstickt.

„Alles in Ordnung?", frage ich.

Zwei Klopfen.

Eigentlich war diese Frage nicht an ihn gerichtet. Sparrow

richtet sich auf, lehnt sich an die Wand und hebt halbherzig den Daumen.

„M ... U ... S ... C ... H ... I ...", fügt Ezekiel hinzu.

„Oh, mein Gott", stößt Relaney hervor und ihre Wangen röten sich.

„Wen willst du töten?", frage ich.

„Ich verliere ihn", sagt Relaney. „Alle bitte konzentrieren."

Ich schließe meine Augen, mein Inneres verkrampft sich vor Unbehagen. Wie viel davon ist real? Die Tischdecke aus Wolle kratzt auf meiner Handfläche, und Chappys Finger zieht an meinem. Niemand im Raum ist die Quelle des Klopfens, und ich bezweifle, dass Ezekiel seine Übersetzung des Morsecodes vortäuscht.

Es ist ein Gefängniswärter. Jemand aus dem Gefängnis, der von mir und meinen nach Muschi duftenden Briefen besessen ist, hat jede meiner Bewegungen analysiert und vorausgesagt, dass ich nirgendwo anders hinlaufen kann als hierher. Das ist zu weit hergeholt. Würde ein Mann mit einer Vollzeitbeschäftigung wirklich in das Haus meiner Nachbarin einbrechen, um mich per Morsecode zu belästigen?

Oder vielleicht ist Xero wirklich da draußen und ist wütend auf mich, weil ich ihm die letzten Stunden seines Lebens vermiest habe. Ich sehe gerade alle möglichen verrückten Dinge, also warum sollte die Erklärung für das, was passiert, logisch sein? Ich gebe Xero nicht die Schuld für seinen Zorn, aber ich verstehe das mit dem Ficken, Töten und Beanspruchen nicht. Wenn Geister nichts berühren können, woher stammt dann das Klopfen?

„Bist du zurück, Geist?", fragt Relaney.

Eine Explosion lässt mich die Augen aufreißen. Ich drehe mich zur anderen Seite des Raumes, wo Funken aus einer Stereoanlage fliegen und eine der Matratzen in Brand setzen.

„Scheiße." Chappy springt auf und wirft dabei den Tisch um. Er eilt durch den Raum und erstickt das Feuer mit einer Bettdecke.

Ezekiel steht auf und streckt sich, bevor er zu Chappy hinübergeht, um ihm zu helfen.

Relaney klopft mir auf die Schulter und lenkt meine

Aufmerksamkeit von dem Spektakel ab. „Mach dir darüber keine Sorgen. Spirituelle Aktivitäten können elektrische Überspannungen verursachen, und die, die wir heute Abend beschworen haben, war mächtig. Es tut mir leid, dass wir Xero nicht helfen konnten, Frieden zu finden, aber wir können es morgen Abend noch einmal versuchen."

„Stört es Sie nicht?", krächze ich.

„Es wäre mir eine Ehre, eine Figur im Abschluss deines Podcasts zu sein", antwortet sie. „Möchtest du, dass ich dir dein Zimmer zeige?"

„Danke", murmele ich. „Für alles."

Als ich aufstehe, sind die Brüder, die an der Wand gestanden hatten, gegangen.

VIERZEHN

Bundesgefängnis Alderney.

Liebe Amethyst,

Danke, dass du gestern meinen Anruf angenommen hast. Ich wünschte, wir hätten mehr Zeit zum Reden gehabt. Mit dir zu reden, war wie ein Vorgeschmack auf den Himmel.

Darf ich sagen, dass deine Stimme genauso schön ist wie dein köstlicher Körper?

Letzte Nacht habe ich mir vorgestellt, wie ich mit dir im Bett liege und du an meiner Seite schläfst. Ich wollte dir einen Kuss auf die Schläfe drücken, während du mit dieser süßen, schläfrigen Stimme mit mir sprichst.

Willst du mich in den Wahnsinn treiben? Das Video von dir in der burgunderfarbenen Robe hat sich in mein Gedächtnis eingebrannt. Ich möchte sehen, was sich unter der Spitze verbirgt und mehr als nur eine halbe Sekunde lang deine Muschi genießen.

Sag mir, was ich tun muss, um mehr von meinem kostbaren Juwel zu sehen, und ich gewähre es dir.

Xero.

P.S. Ich habe meine Reaktion auf dein Video aufgenommen. Ich werde es dir morgen schicken.

FÜNFZEHN

AMETHYST

Ich liege in einem Bett in einem überraschend sauberen, in Weiß gehaltenen Zimmer, in Relaneys Haus. Sie stellte meine Tasche neben das Bett, während ich noch immer fassungslos war, dass ich in der Séance erwähnt wurde. Das, zusammen mit den Worten ‚Ficken‘, ‚Töten‘ und ‚Beanspruchen‘, ganz zu schweigen von der kleinen Explosion, würde ausreichen, um jeden an seiner eigenen Skepsis zweifeln zu lassen. Aber vielleicht hatte sie das alles von Anfang an geplant.

Relaney erklärte, dass die spirituelle Welt geheimnisvoll sei und ich mir nicht zu Herzen nehmen solle, was Xero gesagt hatte. Als ich sie nach den beunruhigenden Worten fragte, sagte sie, dass er wahrscheinlich noch immer die Gewalt seiner Verbrechen verarbeiten würde.

Ich bin mir noch immer nicht sicher, was ich glauben soll.

Mondlicht dringt durch einen Spalt in den Vorhängen und beleuchtet die leere Seite des Bettes. Nachdem ich mich zehn Minuten lang im Bett hin und her gewälzt habe, beuge ich mich über den Rand des Bettes, greife in meine Tasche und hole eine Flasche heraus.

Ich nehme einen Schluck Wasser nach dem anderen und versuche, das Unbehagen zu vertreiben, das mich erfüllt, während ich in einem fremden Haus bin, das von noch seltsameren Männern bewohnt wird. Die vier, die ich heute Abend getroffen habe, schienen in Ordnung zu sein, aber sie sind nichts im Vergleich zu einigen der anderen Gestalten, die ich zu jeder Tages- und Nachtzeit aus diesem Haus hab kommen sehen.

Nachdem ich die Hälfte der Flasche geleert habe, lasse ich mich seufzend aufs Bett fallen. Xeros Geist, oder wer auch immer ihn verkörpert hat, verschwand, bevor ich überhaupt die Gelegenheit hatte, ihm zu erklären, warum ich ihn gestern am Altar stehen gelassen habe. Ich weiß nicht, wie *JakeRake69* an das Bild von mir als Kind gekommen ist oder was das alles zu bedeuten hat. Ich habe ihn umgebracht, bevor ich die Gelegenheit hatte, ihn zu fragen.

Die einzigen Menschen, die diese Fragen beantworten können, sind meine Eltern.

Augenblicke später werden meine Augenlider schwer und ich lasse mich wieder auf die Matratze sinken, wobei der Schlaf langsam Besitz von mir ergreift. Körperlose Gedanken wirbeln wie Gespenster durch meinen Kopf und verfolgen die Anfänge meines Traums.

Was, wenn ich nicht halluziniere und Xero mich wirklich aus Rache heimsucht? Alle anderen, die ihm Unrecht getan haben, sind tot, nur ich nicht. Ich tauche in einen Strudel der Ereignisse der letzten anderthalb Tage ein, meine Gedanken drehen sich, bis alles schwarz wird.

Stunden vergehen, bis mich das Knarren einer Diele aus dem Schlaf reißt und ich die Augen aufreiße. Der Raum ist so dunkel, dass es kaum einen Unterschied zwischen meiner Umgebung und den Mustern hinter meinen Augen gibt.

Am Fußende meines Bettes zeichnen sich die Umrisse einer Gestalt mit Kapuze ab, deren Augen einen schwachen silbernen Schimmer besitzen. Ich versuche, mich ruckartig aufzurichten, aber mein Körper rührt sich nicht.

Ich kenne diesen Zustand: Schlaflähmung, bei der der Geist wach ist, der Körper aber weiterschläft. Ich konzentriere mich auf meine Atmung und befehle mir, einen Finger oder eine Zehe zu bewegen.

Die Gestalt bewegt sich auf mich zu, ihre Bewegungen sind so fließend, dass es ein Traum sein muss. Ihre leuchtenden Augen senken sich auf die Höhe meines Gesichts. Ich starre nach vorn, unfähig, meine Augen zu bewegen.

Das ist nur ein Traum. Ich brauche nicht in Panik zu geraten.

Warum rast mein Herz dann so schnell, dass ich mir Sorgen mache, es könne mir aus der Brust springen? Ich möchte meine Augen schließen, aber mein Körper gehorcht mir nicht.

Die Bettdecke gleitet von meinen Schultern über meine Brust bis zu meiner Taille. Obwohl ich so vernünftig war, meine Kleidung anzubehalten, dringt immer noch ein kühler Luftzug durch meinen Kapuzenpullover. Mein Atem beschleunigt sich und ich konzentriere mich mit aller Kraft darauf, meinen kleinen Finger zu bewegen.

Kühle Finger gleiten meinen Hals entlang und greifen nach dem Reißverschluss meines Pullovers. Sie ziehen ihn sanft herunter und legen meine Haut frei. Darunter trage ich einen Sport-BH und ein Tanktop, aber ich spüre bereits, wie sich meine Brustwarzen zu harten Spitzen zusammenziehen.

Nachdem der Kapuzenpullover vollständig geöffnet ist, gleitet eine kühle Hand über meinen Busen, was mir ein leises Stöhnen entlockt. Die Berührung ist sanft, aber bestimmt genug, um nicht meiner Fantasie zu entspringen.

Schauer laufen mir über den Rücken und schießen bis zu meinem Geschlecht. Meine Klitoris erwacht und die Muskeln meiner Muschi ziehen sich zusammen.

Ich möchte mir selbst sagen, dass das nicht real ist. Es ist ein Traum, der dadurch ausgelöst wurde, dass Officer Vayne meine Somnophilie-Fantasie vorgelesen hat.

Die Finger drehen meine Brustwarzen und lassen elektrisierende Funken durch meinen Körper jagen. Mein Rücken will sich krümmen und mein Körper verlangt nach mehr. Ich sehne mich so sehr nach der Berührung, dass ich mir vorstelle, wie Xero aus seiner Zelle entkommt, um einige der Fantasien, die er in seinen Telefonaten und Briefen beschrieben hat, real werden zu lassen. Ich könnte schwören, dass ich sein tiefes Stöhnen höre.

Xero war so perfekt für mich, so großzügig mit seiner Zeit und so verständnisvoll für meine dunkle Vergangenheit. Alles, was er als Gegenleistung verlangte, war das kurze Zeitfenster vor seiner Hinrichtung, und ich enttäuschte ihn. Mein Körper versucht, wieder einzuschlafen, aber ich zwinge meinen Geist, wach zu bleiben. Die Bettdecke um meine Taille verschwindet und enthüllt meine Leggings und Socken.

Eine entfernte Stimme hallt durch den Raum, ein satter und kehliger Klang, der mir Schauer über den Rücken jagt. Ich spüre, wie sich mein Tanktop hebt und mein Bauch entblößt wird, während ich darum kämpfe, in der Dunkelheit wach und aufmerksam zu bleiben. Jedes Nervenende kribbelt vor Erwartung auf das, was als Nächstes kommt.

Kühle Lippen drücken sich auf meine Haut und lassen eine Gänsehaut auf meinem gesamten Körper entstehen. Das fühlt sich so real an, aber ich drifte langsam ab. Ich schicke die Reste meines Bewusstseins in meinen kleinen Finger, dränge ihn, sich zu bewegen, dränge mich selbst, wach zu bleiben, aber der Schlummer zieht mich in die Tiefe und meine Gedanken lösen sich auf.

———

Stunden später reißt mich das Klingeln meines Handys aus dem Schlaf. Ich schrecke mit rasendem Herzen in einem unbekannten, weißen Raum hoch. Meine Schenkel verkrampfen sich, nur um festzustellen, dass meine Klitoris immer noch geschwollen ist und voller Verlangen pulsiert.

Richtig. Ich habe geträumt, dass der Sensenmann an mein Bett kam, um mit meinen Brustwarzen zu spielen. Das Wenige, woran ich mich von letzter Nacht erinnere, war heiß genug, um mich die ganze Nacht über erregt zu halten. Ich versuche, die Erinnerung zu verdrängen, aber mein Handy hört nicht auf zu klingeln.

Ich rolle mich auf die Seite des Bettes, immer noch vollständig in meinen Kapuzenpullover und meine Leggings gekleidet, und greife in meine offene Tasche.

„Hallo?", krächze ich.

„Amy?" Die Panik in Myras Stimme durchbricht meine anhaltende Schläfrigkeit.

„Was ist los?", frage ich.

„Es geht um Kayla", sagt sie mit erstickter Stimme. „Die

Assistentin, die deine Pakete und Briefe an dich weitergeleitet hat?"

Ich schrecke hoch. „Was ist passiert?"

„Ihre Mitbewohnerin hat sie tot aufgefunden. Es war schrecklich. Sie ist an einem Dildo erstickt. Erstickt. Wie zum Teufel kann so etwas überhaupt passieren?"

Ein eisiger Schauer läuft mir über den Rücken und ein Knoten ballt sich in meinem Magen zusammen. Ich krümme mich auf der Matratze und erinnere mich an das Bild dieser Frau, die ein dickes schwarzes Spielzeug tief in den Mund hatte, dass dem auf meinem Nachttisch sehr ähnlich war.

„Amy? Amy, bist du noch da?", fragt Myra.

Ich schlucke. „Ja. Entschuldigung. Hat die Mitbewohnerin die Polizei gerufen?"

Sie zögert. „Die Beamten, die gekommen sind, sagten, es gäbe keine Anzeichen für einen Einbruch und es sei wahrscheinlich ein Unfall gewesen. Menschen sterben ständig an perversem Scheiß." Sie stößt ein Schnauben aus, und ich kann hören, dass sie anfängt zu weinen. „Ihre Mitbewohnerin sagte, sie sei vollständig bekleidet gewesen."

Ich bin kurz davor, das zu wiederholen, was ich ihr gestern schon sagte, aber mein Handy piept und vibriert, als ich einen weiteren Anruf erhalte, der dafür sorgt, dass sich sämtliche Härchen in meinem Nacken aufrichten.

Meine Angst steigt und Myras Worte treten in den Hintergrund. Ohne es zu wollen, stoße ich hervor: „Hör zu, ich habe noch einen anderen Anruf. Kann ich dich zurückrufen?"

„Klar. Ich muss sowieso den Laden aufmachen." Sie legt auf.

Donner grollt durch den Hörer meines Handys und lässt mich erstarren. „Amethyst", sagt eine tiefe Stimme durch das Geräusch von starkem Regen. „Schau unter deinem Kopfkissen nach."

„Hallo?" Ich nehme das Handy vom Ohr, um auf den Bildschirm zu schauen, aber die Person hat bereits aufgelegt.

Warum klang seine Stimme so sehr wie die von Xero, als er mich während des Gewitters anrief?

Weil er von Textnachrichten auf kurze Telefonate umgestiegen ist, Idiot. Vielleicht war die Sitzung gestern kein

Schwachsinn, und wir vier haben seinen Geist wirklich beschworen. Wie Relaney vermutete, muss es ihm Kraft gegeben haben. Wenn ein Geist eine Stereoanlage zum Explodieren bringen kann, dann kann er mit Sicherheit auch einen Anruf tätigen.

Was mich nicht loslässt, ist Kaylas Tod. Würde Xero sie wegen eines Dildos umbringen? Wahrscheinlich nicht. Aber wegen des Diebstahls des Medaillons seiner Mutter? Vielleicht.

Ich öffne meine Nachrichten und scrolle durch sie hindurch, nur um festzustellen, dass er das Foto an das Handy geschickt hat, das ich auf meinen Nachttisch gelegt habe.

Eine weitere Nachricht erscheint auf dem Bildschirm:

Schau unter deinem Kissen nach.

Ich antworte: *Wer bist du?*

Er antwortet: *Muss ich es dir nochmal buchstabieren? Was bevorzugst du: Römische Buchstaben oder Morsezeichen?*

„Arschloch", murmele ich, als eine weitere Nachricht erscheint: *Tu es jetzt, oder es wird Konsequenzen geben.*

„Scheiße."

Ich sollte mich wehren, aber das Foto einer Frau, die an einem Dildo erstickt, verfolgt mich immer noch. Das Letzte, was ich will, ist, tot aufgefunden zu werden, womöglich mit einer Peitsche um den Hals.

Ich schließe die Augen, beiße die Zähne zusammen und greife nach dem Kissen. Ich hebe es ein wenig an, in der Erwartung, etwas Unheilvolles zu sehen, aber alles, was ich sehe, ist das weiße Bettlaken. Ich atme tief durch, nehme all meinen Mut zusammen und hebe das Kissen vollständig an, nur um einen weiteren roten Umschlag zu sehen.

Mein Name steht auf der Vorderseite in Xeros Handschrift, zusammen mit der genauen Angabe, wo ich bei Relaney wohne: im oberen Gästezimmer, Parisii Drive Nr. 11.

„Süß", murmele ich. „Enthält das meine Einladung in die Hölle?"

Der Inhalt ist sperrig und ähnelt eher einem Satz Filzstifte als einem Stück Pergament. Ich drehe den Umschlag um und öffne ihn. Sogleich schlägt mir der Gestank von verbranntem Fleisch entgegen.

Im Umschlag befindet sich etwas, das wie Finger aussieht.

Um genau zu sein, vier lange Finger und ein Daumen. Ein eisiger Schauer läuft mir über den Rücken, mein Puls beschleunigt sich und mein Atem wird hektisch und flach.

Jeder Instinkt schreit mich an, das, was ich sehe, zu leugnen – es als eine weitere Halluzination abzutun. Aber ich kann es nicht, weil es mittlerweile zu viele Zufälle gibt, untermauert durch all die anderen Beweise, die besagen, dass es real ist.

Officer Vayne hat den ersten Brief, den ich fand, gesehen. Myra hat gerade bestätigt, dass es sich bei dem Foto der Frau mit dem Dildo um Kayla handelt. Die Zeit, sich hinter Wahnvorstellungen zu verstecken, ist vorbei. Ich muss endlich dieser grotesken Realität ins Auge blicken.

Ich greife in den Umschlag, ziehe den Daumen heraus, der an der Wurzel verbrannt ist, und lege ihn auf das Bett.

„Er hat ihn verätzt", flüstere ich.

Das Handy vibriert, als ich noch eine Nachricht erhalte.

Kein Mann wird jemals mein kostbares Juwel berühren. Nicht einmal mit seinem Blut.

„Das ist absolut verrückt", murmle ich durch zusammengebissene Zähne.

Mach weiter, schreibt er als Nächstes.

Ich sollte wegen der Implikationen, warum er auf meinen Kommentar antwortet, ausflippen, aber ich mache mir mehr Sorgen um den Besitzer dieser Finger.

Das Handy vibriert erneut.

SOFORT.

„Verdammt noch mal. Ich habe von rachsüchtigen Geistern gehört, aber ich wusste nicht, dass sie ungeduldig sind."

Ich ziehe den längsten Finger heraus und sehe ein drauf tätowiertes *D.* Übelkeit steigt in mir auf. „Nein ..."

Mein Handy vibriert.

MACH WEITER.

Ich weiß bereits, was ich finden werde. Wie erstarrt blicke ich auf den Bildschirm, und der Mistkerl ist bereits dabei, die nächste Nachricht zu schreiben.

Bring mich nicht dazu, es ein drittes Mal sagen zu müssen.

Mit einem tiefen Atemzug drehe ich den Umschlag um und lasse die Finger auf die Matratze fallen. Mein Herz setzt einen

Schlag aus, mein Magen verkrampft sich vor Ekel. Die morbide Seite in mir überlegt, dass derjenige, der sie abgetrennt hat, sie gut konserviert und sauber gehalten hat.

„Was willst du von mir?“, frage ich in Richtung meines Handys und eine Nachricht erscheint: *Ordne sie.*

Ich lege sie in der richtigen Reihenfolge aus, mit dem Daumen nach links, da ich bereits weiß, dass sie zu einer rechten Hand gehören.

Die Buchstaben ergeben das Wort BDSM.

„Gavin ...“, flüstere ich. „Ist er tot? Hast du ihn umgebracht?“

Er antwortet nicht. Natürlich nicht. Er will, dass ich es selbst herausfinde. Xero oder wer auch immer sich für ihn ausgibt, wird mich nicht in Ruhe lassen, bis ich meinen Verstand vollends verloren habe.

Ich muss Myra warnen und mich verdammt noch mal vom Parisii Drive entfernen.

SECHZEHN

Bundesgefängnis Alderney.

Liebe Amethyst,

Du hast gefragt, also hier ist sie: die hässliche Wahrheit. Die erste Person, die ich tötete, war meine leibliche Mutter. Sie wurde angeschossen, als sie mit mir schwanger war, und starb bei dem notwendigen Kaiserschnitt. Zumindest ist das die Geschichte, die mir ihre ältere Schwester erzählte, die sich um mich kümmerte, bis sie an Krebs erkrankte.

Als ich sieben Jahre alt wurde, wurde ihr Zustand unheilbar. Ein Mann, den ich noch nie getroffen hatte, stand eines Tages vor der Tür und behauptete, mein Vater zu sein. Er sagte, es sei Zeit für mich, mich seiner Familie anzuschließen. Ich weigerte mich, weil er ein Fremder war und ich bei der Frau bleiben wollte, die ich als meine Mutter betrachtete.

Er zog eine Spritze heraus und injizierte ihr ein Gift, das ihr Herz zum Stillstand brachte. Ich musste zusehen, wie sie zuckte, bis sie sich schließlich nicht mehr bewegte. Dann streckte er seine Hand aus und befahl mir, mit ihm zu kommen.

Ich durfte keine Tasche packen, keine Fotos holen oder irgendetwas aus unserem Leben mitnehmen. Er riss mich von ihrem erkaltenden Körper weg, und alles, was ich mitnehmen konnte, war ihr Medaillon. Es ist mein wertvollster Besitz und meine einzige Verbindung zu meinem früheren Leben.

Und du? Du hast mir bereits von deinem ersten Mord erzählt. Erzähl mir stattdessen von deiner schmerzhaftesten Erinnerung.

Jetzt, da ich deine Frage beantwortet habe, möchte ich ein weiteres Video, in dem du mich weniger neckst.

Xero

P.S. Ich freue mich, dass dir die Show gefallen hat, und ich freue mich auf den Tag, an dem ich dein Gesicht mit meinem Sperma bedecke.

SIEBZEHN

AMETHYST

Trotz der wilden Panik, in der ich mich befinde, ist mir bewusst, dass es sich für einen Gast nicht gehört, abgetrennte Finger zurückzulassen. Ich stecke sie wieder in den Umschlag, lasse ihn in meine Tasche fallen und richte das Bett.

Es ist sieben Uhr morgens und im Flur hallt ein entferntes Schnarchen wider. Ich schleiche auf Zehenspitzen die Treppe hinunter, um niemanden mit den Geräuschen meiner Panik zu wecken, und trete durch die Eingangstür nach draußen.

Die Morgensonne fällt auf die Bäume am Parisii Drive und wirft ein gesprenkeltes Licht auf mein Auto. Ein kurzer Blick auf den Rücksitz bestätigt, dass er leer ist, und ich eile zur Fahrertür.

Vielleicht hätte ich die Polizei rufen sollen, aber ich fürchte mich vor den Folgen. Xero hat bereits eine Person ermordet, die in einer entfernten Beziehung zu mir stand, vielleicht sogar zwei. Ich weiß immer noch nicht, was mit Gavin passiert ist, und ich habe zu viel Angst, um Nachforschungen anzustellen.

Ich steige ein und werfe einen Blick in den Rückspiegel, um sicherzugehen, dass diesmal wirklich keine Leiche auf meinem Rücksitz hockt. Als ich feststelle, dass er leer ist, starte ich den Motor, rufe Myra an und fahre los.

Nach dem zweiten Klingeln geht sie ran. „Hey."

„Xeros Geist hat Kayla getötet." Als sie daraufhin nichts sagt, blicke ich auf den Bildschirm, um zu sehen, ob die Verbindung noch besteht. „Bist du noch da?"

Sie räuspert sich. „Wie kommst du darauf, dass Xero ein Geist geworden ist?"

„Xero hat mir ein paar Dinge geschickt, die nie weitergeleitet wurden."

„Das ist keine Antwort auf meine Frage. Und es gehen ständig Dinge verloren", sagt sie bereits abwehrend.

Ich presse meine Lippen zusammen und fühle mich mies, weil ich schlecht über eine Tote spreche. „War Kayla ein Xero-Fan?"

„Was hat das damit zu tun?", fragt Myra.

„Was, wenn sie manche Dinge zu spät weitergeleitet hat? Und als Xero sie erneut schickte, hatte sie vielleicht zweimal dasselbe und ist zu dem Schluss gekommen, dass es niemandem schaden würde, das Duplikat zu behalten."

Myra schweigt wieder und scheint über meine Worte nachzudenken. Ich biege von der Elgin Road auf die Schnellstraße ab, die meinen Vorort Beaumont City mit Alderney Hill verbindet. Meine Eltern besitzen ein Haus in dieser Gegend, ein Ort, wo die Immobilienpreise siebenstellig statt achtstellig sind.

Man sollte meinen, dass ein Paar mit einer Mini-Villa und einem Poolhaus in der Lage wäre, seine Tochter unterzubringen, aber sie haben mich in den Parisii Drive Nummer 13 abgeschoben, nachdem sie mich von der Uni geholt hatten.

„Okay, nehmen wir an, Kayla hat ein paar Dinge für sich behalten. Warum sollte das Xeros Geist überhaupt interessieren?", fragt Myra.

„Eines davon war das Medaillon seiner Mutter", antworte ich. „Das war das Einzige, was er von ihr hatte, bevor sie starb."

Myra räuspert sich. „Woher weißt du, dass Kayla es genommen hat?"

„Gestern hat Xero mir zwei Fotos geschickt. Auf einem hält er das Medaillon in der Hand und auf dem zweiten sieht man eine Frau mit meiner Frisur, die einen großen schwarzen Dildo im Mund hat."

„Hast du die Polizei gerufen?", fragt sie mit um mehrere Oktaven erhöhter Stimme.

„Sie waren gestern Abend bei mir Zuhause, allerdings war ich eher in Sorge wegen des Briefes, den er mir unter dem Kopfkissen hinterlassen hat."

„Was für ein Brief?", stottert sie.

Ich fahre weiter die Autobahn entlang und erzähle alles, was passiert ist, nachdem sie gegangen war, mit Ausnahme des Teils, in dem ich Wasserstoffperoxid kaufte, um auch die letzten Spuren von Jake in meinem Haus zu beseitigen. Ich überspringe auch den Teil, in dem ich Jakes Leiche gefunden habe. Trauma-Dumping hat eine Grenze, und ich glaube, diese Grenze ist Mord und seine Auswirkungen.

Myra sagt den Rest der Fahrt nicht viel und wirkt bereits erschöpft von meinen Problemen. Ich kann es ihr nicht verübeln. Sie hat mein Drama über ein Jahrzehnt lang ertragen und immer erwartet, dass es mir irgendwann besser gehen würde.

Seit Monaten ist mir nichts Seltsames mehr passiert, und jetzt gibt es zwei mögliche Todesfälle. Drei, wenn man den mitzählt, über den ich schweige. Außerdem ist es ziemlich anstrengend, von einem rachsüchtigen Geist heimgesucht zu werden.

Als ich die Abzweigung nach Alderney Hill nehme, sagt sie: „Flipp nicht aus, wenn ich dich das frage, okay?"

„Nur zu", antworte ich, während sich mein Magen zusammenzieht. „Wann hast du das letzte Mal deine Medikamente genommen?" Bevor ich protestieren kann, fügt sie hinzu: „Erinnerst du dich an das eine Mal, als du mit diesem Jaimie zusammen warst und Mr. Lawson auftauchte, als ihr beide im Bett rumgemacht habt?"

„Er stand am Rand des Bettes."

Sie hält inne. „Wirklich? Ich dachte, er wäre darauf?"

„Er hat es versucht", antworte ich mit zusammengebissenen Zähnen, da ich bereits weiß, dass sie das Gespräch auf meine psychische Gesundheit lenken will. „Aber lass mich dir ein paar Fragen stellen."

Sie zögert kurz, bevor sie mit einem „Okay" antwortet. Ich erreiche den Rand von Alderney Hill, eine der gefährlichsten Straßen in Beaumont City, da sie ein starkes Gefälle und Haarnadelkurven aufweist.

Die Sicht ist hier selbst am helllichten Tag aufgrund der übergroßen Wacholderbäume, die beide Seiten der Straße säumen, schlecht.

Die immergrünen Bäume, die zum Himmel aufragen, werfen das ganze Jahr Schatten, während andere Bäume tief hängende Äste haben, die sich über die schmale Straße erstrecken und ein Blätterdach bilden, das einem Streiche spielt. Zum Glück hatte ich noch nie einen Unfall, da meine Eltern in der Nähe der Straße wohnen. Meine Gedanken kehren zu meinem Gespräch mit Myra zurück.

„Frage eins: Weiß ich, wo Kayla wohnt? Nein, weiß ich nicht. Zweitens: Erinnerst du dich, dass ich dir geschrieben habe, du solltest nach ihr sehen, weil ich mir Sorgen gemacht habe, und einen Tag später sagst du mir, dass sie mit einem von Xeros Geschenken ermordet wurde? Habe ich das halluziniert? Nein, habe ich nicht."

„Amy ..."

„Und du solltest vielleicht sehen, ob es Gavin gut geht."

„Weil Xeros Geist ihm die Finger abgeschnitten hat?", fragt sie und klingt immer noch zweifelnd.

„Soll ich zu deiner Arbeit kommen und sie dir zeigen?"

„Nein", schreit sie. „Bring sie zur Polizei."

Ich biege durch die Lücke in der Wacholderhecke und fahre in die Einfahrt des Hauses meiner Eltern. Das Eisentor ist immer offen, da sie es hassen, wenn der Lieferdienst ihre Pakete unter die Büsche wirft.

„Hör zu, ich muss auflegen", sage ich. „Pass einfach auf dich auf. Xero ist da draußen und verletzt jeden, der auch nur irgendetwas mit mir zu tun hat. Du bist meine beste Freundin, und ich will nicht, dass du in seinen Amoklauf hineingezogen wirst."

Als sie seufzt, weiß ich, dass sie skeptisch ist. „Na gut ... Ich schlafe mit meinem Kruzifix. Ich hab dich lieb."

Ich parke im Carport und öffne die Tür, wodurch mir der überwältigende Duft von Wacholder entgegenschlägt und meine Nase reizt. Niesend gehe ich über den Kiesweg auf das Haus zu, wohl wissend, dass ich die Ästhetik meiner Eltern ruiniere. Ihr Haus ist eines der ältesten im Bezirk und war ursprünglich ein Bordell. Die Schein-Tudor-Architektur mit ihrem schrägen Dach, dem aufwendigen Mauerwerk und den freiliegenden Holzbalken vermittelt das Gefühl einer alten Taverne.

Erinnerungen an die Geschichte des Hauses kommen mir in den Sinn, als ich mich der Eichentür nähere. Der Legende nach nutzten Gangster Tunnel auf dem Hügel, um Fässer in den Lagerraum zu schaffen. Ich bin einmal aus Neugier dorthin gefahren, aber alles, was ich vorfand, waren dichte Nadelbäume und ein paar unhöfliche Arschlöcher, die mit Maschinengewehren bewaffnet waren.

Meine Eltern sind so stolz auf die bewegte Vergangenheit des Hauses, dass sie die Holzbalken und Bleiglasfenster restaurieren ließen, um ihre schicken Gäste bei ihren Abendessen bei Kerzenschein zu beeindrucken. Sie wären entsetzt, wenn sie ihre verrückte Tochter hier antreffen würden, die verkündet, sie würde Leichen sehen. Sie tun so, als hätten sie mein ganzes Leben lang hier gelebt, aber ich erinnere mich, dass sie Möbel bewegt haben, während ich mich von dem Unfall erholte.

Ich zwinge mich, meine Nervosität wegen ihrer Reaktion auf meinen unangekündigten Besuch zu unterdrücken, klingele und lausche auf Schritte. Als es still bleibt, werfe ich einen Blick auf den Gartenweg und überlege, ob Mom wütend wird, wenn ich den Ersatzschlüssel unter dem Stein bei ihrem Heckenlabyrinth benutze.

Ich zucke zusammen, als die Tür plötzlich geöffnet wird. Mom steht in der Tür, ihr Lächeln verschwindet, und ihr Gesicht nimmt einen säuerlichen Ausdruck an.

Vor Mom zu stehen, ist, als würde ich eine gealterte Version meiner selbst sehen. Sie hat die gleichen smaragdgrünen Augen wie ich, mit goldenen Flecken, die gleiche Stupsnase und volle Lippen. Ihre Knochenstruktur ist definierter als meine und wird von schulterlangem Haar eingerahmt, das so braun ist, dass es fast schwarz erscheint.

Der Personal Trainer, Pilates und die proteinreiche Ernährung haben ihr schlanke Muskeln verliehen, die ihr das Aussehen einer Frau in ihren Dreißigern verleihen, obwohl sie vor Kurzem bereits fünfzig geworden ist.

„Was machst du hier?", fragt sie, wobei ihr Blick auf meine Tasche fällt. „Ich habe schon alle Hände voll mit Clive zu tun."

„Es ist etwas passiert, Mom. Darf ich reinkommen?" Ich falte die Hände und mache mir Sorgen, dass ich vielleicht betteln muss.

So ist es seit dem Unfall. Vielleicht sogar schon vorher. Dad erklärte einmal, dass Mama es aus Schuldgefühlen nicht erträgt, mich anzusehen, aber muss sie immer so kalt sein?

Normalerweise sehne ich nicht so verzweifelt nach ihrer Bestätigung, aber sie ist eine Rettungsleine, seit mein letztes Rezept geändert wurde. Manchmal sind die Medikamente wie der Versuch, sich durch Wackelpudding zu kämpfen. Ein anderes Mal ist es, als würde man durch dichten Nebel navigieren. Alles ist gedämpft, sodass ich mich wie eine Gefangene in meinem eigenen Kopf fühle. Ich kann kaum funktionieren, geschweige denn eine Beschäftigung finden.

Meine Social-Media-Plattform sollte mir etwas Unabhängigkeit verschaffen. Ich hatte vor, mit meinem fertigen Manuskript einen Vorschuss zu verdienen, damit ich meine eigenen medizinischen Ausgaben bezahlen konnte. Dr. Saint ist eine ganz passable Psychiaterin, aber sie meldet alles meiner Mutter.

Mom presst die Lippen zusammen und wirft mir verstohlene Blicke zu, als würde sie überprüfen, ob jemand sie in Gegenwart ihrer leicht verstörten Tochter, die die linke Hälfte ihrer Haare blondiert hat, gesehen hat.

„Ich würde nicht fragen, wenn ich wüsste, wohin ich sonst gehen soll", füge ich hinzu.

Der Ausdruck in ihren Augen verhärtet sich, und ich fühle mich wieder, als wäre ich zehn Jahre alt und nichts weiter als eine Last für sie. Nach dem Unfall gab es eine Zeit, in der ich in jeder Hinsicht völlig von meiner Mutter abhängig war, sogar, um auf die Toilette zu gehen. Ich trete von einem Fuß auf den anderen und versuche, mich nicht zu winden. Nach einer gefühlten Ewigkeit dreht sie sich auf dem Absatz um und geht den holzgetäfelten Flur entlang in Richtung Küche.

Es ist im Tudorstil gehalten, wie der Rest des Anwesens, mit einem Paar Eichenbalken, die entlang der Decke verlaufen und in eine Wand aus passenden Schränken übergehen. Seltsamerweise haben sie für ein Paar, das so viel Geld ausgeben kann, keine Haushälterin oder auch nur eine Teilzeit-Reinigungskraft.

Mom kümmert sich um alles, weshalb sie es nicht ertragen kann, Gäste zu haben ... Das sagt sie zumindest immer, wenn ich frage, ob ich das Wochenende hier verbringen kann.

Onkel Clive sitzt mit gesenktem Kopf auf einem hohen Hocker an der Marmorinsel. Ich habe den Mann noch nie persönlich getroffen und ihn nur auf alten Fotos gesehen, dennoch erkenne ich ihn sofort. Er ist eine blassere, hagere, heruntergekommene Version meines Vaters, mit schmutzig blonden Haaren, die ihm in fettigen Strähnen ins Gesicht fallen.

„Clive", sagt Mom mit verdächtig freundlicher Stimme. „Sag Hallo zu Amethyst."

Er zuckt zusammen, starrt mich mit geweiteten Augen durch die Küche an und umklammert sein Glas fester. Mit flackernden Nasenflügeln starrt er mich finster an. „Amethyst."

Eine Gänsehaut breitet sich auf meinem Körper aus. Irgendetwas an diesem Mann ist seltsam, und damit meine ich nicht nur sein Aussehen. Mein Blick wandert an den aufgerollten Ärmeln seines zerknitterten Hemdes hinunter, wo ich Verbände entdecke.

„Was ist passiert?", frage ich.

Mom ergreift meinen Arm und führt mich durch die Küche. „Sprich nicht darüber", flüstert sie. „Er ist ... empfindlich."

„Weshalb wurde er am Arm verletzt?", flüstere ich zurück.

„Selbstjustizler." Sie senkt ihre Stimme so weit, dass sie kaum mehr als ein Flüstern ist. „Sie haben ihn an seiner neuen Adresse aufgespürt und sein Haus in Brand gesteckt."

Ich werfe einen Blick zurück in die Küche. Vielleicht täuscht mich mein Gedächtnis, aber ich erinnere mich an so gut wie nichts von Onkel Clive, geschweige denn, dass er Probleme mit dem Gesetz hatte. „Was hat er getan?"

Meine Mutter zieht mich weiter den Flur entlang. „Er ist gerade aus dem Gefängnis entlassen worden."

„Weshalb war er im Gefängnis?"

„Er ist unschuldig. Hast du verstanden?", fragt sie mit giftigem Unterton.

„O... Okay. Wann ist er rausgekommen?"

„Vor zwei Wochen."

„Und wie lange war er drin?", frage ich mit künstlich heiterer Stimme.

„Fast fünfzehn Jahre. Warum fragst du?"

Ich schüttle den Kopf, während mir unzählige Möglichkeiten durch den Kopf gehen. Die ganze Zeit über war ich mir sicher, Jake sei für die Drohbotschaft und das Foto verantwortlich, weil er mich am selben Tag angegriffen hat. Diese Annahme war zu simpel, zu bequem.

Unheimliche Stalker senden nicht einzelne Nachricht und stürzen sich dann in der nächsten auf ihr Opfer. Sie mögen die Spannung. Jakes Vorbereitungen bestanden aus Kommentaren, die er in den sozialen Medien schrieb, und den Nachrichten, in denen er mein Leben bedrohte. Seine Drohungen waren immer digital, bis er vor meiner Haustür auftauchte.

Was wäre, wenn das Bild und die gekritzelte Nachricht von jemand anderem stammten, der nicht mit dem Internetzeitalter vertraut ist? Ein älterer Psychopath, der junge Frauen gerne mit analogen Methoden terrorisiert? Bei dem Gedanken läuft mir ein kalter Schauer über den Rücken.

Außerdem kennen nur eine Handvoll Leute meine echte Adresse, daher nahm ich an, es sei nur eine Person, um die ich mir Sorgen machen müsse. Aber es könnte gut sein, dass mein eigentlicher Stalker jedes Detail über mich von meiner Mutter erfahren hat.

Angst ballt sich in meinem Innern und zieht sich zu einem festen Knoten zusammen, aber ich schaffe es trotzdem zu nicken.

Das ist eine brillante Schlussfolgerung.

Jake war nicht viel älter als ich und konnte das Foto nicht gemacht haben. Der Täter musste älter sein und höchstwahrscheinlich jemand, der mich vor dem angeblichen Unfall kannte.

Endlich habe ich eine mögliche Spur: ein seltsamer Onkel mit zweifelhaftem moralischem Charakter, der gerade wegen eines so abscheulichen Verbrechens entlassen wurde, dass die Leute immer noch versuchen, ihm das Haus unter dem Hintern anzuzünden.

ACHTZEHN

Bundesgefängnis Alderney.

Liebe Amethyst,

Du scheinst fest entschlossen, meine Geschichte zu erfahren. Aber im Gegenzug möchte ich auch deine erfahren.

Ja, ich zog zu meinem leiblichen Vater, der bereits eine Frau und drei Söhne hatte. Ich war genauso alt wie der Jüngste, und mein Vater hielt es für eine gute Idee, mich in ihrer Schule anzumelden.

Es war eine Katastrophe. Mein Vater war immer auf Geschäftsreise und ließ mich bei meiner unzufriedenen Stieffamilie zurück. Mich verband mehr mit den Töchtern der Haushälterin, von denen ich später erfuhr, dass sie ebenfalls uneheliche Kinder meines Vaters waren.

Ich habe meine Stiefmutter und meine Brüder nicht umgebracht, weil sie jeden Tag mit Qualen und Demütigungen füllten. Sie waren kleinlich, hasserfüllt und boshaft, aber es war leicht zu verstehen, woher ihr Zorn kam.

Sie konnten meinen Vater nicht dafür bestrafen, dass er ihnen einen Bastard aufgehalst hatte, also machten sie mich zum Sündenbock.

Der Rechtsanwalt, der den Prozess führte, zeichnete ein Bild von mir als eifersüchtigem Eindringling, der um sich schlug, weil man ihm ihr luxuriöses Leben verwehrte, aber das entspricht nicht annähernd der Wahrheit. Ich liebte das einfache Leben, das ich zuvor mit meiner Mutter führte.

Das mit dem Unfall tut mir leid. Was ist mit dem Fahrer passiert, und hast du immer noch Probleme mit deinem Gedächtnis?

Xero

P.S. Du ungezogenes Mädchen. Ich verbiete dir, einen gewöhnlichen Dildo zu benutzen, da ich einen Abdruck von meinem Schwanz für dich in Auftrag geben werde.

NEUNZEHN

AMETHYST

Vielleicht hätte ich irgendwo parken und im Auto schlafen sollen, anstatt Zuflucht bei meinen Eltern zu suchen. Mom verhält sich so, als würde ich eine Gefahr für ihren geliebten Onkel Clive darstellen.

Als ich sie immer wieder fragte, was er getan hatte, um einen Angriff von Selbstjustizler zu rechtfertigen, flüsterte sie, dass Clive selbstmordgefährdet sei, und zerrte mich nach oben, als würde allein mein Anblick ihn den Verstand verlieren lassen. Jetzt sitze ich in meinem ehemaligen Zimmer, in dem alles, was mir einst gehörte, ordentlich in einer Truhe am Fußende des Bettes verstaut ist.

Es wurde mit weißen Wänden und einem neuen Deckenbalken, der zur Außenverkleidung aus Holz passt, neu dekoriert. Mein altes Bett wurde durch ein Himmelbett aus Mahagoni mit Vorhängen ersetzt, und alle Fotos, die sie an die Wand geklebt hatte, um mich an meine Kindheit zu erinnern, waren durch geschmackvolle Landschaftsgemälde ersetzt worden.

Meine Mutter tut so, als würde sich mein ganzes Leben um den Unfall drehen, der meine Psyche zerrüttet hat. Sie schreckt vor meiner Gegenwart zurück und vermeidet es, mir direkt ins Gesicht zu sehen. Man könnte meinen, sie sei so, nachdem ich

Mr. Lawson getötet habe, aber um die Wahrheit zu sagen, hat sie sich schon von mir zurückgezogen, seit ich denken kann.

Ich lehne mich auf der Fensterbank zurück und blicke in gepflegte Gärten, in denen Onkel Clive auf einer Bank am Rande der Bäume sitzt und zu meinem Zimmer hinauf starrt. Aus der Ferne wirkt er dünner, fast wie eine Vogelscheuche in einer Tweedjacke und braunen Hosen, die für seine schlaksigen Gliedmaßen zu kurz sind. Vielleicht hat er die Kleidung gebraucht gekauft oder von Dad ausgeliehen.

Ich hebe die Hand und winke, aber er hebt nur das Kinn. Er sieht mich, weigert sich aber, Kontakt aufzunehmen, genau wie der Rest der Familie.

Ich wende mich von Dads seltsamem jüngeren Bruder ab und gehe zu der Truhe am Fußende des Himmelbetts, die mit einem Zahlenschloss gesichert ist. Ich stelle es auf mein Geburtsdatum, 0916, ein und es springt auf. Darin befinden sich die Fotoalben, die ich auf Wunsch meiner Eltern durchsehen musste, als ich aus dem Koma erwachte. Ich blättere durch die Seiten und finde Bilder von mir als Kind mit jüngeren Versionen meiner Eltern und Verwandten, die ich nicht kenne, aber es gibt kein einziges Bild, auf dem Onkel Clive zu sehen ist.

Ich nehme mein Handy und suche nach dem Namen Clive Crowley, finde aber nichts, was mir irgendwelche Informationen über ihn liefern würde. Dann füge ich Suchbegriffe wie Gefängnis, Verhaftung, Selbstjustiz und Verurteilung hinzu, aber es ist, als würde er nicht existieren.

Ein Klopfen an der Tür lässt mich zusammenzucken, und meine Mutter kommt mit einem Tablett herein.

„Was machst du da?", fragt sie, als ihr Blick auf den Bildschirm meines Handys fällt.

„Ich suche online nach Onkel Clive. Warum finde ich keine Details zu seiner Verurteilung? Sollte es keine öffentlichen Aufzeichnungen geben?"

„Erwartest du, dass er vom Gefängnis aus eine Social-Media-Präsenz aufgebaut hat?" Sie stellt das Tablett auf einen Beistelltisch. „Was auch immer du tust, hör auf damit. Dein Onkel ist bereits angeschlagen und braucht nicht noch jemanden, der in seiner Vergangenheit herumwühlt."

„Was hat er getan?", frage ich erneut.

Sie verschränkt die Arme vor der Brust. „Wenn du dich nicht an meine Regeln halten kannst, kannst du gehen."

Meine Kehle ist plötzlich, wie zugeschnürt, als ich mir vorstelle, zum Parisii Drive zurückzukehren, wo Xeros Geist mich im Schlaf heimsuchen kann und es auch tun wird. Ich räuspere mich und sage: „Na schön. Ich werde aufhören, nach ihm zu fragen", murmele ich. „Aber ich brauche ein paar Antworten bezüglich meiner Gedächtnislücken."

„Was ist passiert?" Sie legt den Kopf schief wie eine Eule und zieht die Augenbrauen zusammen. „Kehren sie zurück?"

„Ich weiß es nicht", lüge ich und möchte ihr nicht sagen, dass ich noch immer nur Leere finde, wenn ich versuche, mich an etwas vor meinem zehnten Lebensjahr zu erinnern.

Sie kommt auf mich zu und legt ihre Hände auf meine Schultern. „Woran erinnerst du dich?"

„Es sind nur Bruchstücke."

„Woran?", fragt sie, diesmal härter.

Ich starre in ihre grünen Augen und sehe feine Unterschiede zwischen ihnen und meinen eigenen. Sie sind leicht gerötet und von dunklen Ringen umgeben, die sie unter Concealer versteckt. Hat sie nicht etwas von Bluthochdruck gesagt? In dem Moment habe ich es als Ausrede abgetan, aber sie steht offensichtlich unter Stress.

„Nichts Besonderes", murmele ich. „Hauptsächlich Bilder vom Haus."

Ihre Gesichtszüge entspannen sich und sie lässt meine Schultern los. „Kann ich dir etwas zeigen?", frage ich.

„Was?", fragt sie mit unnatürlich entspannter Stimme.

Ich rufe die Galerie meines Handys auf, suche nach dem Bild von mir als Kind und halte es ihr hin. „Was hat das zu bedeuten?"

Entsetzen huscht über ihr Gesicht, bevor sie wieder ihre Maske falscher Gelassenheit überstülpt. „Woher hast du das?"

Mein Atem beschleunigt sich. Sie weiß genau, was sie da sieht. „Aus meinem Briefkasten", antworte ich. „Erkennst du es wieder?"

„Lass mich mal sehen." Sie neigt wieder ihren Kopf und blinzelt, als würde sie das Bild genau studieren. „Die Ähnlichkeit ist verblüffend, aber ich ... Aber das bist nicht du. Du solltest es löschen."

Ich vergrößere das Bild und deute auf den Bauch des Kindes. „Was sagst du dazu?"

„Photoshop?"

„Wer kennt meine Narben so gut, dass er sie auf dem Bild eines Kindes nachahmen kann, das mir verblüffend ähnlich sieht?", frage ich.

Moms Kiefer spannt sich an, sie scheint zu überlegen, welche Lüge sie mir auftischen soll, die ich am ehesten glauben würde. Ich starre auf diese seltene Veränderung in unserer Dynamik. Normalerweise bin ich diejenige, die nach Ausreden sucht.

„Amethyst", sagt sie seufzend. „Ich kann dir darauf keine Antwort geben. Vielleicht solltest du eher bei dir selbst suchen."

„Was soll das heißen?"

„Du hast einen Podcast, der einem bekannten Mörder gewidmet ist. Es gibt Videos von dir im Internet ..." Sie senkt ihre Stimme. „Du schreibst obszöne Texte und bewirbst ein Liebesbuch zwischen dir und einem geistesgestörten Mann. Es ist, als würdest du darum betteln, vergewaltigt zu werden."

Meine Augen weiten sich und Hitze steigt mir in die Wangen. Ich starre sie mehrere Augenblicke lang an und frage mich, ob das eine akustische Halluzination war.

Meine Mutter hat ihre Worte noch nie beschönigt, aber das ist eine neue Stufe der Offenheit. Ich weiß, dass es eine Weile her ist, seit ich sie das letzte Mal besucht oder auch nur ausführlich mit ihr telefoniert habe, aber ich erkenne diese Frau kaum wieder.

„Was hast du gesagt?", frage ich.

Ihre Lippen pressen sich zu einer schmalen Linie zusammen und ich sehe, wie sich ihre Schultern anspannen, als würde sie von der Defensive in den Angriff übergehen. „Jemand muss dir sagen, dass dies eine Männerwelt ist. Frauen, die sich zur Schau stellen und ihre Fetische bewerben, werden immer Beute sein."

„Wenn das wahr ist, warum beherbergst du dann ein Raubtier?" Sie zuckt bei meinen Worten zusammen.

„Wovon sprichst du?"

„Onkel Clive", antworte ich mit zusammengebissenen

Zähnen. „Selbstjustizler spüren keine Bankräuber auf, und du bemühst dich viel zu sehr darum, den Grund dafür zu verbergen, warum er ins Gefängnis musste. Was ist mir passiert, als ich klein war? Hat er etwas damit zu tun?"

„Amethyst Magnolia Crowley!" Sie reißt die Hand hoch, um mir eine Ohrfeige zu verpassen, aber ich packe ihr Handgelenk, bevor sie meine Wange treffen kann.

„Warum sagst du mir nicht die Wahrheit, Mom?", fordere ich sie auf. „Was ist passiert, als ich jung war? Und komm mir nicht mit dieser Autounfallgeschichte."

Sie versucht, ihren Arm aus meinem Griff zu befreien. „Lass mich los." „Nicht, bevor du mir eine Antwort gegeben hast."

„Wenn dir jemand manipulierte Fotos schickt, dann wahrscheinlich, weil du alles online gestellt hast. Was hast du deinem Mörder in all diesen Briefen erzählt?", zischt sie. „Wenn du ihm Nacktfotos geschickt hast, dann wird jeder, der sie abfängt und von deinen Gedächtnisproblemen weiß, das ausnutzen."

Mir stockt der Atem und meine Finger lockern sich um ihr Handgelenk. Nicht, weil ich ihren Schwachsinn glaube, sondern weil mir bei ihren Worten etwas klar wird. Meine Briefe mussten durch eine Gefängnispoststelle und wurden vom Personal gelesen, um sicherzustellen, dass sie nicht subversiv sind. Deshalb bestand Xero immer darauf, die Nacktfotos über das Handy zu schicken.

„Weißt du", sagt sie, während sie um das Himmelbett herumgeht. „Einige deiner Videos werden millionenfach angesehen. Ich lese die Kommentare. Da draußen gibt es Männer, die lasziven Schweinkram über alles schreiben, was du postest, und andere, die dich die Hure eines Mörders nennen. Wie viele davon schicken dir private Morddrohungen?"

Mehr als ich zählen kann, aber keiner von ihnen war so hartnäckig wie Jake.

„Hast du nicht gesagt, dass einer von ihnen sogar vor deiner Tür erschienen ist?", fragt sie von der Tür aus.

„Das ist er."

Sie nickt. „Na also. Vielleicht solltest du dich lieber unter deinen Online-Bewunderern umsehen als bei deiner eigenen Familie."

„Aber er war es nicht.“

„Wovon sprichst du? Hast du ihn gefragt?“

„Das brauchte ich nicht. Der Mann, der mich angegriffen hat, war um die zwanzig.“

„Na und?“

„Und dieses Bild war ein altes Polaroid. Wie viele Leute in meinem Alter haben so eine Kamera oder bewahren physische Fotos lange genug auf, bis der Rand vergilbt?“

„Ich weiß es nicht. Frag ihn doch.“ Ihre Stimme hebt sich um mehrere Oktaven und wird schrill.

„Ich kann nicht, weil ...“

„Sag nichts.“ Sie hebt eine Hand. „Ich will nichts davon hören. Nachdem, was du diesem Lehrer angetan hast, sind wir durch die Hölle gegangen. Und ... Und ... Wir haben dich gewarnt, dass der nächste Vorfall dich in eine Anstalt bringen wird.“ Die Drohung trifft mich wie ein Schlag, und es fühlt sich an, als würde jeder Tropfen Blut aus meinem Gesicht weichen. Mein Herz rast in meinem Brustkorb.

Ich kann mich nicht an diese Drohung erinnern. Von dem Moment an, als meine Eltern und Dr. Saint mein Rezept änderten, um die Behörden davon zu überzeugen, dass ich durch den sexuellen Missbrauch von Mr. Lawson psychisch gestört sei, war mein Kopf ein einziges Chaos.

Der Schock lässt nach und wird durch eine heiße Welle der Wut ersetzt, und mein Kiefer spannt sich so sehr an, dass meine Zähne knirschen. Ich atme schwer und versuche, ruhig zu bleiben, damit ich die Worte hervorbringen kann, ohne zu stottern.

„Warum würdest du so etwas zu einem dreizehnjährigen Mädchen mit einer Hirnverletzung sagen, wenn nicht etwas Bestimmtes in der Vergangenheit passiert ist?“

Ihre Lippen zittern und sie schluckt immer wieder, was meinen Verdacht bestätigt, dass ich mein Gedächtnis nicht durch einen Autounfall verloren habe.

„Onkel Clive hat mir etwas angetan und ich habe mich gewehrt.“

„Was?“, fragt sie und ihre Augen weiten sich.

„Deshalb wolltest du unbedingt jeglichen Kontakt zu ihm verhindern. Du willst nicht, dass er irgendwelche Erinnerungen auslöst. Deshalb warst du auch mehr darüber verärgert, dass ich Mr. Lawson vom Dach gestoßen habe, und es war dir scheißegal, dass er mich geschwängert und zu einer Abtreibung gezwungen hat ...“

„Amethyst ...“

„Und vor zwei Nächten, als ich dich unter Tränen anrief und sagte, dass ein Mann mich in meinem Haus angegriffen hat ...“

„Genug!“ Sie presst sich die Hände auf die Ohren. „Hör auf. Ich will das nicht hören. Ich will nicht!“

„Wenn etwas mit mir nicht stimmt, muss ich das wissen, damit ich entsprechende Hilfe bekommen kann.“

„Hör einfach auf“, sagt sie mit brüchiger Stimme. „Hör auf oder geh. Bitte.“

„Warum sagst du mir nicht die Wahrheit?“, schreie ich.

Ihr Gesicht verzieht sich und ihre Schultern heben sich bis zu den Ohren. „Wenn du unbedingt wissen willst, was damals passiert ist, frag Dr. Saint nach den Aufzeichnungen deiner ersten Sitzungen. Ich werde einen Notfalltermin vereinbaren.“

Bei ihren Worten bleibt mir der Mund offenstehen. Ich hatte immer wieder vor, die Psychiaterin anzurufen, aber es kam immer etwas dazwischen, sodass ich es vergaß. Ich gehe seit Jahren zu dieser Frau, daher nehme ich an, dass sie Berge von Material hat.

Meine Mutter dreht sich auf dem Absatz um und sagt: „Das Mittagessen steht auf dem Schreibtisch. Komm nicht runter.“

Warum zum Teufel sollte ich das wollen, wenn mein Onkel ein Raubtier ist?

ZWANZIG

Bundesgefängnis Alderney.

Liebe Amethyst,

Ja, mein Vater wusste, wie meine Stieffamilie zu mir stand, aber das war Teil seines Plans. Meine Stiefmutter quartierte mich im Keller ein, den sie zu einem fensterlosen Schlafzimmer umgebaut hatte. Der Raum war kaum mehr als zwei mal zwei Meter groß, hatte ein Klappbett und einen Schreibtisch.

Der erste Monat war die Hölle. Ich durfte keine Spiele, Spielsachen, Bücher oder irgendetwas anderes haben, das mich von meinem Kummer ablenken könnte. Irgendwann hatte meine Stiefmutter es satt, meine Gefängniswärterin zu sein, und übertrug meine Betreuung der Haushälterin, die mir erlaubte, mit den Mädchen in ihrem Häuschen zu bleiben. Immer, wenn mein Vater nach Hause kam, musste ich in den Keller zurückkehren.

Die meiste körperliche Gewalt fand in der Schule statt. Meine älteren Brüder griffen mich nicht direkt an, aber sie waren sehr beliebt. Jeder Schüler, der sich ihre Anerkennung verdienen wollte, konnte dies tun, indem er mich vor ihnen zu Boden stieß, mich in den Gängen überfiel oder mir in der Kantine Essen über den Kopf schüttete.

Mein gleichaltriger Bruder griff mich direkt an. Ich wehrte

mich immer, aber er kam mit Verstärkung. Jahrelang fragte ich mich, warum mein Vater mich nicht in Pflege gab, bis ich herausfand, dass er absichtlich mein Einfühlungsvermögen unterdrückte.

Hast du den Unfall online recherchiert? Unfälle unter Alkoholeinfluss, bei denen Kinder verletzt werden, sind oft in den Nachrichten. Ich bin froh, dass du den Alkohol und die Medikamente reduziert hast. Alles, was zu Bewusstseinsstörungen führt und deine Handlungsfähigkeit beeinträchtigt, kann nicht vorteilhaft sein.

Xero.

P.S. Gestern ist alles angekommen, um den Abguss zu machen. Erwarte etwas aus Silikon in der Post.

EINUNDZWANZIG

AMETHYST

Den Rest des Tages verbringe ich in meinem alten Schlaf-zimmer und grüble über eine Reihe unbeantworteter Fragen nach:

Erstens: Was ist real und was Halluzination?

Antwort: Die Briefe sind echt, wie Officer Vayne bestätigt hat. Sowohl Myra als auch Mom haben Fotos des Nacktbildes gesehen. Ich habe Gavins Nummer angerufen, aber nur die Mailbox erreicht, und er antwortet nicht auf meine Nachricht. Der rote Umschlag mit den Fingern ist immer noch in meiner Tasche, was bedeutet, dass auch die echt sein müssen.

Jake war tot, bevor ich seine Leiche begrub. Ich habe sogar seinen Puls gefühlt. Wenn jemand ihn in diesem Grab gefunden hätte, würde es eine Untersuchung geben, also ist er eine Halluzi-nation. Kann ich dasselbe über den Sensenmann sagen? Er erscheint überall. In meiner Umgebung, nachts in meinem Zimmer und in meinen Träumen. Ich bin sicher, dass es Xeros Geist ist.

Zweitens: Wenn Xero ein Geist ist, wie konnte er dann Gavin die Finger abschneiden und Kayla mit diesem Dildo ersticken?

Antwort: Er arbeitet mit einem Komplizen zusammen. Wer auch immer ihm geholfen hat, Geschenke an Kaylas Adresse zu schicken, hilft ihm wahrscheinlich auch bei seiner Rache. Vielleicht ist die Antwort einfacher und es handelt sich um einen Nachahmungstäter, der allein arbeitet und vorgibt, sein Geist zu sein?

Drittens: Wer hat das Nacktfoto geschickt? Wenn es eine Fälschung ist, wie alle behaupten, woher weiß die Person, die es gemacht hat, wo sich meine Narben befinden?

Antwort: Alle Hinweise deuten auf Onkel Clive hin. Er ist gerade aus dem Gefängnis entlassen worden, ist geheimnisvoll und wird immer noch wegen der Art von Verbrechen verfolgt, die Selbstjustizler anzieht. Mom hat zugegeben, dass er während der Zeit, an die ich mich nicht mehr erinnern kann, eingesperrt war. Was, wenn er mir das angetan und das Foto als Trophäe mitgenommen hat?

Viertens: Wie befreie ich mich von dieser Qual?

Antwort: Ich muss herausfinden, wer hinter den Fotos und Xeros Geist steckt, sie an einen privaten Ort locken und dafür sorgen, dass sie ihn nie wieder verlassen. Anstatt die Beweise zu vergraben, werde ich sie verbrennen.

Die Fotoalben, die meine Eltern mir früher zum Durchsehen gegeben haben, wecken immer noch keine Erinnerungen an die Vergangenheit. Alles ist so sorgfältig zusammengestellt, als ob Freunde und Familienmitglieder fehlen würden, von denen sie nicht wollen, dass ich sie entdecke. Der prominenteste von ihnen ist Onkel Clive.

Ich ging in das Zimmer meiner Eltern, um nach weiteren Alben zu suchen, und bemerkte, dass die Hälfte des Schranks meines Vaters mit Kleidern meiner Mutter gefüllt war. Es sieht so aus, als hätten sie Eheprobleme. In ihrem Bücherregal fand ich ein weiteres Album mit gescannten Bildern aus seiner Kindheit in den Siebzigern und Achtzigern, auf denen er eindeutig einen jüngeren Bruder hat, der wie Onkel Clive aussieht.

Nachdem ich Bilder von Großeltern, von denen ich annehme, dass sie längst tot sind, und von Freunden, die er nie ins Haus eingeladen hat, gesehen habe, kehre ich in mein Zimmer zurück, wo ein verpasster Anruf und eine Sprachnachricht auf mich warten. Es ist Dr. Saints Assistentin, die den Termin für meinen Notfalltermin bestätigt: morgen um 7:30 Uhr.

Meine Mutter scheint ein schlechtes Gewissen zu haben und

ruft mich zum Abendessen herunter, aber Onkel Clive ist praktischerweise abwesend. Ihre Erklärung lautete, dass er früh ins Bett gehen wollte. Als ich den Mut aufbringe, noch einmal zu fragen, weshalb er im Gefängnis war, antwortet sie mit einer einstudierten Antwort, dass er Geld von einer Schule veruntreut habe.

Ich schaue immer wieder auf mein Handy, in der Erwartung, Nachrichten von Xero zu sehen, aber er ist verdächtig ruhig. Ist er mit seiner Rache zufrieden oder hat er sich ein anderes Opfer gesucht? Ich bin versucht, eine herzliche Entschuldigung zu schreiben, zusammen mit dem Grund, warum ich nicht zur Hochzeit erschienen bin, aber schließlich verwerfe ich den Gedanken. Es ist dumm, einen rachsüchtigen Geist zu provozieren.

Sich für Fehler zu entschuldigen, die nie wiedergutgemacht werden können, dient eher dazu, die Schuld des Täters zu lindern. Das Opfer wird dadurch nur erneut traumatisiert.

Als ich Mr. Lawson sagte, dass wir fertig seien, klagte er weiter darüber, wie leid es ihm tue. Manchmal in schrecklichen Details. Jedes Wort war ein glühender Schürhaken für mein Herz, der dem Schmerz eine neue Dimension verlieh. Er wiederholte sein Verbrechen immer und immer wieder, bis es wie Schadenfreude klang.

Wie konnte er erwarten, dass ich mit diesen ständigen Erinnerungen an die Qual und das Blut weiterleben konnte? Er hat sich nicht ein einziges Mal die Mühe gemacht, zu erklären, warum er mich geschwängert hat, nur um das Baby zu töten.

Manchmal ist die einzige Entschuldigung, die man braucht, der Tod des Täters.

———

Später in dieser Nacht lässt mich ein seltsames Gefühl aufschrecken. Meine Finger pochen und kribbeln, eingeschlossen in etwas Warmem und Nassen. Mein Herz rast so heftig, dass ich befürchte, es könnte explodieren. Mit einem panischen Keuchen reiße ich meinen Arm zurück und starre auf meine feucht schimmernden Finger.

Warum fühlte es sich an, als würde jemand an meinen Fingern saugen?

Ich führe sie an meine Nase und atme ein, wobei ich sofort den Geruch von grüner Minze erkenne, und erstarre.

Panik schnürt mir die Kehle zu und schneidet mir die Luft ab. Jemand war in meinem Zimmer. Unter meinem verdammten Bett.

Die Erkenntnis trifft mich wie ein Eimer kaltes Wasser, und Schauer laufen mir über den Rücken. Ein dreckiger Bastard hat meinen Arm vom Bett gezogen, um seltsame Dinge mit meinen Fingern zu treiben.

Eine Gänsehaut breitet sich auf meinem gesamten Körper aus und Adrenalin strömt durch meine Adern, sodass jedes Nervenende vor Schreck vibriert. Mein Körper verkrampft sich, zu verängstigt, um sich zu bewegen, zu atmen oder auch nur das leiseste Geräusch von sich zu geben.

Scheiße. Er ist immer noch hier.

Mein Puls beschleunigt sich zu einem Trommelwirbel. Wer zum Teufel lauert unter meinem Bett? Mein Verstand rast, als mir verschiedene Möglichkeiten durch den Kopf gehen, die alle gleichermaßen erschreckend sind. Es könnte ein Geist sein, ein gruseliger Onkel, ein unbekannter menschlicher Stalker oder eine Kreatur jenseits aller Vorstellungskraft.

Noch unheimlicher ist die Vermutung, dass die Anblicke, Gerüche und Empfindungen Symptome einer zersplitterten Psyche sein könnten.

Soll ich um Hilfe rufen? Nein. Sie würden entweder weglaufen oder angreifen. Soll ich es ignorieren und so tun, als wäre ich wieder eingeschlafen? Auf keinen Fall. Das Fingerlutschen könnte der Auftakt zu etwas noch Schlimmerem sein.

Meine Augen huschen im Dunkeln umher, jede ruckartige Bewegung im Takt meiner panischen Atemzüge, jeder Muskel spannt sich an. Meine Finger zucken, bereit, alles in Reichweite zu ergreifen, was als Waffe dienen könnte.

Auf dem Nachttisch steht ein Glas Wasser. Ich könnte es zerschmettern und eine der Scherben als Stichwaffe verwenden, aber ich würde mich damit wahrscheinlich eher selbst verletzen.

Mein Blick fällt auf einen Füller, dessen Spitze mir vielleicht dienlich sein könnte. Ich könnte dem Fingerlutscher damit ins Auge stechen. Wenn er um Gnade winselt, kann ich ihn mit der Nachttischlampe bewusstlos schlagen.

Ja. Das klingt nach einem Plan.

Ich führe meinen Arm vorsichtig zur Seite der Matratze, wobei ich darauf achte, keine Geräusche zu machen. Meine Finger schließen sich um den Füller und entfernen die Kappe. Ich muss nur wieder so tun, als würde ich schlafen, und er wird aus seinem Versteck auftauchen, bereit für eine weitere Kostprobe.

Dann halte ich den Atem an und warte.

Ich warte die halbe Nacht lang auf ihn, liege mit diesem verdammten Stift in der Hand in Lauerstellung. Meine Muskeln zittern und Schweißperlen rinnen mir über die Stirn. Was macht er? Warum ist er nicht zurückgekehrt, um meine Finger mit seiner Zunge zu liebkosen? Was ist, wenn er sich meiner Unterwäsche zugewandt hat? Was ist, wenn er sich davongeschlichen hat?

Ein Haufen angsterfüllter Fragen, Gedanken und Spekulationen rasen durch meinen Kopf.

Er will, dass ich den ersten Schritt mache. Oder vielleicht ist er eingeschlafen. Meine Geduld ist bis auf den letzten Fetzen aufgebraucht. Ich kann nicht in dieser Position bleiben und auf einen Angriff warten, der niemals stattfinden wird.

Mein Adrenalin kocht fast über. Ich springe auf, schalte die Lampe ein und schaue unter dem Bett nach.

Aber dort ist nichts.

Ich durchsuche das Zimmer, reiße den Schrank auf und durchsuche jede Ecke mit hektischer Dringlichkeit. Ich kann nicht aufhören, obwohl jedes Knarren der Dielen wie ein weiterer Schlag gegen meine bröckelnde geistige Gesundheit wirkt. Ich überprüfe sogar das Badezimmer, aber auch das ist leer. Keine Spur von einem Eindringling.

Mein Herz rast weiter. In meinem Kopf drehen sich immer mehr Fragen. War das alles nur Einbildung? Wenn das eine taktile Halluzination war, wie erklärt das dann den Geruch von grüner Minze? Vielleicht eine olfaktorische Halluzination?

Ich gehe zum Fenster und suche den Garten nach Anzeichen für den Sensenmann ab, allerdings kann ich ihn nirgends sehen.

Mein Handy vibriert und lässt mich zusammenzucken. Ich schaue nach, ob ich eine Nachricht erhalten habe, finde aber keine. Es ist kurz vor drei Uhr nachts – weniger als fünf Stunden vor meinem Termin bei Dr. Saint. Vielleicht sollte ich mit ihr über mein Rezept sprechen. Vielleicht sollte ich wieder anfangen, meine Medikamente zu nehmen, auch wenn sie mich lethargisch machen und mein Gedächtnis durcheinanderbringen. Alles, um diese überwältigende Verwirrung zu lindern.

Ich kehre ins Bett zurück und trinke mein Glas Wasser, um alle Gedanken an den Finger lutschenden Bastard wegzuspülen. Mit dem kann ich mich morgen früh befassen. Gähnend stelle ich das Glas auf den Beistelltisch, schlüpfe wieder unter die Bettdecke und gleite in den Schlaf.

Jemand ist hinter mir her, und nur ein Teil davon spielt sich in meinem Kopf ab. Ich muss diesen Halluzinationen ein Ende bereiten, um den Unterschied zwischen Realität und Einbildung erkennen zu können.

Stunden später wache ich wieder benommen auf. Ich liege ausgestreckt auf der Matratze, mit der Kopfstütze und den Kissen auf meiner rechten Seite und beiden Beinen, die über den Rand baumeln. Der Sensenmann steht zwischen meinen gespreizten Beinen, seine Augen leuchten im Dunkeln.

Mondlicht scheint durch das Fenster und beleuchtet die Kapuze seines Umhangs. Von diesem Blickwinkel aus scheint es fast so, als sei er über zwei Meter groß.

„Wer bist du?", flüstere ich.

„Du kennst meinen Namen", sagt er mit einer so tiefen Stimme, dass ich sie bis ins Mark spüre. Er klingt so vertraut, dass es wehtut.

„Xero?" Er nickt.

Ich versuche, mich aufzurichten, aber meine Arme und mein Oberkörper fühlen sich an, als seien sie gefesselt worden. Mit einem Schaudern lasse ich meinen Blick an der schwarzen

Gestalt hinaufgleiten und halte inne, bevor ich seine Augen erreiche.

Er ist ein gesichtsloses Wesen, das den Raum mit pechschwarzer Dunkelheit füllt, seine Anwesenheit ist so dicht, dass sie fast greifbar wirkt. Die Stille dehnt sich für erstickende Momente aus und lastet auf meinen Lungen, bis mir die Worte über die Lippen kommen, bevor ich darüber nachdenken kann.

„Bist du hier, um mich zu töten?", frage ich und er schüttelt den Kopf.

„Bist du hier, um dich zu rächen?" Er nickt.

Ich schlucke. „Was willst du?"

Er zeigt mit einem knochigen Finger zwischen meine Beine.

Mein Herz scheint mir aus der Brust springen zu wollen und erstickt meine Worte mit seinem rasenden Schlag. Das Pulsieren wird unerträglich, es pocht so stark, dass seine Vibrationen meine Klitoris erreichen.

Das ist nur ein Traum. Eine fortgeschrittene Schlafstörung, die durch Stress verursacht wird. Wenn ich es schaffe, aufzuwachen, kann ich den Albtraum beenden. Aber als dieser knochige Finger wieder in die Luft stößt, zucke ich zusammen.

„Was soll das überhaupt bedeuten?", flüstere ich.

„Zeig mir deine Muschi", antwortet er mit kehliger Stimme.

Ich kneife die Augen zusammen. „Was hast du vor?"

„Zeig sie mir", befiehlt er.

„Aber ich kann meine Arme nicht bewegen."

„Sofort!"

Ein Wimmern entweicht meinen Lippen. Ich versuche, meine Finger zu bewegen, versuche, aus dem, was ich für eine Schlaflähmung halte, auszubrechen, aber ich schaffe es nur, meine Schenkel zu berühren. Panik erfasst mich, als ich versuche, meine Arme auseinanderzureißen, aber sie bleiben von unsichtbaren Fesseln gehalten, wo sie sind.

Ich kneife die Augen zusammen und versuche, meinen Körper zu zwingen, zu reagieren. Wenn das kein Traum ist, dann habe ich eine Art Anfall, ausgelöst durch die Rückkehr von Onkel Clive. Mein Geist befindet sich in einer Krise und er erfindet alle möglichen Ablenkungen, um mich daran zu hindern, auf die unterdrückten Erinnerungen zuzugreifen. Jetzt stelle ich mir vor, wie Xeros Geist will, dass ich mich vor ihm entblöße.

Als ich meine Augen wieder öffne, blicke ich direkt auf das Fenster. Ist er weg?

Kalte Finger gleiten an der Innenseite meiner Oberschenkel entlang, und ich hebe meinen Kopf, um diese leuchtenden, weißen Augen zwischen meinen gespreizten Beinen vorzufinden. „Ich werde dich nicht zweimal bitten", sagt er, und sein kühler Atem prickelt auf meiner Haut.

„Was ist, wenn ich nicht will?", flüstere ich.

„Dann wärst du eine Lügnerin", sagt er, und seine tiefe, sonore Stimme jagt ein elektrisierendes Prickeln durch mich hindurch. „Du hast geschworen, dass unsere Verbindung ewig währen würde, und dich mir in diesem und im nächsten Leben versprochen."

Meine Kehle zieht sich zusammen und meine Augen brennen. „Ich habe diese Dinge zu Xero gesagt."

„Ich bin Xero."

„Woher weiß ich, dass du kein Betrüger bist?"

„Wer sonst würde einen Mann dafür bestrafen, dass er dich ausgenutzt hat? Gavin hat seine Finger verloren, weil er meine Frau bestohlen hat."

Mein Atem beschleunigt sich und meine Brust füllt sich mit einem seltsamen Gefühl von Wärme. Ich weiß nicht, warum mein Körper von einem eingebildeten Rächer beeindruckt ist. Gewalt ist nicht aufregend. Sie ist nur eine Notwendigkeit.

„Bist du es wirklich?", frage ich und er nickt.

„Sag mir noch etwas."

„Als wir das letzte Mal telefoniert haben, hast du mir deinen größten Wunsch verraten."

Mein Atem stockt.

„Es ging nicht nur darum, dass ich dich fessle, dich im Schlaf ficke oder jedes Loch fülle, bis du vor lauter Orgasmen ohnmächtig wirst. Du wolltest einmal im Leben, dass ein Mann deine Dunkelheit umarmt und dich nicht wie ein zerbrechliches Wesen behandelt, das repariert werden muss."

„Woher ..." Ich schlucke. „Woher weißt du das?"

„Weil du es mir erzählt hast."

„Weil du Xero bist?", hauche ich. Er nickt erneut.

„Wie hast du die Hinrichtung überlebt?", frage ich.

„Das habe ich nicht." Er bläst einen kalten Luftstrom auf meinen Oberschenkel. „Wirst du mir diese süße Muschi zeigen?"

„Mach das Licht an", sage ich.

„Zeig sie mir im Dunkeln."

Mein Kopf schwirrt und meine Augenlider flattern. Ich bin hin- und hergerissen zwischen dem Wunsch, ihm zu gefallen, und der Angst vor einer weiteren Enttäuschung. Mit zitternden Fingern ziehe ich mein Nachthemd soweit hoch, dass ich meine Schenkel weiter spreizen kann.

Der gesunde Menschenverstand sagt mir, dass ich mich darauf konzentrieren sollte, aus diesem Traum auszubrechen und mich auf meinen Termin bei Dr. Saint vorzubereiten. Ich sollte mich mit tiefem Atmen in der Realität verankern. Doch der Teil von mir, der sich unbedingt von ihren und Moms kontrollierenden Einflüssen lösen will, drängt mich, meine rationalen Gedanken zu ignorieren.

Und als Xero näherkommt, pulsiert meine Klitoris nur noch heftiger. Das köstliche Pochen zwischen meinen Schenkeln übermannt jede vernünftige Überlegung.

„Ich bekomme es nicht höher. Kannst du mir helfen?", flüstere ich.

Seine blassen Finger tauchen an der Seite der Matratze auf und er hebt den Saum an, sodass der obere Bereich meiner Schenkel zum Vorschein kommt. Ich erschaudere angesichts der Kälte und spreize meine Beine weiter.

Ein Teil von mir erkennt die Lächerlichkeit, mich vor dem Geist eines hingerichteten Gefangenen zu entblößen. Ein anderer Teil von mir war nicht mehr so aufgeregt, seit Xero zum ersten Mal auf meinen Brief geantwortet hat.

„Ohne Höschen?", fragt er mit vor Erregung belegter Stimme.

„Normalerweise schlafe ich nackt, aber ..."

„Schon gut, mein kostbares kleines Juwel. Ich möchte nicht, dass irgendjemand sonst das zu sehen bekommt, was mir gehört."

Die Schmetterlinge in meinem Bauch flattern wie wild und mein Herzschlag beschleunigt sich. Meine Brust wird leichter.

Meine Lippen öffnen sich zu einem glücklichen Seufzer. Er will mich immer noch, trotz all meiner Fehler.

„Was passiert als Nächstes?", frage ich.

„Das liegt ganz bei dir, meine Liebe", sagt er.

„Was meinst du?"

„Möchtest du, dass ich deine süße Muschi lecke?"

„Ja", hauche ich.

„Dann wirst du mir allerdings vorher etwas sagen müssen."

„Was?"

„Hast du mich jemals geliebt?"

Mein Atem stockt. „Natürlich." Sekunden vergehen, und die Luft wird immer dicker und drückt auf meine Brust wie ein Bleigewicht. „Ich war noch nie zuvor verliebt. Ich wurde manipuliert, war vernarrt, aber ich weiß nicht, was es bedeutet, jemanden zu lieben, der kein Freund ist."

Er nickt. „Hast du das, was du in deinen Briefen geschrieben hast, auch so gemeint?"

„Jedes Wort."

„Und der Sexvertrag?"

„Das war eine Fantasie. Etwas, das meine Nächte erhellte. Ich habe all den Dingen zugestimmt, die ich angekreuzt habe, aber ich hätte nie gedacht, sie im echten Leben jemals zu tun."

„Als du also die Chance bekamst, mich zu heiraten und unsere Liebe zu vollziehen, hast du einen Rückzieher gemacht."

„Ich wurde angegriffen."

„Manipuliere nicht die Wahrheit!"

Meine Augen weiten sich. Woher zum Teufel sollte er wissen, dass dieser Angriff später stattgefunden hat? „Gut. Als ich das Haus verließ, fand ich eine Drohbotschaft und ein Bild in meinem Briefkasten, und ich rief die Polizei. Es dauerte ewig, bis sie endlich wieder weg waren, und ich kam zu spät zum Gefängnis. Die Frau an der Tür ließ mich nicht rein."

„Ausreden."

„Nein." Ich starre in diese leuchtenden Augen in den Tiefen seiner Kapuze. „Das ist die Wahrheit."

„Du hast mich nicht genug geliebt, um die Bedrohung beiseitezuschieben. Du hast mir nicht zugetraut, dich vor deinen Feinden beschützen zu können."

„Aber du standest kurz davor, hingerichtet zu werden ...“ Meine Stimme versagt. „Woher sollte ich wissen, dass du als rachsüchtiger Geist zurückkommen würdest?“

Sein Knurren bringt jedes Härchen an meinem Körper dazu, zu Berge zu stehen. „Weil ich gesagt habe, dass wir zusammen sein würden, auch wenn es bedeutete, dem Tod zu trotzen.“

Das alles hat er mehr als einmal gesagt. Ich tat es als bedeutungslosen, von Lust befeuerten Blödsinn ab – die Art von Wortschwall, den Männer verwenden, wenn sie heiß und geil sind und es kaum erwarten können, jemanden abzuschleppen.

„Was jetzt?“, frage ich, während das Pulsieren zwischen meinen Schenkeln langsam abflaut.

Er kommt meiner Muschi so nahe, dass seine kühle Gegenwart mir einen Schauer über den Rücken jagt. „Sag mir, dass du zustimmst, und ich werde dich zum Kommen bringen.“

„Wozu zustimmen?“

„Allem, was in diesem Sexvertrag stand“, sagt er, während sein Mund über meine Schamlippen streicht.

Da nichts davon technisch real ist und ich alles, was ich in diesen Briefen gesagt habe, auch so gemeint habe, habe ich nichts zu verlieren. Es ist eine Ewigkeit her, dass jemand anderes als ich mir einen Orgasmus verschafft hat, also warum sollte ich nicht meine Halluzinationen ausnutzen?

„Scheiße, ja“, keuche ich und hebe meinen Hüften an, aber er zieht sich zurück.

„Du musst dir sicher sein.“

„Das bin ich.“

„Braves Mädchen.“

Er richtet sich auf, drückt mir eine Hand ins Gesicht und drückt mir ein Stoffbündel auf die Nase. Ich schnappe nach Luft bei seiner Berührung und atme einen überwältigenden Geruch von Chemikalien ein.

Meine Augen tränen. Meine Nebenhöhlen brennen. Ich werfe meinen Kopf von einer Seite zur anderen und versuche, mich zu befreien, aber sein Griff ist eisern. Der Raum um mich herum verschwimmt.

„Schlaf, meine Liebe“, sagt er.

Mit flauem Magen klammere ich mich an das Bewusstsein, aber dann wird alles schwarz.

Bundesgefängnis Alderney.

Liebe Amethyst,

Mein Vater ist zu intelligent, um zuzugeben, dass er meine grausame Erziehung geplant hat. Er ließ die Situation eskalieren, bis der Hass in mein Blut überging. Die Brüder zwangen mich immer zu Kämpfen, die ich nicht gewinnen konnte, und jeder Tag brachte Schmerz und Demütigung mit sich. Bei einigen Angriffen verlor ich das Bewusstsein. Ich erlitt Rippenbrüche, einen Nasenbruch, gebrochene Finger, eine ausgekugelte Schulter und blutete aus einem meiner Ohren. Angst war mein ständiger Begleiter. Diesen Menschen war es egal, ob ich lebte oder starb.

Die Dinge änderten sich, als die beiden älteren Brüder unsere Schule verließen und nur noch ich und der Jüngste übrig blieben. Du musst verstehen, dass die tägliche Gewalt und Grausamkeit mir jegliches Mitgefühl geraubt hatten. Jede Verletzung vertiefte meinen Hass und schürte mein Verlangen nach Rache.

Eines Tages stellte mich der jüngste Bruder mit zwei Freunden in der Toilette und etwas in mir zerbrach. Jeder Funken Groll, der in meiner Seele brodelte, brach sich Bahn. Ich ließ meinem Hass und meiner Wut freien Lauf und schlug ihm ins Gesicht.

Seine Freunde versuchten, einzugreifen, aber meine Wut hatte den Punkt des Schmerzes überschritten. Ich schlug das Gesicht dieses Bastards gegen ein Urinal und hörte erst auf, als mich ein Lehrer wegzog.

Mein Bruder wurde auf einer Trage weggebracht und ich wurde ins Büro des Schulleiters geführt. Als er mir eine Rede darüber hielt, ein besserer Mensch zu sein, spuckte ich Blut auf seinen Schreibtisch. Dieser scheinheilige Bastard lehnte sich jahrelang zurück und sagte nichts, während ich als Prügelknabe der Schule herhalten musste.

Als sie meinen Vater anriefen, erwartete ich, dass er mit einer Spritze ankommen und mich wie einen tollwütigen Hund einschläfern würde. Als er mich schweigend aus der Schule begleitete, hätte ich mich am liebsten übergeben. Ich dachte nicht, dass ich das Ende des Tages erleben würde.

Weißt du, was er gesagt hat?

Was denkst du, verheimlichen deine Eltern? Es könnte schlimmer sein, als dir zu erlauben, ohne Sicherheitsgurt auf dem Rücksitz ihres Autos zu sitzen. Wie sehr vermeiden sie es, über deinen Unfall zu sprechen?

Xero.

P.S. Hast du das Spielzeug erhalten?

DREIUNDZWANZIG

AMETHYST

Am nächsten Morgen wache ich so geil auf, dass ich nicht einmal mehr klar denken kann. Schweiß bedeckt meine Haut und durchtränkt die zerwühlten Laken. Meine Klitoris schmerzt und fühlt sich doppelt so groß an wie sonst, und der Puls zwischen meinen Beinen pocht im Takt mit meinem rasenden Herzschlag.

Ich bin mitten im Entzug. Um diese Zeit hätte Xero mich mit morgendlichem Telefonsex geweckt, der mit einem explosiven Orgasmus endete. Aber er ist nicht mehr körperlich anwesend und meine Libido ist völlig durcheinander.

Meine Finger wandern unter der Bettdecke entlang und zeichnen eine Linie auf meinem Bauch, in der Hoffnung, Erleichterung zu finden. Als ich meine Klitoris erreiche, ist sie so empfindlich, dass ich bei der ersten Berührung aufstöhne.

Ich beiße auf meine Unterlippe und reibe mit sanften Kreisen über meine geschwollene Perle. Hitzeschübe jagen durch meinen Körper und ich zucke zusammen. Die ruckartige Bewegung lässt das Himmelbett mit einem gewaltigen Knarren schaukeln.

Ich erstarre.

Ich kann mich nicht selbst zum Höhepunkt bringen, wenn Mom in Hörweite ist. Oder noch schlimmer, Onkel Clive.

Seufzend ziehe ich meine Hand zurück. Aus Gewohnheit schiebe ich meine Finger unter das Kissen und taste umher, für den Fall, dass sich ein weiterer Umschlag dorthin verirrt hat. Als ich ihn schließlich finde und herausziehe, befindet sich darin eine Notiz in Xeros Handschrift, die besagt: *Deine Finger schmecken köstlich, wenn du schläfst. Xero. P.S. Ebenso deine Muschi.*

Mein Magen zieht sich zusammen und ich verschlucke mich an meinem eigenen Speichel.

Finger?

Erinnerungen an letzte Nacht erfüllen meinen Verstand. Mit einem Kopfschütteln schiebe ich sie beiseite. Verleugnung scheint der beste Weg zu sein, um nicht den Verstand zu verlieren. Zumindest bis ich den Unterschied zwischen Halluzinationen, Realität und erotischen Albträumen erkennen kann.

Um 7:25 Uhr erreiche ich Dr. Saints Büro, nur um festzustellen, dass es verschlossen ist. Durch die breite Fensterfront kann ich den Schreibtisch der Empfangsdame und den Wartebereich sehen, die beide leer sind. Vielleicht haben sie noch nicht aufgemacht, weil ich fünf Minuten zu früh dran bin? Ich weigere mich zu glauben, dass mein Gehirn einen falschen Termin erfunden hat.

Ich lehne mich mit dem Rücken gegen die Scheibe und starre auf die Straße. Um diese Zeit am Morgen ist sie menschenleer, abgesehen von den gelegentlichen Personen, die ihre Geschäfte öffnen. Auf der anderen Straßenseite verlässt ein großer Mann den Nachtclub *Phoenix*, schließt die Türen ab und geht auf einen schwarzen SUV zu. Er wirft einen Blick in Richtung des Ladens *Wonderland Fetish* und dann auf mich. Ich senke den Kopf, weil ich keinen Blickkontakt herstellen möchte.

Ich versuche, dem Drang zu widerstehen, das, was letzte Nacht passiert ist, als eine weitere Halluzination abzutun, die zum einen durch das Trauma, einen Umschlag voller Finger zu finden, und zweitens durch das Auftauchen von Onkel Clive verursacht wurde.

Es gibt eine moderne Legende über eine Frau, die mitten in der Nacht aufwacht, weil eine Zunge ihre Hand leckt. Sie geht davon aus, dass es ihr Hund ist, streichelt ihn und schläft wieder ein. Am nächsten Morgen wacht sie auf und findet ihren Hund ermordet vor, wobei der Mörder eine Nachricht hinterlassen hatte, die er mit dem Blut des Hundes schrieb, die lautete: *MENSCHEN KÖNNEN AUCH LECKEN.*

Mein Gehirn muss sich das eingebildet haben, denn die Alternative kann nicht real sein. Geister betreten keine verschlossenen Räume, um sich unter Betten zu verstecken und an den Fingern von Frauen zu lutschen. Geister bieten Frauen auch keinen Oralsex an, nur um sie bewusstlos zu machen und ihnen das weibliche Äquivalent zu blauen Eiern zu hinterlassen. So ein Scheiß ist nur das Produkt eines gestörten Geistes.

Der schwarze SUV fährt weg und jemand hinter mir klopft an die Scheibe. Ich drehe mich um und sehe Dr. Saint auf der anderen Seite stehen, mit einer bandagierten Hand, in einem Tanktop und Leggings statt ihres üblichen Rocks und ihrer Bluse.

Sie ist eine große Frau Ende dreißig, die ihr schulterlanges Haar normalerweise offen trägt. Heute hat sie es zu einem strengen Dutt zusammengebunden, als hätte sie ihre Trainingseinheit im Fitnessstudio abgebrochen.

Sie öffnet die Tür, lässt mich wortlos eintreten und geht dann schweigend durch den Wartebereich. Ich folge ihr, wobei sich ein schlechtes Gewissen in mir breitmacht, weil ich ihren regulären Zeitplan durcheinandergebracht habe.

Ihr Büro ist wie ein gemütliches Wohnzimmer eingerichtet, mit Wandlampen, einem Bücherregal und einer weichen braunen Samtcouch. Die Möbel wurden ein wenig umgestellt, sodass ihr Schreibtisch näher an der Tür steht. Ich setze mich in einen Sessel und beobachte, wie sie einen Stapel Papiere durchblättert.

„Amethyst Crowley", sagt sie mit scharfer Stimme. „Ich habe dich seit Jahren nicht mehr gesehen."

Bei dieser Anschuldigung sträuben sich mir die Nackenhaare, obwohl ihre Worte der Wahrheit entsprechen. „Was ist mit Ihrer Hand passiert?", frage ich.

Sie unterbricht ihre Tätigkeit hinter dem Schreibtisch, blickt missmutig auf den Verband und runzelt die Stirn. „Brieföffner. Erzähl mir, was passiert ist. Deine Mutter sagte, du würdest glauben, Ziel einer Verschwörung zu sein."

Bei ihren Worten pressen sich meine Lippen aufeinander.

Wenn ich nicht darauf vertrauen könnte, dass meine Eltern meine Arztrechnungen bezahlen, würde ich mit einem professionelleren Therapeuten arbeiten, der meine Fallnotizen nicht mit Dritten bespricht. Es gibt Gerüchte, dass Dr. Saint jeden für einen entsprechenden Preis behandelt und sogar Klienten aus der Mafia hat.

„Ist es eine Verschwörung, wenn sie Fragen zu meiner Vergangenheit ausweicht?", frage ich.

Dr. Saints Blick wird weicher. Sie beugt sich über den Schreibtisch und schenkt mir ein leichtes Lächeln. „Kehren deine Erinnerungen zurück?"

Ich bin nicht paranoid, aber sie saß immer nahe, in greifbarer Nähe, damit sie die Schachtel mit den Taschentüchern herüberreichen konnte. Jetzt versteckt sie sich hinter einem Schreibtisch, als würde sie erwarten, dass ich angreife.

Wenn ich ihr die Wahrheit sage, wird sie diese Information wahrscheinlich an meine Mutter weitergeben, und ich werde nie erfahren, was vor dem sogenannten Unfall passiert ist.

„Es gibt Erinnerungsfetzen", sage ich. „Es ist schwer, sie in einen Zusammenhang zu bringen, weil ich nicht weiß, was in meiner Vergangenheit passiert ist."

Sie nickt. „Sind sie vor oder nach der Begegnung mit deinem Onkel wieder aufgetaucht?"

Mein Herz setzt einen Schlag aus bei dem Gedanken, dass Onkel Clive eine Rolle in meinen fehlenden Erinnerungen spielt. Ich will mich auf nichts festlegen und sage: „Beides."

Ich erzähle ihr von dem Foto und der Drohbotschaft, die ich der Polizei gegeben habe, und biete ihr an, ihr die Bilder auf meinem Handy zu zeigen. Sie bleibt hinter dem Schreibtisch und sagt, sie werde sie aus der Ferne betrachten.

Irgendetwas stimmt nicht mit der Ärztin. Sie ist nervös und scheint bereit zu sein, zu fliehen. Hält sie mich für eine Bedrohung oder ist ihr etwas zugestoßen, das sie nervös gemacht hat? Um nicht meiner Paranoia zu verfallen, fahre ich fort: „Jemand sendet auch Nachrichten aus dem Grab."

Sie richtet sich auf. „Xero Greaves?"

„Hat meine Mutter es Ihnen erzählt?"

„Mehrere deiner Beiträge sind in den sozialen Medien viral

gegangen", sagt sie und versucht nicht einmal, ihre Verurteilung zu verbergen. „Hast du angefangen, mit ihm zu kommunizieren, bevor oder nachdem du aufgehört hast, deine Medikamente zu nehmen?"

„Ich kam mit den Gedächtnislücken nicht zurecht."

„Und dir ist nicht in den Sinn gekommen, mit mir über die Nebenwirkungen zu sprechen?"

„Das habe ich." Meine Zähne knirschen.

Habe ich das? Ich kann mich nicht erinnern, ob ich eine Nachricht auf ihrer Mailbox hinterlassen oder direkt mit ihr gesprochen habe. Diese Zeit in meinem Leben ist verschwommen. Ich weiß kaum noch, was mich überhaupt dazu veranlasst hat, Xero zu schreiben. Ich weiß, dass er mich ermutigt hat, die Medikamente abzusetzen.

Ich schüttle den Kopf, um mich ins Hier und Jetzt zurückzureißen. „Wie kann ich eine Halluzination erkennen?"

Sie beugt sich vor und wirft mir einen scharfen Blick zu. „Welche Art von Halluzinationen hast du?"

„Ich sehe immer wieder einen Geist, der aussieht wie der Sensenmann. Wenn ich frage, wer er ist, sagt er, dass ich es bereits weiß."

Als sie nicht antwortet, erzähle ich ihr von meinen Begegnungen mit Xero und achte darauf, nicht über Jake zu sprechen. Wenn Dr. Saint Mom gegenüber über mich tratschen kann, dann kann sie es verdammt noch mal auch der Polizei erzählen. Ich erzähle ihr auch von den erotischen Träumen, der Séance und dem Tod von Kayla.

Sie lehnt sich in ihrem Sitz zurück und verschränkt die Arme vor sich. „Ich glaube, dein Verstand versucht, stressige Ereignisse zu verarbeiten, indem er Halluzinationen eines Geistes erzeugt."

„Ich habe mir das nicht eingebildet."

„Natürlich nicht. Die Halluzinationen sind ein Bewältigungsmechanismus deines Verstandes. Du hast in letzter Zeit viel durchgemacht. Du hast die Hinrichtung eines Mannes verpasst, zu dem du eine tiefe Verbindung aufgebaut hast, den mysteriösen Tod einer Kollegin und die Begegnung mit einem Mann aus deiner Kindheit. Das sind viele traumatische Ereignisse."

„Okay, was können Sie mir über meine Vergangenheit erzählen?"

Sie legt den Kopf schief. „Wir können gemeinsam die Fragmente deiner Erinnerung erforschen, um ein klareres Bild zusammenzusetzen."

In meinem Bauch brodelt Frustration, die auszubrechen droht. Ich hatte gehofft, sie würde meine Kindheit darlegen oder zumindest das, was sie weiß. Schließlich ist sie die Therapeutin meiner Eltern. Einer oder beide von ihnen hätten ihr von der Zeit erzählt, an die ich mich nicht erinnern kann. „Meine Mutter erwähnte, dass Sie mir Ihre Aufzeichnung unserer ersten Sitzungen geben würden", sage ich.

Ihre Mundwinkel verziehen sich. „Sitzungsaufzeichnungen direkt an Klienten weiterzugeben, ist nicht üblich, aber wir können alternative Wege finden, um dir zu helfen."

Ich widerstehe dem Drang, die Augen zu verdrehen. Auch wenn ich die Sitzungen nicht selbst bezahle, gefällt mir die Vorstellung nicht, dass sie die Aufzeichnungen wie eine Möhre vor meiner Nase baumeln lässt.

„Können Sie mir die Dateien nicht einfach per E-Mail schicken?", frage ich.

„Das ist nicht möglich", antwortet sie.

Ich knirsche mit den Zähnen. „Können Sie mir wenigstens sagen, was in meiner Vergangenheit passiert ist?"

„Amethyst, ich verstehe deine Frustration, aber das Eintauchen in deine Vergangenheit ist ein heikler Prozess, der Zeit und Sorgfalt erfordert. Das ist nichts, was wir einfach in einer Sitzung aufdecken können."

Meine Hände ballen sich zu Fäusten. „Wer sagt denn, dass ich eine Informationsflut will? Ich will nur Zugang zu meinen Aufzeichnungen. Sie sollten mir helfen, aber alles, was Sie tun, ist, unsere Familie finanziell auszunehmen."

Sie zuckt zusammen, faltet die Hände auf dem Schreibtisch und versucht, die Fassung zu bewahren. „Wir müssen mit deinen Erinnerungen sensibel und behutsam umgehen. Heilung braucht Zeit, und wir können nichts überstürzen ..."

„Es sind verdammte vierzehn Jahre vergangen, und ich kann mich an nichts erinnern."

Ihre Augen weiten sich bei meinen Worten, aber sie ist so vernünftig, meine Lüge über die Bruchstücke nicht zu erwähnen. „Amethyst ...“

„Nein“, schnappe ich. „Wenn Sie mir die Aufzeichnungen nicht geben können, hat es keinen Sinn, weiterzumachen. Geben Sie mir einfach mein Rezept und ich gehe.“

Als ich mich vom Sessel erhebe, springt sie von ihrem Sitz auf und geht zur Tür, als ob sie mich nur herausfordern müsste, um mich als unzurechnungsfähig zu diagnostizieren.

Mein Kiefer spannt sich an. Was stimmt mit dieser Frau nicht? Ich bin es, die nervös sein sollte. Ich bin diejenige, die von Geistern und Online-Trollen heimgesucht wird.

„Ich schicke es an die Apotheke“, sagt sie. „Sie sollten alles fertig haben, sobald sie öffnet.“

„Danke“, stoße ich durch zusammengebissene Zähne hervor und gehe zur Tür, wobei ich sie höhnisch grinsend anstarre, als sie zusammenzuckt.

Mein Handy klingelt und eine unbekannte Nummer blickt auf meinem Bildschirm, woraufhin mein Herz einen Schlag aussetzt. In der Hoffnung, ihr zu beweisen, dass Xeros Geist noch existiert, nehme ich den Anruf entgegen und stelle ihn auf Lautsprecher.

„Hallo?“

„Hier ist Officer Bridges. Ich habe heute Morgen im Gefängnis angerufen. Das Telefon von Mr. Greaves wurde bei einer Auseinandersetzung zerstört, aber es ist immer noch in ihrem Besitz. Soll ich sonst noch etwas überprüfen?“

Damit hätte sich meine verrückte Theorie erledigt, dass ein korrupter Gefängniswärter sein Handy an sich genommen haben könnte.

Scheiße.

VIERUNDZWANZIG

Bundesgefängnis Alderney.

Liebe Amethyst,

Ich ging davon aus, dass mein Vater mir auch mit dem Tod drohen würde, aber er verlangte, meine blutigen Hände zu sehen, und fragte, was mir durch den Kopf gegangen sei, als ich versuchte, meinen Bruder zu Tode zu prügeln.

Da wir uns auf dem Parkplatz der Schule befanden, ging ich davon aus, dass er mir kein Gift injizieren würde, und sagte die Wahrheit. Ich hatte nichts getan, was tägliche Schläge rechtfertigte. Es war nicht fair, dass ich im Keller schlafen musste, während alle anderen Zimmer hatten. Da ich nichts zu verlieren hatte außer meinem Leben, sagte ich ihm, er solle mich in eine Pflegefamilie geben.

Er starrte mich eine ganze Weile an, bevor er sagte: „Ich bin stolz auf dich, mein Sohn.“

Und dann lächelte er.

Ich dachte, das wäre ein Trick. Viele andere hatten sich mir als Freunde genähert, nur um mich in einen Hinterhalt zu locken und sich die Gunst meiner Brüder zu sichern. Ich wich zurück und weigerte mich, ins Auto zu steigen, da ich dachte, dieser Moment wäre mein letzter.

Als er seine Hand ausstreckte, um meine Schulter zu berühren, rannte ich los.

Es ist fast unmöglich, sich in *Queen's Gardens* zu verirren, da es sich um eine von hohen Zäunen umgebene Wohnanlage mit Villen handelt. Ein Sicherheitsbeamter holte mich Stunden später ab und brachte mich zu meinem Vater, der nicht im Geringsten verärgert zu sein schien, dass ich weggerannt war.

Er nahm mich mit in sein Arbeitszimmer, setzte mich auf das Ledersofa, schenkte mir ein Glas Scotch ein und zwang mich zu trinken. Ich war zehn Jahre alt und der einzige Alkohol, den ich je probiert hatte, war das Rum-Rosinen-Eis meiner Mutter.

Mein Vater sagte, ich hätte meinen Bruder ins Koma versetzt, und fragte mich, was die beiden Älteren wohl tun würden, sobald sie davon erfuhren.

Du musst wissen, dass ich in einem ständigen Stresszustand lebte. Ich hatte Feinde in der Schule, aber die Schlimmsten waren zu Hause. Nur drei Menschen auf der Welt betrachteten mich als lebenswürdig: die Haushälterin und ihre beiden Töchter.

Als ich nicht antwortete, beschrieb er, wie seine Söhne Rache üben würden. Sein Ton war ruhig, fast distanziert, so als würde er nicht meinen grausamen Tod beschreiben.

Ich war betrunken, hatte Angst und musste mich übergeben. Ich stellte mir vor, wie er mit meiner Stiefmutter danebenstand und zusah, wie die Brüder mich zu Tode prügelten.

Dann machte er mir ein Angebot, das er noch bereuen würde.

Xero

P.S. Das Spielzeug hätte inzwischen ankommen sollen. Lass es mich wissen, wenn du es bis Freitag nicht bekommst, und ich werde einen weiteren Abdruck in Auftrag geben.

FÜNFUNDZWANZIG

AMETHYST

Nachdem ich mein Rezept abgeholt habe, gehe ich in den Fetishladen. *Wonderland* ist ein Sexshop, der mit seinen schwarzen Möbeln und scharlachroten Wänden wie ein roter Raum des Schmerzes gestaltet ist. Hier wird alles verkauft, von schmutzigen Büchern bis hin zu Folterkammermöbeln, einschließlich Fetischkleidung und Spielzeug.

Myra erscheint hinter einem Tisch, der mit Dildos vollgestopft ist, und verschwindet dann hinter zwei Schaufensterpuppen, die von Kopf bis Fuß in Leder gekleidet sind. Ich versuche, die Tür zu öffnen, aber sie ist verschlossen, also klopfe ich an die Scheibe.

Bis letztes Jahr arbeitete Myra für einen Literaturagenten, aber dann wurde ihr Chef dabei erwischt, wie er Kundengelder veruntreute. Das gesamte Team wurde gefeuert, auch Myra. Nach dem Skandal wollte sie keine andere Firma in der Branche mehr einstellen, sodass sie ihr Studio in der Innenstadt aufgeben musste. Jetzt arbeitet Myra in Teilzeit, um ihr Studentendarlehen abzubezahlen, während sie ihr freiberufliches Geschäft aufbaut.

Der Besitzer von *Wonderland* ließ sie für diesen neuen Job in einem seiner Keller-Spielzimmer vorsprechen, wo sie herausfand, dass er ein Dom mit einem gepiercten Schwanz ist. Anscheinend ist er wirklich heiß, stammt aus einer alten Familie und lebt in einer Villa in Alderney Hill. Er ist in unserem Alter und seiner Familie gehören sämtliche Geschäfte in diesem Block. Sie hält ihn für den ultimativen Fang, aber ich kann einfach nicht über all seine Fehler hinwegsehen.

Was für ein Mann verlangt von einer Frau perversen Sex, um der Meinung zu sein, sie wäre für den Job qualifiziert?

Hier unterscheiden sich Myra und ich. Ich habe sexuelle Komplexe und sie ist ein Freigeist. Meine Eltern haben mich immer an der kurzen Leine gehalten, während sie sehr unabhängig ist.

Myra hätte sich beim Aufbau ihres Unternehmens an ihre Eltern wenden können. Beide sind wohlhabende Anwälte mit einem Immobilienunternehmen und leben in einer Villa in *Queen's Gardens*. Allerdings nimmt sie keinen Cent von ihnen an, da sie im Gegenzug verlangen, dass sie, wie ihre ältere Schwester Martina, eine renommierte Anwältin, Jura studiert.

Als sie hinter den Schaufensterpuppen wieder auftaucht, klopfe ich erneut an die Scheibe und winke. Sie zuckt zusammen, kommt dann aber mit einem breiten Lächeln an die Tür und öffnet sie, woraufhin mir eine Wolke aus Rosmarin- und Salbeiduft entgegenschlägt.

„Was machst du hier?", fragt sie.

„Ich komme gerade von Dr. Saint." Ich halte meine Tüte aus der Apotheke hoch.

Ihr Lächeln verschwindet und sie tritt zur Seite, um mich hereinzulassen. „Geht es dir gut?"

„Ja." Ich betrete den Laden und lege meine Medikamente auf den Tresen. „Ich wollte nur meine Medikamente wieder einnehmen, damit mein Verstand unterscheiden kann, was real ist und was nicht."

Sie nickt. „Gute Idee. Siehst du immer noch Geister?"

„Jetzt träume ich von ihnen", murmele ich. „Hast du irgendetwas von deinem Boss gehört?"

„Cesare hat nicht angerufen", antwortet sie mit einem Seufzen. „Ich fange an zu glauben, dass er jemand anderen gefunden hat."

„Du hast gesagt, er leitet viele Unternehmen ..." Ich lasse den Rest des Satzes in der Luft hängen. Ein Mann, der im Rahmen des Vorstellungsgesprächs Sex mit einer Frau hat, wird wahrscheinlich dasselbe mit einer anderen tun.

„Vielleicht hat er Frischfleisch gefunden", antwortet sie achselzuckend. „Ich bin schon über ihn hinweg. Hast du das Manuskript fertig?"

Bei ihren Worten verziehe ich das Gesicht. „Ich habe eine Schreibblockade." Sie runzelt die Stirn. „Weil du nicht bei der Hochzeit warst?"

„Teilweise", antworte ich mit einer Grimasse.

„Erzähl mir nicht, dass du deine Geschichte nicht mehr veröffentlichen willst? Nicht, nachdem ich uns Tickets für die Buchmesse gekauft habe ..."

„Nein ..." Ich hebe meine Handflächen. „Darum geht es nicht. Aber die Leute wollen gewiss nicht lesen, wie ich mich in meinen Schuldgefühlen suhle."

„Aber vielleicht wollen sie über die Geister lesen." Sie reibt sich das Kinn.

„Es gibt nur einen", lüge ich.

Sie winkt ab. „Du hast gesagt, dass Xeros Geist dir eine Nachricht geschickt hat, in der stand, dass Kayla eines seiner Sexspielzeuge behalten hat. Warum nimmst du das nicht in das Buch auf?"

„Ich werde gewiss nicht Profit aus ihrem Tod schlagen", flüstere ich und versuche, nicht empört zu klingen.

„Was wäre der Unterschied dazu, über Xeros Tod zu schreiben?"

Schuldgefühle bohren sich in meine Brust und ich lasse die Schultern hängen. Sie hat nicht ganz Unrecht, aber irgendetwas an dieser Situation fühlt sich nicht richtig an.

„Was ist los?"

„Xero sagte, meine Beziehung zu ihm sei nichts weiter als eine Lüge gewesen, um ein Buch verkaufen zu können", murmele ich.

„War das vor oder nach seiner Hinrichtung?" Sie verschwindet in einem Lagerraum und kommt mit einem Karton wieder heraus.

Ich verschränke die Arme vor mir. „Was willst du damit sagen?"

„Beantworte meine Frage. Wann hat Xero dich beschuldigt, eure Beziehung vorgetäuscht zu haben?"

„Ein paar Stunden nach seinem offiziellen Todeszeitpunkt."

Myra stellt den Karton ab und beginnt, schrittoffene Slips herauszuziehen und ihre Anzahl auf dem Inventarblatt abzuhaken. „Na also", antwortet sie mit einem Nicken. Ich ziehe die Augenbrauen hoch und fordere sie auf, fortzufahren, und sie fügt hinzu: „Du bist am Boden zerstört, weil du zugelassen hast, dass er allein stirbt, und jetzt manifestiert sich die Schuld in seinem Geist."

„Seit wann bist du Expertin für psychische Gesundheit?"

Sie dreht sich um, legt mir beide Hände auf die Schultern und schaut mir in die Augen. Ich kann es nicht ertragen, mich in ihren Iris widergespiegelt zu sehen, also konzentriere ich mich auf den Punkt zwischen ihren Augen.

„Wen siehst du jedes Mal, wenn du kurz davor bist, mit einem Mann zu schlafen?", fragt sie.

Ich weiche einen Schritt zurück und wende mich einem Regal mit Ledermanschetten zu. „Nicht jedes Mal."

„Du hast zu viel Angst vor Intimität, um mit jemand anderem anzubändeln. Was Mr. Lawson dir angetan hat, war Grooming und Missbrauch. Er hat den Tod verdient, aber du hast immer noch ungelöste Probleme."

Jemand muss das meinem Unterbewusstsein sagen, denn es hat die Botschaft noch nicht verstanden. Es würde einen Weg finden, mein Glück zu zerstören, selbst wenn ich Mr. Perfect treffen würde, der am Leben und nicht hinter Gittern wäre.

„Ich weiß", antworte ich, „deshalb war ich ja bei Dr. Saint, um mir neue Medikamente verschreiben zu lassen."

„Bekommst du davon nicht Schwindel und Müdigkeit?", fragt sie.

„Ja, zusammen mit einer Reihe anderer unerwünschter Nebenwirkungen." Ich fahre mir mit den Fingern durch meine Locken. „Aber ich nehme alles in Kauf, solange es mir hilft, die Wahnvorstellungen von der Realität zu trennen."

Mit einem Seufzer öffnet sie einen weiteren Karton mit silbernen Nippelklemmen, und ich helfe ihr, sie in den Regalen auszulegen. Ich möchte das Manuskript wirklich fertigstellen, aber die Schreibblockade ist real. Manchmal frage ich mich, ob sie denkt, dass ich ein hoffnungsloser Fall bin. Nachdem sie die Regale aufgefüllt hat, führt sie mich hinter die Theke.

„Hast du Dracula gelesen?", fragt sie.

Was ist das für eine Frage? Ob ich ein Standardwerk der Gothic-Literatur gelesen habe, von denen ich Dutzende in meinem Regal stehen habe? Myra weiß, dass mein Lieblingsfach in der Schule englische Literatur war. Sie hätte mich genauso gut fragen können, ob ich mit Poe vertraut bin.

„Natürlich", antworte ich stirnrunzelnd.

„Und Frankenstein?"

„Worauf willst du hinaus?"

„Was haben sie gemeinsam, außer dass es um Monster geht?"

Ich beiße mir auf die Unterlippe. „Sie wurden beide im 19. Jahrhundert geschrieben und sind beide wichtige Vertreter des Horror-Genres?"

„Was noch?"

„Ähm ... Es gibt mindestens ein Dutzend Filme, die auf beiden basieren?"

Sie schüttelt den Kopf. „Denk an die Struktur."

„Dracula hatte am Anfang ein paar Kapitel wie ein normaler Roman, dann gab es Tagebucheinträge, Zeitungsausschnitte und Briefe. Und in Frankenstein kamen auch Briefe und verschiedene Sichtweisen vor?"

Sie klatscht in die Hände. „Mach es genauso. Du hast die Briefe doch eingescannt, oder?"

„Ja?"

„Dann nehmen wir die ins Manuskript auf. Ich schicke dir die E-Mails, die ich Kayla geschickt habe, um die Postanschrift einzurichten und so weiter. Wir werden Transkripte deiner viralen Videos hinzufügen, in denen du Zeitungsartikel kommentierst, zusammen mit den Briefen, die ihr beide ausgetauscht habt."

Ich reibe mir den Hinterkopf. „Da stehen viele persönliche Informationen über meine Vergangenheit drin."

„Dann löschen wir alles, was dir zu persönlich ist."

„Und was ist mit all der Arbeit, die ich bisher geleistet habe?"

„Baue es ein. Ich werde alles entfernen, was doppelt ist."

„Und das Ende?"

„Schreib deine Spekulationen darüber, was mit seiner Seele passiert ist. Wir werden den Nachrichtenverlauf zwischen dir und mir über das, was mit Kayla passiert ist, einfügen und dann ..."

Sie erstarrt.

Ich runzle die Stirn und warte darauf, dass sie den Gedanken zu Ende führt, aber ihre Augen weiten sich. Ich drehe mich um, um zu sehen, was sie so erschreckt hat, aber ich sehe nichts Ungewöhnliches.

„Myra?" Ich tippe ihr auf die Schulter.

„Du weißt es nicht, oder?"

„Was?"

„Ich bin nach der Arbeit zu Gavins Wohnung gefahren und habe geklingelt. Der Nachbar sagte, man habe ihn am Tag zuvor in einem Krankenwagen weggebracht, aber er sei noch nicht zurückgekehrt."

Mein Atem stockt. Ich kenne den Rest der Geschichte bereits, frage aber trotzdem: „Was ist passiert?"

„Er sagt, ein maskierter Mann sei eingebrochen und habe ihn gezwungen, zwei Flaschen Cognac zu trinken, aber er sei nach der ersten ohnmächtig geworden. Später sei er aufgewacht, voller Erbrochenem und Alkohol, und seine Hand sei verbrannt gewesen. Alle fünf Finger fehlten."

———

Nachdem ich Myra bei ihrer Arbeit zurückließ, fuhr ich direkt zum Haus meiner Eltern zurück, wo ich meine Medikamente einnahm. Kurz darauf schlief ich ein und verbrachte den Rest des Vormittags im Bett. Man sagt, dass es mehrere Tage dauert, bis die Wirkung einsetzt, aber in meinem Fall waren die Wahnvorstellungen am Abend verschwunden.

Die Medikamente betäubten den Schock, als Myra Gavins Verletzung bestätigte, und als ich in meiner Tasche nachsehen wollte, waren der Umschlag und die Finger verschwunden. Ich habe versucht, anzurufen, um mich nach seinem Wohlbefinden zu erkundigen, aber wahrscheinlich hat er meine Nummer blockiert.

Ich hätte mich wahrscheinlich nicht so über Dr. Saint aufregen sollen. Sie war offensichtlich wegen etwas anderem als mir verärgert und hatte einem Notfalltermin zugestimmt, obwohl sie noch unter den Folgen litt, die der Vorfall, der zu einer bandagierten Hand führte, für sie hatte.

Meine Mutter hatte mir Hoffnung gemacht, indem sie vorschlug, dass sie mir vielleicht meine Aufzeichnungen aushändigen würde, und als ich von der Ärztin abgewiesen wurde, kam mein Temperament zum Vorschein. Es ist keine Entschuldigung dafür, sich so zu verhalten, aber ich muss das Geheimnis dieses Fotos lüften.

Die nächsten Tage vergehen in einem schläfrigen Dunst, während die Medikamente ihre Wirkung entfalten. Zwischen langen Nickerchen tippe ich Xeros Briefe in ein Dokument, zusammen mit meinen Antworten. Teile des Originalmanuskripts überarbeite ich zu Tagebucheinträgen, bis ich fünfzigtausend Wörter Inhalt habe.

Eines Nachts wache ich schweißgebadet und verheddert in Laken auf, nachdem ich von erotischen Albträumen geplagt wurde. Meine Klitoris pocht so heftig, dass ich den Druck mit den Fingern lindern und auf meine Unterlippe beißen muss, um mein Stöhnen zu unterdrücken. In jedem Traum taucht dieselbe Kreatur auf – eine maskierte und verhüllte Gestalt mit leuchtenden Augen.

In Momenten der Klarheit tippe ich Transkripte meiner viralen Videos ab, um sie dem Manuskript hinzuzufügen, zusammen mit einigen der schlimmsten Kommentare. Da mir kein zufriedenstellendes Ende einfällt, nehme ich mir ein wenig kreative Freiheit mit einer Nebenhandlung über Cyber-Stalking und einen unbekannten Nachahmer.

Das Transkribieren läuft gut, bis mein gesamter Account wegen Verstößen gegen die Community-Richtlinien erneut gesperrt wird, wodurch meine Videos zusammen mit den Troll-Kommentaren, die ich zum Auffüllen des Manuskripts benötigte, weg sind.

Der ganze Mist, den ich mit Gavin durchgemacht habe, war umsonst.

Ich habe den Zugang zu meinem Account verloren, zusammen mit einem großen Teil meines Geldes.

Mom hält mich weiterhin von Onkel Clive fern, aber ich erhasche Blicke auf ihn, wie er im Garten sitzt und auf mein Fenster starrt. Währenddessen schickt mir mein Stalker verstörende Penisbilder vor einem schwarzen Hintergrund.

Am siebten Tag kommt sie unter dem Vorwand herein, meine Bettwäsche zu wechseln, und fragt mich, ob ich vorhabe, in mein eigenes Haus zurückzukehren. Ich murmele etwas davon, dass ich einen sicheren Ort brauche, um mein Manuskript fertigzustellen. Als sie mich weiter drängt, zu gehen, frage ich sie, warum Dad bisher nicht nach Hause gekommen ist, woraufhin sie hinausstürmt.

In dieser Nacht schrecke ich mitten in der Nacht durch das dumpfe Geräusch schwerer Schritte auf. Kalte Luft wirbelt durch den Raum und die feinen Härchen in meinem Nacken stellen sich auf.

Nadeln stechen in meine Haut und wecken jedes Nervenende durch den Nebel der Drogen. Mein Herz rast in einem schleppenden Rhythmus und mein Magen verkrampft sich.

Es passiert wieder.

Jeder Albtraum kehrt in voller Klarheit zurück. Der Sensenmann, der meine Träume heimsucht, tritt aus dem Schatten und verlangt Antworten. Nachdem er mich verhört hat, bis meine Stimme heiser ist, beginnt er mit der sexuellen Folter.

Er reizt mich, bis ich kurz vor dem Orgasmus stehe, und dann lässt er mich gedemütigt und frustriert zurück, sodass ich ihn anflehe, mich kommen zu lassen. Wenn ich nach Erlösung schreie, zieht er mich in die Bewusstlosigkeit und kehrt am nächsten Abend zurück, um das ewige Reizen fortzusetzen.

Gerade als ich denke, ich hätte eine Schlafstarre, zucke ich mit den Fingern, aber sie gehorchen meinem Befehl. Ich reiße die Augen auf und sehe eine dunkle Gestalt, die von einem meiner Bettpfosten verdeckt wird.

Meine Brust ist plötzlich wie zugeschnürt. Dies ist nicht der

Sensenmann, der mir im Schlaf Lust bereitet. Er ist kleiner, schlanker, unheimlicher.

„Wer ist da?", frage ich mit belegter Stimme.

Onkel Clive löst sich aus den Schatten, das Weiße seiner Augen leuchtet im Halbdunkel, seine knochigen Hände umklammern ein Kissen. Sein hellbraunes Haar steht in sämtliche Richtungen ab, als wäre er die ganze Nacht mit den Fingern hindurchgefahren.

Ich krabble rückwärts über das Bett, bis mein Rücken gegen das Kopfteil stößt, dann schreie ich: „Was machst du hier?"

Er stürzt sich mit dem Kissen auf mich und knurrt: „Ich weiß, was du getan hast!"

SECHSUNDZWANZIG

Bundesgefängnis Alderney.

Liebe Amethyst,

Ich werde wohl nie genug davon haben, deine schläfrige, sinnliche Stimme zu hören. Bevor ich sterbe, werde ich dafür sorgen, dass du in meinen Armen aufwachst. Wenn ich dich erst einmal mit allen fünf Sinnen ausgekostet habe, werde ich wissen, dass sich alles, was ich erlitten habe, gelohnt hat, denn sonst hätte ich diesen Moment der Glückseligkeit nicht genossen.

Das Bild von dir in diesem cremefarbenen Nachthemd hat sich für immer in mein Gedächtnis eingebrannt. Deine üppigen Brüste und deine wunderschöne rosige Muschi sind nur Ausschnitte eines Porträts der Perfektion. Würdest du mir ein komplettes Nacktbild zukommen lassen?

Ich kann dir nicht schriftlich mitteilen, wie ich ein Penisabdruck-Set eingeschmuggelt habe. Sagen wir einfach, dass die Wachen nur meine eingehende Post lesen dürfen. Der Umfang der Korrespondenz, die ich erhalte, ist zu groß, als dass sie jedes einzelne Stück überprüfen könnten.

Aber ausschließlich dein Brief lässt mein Herz höher schlagen. Alle anderen landen auf einem Stapel, den ich anderen Gefangenen vermache.

Das Angebot, das mein Vater gemacht hat und das er noch bereuen sollte, ist eine lange Geschichte, die Korruption und Verschwörungen in den höheren Rängen der Gesellschaft beinhaltet. Nachdem du diese Informationen erhalten hast, wirst du Männer in Machtpositionen nie wieder auf die gleiche Weise betrachten.

Es geht darum, dass Kinder gezwungen werden, die abscheulichsten und verwerflichsten Taten zu begehen. Bist du sicher, dass du damit belastet werden willst? Wenn die falschen Leute erfahren, dass du über diese Informationen verfügst, werden sie alles tun, um dich zum Schweigen zu bringen.

Lass mich wissen, wie du fortfahren möchtest. Ich werde dir nichts verweigern, aber du musst wissen, dass diese Informationen mit Risiken verbunden sind.

Xero

P.S. Wie geht es deinem Gedächtnis, jetzt, wo du die Medikamente abgesetzt hast?

AMETHYST

Erschüttert kehre ich zu meinem Haus zurück, nachdem ich die vergangene Nacht in meinem Auto geschlafen habe. Bei meinem Schrei, kam meine Mutter ins Schlafzimmer gestürmt, und versuchte, mich davon zu überzeugen, dass das, was ich gesehen hatte, eine Halluzination war.

Das war es aber nicht.

Die Vision von Onkel Clive, der über mir schwebte, ist in meinem Gehirn fest verankert und läuft in Dauerschleife. Ich verstehe nicht, warum meine Mutter alles daran legt, ein Raubtier zu schützen. Es ist offensichtlich, dass er vorhatte, mich mit diesem Kissen zu ersticken.

Die Worte „Ich weiß, was du getan hast" gehen mir wie ein Mantra durch den Kopf. Sprach er von dem Mal, als ich Mr. Lawson vom Dachgarten der Schule stieß? Männer, die von Selbstjustizler verfolgt werden, verachten wahrscheinlich Mädchen, die die Gerechtigkeit in die eigene Hand nehmen.

Zu dieser Tageszeit liegt meine Straße ruhig da, abgesehen vom entfernten Rauschen des Verkehrs. Das Sonnenlicht erwärmt die Fassaden der Stadthäuser und lässt die Straße nicht wie einen Tatort aussehen. Ich steige aus und stehe vor meiner Tür, während ich mich frage, was mich drinnen erwartet. Jakes

Leiche? Der Sensenmann? Ein weiterer roter Umschlag mit Gavins linker Hand?

Wenn Myra allein leben würde, würde ich direkt zu ihr fahren, aber sie schläft auf dem Sofa einer Freundin. Außerdem liebe ich sie zu sehr, um sie dem Risiko auszusetzen, das ein wütender Geist darstellt.

Ich unterdrücke ein Schaudern, öffne die Haustür und trete ein. Der schmale Flur sieht genauso aus, wie ich ihn zurückgelassen habe, aber das Haus riecht anders. Ich schnuppere in der Luft und fülle meine Sinne mit dem Geruch von Sägemehl, Schmutz und Formaldehyd. Oder ist es vielleicht nur Wasserstoffperoxid und Blut, was ich rieche?

Ich gehe herum und schaue, was sich in meiner Abwesenheit verändert haben könnte. Auf dem Wohnzimmertisch steht eine Flasche Armagnac, aber kein Glas. Ich muss sie dort stehen gelassen haben, als Gavin kam, um meinen Account wiederherzustellen.

Der Raum, in dem ich meine Aufnahmen mache, sieht ebenfalls unverändert aus, abgesehen von dem schwachen Geruch von Chemikalien. Ich reibe mir den Nacken und frage mich, was das bedeuten könnte, und gehe weiter in die Küche.

Mein Herz rast, als ich mich umsehe und auf dem gefliesten Boden und an den schwarzen Schränken keine Spuren von Jakes Leiche finde. Es ist vorbei. Ich bin davongekommen, weil ich dieses Arschloch getötet und seine Leiche entsorgt habe. Ich werde mir nicht erlauben, auch nur ein Quäntchen Schuld zu empfinden, denn es war Notwehr. Wenn Jake am Leben bleiben wollte, hätte er mich nicht aufspüren und sich Zutritt in mein Haus verschaffen sollen.

Scheiß auf den Kerl. Ich hoffe, er schmort in der Hölle.

Als ich mich wieder dem Flur zuwende, fällt mein Blick auf ein weißes Blatt Papier, das auf dem Küchentisch liegt. Mit angehaltenem Atem gehe ich hinüber, um zu sehen, was draufsteht.

Es ist ein Vertrag.

Mein Magen zieht sich zusammen.

Vor mir liegt der Vertrag, den ich mit Xero unterzeichnet habe. Er ist in seiner scharfen Handschrift verfasst und sollte eigentlich nur ein Spaß sein – etwas, das den Telefonsex aufpeppt, bei dem ich ihm mitteile, welche sexuellen Praktiken ich ausprobieren möchte und welche für mich tabu sind.

Mit zitternden Fingern nehme ich die vier Blätter und überprüfe, was ich angekreuzt habe. Ich habe allen Formen von Atemspielen, Demütigung, Gesichtsbesamung, Bondage, Exhibitionismus, Voyeurismus und einer ganzen Reihe von Perversionen zugestimmt. Ich wollte alles ausprobieren, außer Natursekt und Kaviar.

Nachdem ich meine Unterschrift auf der Rückseite angestarrt habe, werfe ich einen Blick über meine Schulter in Richtung Flur und erwarte, Xeros Geist zu sehen. Als er nicht auftaucht, drehe ich mich zum Fenster und schaue den Garten entlang, aber auch bei den Bäumen steht niemand.

Dieser Vertrag ist nicht bloß eine Halluzination.

Jemand oder etwas war in meinem Haus, und ich werde nicht hierbleiben, um herauszufinden, wer.

Ein Klopfen an der Haustür lässt mein Herz vor Schreck einen Schlag aussetzen. Ich lege den Vertrag beiseite und schleiche auf Zehenspitzen den Flur entlang, um der Quelle des Geräusches auf die Spur zu kommen. Das Blut rauscht in meinen Ohren und sendet seinen Nachhall bis in meine Knochen.

Was, wenn ich die Tür öffne und Jakes Leiche finde? Das ist lächerlich. Nichts dergleichen wird passieren, weil ich wieder Medikamente nehme.

Ein vorsichtiger Blick durch den Türspion verrät mir, dass ich mich umsonst verrückt gemacht habe. Es ist nur Mrs. Baker. Erleichterung macht sich in mir breit, gemischt mit einem Hauch von Frustration. Warum zum Teufel habe ich immer solche Angst? Nicht jedes Geräusch ist ein schlechtes Omen. Ich schüttle diese Gedanken ab und öffne die Tür.

Mrs. Baker ist eine pensionierte Schauspielerin Ende siebzig, die ich noch nie ohne knallroten Lippenstift oder ein Lächeln gesehen habe. Egal zu welcher Tageszeit, sie ist immer in etwas Glamouröses gekleidet. Heute Morgen trägt sie einen cremefarbenen Kaschmirpullover mit einer passenden Lounge-Hose, die sie mit einer Perlenkette kombiniert hat.

„Amethyst", sagt sie mit einer Stimme, die klingt, als stünde sie auf einer Bühne. „Reverend Tom sagte, Sie wollten mich sehen.“

Es dauert einen Moment, bis mir klar wird, dass sie von dem Mal spricht, als ich an ihre Tür klopfte, nachdem sie bereits zu Bett gegangen war.

„Oh, das war nichts.“ Ich fahre mir mit der Hand durch die blonde Seite meiner Locken. „Ich wollte nur wissen, ob Sie ein freies Zimmer haben.“

Sie bleibt auf der Türschwelle stehen und wartet darauf, dass ich näher darauf eingehe, also gebe ich die gleiche wirre Geschichte über eine Freundin wieder, die eine Unterkunft brauchte. Als sie mich weiterhin anstarrt, schlucke ich. Was mache ich, wenn sie gesehen hat, wie ich Jakes Leiche zum Friedhof geschleift habe?

„Haben Sie Ihre Arbeiten abgeschlossen?“, fragt sie.

Ich runzle die Stirn bei ihrer Frage. „Was meinen Sie?“

„Sie waren eine ganze Woche weg. Ich nehme an, das liegt daran, dass Sie Ihr Haus renovieren lassen?“

Ich trete unruhig von einem Fuß auf den anderen und frage mich, ob sie mich mit Reverend Tom verwechselt, der sein Pfarrhaus gerade ausräuchern lässt. Als Mrs. Baker ihren Kopf neigt und eine Antwort erwartet, murmele ich: „Ja. So etwas in der Art.“

„Meine Pensionsgäste fühlen sich von dem Lärm belästigt“, meint sie und wendet sich ab. Als sie geht, hinterlässt sie eine Duftwolke von Chanel N°5.

Ich habe nicht die mentale Kraft, um zu fragen, was sie meint, also kehre ich ins Haus zurück. Mein Körper gewöhnt sich endlich an die Medikamente und mein Geist fühlt sich nicht mehr so träge an. Es ist an der Zeit, mich auf die Fertigstellung des Manuskripts zu konzentrieren, damit ich zumindest rechtzeitig zur Buchmesse einen Entwurf fertig habe.

———

Zehn Stunden später, nach ein paar Nickerchen und reichlich Koffein, sitze ich in meinem Arbeitszimmer im Obergeschoss und starre auf den Computerbildschirm. Der Raum ist dunkel, da ich mich seit Beginn der Arbeit nicht mehr bewegt habe. Ich habe endlich siebzigtausend Wörter, aber ich kämpfe mit den letzten Kapiteln. Die Heldin meiner überarbeiteten Geschichte hat die Hinrichtung verpasst, weil ein Nachahmungstäter versucht hat, sie zu seinem ersten Opfer zu machen, aber sie kämpfte um ihr Leben und verjagte ihn mit kochendem Wasser.

Der Nachahmungstäter greift dann ihre Online-Präsenz an und versucht, sie von ihren Fans zu isolieren. Am nächsten Tag kehrt er zurück und zwingt sie, sich ein Video der Hinrichtung anzusehen. Die Heldin zerschmettert ihm eine Flasche Armagnac auf dem Kopf und flieht in ihrem Auto.

Ich starre auf das Manuskript und frage mich, was zum Teufel ich da schreibe. „Damit drehe ich mich im Kreis."

Es hat keinen Sinn, sich aufzuregen, wenn ich einen Agenten habe, also schicke ich Myra die neueste Version per E-Mail mit der Frage, was sie davon hält. Wenn ihre Antwort zurückhaltend ausfällt, werde ich die letzten zwanzigtausend Wörter streichen und die Mitte auspolstern.

Vielleicht könnte ich den morgendlichen Telefonsex in eheliche Besuche umwandeln? Ich könnte die Hochzeit vorziehen, vielleicht auf die Mitte, und dann den Rest der Seiten mit heißen Szenen füllen.

Das Geräusch von zerbrechendem Glas lässt mich von meinem Sitz aufspringen und zum Fenster eilen. Draußen steht Sparrow unter einer Straßenlaterne und wirft eine Flasche auf die Straße, wo sie in Stücke zerspringt. Sein Bruder Wilder packt ihn am Arm und fordert ihn auf, aufzuhören, aber Sparrow stößt ihn beiseite.

Meine Lippen verziehen sich. Er ist wahrscheinlich sauer, weil Relaney ihnen endlich befohlen hat zu gehen. Die beiden schubsen sich weiter gegenseitig und verursachen einen gewaltigen Krach. Ich blicke zu den anderen Fenstern und stelle fest, dass ich die einzige Person bin, die zuschaut. Jemand muss die Polizei rufen. Niemand will über das zerbrochene Glas laufen oder fahren.

Ich bin gerade dabei, mich vom Fenster abzuwenden, als Wilder sich umdreht und mich heranwinkt. Ich deute auf meine Brust und er nickt, als wolle er, dass ich seinen Bruder beruhige.

Das wird nicht passieren. Ich will mich da nicht einmischen.

Als ich zu meinem Laptop zurückkehre, ist der Bildschirm schwarz. Ich schalte ihn wieder ein, nur um festzustellen, dass er auf die Werkseinstellungen zurückgesetzt wurde. Mein Atem stockt. Mein Magen zieht sich vor Angst zusammen. Alle meine Dateien, meine Fotos, meine Dokumente sind weg.

Mitsamt meines verdammten Manuskripts.

Panik durchzuckt mich und drückt auf mein Herz. Ich starre auf den Bildschirm und kann nicht recht glauben, dass mein Laptop sich einfach selbst löschen konnte, also rufe ich Myra an und starte neu.

Sie nimmt den Anruf nach nur einem Klingeln entgegen. „Hey ...“

„Hast du die neueste Version des Manuskripts?“, frage ich und höre die Panik, die meine Stimme erfüllt.

„Was das angeht ...“ Sie zögert und holt tief Luft. „Ich finde diese zusätzliche Handlung nicht gut. Die Leute wollen etwas über den sexy Killer mit dem gepiercten Schwanz lesen, nicht über einen unbeholfenen Nachahmer, der genauso groß ist wie die Heldin.“

„Richtig, aber hast du das Manuskript noch?“, frage ich.

„Was meinst du?“

„Mein Computer hat gerade alles gelöscht. Alle meine Dateien sind weg.“

„Oh, Scheiße“, ruft sie. „Ich sehe mal nach.“

Ich lege eine Hand auf meinen Bauch, der angesichts des drohenden Unheils wie wild rumort. Ich habe nicht nur das Manuskript verloren, sondern auch alle meine Antworten auf Xeros Briefe. Sie wurden vor dem Versand gescannt und die Originale befinden sich im Gefängnis. Während ich darauf warte, dass Myra das Telefonat wiederaufnimmt, gehe ich zu meinem kleinen Aktenschrank, um nach den Briefen zu suchen, die ich von Xero erhalten habe.

Er ist leer. Sie sind weg.

Alles, was noch da ist, ist eine Notiz in Xeros scharfer Handschrift, die nur ein Wort enthält: NEIN.

Tränen treten mir in die Augen. Wer auch immer den Vertrag hiergelassen hat, hat die Briefe mitgenommen.

„Amy?“, erklingt Myras Stimme.

Ich greife nach meinem Handy und frage: „Ja?“

„Mein Laptop wurde von einem Virus befallen.“

Ich lasse mich auf meinen Schreibtischstuhl fallen, und die Luft entweicht aus meinen Lungen. „Das ist nicht dein Ernst.“

„Doch. Ich habe mich auch in mein E-Mail-Konto eingeloggt und jede einzelne Nachricht, die das Manuskript enthielt, wurde gelöscht.“

Mein Atem stockt. „Das ist der Geist.“

„Ist es nicht“, sagt sie mit belegter Stimme. „Es ist ein Hacker. Jemand da draußen will nicht, dass du das Buch veröffentlichst. Wahrscheinlich ein Online-Troll.“

Ich schlucke immer wieder, wobei sich mein Atem beschleunigt. „Vielleicht ist das ein Zeichen, dass wir es nicht tun sollten. Alle Briefe, die Xero mir geschickt hat, sind aus meinem Aktenschrank verschwunden. Ich weiß, dass du uns Tickets für die Buchmesse gekauft hast, aber ich kann es dir zurückzahlen ...“

„Wir werden hingehen“, sagt sie mit eiserner Stimme. „Ich glaube an dich und dein Talent. Wenn die Geschichte mit den Briefen nicht funktioniert, finden wir etwas anderes. Etwas Besseres. Etwas Würzigeres. Es gibt Leute, die Buchverträge mit weitaus weniger Followern bekommen haben.“

Ich beiße mir auf die Unterlippe. „Aber mein Account wurde gesperrt.“

„Erstelle einen neuen Account. Du kannst deine Fangemeinde neu aufbauen. Am besten, du fängst gleich an.“ Sie legt auf, vermutlich, um sich dem Problem ihres Computers zuzuwenden.

Anstatt einen neuen Account einzurichten, wie sie vorgeschlagen hat, gehe ich ins Schlafzimmer und packe meine Tasche. Dieser Sexvertrag lag nicht ohne Grund auf dem Küchentisch. Aber meine Zustimmung erstreckt sich nur auf Xero, und ich will verdammt sein, wenn ich in diesem Haus einschlafe, um von einer bösartigen Präsenz belästigt zu werden.

Als ich nach draußen gehe, sind Sparrow und Wilder verschwunden, ebenso wie alle Spuren der zerbrochenen Flaschen. Ich klingele bei Relaney, und sie öffnet mir innerhalb von Sekunden.

Ihr riesiger blonder Afro wird von einem Stirnband aus weißem Stoff zurückgehalten, das zu ihrem wallenden weißen Kleid passt.

„Amethyst", sagt sie mit einem breiten Lächeln. „Wo warst du? Ich dachte, du würdest für eine weitere Séance zurückkommen."

„Ich bin jetzt hier. Kann ich über Nacht bleiben?"

ACHTUNDZWANZIG

Bundesgefängnis Alderney.

Liebe Amethyst,

Ich bin froh, dass es dir besser geht. Ich wusste, dass die Medikamente die Ursache für deine Gedächtnislücken waren. Die Gesellschaft ist so darauf fixiert, alle Menschen auf die gleiche Denkweise zu trimmen, dass sie bereit ist, jede Abweichung mit Medikamenten auszubügeln.

Der Anwalt, den deine Eltern engagiert haben, hätte es nie so weit kommen lassen dürfen, dass du wegen der Sache mit deinem Musiklehrer unter Drogen gesetzt wirst. Er war das schlimmste Raubtier und musste vernichtet werden. Sie hätten dir Schutz bieten sollen, keine Rezepte.

Ich würde deine Narben niemals als hässlich ansehen. Jede ist ein Symbol für eine Herausforderung, die wir überlebt haben. Wenn deine wirklich so ausgeprägt sind, wie du behauptest, würde ich jede einzelne mit größter Liebe behandeln. Ohne sie würde ich dich niemals haben. Ich werde dich jedoch nicht dazu drängen, Nacktfotos zu schicken.

Dein Kommentar bezüglich meiner Bekanntheit im Internet hat mich zum Lachen gebracht. Ich wusste, dass ich beliebt bin, da ich so viel Fanpost erhalten habe, aber ich hatte keine Ahnung, dass die Leute in den sozialen Medien Beiträge über mein Leben posten. Wenn es dich glücklich macht, im Internet über mich zu sprechen, dann hast du meine Erlaubnis, einen offiziellen Fanclub zu gründen.

Sagt allen da draußen, dass ich ihre Liebe und Unterstützung zu schätzen weiß. Ich kann nicht auf jeden Brief antworten, da die Menge an Post, die ich erhalte, mehr ist, als ein Gefangener bewältigen kann, aber wenn du in jedem Brief ein oder zwei Fragen stellst, werde ich den Fans Antworten geben.

Sag mir, was sie sonst noch wissen wollen. Ich werde mein Bestes tun, um dich mit Inhalten für die sozialen Medien des Fanclubs zu versorgen.

Da du nach dem Vorschlag meines Vaters gefragt hast, werde ich dir die Geschichte in mehreren Teilen erzählen. Mein Vater lebt noch und ist ein äußerst gefährlicher Mann, ebenso wie seine Komplizen. Zu deiner eigenen Sicherheit und zu meiner Beruhigung solltest du die nächsten Teile meiner Geschichte nicht weitererzählen. Nicht einmal deiner besten Freundin.

Xero.

P.S. Ich habe das Spielzeug noch einmal angefertigt und es ist unterwegs. Gib mir Bescheid, sobald du das Paket erhalten hast.

NEUNUNDZWANZIG

AMETHYST

Relaney führt mich in ihr Wohnzimmer, wo ein Tablet-Computer New-Age-Flötenmusik spielt. Die Matratzen ganz links im Raum sind leer, die Laken ordentlich gefaltet, und alle Kleidungsstücke befinden sich jetzt in großen Wäschesäcken.

Die Kerzen sind verschwunden und durch kleine Lampen ersetzt worden, und es gibt keine Spur von brennendem Weihrauch. Scheinbar will sie kein weiteres Risiko mit Feuer eingehen.

Ezekiel und Chappy sitzen um den niedrigen Tisch herum und trinken Bier aus Dosen, die sie beiseitestellen, sobald sie merken, dass ich nicht Relaney bin. Beide Männer setzen sich aufrecht hin und blicken mich mit großen, erwartungsvollen Augen an.

Ich sollte nicht hier sein, mich vor meinem Stalker verstecken, aber ich weiß nicht, was ich sonst tun soll. Nach einer Woche, in der ich meine Medikamente genommen habe, spielt er immer noch mit meinem Leben. Es mag einen Geist geben oder auch nicht, aber jemand war in meinem Haus. Ich bin zu feige, um ihn zu konfrontieren, während ich allein bin, aber wenn es ein Spuk ist, spricht er vielleicht durch eine weitere Séance zu mir.

Relaneys knochige Hände legen sich plötzlich auf meine Schultern und sie führt mich zum Tisch. „Setz dich, setz dich", sagt sie mit vor Aufregung belegter Stimme. „Wir haben mehrmals versucht, den Geist wieder zu beschwören, nachdem du gegangen warst, aber er hat unseren Ruf nicht erhört."

Ich lasse mich auf das Kissen neben Chappy sinken, der mich breit anlächelt.

„Schön, dich wiederzusehen, Süße. Ich hoffe, du hast die Geister mitgebracht."

Ich will gerade antworten, als Sparrow und Wilder durch die Perlenvorhänge hereinkommen und an der Wand Platz nehmen. Niemand scheint sich daran zu stören, dass Sparrow Flaschen auf der Straße zertrümmert hat, also konzentriere ich mich auf Relaney.

„Du hast eine sehr starke Aura", sagt sie. „Ein großes Potenzial für die Medialität. Ich könnte dich unterrichten."

„Das ist nicht so mein Ding", antworte ich mit einem Kopfschütteln, woraufhin sich ihr Gesichtsausdruck verfinstert.

„Warum bist du hier?"

„Ich glaube, mein Geist will nicht, dass ich ein Buch schreibe. Können Sie ihn fragen, warum?"

Sie runzelt die Stirn. „Natürlich. Dennoch glaube ich, dass du noch einmal über mein Angebot nachdenken solltest. Mit deinen spirituellen Kräften könnten wir es weit bringen."

Ich versuche, nicht die Nase zu rümpfen. „Vielleicht ein anderes Mal."

Chappy ergreift meine Hand. „Wir können zusammen lernen", meint er. „Ich kann dir helfen."

Mein Blick huscht zu Relaney, die mir aufmunternd zunickt. Als auch Ezekiel mich lächelnd anblickt, frage ich mich, ob es diesem Trio jemals gelungen ist, mit den Toten zu sprechen. Sie scheinen viel zu begierig darauf zu sein, dass ich mich ihrer kleinen Sekte anschließe.

Ich ziehe meine Hand zurück und reibe mir den Nacken. „Können wir mit der Séance beginnen?"

Relaney nickt und bittet uns, uns wieder an den Händen zu berühren. Sie führt uns durch dieselbe Meditation wie zuvor. Diesmal ignoriere ich das Lachen von Sparrow und Wilder. Ich habe den Sexvertrag, den leeren Aktenschrank, das fehlende

Manuskript und Xeros Ein-Wort-Notiz ganz sicher nicht halluziniert.

Er hat aufgehört, mir Nachrichten zu schicken, und ich brauche Antworten. „Ist da draußen jemand?", fragt Relaney.

Die Glühbirnen in den Lampen flackern und knacken, sodass ich scharf die Luft einziehe. Dunkelheit breitet sich im Raum aus, und meine Nackenhaare sträuben sich.

„Wunderbar", sagt Relaney. Mein Magen zieht sich zusammen. „Bist du das, Xero?"

Ein Klopfen.

„Ja", sagt Chappy triumphierend.

„Unterbrich ihn nicht", schnauzt Relaney.

Neben mir zuckt Chappy zusammen. Einer der Brüder, der an der Wand steht, lacht leise. Ich bin zu sehr in das vertieft, was Xero sagen wird, um ein Auge zu öffnen.

„Fahr fort, Amethyst", sagt sie.

Ich fahre mir mit der Zunge über meine plötzlich trockenen Lippen und frage: „Hast du mein Manuskript gelöscht?"

Ein Klopfen.

„Warum?"

Ich verstumme, als er eine Reihe von Klopfzeichen macht, und Ezekiel übersetzt sie in Buchstaben.

„M ... E ... I ... N ... Pause. E ... I ... G ... E ... N ..."

„Dein Eigentum?", frage ich empört.

Ein Klopfzeichen.

„Warum hast du dann die Scans meiner Briefe gelöscht?"

„M ... E ... I ... N ...", sagt Ezekiel.

Ich knirsche mit den Zähnen. „Lass mich eines klarstellen. Du kannst von mir aus die Briefe die du geschrieben hast, als dein Eigentum betrachten, vielleicht auch die Briefe, die ich dir geschickt habe. Aber was ist mit den zusätzlichen zwanzigtausend Wörtern, die ich letzte Woche geschrieben habe, ohne dass du in irgendeiner Form etwas dazu beigetragen hast?"

„A ... U ... C ... H ..."

„Du denkst, das gehört auch dir?"

Ein Klopfen.

Ezekiel räuspert sich. „Könntest du bitte aufhören, den Geist zu unterbrechen?"

„Sag dem Geist, er soll anfangen, Dinge zu sagen, die einen Sinn ergeben. Ich gehöre weder ihm noch sonst jemandem."

Zwei Klopfzeichen.

Ich schüttle den Kopf und Ärger breitet sich in meinem Innern aus. „Welches Recht hast du über mein Leben? Wir sind nicht einmal verheiratet."

Zwei Klopfzeichen.

„Aber ich war nicht einmal bei der Hochzeit."

Relaney seufzt. „Beziehungen funktionieren im Geisterreich anders."

„Sie sind also auf seiner Seite?", frage ich, woraufhin sie schweigt.

Es klopft erneut, aber Ezekiel bleibt still, wahrscheinlich damit ich mich nicht einmische, wenn er für den Geist übersetzt. Ich öffne ein Auge und sehe, dass er die Stirn runzelt.

„Was sagt er?", frage ich.

„Es ist nicht sehr schön", sagt er.

„Spuck's aus."

„Er sagte, er will dich brechen."

Ein Klopfen.

Mein Magen verkrampft sich. „Warum?"

Ezekiel wartet, bis die nächste Folge von Klopfen beendet ist, bevor er sagt: „Er sagte, du seist eine Verräterin."

Ich schlucke schwer. „Darf ich etwas sagen?"

Ein Klopfen.

„Xero, das ist nicht gut." Meine Kehle zieht sich zusammen. „Ich weiß, dass du sauer auf mich bist, aber du kannst nicht meine Arbeit zerstören. Schreiben ist alles, was ich habe ..."

Ein lautes Krachen hallt durch den Raum und unterbricht mich. Ich reiße die Augen auf und Sparrow kommt mit einer zerbrochenen Flasche auf mich zu.

„Du mordende Schlampe!", schreit er.

Mit rasendem Herzen springe ich auf. „Was ist los?"

Relaney packt meinen Arm. „Du hast den Kreis gebrochen."

Wilder packt Sparrow am Handgelenk und versucht, ihn zurückzuhalten, aber Sparrow reißt sich von seinem Bruder los, in seinen Augen funkelt der gleiche Wahnsinn wie in Onkel Clives.

Mondlicht dringt durch das vordere Fenster und fällt auf die

Spitzen der kaputten Flasche. Sparrow fletscht die Zähne und knurrt: „Ich werde dafür sorgen, dass du nie wieder einen Mann erstichst."

Als ich vor dem Verrückten zurückweiche, stolpere ich über den Rand des Teppichs. Ich taumele rückwärts und lande hart auf dem Holzboden. Ein Schmerz explodiert in meinem Hinterkopf und Sternchen tanzen vor meinen Augen.

„Amethyst", ruft Relaney. „Chappy, hilf ihr!"

Ich kneife die Augen zusammen und versuche, den Schock des Sturzes und Sparrows wilde Anschuldigung zu verarbeiten. War er derjenige, der in mein Haus eingebrochen ist? Was, wenn er gesehen hat, wie ich Jakes Leiche auf den Friedhof geschleift habe, und beschlossen hat, mir eine Lektion zu erteilen? Er ist auf jeden Fall groß genug, um den Sensenmann zu mimen. Vielleicht zu dünn, aber ein entschlossener Psychopath kann mit ein wenig zusätzlicher Polsterung viel anfangen.

Eine warme Hand legt sich auf meinen Arm und ich öffne die Augen. Chappy kniet neben mir und lächelt schief. Ich starre über seine Schulter, wo Wilder Sparrow unter Kontrolle gebracht hat, und schubst ihn durch den Perlenvorhang nach draußen. Sekunden später fällt die Tür ins Schloss, und zwei Gestalten rennen am Wohnzimmerfenster vorbei.

„Immer noch bei uns, Süße?", fragt Chappy.

„Er wollte mich mit der Flasche angreifen", krächze ich.

„Xero Greaves?"

„Sparrow. Habt ihr ihn nicht gesehen?"

Chappy wirft Relaney einen Blick zu, die auf die Knie fällt, ihre Augen werden durch ihre Brille vergrößert. „Wer ist Sparrow?", fragt sie und betont jedes Wort so, wie es Menschen tun, wenn sie mit jemandem sprechen, der nicht sonderlich intelligent oder krank ist. „Noch ein Mörder?"

„Er ist Wilders Bruder. Der Mann, der immer an der Wand steht."

Relaney starrt mich mit gerunzelter Stirn an. „Welche Wand, meine Liebe?"

Meine Lippen öffnen sich, aber die Erkenntnis trifft mich wie ein Schlag auf den Hinterkopf. Habe ich die beiden Brüder nur halluziniert? Panik breitet sich in mir aus und schnürt mir die

Kehle zu. Wenn sie nur Ausgeburten meiner Fantasie waren, bedeutet das dann, dass meine Medikamente keine Wirkung mehr haben?

„Du kannst Geister sehen, Süße?" Chappy hilft mir, mich aufzusetzen, wobei er eine Hand auf meiner Schulter liegen lässt.

„Es ist nur ein ..." Ich blinzle, um meine Sicht zu klären. „Es ist eine zusammengesetzte Halluzination. Das gibt es."

Er schüttelt den Kopf. „Du hast eine Begabung dafür."

„Nicht wirklich."

„Du bist ein echtes Medium." Relaney tippt mir auf die Mitte der Stirn. „Du hast ein starkes Stirnchakra."

„Ähm ... okay." Ich werfe einen Blick zum Fenster und halte Ausschau nach den Brüdern. Als ich sie nirgends entdecken kann, richte ich meine Aufmerksamkeit wieder auf Relaney. „Entschuldigen Sie, dass ich die Séance ruiniert habe. Kann ich trotzdem über Nacht bleiben?"

„Natürlich kannst du das. Du bist immer willkommen."

Ich versuche aufzustehen, aber Chappy zieht mich in seine Arme und drückt mich an seine Brust.

„Lass mich dich nach oben tragen, Süße."

„Lass mich los." Ich stoße ihn leicht an der Schulter.

Relaney erscheint an meiner Seite. „Du hast dir ziemlich übel den Kopf angeschlagen. Du könntest eine Gehirnerschütterung haben."

„Ich ziehe es vor, allein zu gehen."

In dem Moment, in dem Chappy mich los lässt, scheint das Blut aus meinem Kopf zu weichen, wodurch mir schwindelig wird und sich der Raum dreht. Ich schwanke auf meinen Füßen und strecke beide Arme aus, um das Gleichgewicht zu halten.

Chappy packt mich an der Taille, bevor ich falle. „Wow. Brauchst du einen Arzt?"

„Siehst du?" Relaney ergreift meinen Arm und runzelt die Stirn. „Du brauchst Hilfe."

„Na gut", gebe ich seufzend nach.

Chappy hebt mich hoch und ergreift meine Tasche und trägt mich durch den Raum. Ich werfe einen Blick über seine Schulter und sehe, dass Ezekiel und Relaney sich umarmen und uns mit einem breiten Lächeln verabschieden.

Ich hoffe, sie denken nicht, dass ich ein Mitglied ihrer seltsamen Truppe werden will. Chappy trägt mich die Treppe hinauf und schaut ehrfürchtig auf mich herab.

„Du bist mächtig."

„Ich werde nur von einem Geist verfolgt", murmele ich.

„Relaney ist großartig und so, aber ich habe noch nie ein echtes Medium getroffen."

„Es sind Halluzinationen. Manchmal sehe ich Dinge, wenn ich gestresst bin."

„Tote Menschen?", fragt er mit einem wissenden Lächeln.

„Nicht wie der Junge im Film, und es passiert nur unter extremen Umständen."

„Ich wusste es." Er erreicht den oberen Treppenabsatz und öffnet die Tür zum Gästezimmer.

Mir fällt ein Stein vom Herzen. Es ist unmöglich zu erklären, dass die Halluzinationen eine Traumareaktion auf Menschen sind, die ich getötet habe oder sterben ließ. Dass Xero mir als Sensenmann erscheint, ist eine Sache, aber ich werde nicht zugeben, warum ich manchmal Mr. Lawson und Jake sehe.

Chappy setzt mich auf dem Bett ab und stellt meine Tasche daneben. „Wir können morgen darüber reden. Ich mache dir sogar Frühstück."

„Danke", murmele ich, während mir immer noch der Schädel brummt.

Er zieht sich zurück, rutscht ans Fußende des Bettes und zieht mir den linken Schuh aus.

Ich hebe den Kopf und zucke vor einem plötzlichen Schmerz zusammen. „Was tust du da?"

„Ich helfe dir, dich zu entspannen", antwortet er und zieht dann den rechten Schuh aus. „Ich kenne mich ein wenig mit Reflexzonenmassage aus. Das kann die Schmerzen in deinem Kopf lindern."

„Nein, danke", stoße ich mit einem nervösen Kichern hervor. „Ich bin kitzlig."

Er rutscht auf der Matratze näher heran, seine braunen Augen bohren sich in meine. „Wenn du keine Fußmassage willst, wie wäre es dann, wenn ich deine Muschi lecke?"

Mein Atem stockt und Hitze schießt mir in die Wangen. „Was?"

Er grinst und seine Augen funkeln. „Relaney hat Ezekiel. Jetzt habe ich dich." Er fährt sich mit der Zunge über die Lippen. „Ich kann dir versprechen, dass es sich sehr gut anfühlen wird."

Mein Herz rast und der Puls zwischen meinen Beinen pocht so stark, dass der Nachhall bis in meine Zehen zu spüren ist. Es ist zu früh. Ich kann keine Angebote annehmen, schon gar nicht von einem von Relaneys Männern.

Oder kann ich das?

Unter dem struppigen Bart und dem unordentlichen Haar verbirgt sich ein gut aussehender Mann, dessen Muskeln deutlich unter seinem grünen Hemd zu erkennen sind. Wenn ich die Augen zusammenkneife, könnte er fast als heißer Surfertyp durchgehen.

Ich habe mich in der Vergangenheit mit Männern getroffen, bin aber nie in die Nähe eines Orgasmus gekommen. Entweder wurden wir unterbrochen, oder sie waren völlig unfähig, oder ich wurde durch die Erinnerung an Mr. Lawson komplett aus dem Konzept gebracht. Die längste Zeit über verband mein Gehirn sexuelles Vergnügen mit Fehlgeburten oder dem Mann, den ich getötet hatte.

Der einzige Mann, der mich jemals zum Höhepunkt gebracht hat, war Xero.

Ich kann nicht sagen, ob es seine Stimme war, seine schmutzigen Worte oder die Sicherheit, dass er hinter Gittern saß. Telefonsex mit ihm bescherte mir explosive Orgasmen, die nur noch besser wurden, wenn ich mit seinem Dildo spielte.

„Was meinst du?" Chappy fährt mit seinen langen Fingern über meinen Oberschenkel und ich winde mich unter seiner Berührung.

Die Frage hängt in der Luft und hinterlässt die Art von Spannung, die ich auf jedem Zentimeter meiner Haut spüre. Meine Kehle ist wie zugeschnürt. Ich blicke mich im Raum nach Anzeichen von Xeros Geist um. Meine Klitoris schwillt an und meine Libido drängt mich, sein Angebot anzunehmen, aber ich schiebe den kleinen Verräter zurück.

„Ich habe Xero mein Leben versprochen", murmele ich. „Mein Körper gehört ihm."

Seine Augenbrauen verengen sich. „Bist du sicher, Süße? Du bist noch jung und heiß, und er würde nicht wollen, dass du dein Leben für ihn verwirfst."

Ich schlucke schwer, mein Herz rast in meiner Brust. Auch wenn ein Teil meines Verstandes sich bereits vorstellt, wie diese heiße Zunge zwischen meinen Schenkeln gleitet, schrumpft mein Herz bei dem Gedanken, Xero zu betrügen.

„Ich kann nicht."

„Du weiß ja nicht, was du verpasst." Er streckt seine Zunge heraus, und entblößt einen silbernen Piercing an ihrer Spitze.

Ein Kribbeln schießt mir den Rücken hinunter und setzt sich in meiner Muschi fest. Ich beiße mir auf die Unterlippe und unterdrücke ein Stöhnen. Wie lange ist es her, dass ich etwas anderes als meine Finger oder ein Spielzeug genossen habe? Der Gedanke an den letzten Mann, der mich zum Höhepunkt gebracht hat, löst eine Welle der Wut in mir aus, die in mir den Wunsch aufsteigen lässt, ihn von einem anderen Dach zu werfen.

Ich schüttle den Kopf und begegne seinem Blick. „Gute Nacht, Chappy. Meine Antwort lautet nein."

Er schnalzt mit der Zunge. Das ist so anzüglich, dass sich der Druck zwischen meinen Schenkeln nur noch weiter verstärkt. Ich presse meine Schenkel zusammen und zwinge mich, meinen Atem zu beruhigen.

„Die Antwort lautet immer noch nein", murmele ich.

Mit hängenden Schultern erhebt sich Chappy vom Bett und geht zur Tür. Als er in den Flur tritt, sagt er: „Ich schaue später noch mal nach dir, falls du deine Meinung änderst."

„Das werde ich nicht."

Als er sich wieder zu mir umdreht und mir zuzwinkert, nehme ich mir vor, einen Stuhl unter die Türklinke zu klemmen und ein Messer unter mein Kopfkissen zu legen. Wenn er zurückkommt, während ich schlafe, wird er eine böse Überraschung erleben.

Stunden später wache ich desorientiert auf. Ich stehe aufrecht im Dunkeln, unsicher auf einem wackeligen Stuhl balancierend. Langsam gewöhnen sich meine Augen an das schwache Licht im Raum, das vom Mondlicht stammt, das durch die Vorhänge dringt, und ich mache eine vermummte Gestalt an der Tür aus.

Ein eisiger Schauer fährt mir durch den Körper. Ich schrecke vor, sodass der Stuhl knarrt, und spüre einen scharfen Zug an meinem Hals. Meine Finger greifen nach oben und schließen sich um ein dickes Seil, das meine Kehle umschließt.

„Was soll das?", flüstere ich, kaum in der Lage, die Worte hervorzubringen.

„Deine Strafe", knurrt eine tiefe, bedrohliche Stimme.

DREISSIG

Bundesgefängnis Alderney.

Liebe Amethyst,

Ich freue mich, dass du das Spielzeug endlich erhalten hast. Ja, es ist originalgetreu. Bevor du fragst, nein, ich möchte nicht, dass du es in den sozialen Medien zeigst. Die Intimität, die wir teilen, ist heilig.

Bis zu dem Tag, an dem ich sterbe, und darüber hinaus, sind mein Schwanz und alle Nachbildungen davon nur für dein Vergnügen bestimmt. Ich hoffe, du siehst das genauso. Wenn nicht, wird jeder Mann, der dich berührt, entweder Körperteile verlieren oder sterben.

Als Antwort auf die Fragen der Fans:

Meine Lieblingsfarbe ist Rot. Der genaue Farbton im Hexadezimalcode ist 330000. Er erinnert mich an das getrocknete Blut meiner Feinde. Das ist auch der Grund, warum ich roten Samtkuchen so mag.

Meine letzte Mahlzeit wäre nicht Leber, Saubohnen und Chianti. Du wärest es. Ich würde jeden Zentimeter deines köstlichen Körpers verschlingen, von deinen sinnlichen Lippen bis zu deiner hübschen Muschi. Ich würde deinen Saft auflecken, deine

Pisse trinken, deinen Schweiß ablecken. Nichts an dir würde unberührt bleiben.

Wenn du nicht auf der Karte stehst, dann wähle ich ein Croque Madame mit Räucherlachs und einem kühlen Chardonnay.

Hier kommt der Teil, auf den du gewartet hast. Lass diese Briefe nicht in die falschen Hände geraten.

Mein Vater machte mir zwei Angebote. Das Erste lautete, dieselbe Schule wie meine älteren Brüder zu besuchen und mich auf weitere Qualen einzustellen. Das Zweite war eine Schule für Eliteschüler, wo ich einen Neuanfang machen könnte.

Ich war zehn Jahre alt und hatte immer noch Angst, bestraft zu werden, weil ich seinen geliebten Sohn verletzt hatte. Wenn ich gewusst hätte, dass die zweite Option mich meine Seele kosten würde, hätte ich mich für weitere acht höllische Jahre mit meinen Brüdern entschieden.

Diese sogenannte Eliteschule war eine Einrichtung, in der Kinder zu Attentätern ausgebildet wurden. Bist du sicher, dass du mehr wissen willst?

Xero

P.S. Ich bin froh, dass das Spielzeug endlich angekommen ist. Halte es für unser nächstes Telefonat bereit.

EINUNDDREISSIG

AMETHYST

Im Nu wechselt mein Geist von einem Halbschlaf zu blinder Panik. Ich zucke zusammen und schwanke auf dem Stuhl, der unter meinen Füßen ächzt. Ich kippe nach vorn, werde aber von dem Seil um meinen Hals zurückgezogen.

Kein Seil. Eine Schlinge.

Kalte Panik durchströmt mich und lässt mir das Blut in den Adern gefrieren. Jeder Schlag meines Herzens hallt in meinem Körper nach. Meine Klitoris wird von Gefühlen überflutet, obwohl kein einziger Teil von mir diese Situation erotisch findet.

Eine falsche Bewegung und der Stuhl unter meinen Füßen wird umkippen und ich werde mich selbst erhängen. Ich könnte ersticken oder mir das Genick brechen.

Kühle Luft wirbelt um meine Haut und lässt meine Brustwarzen sich zu harten Spitzen zusammenziehen.

Die Gestalt bewegt sich im Schatten und scheint fasziniert zu sein.

Scheiße.

Hat er mich ausgezogen?

„Xero?", flüstere ich.

Er neigt den Kopf.

Ich blinzle immer wieder, damit sich meine Augen an die Dunkelheit gewöhnen. Meine Augen sind noch träge, sie haben den Alarmzustand meines Geistes noch nicht erfasst. Der Stuhl unter meinen Füßen knarrt erneut und droht bei der geringsten Bewegung zusammenzubrechen. Ich spanne meine Muskeln an und zwinge meinen Körper, ruhig zu bleiben.

„Warum tust du das? Wegen der Hochzeit?"

Für mehrere hektische Herzschläge herrscht Stille. Die Spannung steigt, bis jedes einzelne Haar an meinem Körper zu Berge steht und mich dazu drängt, etwas zu tun – irgendetwas –, um mich zu befreien. Ich greife hinter meinen Kopf und taste nach dem Knoten. Er besteht aus Schlingen und Windungen, die zu fest gewunden sind, als dass meine Finger sie lösen könnten.

Das Seil reicht bis zu einer stabil aussehenden Leuchte, die im Mondlicht glitzert. Es sieht so aus, als könnte ich mich aus dieser misslichen Lage nur befreien, indem ich Xero überrede, mich loszuschneiden oder die Decke herunterzureißen.

„Du warst in Versuchung", sagt er mit einer so heiseren und tiefen Stimme, dass ich sie kaum als Xeros erkenne.

Mein Atem beschleunigt sich. „In Versuchung durch was?"

Er antwortet nicht und meine Gedanken versuchen, die Lücke zu füllen. Es kann nicht um Gavin gehen. Ich habe seine Annäherungsversuche rundheraus abgelehnt. Der einzige Mann, der heiß genug ist, um mich in Versuchung zu führen, ist der Priester, der bei Mrs. Baker wohnt, aber unser Gespräch war kurz.

„Enttäuschend", sagt er.

Mein Magen schlägt Purzelbäume. „Ich weiß nicht, wovon du sprichst."

„Dann lass mich deinem Gedächtnis auf die Sprünge helfen."

Etwas rumpelt zwischen meinen Beinen und reizt meine geschwollene Klitoris. Schauer der Lust durchfahren meinen Körper und lassen mich erschauern. Ich zucke zusammen und schwanke nach vorn, wobei ich fast den Halt verliere. Mit einem Keuchen spreize ich meine Arme aus, um das Gleichgewicht zu halten.

„Was zum Teufel?", schreie ich.

„Ruhe", schnauzt er. „Es sei denn, du willst, dass ich Relaney und Ezekiel bestrafe."

Mein Atem stockt. Warum hat er Chappy nicht erwähnt?

Was auch immer in meiner Muschi steckt, quält weiterhin meine Klitoris und bringt mich aus dem Gleichgewicht. Wie zum Teufel konnte ich das Einführen verschlafen? Warum bin ich nicht aufgewacht, als ich mich auf den Stuhl stellte und ein Seil um meinen Hals befestigte?

Das alles spielt keine Rolle, wenn ich seine Anschuldigung nicht widerlegen kann. Ich versuche, meine Gedanken zu ordnen. Warum sollte er denken, dass ich von Chappy in Versuchung geführt wurde?

Ich zwinge mich, an die Ereignisse von gestern und letzte Nacht zu denken.

Es gab eine weitere Séance, aber die Details sind verschwommen. Ich habe nach meinem Manuskript gefragt, aber ich kann mich nicht erinnern, was er gesagt hat.

„Xero", flüstere ich. „Ich erinnere mich nicht. Die Medikamente haben mich vergessen lassen ..."

„Ich habe dir gesagt, du sollst diese Medikamente absetzen", schnauzt er.

„Du verstehst nicht", schluchze ich. „Ich sehe ständig Dinge. Ich weiß nicht mehr, was real ist und was nicht."

Wieder legt er den Kopf schief.

Ich schlucke. „Einmal fiel eine Leiche aus meinem Schrank. Dann tauchte sie in meinem Auto wieder auf. Ich bekomme seltsame Nachrichten, Briefe und Fotos. Dinge tauchen auf und verschwinden wieder. Wie dieser Umschlag voller Finger. Und dann bist da noch du."

„Was ist mit mir?", fragt er.

„Du bist überall. In meinen Gedanken, in meinen Träumen. Manchmal schaue ich aus dem Fenster und du starrst zurück. Ein anderes Mal wache ich nachts auf und du folterst mich bis zum Wahnsinn."

Er kommt näher. „Erzähl mir von dieser Folter."

„Ich weiß nicht, ob es real ist."

„Sprich."

Ich schlucke. Das ist verrückt. Ich sollte nicht mit sexuellen Terroristen verhandeln, aber ich bin diejenige, die auf einem Stuhl steht und eine Schlinge um den Hals hat. Xeros blasse

Augen leuchten in der Dunkelheit und funkeln mit einer Intensität, die Antworten verlangt.

„Einmal standest du zwischen meinen Beinen und hast meine Klitoris gerieben, während du mir sagtest, ich könnte nicht kommen, es sei denn, ich würde darum betteln. Als ich tat, was du verlangtest, drücktest du mir etwas ins Gesicht und ich verlor das Bewusstsein."

„Bist du gekommen?", fragt er.

„Ich glaube nicht", antworte ich, und jedes Molekül aufgestauter sexueller Frustration verwandelt sich in Schmerz. „Jeden Morgen wache ich auf und fühle mich geil und verzweifelt."

Er nickt. „Ich verstehe."

„Was?", frage ich mit zitternder Stimme.

„Der Grund, warum du so in Versuchung geführt wurdest."

Meine Gedanken rasen und versuchen zu entschlüsseln, was er unausgesprochen lässt, aber das Spielzeug, das an meiner Klitoris vibriert, wirbelt meine Gedanken völlig durcheinander. Meine Knie zittern vor einem neuen Gefühlsausbruch, der mich zwingt, auf meine Unterlippe zu beißen, um ein Wimmern zu unterdrücken.

Das ist mehr als sexuelle Folter. Das ist psychologische Kriegsführung.

Mein Körper verkrampft sich und bringt den Stuhl unter meinen Füßen zum Wackeln. „Xero, ich erinnere mich nicht. Wovon sprichst du?"

„Letzte Nacht hat dich dieser bärtige Bastard ins Bett getragen und angeboten, deine Muschi zu lecken. Du warst kurz davor, ja zu sagen."

Meine Augen weiten sich. „Das ist nicht passiert."

Das Kribbeln zwischen meinen Beinen wird stärker und lässt sie beben. Sie geben leicht unter mir nach, sodass sich die Schlinge um meinen Hals fester zusammenzieht. Ich werde sterben. Sterben mit einem Spielzeug in meiner Muschi. Sterben in einem andauernden Zustand der Erregung und dann werde ich zu einem geilen Geist werden.

Ich kann mir nichts Erniedrigenderes vorstellen. „Was habe ich dir übers Lügen gesagt?", knurrt er.

„Es tut mir leid. Es tut mir leid. Ich erinnere mich nur nicht ...“

„Weil diese Medikamente dein Gedächtnis durcheinanderbringen.“ Er unterstreicht diesen Satz mit einem Druck auf die Fernbedienung des Spielzeugs und erhöht die Intensität.

Ich schließe die Augen und ein Stöhnen entweicht meinen Lippen. Ich bin so nah dran. Nur noch ein paar Sekunden. Meine Hüften zucken, als ich dem Orgasmus hinterherjage, der sich in verlockender Reichweite anfühlt. Gerade als die erste Welle der Ekstase näher rückt, senkt Xero die Intensität des Spielzeugs.

„Nein!“, schreie ich. „Ich meine ja.“

„Wenn du das nächste Mal zulässt, dass ein Mann dich berührt, wird er nicht nur sterben, sondern auch du wirst bestraft werden.“

„Aber ich habe nicht ...“

„Lüg mich nicht an“, knurrt er.

Ich zucke zusammen und verlagere mein Gewicht auf die Fersen, nur damit der Stuhl, auf dem ich stehe, nach hinten kippt und droht, mich hängenzulassen. Schreck schnürt mir die Kehle zu und mein Magen verkrampft sich. Dieser wahnsinnige, sadistische Geist würde es wahrscheinlich genießen, mich hängen zu sehen.

„Wirst du ein braves Mädchen für mich sein, oder muss ich dir diese Botschaft mit Schmerzen eintrichtern?“

„Ich werde brav sein.“

Er nickt und scheint von meiner Aufrichtigkeit überzeugt zu sein. Das oder das Vertrauen, dass er mein Leben an einem seidenen Faden hängen hat.

„Hör auf, mit der Polizei zu sprechen.“

„Warum?“ Ich halte mir die Hand vor den Mund. Eine Frau, die einem geisterhaften Psychopathen ausgeliefert ist, ist nicht in der Position, Antworten zu verlangen. „In ... in Ordnung, ich werde nicht mit ihnen reden.“

„Keine Séancen mehr.“

„Gut.“

„Keine Übernachtungen mehr.“

„Okay.“

Er tritt zurück und scheint mit den Schatten zu verschmelzen. Seine Augen sind blass, aber nicht leuchtend, als hätte das Aufhängen an der Schlinge seine Kraft geschwächt. Ich mache mir eine mentale Notiz, dass Geister sich erschöpfen. Wenn ich ihn loswerden will, muss er sich anstrengen und schwach werden.

„Ich habe allem zugestimmt, was du wolltest", sage ich. „Könntest du jetzt bitte die Schlinge lösen?"

„Befreie dich selbst."

„Wie?"

„Spring."

Mein Magen verkrampft sich noch weiter. „Du willst, dass ich sterbe?"

Daraufhin gibt er mir keine Antwort. Relaney hat mir einmal gesagt, dass Geister geheimnisvoll sind. Dieser hier will nicht nur, dass ich frustriert, isoliert und besiegt bin, sondern tot. Er ist entschlossen, mich zu quälen, bis mein Verstand zerbricht oder ich etwas tue, um meiner Qual ein Ende zu setzen.

Eine weitere Erkenntnis trifft mich wie ein Schlag. Xero will nicht, dass ich meine Medikamente nehme, weil er will, dass ich halluziniere. Jetzt verstehe ich, warum seine Augen nicht mehr leuchten. Die Medikamente wirken vielleicht nicht hundertprozentig, aber sie erleichtern es mir, unterscheiden zu können, was real ist und was nicht ... und was zu einem anderen Reich gehört.

Vielleicht haben Relaney und die anderen recht, und ich bin wirklich hellsichtig und Xero will nicht, dass Medikamente meine Fähigkeiten beeinträchtigen. Er braucht mich, um ihn sehen zu können, weil er aus meiner Angst Kraft schöpft.

Nun, scheiß auf diesen rachsüchtigen Geist.

Ich werde allem zustimmen, was er will, sein krankes Spiel mitspielen und alles tun, um dieser Situation zu entkommen. Nachdem ich ihm gegeben habe, was er will, und verschwunden ist, werde ich meine Medikamente weiter einnehmen, bis er nichts weiter als eine Einbildung ist.

„Xero, gibt es noch eine andere Möglichkeit, außer zu springen?", frage ich.

„Komm für mich", krächzt er.

Ich greife nach unten, meine Finger streifen die Spitze

meines Slips. „Benutze nicht die Hände. Berühre deine Titten“, befiehlt er.

Mein Kiefer spannt sich an. Wenn dieser perverse Poltergeist eine Show will, dann gebe ich ihm etwas, das ihn wünschen lässt, noch am Leben zu sein. Ich umschließe meine Brüste und reibe langsam kreisend darüber, genauso, wie Xero es mir beim Telefonsex beigebracht hat.

„Braves Mädchen“, säuselt er.

Das Lob geht direkt an meine verräterische Klitoris, die noch weiter anschwillt. Ich bewege meine Hüften und versuche, etwas mehr Reibung gegen das zu bekommen, was er mir in den Slip geschoben hat, und fange schließlich an, mich gut zu fühlen.

Ich schließe die Augen und atme durch die geöffneten Lippen, um die voyeuristischen Überreste auszublenden und mich auf die Empfindungen zu konzentrieren.

„Schau mich an“, krächzt er.

Ich ignoriere seine Aufforderung und reibe meine Brustwarzen zwischen meinen Fingern.

„Schau mich an, wenn ich dich heimsuche“, knurrt er.

Der Tod hat eine unangenehme Seite von Xeros Persönlichkeit zum Vorschein gebracht. Als er noch am Leben war, war er nie so ein Arschloch. Zumindest nicht mir gegenüber. Scheiß aufs Mitspielen. Er kann mich mal. Ich lasse nicht zu, dass er mir noch einen meiner Orgasmen ruiniert.

Das Kribbeln zwischen meinen Beinen verschwindet und ich öffne ein Auge. „Was soll das werden?“, frage ich.

„Gehorche mir, oder das Vergnügen hört auf.“

„Na gut“, fauche ich und öffne meine Augen.

Draußen wird der Mond von Wolken verhüllt, sodass der Raum nun in vollkommener Dunkelheit liegt. Xeros Augen sind nicht mehr zu sehen, und alles, was ich erkennen kann, ist ein vager Umriss seines Umhangs.

„Ich habe eine Frage.“ Als er nicht antwortet, fahre ich fort. „Warum kommst du als der Sensenmann zu mir?“

„Du kennst die Antwort.“

„Weil du ein Mörder bist?“

„Genau.“

Das Vibrieren zwischen meinen Schenkeln erwacht wieder

zum Leben und entlockt mir ein Stöhnen. Wellen der Lust durchströmen meinen Körper. Meine Klitoris pocht, als wäre sie auf doppelte Größe angeschwollen. Ich wiege meine Hüften, stöhne kehlig auf und verliere mich in den Empfindungen.

„Kneife dich in die Brustwarzen", befiehlt er.

„So?" Ich schließe meine Finger um sie und ziehe.

„Fester", knurrt er.

Ich kneife so fest zu, dass der Schmerz bis zu meiner Klitoris schießt und sich Tränen in meinen Augenwinkeln sammeln. Die Muskeln meiner Muschi ziehen sich um einen Gegenstand mit dem Umfang meines Fingers zusammen, was mir klarmacht, dass sich nicht nur ein Spielzeug in meinem Höschen befindet, sondern auch in meinen Wänden.

Die Vibrationen drücken gegen eine Stelle in meinem Inneren, die eine Explosion von Empfindungen auslöst. Ich lasse meine Brustwarzen los und stöhne auf. Das ist noch heißer als unsere morgendlichen Telefonate.

„Das ist mein Mädchen", brummt er. „Jetzt schlage sie."

„Was schlagen?"

„Deine Titten."

„Warum?", rufe ich.

„Gehorche mir", knurrt er, sodass sich sämtliche Härchen in meinem Nacken aufrichten.

Was zum Teufel mache ich hier? Xero ist nicht nur ein eiskalter Killer. Er ist der Geist, der Kayla ermordet und dann Gavin die Finger abgeschnitten hat. Warum zum Teufel sollte ich ihn verärgern, wenn er mich nur ein kaputtes Stuhlbein vom Tod entfernt hat?

„Entschuldigung. Entschuldigung." Ich klopfe auf meine Brust, sodass sie wippen.

„Fester", krächzt er mit heiserer Stimme.

Ich schlage auf die andere.

„Noch einmal."

Brennende Hitze breitet sich auf meiner Haut aus und entzündet jeden Nerv mit Demütigung. Mein Gesicht wird vor Verlegenheit rot und Tränen laufen mir über die Wangen, als ich gezwungen bin, meine Brüste zu attackieren.

Er hat mich nie dazu gebracht, mich während unseres

morgendlichen Telefonsex selbst zu verletzen, aber ich bin gezwungen, ihm zu gehorchen. Meine Finger zittern vor einem Cocktail aus unerwünschten Emotionen: Angst, Aufregung, Erregung und Scham. Ich sollte um Gnade flehen, aber ich kann nicht aufhören. Ich versetze mir einen weiteren Schlag, dessen Schmerz mein Gehirn in Lust verwandelt.

Das Spielzeug in meiner Muschi summt und pocht und liefert Impulse der Ekstase. Ich bewege meine Hüften, in der Hoffnung, mehr Reibung zu finden, auf der Jagd nach diesem schwer fassbaren Höhepunkt.

„Gefällt dir das, kleiner Geist?", fragt er.

„Ich bin nicht diejenige, die tot ist", antworte ich zwischen zusammengebissenen Zähnen.

„Woher willst du das so genau wissen?"

„Weil ..." Ich zögere und lasse meine Hände sinken. „Hör auf, mich zu verwirren!"

Xero lacht leise. „Weil du Schmerz empfindest?"

„Vielleicht?"

„Nichts tut mehr weh, als sich monatelang einer Frau zu öffnen, sie zum Mittelpunkt des gesamten Daseins zu machen, nur um dann festzustellen, dass die Beziehung eine Farce war."

„Das war sie nicht ..."

„Dein rivalisierendes Fangirl Lizzie Bath schätzt, dass der *Creator Fund* dir über zweihunderttausend Dollar gezahlt hat."

Mein Magen verkrampft sich. „Nein ..."

„Und der Buchvertrag, den du gerade aushandelst, könnte dir Millionen einbringen. Du hast unsere Beziehung ausgenutzt."

Die Schlinge um meinen Hals zieht sich fester zusammen und schnürt mir die Luft ab. Wenn hier jemand etwas monetarisiert, dann Lizzie Bath. Alles, was diese dumme Schlampe macht, ist, mich zu cosplayen, meine Videos abzuspielen und ihre eigenen faden Kommentare hinzuzufügen.

Jetzt schüttelt sie Zahlen aus dem Ärmel, wie viel ich angeblich verdient habe. Ihre Videos sind immer noch online, während meine gesperrt sind. Sie ist diejenige, die das Vermögen macht, nicht ich.

Ich möchte all dies sagen, aber die Schlinge schneidet mir die Luft ab. Meine Lungen verkrampfen sich und sehnen sich verzweifelt nach Sauerstoff. Vor meinen Augen beginnen bunte Flecken zu tanzen.

„Oh Gott", stöhne ich.

„Das ist richtig", knurrt er. „Ich bin dein rachsüchtiger Gott, und ich werde mich an deinem Leid laben."

„Bitte!"

„Du hast aufgehört, dir auf die Titten zu schlagen."

Meine Arme zucken, während ich versuche, diesem boshaften Psychopathen zu gehorchen, aber auch darum kämpfe, mich aufrecht zu halten. Ich schlage mir auf den Busen und stelle mir vor, es sei sein Gesicht.

Das Summen zwischen meinen Beinen wird stärker und bringt jeden Nerv zum Brennen. Ich verliere erneut das Gleichgewicht und schluchze.

„Komm für deinen Gott, kleiner Geist", brummt er.

„Ich kann nicht."

„Jetzt!"

Meine ganze Welt verdichtet sich zu den Empfindungen, die sich zwischen meinen Schenkeln aufbauen. Das Spielzeug pocht gnadenlos an meiner Klitoris, während die Projektion in meiner Vagina immer wieder meinen G-Punkt streift, bis meine Sicht verschwimmt.

Ich schlage mir wieder auf die Brust und zucke unter dem stechenden Schmerz zusammen, nur um nach Luft zu schnappen, als er sich in ein Vergnügen verwandelt, das mich an den Abgrund treibt.

Für ein paar angespannte Augenblicke verkrampfen sich meine Muskeln und mein ganzer Körper schwankt über den Rand, dann zieht das Seil an meinem Hals und etwas in mir zerbricht. Ich komme so heftig, dass mein Körper zuckt und der Stuhl umfällt. Ich hänge von der Decke, während der Orgasmus meinen Körper durchzuckt.

Nennen die Franzosen deshalb den Orgasmus *la petite mort*? Weil ich am Rande des Todes stehe.

Meine Augen treten hervor. Meine Sicht wird schwarz, aber mein Orgasmus ebbt nicht ab. Ich verkrampfe und zucke, bis die Decke grollt.

Gipsbrocken regnen auf mich herab, bevor sie in einer

Lawine herunterstürzen. Ich schlage mit einem dumpfen Geräusch auf den Boden auf. Der Druck der Schlinge um meinen Hals lässt nach und ich schnappe nach Luft. Staub brennt in meiner Kehle und ich huste heftig.

Irgendwo am Rande meines Bewusstseins höre ich einen Schrei.

Ich versuche, im Dunkeln auf die Beine zu kommen, stolpere über die Trümmer und reiße die Schlafzimmertür auf.

Chappy hängt an einer Schlinge von der Decke, die der gleicht, die ich selbst um den Hals liegen hatte.

ZWEIUNDDREISSIG

Bundesgefängnis Alderney.

Liebe Amethyst,

Ich hoffe, dass dieser Brief dich endlich erreicht. Bitte verzeih mir, dass ich dich nicht wie sonst morgens angerufen habe. Die Ursache meines Schweigens lag nicht bei mir.

Normalerweise bin ich nach unseren Gesprächen erregt, aber ich schaffe es, meine Erektion in den Hosenbund zu stecken und in meine Zelle zurückzukehren, um dort dem Druck nachzugeben. Letzte Woche habe ich die Kontrolle verloren.

Als ich hörte, wie du deine süße Muschi mit einer Nachbildung meines Schwanzes verwöhntest, wurde mir schwindelig, ich war desorientiert und brannte vor dem Drang, zu kommen. Ich eilte in meine Zelle, ließ meinem Verlangen freien Lauf und kam in meiner Hand.

Leider hat mich die Wärterin, die die morgendlichen Übungen im Todestrakt überwacht, durch eine Luke in der Tür beim Masturbieren beobachtet. Am nächsten Morgen, nachdem ich einen Clip von dir heruntergeladen hatte, in dem du mit dem Spielzeug spielst, kam sie in meine Zelle und ging auf die Knie.

Sie wollte, dass ich ihren Mund ficke. Ihren schmutzigen, kleinen Mund genießen.

Ich lehnte ab.

Am nächsten Morgen weigerte sie sich, mich in die Nähe des toten Winkels zu lassen, und hat dies auch an den folgenden Tagen getan. Auch meine Post ist auf mysteriöse Weise nicht mehr angekommen. Ich habe deine Briefe nicht ignoriert, aber diese Frau ist darauf aus, mich für meine Treue zu bestrafen.

Gestern hat sie mir ein Zugeständnis gemacht. Zehn Minuten im toten Winkel im Austausch dafür, dass sie mir zusehen darf, wie ich meinen Schwanz streichele.

Ich bin hin- und hergerissen.

Mein Instinkt schreit mich an, diese Frau in ihre Schranken zu weisen, aber sie ist eine der nachsichtigsten Gefängniswärterinnen. Derjenige, der sie ablöst, könnte mein Handy konfiszieren und meine Briefe vernichten, wodurch ich meiner einzigen Möglichkeit beraubt würde, mit dir zu kommunizieren.

Du bist meine Rettungsleine geworden, und ich bin versucht, ihren Forderungen nachzugeben. Aber der Gedanke, dir in irgendeiner Weise untreu zu werden, empört mich zutiefst. In meinen dunkelsten Stunden frage ich mich, ob diese Frau die Strafe für meine Sünden ist.

Deshalb appelliere ich an dich, liebe Amethyst. Wenn du mir verbietest, ihren erniedrigenden Forderungen nachzukommen, werde ich mich ohne zu zögern fügen. Ich werde die unerbittliche Qual ertragen, deine Stimme nicht zu hören oder deine schönen Worte nicht zu lesen. Ich werde die Einsamkeit ertragen, die mit dem Verlust unserer Korrespondenz einhergehen wird.

Wenn du meine Treue verlangst, dann gehört sie dir. Ich würde lieber eine Ewigkeit in der Isolation leben, als unsere Bindung durch einen solchen Verrat zu beschmutzen.

Als Antwort auf die Fragen der Fans:

Bei mir wurde nie eine Psychose diagnostiziert. Ich empfinde Gefühle mit Intensität. Ich empfinde Freude, Staunen und kann von ganzem Herzen lieben. Aber andererseits kann ich auch eine alles verzehrende Wut empfinden.

Nein, ich habe als Kind keine Tiere getötet. Tatsächlich hatten meine Nachbarn eine schwarz-weiße Katze namens Bianca, die immer in den Hinterhof kam. Ich fütterte sie mit den Resten, die ich vom Abendessen übrig hatte. Ihr Miauen der

Dankbarkeit war einer der reinsten Glücksklänge, die ich je gehört habe.

Ich entschuldige mich dafür, dass ich meine Geschichte hinausgezögert habe. Bitte lasst mich wissen, wie ich fortfahren soll.

Dein Xero

DREIUNDDREISSIG

AMETHYST

Ich stehe wie erstarrt im Flur und starre auf Chappys reglosen Körper, der an einem Seil hängt. Die Schreie von Ezekiel und Relaney erfüllen das Haus, während ich noch immer nach Atem ringe.

Meine Augen tränen. Meine Kehle ist noch immer vom Staub erfüllt. Mein Verstand versucht immer noch, die Ereignisse der Nacht zu verarbeiten. Ich schaffe es nicht, mich daran zu erinnern, wie wir von einer Séance zu einer Zerstörung übergegangen sind.

„Ist er tot?", schreit Relaney.

Ezekiel steigt die Treppe hinauf, wobei jede Stufe ächzt. Als mir klar wird, dass ich halbnackt dastehe, ziehe ich mich ins Gästezimmer zurück und spähe durch die Tür.

„Chappy?", fragt Ezekiel.

Als der größere Mann keine Antwort von sich gibt, geht Ezekiel weiter nach oben und macht das Licht an.

„Oh, verdammt", brüllt er.

„Was ist los?", kreischt Relaney.

„Da ist Blut." Er würgt. „Es kommt aus seinem Mund."

Mir stockt der Atem. Ich schließe die Tür und lehne meinen Kopf an das Holz, während ich die ganze Zeit angesichts der Präsenz in meinem Zimmer zittere. Es ist seltsam, wie mir nach all der Zeit endlich klar wird, dass Xero gefährlich ist. Ich wusste die ganze Zeit, dass er ein Mörder ist, und trotzdem habe ich ihm diese Briefe geschrieben.

Selbst nachdem ich das Ausmaß seiner Morde erkannt hatte, setzte ich unsere Beziehung fort. Ich fühlte mich sicher in dem Wissen, dass er mir im Todestrakt nichts antun konnte. Ich konnte mich ihm auf eine Weise öffnen, wie ich es bei anderen Männern nicht konnte, weil unsere Verbindung zeitlich befristet sein würde.

Jetzt, als Geist, sind seine Handlungen ein Verrat an unserem heiligen Band. Sicher, ich habe ihn im Stich gelassen, aber der Xero, den ich liebte, kannte mich bis in die Tiefen meiner Seele. Er hätte verstanden, warum ich die Hochzeit verpasst hatte.

Ich dachte, ich würde ihn kennen, aber Chappys Leiche zu sehen, riss mir die rosarote Brille herunter. Xero ist nicht nur eine gequälte Seele, die sich an den Peinigern seiner Kindheit gerächt hat. Er ist ein Mörder. Ich kann nicht zulassen, dass er seine eifersüchtige Mordserie fortsetzt. Ich muss dem ein Ende setzen, auch wenn ich dafür eine Schiffsladung meiner Medikamente nehmen muss.

Relaney eilt die Treppe hinauf und fleht Ezekiel an, zu überprüfen, ob er noch am Leben bin. Als er sich nicht rührt, schluchzt sie noch lauter.

„Dreh dich um", sagt Xero.

„Nein."

„Das war keine Frage. Dreh dich um oder sieh zu, wie auch deine anderen Freunde baumeln."

Ich löse mich von der Tür und drehe mich um, um ihm in die Augen zu sehen.

Der gesamte Raum ist in Dunkelheit gehüllt. Ich wende mich dem Fenster zu, aber die Vorhänge sind jetzt komplett zugezogen.

„Wo bist du?", flüstere ich.

„Ich beobachte dich."

Mein Magen zieht sich zusammen. „Was willst du von mir?"

„Zieh dich an. Geh nach unten und kehre in dein Haus zurück. Dusche den Staub ab und warte auf deinem Bett auf mich."

„Was ist mit der Polizei?"

„Solltest du etwas über Geister erwähnen, wirst du selbst zu einem."

„Also bin ich noch am Leben?"

Er lacht. „Ohne mich, der deine Tage und Nächte erhellt, wärst du innerlich immer noch tot."

Ich schlucke schwer und hasse die Tatsache, dass er recht hat. Xero zu schreiben war das Aufregendste, was mir je passiert ist, was nicht schwer ist, wenn man bedenkt, dass über ein Drittel meines Lebens im Dunkeln liegt. Es ist fast so, als hätte ich vor meinem zehnten Lebensjahr nicht existiert, aber die Fotos, die ich in Mamas Album gefunden habe, beweisen das Gegenteil.

Es klopft an der Tür. „Amethyst?", fragt Ezekiel. „Geht es dir gut?"

„Werde ihn los", zischt Xero. „Wenn er auch nur einen Teil deines Körpers sieht, werde ich ihm nicht nur die Augen ausstechen. Glaub mir, du wirst nicht mögen, wo ich sie hinstecken würde."

Schauer laufen mir über den Rücken und ich verziehe das Gesicht. Irgendwie glaube ich nicht, dass er sie in einen Umschlag stecken und unter mein Kopfkissen legen wird. Ich ignoriere Xero und sage: „Mir geht es gut."

„Komm raus", sagt Ezekiel. „Relaney hat gerade einen Krankenwagen und die Polizei gerufen."

„Warte kurz. Ich ziehe mich an."

Meine Finger tasten an der Wand nach einem Lichtschalter, was ich für dumm halte, wenn man bedenkt, dass ich gerade die gesamte Decke heruntergerissen habe. Ich betätige ihn trotzdem und bin nicht überrascht, als nichts passiert.

Ich finde einen zweiten Schalter, der schwache Wandleuchten aktiviert, aber als ich mich umdrehe, um Xeros Geist anzusehen, ist er weg. Alles, was von seiner Anwesenheit übrig bleibt, ist ein zerbrochener Stuhl und ein mit Trümmern übersäter Raum.

„Xero?", flüstere ich.

Seine ausbleibende Antwort gibt mir einen weiteren Hinweis auf seine Verwundbarkeit. Geister verschwinden im Licht.

Als ich meine Tasche finde und die Reste meiner Kleidung

anziehe, hämmert eine schwere Faust gegen meine Tür. Ich öffne sie und sehe Officer Vayne im Flur stehen.

Die wachsamen Augen des Polizisten schweifen meinen Körper hinauf und hinunter. Ich bin mir nicht sicher, was er zu finden versucht, denn ich bin voller Staub. „Was können Sie mir darüber sagen, was mit Mr. Wright passiert ist?"

Mein Blick huscht zu Chappys baumelnder Leiche, und es dauert eine Sekunde, bis mir klar wird, dass er es wirklich ist.

„Miss Crowley?", fragt er.

„Ich bin letzte Nacht aufgewacht und habe Schreie gehört, und ich habe Angst bekommen. Dann hat Ezekiel an meine Tür geklopft und gefragt, ob alles in Ordnung sei." Er wirft einen Blick über meine Schulter.

„Und die Trümmer?" Scheiße.

Ich hätte damit anfangen sollen, dass mir die Decke auf den Kopf gefallen ist.

Ich halte mir die Schläfen und schwanke auf meinen Füßen.

„Meine Medikamente machen mich immer schläfrig und desorientiert. Die Sache mit der Decke muss mich zuerst aufgeweckt haben und dann habe ich das ganze Geschrei gehört. Es tut mir leid. Ich bin immer noch durcheinander."

„Zeigen Sie sie mir."

„Was?"

„Ihre Medikamente."

Ich gehe zu meiner Tasche, hole zwei Fläschchen heraus und halte sie dem Beamten unter die Nase.

Er muss die Augen zusammenkneifen, um die Etiketten lesen zu können. „Was bewirken sie?"

„Bin ich eine Verdächtige?"

Er fletscht die Zähne. „Diese Information könnte bei unseren Ermittlungen hilfreich sein."

„Wenn Sie damit andeuten wollen, dass eine relativ kleine Frau wie ich einen ausgewachsenen Mann aus dem Bett zerren, seinen Körper in die Luft stemmen und ihn aufhängen kann, dann denke ich, dass Sie derjenige sind, der die Pillen braucht."

Er drückt mir das Fläschchen wieder in die Hand. „Wie erklären Sie sich die roten Flecken an Ihrem Hals?"

„Welche Flecken?" Meine Finger zucken in Richtung meiner Kehle, die immer noch von der Reibung der Schlinge schmerzt.

Er blickt zur Decke, seine Augen verdunkeln sich. „Ms. Cymbal und Mr. Janus wurden durch einen lauten Knall geweckt und gingen nach oben, wo sie Mr. Wright erhängt vorfanden. Ich glaube, der Mörder hat versucht, zuerst Sie zu erhängen, und ist gescheitert."

Meine Augen weiten sich. Vielleicht ist er doch nicht so dumm. „Oh."

„Miss Crowley, ich glaube, heute Nacht sollte ein Doppelmord verübt werden."

Ich ziehe die Augenbrauen hoch und weiche einen Schritt zurück. „Glauben Sie endlich, dass ich einen Stalker habe?"

Er nickt. „Der Parisii Drive ist für Sie nicht mehr sicher. Jemand da draußen will Sie tot sehen. Können Sie irgendwohin gehen?"

Ich schüttle den Kopf.

„Freunde, Eltern ... *Ihr Geliebter?*"

„Nein." Warum zum Teufel fragt er mich das immer wieder?

Er seufzt. „Buchen Sie ein Hotel. Wer auch immer Mr. Wright getötet hat, wird wahrscheinlich zurückkommen, um auch Sie zu erledigen."

Ich möchte bei diesem abwegigen Vorschlag die Augen verdrehen. Wer hat bei dieser Wirtschaftslage schon Geld für ein Hotel übrig? Da der *Creator Fund* meinen Lebensstil nicht mehr unterstützt, weiß ich nicht, wie ich die Rechnungen bezahlen soll.

Eigentlich schon. Wenn ich meine Eltern anrufe, überweisen sie mir bestimmt einen beliebigen Geldbetrag, damit ich auf der anderen Seite der Stadt bleiben kann. Ihre Ablehnung schmerzt nicht nur – es ist eine klaffende Wunde.

„Kann die Polizei Schutzhaft anordnen?", frage ich.

„Ich werde die Patrouillen im Parisii Drive verdoppeln lassen", murmelt er und ignoriert meine Bitte. „Sprechen Sie mit Ihren Nachbarn, um zu sehen, ob sie irgendwelche ungewöhnlichen Gestalten gesehen haben. Halten Sie Ihre Fenster geschlossen und öffnen Sie Fremden nicht die Tür."

Kurz darauf gehe ich die Treppe hinunter und sehe, wie ein

forensisches Team durch die Eingangstür hereinkommt. Ein Mordermittler bringt mich in Relaneys Küche, um eine Aussage zu machen. Mit Xeros Warnung, nicht mit den Bullen zu sprechen, spucke ich eine ausgefeiltere Version des Schwachsinns aus, den ich Officer Vayne erzählt habe.

Als ich das Haus verlassen will, tritt Relaney mir in den Weg und starrt mich mit blutunterlaufenen Augen an. „Chappy hat nur auf deine Annäherungsversuche reagiert. Er hätte nicht sterben müssen."

„Wovon reden Sie?"

„Du hast die ganze Nacht und die Zeit davor mit ihm geflirtet. Wenn du ihn nicht in deinem Zimmer haben wolltest, hättest du nein sagen sollen."

Bei ihren Worten bleibt mir der Mund offenstehen. Woher zum Teufel weiß sie, dass Chappy versucht hat, mit mir anzubandeln? Hat sie das arrangiert, um mich in ihre blöde Sekte zu locken? Ich werfe einen Blick über meine Schulter, um zu sehen, ob jemand von den Leuten in weißen Overalls ihre Anschuldigung gehört hat. Sie sind alle zu sehr damit beschäftigt, Beweise zu sammeln, um das Geschwafel einer trauernden Frau zu bemerken.

Ich beuge mich zu ihr und flüstere: „Ich habe nichts mit Chappy Tod zu tun und ich habe ihn ganz sicher nicht in mein Zimmer eingeladen."

„Aber du kontrollierst die Geister", flüstert sie zurück. „Merke dir meine Worte, Amethyst Crowley, du magst die Dunkelheit beherrschen, aber eines Tages wirst du verzehrt werden."

Kälte kriecht in meine Knochen und lässt mir das Blut in den Adern gefrieren. Sie weiß nicht, wovon sie spricht. Ich bin keine Mörderin und habe auch nichts mit bösen Geistern zu schaffen.

Nun, nicht absichtlich. Verdammt. Wann habe ich angefangen, mich selbst zu belügen? Ich habe mir auf Xeros Befehl hin auf die Titten geschlagen und bin gekommen, kurz bevor ich Chappy hängen sah. Und technisch gesehen bin ich eine Mörderin. Selbst wenn ich einen guten Grund hatte.

„Es tut mir leid", murmele ich.

Sie deutet auf die offene Tür. „Geh mir aus den Augen." Ich trete in den kühlen Morgen hinaus.

„Noch eine Sache."

„Was?", schnauzt sie.

„Wie werde ich einen Geist los?"

„Google ist dein Freund", faucht sie und schlägt die Tür zu.

Als ich mich umdrehe, ist der Parisii Drive voller Polizeiautos. Sämtliche Bewohner stehen entweder in ihren offenen Türen oder starren mich aus ihren Fenstern an. Meine Haut juckt von der Intensität ihrer Blicke. Als zwei Männer in schwarzen Anzügen am Ende der Straße aus einem Auto steigen, senke ich meinen Kopf und eile zurück zu Nummer 13.

Das Unbehagen wird nur noch schlimmer, als sich die Tür hinter mir schließt und ich in meinem Spukhaus gefangen bin.

Xero hat mir gesagt, ich solle duschen und im Bett auf ihn warten. Der Gedanke, dass er aus den Schatten auftaucht, um mich mit diesem Silikondildo fertigzumachen, lässt meine Muschi pochen.

Das ist Wahnsinn. Ein Mann wurde gerade ermordet und mein Körper pocht vor Verlangen. Es ist genauso, wie Dr. Saint gesagt hat. Ich leide an gewaltinduzierter Erregung, weil die Drähte meiner Libido durcheinander sind. Trotzdem kann ich keine Beziehung zu einem rachsüchtigen Geist haben.

Ich weigere mich, die Marionette seiner perversen Neigungen zu sein. Hier steht so viel mehr auf dem Spiel als meine Würde. Wenn ich diesen Weg weitergehe, verliere ich vielleicht meinen Verstand, meine Seele. Meine Mutter könnte herausfinden, dass ich mit den Toten kommuniziere, und ihre Drohung wahrmachen, mich in eine Anstalt einweisen zu lassen.

Schauer laufen mir über den Rücken und erinnern mich daran, dass mein Verstand noch immer ein einziges Chaos ist. Ehe ich mich versehe, renne ich durch den Flur in die Küche und versuche, so viel wie möglich von dem Putz von meiner Kleidung und meiner Haut abzuwaschen.

Xeros unsichtbare Gegenwart hängt wie ein Damoklesschwert über mir, und ein Schauer läuft mir über den Rücken. Sein bösartiger Blick bohrt sich in meinen Hinterkopf, aber ich weigere mich, mich umzudrehen und diesen glühenden Augen zu begegnen.

Ich muss mich daran erinnern, dass Geister im Licht machtlos sind. Es ist morgen und nicht mehr dunkel. Bis zum Einbruch der Dunkelheit bin ich vor ihm sicher. Danach muss ich nur noch mein Schlafzimmer hell halten.

Der Gedanke gibt mir den Mut, nach oben zu gehen, also wende ich mich der Tür zu. Als ich am Küchentisch vorbeigehe, fällt mein Blick auf den Sexvertrag. Mehrere Punkte sind jetzt mit einer Farbe unterstrichen, die an getrocknetes Blut erinnert.

Brustschlagen

Erniedrigung

Erotische Erstickung

Erzwungener Orgasmus

Demütigung

Somnophilie

Spielzeug

„Bastard", flüstere ich. „Was willst du damit sagen? Dass ich dem Ganzen zugestimmt habe?"

Aber das habe ich tatsächlich getan. In meinen Briefen. Beim Telefonsex. Bei diesen seltsamen Gesprächen, die ich mit ihm in meinen Träumen geführt habe. Ich habe ihm nie ein Nein entgegengeschleudert.

Ein kranker Teil meiner Psyche, den ich mit verschreibungspflichtigen Medikamenten unterdrücken möchte, genießt Xeros Aufmerksamkeit. Er schwelgt in der Vorstellung, dass ein Mann mich so sehr wollte, dass er von den Toten auferstanden ist, um meine krankesten Fantasien zu verwirklichen und jeden Mann zu töten, der mir zu nahekommt. Ich schäme mich zuzugeben, dass es berauschend ist, so bedingungslos geliebt zu werden, auch wenn es verdreht ist.

Rasch schiebe ich diesen Gedanken beiseite, eile nach oben und betrete mein Schlafzimmer. Die Bettdecke ist zurückgeschlagen, sodass die Seidenlaken zu sehen sind, aber unter dem Kissen blitzt etwas Rotes hervor.

Mein Atem stockt. Noch ein Umschlag? „Xero?", flüstere ich.

Keine Antwort. Natürlich nicht. Der Raum ist in morgendliches Licht getaucht. Dieses mörderische Monster schöpft seine

Kraft aus der Dunkelheit und möglicherweise sogar aus meiner Angst.

Mit zitternden Beinen nähere ich mich dem Bett und erahne bereits, was sich in dem Umschlag befindet. Wahrscheinlich ist es der Brief, in dem ich ihm geschrieben habe, dass ich an einem Halsband und einer Leine herumgeführt werden möchte.

Als ich endlich den Mut aufbringe, danach zu greifen, muss ich feststellen, dass er schwerer ist, als ein Blatt Papier sein würde. Meine Finger zittern, als ich ihn öffne und den Inhalt überprüfe.

In diesem verdammten Umschlag befindet sich eine Zunge. Und an ihrer Spitze befindet sich ein Piercing.

VIERUNDDREISSIG

Bundesgefängnis Alderney.

Liebe Amethyst,

Danke für deinen Segen. Ich werde die Grenze, die du gesetzt hast, einhalten. Wenn ich meinen Schwanz streichele, werde ich keinen Augenkontakt mit der Gefängniswärterin herstellen. Stattdessen werde ich meine Augen schließen und an dich denken. Du besitzt mein Herz, meinen Verstand, meinen Körper ... Meine ganze Seele.

Eines Tages wird Officer McMurphy den Moment bereuen, in dem sie beschlossen hat, meine Einsamkeit für ihre sexuelle Befriedigung auszunutzen. Das nächste Mal, wenn sie sich mir auf Händen und Knien nähert, wird sie ein Auge verlieren.

Herzlichen Glückwunsch, dass du einen Agenten gefunden hast. Du hast erwähnt, dass du gerne schreibst, aber ich hatte keine Ahnung, dass es mehr als ein Hobby ist. Hast du schon einmal etwas veröffentlicht? Ich würde deine Arbeit gerne lesen.

Ja, die Schule für Attentäter ist genau wie beschrieben. Wir lernten Selbstverteidigung, Gifte, Anatomie und grundlegende Physiologie und wie man sich perfekt in jede Menschenmenge einfügt.

Das Wertvollste, was sie uns beigebracht haben, war die

Kunst der Manipulation – wie man ein Ziel anlockt, es isoliert und zuschlägt, wenn es am wenigsten damit rechnet.

Bevor du fragst, ob mein Vater die wahre Natur der Schule kannte, musst du verstehen, dass er ihr Gründer war. Er und eine Gruppe von Mitarbeitern leiteten eine Gruppe von Attentätern, die neue Rekruten im Alter von etwa vierzehn Jahren aufnahmen.

Mein Vater wollte jüngere Schüler, die formbarer und einfacher zu perfekten Waffen ausgebildet werden können. Die Jahre, in denen ich von den Brüdern und ihren Gefolgsleuten gemobbt wurde, waren nichts anderes als ein ausgeklügelter Plan, um mich auf sein glänzendes neues Programm vorzubereiten.

Ich war in der Ausbildung hervorragend und erntete sogar die Bewunderung meiner Mitschüler. Meine Zeit an dieser Schule war glücklicher, aber ich wusste, dass dies ein Produkt seiner Manipulationen war.

Jedes Mal, wenn ich einen Mann tötete, stellte ich mir vor, er sei mein Vater. Jede erfolgreiche Mission riss ein kleines Stück meiner Seele heraus. Ich verlor meine Kindheit, meine Menschlichkeit löste sich im Blut an meinen Händen auf. Mit der Zeit verlor ich sogar den Willen, meinen Vater zu vernichten.

Fragen der Fans:

Verwechsle ich Liebe mit Verliebtheit? Das ist eine interessante Frage. Ich möchte sie mit einer Gegenfrage beantworten. Ist es Verliebtheit, wenn die Gefühle dieser obsessiven Bindung erwidert werden? Die Liebe, die ich für meine Mutter empfand, ist echt und hält bis heute an. Sie liebte mich bis zu ihrem Tode.

Ich nehme an, dass der Fragesteller etwas über meine romantischen Beziehungen wissen möchte. Das Leben eines Mörders ist einsam und das Zeigen von Verletzlichkeit wird ausgenutzt. Nachdem ich das gesagt habe, kann ich nun zugeben, dass ich eine Frau gefunden habe, nach der ich mich verzweifelt sehne. Sie sieht nicht nur über meine Dunkelheit hinweg, sie umarmt sie. Sie ist diejenige, die meine Botschaft mit der Welt teilt.

Zur zweiten Frage: Ich weiß nicht, was aus der Katze Bianca geworden ist. Nach dem Tod meiner Mutter bin ich in das Haus meines Vaters gezogen und nie wieder zurückgekehrt. Ihre

Besitzer haben sie gut behandelt, und ich hoffe, dass sie ein glückliches Leben hatte und eines natürlichen Todes gestorben ist.

Dein Xero

P.S. Ich schicke dir die Fotos, um die du gebeten hast, sobald ich kann. Hoffentlich sind einige davon als Hintergrundbilder für den Fanclub geeignet.

FÜNFUNDDREISSIG

AMETHYST

Chappy ist tot. Seine Zunge befindet sich in einem Umschlag unter meinem Kopfkissen. Ich bin fast erhängt worden und mir ist der Wodka ausgegangen. Xero kann nicht erwarten, dass ich den ganzen Tag auf meinem Bett liege und darauf warte, dass er anfängt, Körperteile abzutrennen.

Nach der schnellsten Dusche der Welt eile ich über den Friedhof, um den Bus zu meinem Lieblings-Supermarkt zu erwischen. Sie liefern nach Hause, aber ich könnte in vierundzwanzig Stunden tot sein.

Wenn Xero vorhat, mich zur ewigen Strafe ins Jenseits zu schleppen, brauche ich verdammt noch mal einen Drink.

Als ich den Eingang erreiche, schnappe ich mir einen Korb und gehe direkt zum Alkohol. Dank Gavin habe ich nur noch 48 Dollar, bis Mom mir mein monatliches Taschengeld schickt.

Die Tatsache, mit vierundzwanzig Jahren immer noch von meinen Eltern abhängig zu sein, ist mir unangenehm. Es ist schwer, einen Job zu behalten, wenn man starke Medikamente nimmt, die den Schlafrhythmus und das Kurzzeitgedächtnis beeinträchtigen.

An manchen Tagen möchte ich nur im Bett bleiben. Und dann *bumm!* Wache ich auf und bin bereit, es allen zu zeigen. Ich fühle mich nur dann normal, wenn ich die Pillen nicht nehme.

Dann fließen die Ideen wie Wasser. Ich kann mein Gewicht regulieren. Ich finde sogar die Motivation, um zu schreiben.

Allerdings wirken die Medikamente als Puffer gegen Traumata. Wenn ich sie lange genug nehme, kann ich in den Spiegel schauen und bis drei zählen, ohne ein Monster zu sehen. Und ich werde nicht von Menschen heimgesucht, die nicht existieren.

Außerdem würden meine Eltern mir ihre finanzielle Unterstützung entziehen, wenn ich meine Medikamente nicht nehmen würde, und ich würde vielleicht sogar in eine Anstalt eingewiesen werden. Es ist ja nicht so, dass ich nur rumsitze und nichts tue. Ich habe Manuskripte geschrieben und versucht, sie zu veröffentlichen. Ich hatte auch mehrere Jobs. Zuletzt habe ich in der Karaoke-Bar gegenüber vom *Wonderland* gearbeitet. Es war toll, bis der Manager mich gefeuert hat, weil ich zu spät zu meinen Schichten kam.

Ich habe für ein paar Kunden als Ghostwriter gearbeitet, aber sie hassten es, dass ich mich nicht an ihre Entwürfe halten konnte. Mein Verstand funktioniert nicht in geraden Bahnen wie der eines normalen Möchtegern-Autors. Ich bin eher ein Freigeist. Ich kann meine Gedanken nicht zähmen, sondern nur unterdrücken.

Die Spirituosenabteilung des Supermarkts erstreckt sich über vier Gänge, wobei ein erheblicher Teil davon Wodka gewidmet ist. Da ich keine Ahnung habe, wie lange Xero mich noch auf dieser sterblichen Ebene quälen wird, packe ich die billigsten Marken in meinen Einkaufskorb.

„Amethyst?", erklingt eine tiefe Stimme.

Ich gehe weiter auf die Kassen zu. Entweder spielt mir mein Verstand einen Streich, oder jemand hat mein Gesicht in den sozialen Medien erkannt. Das passiert öfter, als mir lieb ist, und endet nie gut, besonders nicht, wenn es sich dabei um Männer handelt. Entweder verachten sie mich, weil ich einem Serienmörder hinterherlaufe, wollen mit mir schlafen, weil sie wissen, dass ich keinen Sex habe, oder wollen mich umbringen. Das ist einer der Gründe, warum ich nicht gerne das Haus verlasse.

„Amethyst", erklingt die Stimme erneut und klingt eindringlicher.

Ich beschleunige meinen Schritt und verschwinde in dem

Gang mit Tiefkühlkost. Ich höre den Klang schwerer Schritte hinter mir, aber sie könnten alles bedeuten, von einem Stalker bis hin zu einer akustischen Halluzination.

Als eine große Hand auf meiner Schulter landet, erstarre ich.

„Dachte ich es mir doch, dass Sie es sind", sagt die Stimme. „Nicht viele Frauen haben Ihre Haarfarbe."

Ich zucke zusammen und drehe meinen Kopf, nur um in die Augen von Wie-hieß-er-noch, dem heißen Priester von Mrs. Baker, zu blicken. „Oh, hallo."

Er strahlt. Es ist eines dieser echten Lächeln, das dafür sorgt, dass sich Fältchen um die Augen bilden, und ihn von einschüchternd gut aussehend zu liebenswert macht ... wenn man sie natürlich und adrett mag. Ich stehe kurz davor, über meine Schulter zu blicken, um zu sehen, wen er anlächelt, aber dann erinnere ich mich, dass er meinen Namen bereits zweimal gesagt hat.

„Reverend ..." Hitze steigt mir in die Wangen, weil ich seinen Namen bereits vergessen habe.

„Tom. Nennen Sie mich Tom", sagt er mit funkelnden grauen Augen.

Mit seiner starken Stirn, der perfekt geraden Nase und dem markanten Kinn sieht er viel zu gut aus, um Priester zu sein. Im Licht der Supermarktbeleuchtung fällt sein karamellfarbenes Haar sogar wie ein Heiligenschein um sein Gesicht.

Ich versuche, nicht auf seine Lippen zu starren, die weich genug aussehen, um sie zu küssen. Männer wie er bevorzugen Kirchenmäuse, keine Sünderinnen. Es sei denn, sie sind bereits durch das Zölibatsgelübde gebunden. Aber ich habe genug schlüpfrige Liebesromane gelesen, um zu wissen, dass so etwas einen perversen Priester nicht aufhält.

„Heute Morgen war auf der Straße viel Polizei unterwegs. Wissen Sie, was passiert ist?"

Mein Herz rutscht mir ein wenig in die Hose. Ich weiß nicht, warum ich enttäuscht bin, dass er nur Klatsch und Tratsch über die Nachbarschaft hören will. Es ist ja nicht so, dass ich etwas in Gang bringen wollte. Außerdem, wenn Xero einen Mann töten und ihm die Zunge herausschneiden kann, weil er angeboten hat, meine Muschi zu lecken, dann wäre es, als würde man förmlich darum betteln, dass er noch jemanden umbringt, wenn man mit einem sexy Priester plaudert.

Reverend Tom beugt sich vor, sodass seine Lippen so nah an meinem Ohr sind, dass meine Haut vor statischer Elektrizität kribbelt. „Sie können sich mir jederzeit anvertrauen."

Ein Kribbeln breitet sich auf meiner Haut aus. Mit geweiteten Augen und brennenden Wangen springe ich zurück. „Ich glaube, einer von Relaneys Freunden wurde erhängt aufgefunden", platzt es aus mir heraus. „Und die Polizei kam, um zu ermitteln."

Bei meinen Worten zieht er seine Stirn in Falten. „Aber es war kein Selbstmord."

„Wie kommen Sie darauf?" Meine Stimme steigt schuldbewusst einige Oktaven höher.

„Forensiker werden nur bei Mordfällen eingesetzt." Er nickt, als wüsste er alles über strafrechtliche Ermittlungen.

Ich richte mich auf, ohne zu wissen, was er von mir hören will. Chappy hat sich ganz sicher nicht die Zunge herausgeschnitten und sich dann erhängt.

„Wissen Sie etwas über böse Geister?", frage ich, woraufhin sich seine Augen weiten.

„Sie glauben, er war besessen?"

„Ähm ... vielleicht? Ich frage ja nur. Ich dachte, da Sie sich mit dem Übernatürlichen beschäftigen, wüssten Sie vielleicht etwas darüber, wie man Geister loswird."

Er sieht mich einige Augenblicke lang an, als würde er versuchen, ein unsinniges Rätsel zu lösen, und dabei scheitern. „Sie haben also Angst, dass der Geist des Mannes weiterlebt?"

Mein Kiefer spannt sich an. Warum führe ich dieses Gespräch überhaupt? Ich sollte meinen Alkohol bezahlen und gehen. Aber katholische Priester vertreiben in Filmen Dämonen. Vielleicht können Pfarrer seiner Konfession etwas Ähnliches tun?

„Ich habe gehört, dass Salz eine Barriere schaffen kann", sagt er, und seine Augen funkeln vor Vergnügen. „Und natürlich gibt es noch Weihwasser."

„Wo kann ich das kaufen?", platzt es aus mir heraus.

Er lacht, wobei der Laut einen vollen, angenehmen Klang besitzt. „Kommen Sie mit."

Ich folge Reverend Tom durch den Supermarkt, zu dem Gang, in dem es Wasser in Flaschen gibt. Ein paar Frauen, an denen wir vorbeigehen, werfen ihm bewundernde Blicke zu und lächeln. Ich kann es ihnen nicht verübeln. Er ist umwerfend, wenn man auf die Vanilla-Variante steht. Ich allerdings nicht.

Währenddessen vibriert das Handy in meiner Handtasche, als ich mehrere Nachrichten erhalte. Irgendwie habe ich das dumpfe Gefühl, dass es nicht Myra ist, die mir mitteilt, dass sie mein Manuskript gefunden und eine Reihe von Treffen für die Buchmesse vereinbart hat.

Reverend Tom nimmt eine Flasche Evian. „Sehen Sie."

„Moment." Ich eile den Gang entlang, mein Wodka klirrt im Korb, und schnappe mir zwei Plastikwasserflaschen einer Marke, die ich nicht kenne. „Geht das auch mit einer Billigeren?"

Er grinst. „Natürlich."

Ich hüpfe auf meinen Fersen, mein Herz schlägt höher, als er das Wasser segnet. Als er es in meinen Korb legt, strahle ich.

„Danke. Das ist großartig!"

Er wirft mir wieder diesen Blick zu. Den, bei dem er denkt, ich würde vor ihm zerfließen. Sein Blick flackert vor Fragen, die er zu höflich ist zu stellen. Sein Lächeln schwindet, als er sagt: „Amethyst, geht es Ihnen gut?"

„Natürlich. Weshalb fragen Sie?"

Als sein Blick zu meinem Hals wandert, rutscht mir das Herz in die Hose. Wenn Officer Vayne heute Morgen rote Flecken dort bemerkt hat, dann sind sie jetzt wahrscheinlich schon lila. Ich senke mein Kinn, um sie weniger auffällig zu machen, aber das führt nur dazu, dass er die Augenbrauen vor Sorge zusammenzieht. „Ich bin direkt nebenan, sollten Sie reden wollen. Das wissen Sie doch, oder?", fragt er.

Meine Kehle zieht sich zusammen. Hält er mich für selbstmordgefährdet? „Amethyst."

„Ja." Ich reibe mir den Nacken. „Ich weiß Ihr Angebot zu schätzen, aber es geht mir gut."

Er blickt auf den Wodka, bevor er mir mit einem wissenden Blick in die Augen sieht. Es ist, als könnte er alles lesen, was ich zu verbergen versuche. „Es gibt immer Hoffnung, selbst in den dunkelsten Zeiten. Sie müssen nur fragen."

„Klar." Ich senke den Kopf, nehme meinen Korb und eile davon.

Als ich um die Ecke biege, ruft eine ältere Frau seinen Namen und eilt mit einer Gruppe von Freundinnen auf ihn zu. Ich brauche Hilfe, ja, aber er ist nicht der Richtige dafür.

Nur ein echter Exorzist kann meine Probleme lösen, aber ich habe keine Hotline zu den Winchester-Brüdern, Abraham Van Helsing oder einem anderen legendären übernatürlichen Jäger. Relaney hat recht. Google ist mein Freund.

Als ich zum Parisii Drive zurückkehre, ist er immer noch voller Polizeifahrzeuge, die alle anderen daran hindern, die Straße zu verlassen. Ich bleibe an einem Laternenpfahl stehen und starre auf ein Bild von *JakeRake69* auf einem Plakat.

VERMISST
Name: Jake Ryland
Alter: 32
Größe: 1,80 m
Körperbau: Athletisch
Haarfarbe: Braun
Augenfarbe: Blau
Zuletzt gesehen: Letzten Freitag um 18:00 Uhr
Letzter Aufenthaltsort: Parisii Drive
Beschreibung: Jake Ryland wurde zuletzt in einer schwarzen Lederjacke, blauen Jeans und weißen Turnschuhen gesehen. Er hat eine Narbe auf der linken Wange.

Wenn Sie Informationen über Jakes Aufenthaltsort haben, wenden Sie sich bitte an Dale Ryland unter (555) 789-4321. Es ist eine Belohnung für alle Informationen versprochen, die zu Jake Rylands Aufenthaltsort führen. Sie können uns vertraulich unter help@X-CiteMedia.com erreichen.

Was. Zum. Teufel?

Der Name des Unternehmens kommt mir bekannt vor. Ich greife in meine Tasche, ziehe mein Handy heraus und finde Dutzende von Nachrichten von der unbekannten Nummer. Im Moment sind meine Probleme größer als ein besitzergreifender Geist. Wie zum Teufel hat Jakes Familie ihn bis zum Parisii Drive zurückverfolgen können?

Ich navigiere zum inoffiziellen Xero-Fanclub, wo Lizzie Bath bereits fünfzehn neue Videos hochgeladen hat, seit ich das Video, in dem sie auf meine Lesung von Xeros letztem Brief reagiert hat, gesehen habe.

In ihrer Biografie befinden sich eine Reihe von URLs, darunter der Affiliate-Link für das Unternehmen, das Xeros Hinrichtungsvideo verkauft.

Genau wie ich vermutet hatte. Es ist *X-Cite Media*. Scheiße.

Eine Gruppe von Männern in weißen Overalls kommt auf mich zu, zu sehr in ihr Gespräch vertieft, um zu bemerken, dass ich kurz davor stehe, durchzudrehen. Welche Beziehung hat Jake zu Leuten, die Hinrichtungsvideos für 99,99 Dollar pro Tag vermieten?

Als die Männer näherkommen, bemerke ich ein weiteres Paar, das sich gerade von meiner Haustür entfernt. Einer von ihnen sieht dem Mann, den ich getötet habe, verdächtig ähnlich. Sie halten jeweils Stapel von Papier in der Hand, bei denen es sich vermutlich um weitere Vermisstenanzeigen handelt.

Das Paar geht weiter zur Hausnummer 11, wo ein stämmiger Polizist sie wegscheucht. Einer von ihnen gibt ihm einige Papiere, aber ich bin zu sehr damit beschäftigt, die Straße zu überqueren und mich hinter einem Van zu ducken, um zu bemerken, ob sie angenommen werden.

Mein Herz klopft so laut, dass sie meine Anwesenheit bemerken könnten, als ich auf der anderen Straßenseite weitergehe und beobachte, wie sie von Nummer 9 zu Nummer 7 zu Nummer 5 gehen. Als sie Nummer 3 erreichen, gehe ich zu Mrs. Baker und klopfe an ihre Tür.

Die alte Frau antwortet mit einem strahlenden Lächeln, das jedoch in dem Moment erlischt, als sie merkt, dass ich nicht Reverend Tom bin. „Amethyst. Wie schön, Sie wiederzusehen. Wie kann ich Ihnen helfen?"

Aus Verzweiflung sage ich das Erste, was mir in den Sinn kommt. „Ich habe mich ausgesperrt", stoße ich hervor. „Besteht die Möglichkeit, dass ich hier warte, bis meine Freundin mit dem Ersatzschlüssel kommt?"

Sie macht einen Schritt zur Seite und bedeutet mir, in ihr Wohnzimmer zu kommen, das genauso groß ist wie Relaneys Wohnzimmer und drei hohe Fenster hat, die die grauen Wände erhellen. Unter den Fenstern steht ein erbsengrünes Sofa, gegenüber zwei braune Ledersessel.

Flammen knistern im Kamin und erfüllen den Raum mit dem Duft von Harz. Ich werfe einen Blick zum Kamin, der voller Tannenzapfen ist. Auf einem niedrigen Wohnzimmertisch in der Mitte des Raumes steht ein kitschiges Teeservice, komplett mit einer Schale Zuckerwürfel und einer silbernen Zange.

„Das ist ... schön", murmele ich.

„Reverend Tom weiß all diese kleinen Aufmerksamkeiten zu schätzen." Mrs. Baker bittet mich, mich auf den Sessel zu setzen, und lässt sich mit einem zufriedenen Seufzer auf dem Sofa nieder. „Er möchte, dass ich ihm helfe, das Pfarrhaus einzurichten, sobald dort alles fertig ist."

„Oh." Ich werfe einen Blick aus dem Fenster, wo immer noch Polizeifahrzeuge die Straße blockieren.

„Haben Sie es gehört?", fragt sie mit leiser Stimme. „Relaney Cymbal wurde in Handschellen abgeführt."

Meine Augen weiten sich. „Warum?"

„Sie haben mehrere Cannabispflanzen in ihrem Keller gefunden."

„Was?"

„Es ist wahr", antwortet sie mit einem Nicken. „Ich habe gesehen, wie ein Team alle herausgebracht hat. Es gab Pflanzen, Wachstumslampen, Hydrokultursysteme, Bewässerungsanlagen und Töpfe. Alles wurde in einen Lieferwagen geladen."

Mir bleibt der Mund offenstehen. „Unmöglich. Ich wusste nicht einmal, dass sie einen Keller hat."

Mrs. Baker deutet mit einem Nicken zur Rückseite des Raumes. „Ist Ihnen nicht aufgefallen, dass der Parisii Drive an einem Hang liegt, der zum Friedhof hin abfällt?"

„Ja?", antworte ich und erinnere mich daran, wie einfach es war, Jakes Leiche bergab zu schleifen, anstatt auf ebenem Boden. „Worauf wollen Sie hinaus?"

„Jedes Haus hat einen Kriechkeller für den Zugang zu Sanitär-, Elektro-, Lüftungs- und HLKK-Anlagen. Einige nutzen sie als Lager oder für Versorgungsleitungen, aber es scheint, als hätte Frau Cymbal ihren für ruchlosere Zwecke genutzt."

„Das wusste ich nicht", sage ich mit belegter Stimme.

„Natürlich nicht." Sie winkt ab. „Ihr Haus ist ein Neubau und muss wahrscheinlich nicht gewartet werden. Tee?"

Ich schlucke. „Ja, bitte."

Mrs. Baker erhebt sich vom Sofa, um mir eine Tasse einzuschenken. Während sie sie mir reicht, starre ich auf den Inhalt, immer noch benommen von der Nachricht. Arme Relaney. Innerhalb weniger Stunden hat sie erst einen ihrer Freunde verloren und wurde dann wegen Hanfanbau verhaftet.

Wenn Xero nicht einen Mann in ihrem Haus aufgehängt hätte, hätte niemals jemand davon erfahren.

Mein Handy vibriert und reißt mich aus meinen Gedanken. Ich nehme einen Schluck Tee und erinnere mich daran, warum ich bei Mrs. Baker bin.

„Haben Sie die Fotos der vermissten Personen gesehen?", frage ich, in der Hoffnung, noch mehr Klatsch und Tratsch zu erfahren.

Sie nimmt einen Schluck und ich starre sie erwartungsvoll an. Als ehemalige Schauspielerin ist Mrs. Baker eine Expertin in Sachen Theatralik, und ich gönne ihr ihren Versuch, die Spannung zu steigern. Dank ihrer Großzügigkeit bin ich Jakes Bruder bisher noch nicht über den Weg gelaufen.

„Nun", sagt sie mit vor Aufregung belegter Stimme. „Zwei Männer haben an der Tür geklopft und gefragt, ob ich den vermissten Mann gesehen hätte. Anscheinend hat er am Freitag hier geparkt und ist einfach verschwunden."

„Wirklich?", antworte ich mit flauem Magen.

Sie nickt. „Der Vermisste hat sein Auto vor Nummer 11 geparkt."

Meine Kehle ist wie zugeschnürt. Jake hat sie verdammt noch mal direkt zu meiner Tür geführt. Ich blicke sie mit großen Augen an und hoffe, dass mein Gesicht Neugierde widerspiegelt.

„Wissen Sie, was ich denke?", fragt sie.

„Was?"

„Relaney Cymbal wurde immer wieder mit zwielichtigen Gestalten gesehen. Jeder hier hätte ahnen müssen, dass sie nichts Gutes im Schilde führt!"

Meine Gedanken rasen. Sobald Jakes Bruder zu dem Schluss

kommt, dass er tot ist, ist es nur eine Frage der Zeit, bis es erste Verdächtigungen bezüglich seines Mörders geben wird.

Nämlich mich.

Es klingelt wieder an der Tür und Mrs. Baker springt von ihrem Sitz auf. „Das wird Reverend Tom sein!"

Mein Handy vibriert erneut. Mit einem Seufzer schaue ich auf den Bildschirm und sehe eine Reihe von Nachrichten von Xero. In der letzten steht: *Du sammelst immer mehr Strafen an. Komm jetzt nach Hause. DU GEHÖRST MIR.*

Auf dem Bildschirm erscheint ein Foto von mir mit Reverend Tom, aufgenommen vom Gang mit den Wasserflaschen. Der Priester beugt sich zu mir, um etwas zu sagen, aber das ist nicht das Beunruhigendste. Auf dem Bild hat Xero eine rote Schlinge um seinen Hals gezeichnet.

Das bedarf keiner weiteren Erklärungen. Sollte ich weiter mit Reverend Tom sprechen, wird er der nächste sein, der stirbt.

SECHSUNDDREISSIG

Bundesgefängnis Alderney.

Liebe Amethyst,

Unser Gespräch heute Morgen hat mir sehr viel bedeutet. Ich hoffe, du verstehst, dass meine Anziehung zu dir über deine Schönheit und das Blut an deinen Händen hinausgeht.

Ich finde, du bist eine Königin unter den Mörderinnen. Du bist eine verwandte Seele, die genauso gefangen ist wie ich. Unter meiner Führung werde ich dich von den Fesseln deines Psychiaters und deiner Eltern befreien.

Du bist liebevoll. Du bist stark. Du bist geistig gesund. Du gehörst mir. Ich bin alles, was du zum Überleben brauchst. Wenn sie dir die finanzielle Unterstützung entziehen, weil du keine Medikamente nimmst, lass sie das tun. Ich werde für dich sorgen.

Kannst du glauben, dass ich als Kinderattentäter Gefallen an meinen Missionen fand? Zuerst erklärte man uns, dass unsere Ziele mächtige Kriminelle waren, die sich der Justiz entzogen. Wir mussten sie bewusstlos machen, damit ein Team von Ermittlern in ihre Häuser eindringen und genügend Beweise sammeln konnte, um sie der Polizei zu übergeben.

Es ist mir peinlich, das zuzugeben, aber ich habe ihre Lügen geschluckt und mich sogar als Taschendieb im Dickens-Stil gesehen, der es auf reiche Opfer abgesehen hat und eine Art Selbstjustiz übt. Es war einfach, sich diesen Männern zu nähern. Ich nahm an Veranstaltungen oder überfüllten Events teil und gab vor, meine Eltern zu suchen.

Als Kind hatte ich die Freiheit, mich überall dort aufzuhalten, wo es mir gefiel, und war für das Sicherheitspersonal fast unsichtbar. Alles, was von mir verlangt wurde, war, einer Zielperson mit einer Nadel mit schmaler Spitze ein starkes Gift zu injizieren.

Die Mädchen in meiner Gruppe hatten nicht so viel Glück. Ich erfuhr erst viel später davon, aber sie besuchten zusätzliche Kurse, in denen sie zu Lolita-Attentäterinnen ausgebildet wurden.

Vielleicht ist dir der Begriff aus der Popkultur bekannt, wo er für ein verführerisches oder sexuell versiertes junges Mädchen verwendet wird, aber unsere weiblichen Pendants waren alles andere als das. Sie waren größtenteils Ausreißerinnen, obwohl eine von ihnen die Tochter unseres Betreuers war und einen ähnlichen Hintergrund wie ich hatte.

Während die Jungen triumphierend von ihren Missionen zurückkehrten und bereit waren, Belohnungen wie neue Spiele für unsere Konsolen zu genießen, kamen die Mädchen traumatisiert und in sich gekehrt zurück. Einige Mädchen kehrten überhaupt nicht mehr zurück.

Unsere Betreuer erklärten, dass sie nicht wie wir seien. Sie seien schwach und könnten dem Druck nicht standhalten. Ich war zu jung, um die wahre Ursache ihrer Qualen zu verstehen.

Fragen der Fans:

Ich schwärme für keinen Promi, weil ich mich nicht auf eine Fremde fixieren will, ohne zu wissen, was in ihrem Herzen vorgeht. Natürlich gibt es einige, die ich für optisch ansprechend halte, aber das ist alles nur Fassade. Mit genügend Zeit kann jeder halbwegs ausgebildete Attentäter sein Aussehen verändern und sich unkenntlich machen. Ich mag jedoch weibliche Charaktere, die sich aus der Asche der Erniedrigung und Niederlage erheben, um Rache an ihren Peinigern zu üben.

Leider war die Katze Bianca mein letztes Haustier. Ich ziehe Katzen Hunden vor, weil sie distanziert und unabhängig sind und eine geheimnisvolle Anziehungskraft besitzen, die mich fasziniert. Die Zuneigung eines Hundes ist einfach, die Aufmerksamkeit einer Katze fühlt sich wie eine Belohnung an. Mag ich eine bestimmte Rasse lieber als andere? Ich war schon immer von riesigen Maine Coons fasziniert.

Dein Xero

P.S. Waren die Fotos, die ich geschickt habe, in Ordnung? Ich habe sie in der niedrigsten Auflösung geschickt, um unser Telefonat im toten Winkel nicht zu beeinträchtigen.

SIEBENUNDDREISSIG

AMETHYST

Ich bleibe keine Sekunde länger bei Mrs. Baker. Stattdessen kehre ich mit einem Plan nach Hause zurück, um Xeros nächste Runde von Bestrafungen zu vermeiden. Kalter Schweiß breitet sich auf meiner Haut aus und rinnt mir den Rücken hinunter. Trotz der wachsenden Angst gibt es eine Anziehungskraft, die ich nicht abschütteln kann – eine Mischung aus Angst und Sehnsucht, die meine Psyche durcheinanderbringt.

Als Xero noch lebte, war seine Aufmerksamkeit wie ein Sonnenbad. Er war mein Liebhaber, mein Idol, meine Muse. Mit seiner Liebe und Führung hatte ich einen Platz in der Welt. Ich fühlte mich geschätzt, gesehen. Ich blühte auf. Jetzt, wo er tot ist, ist es, als würde man unter einer Gewitterwolke stehen, ohne zu wissen, wann der Blitz einschlägt. Jetzt, wo er ein Geist ist, hat sich die Sicherheit, die ich mit ihm empfand, in Angst verwandelt.

Ich öffne sämtliche Vorhänge und überprüfe jede Taschenlampe, jeden Lampenschirm und jede Glühbirne im Haus, um sicherzustellen, dass sie funktionieren. Dann hole ich den Staubsauger aus dem Schrank unter der Treppe und sauge die Böden, bis sie glänzen.

Der Plan ist, einen Salzkreis um mein Bett zu legen, damit er mir im Schlaf nicht zu nahe kommen kann. Es ist eine schwache

Verteidigung und wahrscheinlich erfunden, aber mir gehen die Optionen aus. Ich kann nicht glauben, dass ich noch vor wenigen Wochen davon geträumt habe, dass er aus dem Gefängnis ausbricht, um mit mir zu schlafen. Der Gedanke, dass er mich nach Einbruch der Dunkelheit aufsucht, lässt mich erschauern.

Selbst wenn ich Mrs. Baker davon überzeugen könnte, mich bei sich übernachten zu lassen, könnte Xero durch die Wände schweben und Reverend Tom in einem Anfall von Eifersucht ermorden. Er könnte sogar etwas Schreckliches im Haus der alten Frau anrichten, damit die Polizei auch sie verhaftet.

Ich habe mich noch nie so isoliert gefühlt. Noch nie so einsam. Mich noch nie so verzweifelt nach Gesellschaft gesehnt. Vor einigen Tagen hätte ich meine Gefühle in einem Brief ausgeschüttet oder Xero morgens mein Herz geöffnet und Trost in seinen Worten gefunden. Jetzt ist mein Retter zu meinem Peiniger geworden.

Mom geht nicht ans Telefon und Dads Handy klingelt nicht einmal. Was es auch immer mit Onkel Clive auf sich hat, hat ihr eine solche Angst eingejagt, dass sie sagte, ich solle nie wiederkommen. Außerdem kann Xero quer durch die Stadt reisen, um meine Träume heimzusuchen.

Ich kann nicht bei Myra bleiben. Sie schläft auf einem Sofa in einem Haus voller Männer. Ich will nicht, dass einer von ihnen ermordet wird, also bleibe ich hier.

Nachdem ich unten sauber gemacht habe, gehe ich ins Schlafzimmer. Der rote Umschlag, den ich unter dem Kissen gefunden habe, ist verschwunden, was alles Mögliche bedeuten könnte. Es ist mir scheißegal, ob es eine Halluzination war. Chappy ist tot, auf der Straße wimmelt es nur so von Polizei und die Leute suchen nach dem Mann, den ich getötet habe.

Weiß Gott, ich brauche eine verdammte Pause. Aber zuerst muss ich mein Bett bewegen.

Sein Holzrahmen lässt sich mit etwas Mühe von der Wand schieben, und ich sauge die Spinnweben und den Staub auf. Dann streue ich großzügig Salz um das Bett herum und bringe die Flaschen und meinen Laptop zum Bett.

Mein Handy vibriert.

Was zum Teufel tust du da?

Ich ignoriere Xeros Nachricht. Tagsüber kann er mir nichts anhaben. Der heutige Morgen hat bewiesen, dass Licht ihn körperlos macht. Wahrscheinlich surft er gerade durch die Mobilfunknetze und wartet auf seine Chance.

Ja, ich bastele mir meine Theorie stückchenweise zusammen, basierend auf allem, was ich beobachtet habe. Als ich Xero fragte, wie er mir aus dem Jenseits eine Nachricht schicken konnte, sagte er mir, er täte es mit Hilfe der elektromagnetischen Strahlung.

Ich öffne die Flasche Weihwasser, nehme einen Schluck und zucke zusammen, weil es so stark nach Plastik schmeckt. Das ist ein gutes Zeichen, denn Reverend Toms religiöses Juju muss die Moleküle verzerrt haben. Ich spüle es mit einem Schluck Wodka hinunter und seufze.

Xero schreibt mir erneut: *Betrinke dich nicht.*

Mit einem spöttischen Schnauben nehme ich einen kräftigen Schluck Wodka. Diese Marke schmeckt fast so schlecht wie das Wasser, aber ich trinke nicht zum Vergnügen – es ist der schnellste Weg, um diesen unerbittlichen Schmerz zu betäuben. Den Schmerz über seinen Verrat. Den Schmerz, den der Gedanken verursacht, was er als Nächstes tun könnte. Wenn er nach Sonnenuntergang zu mir kommt, werde ich jede Hilfe brauchen, um mich ihm entgegenzustellen.

Mit einem flauen Gefühl im Magen klappe ich den Laptop auf und öffne ein neues Dokument. Schreiben hat mich immer von meinem beschissenen Leben abgelenkt. Vielleicht kann es mir helfen, die Zeit zu vertreiben, bis Xero kommt, um meine Seele zu quälen.

Ich schreibe eine erotische Geistergeschichte. Wie es sich anfühlen muss, wenn man heimgesucht statt gejagt wird. Mich in dieser fiktiven Welt zu verlieren, ist hundertmal besser, als mich der Realität zu stellen. Vielleicht kann Xero ein paar Ideen sammeln.

Ich nicke und tippe den Prolog, der lose auf der Wahrheit basiert. Anstatt von Jakes Beerdigung zurückzukehren, sitze ich hinten in einer Limousine und weine über den Tod meines sexy Auftragsmörders Nero.

Nero ist ein guter Name.

Das Handy vibriert, aber ich ignoriere es, weil ich gerade im Schreibfluss bin.

Ich schreibe eine Rückblende, in der ich eine Nacht voller Leidenschaft mit Nero teile. Er nimmt mich von hinten, während er mein Haar wie Zügel in der Hand hält. Er beugt sich vor, seine Brust drückt sich gegen meinen Rücken, und knurrt: „Egal, wo du dich versteckst, ich werde dich immer finden. Selbst über den Tod hinaus."

Ich unterbreche mich, schaue von meinem Computer auf und starre durch das Fenster in den Hinterhof.

„Warum sollte er überhaupt so eine Vorahnung haben?", murmele ich, während ich krampfhaft nach Antworten suche. „Vielleicht ist es die Nacht vor einer gefährlichen Mission, in der er sich auf eine Party schleicht, um eine ganze Familie zu ermorden?"

Ich nicke erneut und füge das dem Manuskript hinzu. „Ja!"

In den nächsten Stunden tippe ich wie wild. Die Worte fließen wie heiliges Wasser, und ich mache keine Pause, um Verbesserungen vorzunehmen. Wenn ich in diesem Stadium Tippfehler korrigiere, erstickt das nur meine Kreativität.

Xero hört auf, meine Aufmerksamkeit erregen zu wollen. Ich hoffe, das liegt daran, dass er seine elektromagnetischen Kräfte aufgebraucht hat. Es muss für einen körperlosen Geist anstrengend sein, zwei Menschen zu erhängen. Eine wegen Hinrichtung und die andere wegen Perversion.

Meine Muschi pocht bei der Erinnerung daran, wie er mich zwang, meine eigenen Brüste zu quälen, während die Vibrationen an meiner Klitoris zunahmen. Wenn ich gewusst hätte, dass ein toter Mann auf der anderen Seite der Tür war oder kurz davor war zu sterben, hätte ich wahrscheinlich nicht kooperiert.

Zumindest würde ich das gerne glauben.

Als mein Magen knurrt, springe ich mit zwei meiner Flaschen vom Bett auf, achte darauf, die Salzbarriere nicht zu beschädigen, und eile in die Küche. Es ist sowieso Mittagszeit, wo die Sonne am stärksten ist, sodass ich von Xero nichts zu befürchten habe.

Ich öffne den Kühlschrank und meine Schultern sinken.

Bis auf ein altes Glas Mayonnaise ist er leer.

Nachdem ich Jake umgebracht habe, habe ich einen Haufen Zeug weggeworfen.

In den Schränken befinden sich die üblichen Kräuter, Gewürze, Thunfischdosen und andere Konserven, die so alt sind, dass die Etiketten abgefallen sind. Ich fahre mir mit der Hand durch die Haare. Musste ich mein letztes Geld für zwei Flaschen Wodka ausgeben?

Ja, weil ich meinen verrückten Verstand unter Kontrolle halten musste.

Heute Abend wird Xero kommen, und das Einzige, was mich davon abhält, unter Angst und Schuldgefühlen zusammenzubrechen, ist Alkohol.

Mit einem Schaudern öffne ich das Gefrierfach und finde einen Laib Brot. Ich habe auf die harte Tour gelernt, dass die Sorte, die ich mag, nur kurze Zeit haltbar ist, und Einfrieren ist die einzige Möglichkeit, sie zu genießen, ohne den Schimmel abschaben zu müssen.

Ich löse ein paar Scheiben und schiebe sie in den Toaster. Wenn ich kein Manuskript schreiben müsste, würde ich mir die Zeit nehmen, sie aufzutauen, aber stattdessen mache ich Toast. In wenigen Minuten habe ich ein Thunfisch-Mayonnaise-Sandwich zubereitet, das ich mit einem Cocktail aus Weihwasser und Wodka hinunterspüle.

Danach gehe ich nach oben, fühle mich vom Mittagessen beschwipst und hüpfe zurück aufs Bett. Als ich den Laptop öffne, ist der Bildschirm leer.

„Nein", flüstere ich.

Das Handy vibriert mit einer Nachricht, die mir das Herz in die Hose rutschen lässt. Ich ignoriere sie, starte meinen Computer neu, nur um festzustellen, dass die Datei weg ist. Panik schnürt mir die Kehle zu und lässt meinen Atem flach werden. Schweiß bricht auf meiner Stirn aus, als ich mich in mein Cloud-Speichersystem einlogge, um nach automatisch gespeicherten Versionen des Manuskripts zu suchen, aber ich finde nichts.

Meine Stimmung sinkt, und jeglicher Trost, den mir der Wodka verschafft hat, tritt in den Hintergrund. Der Mistkerl hat meine Geistergeschichte gelöscht.

Das Handy vibriert erneut und meine Nackenhaare sträuben sich. Ich bekomme eine Gänsehaut, während mir ein Dutzend schmerzhafter Szenarien durch den Kopf schießen. Wird es ein Bild von Reverend Toms Leiche sein oder von den Körperteilen eines Mannes? Oder eine Vorschau darauf, wie er mich nach Einbruch der Dunkelheit heimsuchen wird?

Mit einem tiefen Atemzug zwinge ich mich, auf den Bildschirm zu schauen. *Ignoriere mich weiter und ich werde auch deine nächste Arbeit zerstören.*

Mein Herz rast, als ich zurückschreibe: *Was willst du?*

Auf dem Bildschirm erscheinen drei Punkte, die mein Herz noch schneller schlagen lassen. Benutzt er Spektralhände, um die Nachricht zu tippen, oder hat er Besitz von einem armen Teufel mit einem Handy ergriffen? Endlich kommt die Antwort: *Deine vollständige Zerstörung.*

Mir stockt der Atem und ich tippe mit zitternden Fingern zurück: *Warum?*

Die Antwort kommt sofort. *Weil ich mich nach deinem Schmerz sehne.*

„Du bist ein Sadist", flüstere ich mit heiserer Stimme in den Bildschirm.

Er antwortet mit: *Ich habe niemals vorgegeben, dass ich keiner bin.*

„Was bringt es, etwas zu schreiben, wenn du ohnehin meine Arbeit zerstören wirst?", schreie ich, und meine Stimme zittert vor Frustration. Meine Hände ballen sich zu Fäusten, und meine Sicht verschwimmt vor Tränen der Wut und Verzweiflung. Alles, wofür ich gearbeitet habe, entgleitet mir, zerstört von genau der Person, der ich einst vertraut habe. „Du bist entschlossen, mein Leben zu ruinieren."

Als er mit einem Daumen-hoch-Emoji antwortet, blähen sich meine Nasenflügel. Ich werfe das Handy auf die andere Seite des Bettes. Was bleibt mir noch, wenn ich meine erotische Geistergeschichte nicht schreiben kann?

Der Rest meiner Jugendbuchreihe?

Xero hat *Rapunzelita* wirklich gefallen.

Ich schiebe diesen Gedanken beiseite. Die Leute wollen keine Märchen über gebrochene Helden lesen, in denen die

Mädchen nicht mit dem Bösewicht schlafen. Zumindest nicht mein Publikum. Ich habe das erste Buch der *Rapunzelita*-Reihe an mehrere Agenten geschickt, aber keine Antwort erhalten. Myra war so nett, es für mich zu lesen, aber sie sagte, dass ihre Agentur so etwas nicht vermarkten würde.

Mein Blick fällt auf die Wodkaflasche, mein letzter Ausweg. Ich öffne sie und nehme zwei lange Schlucke, wobei ich das Brennen begrüße, das der Alkohol in meiner Kehle hinterlässt. Innerhalb von Sekunden fühlt sich die Welt ein bisschen weniger schmerzhaft, ein bisschen weniger real an.

Wenn das Leben einem Rückschläge versetzt, muss man nicht weiter vorwärtsdrängen. Manchmal ist es in Ordnung, sich zu betrinken. Es gibt keine Eile. Die Probleme werden am Morgen immer noch auf einen warten und bereit sein, einen erneut zu zerschmettern.

Nachdem mir klar wurde, dass sich niemand für *Rapunzelita* interessierte, habe ich mich monatelang in meiner Ablehnung gesuhlt und war völlig abhängig von Dr. Saint und Mom Bestätigung, bis ich mich auf Xeros Fahndungsfoto fixierte. Er war nicht düster und grüblerisch wie die meisten Antihelden, sondern unheimlich fesselnd mit seinen markanten Gesichtszügen und eiskalten Augen.

Vom Wahnsinn getrieben oder von dem verzweifelten Bedürfnis, dass jemand mein Talent anerkennt, schrieb ich ihm einen Brief und stellte mich als geheimnisvolle und verzweifelte Heldin dar. Seine Aufmerksamkeit füllte die Leere meiner Einsamkeit, aber jetzt hat sie mich dazu gebracht, in billigem Fusel Vergessen zu suchen.

„Weniger jammern", sage ich zu meiner budgetfreundlichen Flasche. „Mehr trinken."

Nachdem ich noch einen Schluck von dem billigen Schnaps genommen habe, lasse ich mich gegen das Kopfende des Bettes fallen. Das Vibrieren meines Handys verschwindet im Hintergrund, gedämpft durch einen alkoholischen Nebel. Während meine Sicht verschwimmt, lege ich mich aufs Bett und heiße die Bewusstlosigkeit willkommen.

———

Stunden später reißt mich rhythmisches Klopfen aus dem Schlaf. Das Geräusch hat etwas Unheimliches an sich, so als würden Knochen auf Holz klappern.

Als ich mich bewege, durchzuckt ein blendender Schmerz meinen Schädel und Übelkeit wallt in mir auf. Das ist in etwa der Moment, in dem ich es bereue, versucht zu haben, meine Sorgen in Wodka zu ertränken.

Ich öffne ein Auge und erwarte, von hellem Licht geblendet zu werden. Aber alles, was ich sehe, ist mein Schlafzimmer, das in Dunkelheit getaucht ist. Plötzlich ertönt das unheimliche Geräusch erneut und lässt meinen Kopf dröhnen.

Klopf, klopf, klopf.

Panik erfasst mich und jagt eine Welle kalten Adrenalins durch meinen Körper. Jeder Instinkt schreit mich an, nach dem Messer unter meinem Kopfkissen zu greifen, aber ich kann mich nicht bewegen, da meine Arme an meinen Seiten gefesselt sind.

Das ist sein Werk.

Meine Aufmerksamkeit richtet sich plötzlich auf eine Bewegung in der Ecke meines Schlafzimmers, bevor sich eine Gestalt aus der Dunkelheit löst.

Der zwei Meter große Geist bewegt sich auf das Ende des Bettes zu, ein böses Funkeln liegt in seinen Augen.

Mein Atem geht stoßweise.

Ist dies die Nacht, in der er mich mit sich in die Hölle schleifen wird, oder wird er mich weiterhin bis in den Wahnsinn quälen?

Der Gedanke sorgt dafür, dass sich endlich der Nebel, der meinen Verstand einhüllt, lichtet. Ich winde mich in meinen Fesseln, aber meine Arme liegen fest an meinen Seiten an.

Wird der Geist den Salzkreis passieren?

Er soll böse Geister abwehren. Ich habe ihn perfekt gezeichnet. Zweimal.

Als Xero an seinem Rand innehält, lockert der Schrecken seinen Griff um mein Herz und wird durch einen Funken Hoffnung ersetzt.

Das Salz wird ihn auf Abstand halten. Oder doch nicht?

Ein kalter Wind fegt durch den Raum und entreißt mir jedes

Quäntchen Hoffnung. Sein Kopf senkt sich, die glühenden Augen wenden sich von meinen ab und dem Salz zu.

Ich werfe einen Blick zum Fenster. Wann zum Teufel habe ich es geöffnet? Ist der Salzkreis gebrochen?

Der Geist überquert den schützenden Kreis und tritt an das Fußende des Bettes.

Erneut schießt Panik durch mich hindurch und lässt meine Sicht an den Rändern verschwimmen. Ich winde mich in meinen unsichtbaren Fesseln, mein Geist schreit, mein Blick ist auf seine weißen Augen gerichtet.

Kalte Finger ziehen die Bettdecke zurück, sodass die kühle Luft über meine zitternden Schenkel streicht. Mit einer schnellen Bewegung greift er nach meinem Nachthemd und zieht es mir bis zur Taille hoch. Ein stakkatoähnliches Pulsieren breitet sich zwischen meinen Schenkeln aus und Erregung durchflutet mich. Meine Muskeln spannen sich in Erwartung einer weiteren Nacht der Folter an.

Angst erfüllt mein Bewusstsein, und meine letzte Hoffnung, bevor mein Geist in die Dunkelheit abdriftet, ist, dass er mir vielleicht dieses Mal wieder erlaubt, zu kommen.

ACHTUNDDREISSIG

Bundesgefängnis Alderney.

Liebe Amethyst,

Wieso wusste ich nicht, was mit den Mädchen geschah? Ich verstehe deine Frustration. Alles änderte sich, als ich endlich begriff, warum sie so verstört waren, aber das ist eine Geschichte für ein anderes Mal.

Kurz gesagt, mein Leben war behütet. Ab meinem siebten Lebensjahr lebte ich in einer bewachten Wohnanlage, wo ich wenig Kontakt zur Außenwelt hatte. Ich durfte weder ins Internet noch fernsehen, und mein Lesestoff war eingeschränkt. Jedes Kind in meiner Schule war Teil der Gemeinschaft, und Eltern wie mein Vater übten Macht über das Lehrpersonal aus.

Als ich im Alter von zehn Jahren in die andere Schule ging, wurde mein Fenster zur Außenwelt noch kleiner. Es gab keine freundlichen Haushälterinnen, die mir eine andere Perspektive auf das Leben vermitteln konnten. Alles, was ich von diesem Moment an lernte, wurde mir von meinen Betreuern einge-trichtert.

Ich konnte einfach nicht verstehen, dass ein erwachsener Mann in jungen Mädchen etwas anderes als unschuldige Kinder sehen konnte.

Nach und nach verschwanden die Mädchen aus der Einrichtung, und als ich elf wurde, waren nur noch zehn Jungen übrig. Die Betreuer erklärten mir, dass die Mädchen das Programm verlassen und entweder zu ihren Familien oder auf die Straße zurückgekehrt waren.

In den nächsten Monaten verließen auch einige der Jungen, mit denen ich zusammen war, das Programm. Manche kehrten von ihren Missionen nicht zurück. Andere wurden aufgefordert, ihre Sachen zu packen und zu gehen. Alle sechs Monate kamen jüngere Kinder, um die Ausgeschiedenen zu ersetzen, und als ich älter war, wurde ich Lehrassistent.

Ich bedaure, dass ich dazu beigetragen habe, Kindermörder auszubilden. Die längste Zeit war mein moralischer Kompass verzerrt.

Das Stockholm-Syndrom ist eine mächtige Sache, besonders für ein Kind. Ich schäme mich, zuzugeben, dass ich unbedingt erfolgreich sein und die Anerkennung meines Vaters verdienen wollte. In dieser Zeit betrachtete ich das, was mein Vater der Frau, die mich großgezogen hatte, angetan hatte, als Gnadentod und gab meinen Brüdern und meiner Stiefmutter die Schuld für all die Grausamkeiten, die ich ertragen musste.

Mein Blick auf die Realität war so verzerrt, dass ich diesen Mann als meinen Retter ansah. Alle Betreuer in der Einrichtung verehrten ihn, ebenso wie die anderen Jungen. Ich erlangte sogar den Respekt meiner Altersgenossen, weil ich sein Sohn war.

Als ich vierzehn wurde, besuchte mich mein Vater in der Einrichtung, um mich über den Zustand seines jüngeren Sohnes zu informieren. Nach meinem Angriff trug er eine dauerhafte Hirnschädigung davon, sodass die Haushälterin und meine Stiefmutter sich um seine grundlegendsten Bedürfnisse kümmern mussten.

Die Nachricht traf mich härter als erwartet. Ich hatte nicht beabsichtigt, die Haushälterin durch meine Handlungen zu belasten. Mein Vater fügte hinzu, dass ich zu alt für die Einrichtung sei, und gab mir zwei Möglichkeiten. Die erste bestand darin, nach Hause zurückzukehren, um bei seiner Familie zu leben, und die zweite darin, eine Akademie zu besuchen, wo ich mit gleichgesinnten Schülern trainieren würde.

Ich entschied mich für Letzteres, und das war der eigentliche Beginn meiner Verderbtheit.

Fragen der Fans:

Ich empfinde keine Reue für meine Morde, obwohl ich zu diesem Gefühl fähig bin. Jeder Mensch, den ich zu Tode gefoltert habe, hat nur Stunden der Qual erlitten, verglichen mit den Jahren des Schmerzes, die sie mir zugefügt haben. Alles, was ich getan habe, geschah aus Vergeltung.

Wenn ich eine Superkraft wählen könnte, wäre es Teleportation. Ich würde den Todestrakt verlassen, um vor meinen Fans vor der Kamera zu erscheinen. Danach würde ich dich in dein Zimmer bringen und dich die ganze Nacht meinen Namen stöhnen lassen. Kein Gefängnis könnte meinen Körper einsperren und keine Zelle meinen Geist halten.

Dein Xero

P.S. Hat dir die Unterwäsche, die ich dir geschickt habe, gepasst?

NEUNUNDDREISSIG

AMETHYST

Als ich am nächsten Morgen aufwache, hat das Pochen in meinem Kopf nachgelassen, aber das Gleiche kann ich nicht von meinem Herzen sagen. Oder von meiner Muschi. Meine Arme und mein Oberkörper fühlen sich an, als wären sie gefesselt.

Meine Kehle ist trocken, als ich versuche zu schlucken, und es fühlt sich an, als hätte ich mich heiser geschrien.

Er war letzte Nacht hier. Oder war das ein Traum?

Mein Blick huscht zum Fenster. Es ist geschlossen, aber ich bin mir sicher, dass es letzte Nacht offen war.

Mit einem Stöhnen richte ich mich mühsam auf, nur um von einer nassen Locke im Auge getroffen zu werden. Als ich mit den Fingern durch meine Haare fahre, ist es klebrig von Ektoplasma. Ein Teil davon klebt sogar an der Seite meines Gesichts.

Was zum Teufel ist mit meinem Salzkreis passiert? Ich beuge mich über das Bett, nur um festzustellen, dass er intakt ist. Als ich mich wieder in die Kissen fallen lasse, stößt meine Schulter auf etwas Festes, das schwappt.

Weihwasser.

Ich öffne es und nehme einen Schluck der lauwarmen Flüssigkeit.

Was meinen Mund füllt, schmeckt weder nach Wasser noch

nach Plastik. Würgend halte ich die Flasche gegen das Licht und schwöre, dass sie trüb aussieht. Ist da Salz drin?

Mein Handy klingelt und reißt mich aus meinen Gedanken. Mit einem Stöhnen greife ich zum Nachttisch und nehme den Anruf entgegen, ohne nachzusehen, wer dran ist.

„Was?", krächze ich.

„Ich bin draußen im Auto", sagt Myra mit vor Aufregung bebender Stimme.

Irgendwo am Rande meines Bewusstseins höre ich eine Hupe. Ich schließe die Augen und frage mich, warum Myra quer durch die Stadt gefahren ist, um mich zu sehen, wo sie doch eigentlich bei der Arbeit sein sollte.

„Die Türen öffnen um zehn, aber die Warteschlangen beginnen bereits um sechs", sagt sie. „Wenn du die Chance haben willst, deinen Roman vorzustellen, müssen wir früh zur Buchmesse kommen."

Bei ihren Worten reiße ich die Augen auf. Buchmesse?

Scheiße.

Dreißig Minuten später warten Myra und ich vor dem Rathaus von Beaumont, wo ein weißes Banner stolz die Buchmesse ankündigt. Es ist ein wunderschönes neoklassizistisches Gebäude mit hohen Säulen, die einen Giebel über dem Eingang tragen. In der Prohibitionszeit war es eine Flüsterkneipe. Irgendwann in der Geschichte wurde es der Regierung geschenkt und ist heute ein Zentrum für Gemeindeveranstaltungen.

Ich blicke die Reihe entlang und stelle fest, dass viele Besucher Rollkoffer dabei haben. Mein Herzschlag beschleunigt sich vor Aufregung, als ich einige der Anwesenden erkenne. Ich nehme einen Schluck von dem übergroßen Spirulina-Smoothie, den Myra mir gekauft hat, um den Rest meines heftigen Katers zu vertreiben, und seufze. Diese Buchmesse ist die Pause, die ich von Xero brauche.

Myra hat eine frühe Version meines Manuskripts gefunden, das sie am Morgen von Xeros Hinrichtung ausgedruckt hatte. Der Anhang enthält alle Briefe, die wir uns gegenseitig geschickt haben, sowie einige zusätzliche Recherchen, die ich zu Xeros Verbrechen angestellt habe. Es ist eine Erleichterung, dass es noch Erinnerungsstücke an unsere Beziehung gibt, obwohl ich mir nicht sicher bin, ob ich mich darüber freuen sollte, dass sie sie mitgebracht hat, um sie mit der Öffentlichkeit zu teilen.

Sie hakt sich bei mir unter und strahlt. „Bereit?"

„Müssen wir das Buch präsentieren?", frage ich.

Ihr Gesicht verzieht sich. „Was meinst du?"

„Xero will nicht, dass ich unsere Geschichte mit der Welt teile."

„Xero ist tot", sagt sie mit leiser Stimme. „Ebenso seine Familie."

Mein Magen verkrampft sich. Jedes Mal, wenn ich ihr von den Dingen erzähle, die mich heimsuchen, tut sie sie als Albträume oder Halluzinationen ab. Selbst die Würgemale um meinen Hals sind kein ausreichender Beweis dafür, dass ich von einem rachsüchtigen Geist heimgesucht werde. Laut Myra könnte Chappy mich im Schlaf angegriffen haben, oder vielleicht einer von Relaneys vielen kriminellen Komplizen.

„Ich habe ein Exemplar von *Rapunzelita* mitgebracht", sage ich. „Und ich habe ein paar Ideen für Bücher, in denen Xero nicht vorkommt."

Sie schließt die Augen und seufzt. „Bücher für Kinder und Jugendliche kommen in den sozialen Medien nicht so gut an wie True-Crime- oder Dark-Romance-Romane. Ich wüsste nicht, wie ich etwas ohne drastische Morde oder heißen Szenen vermarkten sollte." Schuldgefühle erfüllen mich und meine Brust zieht sich zusammen bei all dem, was Myra ungesagt gelassen hat. Ich habe ihr Geld, ihre Zeit und all die Mühe verschwendet, die sie darauf verwendet hat, mir bei der Überarbeitung meines Manuskripts zu helfen. „Wie wäre es mit einer erotischen Geistergeschichte?", frage ich.

Sie zieht die Augenbrauen hoch. „Hast du eine Zusammenfassung oder die ersten Kapitel?"

Meine Stimmung sinkt. Ich hatte eine, bis Xero alles gelöscht hat. Wenn ich die Wahrheit sage, wird sie fragen, ob ich meine Medikamente nehme.

Die Türen öffnen sich und die Schlange bewegt sich vorwärts. Mein Herz beginnt bei dem Gedanken, meinem Traum näherzukommen, zu rasen. Selbst wenn der heutige Tag nichts

Greifbares bringt, werde ich Myra für immer dankbar sein, dass sie mich in die Verlagswelt eingeführt hat.

Nachdem unsere Tickets gescannt wurden, betreten wir einen Konferenzsaal, der von einer Vielzahl von Gesprächen erfüllt ist. U-förmig angeordnete Stände säumen den riesigen Raum, geschmückt mit hohen Bannern, Tischdecken mit Markenlogo und Bücherauslagen. Autoren stehen hinter ihren Tischen und führen angeregte Gespräche mit aufgeregten Lesern.

Schmetterlinge flattern in meinem Bauch, als ich sie mustere und viele von ihnen aus den sozialen Medien wiedererkenne. Eines Tages werde ich ebenfalls hier stehen.

Myra zieht mich in den Bereich am anderen Ende der Halle, der Agenten und Verlegern gewidmet ist. Unser erster Halt ist ihre alte Firma, wo eine gut gekleidete Frau hinter dem Tisch stirnrunzelnd aufsteht.

„Was machst du hier?", fragt sie.

Myra rückt ihre lederne Kappe zurecht, die sie sich im *Wonderland* ausgeliehen hat und die sie wie eine Domina aussehen lässt. „Ich werbe für meine neue Klientin", sagt sie und streicht mit ihren manikürten Fingern über ihren Bleistiftrock aus Leder. „Ich bin sicher, dass Sie sie vom offiziellen Xero-Fanclub wiedererkennen?"

Aufgrund ihrer angespannten Interaktionen bin ich mir sicher, dass dies die leitende Managerin ist, die Myra zusammen mit ihrem veruntreuenden Chef gefeuert hat. Die Frau hinter dem Tisch lässt ihren Blick an meinem Körper auf und ab schweifen.

Ich trage mein Markenzeichen, ein schwarzes Korsett mit Verschlüssen an der Vorderseite, lange schwarze Handschuhe und einen Minirock mit Spitzenbesatz. Dazu trage ich ein breites schwarzes Halsband und ein silbernes Kruzifix, das zwischen meinen Brüsten hängt. An meinen Beinen trage ich ein Paar rosa Strümpfe, die zu der Farbe meines Haares auf der linken Seite passen.

Die Frau setzt zum Sprechen an, aber Myra kommt ihr zuvor. „Amethyst hat ein Buch fast fertiggestellt, das auf ihrem Briefwechsel mit Xero Greaves basiert."

Mein Herz rast wie wild in meiner Brust. Was zum Teufel macht sie da? Ich habe sie gebeten, das Xero-Buch nicht vorzustellen.

Die Frau beugt sich über den Schreibtisch, ihre Augen leuchten wie ein Feuerwerk. Sie dreht sich zu mir um und fragt: „Haben Sie eine Inhaltsangabe oder Beispielkapitel?"

„Tut mir leid, Beth", sagt Myra mit einem Grinsen. „Meine Klientin und ich möchten mit einer seriöseren Firma zusammenarbeiten. Ich wünsche Ihnen alles Gute für Ihre Bemühungen."

Sie hakt sich wieder bei mir unter und geht zurück in die Mitte des Ganges, wo die Organisatoren Greenscreens, Ringlichter und Hintergründe mit dem Branding der Buchmesse für Social-Media-Auftritte aufgestellt haben.

„Was sollte das?", frage ich.

„Beth ist durchgedreht, als Xeros Fahndungsfoto viral ging. Ich habe einmal mitbekommen, wie sie meinem Chef gestand, dass sie heimlich Xero-Fan ist."

„Hast du mich deshalb überredet, das Buch zu schreiben? Damit sie es bereut, dich gefeuert zu haben?"

„So ist es nicht. Ich glaube an dich als Autor. Du hast wirklich Talent, aber mit Märchenerzählungen wirst du nie weit kommen."

Mir fallen ein Dutzend Fantasy-Autoren ein, die an der Spitze stehen. Ich bin kurz davor, ihr zu widersprechen, als Myra den Finger hebt. „Hör zu, bevor du eine Liste herunterrasselst. Du hast bereits eine Plattform von Frauen, die sexy Serienmörder lieben. Schreib, was diese Frauen lesen würden."

Meine Schultern sacken vor lauter Enttäuschung zusammen. Das Manuskript von *Rapunzelita* war bei den Agenten durchgefallen, und das, obwohl ich Jahre damit verschwendet hatte, die Prosa zu verfeinern, bis sie glitzerte. Kann ich es mir leisten, eine weitere Depressionsspirale auszulösen?

„Du hast recht, aber ich muss mit einer Figur neu anfangen, die Xero nicht im Entferntesten ähnelt."

„Kein Problem", antwortet sie lächelnd. „Bist du bereit, ein paar sehr wichtige Leute in dieser Branche kennenzulernen?"

„Entschuldigen Sie?", fragt eine tiefe Stimme.

Ich drehe mich um und blicke in die Augen eines Mannes,

der eine Henkersmaske trägt. Mein Blick wandert über seine muskulöse Brust, die straffen Bauchmuskeln und die noch straffere Lederhose, die erkennen lässt, welch beeindruckende Männlichkeit er besitzt.

„Oh mein Gott", sagt Myra. „Der gut bestückte Mann."

Er lacht. „Das stimmt, meine Liebe. Darf ich ein Foto machen? Ich bin ein großer Fan Ihres Podcasts."

Ehe ich mich versehe, legt der Mann einen Arm um meine Schulter und begleitet mich zu einem der Greenscreens. Ich weigere mich, ihn als gut bestückt zu bezeichnen, obwohl die Beule in seiner Hose bestätigt, dass er seinem Namen alle Ehre macht.

Eine kleine Menschenmenge versammelt sich um uns. Wie ich mitbekomme, hat der Henker 500.000 Follower und hat sich in den Medien auf Thirst Traps spezialisiert. Anscheinend ist er eine große Nummer.

Myra macht Fotos und Videoclips und stachelt ihn an, sich für die Kamera an meiner Seite zu reiben. Ich spiele mit, da ich weiß, dass sie mir dabei hilft, Inhalte für meinen neuen Account zu erstellen.

Ein anderer Mann kommt auf uns zu, nachdem wir mit dem Henker fertig sind. Er trägt einen dreiteiligen Anzug, Dämonen-Make-up und ein Paar gebogene Hörner. Myra zischt, dass er ein Synchronsprecher namens Big Dick Johnson mit dreihunderttausend Followern ist. Und er sagt mir, dass er sich geehrt fühlen würde, wenn ich ihn BJ nennen würde.

Sie stellt ihm mein Buch vor und fragt, ob er die Stimme von Xero sein würde. Dann rutscht mir das Herz in die Hose, als er zustimmt, es kostenlos zu machen, im Austausch für einen Prozentsatz der Tantiemen.

Ich halte mich zurück, um vor der wachsenden Menge keine Szene zu machen, aber als BJ weitergeht, um Fotos mit einem bekannten Autor zu machen, ziehe ich Myra zur Seite.

„Was zum Teufel sollte das?", zische ich.

„Entspann dich", sagt sie. „Ich weiß, was ich tue."

„Das Xero-Buch wird nicht erscheinen, und du kannst nicht einfach einen Teil meiner Tantiemen verschenken."

Sie blickt über ihre Schulter, bevor sie sich vorbeugt. „Weißt du, wie viele Autoren ihre Seele verkaufen würden, um mit Big Dick Johnson zusammenzuarbeiten?"

Ich werfe dem Mann einen Blick zu. Unter dem schicken Anzug und der roten Farbe verbirgt sich ein fast ein Meter achtzig großer, glatzköpfiger, netter Kerl mit einem durchschnittlichen Gesicht und einer Statur, die nur unwesentlich besser ist als die von Gavin.

„Er ist nichts Besonderes", murmele ich.

„BJ hat die erotischste Stimme in der Branche und eine Fangemeinde, die alles kauft, was er produziert."

„Aber er hat zugestimmt, ein Buch zu vertonen, das nie veröffentlicht wird", knurre ich.

„Big Dick Johnson in der Hinterhand zu haben, garantiert deine Erfolgschancen", sagt sie mit einer abweisenden Handbewegung. „Jedes Buch, dem er seine Stimme leiht, wird die Spitze der Charts erreichen."

Der Rest des Tages verschwimmt regelrecht vor mir. Myra stellt mich unzähligen einflussreichen Persönlichkeiten der Buchbranche vor: Kritikern, Bloggern, PR-Unternehmern, Lektoren und Autoren, deren Bücher die Bestsellerlisten anführen. Ich verliere den Überblick darüber, wer wer ist, wer was tut und wen ich beeindrucken muss. Eines ist jedoch sicher: Jeder möchte das Xero-Manuskript lesen.

Zur Mittagszeit laden uns zwei Vertreter eines großen Verlags zum Sushi ein, um über einen möglichen Deal zu sprechen. Myra begeistert sie mit meinem fast fertigen Manuskript, und ich muss sie unterbrechen, bevor das Gespräch noch weiter ausufert.

Ich stelle meine paranormale Geisterromanze vor, aber sie interessieren sich nur für Xero. Als ich erwähne, dass ich vielleicht mit Big Dick Johnson an etwas anderem arbeite, bitten sie um eine Zusammenfassung.

Den Rest des Tages gebe ich Autogramme, werde um Selfies gebeten und drehe Online-Videos mit Leuten, von denen Myra sagt, dass sie mir beim Wiederaufbau meines neuen Accounts helfen würden.

Mir raucht der Kopf. Ich wusste, dass ich eine große Fangemeinde in den sozialen Medien hatte, aber nichts schien real, bis Jake vor meiner Tür stand. Dass mich Leute aus der Buchbranche erkannt haben, lässt mich glauben, dass ich eine Karriere als Schriftstellerin haben könnte.

Am Ende des Abends bin ich bereit, nach Hause zu gehen, aber BJ lädt uns ins Capello Casino ein, um unsere mögliche Zusammenarbeit zu besprechen.

Myra nimmt seine Einladung an, bevor ich vorschlagen kann, ob wir vielleicht einen Videoanruf machen sollten, und wir verlassen das Rathaus, wo BJ uns zu einer Stretchlimousine führt und darin verschwindet.

In diesem Moment vibriert mein Handy. Ich werfe einen Blick auf den nächsten Laternenpfahl und frage mich, ob es auf der Straße hell genug ist, um Xero abzuwehren. Es ist ein Wunder, dass er den ganzen Tag über ruhig war.

Als Myra BJ in die Limousine folgt, packe ich sie am Arm. „Lass uns zu mir gehen."

„Siehst du schon wieder Dinge?", fragt sie stirnrunzelnd.

Ich schüttle den Kopf. „Nein, aber ...“

„Wo liegt dann das Problem?"

„Das fühlt sich nicht richtig an. Wer hat schon ein Geschäftstreffen in einem Casino?"

Der Blick in ihren Augen wird weicher. „Das wird nicht wie die anderen Male sein. Ich schwöre es. Wir gehen direkt an die Bar und bleiben für ein paar Cocktails. Du kannst dein Geisterbuch vorstellen und dann gehen wir zusammen. In Ordnung?"

BJ steckt seinen Kopf aus der Limousinentür, wobei er seine Stirn besorgt gerunzelt hat. „Wieso braucht ihr so lange? Reden wir jetzt über dieses Hörbuch oder nicht?"

„Wir kommen schon!" Myra packt meine Hand und zieht mich in die Limousine.

Die Innenausstattung besteht aus weißem Leder mit Holzverzierungen und einer Minibar in einer Ecke. Aus den Lautsprechern ertönt Jazzmusik, und BJ lümmelt sich auf einem der Sitze und schenkt Champagner in eine Sektflöte.

Auf seiner anderen Seite sitzt ein kräftiger blonder Mann in einem grauen Pullover. Seine Augen leuchten auf, und er rutscht über den Ledersitz und tätschelt den Platz neben sich. „Amethyst, setz dich hierhin."

Ich runzle die Stirn und setze mich ihm gegenüber. „Ähm ...“

„Ich bin's." Er zeigt auf seine breite Brust.

Ich betrachte seine kleinen Augen, seine Pausbacken und sein schwaches Kinn, kann aber sein Gesicht niemandem zuordnen.

„Der gut bestückte Mann?", sagt er mit einem hoffnungsvollen Lächeln.

„Oh!"

Ich setze mich für die kurze Fahrt zum Casino neben Myra und genehmige mir ein paar Schlucke Champagner. Der Henker versucht, ein Gespräch mit mir zu beginnen, aber ich bin zu erschöpft nach diesem schier endlosen langen Tag.

Heute Abend wirkt der Champagner anders auf mich. Vielleicht liegt es daran, dass ich müde bin. Oder weil die Bläschen, die an der Oberfläche aufsteigen, auch alkoholisch sind. Normalerweise dauert es eine Weile, bis ich die Wirkung von Alkohol spüre.

Das Sprudeln kitzelt meine Nasenlöcher und tanzt über meine Zunge. Meine Augen schließen sich und ich sinke tiefer in den weichen Ledersitz. Als die Limousine anhält, bin ich so betrunken, dass ich wie eine Stoffpuppe neben dem Henker zusammensinke.

„Ist sie weggetreten?", fragt BJ.

„Noch nicht", antwortet der Henker. „Sie?"

„Sie hat einen gehoben." BJ beugt sich vor und klopft an die Trennwand zum Fahrer. „Fahren Sie noch eine Runde. Fahren Sie uns zum VIP-Eingang. Sagen Sie dem Concierge, dass wir zwei schlafende Schönheiten haben, die diskret behandelt werden müssen."

VIERZIG

Bundegefängnis Alderney.

Liebe Amethyst,

Deine Worte des Mitgefühls begleiten mich durch den Tag, aber das Video von dir in den roten Dessous verfolgt mich in der Nacht. Sobald das Licht aus ist, schaue ich mir das Video immer wieder an, und inhaliere deine nach Muschi duftenden Briefe, um mich daran zu erinnern, dass ich hinter diesen Gittern meine Seelengefährtin gefunden habe.

Die Briefe, die du mir schickst, sind so kostbar, aber ich ertappe mich dabei, wie ich jeden einzelnen von ihnen ficken und die Blätter mit meinem Sperma beflecken möchte. Hilf mir, deine Worte zu bewahren, indem du zusätzliche Blätter in den Umschlag legst. Bitte trage deinen himmlischen Duft auf sie auf.

Ich bezeichne meine Entscheidung, nicht mehr ins Haus meines Vaters zurückzukehren, als den Beginn meiner Verderbtheit, weil ich zu diesem Zeitpunkt die Wahrheit über meine Aufträge erfuhr. Davor glaubte ich fast, meine Ziele seien böse Männer, die ich bewusstlos gemacht hatte, um den Behörden Zeit zu geben, ihre Häuser zu durchsuchen.

Während der Einführungswoche an der neuen Akademie teilte uns der leitende Ausbilder mit, dass wir eine Ausbildung zum Attentäter absolvierten: Auftragsmörder, die Ziele gegen Bezahlung eliminierten. Als der Mann die Methoden aufzählte, die wir beherrschen sollten, wurde mir endlich klar, was wir getan hatten.

Wir hatten unsere Ziele nicht betäubt, sondern ihnen ein tödliches Gift injiziert.

Ich war schockiert, aber gefasst. Als eines der jüngsten Kinder in dieser neuen Einrichtung konnte ich es mir nicht leisten, Entsetzen oder Aufregung zu zeigen. Wir Jungen waren darauf konditioniert worden, zu glauben, dass Emotionen eine Schwäche seien, und ich hatte nicht vor, wieder zum Ziel von Mobbing zu werden.

Es dauerte mehrere Wochen, bis ich das Ausmaß dessen, was ich getan hatte, begriff. In vier Jahren hatte ich mindestens dreißig Menschen getötet. Als ich dem Berater der neuen Einrichtung davon erzählte, leuchteten seine Augen auf und er sagte mir, dass ich eine vielversprechende Zukunft als Attentäter vor mir hätte.

Zu diesem Zeitpunkt war ich geistig so manipuliert, dass ich seine Worte als Lob auffasste. Der anfängliche Schock, ein Mörder zu sein, verschwand und wurde durch ein perverses Erfolgserlebnis ersetzt.

In den darauffolgenden vier Jahren konzentrierte ich mich auf mein Studium. Wir lernten moderne und alte Sprachen, Chemie, Anatomie und Physiologie, Waffen, Nahkampf, Etikette, Computerhacking, Taktiken für den Kampf in der Stadt, Verfolgung und Überwachung, Psychologie und eine Reihe anderer Fähigkeiten, die man als Attentäter benötigt.

Stell dir die Akademie als eine Art Elitehochschule für Auftragsmörder vor, die auf einem befestigten Campus tief im Wald versteckt liegt. Ich muss leider sagen, dass die vier Jahre, die ich dort war, abgesehen von der Zeit, die ich mit meiner Mutter verbracht habe, die besten meines Lebens waren.

Es gab zwei Arten von Schülern: die, die ständig dort waren, und die, die nur am Wochenende mit uns trainierten. Die Wochenendschüler waren diejenigen, die bereits andere Internate besuchten. Ich erfuhr erst viel später, dass die Firma meines Vaters Betreuer beschäftigte, die geächtete Schüler unter dem

Vorwand, Selbstverteidigung zu lernen, auf den Unterricht vorbereiteten.

Es war eine clevere, aber teuflische Methode, um sicherzustellen, dass die Akademie ständig mit frischen Rekruten versorgt wurde.

Fragen der Fans:

Warum sollte ich meinem Vater und meiner Stieffamilie vergeben? Ich hätte vielleicht meinen Brüdern etwas Gnade entgegenbringen können, da sie Kinder waren, die dem Beispiel ihrer bösen Eltern folgten, aber jeder von ihnen wurde noch korrupter, als sie aufwuchsen. Es wird keine Vergebung geben, bis ich diese gesamte Blutlinie ausgelöscht habe.

Musik war kein Teil meiner Erziehung, aber ich mag einige klassische Stücke. Camille Saint-Saëns' Danse Macabre, Giuseppe Tartinis Violinsonate in g-Moll und natürlich Beethovens Trauermarsch.

Ich bleibe dein demütiger Bewunderer, Xero

P.S. Wenn du einem der leeren Blätter einen Kuss mit Lippenstift hinzufügen könntest, kann ich mir vorstellen, welche Farbe meinen Schwanz färben wird, wenn ich in deinem Mund komme.

EINUNDVIERZIG

AMETHYST

Ein schmerzhaftes Hämmern hat sich in meinem Schädel festgesetzt und zwingt mich aus einem traumlosen Schlaf. Sonnenlicht dringt durch meine geschlossenen Augenlider, die sich anfühlen, als wären sie zugeklebt. Ich stöhne und versuche, endgültig wach zu werden.

Die Oberfläche unter meinem Gesicht fühlt sich vertraut an, obwohl ich mich nicht daran erinnern kann, dass Myra mich nach Hause gebracht hat. Verdammt, ich kann mich kaum daran erinnern, was nach dem Ende der Buchmesse passiert ist.

Xero hatte recht, was meine Medikamente angeht. Wozu nehme ich sie überhaupt, wenn sie nichts gegen die Halluzinationen ausrichten und stattdessen zu Gedächtnisverlust führen?

Als ich gähnen muss, zwinge ich meine Augen auf, kneife sie aber angesichts des hellen Lichts sofort wieder zusammen. Ich blinzle, um das grelle Licht zu vertreiben, und versuche, meine Gedanken zu ordnen und die Fragmente zusammenzusetzen.

Ich erinnere mich, dass ich mich auf der Buchmesse wie eine Berühmtheit gefühlt habe, aber auch wie eine Hochstaplerin. Alle waren so begeistert vom Xero-Buch, dass ich kaum die Gelegenheit hatte, neue Ideen vorzustellen.

„Das spielt keine Rolle", murmle ich zu mir selbst. Was zum Teufel war passiert?

Der Mann, der sich als Dämon verkleidet hatte, hat Myra und mich eingeladen, um über ein Hörbuch zu sprechen. Wir gingen zu seiner Limousine und trafen ... Wie hieß er noch mal? Der Henker? Egal.

Ich suche nach meinem Handy und versuche, mich durch einen Haufen irrelevanter Erinnerungen zu wühlen. Es gab Alkohol, eine Fahrt in der Limousine und einen Blick auf das Casino. Darüber hinaus ist alles andere verschwommen.

Als ich mein Handy nicht finden kann, rolle ich mich auf die Seite und blinzele zum Nachttisch. Dort liegen meine Ohrringe neben der Nachttischlampe und Xeros Dildo. Außerdem liegt dort eine kleine Flasche mit einer urinfarbenen Flüssigkeit und der Aufschrift ‚TRINK MICH‘.

„Klar. Das werde ich gewiss nicht tun." Ich beuge mich über die Bettkante, um zu sehen, ob mein Handy vielleicht zu Boden gefallen ist, aber alles, was ich sehe, ist das Ladekabel und kein Anzeichen des Geräts an sich.

Habe ich es in Myras Auto liegen lassen?

„Ugh!" Ich lasse mich wieder auf das Bett fallen und erhasche einen Blick auf Metall.

Als ich mich dem zuwende, sehe ich ein Messer aus dem zerfetzten Kissen ragen. Darunter liegt ein Zettel.

Furcht durchzuckt meinen Körper und setzt sich in meinem aufgewühlten Magen fest. Ist Xero der Grund für das, was letzte Nacht passiert ist?

Ich atme tief durch, greife nach dem Zettel und ziehe ihn heraus, wobei ich darauf achte, dem Messer nicht zu nahezukommen. Ich halte den Zettel gegen das Licht und blinzle, als ich Xeros scharfe Handschrift erkenne.

Die Notiz lautet: *Du bist eine Gefahr für dich selbst und bekommst Hausarrest. X. P.S. Sei ein liebes Mädchen und trinke dein Katermittel.*

Hausarrest?

Ich richte mich in meinem Bett auf. Der Schmerz in meinem Kopf pulsiert mit noch mehr Kraft, aber ich ignoriere es, krabble vom Bett und lande in einer unbequemen Hocke.

„Scheiße." Die Welt scheint sich um mich zu drehen, als ich mich aufrichte und mich Zentimeter für Zentimeter vorwärtsbewege, nur um etwas um meinen Hals zu spüren. Es ist mein Lederhalsband, nur dass die Schnalle hinten an einer Metallleine befestigt ist.

„Was zum Teufel?"

Ich drehe mich um und sehe die Kette, die an einem Haken am hölzernen Bettpfosten befestigt ist. Mein Herz rast und mein Atem beschleunigt sich. Wie kann Xero es wagen, mich wie einen Hund anzuketten?

Mit einem Knurren löse ich das Halsband und lasse es und die Kette mit einem dumpfen Geräusch auf den Boden fallen. Ich blicke an meinem Körper hinunter und stelle fest, dass ich ein cremefarbenes Leibchen und passende Shorts trage.

Als ich es sehe, zieht sich meine Stirn in Falten. Hat er mich etwa wie eine Puppe aus- und angezogen? Ich versuche, nicht auszuflippen, stürmte die Treppe hinunter zur Eingangstür und stelle fest, dass sie verschlossen ist. Meine Hände ballen sich zu Fäusten und ich unterdrücke einen Schrei.

Es handelt sich um ein Sicherheitsschloss, das auf beiden Seiten einen Schlüssel zum Öffnen benötigt. Auf diese Weise könnte ein Eindringling, der durch das Fenster gekommen ist, die Tür nicht einfach normal öffnen.

Bis jetzt war ich davon überzeugt gewesen, dass es eine großartige Idee ist. Dieser schwarzherzige Bastard hat mich einfach in meinem eigenen Haus eingesperrt. Merkt er nicht, dass ich aus dem Fenster klettern kann? Ich gehe ins Wohnzimmer und reiße die schweren Vorhänge auf.

Die Straße ist immer noch belebter als sonst, voller Polizeiautos, die leere Parkplätze belegen. Meine Finger schließen sich um den Fenstergriff, aber er klemmt.

Als einer der Polizisten, den ich dieser Tage gesehen habe, Relaneys Haus verlässt, ducke ich mich und verstecke mich hinter dem Vorhang.

Es klingelt an der Tür und ich erstarre. Er hat wahrscheinlich weitere Fragen zu Chappys Mord. Wenn ich ihm sage, dass ich die Tür nicht öffnen kann, weil ich eingeschlossen bin, wird das nur seinen Verdacht erregen.

Als ob ich die zusätzliche Aufmerksamkeit bräuchte.

Ein dumpfer Schlag ertönt im hinteren Teil meines Hauses

und lenkt meine Aufmerksamkeit auf die Küche. Ich bleibe wie erstarrt und wage es nicht, mich zu bewegen, da die Dielen knarren könnten. Der Detective wird zu Nummer 11 zurückkehren, sobald er merkt, dass ich nicht zu Hause bin.

Es vergehen zehn Minuten, bis ich mich entscheide, dem Geräusch nachzugehen. Nachdem ich mir die halb leere Flasche Armagnac geschnappt habe, um sie im Notfall als Waffe benutzen zu können, schleiche ich mich aus dem Wohnzimmer und den Flur entlang.

Als ich die Küche erreiche, stehen sämtliche Schränke offen und ihr Inhalt wurde auf dem Küchentresen verteilt. Die meisten Dinge sind abgelaufen, aber musste er wirklich mein Essen verstreuen? Sogar die Kühlschranktür steht offen und meine letzte Weihwasserflasche ist weg.

Scheiße.

Wie soll ich mich vor Xeros Zorn schützen?

Das ist eine Ablenkung. Er will, dass ich zu sehr damit beschäftigt bin, seinen Dreck wegzuräumen, um mich auf die Flucht zu konzentrieren. Nachdem ich den Kühlschrank geschlossen habe, wende ich meine Aufmerksamkeit von dem Chaos in der Küche ab und versuche es mit der Hintertür.

Ich bin nicht einmal schockiert, als auch diese sich nicht öffnen lässt.

Hat er mir im Schlaf etwas angetan? Ich wende mich dem Sexvertrag auf dem Küchentisch zu und finde darin eine neue Notiz in dieser höllischen Handschrift:

Wenn du deine Freiheit willst, musst du sie dir heute Nacht verdienen.

Die letzten drei Wörter sind zweimal mit etwas unterstrichen, das wie Blut aussieht. Ich schiebe den Zettel beiseite und schaue im Sexvertrag nach, was er sonst noch unterstrichen hat.

Halsbänder

Gesichtsbesamung

Angstspiele

Demütigung

Ich zucke mit den Schultern und murmele: „Du vergisst, dass ich schon immer eine Einsiedlerin war. Mich einzusperren, ist eher frustrierend als beängstigend."

Ich lege den Vertrag weg und gehe mit der Flasche Armagnac die Treppe hinauf. Xero hat mir vielleicht mein Handy weggenommen, aber ich kann Myra oder Mom jederzeit eine E-Mail schicken. Sie haben beide einen Schlüssel für mein Haus. Sollte Mom meinen Anblick nicht ertragen können, kann sie wenigstens den Schlüssel durch den Briefschlitz schieben, damit ich mich selbst befreien kann.

Als ich den oberen Treppenabsatz erreiche, schießt mir eine Erinnerung durch den Kopf. Der Henker war mit uns im Casino und hatte ein Gesicht, als wäre er aus großer Höhe fallen gelassen worden.

Ich schüttle diesen Gedanken ab und gehe in mein Arbeitszimmer, wo ich meinen Laptop zum Aufladen stehen gelassen habe. Was ist als Nächstes passiert und wie zum Teufel bin ich nach Hause gekommen?

Ich setze mich an meinen Schreibtisch, starte meinen Computer und öffne meine E-Mails. Nachdem ich eine kurze Nachricht an Myra getippt habe, klicke ich auf ‚Senden‘. Es erscheint eine Fehlermeldung, in der steht: OFFLINE-MODUS AKTIVIERT.

„Was?“

Ich überprüfe den Postausgang und stelle fest, dass meine E-Mail nicht gesendet wurde. Am unteren Rand steht NETZWERK OFFLINE und ich starre die Worte mit offenstehendem Mund an. Vielleicht hat er mich einfach vom Internet getrennt. Ich werfe einen Blick auf die Menüleiste oben rechts auf dem Bildschirm und klicke auf das WLAN-Symbol. Dort finde ich eine Reihe sicherer Netzwerke, von denen allerdings keines mir gehört.

Er hat meine Internetverbindung ausgeschaltet, sodass ich mich nicht mit der Außenwelt in Verbindung setzen kann.

Ich krabbele unter meinen Schreibtisch und suche nach meinem Router, aber er ist weg.

„Scheiße.“

Eine Firma hat meine Internetverbindung eingerichtet, und meine Fähigkeiten zur Fehlerbehebung beschränken sich darauf, den Router aus- und wieder einzuschalten.

Versucht Xero, seine Bedingungen im Todestrakt nachzuahmen? Ich richte mich wieder auf und mache mich auf die Suche nach dem Ersatzhandy, das ich in meinem Nachttisch liegen gelassen habe.

Ich betrete mein Zimmer und suche nach Anzeichen dafür, dass sich ein bösartiger Geist dort aufhält, aber alles ist so, wie ich es zurückgelassen habe. Sonnenlicht dringt durch die Fenster und fällt auf meine schwarzen Laken und dem noch am Bett befestigten Halsband mit Kette.

Mit rasendem Herzen nähere ich mich dem Nachttisch und öffne die Schublade. Das Handy, das ich dort gelassen habe, ist noch intakt, also schließe ich es an das Ladegerät an.

Aber als ich nach der SIM-Karte suche, ist auch die verschwunden. „Fick dich, Xero", murmele ich.

Es gibt keine Antwort, keine Zurechtweisung oder Vergeltung, denn Xeros Kräfte sind tagsüber am schwächsten. Er wartet auf den Einbruch der Dunkelheit, wenn er mich aus dem Schatten heraus angreifen kann. Und er hat mich eingesperrt, sodass ich keine Hilfe oder Weihwasser holen kann.

Wut lodert in mir auf und brennt sich durch die wachsende Angst. Ich straffe meine Schultern, ballte meine Hände zu Fäusten und stürme ins Badezimmer. Ich kann nicht zulassen, dass er mein Leben kontrolliert.

Wenn er heute Abend etwas Demütigendes für mich plant, dann werde ich bereit für ihn sein. Aber zuerst brauche ich ein verdammtes Bad.

ZWEIUNDVIERZIG

Bundesgefängnis Alderney,

Liebe Amethyst,

Vielen Dank für die zusätzlichen Blätter. Das mit deinem Lippenabdruck bleibt auf meinem Kissen, während ich meinen Schwanz an den anderen reibe, die nach deiner Muschi duften. Diese Zettel, die du berührt hast, sind das, was dieser Sünder dem Himmel am nächsten bringt.

Diese Wärterin beobachtet mich immer noch jeden Morgen beim Masturbieren. Sobald sie bei mir fertig ist, geht sie in die Zelle eines anderen Gefangenen, damit er sie in den Mund ficken kann. Danach nimmt sie ihn mit zu seinen morgendlichen Übungen, bevor sie in das Zimmer eines anderen Gefangenen geht. Der Mann in der Zelle neben meiner sagt, dass sie Sex haben. Zu diesem Zeitpunkt bin ich bereits zu sehr in körperliche Übungen vertieft, um mich darum zu kümmern.

Nein, ich habe an der Akademie keine Aufträge ausgeführt. Der Schwerpunkt lag hauptsächlich darauf, die Schüler auf einen Platz in der Firma vorzubereiten. Gib den Namen nicht an Dritte weiter, aber sie heißt Moirai.

Wenn man sie nur in der Öffentlichkeit erwähnt, riskiert man, ins Visier zu geraten. Es ist die größte Attentäterfirma des

Landes und hat Kunden auf den höchsten Ebenen der Gesellschaft.

Um deine Frage zu beantworten: Die Akademie hat mich glücklich gemacht, weil es der erste Ort war, nachdem ich von zu Hause weggebracht wurde, an dem ich mich zugehörig fühlte.

Ich blühte dort auf, im Vergleich zu der Einrichtung, in der ich zufrieden war, aber durch den ständigen Aufenthalt unter der Erde eingeengt wurde. In diesem Alter schätzte ich auch die Anwesenheit von Mädchen. Sie waren fähig, stark und glücklich, im Vergleich zu denen von früher.

In meinem letzten Jahr an der Akademie kam die älteste Tochter der Haushälterin hinzu. Monate später kam die andere, verzweifelt. Ohne die Gesellschaft ihrer Schwester war der jüngste Sohn meines Vaters zu ihrem Peiniger geworden.

Als ich meinen Vater das nächste Mal sah, fragte ich ihn, warum er zuließ, dass seine Söhne mich und die Töchter der Haushälterin schikanierten. Daraufhin sagte er, er habe seinen Sohn in eine Einrichtung eingewiesen, und fügte hinzu, dass die Mädchen meine Halbschwestern seien und ich auf sie aufpassen müsse.

Ich schäme mich, zugeben zu müssen, dass ich so schockiert von dieser Offenbarung war, dass ich vergaß, ihn nach Antworten zu fragen. Aufgrund der Schilderung meiner Schwester, was ihr zu Hause widerfahren war, war mein Bruder nicht vollständig hirngeschädigt.

Alter Groll kam wieder zum Vorschein. Er schwelte, bis eine Woche vor unserem letzten Training ein Ausbilder beiläufig das Wort Lolita erwähnte. Ich erinnerte mich daran, was das Wort in der Einrichtung bedeutete, und fragte, was es bedeutete. Er sagte mir, ich solle in der Bibliothek nachschlagen, und das tat ich.

Ich habe nur einen kleinen Teil des Buches von Vladimir Nabokov gelesen, aber in mir machte es plötzlich Klick.

Die Mädchen aus meiner früheren Einrichtung wurden an Männer ausgeliefert, die wie der schmutzige Protagonist mittleren Alters waren. Deshalb kehrten sie verschlossen und traumatisiert zurück. Sie waren nicht schwach, sondern missbraucht worden.

Ich war achtzehn, umgeben von vierzehnjährigen Rekruten,

und wusste, dass mein Vater Mädchen, die noch jünger waren als sie, in die Hände und Betten von Monstern schickte.

Da wusste ich, dass er sterben würde.

Fragen der Fans:

Leider hatte ich noch keine Gelegenheit, die von dir erwähnten Todestraktinsassen kennenzulernen. Ich spreche jeden Tag mit dem Postboten. Einmal pro Woche tausche ich ein paar Worte mit dem Insassen aus, der den Bibliothekswagen fährt. Ich werde immer noch für einen unglücklichen Vorfall mit einem Wärter während einer Leibesvisitation bestraft, was bedeutet, dass ich jeden Tag 23,5 Stunden in meiner Zelle eingesperrt bin.

Wenn ich irgendwo auf der Welt hinreisen könnte, würde ich nach Buenos Aires zurückkehren. Die Architektur dort war wunderschön, und ich habe die Küche genossen, vor allem die Steaks. Dort befindet sich auch der Friedhof La Recoleta, einer der schönsten Friedhöfe.

Dein bescheidener Bewunderer, Xero

P.S. Danke für die Zusendung des Manuskripts von *Rapunzelita*. Ich werde jeden Tag vor dem Schlafengehen ein Kapitel lesen, damit ein Teil von dir in meine Träume eindringt.

DREIUNDVIERZIG

AMETHYST

Nach Einbruch der Dunkelheit kauere ich in meinem fensterlosen grünen Zimmer, umgeben von Nachttischlampen, Ringlichtern, Taschenlampen und beleuchteten Computerbildschirmen. Der Raum ist mit jeder erdenklichen Art von Beleuchtung durchflutet, und ich sitze in einem Kreis aus Salz.

Ich schlinge meine Arme um mich selbst und versuche, nicht in Verzweiflung zu verfallen, während ich mir meiner misslichen Lage bewusstwerde: Xero hat mich in meinem eigenen Zuhause eingesperrt. Er hat jede Tür und jedes Fenster versiegelt.

Er hat mein Handy beschlagnahmt und das Internet abgeschaltet.

Ich bin zu paranoid, um die Polizei im Nachbarhaus zu alarmieren, aus Angst, sie könnten Spuren des Mannes entdecken, den ich getötet habe.

Mein Peiniger will mich für etwas bestrafen, an das ich mich nicht einmal erinnern kann.

Und er hat sogar mein Weihwasser weggeworfen.

Das Schlimmste daran ist, nicht zu wissen, was mit Myra passiert ist. Xero hat die üble Angewohnheit, Menschen zu bestrafen, die seine Grenzen überschreiten. Kayla erstickte an dem Dildo, den sie ihm gestohlen hatte, Gavin verlor seine

Finger, weil er mich berührt hatte, und Chappy verlor sein Leben, weil er mir ein unanständiges Angebot gemacht hatte. Xero schnitt ihm sogar die Zunge heraus, weil er angeboten hatte, mich zu lecken.

Was wird er also mir für all meine Verfehlungen antun? Stunden vergehen, und die Sorge, die in meinem Bauch brodelt, entwickelt sich zu heftigen Magenschmerzen. Er sollte hier sein und an den Fenstern rütteln oder was auch immer Geister tun, wenn sie ausgebremst werden, aber es gibt kein Anzeichen für meinen geisterhaften Stalker.

Liegt das daran, dass er damit beschäftigt ist, meine beste Freundin in kleine Stücke zu hacken, weil sie das Manuskript angepriesen hat? Bei dem Gedanken, dass er Myra etwas antun könnte, steigen mir Tränen in die Augen. Sie ist seit langem die einzige Person, die immer an meiner Seite steht. Im Gegensatz zu meinen Eltern hat sie mich nie verlassen und es stört sie nicht, dass ich leicht gestört bin. Ich senke den Kopf und lehne ihn gegen meine angewinkelten Knie.

Wie konnte ich nur einem Mann schreiben, der seiner eigenen Stiefmutter das Herz herausgeschnitten hatte? Wie konnte ich nur zulassen, dass seine äußere Schönheit mich blind für das Monster in seinem Innern machte?

Dr. Saint würde sagen, dass ich mich in der Massenhysterie verfangen habe, was mir dabei half, aus der tiefen Depression herauszukommen, in die ich nach meinem gescheiterten Manuskript gefallen war. Wenn ich die Agenten nicht dazu bringen konnte, mein Schreiben anzuerkennen, dann könnte ich mich vielleicht bei Xero beweisen. Aber es ist das dasselbe Prinzip wie bei einer Gruppe von Kindern, die bei einer Pyjamaparty ein Ouija-Brett benutzen, ohne zu ahnen, dass ihr Spaß sie in Lebensgefahr bringen könnte?

Als er antwortete, hätte ich mich damit zufriedengeben sollen, seine Aufmerksamkeit erregt zu haben, aber dieser Dopaminrausch machte süchtig. Es wurde nur noch besser, als ich auf meinem erfolglosen Social-Media-Kanal darüber postete und es viral ging.

Dann wurde ich in den Telefonsex verwickelt, und Xeros Geschichte über seine verdorbene Kindheit, dann der Online-

Ruhm, die Geschenke und Xero selbst. Er war so charmant. Dankbar. Bescheiden. Jedes Gespräch war eine aufregende Flucht in eine Realität, in der ich mich begehrt und verbunden fühlte.

Xero gab mir das Gefühl, dass ich das Einzige war, was seine Gefangenschaft erträglich machte. Er sagte mir, ich sei das Licht in seiner Dunkelheit, aber er war meine Sonne und seine Aufmerksamkeit ließ mich erblühen.

Wenn ich gewusst hätte, dass seine Fixierung über den Tod hinaus anhalten würde, hätte ich wahrscheinlich schon beim ersten Brief aufgehört.

Wahrscheinlich.

Wem will ich hier etwas vormachen?

Xero Greaves, gut oder böse, lebendig oder tot, mich liebend oder mich hassend, ist alles. Er ist alles verzehrend, und doch ist er das Feuer, das mein Wesen belebt. Und es gibt einen winzigen Kern meiner Psyche, der sich der schmerzhaften Wahrheit bewusst ist, dass ich ohne ihn aufhöre zu existieren.

Ein lautes Knacken über mir lässt mich zusammenzucken und mein Herz rutscht mir in die Hose. Er hat gerade die Glühbirne durchgebrannt, wodurch der Raum sofort dunkler wird, aber die Ringlichter sorgen immer noch für eine Grundbeleuchtung.

Sekunden später schalten sie sich aus und lassen mich im Halbdunkeln zurück. Ich rutsche an den Rand des Kreises und beuge mich vor, wobei ich darauf achte, den Kreis nicht zu beschädigen. Mein Blick fällt auf meinen Laptop, der nur noch mit dem Strom aus dem Akku funktioniert.

Ich werfe einen Blick auf das Handy ohne SIM-Karte, das ich zum Aufladen liegengelassen habe, und stelle fest, dass auch das tot ist.

Als mir das klar wird, setzt mein Herz einen Schlag aus.

Dieser kaltherzige Mistkerl hat gerade meinen Strom abgestellt.

Die einzige starke Lichtquelle im Raum kommt von zwei batteriebetriebenen Taschenlampen. Beide sind auf die Tür gerichtet. Aber als an der gegenüberliegenden Wand ein Klopfen ertönt, richte ich eine auf die Quelle des Geräusches.

„Xero", flüstere ich. „Bist du das?"

Ein Klopfen.

„Was willst du?"

Es ertönt eine Sequenz von Klopfzeichen, aber hier ist kein Ezekiel, der sie übersetzen kann. Er wurde wahrscheinlich zusammen mit Relaney wegen Drogenanbau im Keller verhaftet. Wenn ich mit diesem Geist kommunizieren will, muss ich spezifischere Fragen stellen.

„Xero, ich verstehe nicht. Kannst du nicht einfach mit mir reden?"

Zwei Klopfzeichen.

„Warum nicht?" Ich verdrehe die Augen angesichts meiner offenen Frage. Ich weiß genau, warum er nicht wie ein normaler Geist kommunizieren möchte. Ich habe diesen Raum Xero-abweisend gemacht. „Willst du, dass ich die Taschenlampen ausschalte?"

Ein Klopfzeichen.

„Wirst du mir wehtun, wenn ich das tue?"

Er zögert mehrere Sekunden, bevor er mit zwei Klopfzeichen antwortet.

„Lügner."

Zwei Klopfzeichen.

„Warum hast du dann so lange gebraucht, um zu antworten? Du willst, dass ich das Licht ausschalte, damit du an mich herankommen und mich in Stücke reißen kannst."

Zwei eindringliche Klopfzeichen.

Xero versucht zu sehr, mich von der Antwort zu überzeugen. Ein sicheres Zeichen dafür, dass er jetzt alles sagt, was nötig ist, damit ich meine Vorsichtsmaßnahmen fallen lasse. „War es ein anderer Geist, der mich an einer verdammten Schlinge aufgehängt hat?"

Zwei Klopfzeichen.

„Nun, danke für das Geständnis, aber ich denke, ich bleibe bis zum Sonnenaufgang hier. Dann werde ich morgen gegen das Fenster zerschlagen und schreien, bis die Polizei mich bemerkt und die Tür eintritt."

Das Geräusch von etwas Schwerem, das gegen die Tür schlägt, lässt mein Herz in die Kehle springen. Ich stoße einen erstickten Schrei aus. „Siehst du?", rufe ich mit einem hysterischen Lachen. „Warum sollte ich mich deinem gewalttätigen Temperament aussetzen?"

Als er erneut klopft, richten sich meine Nackenhaare auf. Es ist, als säße man in einem Flugzeug mitten in einem Gewitter und würde dann plötzlich an Höhe verlieren.

Mein Herz schlägt so heftig und mein Körper zittert so stark, dass es die Geräusche vor der Tür übertönt. Eine eisige Hand der Angst legt sich um mein Herz, und das Pulsieren zwischen meinen Beinen wird so intensiv, dass ich den Nachhall bis in meine Zehen spüren kann.

Vor meinem geistigen Auge flimmern Bilder, angefangen mit den durchgesickerten Tatortfotos des ermordeten Bruders und Xeros Stiefmutter. Es folgt das Bild von Kayla, die an einem Dildo erstickte, der Umschlag voller Finger und dann Chappys schlaffer Körper, der an einer Schlinge baumelt. Ganz zu schweigen davon, dass ich Stunden später seine Zunge in meinem Zimmer fand.

„Myra", krächzt eine Stimme zwischen den Geräuschen des Chaos. Mein Atem stockt.

„Du hast meine Freundin?"

Ein Klopfen.

Scheiße.

„Ist sie verletzt?", frage ich, wobei Panik meine Stimme durchdringt.

Zwei Klopfen.

Ich atme tief durch, aber es ist zu früh, um Erleichterung zu verspüren. Ich schlucke schwer und frage: „Ist sie eine Geisel?"

Ein Klopfen.

Tränen brennen in meinen Augen und Schmerz breitet sich in meinem ganzen Körper aus. Ich konnte nichts tun, um Kayla, Gavin oder Chappy zu retten, aber wenn es eine Chance gibt, Myra zu helfen, werde ich alles tun, was nötig ist.

Ich unterdrücke ein Schluchzen. Nichts an dieser neuen Version von Xero ist einfach. Ich formuliere meine Frage um: „Wirst du sie freilassen, wenn ich dir gebe, was du willst?"

Ein Klopfen.

„Okay ... Okay. Was soll ich tun? Das Licht ausschalten?"

Ein Klopfen.

„Noch etwas?"

Ein Klopfen.

Ein Schauer läuft mir über den Rücken und ein Kribbeln breitet sich auf meiner Haut aus. „Und den Salzkreis verlassen?"

Ein Klopfen.

Mein Magen zieht sich zusammen. Es ist das Gefühl, als würde ich von einem Sprungbrett springen und im freien Fall in ein leeres Schwimmbecken stürzen. Ich versuche aufzustehen, aber meine Beine sind weich wie Wackelpudding. Es ist zu viel. Ich bin nicht mutig genug, mich diesem Geist entgegenzustellen, aber dann erscheinen neue Bilder vor meinem inneren Auge: Myra die von der Decke hängt oder auf einem OP-Tisch liegt und unter Qualen schreit.

Kalte Panik breitet sich in mir aus und bringt mich dazu, den Salzkreis zu verlassen. Ich krabbele auf Händen und Knien vorwärts, schalte beide Taschenlampen und die Lampen, die ich im Raum aufgestellt habe, aus und schließe den Laptop.

Es herrscht Stille, bis die Decke in Licht getaucht wird. Ich krabble zu einer der Wände, drücke meinen Rücken dagegen und starre auf das Bild, das dort erscheint.

Zwei nackte Männer sitzen nebeneinander auf einem Bett. Der kleinere von beiden ist dünn, hat einen weichen Körper, ein rotes Gesicht, rote Hände und Hörner. Zwischen seinen schmalen Schenkeln befinden sich Genitalien, die an drei Champignonköpfe erinnern, die in einem Dickicht aus dunklem Schamhaar, das von grauen Härchen durchzogen wird, stehen. Sein Begleiter, mit einem perfekten Körper, aber einem nicht ganz so schmeichelhaften Gesicht, sitzt daneben.

Mir schnürt sich die Kehle zu, als ich sie von der Buchmesse wiedererkenne. Sie befinden sich beide in der champagnerfarbenen Einrichtung einer Luxushotelsuite, aber im Hintergrund ist kein Hinweis auf uns zu sehen.

„Roger Stern." Xeros Stimme klingt so laut und tief, dass sie in meinem Körper widerhallt. „Auch bekannt als Big Dick Johnson. Sie wurden der Vergewaltigung während eines Dates für schuldig befunden."

„Was?", flüstere ich. Ich atme so schnell und heftig, dass ich die Antwort des Synchronsprechers kaum höre.

„Leg die Waffe weg, Mann", sagt BJ. „Ich habe sie nicht angefasst. Du bist erschienen, bevor ich meinen Schwanz reinstecken konnte."

Meine Lippen kräuseln sich vor Ekel. Heißt das, er hat uns ausgezogen?

„Stephen Glick, auch bekannt als der gut bestückte Mann. Du wurdest der versuchten Vergewaltigung für schuldig befunden."

Der Henker stottert: „Das war nicht meine Idee. Ich habe nur eine Brust berührt."

Meine Nasenflügel blähen sich. Nur?

„Wenn ich euch nicht unterbrochen hätte, hättest du dir genommen, was mir gehörte", knurrt Xero.

Ich fasse mir an die Kehle. Er redet über mich. BJ muss es auf Myra abgesehen haben und mich dem Henker überlassen haben.

„Einer von euch wird heute Nacht sterben", sagt Xero.

„Töte ihn", schreit der Henker. „Er ist derjenige, der ihnen Rohypnol in den Champagner gemischt hat. Ich dachte, heute Nacht würde es ein ganz normales Treffen werden."

BJ schüttelt den Kopf. „Aber er hat deine Frau angefasst. Diese andere Tussi war Freiwild. Er ist derjenige, der es verdient zu sterben."

„Da hast du vollkommen recht", sagt Xero.

„Ja." BJ schluckt. „Ich würde nie in das Revier eines anderen Mannes eindringen. Ich wusste, dass ich mich von der Frau fernhalten sollte, die deinen offiziellen Fanclub leitete."

„Aber das ist doch deine Vorgehensweise", sagt Xero. „Du vergreifst dich an Frauen mit kleiner Fangemeinde, weil du weißt, dass man ihnen nicht glauben wird. Heute Abend hast du Amethyst und ihre Freundin eingeladen, in der Hoffnung, dass sie schweigen, weil du ihnen versprochen hast, Xero Greaves deine Stimme zu geben."

„So war es nicht", schluchzt BJ.

„Wie viele Opfer hast du mit Unterlassungserklärungen zum Schweigen gebracht? Wie viele hast du bloßgestellt? Die Informationen sind alle auf deinem Handy gespeichert."

„Ich schwöre bei Gott“, schreit der Henker, „ich bin kein Serienvergewaltiger.“

„Was ist mit der Helsing Island Book Fair?“, ruft BJ. „Oder Southampton oder Granville?“

„Erbärmlich“, knurrt Xero. „Aber da dieses Mal keiner von euch ein Mädchen vergewaltigt hat, gebe ich euch eine Chance, euch die Freiheit zu verdienen. Der Gewinner dieses Spiels kommt frei. Verstanden?“

Beide nicken eifrig.

„Aufs Bett mit euch. Der erste Mann, der in den anderen eindringt, darf weiterleben. Der Verlierer stirbt.“

BJ weicht zurück. „Aber ich bin nicht schwul.“

„Dann sterbt ihr beide.“

„Auf gar keinen Fall.“ Der Henker zerrt BJ auf das Bett.

Ich halte mir die Hände vor den Mund und beobachte, wie die Männer auf der Matratze ringen. Der Henker packt den kleineren Mann am Hals und drückt ihn dann mit einem muskulösen Unterarm nach unten, während er seinen eigenen schlaffen Penis wichst.

„Kämpfe gegen ihn, nicht gegen mich!“ BJ schlägt mit Armen und Beinen um sich und versucht, sich zu befreien.

„Verdammt, nein“, knurrt der Henker. „Du bist derjenige, der mich in diese Lage gebracht hat.“

BJ packt die Hoden des Henkers und zieht daran.

Mit einem markerschütternden Aufschrei lässt der Henker BJ los und rollt sich auf der Matratze rückwärts. BJ stürzt sich auf ihn, bereits steinhart.

„Ich werde es dir besorgen, Großer“, knurrt BJ mit tiefer Stimme. „Ich werde dich hart und schnell ficken.“

Der Puls zwischen meinen Beinen nimmt an Intensität zu und ich presse meine Schenkel zusammen, um die Welle der Erregung zu bändigen. Das ist falsch. Obwohl beide Männer Vergewaltiger sind, sollte ich entsetzt sein, wenn ich sehe, wie sie sich gegenseitig angreifen.

Aber das bin ich nicht.

Wenn Xero uns nicht zu Hilfe gekommen wäre, wären Myra und ich traumatisiert aufgewacht und hätten keine Erinnerung daran gehabt, was passiert ist. Wir waren unvorsichtig, weil wir dachten, die Welt der Verlagsbranche sei eine eng verbundene Gemeinschaft, und Big Dick Johnson nutzte unsere Verzweiflung nach Erfolg aus.

BJ rammt seinen Freund in einem unerbittlichen Tempo in den Arsch und der Henker bekommt endlich eine Erektion. Wie seine Lederhose bereits vermuten ließ, ist sie lang und dick, aber mit einem kleinen Kopf, der unter der Vorhaut gefangen ist. Mit einem lauten Brüllen springt er von der Matratze auf und schlägt BJ ins Gesicht.

Meine Hände gleiten zu meinen Augen. Ich kann mir das nicht ansehen. Egal, was diese Männer getan haben, ich kann es nicht ertragen, zu sehen, wie sie darum kämpfen, sich gegenseitig zu vergewaltigen.

Das Knurren und Schreien und die Ohrfeigen lassen nach und weichen einem Grunzen und Stöhnen. Als ich durch meine Finger spähe, befinden sie sich in einer 69er-Stellung und stoßen sich gegenseitig in den Mund.

Meine Klitoris pocht bei den Geräuschen ihres Fickens, dann verkrampft sich meine Muschi und entspannt sich wieder. Ich habe noch nie etwas so Ursprüngliches, so Rohes gesehen. Zwei Männer ficken sich gegenseitig in den Mund, um ihr eigenes Überleben zu sichern. Das ist Wahnsinn.

„Macht dich das geil?", fragt eine tiefe Stimme, die so nah an meinem Ohr erklingt, dass ich zusammenzucke.

Ich löse meine Hände von meinem Gesicht und sehe eine verhüllte Gestalt, deren glühende Augen auf mich gerichtet sind, die aus der Dunkelheit tritt.

Es ist Xero, und in einer Hand hält er einen Sack.

Mein Blick huscht zu der Szene, die sich an der Decke abspielt. Wie viel möchte ich wetten, dass Xero mir gleich eines oder mehrere ihrer Körperteile präsentieren wird?

VIERUNDVIERZIG

Bundesgefängnis Alderney.

Liebe Amethyst,

Ich habe gelogen. Deine *Rapunzelita*-Geschichte war so fesselnd, dass ich das gesamte Manuskript an einem Tag gelesen habe. Aber leider endete die Geschichte mit einem Cliffhänger. Hast du schon mit der Fortsetzung begonnen?

Rapunzelita zur gefährlichsten Person in der Geschichte zu machen, war ein Geniestreich. Das letzte Kapitel hat mich dazu gebracht, meine Meinung über Gothel zu überdenken. Wird Gothel *Rapunzelita* vor dem nächsten Vollmond wieder einfangen? Ich erwarte deine Antwort mit Spannung.

Bitte richtet den Fans meinen Dank aus. Dank ihrer Petition an den Gefängnisdirektor für humanere Haftbedingungen kann ich mich jetzt jeden Morgen eine Stunde lang bewegen. Außerdem gibt es einen neuen Gefängniswärter, der die zusätzliche Arbeitsbelastung übernimmt, und ich stehe nicht mehr unter der Kontrolle von Officer McMurphy.

Auch die anderen Gefangenen im Todestrakt sind dankbar für diesen zusätzlichen Aufenthalt im Freien. Einer von ihnen versorgt mich sogar mit italienischen Snacks, die seine Haushälterin liebevoll für ihn zubereitet. Sie sind wirklich köstlich.

Mit dem neuen männlichen Gefängniswärter, unseren täglichen Gesprächen, deinen schönen Briefen und den hausgemachten Mahlzeiten, ist meine Zeit im Gefängnis nicht mehr ganz so trostlos. Das verdanke ich dir, meine Liebe. Du weckst Gefühle in mir, von denen ich dachte, sie seien längst vergangen.

Nein, ich habe es nicht geschafft, meinen Vater mit dem zu konfrontieren, was er getan hat. Er hat die Akademie nicht mehr besucht, nachdem ich Lolita in der Bibliothek nachgeschlagen habe. Der Schulleiter hat sich bereit erklärt, Nachrichten weiterzuleiten, aber ich weiß nicht, ob sie ihn jemals erreicht haben. Selbst wenn, vermute ich, dass er wusste, dass seine Tage gezählt waren.

Mein Vater muss gewusst haben, dass ich die Fakten zusammenfügen würde. Vielleicht dachte er, ihm würde nichts passieren, weil er das Leben meiner Schwestern in seinen Händen hielt. Das Wissen, dass sie nach meinem Abschluss an der Akademie nicht mehr auf mich zählen konnten, ließ mich meine Rachegedanken beiseiteschieben.

Das Erste, was ich tun musste, bevor ich diesen herzlosen, hinterlistigen Bastard aufspüren konnte, war, meine Schwestern herauszuholen. Wenn mir das nicht gelang, würde ich vier Jahre warten müssen, bis auch sie ihren Abschluss gemacht hatten.

Dieser Plan zerschlug sich jedoch in dem Moment, als ich mitten im Abschlussjahrgang der Akademie steckte.

Fragen der Fans:

Die Kampagne für humanere Bedingungen war erfolgreich. Der Gefängnisdirektor rief mich in sein Büro, um mir zu erklären, dass er nichts von dem Verstoß gegen das Protokoll gewusst hat. Er möchte der Öffentlichkeit versichern, dass die betreffende Wärterin zurechtgewiesen wurde, und ich kann bestätigen, dass er einen zusätzlichen Wärter eingestellt hat, der die Gefangenen im Todestrakt bewacht.

Ich war schon mehrmals in Paris. Bei jedem Besuch in Europa mache ich einen Abstecher nach Paris. Ich war fasziniert vom Friedhof Père Lachaise, der genauso beeindruckend ist wie La Recoleta in Buenos Aires. Am meisten haben es mir jedoch die Katakomben angetan.

In Liebe
Xero

FÜNFUNDVIERZIG

AMETHYST

Ich starre mit aufgerissenen Augen zu Xeros dunkler Gestalt auf, mein Mund öffnet sich zu einem stummen Schrei. Eine unsichtbare Schlinge legt sich um meinen Hals und zieht sich zu. Mein Herz rast so heftig in meiner Brust, dass ich Angst habe, es könnte explodieren.

Er ist dieselbe unglaublich große Gestalt mit Kapuze, die meine erotischen Albträume heimsucht. Diesmal bringt er den Geruch von brennenden Streichhölzern mit sich.

Ist das der Geruch der Hölle oder der Gestank meiner bevorstehenden Verdammnis?

„Warum bist du hier?", flüstere ich mit zitternder Stimme.

„Beantworte meine Frage", knurrt er.

Ich schaue auf den Bildschirm, wo die Männer sich weiterhin mit wilder Hingabe gegenseitig in den Mund ficken. Nichts an der Art und Weise, wie sie sich an den Körpern des anderen festhalten, deutet darauf hin, dass dies unter Zwang geschieht. Es ist, als hätte sich ein Schalter umgelegt und sie hätten den Geist vergessen, der ihr Leben bedroht.

„Du willst wissen, ob mich das geil macht?", krächze ich, während sich meine Kehle mit der sprichwörtlichen Schlinge der Albträume zusammenzieht.

Er nickt.

Ich schlucke meine aufsteigende Panik hinunter und sage: „Nein."

„Ich kann deine Muschi riechen", knurrt er.

Ein Schauer läuft mir über den Rücken und wandert bis zwischen meine Schenkel. Ich weiche zurück und versuche, mit den Schatten zu verschmelzen, aber es funktioniert nicht. Xero bleibt auf der anderen Seite des Raumes und starrt mich an wie mein Henker. Mein Verstand sucht nach etwas, irgendetwas, um mich aus dieser Situation zu befreien, aber mir kommt nichts in den Sinn.

Seine bedrohliche Präsenz lenkt mich von dem ab, was wirklich wichtig ist. Ich räuspere mich und frage: „Was ist mit Myra passiert?"

„Ich habe sie mitgenommen."

Mir stockt der Atem. „Wohin?"

„Zeig mir deine Muschi."

„Warum?" Meine Stimme hebt sich um mehrere panische Oktaven.

„Myra Mancini hat das Manuskript gelesen, das meine Geheimnisse enthält. Geheimnisse, die deinen Tod bedeuten werden. Geheimnisse, von denen ich dir gesagt habe, dass du sie niemals preisgeben sollst."

Die Schwere seiner Worte drückt auf meine Brust und schnürt mir die Luft ab, bis bunte Flecken vor meinen Augen tanzen. Ich bin kurz davor, ohnmächtig zu werden, aber ich zwinge mich, um Myra willen bei Bewusstsein zu bleiben.

„Es ist nicht ihre Schuld", flüstere ich, meine Worte werden schneller, angetrieben von brennender Verzweiflung. „Sie wusste nicht ..."

„Sie hat die Warnung ignoriert. Jetzt muss sie sterben."

Ich unterdrücke ein Wehklagen. Das darf nicht passieren. Myra kann nicht ... Der Gedanke ist zu schrecklich, um ihn überhaupt zuzulassen. Ich muss sie retten. Selbst wenn das bedeutet, mich selbst zu opfern.

„Was ist, wenn ich ihre Strafe auf mich nehme? Was ist, wenn ich alles tue, was du sagst?"

Xero neigt seinen Kopf in einem unnatürlichen Winkel. „Du würdest dich für Myra opfern?"

„Ja", flüstere ich und unterdrücke die Tränen. „Was willst du? Ich tue alles."

„Zeig. Mir. Deine. Muschi", knurrt er.

Schluchzend und zitternd ziehe ich meine Leggings herunter und schiebe den Stoff über meine Knöchel, dann schiebe ich den Stoff meines Slips zur Seite und entblöße mich vor dem Geist. Kühle Luft streicht über meine entblößte Haut und lässt meine Klitoris pochen.

Xero bleibt, wo er ist, seine ausdruckslosen Augen leuchten aus den Tiefen seiner Kapuze. „Zieh alles aus."

Mit zitternden Fingern schiebe ich das Höschen bis zu meinen Knöcheln und lasse es dann zu Boden gleiten. „Ist das genug?"

„Alles", sagt er mit einer Stimme, die so leise ist, dass sie mich bis ins Mark erschauern lässt.

Zitternd ziehe ich meinen Pullover, mein Tanktop und meinen Sport-BH aus. Der Luftzug, der über meine Haut streicht, lässt eine Gänsehaut entstehen. Ich ziehe meine Knie an die Brust und umarme meine Schienbeine, damit dieser Geist mich nicht völlig entblößt sieht.

Von allen Dingen, über die ich mir Sorgen machen sollte, ist dies das Dümmste. Xero hat mich unzählige Male im Schlaf belästigt, weshalb er im Sexvertrag den Begriff ‚Somnophilie' unterstrichen hat.

„Spreize deine Beine", sagt er mit einer so bedrohlichen und tiefen Stimme, dass ihre Schwingungen in meinen Knochen widerhallen.

Jegliche Muskeln in meinem Körper spannen sich an. Ich kann mich nicht bewegen.

„Sofort", bellt er.

Mein Herz setzt mehrere Schläge aus, als ich meine Schenkel spreize. Ein kalter Luftzug streift meine erhitzte Haut und verstärkt den aufsteigenden Schrecken.

„Du wirst feucht, wenn du andere Männer siehst."

Der Vorwurf trifft mich mit einer Infusion eisiger Verzweiflung ins Mark.

„Nein."

Ich schüttle hektisch meinen Kopf. Dies ist das bösartige

Monster, das zu unaussprechlichen Gewalttaten fähig ist. Ich werde nicht zulassen, dass er diese Wut auf mich richtet. Oder auf Myra.

„Ich bin feucht, weil du uns vor diesen Raubtieren gerettet hast, und jetzt werden sie sehen, wie es sich anfühlt, vergewaltigt zu werden. Deine Macht macht mich an. Sonst nichts."

Als er innehält und scheinbar über meine Behauptung nachdenkt, hallen die Wände von den kehligen Geräuschen des unheimlichen Blowjobs wider.

„Braves Mädchen. Jetzt berühre dich selbst."

„Wie soll ich es machen?", flüstere ich und versuche, einen Funken von unseren morgendlichen Telefonaten wiederzubeleben.

„Tu es einfach. Jetzt", brüllt er.

Ich zucke zusammen, bevor ich meine Finger zwischen meine Schenkel gleiten lasse und reibe meine Klitoris. Sie ist bereits angeschwollen, nachdem ich dieses Schauspiel über mir beobachtet habe. Als einer der Männer etwas vor sich hin murmelt, widerstehe ich dem Drang, nachzusehen, ob Xero in rasende Eifersucht verfällt.

Ich drehe meine Brustwarzen zwischen den Fingern meiner freien Hand und zwinge mich, mich auf die Empfindungen zu konzentrieren und nicht auf den finsteren Geist. In meinem Innersten sammelt sich Lust, die dafür sorgt, dass mein Atem sich beschleunigt. Diese Erregung muss eine Art Stressreaktion sein, denn mir sollte schlecht sein.

Xeros blasse Augen bleiben auf meine gerichtet und brennen mit einer Intensität, die mich erzittern lässt.

„Als wir morgens telefoniert haben, hast du jedes Mal so schön für mich gestöhnt", sagt er mit vorwurfsvoller Stimme. „Warum schweigst du jetzt? War das alles nur Show?"

Scheiße. Nichts, was ich tue, scheint diesen Geist zufriedenzustellen. „Damals hatte ich keine Scheißangst. Ich hatte auch Spielzeug und du hast mir gesagt, was ich tun soll."

Zu dem Zeitpunkt saß er allerdings auch hinter Gittern, in einem Hochsicherheitsgefängnis, umgeben von bewaffneten Wärtern, ohne die geringste Chance, dass ich seine Fantasien in die Tat umsetze. Ich fühlte mich so besonders, das Interesse des berüchtigtsten Mannes im Gefängnis geweckt zu haben, und mächtig, weil er der heißeste Typ in den sozialen Medien war, und doch hat er mich allen anderen vorgezogen.

Diesen Teil lasse ich allerdings unausgesprochen. Myras Leben hängt an einem seidenen Faden.

„Brauchst du etwas Hilfe?", knurrt er.

„Ja, bitte."

Er lässt den Sack zu Boden fallen, was mich vor Schreck zusammenzucken lässt. Ich spüre, wie sämtliches Blut aus meinem Körper zwischen meine Schenkel schießt und das Pulsieren dort verstärkt.

„Was ist da drin?", frage ich.

„Sieh nach."

Jemand im Video kommt so laut, dass meine Ohren von seinem Vergnügen klingeln. Ohne es zu wollen, schaue ich auf und sehe, wie der Henker sein Sperma auf BJs Gesicht spritzt.

BJ dreht sich mit einem schreckverzerrten Gesicht zur Kamera um. „Warte. Ich will nicht sterben. Bitte. Hör auf."

In dem Moment wird das Video pausiert.

„Was ist als Nächstes passiert?", frage ich.

Xero zeigt mit einem knochigen Finger auf den Sack.

Ich erschaudere. „Werde ich den abgetrennten Penis von jemandem finden?"

Er schnippt mit dem Finger, und das scharfe Geräusch lässt mich erschauern.

„Ist ja gut", krächze ich.

Eisiger Schauer jagen mir über den Rücken und kalter Schweiß bricht auf meiner Haut aus. Mit angehaltenem Atem bewege ich mich zum Sack und schiebe meine Hand hinein. Das ist wie bei den Umschlägen, nur zehnmal makaberer, weil ich genau weiß, was mich erwartet.

Als meine Finger etwas Warmes und Fleischiges berühren, richten sich sämtliche Härchen auf meinem Körper auf und ich zucke zusammen. „Wessen Körperteile sind da drin?"

„Deine, wenn du weiterhin meine Zeit verschwendest", knurrt er.

Mit einem Kloß im Hals taste ich im Inneren herum und erschrecke bei den verdächtigen Texturen. Ich streife etwas, das mit grobem Haar bedeckt ist und leicht ein Hoden sein könnte. Übelkeit erfasst mich und ich zwinge mich, nicht zu würgen. Es ist noch warm von der Methode, die Xero verwendet, um Körperteile wie Gavins Finger zu konservieren.

Ich ignoriere es und taste nach etwas anderem, wobei ich auf etwas aus Silikon stoße. Ich ziehe es heraus und entdecke, dass es der Dildo ist, den Xero anfertigen ließ.

Erleichterung erfüllt meinen Körper, und ich halte ihn hoch und versuche, nicht triumphierend zu klingen. „Hier."

Er nickt. „Steck ihn in deine Muschi."

Dieses Mal widerspreche ich nicht. Ich spreize meine Schenkel und führe das Spielzeug über meine feuchten Schamlippen, um genug Feuchtigkeit zu sammeln, damit es leichter eindringt.

Gerade als ich mich mit dem Spielzeug penetrieren will, hebt Xero einen Finger. „Warte."

„Worauf?"

Er greift in die Tiefen seines Umhangs und zieht eine Metallstange heraus. Sie ist etwas mehr als einen halben Meter lang und an beiden Enden zugespitzt.

Mir wird flau im Magen und ich werfe einen Blick auf BJs starres Gesicht. Xero kann nicht ernsthaft wollen, dass ich mich damit aufspieße.

Als er den Metallpflock in die Dielen stößt, schreie ich auf. „Spielen wir ein Spiel. Du hast die Wahl zwischen dem Pfahl und dem Spielzeug."

Ich würde lieber in den Sonnenuntergang reiten, aber ich bezweifle, dass das eine Option ist. „Das Spielzeug", krächze ich.

„Gib ihn mir", sagt er.

Mein Atem beschleunigt sich und Schweißperlen treten mir auf die Stirn. „Sollte ich ihn nicht lieber festhalten?"

„Dann kannst du den Spieß reiten."

„Nein!", schreie ich und schleudere den Dildo durch den Raum

Xero fängt das Silikonspielzeug auf und befestigt es an der Spitze des Spießes. „Was hast du vor?", flüstere ich.

Er tritt einen Schritt zurück. „Reite es."

Ich schlucke. „Du willst, dass ich das Ding im Stehen ficke?"

„Tu es für Myra", antwortet er mit einem Grinsen.

Er hat recht. Wenn ich weiter zögere, wird das nur dazu führen, dass meine beste Freundin verletzt wird. Ich lege eine feuchte Handfläche an die Wand und richte mich langsam auf, aber selbst das erfordert jede Menge Willenskraft. Auf zitternden Beinen gehe ich zur Mitte des Raumes, wo sich der Spieß befindet.

Xero beobachtet mich aus dem Schatten, sein riesiger Körper ist ein unheimlicher Umriss in der Dunkelheit. Wenn ich mich von ihm wegdrehe, kann ich mir fast vorstellen, dass er nicht existiert.

Ich stelle mir vor, wie ich mit ihm ein Sexvideo drehe, gehe zu dem Spieß, hocke mich über den Dildo und schaue auf das Handy, das ich auf dem Boden liegen gelassen habe.

Ich senke meinen Körper und erschaudere, als die Spitze meine Schamlippen streift. Ein Teil von mir fragt sich, was zum Teufel ich da tue, wenn ich versuche, ein Sexspielzeug zu ficken, das an einem Metallspieß befestigt ist, der in die Dielen getrieben wurde, wo ich doch noch nie oben war.

Tatsächlich bin ich sexuell schrecklich unerfahren.

Mr. Lawson ließ mich denken, ich sei anspruchsvoll und unkonventionell, dabei war ich wirklich nur jung, naiv und begeistert, dass ein Mann seines Kalibers mir Aufmerksamkeit schenkte. Im Nachhinein wurde mir klar, dass der Sex mit ihm mittelmäßig war.

Wir haben auf seinem Schreibtisch, an Wänden, in Schränken und in den Umkleideräumen der Mädchen gevögelt, aber ich kann mich nicht daran erinnern, jemals durch Penetration zum Orgasmus gekommen zu sein. Zumindest nicht bis zu dem Tag, an dem er mich in seine Wohnung mitnahm und mir eine Abtreibungspille verabreichte.

Der Mistkerl hat mich geleckt und ich war so benommen von dem Orgasmus, dass ich den Cupcake gegessen habe, den er mir anbot, weil ich dachte, ich wäre auf dem Höhepunkt der Liebe.

Warum zum Teufel denke ich in diesem Moment an ihn? Weil ich wieder einmal in eine unangemessene Situation geraten bin.

„Beweg dich", knurrt Xero.

Er hat recht. Jetzt ist nicht der richtige Zeitpunkt, um über die Vergangenheit nachzudenken. Mr. Lawson hat meine Unschuld gestohlen, und als Gegenleistung für den Mord an unserem Baby habe ich ihm das Leben genommen. Wenn ich die Nacht überlebe, muss ich Xero zurück in die Hölle verbannen. Ich atme tief ein, lege eine Handfläche an die Wand, schiebe die Angst beiseite und positioniere die kühle Spitze des Dildos an meinem Eingang.

„So ist es richtig", murmelt er. „Fick mich, als ob du es ernst meinst. Gib mir eine Show, an die ich mich erinnern werde, mein kleiner Geist."

Ich gehe in die Hocke und lasse die pralle Spitze des Dildos durch meinen Eingang gleiten. Schauer laufen mir über den Rücken und lassen mich nach Luft schnappen.

„Aah", stöhne ich. „So habe ich es noch nie erlebt."

Ich schließe die Augen, als ich mich tiefer sinken lasse und der Dildo mit einer köstlichen Dehnung tiefer in meine Muschi eindringt. Xero tritt in meinen Blickwinkel, diese leuchtenden Augen brennen sich in meine Seele, während ich meine Hüften kreisen lasse und mich darauf konzentriere, es so angenehm wie möglich zu machen.

„Tiefer", knurrt er.

Der Befehl erfüllt mich mit dem Adrenalinschub, den ich brauche, um mich zusammenzureißen und das Silikon tiefer hineinzudrücken. Als der Dildo mich bis zum Anschlag ausfüllt, stöhne ich leise auf und meine Schenkel erzittern.

Alles in meinem Kopf dreht sich. Bei diesem Tempo glaube ich, dass ich ohnmächtig werde.

Ich schließe die Augen und bewege mich auf und ab, während ich mich mit dem unglaublich dicken Spielzeug ficke. Xero hat mir mehrfach versichert, dass es sich um eine lebensgroße Nachbildung seines Schwanzes handelt, aber kein Mann kann so groß sein.

Empfindungen überwältigen mich und mein Körper sprüht vor neuem Bewusstsein. Ich habe mich noch nie so lebendig gefühlt.

Ekstase erfüllt meinen Körper, während ich mich auf und ab bewege und einen angenehmen Rhythmus aufbaue. Ich bin mir nicht sicher, welcher Teil davon eine Bestrafung sein soll, aber ich schiebe diesen Gedanken beiseite.

„Härter", knurrt er. „Schneller."

„Ja", stottere ich und beschleunige mein Tempo, bis ich so hart und schnell reite, dass meine Brüste hüpfen.

Jeder Stoß lässt Funken auf meiner Haut sprühen, die ein Inferno in meinem Inneren entfachen, das mit jedem Stoß heller brennt. Ich bewege meine Hüften, sodass die Textur des Spielzeugs jede Lustzone trifft.

„Schmutziges Mädchen. Kein Schwanz wird dich jemals befriedigen, außer meinem eigenen."

„Ja", schreie ich.

Sein tiefes Lachen hallt durch den Raum und lässt jedes einzelne Haar auf meinem Körper zu Berge stehen. Der Teil von mir, der sich dieser wahnsinnigen Demütigung widersetzen will, muss nur einen Blick an die Decke werfen, wo BJs Bild in ständigem Schrecken erstarrt ist.

Das Video startet neu. BJ bettelt weiter um Gnade, während der Henker vom Bett aufsteht und in die Kamera starrt, wobei sich seine Brust vor postkoitaler Erschöpfung hebt und senkt.

„Herzlichen Glückwunsch, *Mr. Glick*", sagt Xeros körperlose Stimme. „Nimm deinen Preis entgegen."

Der Henker erstarrt. „Was soll ich damit machen?"

„Befrei die Welt von einem Vergewaltiger."

„Stephen, tu das nicht." BJ eilt aus dem Bild. Augenblicke später hört man einen schweren Schlag und er erscheint wieder im Bild.

„Ein Mann muss sterben, Mr. Glick", sagt Xero. „Du hast gerade das Recht gewonnen, zu entscheiden, wer es sein soll."

BJ stöhnt. „Stephen, lass mich nicht sterben. Nicht nach all dem Spaß, den wir zusammen hatten."

Mit verhärteten Gesichtszügen geht der Henker auf die Kamera zu. Er verschwindet für einen Moment und kehrt mit einer Henkersaxt zurück.

„Soll das ein verdammter Scherz sein?", brüllt BJ. „Du versuchst es nicht einmal, obwohl ich dir geholfen habe, zum viralen Hit zu werden?"

„Tut mir leid, Mann." Der Henker hebt die Waffe.

Mein Atem stockt und ich erstarre in meinen Bewegungen. Ich erwarte, dass Xero das Video anhält, aber es läuft weiter. Ein scharfer Stich in meinem Hintern lässt mich zusammenzucken. Ich drehe mich um und sehe, dass Xero nahe genug steht, um mich an der Kehle zu packen.

„Reite weiter", knurrt er, und seine Stimme vermischt sich mit BJs Schreien.

Angst erfüllt meine Brust. Keuchend stoße ich fester zu und achte darauf, meinen Blick keinen Moment von dem Bild abzuwenden. Der Druck in meiner Körpermitte steigt. Ich bin so kurz vor dem Höhepunkt, dass es wehtut.

BJ krabbelt rückwärts auf dem Bett, aber der Henker folgt ihm mit erhobener Axt.

„Stephen, um Gottes willen, bitte. Ich tue alles!" Der kleinere Mann drückt sich fest an die Wand.

Der Henker steigt auf die Matratze, die Muskeln seines Rückens zucken, als er seine Axt schwingt und die Klinge in Johnsons Kopf schlägt. Blut spritzt aus der Wunde und der Schock lässt mich augenblicklich kommen.

Ein Orgasmus durchfährt meinen Körper und lässt meine Beine so stark zittern, dass ich die Kontrolle verliere und auf den Boden kippe. Der Dildo und der daran befestigte Spieß fallen mit mir und lassen das Holz unter meinem Gewicht knarren und ächzen.

Ich lande auf meinen Händen und Knien, meine Muschi verkrampft sich um das dicke Silikonspielzeug. Ich komme immer wieder, während der Henker verzweifelt schluchzt. Was zum Teufel ist mit meinem Körper los? Was für ein Perverser findet es geil, einem Mann beim Sterben zuzusehen?

„Was habe ich getan?", schreit er.

Die Lautstärke wird runtergedreht und ich kann die Antwort nicht hören, da Xero näherkommt und mir ins Ohr knurrt: „Sag mir die Wahrheit. War alles, was wir erlebt haben, eine Lüge?"

Während ich darauf warte, dass die heftigsten Nachbeben abklingen, die ich jemals hatte, presse ich die Worte heraus: „Ich habe dir doch schon gesagt, dass ..."

„Nochmal", schnauzt er.

Ich senke den Kopf, sodass meine Stirn auf dem warmen

Holz liegt. „Alles, was ich gesagt habe, entsprach der Wahrheit. An diesem Tag bin ich zum Gefängnis gefahren, um dich zu heiraten, aber ich war wegen des Fotos und des Drohbriefs zu spät dran."

„Warum hast du dich nicht beeilt, um mir beizustehen?", fragt er.

„Xero, du warst hinter Gittern und nur Stunden vom Tod entfernt", schluchze ich mit keuchendem Atem.

„Habe ich dir nicht gesagt, dass wir für immer zusammen sein werden?"

Ich lache bitter. „Weißt du, wie viele Männer das jeden Tag sagen? Es ist nur romantischer Schwachsinn, von dem sie glauben, dass er billigere Dates, mehr Opfer und besseren Sex garantiert. Mein pädophiler Musiklehrer sagte, wir würden bis ans Ende der Zeit zusammen sein, aber er ist tot."

Xero antwortet nicht, wahrscheinlich weil er weiß, dass ich recht habe.

„Deshalb habe ich die Polizei gerufen", sage ich mit vor Verzweiflung heiserer Stimme. „Sie haben Teile meines Podcasts abgespielt und sind aus reiner Boshaftigkeit nicht gegangen, weil sie wollten, dass ich die Hochzeit verpasse."

Die Luft füllt sich mit dem Schluchzen des Henkers, aber es könnte genauso gut meins sein. Schon der Gedanke an diesen Tag drückt sich wie eine Ladung Ziegelsteine auf meine Brust, bis jeder Atemzug eine Anstrengung ist.

„Ich habe es vermasselt, Xero, aber du weißt, was mit mir passiert, wenn ich mit meiner Vergangenheit konfrontiert werde. Dieses Foto ... Es war schlimmer als alles, was ich mir hätte vorstellen können. Ich geriet in Panik. Ich wählte den Notruf. Wer auch immer es geschickt hat, hat zugesehen."

Xeros Schweigen trifft mich härter als ein Schlag in die Magengrube und lässt mich aufheulen.

„Sobald sie weg waren, bin ich zum Gefängnis gefahren, aber die Wärterin an der Tür sagte, dass dir das Besuchsrecht entzogen wurde." Meine Worte sind undeutlich unter meinen Schluchzern zu verstehen. Ich stottere, huste und durchlebe den Moment noch einmal, in dem diese Schlampe den Moment genoss, in dem sie dafür sorgte, dass meine Träume platzten.

Er antwortet immer noch nicht, und mein Herz zerbricht.

Nichts wird diesen Mann zufriedenstellen. Schuldgefühle erfüllen mich und entlocken mir ein schmerzerfülltes Stöhnen. Ich könnte mir genauso gut die Brust aufreißen und ihm mein Herz darbieten.

„Es tut mir leid, Xero. Ich verstehe, warum du so wütend bist." Ich atme schwer und versuche, einzuatmen, aber ich bekomme kaum Luft in meine Lungen. Ich greife nach meiner Brust und habe das Gefühl, dass sie von einem unsichtbaren Gewicht zerquetscht wird.

„Meinetwegen bist du allein gestorben." Meine Stimme versagt, und Tränen rinnen mir über die Wangen und fallen auf den Boden. „Wegen meines Versagens hast du dich während der letzten Stunden deines Lebens ungeliebt gefühlt. Wegen meiner Feigheit hattest du niemanden in deiner Nähe, der dein Leiden gelindert hätte."

Ich wiege mich hin und her und fülle den Raum mit meinen Schluchzern. „Ich will nicht daran denken, wie du ohne meine Unterstützung gelitten haben musst. Es zerreißt mir das Herz, mehr als du dir je vorstellen kannst."

„Ich wollte für dich da sein. Ich wollte unsere Liebe vollenden. Ich wollte wissen, wie es sich anfühlt, mit der einzigen Seele auf der Welt verbunden zu sein, die meine vervollständigt." Ich schlage mit den Fäusten auf meine Schenkel, aber der Schmerz ist nichts im Vergleich zu der Qual, die mein Herz zerreißt. „Ich habe mich danach gesehnt, habe mich nach dir gesehnt, aber ich habe alles ruiniert."

„Dieser Fehler wird mich bis zu meinem Tod verfolgen." Ich breche zusammen und schlage mit der Stirn auf den Boden, mein Körper zittert vor Kummer. „Wenn du mich bestrafen willst, da tue es. Aber bitte verschone Myra. Ich habe ihr das Manuskript gegeben, und sie wusste nicht, dass deine Hintergrundgeschichte real ist. Ich habe dich betrogen, nicht sie."

Als ich noch immer keine Antwort erhalte, hebe ich den Kopf, öffne ein Auge und bereite mich auf die Wucht seiner Rache vor.

Aber er ist weg.

SECHSUNDVIERZIG

Bundesgefängnis Alderney.

Liebe Amethyst,

Ich verstehe, dass du dein zweites Manuskript noch nicht überarbeitet hast, aber ich brenne darauf, zu erfahren, wie es weitergeht. Wenn es nicht zu viel verlangt ist, würde ich es gerne lesen.

Man sagt, dass Autoren ein Stück ihrer Seele in ihre Arbeit stecken, was sie umso wertvoller macht. Ich bin nicht nur von deiner Geschichte begeistert, ich bin begierig darauf, einen weiteren Einblick in deine Seele zu erhalten. Aber ich will dich damit nicht unter Druck setzen. Wenn die Antwort nein lautet, werde ich das erste Buch von *Rapunzelita* noch einmal lesen und deine anmutige Schreibkunst genießen.

Der Abschlusslauf ist eine Prüfung, die Elemente eines Hindernislaufs mit dem Stiertreiben vermischt. Die Schüler der Akademie müssen Sprengfallen überwinden und gegeneinander antreten, um die Akademie verlassen und bezahlte Attentäter werden zu können. Denkt an einen gewissen beliebten dystopischen Film, in dem sich Teenager gegenseitig umbringen, um zu überleben.

Am Morgen der Prüfung stiegen wir in gepanzerte Fahrzeuge und wurden zu einem Industriekomplex gefahren. Unsere Anweisung lautete, Dreiergruppen zu bilden, im Labyrinth nach versteckten Geldbörsen mit Wertmarken zu suchen und uns quer durch die Stadt zu einem bestimmten Ort zu begeben.

Das Spiel schien einfach zu sein, bis wir merkten, dass es nur genug Geldbörsen für drei Viertel der Gruppen gab, wodurch wir einander bekämpfen mussten.

Wir waren unbewaffnet, aber in der Arena lagen jede Menge Waffen herum. Uns wurde schnell klar, dass unsere Ausbilder wollten, dass wir kämpften.

Ich hatte mich bereits mit zwei anderen Jungen zusammengetan, die ich aus der vorherigen Einrichtung kannte, und wir schafften es, eine Geldbörse zu erbeuten, ohne andere Gruppen zu verletzen. Als wir jedoch den Inhalt überprüften, enthielt sie nur zwei Wertmarken.

In dem Moment wurde uns klar, dass unsere Ausbilder wollten, dass wir uns gegenseitig bekämpfen. Ich sollte gegen Jungs kämpfen, die ich seit meinem zehnten Lebensjahr kannte. Das war unmöglich. Stattdessen beschlossen wir, eine andere Geldbörse zu finden und die zusätzliche Marke dem anderen Trio von Jungs aus unserer Einrichtung zu überlassen.

Es war spät und einige erfolgreiche Paare waren bereits gegangen und hatten tote Teamkollegen oder Überlebende zurückgelassen, die sich zusammengetan hatten, um Geldbörsen zu finden.

Was als Spaßübung begann, wurde zu einem Blutbad. Eine Rückkehr zur Akademie war keine Option. Unsere Ausbilder hatten klargemacht, dass diejenigen, die versuchten zu fliehen, mit tödlichen Konsequenzen rechnen müssten.

Am Ende hatten die Jungen, die wir retten wollten, eine Gruppe von Mädchen in die Enge getrieben. Sie hatten bereits eine von ihnen getötet, um an ihre Geldbörse zu kommen, aber sie hatten sich entschieden, mit den anderen ‚Spaß‘ zu haben.

Die Wut, die in meinem Herzen geschwelt hatte, kehrte zurück. Ich erinnerte mich an die Lolita-Mörderinnen, die ich als schwach abgetan hatte, sowie an die Berichte meiner Schwester, dass sie von meinem jüngsten Bruder belästigt worden war. Ich stürmte los und sorgte für einen viel schnelleren Tod, als sie verdient hatten.

Es gab jetzt vier Marken und fünf Schüler, aber ich war nicht mehr in der Stimmung, noch jemanden zu töten. Ich gab den Mädchen die Marken, die sie gefunden hatten, und sagte ihnen, dass ich einen Weg finden würde.

Fragen der Fans:

Seit ich inhaftiert bin, habe ich mehr Zeit für alte und neue Hobbys. Ich habe zum Beispiel schon immer gerne gelesen, und die Gefängnisbibliothek enthält eine Vielzahl von Klassikern. Vor kurzem habe ich mit der Fotografie angefangen und mache besonders gerne Selbstporträts. Es macht mir Spaß zu wissen, dass die Bilder, die ich mache, als Greenscreen-Hintergründe für den Fanclub verwendet werden.

Ja, ich weiß von der kleinen Gemeinschaft, die in den Pariser Katakomben lebt, und wurde einmal fast von einem Mann ausgeraubt, der behauptete, ihr Anführer zu sein. Ich glaube, dass seine Behauptungen erlogen waren. Als ich ihn entwaffnete, schrie er wie ein Idiot um Gnade.

In Liebe
Xero

SIEBENUNDVIERZIG

AMETHYST

Ich lag die ganze Nacht auf dem Holzboden und war völlig fertig, weil ich mich über Xeros Bestrafung und meine Reaktion auf BJs brutalen Mord Sorgen machte. Er brachte mich zu einem Höhepunkt, der einem Snuff-Film in nichts nachstand. Ich ritt den Dildo, als wäre es der letzte Schwanz auf Erden, und ein Teil von mir genoss meine Demütigung.

Xero verfolgt nicht nur mein Leben, er untergräbt auch meine Moral. Er macht aus mir jemanden, der nicht nur in Notwehr tötet, sondern auch noch auf den Anblick des Todes steht.

Nein, das tue ich nicht.

Tatsächlich bin ich so angewidert von mir selbst, dass ich am liebsten im Boden versinken und den Rest meines Lebens im Kriechkeller verbringen würde. Das Einzige, was mich davon abhält, für immer zu verschwinden, ist der Gedanke, dass Myra ein ähnliches Schicksal wie diese Männer ereilen könnte.

Ich muss aufstehen, mich säubern und sicherstellen, dass Xero seinen Teil der Abmachung einhält.

Sonnenlicht strömt durch den Türspalt, als ich den Mut aufbringe, mich zu bewegen und den Griff der Eingangstür zu betätigen. Als ich feststelle, dass sie unverschlossen ist, lasse ich mich dagegen fallen und meine Knie geben vor Erleichterung nach.

Als ich nach oben eile, um unter meinem Kopfkissen nachzusehen, kann ich erleichtert feststellen, dass er mir diesmal kein Souvenir hinterlassen hat. Vielleicht denkt Xero, dass er mich genug terrorisiert hat?

Ich dusche, ziehe mich an und schnappe mir meine Autoschlüssel. Der Tank ist noch voll genug für eine Fahrt quer durch die Stadt. Ich muss meinen Sprit rationieren, denn ich bekomme mein Taschengeld am Ende des Monats, also in etwas mehr als einer Woche.

Myra wohnt in einem Apartmenthaus in der Innenstadt mit einem Concierge. Ich bin kein Fan ihrer Mitbewohner, denn sie sind mir unheimlich, und ich bin mir sicher, dass sie ihren Mist nur toleriert, weil sie ihr erlauben, mietfrei zu wohnen.

Ich versuche es an ihrer Tür, aber ein großer Mann im Anzug öffnet und sagt, dass sie zur Arbeit gegangen ist. Mein Herz setzt einen Schlag aus. Das muss doch ein gutes Zeichen sein, oder? Um nicht mit fast leerem Tank nach Hause fahren zu müssen, laufe ich ein paar Blocks weiter zum *Wonderland*, wo ich sie beim Staubsaugen der Schaufensterauslage antreffe.

„Myra?" Ich klopfe an die Scheibe.

Ihr Kopf schießt nach oben und sie erstarrt für mehrere Augenblicke, ihre Augen weiten sich, ihr Atem beschleunigt sich. Dann verwandelt sich ihr fassungsloser Gesichtsausdruck in Angst und sie eilt zur Tür.

Mit zitternden Fingern dreht sie das Schloss um und zieht mich dann in eine Umarmung. „Es tut mir leid", schluchzt sie. „Ich hätte auf dich hören sollen."

„Was ist passiert?", murmele ich in ihr Haar.

„Es ist überall in den Nachrichten und in den sozialen Medien. Der gut bestückte Mann hat Dick Johnson ermordet und sich dann vom Balkon erhängt."

Ich schrecke zurück und schnappe nach Luft. „Was meinst du damit?"

Sie zieht mich hinter sich her in den Laden. „Kannst du dich daran erinnern, was nach der Buchmesse passiert ist?"

„Meine Erinnerung ist lückenhaft", sage ich mit belegter Stimme. „Warum?"

„Der gut bestückte Mann hat aus Dick Johnsons Hotelzimmer live gestreamt und gesagt, er hätte es versaut. Er hat eine Menge abscheulicher Dinge gestanden ...“

„Was zum Beispiel?“

Myra geht um den Tresen herum und lässt sich auf den Sitz fallen. Ich folge ihr mit rasendem Herzen. Ist es falsch, dass ich mir mehr Sorgen darüber mache, ob der Henker unsere Namen erwähnt hat, als über seinen offensichtlichen Selbstmord?

Sie fährt sich mit zittriger Hand durch ihr rotes Haar. „Die Plattform löscht seine Videos immer wieder, aber ich erinnere mich an Folgendes: Er forderte Nacktbilder von Minderjährigen und traf sich sogar mit einigen von ihnen im echten Leben. Er und Dick Johnson gingen zusammen auf Buchmessen, einigten sich darauf, welche Frauen sie ins Visier nehmen wollten, und luden sie zu ‚Drinks‘ in Dicks Hotelzimmer ein.“

Ich bin verblüfft, wie gehässig sie das letzte Wort ausspricht. „Klang er gezwungen?“

„Eher betrunken und verrückt“, antwortet sie kopfschüttelnd. „Es tut mir leid, dass ich nicht angerufen habe, aber ich bin in den falschen Klamotten aufgewacht und hatte keine Erinnerung an die vergangene Nacht. Ich dachte, das Schlimmste, bis mir klar wurde, dass ich mich da unten nicht komisch fühlte.“

Ich nicke und runzle die Stirn. „Du bist zu Hause aufgewacht?“

„Ja, aber ich kann mich nicht daran erinnern, wie ich zurückgekommen bin.“ Sie greift nach meiner Hand und schluckt, unfähig, mir in die Augen zu sehen. „Hat sich irgendetwas ... Hast du ... Hast du dich ... seltsam gefühlt?“

„Nein.“ Ich schüttle zur Bekräftigung den Kopf. „Nur Kopfschmerzen.“

Sie stößt einen tiefen Atemzug aus. „Gut. Sieht so aus, als hätten wir einen Schutzengel. Ich meine, was wäre, wenn der Henker statt Dick uns umgebracht hätte?“

„Es war Xero.“

Ihr Kopf schießt in die Höhe. „Amethyst ...“

„Frag mich nicht, ob ich meine Medikamente genommen habe, denn ich habe aufgehört. Sie wirken nicht und machen mich nur schläfrig. Bevor du fragst, ich werde nicht zu meiner Ärztin zurückkehren, weil sie mit meinen Eltern unter einer

Decke steckt, um zu verhindern, dass ich einen klaren Verstand habe."

Bei meinen Worten runzelt sie die Stirn. „Du willst also sagen, dass wir von einem Schutzgeist gerettet wurden?"

„Du musst mir nicht glauben, aber Xero will nicht, dass das Manuskript veröffentlicht wird."

„Es ist weg", murmelt sie und lässt die Schultern hängen.

„Was meinst du damit?"

„Als ich aufwachte, war es nicht mehr in meiner Handtasche."

„Wie lautet deine Erklärung dafür?"

Myra senkt den Kopf. „Ich will mich nicht streiten, okay? Aber ich kann nicht glauben, dass ein Mann, dessen Hinrichtung in sämtlichen Medien bekannt gemacht wurde, von den Toten auferstanden ist, um dich davon abzuhalten, dieses Buch zu veröffentlichen. Sei mir nicht böse, wenn ich das sage, aber es ist so ... verrückt."

„Was haben Kayla, Gavin, Dick Johnson und der gut bestückte Mann gemeinsam?"

Sie seufzt, und ihr ganzer Körper erschlafft. „Hör zu, ich bezweifle nicht, dass jemand dein Leben durcheinanderbringt, aber es kann nicht Xero sein."

„Wie kommst du darauf?"

„Zunächst einmal war er noch im Gefängnis, als du das Foto von dir als Kind erhalten hast."

„Aber er hat mir viele Dinge per Post geschickt", antworte ich.

„Warum sollte er sich gegen dich wenden und so etwas wenige Stunden, bevor ihr heiraten wolltet, per Post schicken? Kein Mann in der Geschichte hat jemals absichtlich seine Chance auf Sex sabotiert."

„Gut", murmele ich. „Vielleicht hat tatsächlich nicht er dieses Foto geschickt, aber da ist eine vermummte Gestalt ..."

„Hast du sein Gesicht gesehen?", fragt sie.

„Nein, aber er klingt genau wie Xero."

„Eine tiefe, sexy Stimme wie die von Dick Johnson?", fragt sie.

„Ich kann mich nicht daran erinnern, dass der Typ auch nur

im Entferntesten attraktiv geklungen hat", murmele ich und zucke dann zusammen, weil ich gerade schlecht über einen Toten gesprochen habe. Aber vielleicht sollte man diese Höflichkeit nicht auf einen Vergewaltiger ausdehnen.

„Erzähler klingen nicht immer wie sie selbst. Sie haben Stimmlagen und können alles von Jungen bis zu alten Männern darstellen."

„Dick Johnson ist nicht mein Stalker", murmele ich. „Er war zu schmächtig."

„Aber der gut bestückte Mann war es nicht", sagt sie.

Ich schüttle den Kopf. „Wann hat er sich erhängt?"

„Du weichst meiner Frage aus. War der gut bestückte Mann genauso groß wie diese Gestalt?"

„Ja, aber er ist nicht der Geist. Es ist Xero." Ich werde mich von ihr nicht umstimmen lassen. Ich kann nicht. Nicht nach allem, was ich gesehen habe.

Myra krümmt sich und schluchzt. „Entschuldigung ... Ich kann gerade nicht."

Ich lege ihr eine Hand auf die Schulter, und mein Inneres verkrampft sich vor Schuldgefühlen. Menschen mit einem normalen Gehirn können es sich nicht vorstellen, dass hingerichtete Mörder von den Toten auferstehen, um zu dunklen Rächern zu werden. Ich selbst habe Mühe mit diesem Konzept, aber ich kann nicht leugnen, dass Xero da draußen ist, der mich sowohl vor dem Bösen schützt als auch mich zum Schwitzen bringt.

„Ist schon okay. Kann ich irgendetwas für dich tun?"

„Nun ... ich fühle mich einfach nur überfordert ... Ich glaube, ich brauche ein wenig Abstand."

———

Als ich nach Hause fahre, wiegt mein Herz so schwer wie Blei, und ich frage mich, ob Myra mich für all die Todesfälle verantwortlich macht. Sie hat mich einmal gefragt, ob meine Gedächtnislücken auf eine multiple Persönlichkeit zurückzuführen sind, aber ich habe diese Idee rasch abgetan.

Aber was, wenn sie recht hat? Was, wenn ein Selbstjustizler in meinem Hinterkopf wohnt, bereit, mich vor allen Raubtieren zu verteidigen? Selbst wenn das möglich wäre, könnte ich niemals zwei Männer dazu bringen, sich gegenseitig anzugreifen. Ich schüttle den Kopf, da ich nicht genug über die Krankheit weiß, um auch nur zu spekulieren.

Eines ist sicher: Myra mag es nicht wahrhaben wollen, dass Xeros Geist real ist, aber sie kann seine Eskapaden verdammt noch mal nicht leugnen.

Bei diesem grausamen Gedanken läuft mir ein Schauer über den Rücken. Menschen zu ermorden und zu verstümmeln sollte nicht so frivol beschrieben werden. Habe ich denn gar nichts aus der letzten Nacht gelernt?

Mittlerweile haben die Polizeifahrzeuge den Parisii Drive verlassen, aber das Auto vor Nummer 11 steht immer noch da. Ich bin versucht, die Plakate herunterzureißen, aber ich will keine unnötige Aufmerksamkeit auf mich ziehen.

Als ich die Tür aufschließe, tritt eine große Gestalt aus Nummer 15.

Ich beeile mich, hineinzugehen, für den Fall, dass es Reverend Tom ist. Es hat keinen Sinn, den Priester mit meinem chaotischen Leben zu belasten.

Ich gehe in die Küche und stelle fest, dass das Chaos beseitigt und der Kühlschrank mit Lebensmitteln gefüllt ist. Im Sexvertrag, der auf dem Tisch liegt, wurden zwei neue Wörter unterstrichen: Gehorsam und Voyeurismus.

Darunter wurde mit brutroter Farbe ein weiteres Wort hinzugefügt: Erotophonophilie.

„Was zum Teufel soll das überhaupt bedeuten?", schnauze ich.

Xero antwortet nicht, aber ich schwöre, ich höre ihn lachen. Ich drehe mich im Kreis und frage mich, ob mein Verstand ihn zu den Menschen hinzugefügt hat, die ich halluziniere.

Als ich in den *Green Room* zurückkehre, waren die Dielen bereits repariert und es gibt keine Anzeichen für den Metallspieß. Ich nehme meinen Laptop und gehe damit nach oben, nur um festzustellen, dass er vollständig aufgeladen und mit dem Internet verbunden ist.

Sogar mein Handy liegt wieder auf dem Nachttisch.

In den nächsten Tagen kehrt Ruhe ein. Ich bleibe zu Hause

und möchte nichts über die Mord-Selbstmordgeschichte lesen. Es passt nicht zusammen. Der Henker wollte die Nacht unbedingt überleben und brachte deshalb seinen Komplizen mit einer Axt um. Warum zum Teufel sollte er eine Reihe von Gräueltaten gestehen, bevor er Selbstmord begeht?

Mein Verstand beschwört die unaufgeforderte Antwort herauf: Weil er eine andere Art von Monster war.

Was, wenn er Schuldgefühle hatte, weil er gezwungen war, seinen Freund zu töten? Das ist es, was Menschen, die nicht so sind wie wir, tun. Sie fühlen Dinge. Ich schüttle diesen nervigen Gedanken ab. Ich habe etwas gefühlt, nachdem ich Jake und Mr. Lawson getötet hatte, aber es war keine Reue. Eher Angst, erwischt zu werden.

Ich gehe die Dateien auf meinem Laptop durch und stelle fest, dass Xero das Manuskript der Geistergeschichte zurückgegeben hat. Am Ende steht ein Satz, den ich nicht geschrieben habe: *Wie kann ich auf jemanden wütend sein, der so schön und talentiert ist? Du hast meine Erlaubnis, Fantasien darüber zu schreiben, wie du willst, dass ich dich nachts beglücke.*

„Arschloch", murmele ich und lösche seine Worte, aber das hält mich nicht davon ab, die Geschichte fortzusetzen.

In den nächsten Tagen lässt Xero mich in Ruhe schreiben. Ich ignoriere jedes Klopfen an der Tür, da ich weiß, dass es entweder die Polizei oder Reverend Tom ist, der nach mir sehen will, da er sich wahrscheinlich Sorgen wegen meines verletzten Halses und meines Verhaltens im Supermarkt macht, als ich verzweifelt nach Weihwasser und Wodka verlangte.

Ich gab der Versuchung nach, schlug das Wort ‚Erotophonophilie' nach und erschauderte. Es ist ein Fetisch, bei dem man Lust durch den Mord an anderen empfindet. Es war überhaupt nicht erotisch, dem Henker dabei zuzusehen, wie er Dick Johnson ermordet. Wenn ich zum Höhepunkt kam, dann nur, weil Xeros Dildo die richtigen Stellen traf. Mehr nicht.

Inzwischen hätten die Mordermittler Myra und mich auf den Überwachungsvideos von der Ausstellung, der Limousine und dem Casino finden müssen. Sie werden uns beide zu den Ereignissen in der Nacht der Buchmesse befragen wollen.

Aber niemand ruft mich an und ich tätige auch keine Anrufe. Ich verlasse nicht einmal das Haus.

In vielen Nächten wache ich auf und spüre eine Präsenz in meinem Rücken. Ich traue mich nicht, mich umzudrehen oder das Licht einzuschalten. Das hat bei Amor und Psyche nicht funktioniert. Stattdessen lege ich mich auf die Seite, entspanne mich in der warmen Umarmung und schlafe wieder ein.

Es fühlt sich an, als hätten wir einen Waffenstillstand erreicht. Jetzt, da ich es aufgegeben habe, seine Geschichte verbreiten zu wollen, ist er keine Bedrohung mehr. Zumindest nicht für mich.

Eines Abends, als ich der erotischen Geisterromanze den letzten Schliff gebe, werde ich durch ein hartnäckiges Klopfen an der Tür unterbrochen. Ich ignoriere es und konzentriere mich auf das Manuskript, aber wer auch immer draußen ist, schaltet einen Bohrer ein.

Mit rasendem Herzen renne ich die Treppe hinunter in die Küche und hole ein Messer. Ich schließe die Hintertür auf und trete nach draußen, als zwei maskierte Männer in Schwarz auf dem Hinterhof auftauchen.

„Da bist du ja", sagt einer von ihnen.

Ich weiche einen Schritt zurück. „Wer seid ihr? Was wollt ihr?"

Der eine wendet sich an seinen Freund. „Seltsam, nicht wahr?"

„Ich habe sie noch nie so verängstigt gesehen", antwortet er lachend.

Mir dreht sich der Magen um. Sie sind nicht von der Polizei. Polizisten würden über die Angst eines Kriminellen nicht lachen. Es müssen Online-Trolle sein. Oder Fans von BJ und dem Henker, die auf Rache aus sind.

Ich richte mein Messer auf die beiden. „Bleibt zurück oder ich schlitze euch die Kehlen auf."

„Unheimlich", sagt einer von ihnen.

„Sexy." Der eine schlägt lautstark die Zähne zusammen, sodass ich zusammenzucke.

Ich weiche in den Flur zurück, wobei ich das Messer vor mir schwinge, um die Eindringlinge auf Abstand zu halten, nur um gegen einen großen Körper zu stoßen. Kräftige Arme schlingen sich um meine Taille und heben mich hoch.

„Du kommst mit uns, Puppe", knurrt der Mann mir ins Ohr. „Aber zuerst will ich kosten."

Ich öffne den Mund, um zu schreien, aber eine behandschuhte Hand hält ihn zu.

Als ich das Messer nach hinten schwinge und treffe, brüllt er.

Derjenige, der die Zähne zusammengeschlagen hat, stürzt nach vorn, um mein Handgelenk zu packen, und ein anderer schlägt mir gegen die Schläfe. Der Schmerz explodiert in meinem Schädel und ich sehe Sterne.

„Schlampe." Er packt meinen Hals und drückt zu.

„Tu das nicht", höre ich einen von ihnen durch den Schleier der Qual sagen.

Er stößt ein spöttisches Schnauben aus. „Der Boss wird es nicht erfahren, wenn du nicht den Mund aufmachst."

„Was ist mit den Körperkameras, Arschloch?"

„Schalt sie aus", knurrt er.

Der Mann, der mich festhält, drückt mich mit meiner Vorderseite so fest gegen den Küchentisch, dass das Holz unter mir knirscht. Ich strample und versuche, mich zu befreien, aber er ist zu stark, zu schwer, zu entschlossen, mir eine Lektion zu erteilen. Drei Männer in Schwarz umringen mich, jeder fasst sich in Erwartung einer Show in den Schritt.

Mein Magen verkrampft sich. Das darf nicht wahr sein. „Xero!", schreie ich, in der Hoffnung, dass meine Stimme ihn in der Hölle erreicht.

„Halt verdammt noch mal die Klappe." Der Mann schlägt mir auf den Hinterkopf, sodass mein Gesicht gegen das Holz prallt.

Ich liege auf dem Küchentisch, meine Sicht ist verschwommen von den Tränen. Wer könnte mich so sehr hassen, dass er mich von einer Gruppe Männer so behandeln lässt?

Der Drang, meine Augen zu schließen, ist überwältigend. Wenn Myra recht hat und ich eine zweite Persönlichkeit habe, die hinter meinem Rücken Menschen ermordet, dann soll sie die Kontrolle übernehmen.

Gerade als der Mann, der mich am Tisch festhält, meine Leggings herunterreißt, erhasche ich einen Blick auf eine Bewegung am Rande meines Blickfeldes. Der Schrank unter der Treppe öffnet sich und ein großer Mann tritt heraus.

Sein Haar ist so hell, dass es fast schon platinblond ist, und seine eisblauen Augen funkeln vor Wut.

Es ist Xero, der vollkommen lebendig und höllisch wütend aussieht. Und er hält eine Henkersaxt in der Hand.

ACHTUNDVIERZIG

Bundesgefängnis Alderney.

Liebe Amethyst,

Ich kann dir gar nicht genug für den nächsten Teil von *Rapunzelita* danken. Du sagst, er sei ungeschliffen, aber mir gefällt dein Schreibstil. Er spiegelt deine sonnige Persönlichkeit wider und gibt mir einen tieferen Einblick in die Abläufe in deinem Kopf. Was ich bisher gelesen habe, hat mir sehr gut gefallen.

Die anderen Jungs waren schockiert, dass ich meine Freunde kaltblütig getötet hatte, aber sie verstanden zum Teil, was meinen Zorn ausgelöst hatte. Ich ließ sie glauben, dass ich es nur getan hatte, um diese Mädchen vor Übergriffen zu schützen. Meine Emotionen waren zu stark, um meine Theorien darüber, was die jungen Mädchen in unserer Einrichtung durchgemacht hatten, mitzuteilen.

Du hast recht, wenn du sagst, dass ich wenig Erfahrung mit der Außenwelt hatte, aber mein Wissen darüber war umfangreich. Der Unterricht an der Akademie hat mich mit allem ausgestattet, was ich zum Überleben brauchte.

Ich folgte der Gruppe aus der Ferne, um sicherzustellen, dass sie sicher an der angegebenen Adresse ankamen, die zufällig der

Hauptsitz der Firma war. Er befindet sich auf einem verlassenen Parkplatz am Stadtrand von Beaumont City. Mit den Marken konnte man ein Drehkreuz öffnen, das meiner Meinung nach zu einem Eingang führte.

Nachdem ich gesehen hatte, wie sie durch die Tür verschwanden, kehrte ich zu den Industriegebäuden zurück, um mich denjenigen anzuschließen, die überlebt, aber keine Marken gefunden hatten, um zur nächsten Stufe überzugehen. Wir waren sieben, mich eingeschlossen. Alle waren hungrig, müde und in unterschiedlichem Maße verletzt.

Bewaffnete, die wir nicht kannten, befahlen uns, in den hinteren Teil eines Fahrzeugs einzusteigen. Ich hatte bei der Suche nach den Geldbörsen Überwachungskameras entdeckt und war nicht überrascht, als ich sah, wie scheinbare Agenten aus versteckten Türen kamen.

Ich fragte sie, ob sie uns zur Akademie zurückbringen würden, und bekam einen Schlag mit dem Gewehrkolben. In den vier Jahren, in denen ich dort gelebt hatte, war noch nie ein Student von einem Abschlusslauf zurückgekehrt. Die Agenten teilten uns mit, dass wir den Rest unserer Karriere bei den Moirai verbringen und hinter den Elite-Attentätern aufräumen würden.

Eine Stunde später wurden wir in das Hausmeisterprogramm aufgenommen. Als neue Rekruten lernten wir, wie man Leichen beseitigt, forensische Beweise vernichtet und Tatorte säubert.

Unsere Arbeit wurde von einem Arschloch kontrolliert, der sich ,der Reiniger' nannte und sich daran ergötzte, uns für die kleinsten Fehler zu verspotten und lächerlich zu machen. Der Unterschied zwischen mir und ihm war, dass ich nicht mit Absicht keinen Abschluss gemacht hatte. Es war nicht zu leugnen, dass er die Welt für sein Versagen verantwortlich machte.

Wir schliefen in schmalen Etagenbetten in einem großen Wohnmobil, das darauf ausgelegt war, unseren Kampfgeist zu brechen, und unsere Rationen waren halb so groß wie die, die wir in der Akademie erhalten hatten. Diejenigen, die den hohen Ansprüchen von dem ,Reiniger' genügten, erhielten die Möglichkeit, leichtere Arbeiten in der Zentrale zu übernehmen, wo es Aufstiegsmöglichkeiten in den Bereichen Instandhaltung, Sicherheit, technischer Support und Medizin gab.

Du fragst dich vielleicht, warum die Moirai es zuließen, dass Versager weiteratmen durften. Keine Geheimgesellschaft würde lange verborgen bleiben, wenn sie Außenstehende für niedere Arbeiten beschäftigen würde. Die Rekrutierung aus der breiten Öffentlichkeit ist ein todsicherer Weg, um von Spionen und Strafverfolgungsbehörden infiltriert zu werden.

Die Firma ist eine gewinnorientierte Organisation, die ein Vermögen dafür ausgegeben hat, uns von Kindheit an mit Kleidung, Essen und Unterkunft zu versorgen, ganz zu schweigen von der ganzen Spezialausbildung. Ihre Führungskräfte haben einen Weg gefunden, eine Rendite auf ihre Investitionen zu garantieren. Wie, das erkläre ich im nächsten Brief.

Ich habe alles getan, um mich bei diesem Bastard einzuschmeicheln.

Wenn ich Zugang zum Hauptquartier bekäme, könnte ich mich rächen.

Fragen der Fans:

Ich habe endlich die anderen Todestraktinsassen kennengelernt. Letzten Sonntag hat mir der Gefängnisdirektor erlaubt, den Seelsorger zu besuchen, und es ist die Rede von einem Basketballteam und einem Buchclub. Ich danke euch, Fans, von ganzem Herzen für euren Einsatz für unser Wohlergehen.

Mein Lieblingsautor ist Dickens, dessen Gesellschaftskritik heute noch genauso wahr ist wie zu seiner Zeit. *Große Erwartungen* und *Oliver Twist* haben einen besonderen Platz in meinem Herzen. Seine Schreibkunst ist einfach genial und deine, meine Liebe, ist genauso fesselnd. Das Einzige, was auf meiner Wunschliste steht, ist, dein Manuskript gedruckt zu sehen.

In Liebe

Xero

NEUNUNDVIERZIG

AMETHYST

Unglaube erfüllt mich beim Anblick eines Mannes, den ich für tot hielt. Xero kommt aus dem Schrank unter der Treppe hervor, sein Gesicht kommt mir erstaunlich bekannt vor, allerdings sind die Piercings verschwunden. Imposant, muskulös und platinblond, mit markanten Wangenknochen und stechend blauen Augen.

Mein Herz flattert vor Hoffnung, die in einem Freudenausbruch anschwillt. Er sieht aus wie ein Engel, eine Vision, nach der ich mich in meinen dunkelsten Momenten gesehnt habe.

Der Mann, der mich auf den Tisch drückt, versetzt mir einen Schlag auf den Arsch, aber ich bin zu benommen vom Schock, Xero zu sehen, um zusammenzuzucken. Xero kommt mit der Anmut eines Raubtiers in die Küche, hebt die Axt und lässt sie auf den Schädel eines Zuschauers niedersausen.

Mit einem gequälten Brüllen sinkt der Mann auf die Küchenfliesen und zieht die Aufmerksamkeit der anderen drei auf sich.

Als der Vergewaltiger sein Gewicht teilweise von mir nimmt, zucke ich zurück, um ihm meinen Ellbogen in den Magen zu rammen, aber er stürmt bereits auf Xero zu.

Alle drei Männer stürzen sich auf ihn, und ich suche auf dem Küchenboden nach dem Messer, das sie mir aus der Hand gerissen haben. Mein Kampf-oder-Flucht-Modus erfüllt mich und drängt mich dazu, mich zu bewegen.

Xero lebt.

Aber er ist umzingelt.

Ich muss ihm helfen, um die Chancen auszugleichen.

Ich husche um die Männer herum, greife nach dem heruntergefallenen Messer und suche nach einer Möglichkeit, Xero zu helfen. Einer der Angreifer stolpert zurück und ich steche ihm in den Rücken. Die Klinge bohrt sich zwischen seine Rippen und lässt ihn herumwirbeln. Bevor er zuschlagen kann, stürmt eine Gestalt aus dem Nichts auf mich zu.

Es ist Mr. Lawson, und er ist stinksauer. Seine runde Brille sitzt schief, die Gläser sind zerbrochen. Seine knochigen Gesichtszüge verziehen sich zu einer unheilvollen Grimasse.

Schock trifft mich in den Bauch, und ich taumle rückwärts. „Amethyst Crowley", brüllt mein Peiniger über den Lärm des Kampfes hinweg.

Dann taumelt er.

Der gesunde Menschenverstand sagt mir, dass ich halluziniere, dennoch erfüllt mich eine Welle kalten Terrors, die die Kontrolle übernimmt und mich an Ort und Stelle festnagelt.

Eine Faust trifft meine Schläfe und löst eine Explosion von Schmerzen aus, die mich zur Tür fliegen lässt. Für den Bruchteil einer Sekunde denke ich, dass das Mr. Lawsons Werk ist, aber dann greift der Mann, dem ich das Messer in den Rücken gerammt habe, nach meiner Kehle.

Xero stößt ihn zur Seite und brüllt: „Lauf!"

Ich rapple mich auf, das Adrenalin treibt meine Schritte an. Ehe ich mich versehe, bin ich bereits auf halbem Weg durch den unbeleuchteten Hinterhof und auf dem Weg zu den Bäumen.

Mein Herz rast wie wild in meiner Brust, verzehrt von einer Mischung aus Hoffnung und Schuldgefühlen. Xero lebt. Der einzige Mensch auf dieser ganzen Welt, der mir das Gefühl tiefer Liebe gegeben hat, ist wieder in meinem Leben, und doch habe ich ihn mit einem Haufen Raubtiere allein gelassen.

Wie zum Teufel kann ich ihn im Stich lassen? Wie kann ich den einzigen Mann verlassen, der mir jemals das Gefühl gab, geschätzt und gesehen zu werden?

In meinem Bauch brodelt das Bedauern. Ich kann ihn nicht im Stich lassen. Nicht noch einmal. Ich muss zurück. Xero würde mich nie mich selbst überlassen. Aber was ist, wenn meine Anwesenheit uns beide in größere Gefahr bringt?

Ich werfe einen Blick über die Schulter und versuche, durch das Küchenfenster einen Blick auf das Geschehen zu erhaschen.

Mr. Lawson stürmt durch die Hintertür direkt auf mich zu.

Schrecken erfasst meine Brust, aber Schuldgefühle nagen noch stärker an mir. Ich renne zurück zu Xero, aber Jake verwesender Körper materialisiert sich vor mir. Mit einem Schrei wirble ich herum und renne zwischen den immergrünen Bäumen hindurch, die meinen Hinterhof begrenzen, und betrete den Friedhof. Xero hat mich gerettet, und jetzt laufe ich weg wie ein Feigling.

Zu dieser Nachtzeit sollte die einzige Beleuchtung vom Mond oder der Taschenlampe eines Friedhofswärters stammen. Aber als ich zwischen den Grabsteinen hindurchsprinte, sehe ich in der Ferne ein schwaches Licht aus den Fenstern des neuen Pfarrhauses.

Ich kann Xero Hilfe besorgen. Vielleicht könnte Reverend Thomas ...

Planänderung. Er würde die Polizei rufen und was würde das für Xero bedeuten?

Vielleicht sollte ich mit einer Schaufel zurückkehren.

Ich bin so in Panik, dass ich erst nach einer Sekunde bemerke, dass ein Mann über den Gehweg auf mich zukommt. Ich bleibe abrupt stehen und unterdrücke einen Schrei. Er ist groß und hat die gleiche Statur wie Sparrow.

Ich husche auf einen Seitenweg, um mich vorbeizuschleichen. Von hinten erklingen schwere Schritte. Ich wirble herum und blicke Wilder direkt in die Augen. Da ich nicht mit einem potenziellen Geist ringen möchte, biege ich scharf ab.

Blut rauscht in meinen Ohren und dämpft die Geräusche der Schritte. Schweiß prickelt auf meiner Haut, meine Lungen brennen und meine Muskeln schreien um Gnade. Sie versuchen, mich zu zermürben, meinen Willen zu brechen. Mich davon abzuhalten, dem Mann zu helfen, den ich liebe. Ich verlangsame meine Schritte, um nicht so schnell zu erschöpfen, aber sie treiben mich wie Hunde von meinem Haus weg.

Weg von Xero.

Mondlicht funkelt auf den Grabsteinen, als eine weitere Gestalt auftaucht – Mr. Lawson. Schon wieder. Obwohl ich weiß, dass es eine Halluzination ist, weiche ich ihm aus, indem ich nach links abbiege.

Oh.

Vor mir steht die Gedenkstatue, die ich für Xero bestellt habe und die vom Fanclub bezahlt wurde. Es ist ein verhüllter Sensenmann, der in einer Hand eine Schriftrolle und in der Anderen eine Sense hält. Auf seinem Rücken befinden sich zwei Flügel, die bis zum Sockel des Denkmals reichen.

Sofort kommen Erinnerungen zurück. Hier habe ich Jakes Leiche hingeschleppt. An dem Tag war ich geblendet vom Schock, der Nahtoderfahrung und dem Geist. Mir war nicht bewusst, dass ich Xeros Grab benutzt hatte. Ein Teil von mir wusste, dass er nach der Hinrichtung hier begraben werden würde, aber ich handelte rein instinktiv.

Scheiße.

„Die Präsidentin stattet mir also endlich einen Besuch ab“, erklingt eine tiefe Stimme.

Ich wirble herum und sehe nur die Gruppe toter Männer, die mich zu Xeros Grab getrieben haben.

„Was wollt ihr?“, frage ich.

Die Phantome treten zur Seite und geben den Blick auf Xero frei. Nur, dass er diesmal der Sensenmann aus meinen Albträumen ist. Wie immer imposant, verhüllt von einem schwarzen Umhang.

Ich blinzle immer wieder und frage mich, ob dies eine weitere Ebene von Halluzinationen ist. Denn wie hätte er diesen Männern entkommen können?

„Du hast mein Grab geschändet“, sagt er.

Mein Herz verkrampft sich, weil ich nicht weiß, ob ich mich vor Erleichterung oder vor Angst zusammenkauern soll. Ihn lebend zu sehen, ist überwältigend, auch wenn seine Stimme von Wut erfüllt ist.

„Aber zu dem Zeitpunkt warst du doch noch nicht beerdigt worden", antworte ich.

„Das ist nicht der Punkt", knurrt er.

Ich stolpere rückwärts, bis mein Hintern die Kante der Statue berührt. Ein Teil von mir möchte auf die Knie fallen und um Vergebung bitten. Der andere Teil möchte ihn anschreien, weil er mich in dem Glauben gelassen hat, er sei tot.

Er kommt auf mich zu, derselbe grimmige Geist, der mich über den Friedhof gejagt und mich fast in den Wahnsinn getrieben hat.

„Amethyst Crowley", sagt er mit demselben Tonfall, mit dem er Dick Johnson zum Tode verurteilt hat. „Ich erkläre dich des Verrats für schuldig."

„Aber du hast mich bereits bestraft", entgegne ich mit zitternder Stimme. „Bitte, Xero. Ich habe bereits erklärt, warum ich nicht zur Hochzeit erschienen bin."

„Wo wolltest du heute Abend hin? Ich dachte, du würdest warten."

Mein Blick huscht zum Pfarrhaus, das nur wenige Schritte von mir entfernt ist. Wenn ich schreie, könnte Reverend Tom ...

Nein. Wenn ich schreie, wird Xero ihn töten. Er hat mich bereits gewarnt, was passieren würde, wenn ein anderer Mann mir nahekommt. Außerdem will ich nicht kämpfen. Ich will die Dinge in Ordnung bringen.

„Beantworte meine Frage", knurrt er.

„Ich habe Dinge gesehen", sage ich, obwohl ich schon weiß, wie dumm das klingt. „Entschuldigung", krächze ich. „Ich habe nicht nachgedacht. Ich bin in Panik geraten ..."

„Und dein erster Instinkt war es, zum Pfarrhaus zu rennen?"

Ich zucke bei dieser Anschuldigung zusammen. Bevor ich darüber nachdenken kann, was ich sagen soll, schnauze ich: „Nun, du hast gelogen."

Er kommt auf mich zu und überragt mich, seine Kapuze macht ihn noch imposanter. Seine Hand legt sich um meine Kehle und er knurrt: „Inwiefern?"

Ich zittere, meine Augen weiten sich, als ich versuche auszumachen, was sich unter der Kapuze befindet. Es ist schwer zu sagen, ob er maskiert ist oder sein Gesicht mit schwarzer Farbe bedeckt, aber ich kann das Weiße seiner Augen nicht sehen.

Ich hebe eine Hand und strecke meine Finger nach seiner Wange aus. Ein Teil von mir denkt, dass ich immer noch halluziniere. Der andere Teil sehnt sich danach, ihn zu berühren, nur um sicherzugehen, dass er real ist.

Er schüttelt mich so fest, dass meine Zähne aufeinanderschlagen. Richtig. Ich habe ihn als Lügner beschuldigt und er will wissen, wieso.

„Ich habe um dich getrauert", sage ich, wobei mir Tränen in die Augen steigen. „Du hast mich glauben lassen, du wärst ein Geist. Ich habe sogar versucht, deinen Geist zu beruhigen."

„Ich habe dir nie gesagt, ich sei tot."

Mein Mund öffnet und schließt sich. Ich erinnere mich an die Nachricht, die er mir geschickt hat, und an eine bestimmte Konversation. „Aber ich habe gefragt, ob du noch am Leben bist, und du hast gesagt ..."

„„Wie sollte das möglich sein, wenn du mir das Herz herausgerissen hast?"", antwortet er. „Du hast mich verlassen, als ich dich am meisten gebraucht habe."

Die Schuldgefühle, die ich empfand, weil Xeros letzte Stunden von Leid erfüllt waren, verflüchtigen sich in einem Anflug von Frustration. Er hat mir gesagt, dass er seine Hinrichtung nicht überlebt hat. Das war also eine glatte Lüge.

„Ich habe hundertmal erklärt, warum ich zu spät zu unserer Hochzeit gekommen bin, aber du bist immer noch nicht bereit, mir zu verzeihen. Wie lange wolltest du mir noch das Leben zur Hölle machen?"

„Solange, bis du erkennst, dass du mir gehörst", knurrt er.

„Die Umstände haben sich geändert."

Meine Finger schließen sich um sein Handgelenk. Das Fleisch unter seinen schwarzen Handschuhen ist warm und lässt etwas von meinem Zorn dahinschmelzen. Er ist wirklich am Leben, aber das bedeutet nicht, dass ich ihm zu Füßen fallen muss. Mein Herz schmerzt vor Liebe, die ich immer noch für ihn empfinde, aber der Zorn über seine Täuschung brennt genauso heftig.

Kann er mir nicht etwas nachsehen? Ich bin gerade noch einmal davongekommen, getötet zu werden.

„Ich will keine Beziehung zu einem Lügner." Ich versuche, ihn wegzustoßen, aber es ist, als würde ich versuchen, einen Felsbrocken zu verrücken.

„Du hast dich mir versprochen, in diesem und im nächsten Leben."

Ich reiße mich aus seinem Griff und ignoriere den Teil von mir, der sich immer noch nach unserer Verbindung sehnt. „Das war, bevor ich wusste, dass du der Typ Mann bist, der einen rachsüchtigen Geist imitiert."

Sein bitteres Lachen lässt die feinen Härchen in meinem Nacken zu Berge stehen. Es ist die Art von wahnsinnigem Geräusch, das man nur in Horrorfilmen hört, wenn das Mädchen in einer Anstalt gefangen ist.

„Du willst Vergebung?"

Ich versteife mich und frage mich, ob es ein Fehler war, ihn herauszufordern.

„Ich gebe dir eine Chance, sie dir zu verdienen", sagt er. „Du kannst sogar einen Vorsprung haben. Wenn du es zurück zum Haus schaffst, bevor ich dich fange, gebe ich dir alles, was du willst, einschließlich deiner Freiheit."

Mein Magen schlingert und mein Atem wird flach. Was sagt er da? Ich habe ihn nicht gebeten, zu gehen. Um ihn nicht weiter zu provozieren, spanne ich meine Schultern an.

„Und wenn ich verliere?", flüstere ich.

Er beugt sich vor, seine Augen glitzern im Mondlicht. „Dann besiegele ich unsere Vereinigung, indem ich dich auf meinem Grab ficke."

FÜNFZIG

Bundesgefängnis Alderney.

Liebe Amethyst,

Ich habe Band zwei von *Rapunzelita* verschlungen und jede Sekunde genossen. Wird es einen dritten Teil geben? Jetzt, da sie ihre Lykanthropie unter Kontrolle hat, kann ich mir vorstellen, dass die Dorfbewohner Rache für ihre kleinen Unfälle wollen.

Während meiner Zeit bei dem ‚Reiniger‘ besuchte mich mein Vater nur einmal. Er wollte wissen, warum der fähige junge Mann, den er zu einer Klinge geschmiedet hatte, seine Chance weggeworfen hatte, sich als Attentäter auszuzeichnen.

Er erwartete, dass ich über meine Schwestern schimpfen würde, oder über die Mädchen, die er ausgebeutet hatte, oder sogar über die barbarische Art der Abschlussfeier. Als ich ihm ruhig erklärte, dass ich nicht mehr darauf angewiesen sei, mir seine Gunst zu verdienen, wurde er wütend.

Was folgte, war ein hitziger Monolog darüber, wie ich seinen jüngsten Sohn umsonst zu einem Pflegefall gemacht hatte. Offensichtlich war das übertrieben, da ich meiner jüngsten Schwester mehr Glauben schenkte als seinen Lügen. Er fragte, ob ich mein Leben damit verschwenden wolle, Tatorte zu säubern, und ich frustrierte ihn mit meiner positiven Antwort.

Er ging und sagte mir, er schäme sich, mein Vater zu sein. Vielleicht hätte es mich treffen sollen, aber ich konnte diese Mädchen nicht aus meinem Kopf bekommen. Alles, woran ich dachte, war, ihn und seine Organisation zu zerstören. In den nächsten Monaten arbeitete ich fleißig mit dem ‚Reiniger‘ zusammen, bis er mich zum Teamleiter beförderte.

Ich leitete mein eigenes Wohnmobil und hatte die Freiheit, mich in der Stadt zu bewegen. Ich lernte andere Mitglieder der Firma kennen, von Wartungsteams bis hin zu erfahrenen Attentätern. Ich half dabei, Fehler zu vertuschen, die zum Tod von Agenten führen könnten, knüpfte Kontakte und erfuhr vor allem Geheimnisse.

Im Laufe des restlichen Jahres erfuhr ich mehrere Fakten über die Firma, angefangen damit, wie sie ihre Attentäter wie Wegwerfartikel behandelte. Zu meiner Aufgabe gehörte es, den Tod von Agenten zu vertuschen, die während ihrer Missionen umgebracht wurden, und diejenigen zu beseitigen, die ihre Posten aufgaben. Ich fand heraus, dass jeder von uns mit mehreren Peilsendern versehen war, sodass wir niemals entkommen konnten.

Ich freundete mich mit vielen verärgerten Mitarbeitern an, die sich gefangen fühlten, darunter eine Frau, die im Ortungsteam arbeitete und mir half, die unter meiner Haut eingebetteten Geräte zu entfernen; im Gegenzug sollte ich diesen Gefallen erwidern. Ich achtete darauf, sie immer bei mir zu tragen, bis der richtige Zeitpunkt für unseren Schritt gekommen war.

Fragen der Fans:

Dank deiner unermüdlichen Unterstützung wird unser Buchclub bald Realität. Ab nächster Woche werden sich alle 18 Todestraktinsassen mittwochs im Aufenthaltsraum versammeln, um über ein literarisches Werk zu diskutieren. Der Gefängnisdirektor schlägt die Bibel vor, da dies das einzige Buch ist, das das Gefängnis in größerer Menge besitzt. Wenn möglich, würde ich gerne zwanzig Exemplare von Dickens ‚*The Haunted Man and The Ghost's Bargain*‘ auf meine Wunschliste setzen, damit die anwesenden Wärter etwas Kultur genießen können.

Bis vor Kurzem hätte ich nicht gedacht, dass ich zu romantischer Liebe fähig bin. Die Frau, die mein Herz hält, ist ebenso stark und wild wie schön. Tagsüber stelle ich mir vor, wie sie hart an ihrem Buch arbeitet, und nachts spukt sie in meinen Träumen herum. Sie umarmt meine Dunkelheit und akzeptiert meine verdorbene Seele. Diese Frau, liebe Fans, ist diejenige, die diese Worte vorliest.

In Liebe

Xero

EINUNDFÜNFZIG

AMETHYST

Ich starre in den dunklen Abgrund von Xeros Kapuze, wobei mein Herz so heftig hämmert, dass es zu zerspringen droht. Er überragt mich, seine Brust hebt und senkt sich mit gleichmäßigen Atemzügen.

Sein Atem lässt weiße Wölkchen unter seiner Kapuze aufsteigen. Wie konnte ich dieses offensichtliche Lebenszeichen übersehen?

Der Mond taucht hinter den Wolken auf und spiegelt sich auf seinem Kapuzenmantel, wodurch seine Ränder silbern erscheinen. Aus der Nähe betrachtet ist es eigentlich ein langer Ledermantel mit Kapuze. Er trägt eine Art Maske, die sich eng an die Konturen seines kantigen Gesichts anschmiegt. Anstelle der kalten blauen Augen, die ich so liebe, trägt er Linsen mit schwarzer Lederhaut.

Mein Atem beschleunigt sich. Die Last meiner misslichen Lage drückt mir die Brust zusammen. Xero ist nicht nur am Leben und versteckt sich in meinem Haus. Er ist hier, weil ich versagt habe.

Die Freude über sein Überleben schwindet und macht einer wachsenden Angst Platz. All diese Morde und Verstümmelungen, von denen ich dachte, sie seien das Werk eines rachsüchtigen

Geistes, waren das Werk eines Mörders, der sich auf sein nächstes Opfer vorbereitet hat.

Jetzt hält er mich für seine Beute. Und er will ein Spiel spielen.

Wenn ich verliere, werde ich nie wieder in der Lage sein, das in Ordnung zu bringen, was ich zerstört habe.

Mein Verstand sucht nach einer Lösung. Kann ich es vor Xero zurück zum Haus schaffen? Unmöglich. Er ist einen Kopf größer als ich und gebaut wie ein Titan. Ich hätte keine Chance.

„Warum sollte ich einem Spiel zustimmen, von dem ich bereits weiß, dass ich es verlieren werde?", frage ich.

„Ich gebe dir einen Vorsprung", antwortet er mit einem leisen Lachen, das mir eine Gänsehaut bereitet. Es ist dasselbe sinnliche Lachen, das ich jeden Morgen am Handy hörte, wenn er mich aus dem toten Winkel des Gefängnisses anrief. Ich verdränge die Nostalgie und die Tränen, die drohen, mir in die Augen zu steigen, und konzentriere mich auf die Bedrohung.

„Warum sollte ich auch nur ein Wort von dem glauben, das du sagst?", frage ich und versuche, das Zittern aus meiner Stimme zu vertreiben.

Xero atmet durch die Maske aus, und das Geräusch lässt mich erschauern. „Schöne Worte für die Frau, die mich monatelang hingehalten hat, um einen Buchvertrag zu bekommen."

Meine Lippen öffnen sich, um zu protestieren, aber er hebt einen behandschuhten Finger. Auf seiner Oberfläche sind Knochen gemalt. Kein Wunder, dass ich ihn im Dunkeln für den Sensenmann gehalten habe.

„Du willst mich beschuldigen, unsere Beziehung ausgenutzt zu haben, um ein Buch veröffentlichen zu können", schreie ich, und mein Gesicht wird vor Scham rot. „Wenn jemand daran schuld ist, dann du und deine Briefe. Du hast immer wieder über mein Buch gesprochen, und die Leute wollten, dass es von dir handelt. Alle haben sich gemeldet und Auszüge verlangt, und ich habe es geschrieben, weil die Leute es wollten."

Er zuckt bei dieser Anschuldigung nicht einmal zusammen.

„Ich werde bis zehn zählen", knurrt er. „Wenn ich dich erwische, wird alles, was als Nächstes passiert, mit deiner enthusiastischen Zustimmung geschehen."

Panik wallt in mir auf und lässt mich zurückweichen. „Warte. Was ist, wenn ich nicht weglaufen will?"

„Eins", knurrt er.

Noch bevor er das nächste Wort aussprechen kann, sprinte ich los, weg vom Pfarrhaus, weg von dem einzigen Mann, der mich vor Xero schützen könnte.

Wem mache ich hier etwas vor? Reverend Tom mag zwar muskulös aussehen, aber ein Mann der Kirche ist einem verrückten Mörder nicht gewachsen.

Ich stürme zwischen den Grabsteinen hindurch, wobei meine Füße wie wild auf den Boden trommeln. Der Wind peitscht mir um die Ohren und durch die losen Haarsträhnen. Ich werfe einen Blick über meine Schulter, um zu sehen, ob er schummelt, aber er steht mit dem Rücken zum Sensenmann-Denkmal, das aussieht, als wäre es zum Leben erwacht.

Verdammt. Er ist so majestätisch. Wie ein Todesgott, der auf die Erde gesandt wurde, um das Böse auszulöschen. Schauer laufen mir über den Rücken und ein Wirrwarr von Gefühlen erfüllt mein Inneres. Ich sollte nicht zu tief in die Reaktion meines Körpers blicken. Es ist nur eine unangemessene Angst-reaktion.

„Zwei", höre ich ihn sagen, seine Stimme so kalt wie mein bevorstehender Tod.

Mir wird flau im Magen. Ich beschleunige meinen Schritt und verliere alle Spuren von Erschöpfung. Ich will nicht Xeros Spielzeug sein, aber ein kranker Teil von mir verspürt Erregung bei dem Gedanken, endlich gefickt zu werden.

Jake springt hinter einem hohen Grabstein hervor und stellt sich mir in den Weg. Er kauert sich mit weit ausgebreiteten Armen hin und sieht aus, als wolle er mich in seine Arme schlie-ßen. Wieder einmal.

Scheiß drauf.

Keine Halluzination wird mich davon abhalten, mir seine Vergebung zu verdienen.

Mit einem Schrei stürme ich auf die Halluzination zu, die zurückweicht und so aussieht, als wolle sie nicht berührt werden. Wut treibt mich an und ich stürme vorwärts, fordere ihn heraus, sich mir in den Weg zu stellen.

Er duckt sich hinter einen Grabstein und verschwindet aus meinem Blickfeld. Wenn Xero nicht gerade bis drei gezählt hätte, würde ich lachen, aber ich konzentriere mich darauf, mich so schnell wie möglich von ihm zu entfernen.

Der Platz, den ich mit den Spenden des Fanclubs vom Friedhof gekauft habe, ist fünf Gehminuten von meinem Hinterhof entfernt. Ich kann nicht glauben, dass ich einmal dachte, ich würde nach der Hinrichtung jeden Tag sein Grab besuchen, Blumen auf den Sockel des Sensenmannes legen und um unsere Liebe weinen, die die Zeiten überdauern würde.

Alle romantischen Vorstellungen zerfallen zu Staub, als er brüllt: „Vier.“

Scheiße.

Ich husche zwischen zwei eleganten Grabsteinen hindurch und nehme den schnellsten Weg zu den Bäumen, die an meinen Hinterhof grenzen. Mr. Lawson springt hinter einem Onyxgrab hervor und hebt die Arme, wie er es tat, als er vom Rand des Dachgartens stürzte. Ich renne durch die Erscheinung hindurch und bleibe in Bewegung.

Stille breitet sich über den Friedhof aus, die nur durch das Rasen meines Herzens unterbrochen wird. Blut rauscht in meinen Ohren und drängt mich, schneller zu laufen, weiterzumachen, auch wenn etwas reißt.

Meine Schenkel schmerzen. Meine Lungen brennen. Schweiß rinnt mir in Strömen über die Stirn. Ich habe keine Zeit, mir die Augen zu wischen. Nicht, wenn die Vergebung so nah ist. Nicht, wenn mir dieser verrückte Hund so dicht auf den Fersen ist, begierig darauf, zuzubeißen.

Meine Umgebung verschwimmt zu einem Wirrwarr aus Schwarz, Weiß und Grau, erleuchtet vom Mondlicht. Ich verliere das Zeitgefühl, den Orientierungssinn, alles außer dem Herannahen schwerer Schritte.

Wann zum Teufel ist Xero bei zehn angekommen?

Ich springe nach links, in der Hoffnung, ihn auf einem kleinen Pfad zwischen zwei Gräbern abzuhängen, aber direkt vor mir wartet eine große, dunkle Gestalt. Der Schreck packt mich, lässt meinen Atem stocken. Ist das Xero oder eine weitere Halluzination?

Er ist zu dünn. Nicht annähernd so imposant und er trägt keinen Umhang. Ich sprinte auf Sparrow zu und warte darauf, dass er verschwindet.

Die große Gestalt weicht hinter ein Grab zurück, als wolle sie nicht, dass ich merke, dass sie nur ein Produkt meiner Fantasie ist. Der Witz geht auf seine Kosten, denn keine Halluzination kann mit der realen Bedrohung, die Xero darstellt, mithalten.

Ich stürme auf den breiten Gehweg, der zu den Bäumen führt, die mein Haus vom Friedhof trennen. Xeros schwere Schritte sind leiser geworden, als hätte er mich aus dem Blick verloren. Triumph flammt in meiner Brust auf, aber ich werde nicht vor Freude jubeln, bis ich sicher in meinem Haus bin.

Als ich unter dem dichten Blätterdach eines Eukalyptusbaums hindurchrenne, schlägt mein Herz höher. Die Sicherheit ist in greifbarer Nähe. Höchstens 30 Sekunden. Aber dann bewegt sich etwas in meinem Blickfeld.

Vor mir tritt eine weitere große Gestalt hinter einem Baum hervor.

Eine weitere dumme Halluzination, die versucht, mir in die Quere zu kommen.

Oh nein, das wirst du nicht tun.

Ich senke den Kopf und stürme vorwärts, ohne meine Schritte langsamer werden zu lassen.

Und ich pralle gegen eine Wand aus unbeweglichen Muskeln.

Starke Arme legen sich um meinen Rücken und heben mich hoch.

Mein Magen verkrampft sich und ich schreie.

„Eifriges kleines Ding", sagt Xero, seine Worte sind von Emotionen erfüllt. „Du bist mir direkt in die Arme gelaufen. Wolltest du mich auf den Rücken zwingen, kleiner Geist? Wenn du mich wie ein Cowgirl ficken willst, musst du darum betteln."

„Warte", frage ich mit keuchendem Atem. „Wie bist du so schnell hierhergekommen?"

„Ich kannte dein Ziel", antwortet er, während er mich aus dem Wald zurück auf den Friedhof trägt.

„Xero, lass mich los."

Er hält inne. „Ah, ja. Dieses Spielchen macht dich geil. Du willst das Gefühl, gejagt zu werden, nicht gefangen zu sein."

Dann lässt mich der sadistische Mistkerl zu Boden sinken.

Ich starre ihn mit weit aufgerissenen Augen an. „Was tust du da?"

„Ich erlaube dir, zum Grab zurückzulaufen."

„Nein." Ich trete einen Schritt zurück und werfe einen Blick zu den Bäumen.

„Wie du willst." Er greift nach meiner Schulter, aber ich springe aus seiner Reichweite.

Xero tritt mit einem tiefen Knurren vor, dessen Vibration direkt zwischen meinen Beinen nachhallt. Ich drehe mich um und renne los.

Dieses Mal habe ich keinen Vorsprung. Ich werfe einen Blick über meine Schulter und sehe, dass er mit gleichmäßigem Schritt auf mich zukommt. Seine Beine sind so lang, dass er sich nicht einmal anstrengen muss.

Mit einem Schrei renne ich den Weg entlang, vorbei an Gräbern und gelegentlich an einer schwarzgekleideten Gestalt. Xeros Atem dringt an meine Ohren. Er denkt, das sei ein Vorspiel, aber ich renne um mein Leben.

Das neue Pfarrhaus taucht vor mir auf und es fühlt sich an, als wäre ich in einer Endlosschleife gefangen, aus der ich nicht entkommen kann. Xero ist so nah, dass seine Finger die Locken in meinem Nacken streifen. Jedes einzelne Haar an meinem Körper richtet sich auf und ein Schrei entringt sich meiner Kehle.

Sein leises Lachen wandert direkt zu meiner Klitoris. „Du bist so erregbar. Ich frage mich, wie du kommen wirst?"

„Fick dich", schreie ich.

„Das werde ich mit dir tun."

Ein Wimmern entweicht meinen Lippen. Was zum Teufel tue ich hier, indem ich diesem Unhold erlaube, mich völlig fertig zu machen? Warum spiele ich ein Spiel, von dem klar ist, dass ich es nicht gewinnen kann? Meine Angst ist so groß, dass die schemenhaften Gestalten, die auf dem Friedhof auftauchen und verschwinden, zu Staub zerfallen. Warum sollte mein Verstand Phantome heraufbeschwören, wenn ein Dämon hinter mir her ist?

Ich erreiche den Rand des Friedhofs und meine Füße tragen mich auf den Weg, der zum Pfarrhaus führt.

„Nein", knurrt er und stößt mich auf den Rasen.

Ich lande mit dem Gesicht voran im Gras und ich schaffe es gerade noch, meinen Sturz teilweise mit den Händen abzufangen. Als ich aufschreie, dringt Gras in meinen Mund ein. Ich spucke es aus, rolle mich zur Seite und versuche, das schwere Gewicht auf meinem Rücken loszuwerden, aber Xeros Erektion drückt sich gegen meinen Oberschenkel.

Verdammt.

Er ist so lang und dick wie der Dildo, aber er brennt vor der Hitze seiner Erregung. Ein Teil von mir möchte ihn berühren, um zu bestätigen, dass er echt ist, aber ich schiebe diesen Gedanken rasch beiseite.

Einen Dildo zu benutzen, der dem Schwanz eines Mörders nachgeahmt wurde, ist eine Sache. Von besagtem Mörder zu Boden gestoßen zu werden, ist eine andere. Sex mit dem Mann, den ich liebe und hasse, zu haben, ist eine besondere Form der Verderbtheit.

„Geh runter von mir."

Ich stoße ihm meinen Ellbogen in die Rippen, aber er reagiert nur mit einem leisen Grunzen. Ich nutze seine momentane Überraschung als Hebel, um mich von ihm zu lösen.

Xero packt mich an der Hüfte, aber ich rapple mich auf und trete ihm dabei ins Gesicht.

„Scheiße." Er taumelt zurück und presst sich die Hand auf die Nase. Ich stehe auf, trete ihm gegen die Schläfe und renne los.

Eine Hand schließt sich um meinen Knöchel und reißt mich wieder zu Boden. Mit einem Schrei fange ich meinen Sturz mit meinen Unterarmen ab. Ich drücke meine Handflächen nach unten und grabe meine Füße in den Boden, aber Xero wirft seinen Körper über meinen und drückt seine Brust gegen meinen Rücken.

„Hab ich dich."

„Nein." Ich versuche, unter ihm hervorzukriechen, aber er schlingt einen Arm um meine Taille und drückt mich mit seinem überlegenen Gewicht zu Boden. „Ist es das, was du willst, kleiner

Geist?" Er drückt seinen harten Schwanz zwischen meine Arsch-backen. „Dass ich dich gut und hart nehme, damit es wehtut?"

„Du bist ein Mörder", schreie ich. „Ich hasse dich."

Er versteift sich. Ich wünschte, ich könnte den Schock in seinem Gesicht sehen, aber alles wird von dieser dummen Maske verdeckt. Stattdessen knurrt er mir ins Ohr. „Was bist du dann?"

„Lass mich los." Ich winde in seinem Griff. „Ich töte immer nur aus Selbstverteidigung."

Er lacht bitter. „Du bist eine rachsüchtige kleine Viper, und du gehörst mir."

Seine Hand schließt sich um meinen Hals und er zieht uns beide auf die Füße. Ich schlage nach hinten, aber er fängt die Schläge ab, ohne auch nur mit der Wimper zu zucken.

„Wohin gehen wir?", schreie ich, in der Hoffnung, dass Reverend Tom uns hört und die Polizei ruft.

„Du weißt es", knurrt er und marschiert mit mir über den Friedhof auf die Statue des Sensenmannes zu.

Ich atme tief ein, meine Nasenlöcher füllen sich mit dem Duft von Blumen. Als ich mir die Statue genauer ansehe, ist ihr Sockel mit Blumensträußen bedeckt. Noch etwas, das mir zuvor entgangen ist?

„Du hast meine letzte Ruhestätte nicht ein einziges Mal besucht", knurrt er. „Du hast keine einzige Blume draufgelegt."

Er hat recht. Ich habe das Geld gesammelt, den Platz gekauft, das Denkmal bestellt und die Zahlung veranlasst. Aber ich habe die E-Mail der Firma verpasst, in der stand, dass es installiert wurde. Irgendwie habe ich während des Chaos aus Morden, Medikamenten und nächtlichen Belästigungen seine Beerdigung verpasst.

„Xero ..."

„Ich will keine weiteren Ausreden hören." Er wirft mich auf die weiche Erde des Grabes.

„Warte!"

„Es ist Zeit, unsere Vereinigung zu besiegeln."

ZWEIUNDFÜNFZIG

Bundesgefängnis Alderney.

Liebe Amethyst,

Ich habe meinen Vater nie wieder persönlich gesehen, aber wir haben gelegentlich über Prepaid-Handys miteinander kommuniziert. Ein Jahr, in dem ich Kontakte in der gesamten Firma knüpfte, verschaffte mir die Grundlage, die ich brauchte, um eine Reihe gleichgesinnter Mitarbeiter aus den Fesseln der Moirai zu befreien.

Einige von ihnen waren frisch ausgebildete Attentäter, die von den unfairen Geschäftspraktiken bereits desillusioniert waren. Die meisten waren Hilfskräfte, die die Akademie durchlaufen hatten und über ihre Arbeitsbedingungen verärgert waren.

In meinem vorherigen Brief habe ich versprochen zu beschreiben, wie die Firma ihre Investitionen in die von ihr ausgebildeten Kinder wieder hereinholt. Ihre Lösung war ein System der Schuldknechtschaft.

Wer es nicht schafft, das Hauptquartier mit einer Marke zu erreichen, schließt die Ausbildung nicht ab und muss der Firma dann die Kosten für die Zeit an der Akademie erstatten. Viele beginnen mit Schulden in Höhe von zweihunderttausend Dollar, die sich langsam abbauen, je länger ein Mitarbeiter für die Firma arbeitet.

Eine Reinigungskraft, die 40.000 Dollar im Jahr verdient, muss beispielsweise die Hälfte ihres Lohns für die Tilgung ihrer Schulden abtreten. Nach Abzug der Kosten für Lebensmittel, Unterkunft, Uniformen und Steuern bleiben ihr gerade einmal 12.000 Dollar. Mögliche Bußgelder oder Krankheitskosten sind dabei noch nicht berücksichtigt.

Mit Zinseszins würde es 17 Jahre dauern, bis sie ihre Schulden bei der Firma beglichen hätten und ihre Freiheit wiedererlangt hätten. Kein Wunder, dass es unserem Vorgesetzten so schlecht ging. Wer könnte jemals Erfolg haben, wenn er weiß, dass er versklavt ist? Es war einfach, Anhänger zu gewinnen, vor allem mit dem Versprechen auf Freiheit. Ich traf nicht nur Reinigungs- und Wartungspersonal, sondern auch Mediziner und diejenigen, die die Computersysteme der Firma verwalteten, die ebenso versklavt waren.

Im Laufe des Jahres gingen wir alle unseren Pflichten nach und hielten unsere Tracker nah bei uns, um keinen Verdacht zu erregen. Wir kommunizierten über Prepaid-Handys und versammelten uns nachts in sicheren Häusern. Wir leiteten Anrufe an die Firma um und stahlen Auftragsmorde, um Geld auf einem Gemeinschaftskonto anzusparen. Mit diesem Geld richteten wir ein Versteck ein, in dem wir vor unseren Herren sicher waren.

Und während des nächsten Abschlusslaufs führten wir die erste Phase unseres Plans aus.

Fragen der Fans:

Der Buchclub war ein großer Erfolg. Die anderen Insassen waren von der Liebe, die uns entgegengebracht wurde, gerührt. Sie danken dir für die Bücher, Geschenke und Snacks. Es gab lebhafte Diskussionen, reichlich wunderbares Essen und viel gute Laune. Ich lege Fotos bei. Wir haben viele Insassen aus der Allgemeinbevölkerung dazu inspiriert, ihre eigenen Buchclubs zu gründen. Mit deiner Erlaubnis würde ich gerne die Bücher, die wir gelesen haben, spenden, um die Freude zu verbreiten. Nächste Woche möchten wir George Orwells *,Farm der Tiere'* lesen.

Sei bitte nicht zu streng mit dem Gefängnisdirektor. Meine

Besuchsrechte wurden mir entzogen, als ich einen Wärter angriff, der meine Intimpiercings ohne meine Zustimmung berührte. Es war eine Kurzschlussreaktion, und ich war noch nicht an die täglichen Demütigungen gewöhnt, die mit dem Leben als Insasse einhergehen. Ich würde alles dafür geben, Besuch empfangen zu dürfen, aber Regeln sind Regeln.

In Liebe
Xero

DREIUNDFÜNFZIG

AMETHYST

Nein. Das kann ich nicht zulassen. Nicht im Dreck. Nicht auf dem Grab, in dem ich Jakes Leiche begraben habe. Nicht, wenn Xero immer noch wütend auf mich ist wegen einer Litanei von Sünden.

Xero hat mir ein Zimmer versprochen. Ein Bett. Eine Kochnische. Wir wollten roten Samtkuchen essen und Armagnac trinken. Er wollte es langsam angehen lassen, jeden Zentimeter meiner Haut küssen, bis sich meine Zehen krümmten.

Er sollte mich nicht auf seinem eigenen Grab ficken.

Ich werfe den Kopf zurück und treffe dabei Xeros Wangenknochen. Knurrend drückt er mein Gesicht in die Erde. Erde dringt in meine Nasenlöcher und zwischen meine Lippen und klebt auf meiner Zunge. Ich will mich befreien, aber ich schaffe es nicht, sein Gewicht von mir zu stoßen.

„Xero", schreie ich gedämpft. „Ich kann nicht atmen."

Sein Körper drückt mich auf den Boden. Ich schaukele von einer Seite zur anderen, um ihn abzuschütteln, aber dadurch schiebt sich sein Schwanz nur noch weiter zwischen meine Arschbacken.

Gott steh mir bei. Den werde ich niemals nehmen können.

Er packt mich an den Haaren, reißt meinen Kopf zur Seite

und lässt mich endlich atmen. Das Leder seiner Kapuze streift meine Wange, als ich nach Luft schnappe.

„Tu das nicht", stoße ich hervor. „Nicht hier."

„Du hast geschworen, dich mir bis ans Ende der Tage hinzugeben", knurrt er und drückt seine Hüften gegen meinen Hintern. „Aber in dem Moment, als ich für tot erklärt wurde, hast du für ein Publikum in den sozialen Medien performt. Ich dachte, du würdest mich am nächsten Morgen besuchen. Oder am Tag darauf. Dann bist du ans andere Ende der Stadt verschwunden und hast meinen Namen vergessen."

„Was macht das schon für einen Unterschied?", schreie ich. „Du bist ja nicht einmal tot."

„Oh, aber ich bin es, mein kleiner Geist ..."

„Nenn mich nicht so", schnappe ich.

„Was wäre dir denn lieber? Klatschreporterin? Durchgebrannte Braut? Kleine Mörderin?"

„Tu nicht so, als hättest du mich nicht auch benutzt", knurre ich.

Er lacht so wahnsinnig, dass mein Herz mehrere Schläge aussetzt. Sein Schaft, der sich gegen meinen Arsch drückt, zuckt vor lauter bitterer Heiterkeit.

Schweiß bricht mir auf der Stirn aus. Ist das das Lachen, das er von sich gab, als die Polizei ihn dabei erwischte, wie er seiner Stiefmutter das Herz herausriss? Wird er mich überhaupt am Leben lassen? Zitternd erstarre ich und erkenne die Dummheit, einen Verrückten zu reizen.

Denn daran besteht kein Zweifel. Xero Greaves ist verrückt.

„Benutzt?", stößt er mit tiefer, knurrender Stimme hervor. „Bevor ich auf deinen Brief geantwortet habe, warst du ein unbekannter Niemand, der von verschreibungspflichtigen Medikamenten so unterdrückt war, dass du nicht wusstest, ob du tot oder lebendig warst."

Ich antworte nicht, weil er recht hat. Es braucht einen Moment wie diesen, um zu erkennen, dass ich übermedikamentiert war.

„Jetzt, wo ich offiziell tot bin, ist es nur angemessen, dass ich dich auf meinem Grab ficke."

Ein Schrei entringt sich meinen Lippen, was ihn dazu bringt, seinen Schwanz noch fester gegen meinen Arsch zu drücken. Ich greife zwischen unsere Körper, um ihn zu packen, aber ich schaffe es nicht einmal, ihn zu streifen.

„Schmutziges Mädchen. Du willst es."

„Fick dich." Ich beiße die Zähne zusammen und will ihm keine Genugtuung geben.

„Oh, ich werde dich ficken." Er packt den Bund meiner Leggings und zieht sie bis zu meinen Knien herunter. „Diese süße kleine Muschi gehört mir."

„Nein ..."

Er schiebt seine Finger unter den Spitzenrand meines Höschens und über meine Schamlippen. Dann stöhnt er auf, als er merkt, wie erregt ich bin. „Was haben wir denn da?"

„Nichts", schnappe ich, und meine Hüften zucken unter seiner Berührung.

Er schiebt einen Finger in meine Öffnung und reibt über meinen G-Punkt, der ein elektrisierendes Prickeln durch meinen Körper jagt. „Du bist so nass."

Ich unterdrücke ein Stöhnen. Meine verräterische Muschi scheint noch nicht mitbekommen zu haben, dass wir uns in der Gegenwart eines Massenmörders befinden. „Du hast doch keine Ahnung, wovon du sprichst. Frauen bekommen Pilzinfektionen ..."

Er bringt mich mit einem harten Klaps zum Schweigen, der direkt auf meine Klitoris trifft. „Lüg mich ruhig an. Das wird dir nur eine Bestrafung einbringen. Aber dein Körper schreit die Wahrheit."

„Du liegst falsch. Ich ..."

„Leck ihn." Er führt seinen nassen Finger zu meinem Mund, bevor ich meinen Satz beenden kann.

„Was?", flüstere ich.

„Lecke deine Erregung von meinem Finger."

„Sonst was?"

„Ich kann dich die ganze Nacht lang ficken, dich am Rande der Ekstase halten, dich an den Rand des Orgasmus bringen und dich nie kommen lassen. Wenn du dich meinen Befehlen nicht unterwirfst, werde ich dafür sorgen, dass du so frustriert bist, dass du um den Tod betteln wirst."

Irgendwie glaube ich nicht, dass er von *la petite mort* spricht.

Ich öffne meine Lippen, nehme seinen Finger in den Mund und lasse ihn hineingleiten. Auch wenn ich ihn nicht glitzern sehe, ist die Erregung nicht zu leugnen, besonders als sein Finger über meine Zunge streicht.

Dann beiße ich die Zähne zusammen und beiße ihm in den Finger, aber das bringt ihn nur zum Stöhnen.

„Was bist du?", frage ich, während ich seinen Finger im Mund habe. „Ein Masochist?"

„Nur, wenn du diejenige bist, die mir den Schmerz zufügt. Da du so gerne beißt, werde ich das auf die Liste der Dinge setzen, die ich tun werde, wenn ich dich im Dreck ficke."

Mein Kiefer entspannt sich und er zieht seinen Finger aus meinem Mund.

Er zieht sich zurück, um mich zu Atem kommen zu lassen, und sagt: „Heb deine Hüften an, kleiner Geist. Lass mich diese hübsche kleine Fotze im Licht des Mondes sehen."

„Nein."

„Gut."

Sein Körpergewicht verlagert sich. Als ich über meine Schulter blicke, greift er in seinen Ledermantel und zieht ein 30 cm langes Messer heraus.

„Was zum Teufel?" Ich drehe mich um, robbe rückwärts und versuche, wegzukommen, wobei meine Muschi die Grashalme streift, aber er greift nach der Leggings, die zwischen meinen Beinen hängt, und schneidet sie los.

Er kommt näher, legt eine Hand zwischen meine Schulterblätter und schneidet durch die Rückseite meines Kapuzenpullis und meines Tanktops. Kühles Metall gleitet über meine Haut, während er mich aus meiner Kleidung befreit.

Angst erfüllt mich. Das Gefühl verstärkt das Pulsieren in meiner Klitoris. Das ist nicht normal. Kein Teil meines Körpers sollte diese Situation erregend finden, aber meine Perle pocht im Takt meines Herzens.

„Das ist dieselbe Klinge, mit der ich diesem Bastard die Finger und dem anderen Bastard die Zunge rausgeschnitten habe", sagt er so beiläufig, dass ich nicht anders kann, als seine Worte als Drohung zu interpretieren.

Ein Schauer läuft mir über den Rücken, aber ich zwinge meinen Körper, stillzuhalten. Das Letzte, was ich brauche, ist, mich selbst mit Xeros Messer zu verletzen.

Er entfernt den Stoff von meinem Körper, sodass kühle Luft über meinen Rücken streicht und ich zittere. Dann kommt er näher und setzt sich rittlings auf mich.

Ich winde mich unter ihm und starre in die Tiefen seiner Kapuze. Das Mondlicht beleuchtet ihn von hinten, sodass sein Gesicht vollständig in Schatten gehüllt ist. In diesem Winkel kann ich nichts außer seinen blassen Iriden erkennen.

„Darf ich dein Gesicht sehen?", frage ich.

„Und dein Fetisch für Masken ruinieren?", entgegnet er.

Ich bereue den Tag, an dem mich dieser Bastard überredet hat, diesen Sexvertrag auszufüllen. „Du hättest das nicht wörtlich nehmen sollen", schnauze ich. „Es war für Telefonsex gedacht."

„Soll ich aufhören?", fragt er.

Nein. Tausendmal nein. Aber ich will nicht zugeben, dass ich von diesem mordenden Verrückten vernichtet werden will.

Er hält inne, die flache Seite seiner Klinge schwebt über meinem Bauch. Ich bin von der Hüfte abwärts nackt, wenn man meine Schienbeine nicht mitzählt, an denen noch immer meine Leggings hängt. Er könnte mich ficken, wenn er wollte, aber er rührt sich nicht.

„Was soll das werden?", frage ich, wobei mein Atem stoßweise geht.

„Ich habe dir gesagt, was ich von dem stillen Nein halte", sagt er.

Meine Nasenflügel blähen sich. „Wo war das stille Nein, als du mir Körperteile unter mein Kopfkissen geschoben hast? Oder all die Male, als du mich in meinen Albträumen bedrängt hast und mich nicht kommen lassen wolltest? Gott, du bist so ein Heuchler."

Er hält mir das Messer an die Kehle. „Pass auf, was du sagst, kleiner Geist. Ich bin nicht zu stolz, es als Trophäe zu nehmen."

„Wer würde dir dann einen blasen?", schnauze ich.

„Ich habe nie gesagt, dass ich dir nicht die Kehle durchschneiden würde", antwortet er.

Meine Hand schnellt nach oben, um ihm die Maske vom

Gesicht zu reißen, aber er packt mein Handgelenk und drückt es über meinen Kopf. Die Hand, in der er das Messer hält, nimmt die andere und fixiert beide über meinem Kopf. Ich schlage von einer Seite zur anderen und versuche, ihn von mir zu stoßen.

Wie konnte ich mich nur von seiner Lebensgeschichte täuschen lassen? Xero ist kein Seelenverwandter. Er ist nur ein Wilder, der will, dass ich bettle.

Ich recke mein Kinn und starre in seine blassen Augen. „Na los. Tu es."

Nachdem er mir auch den Rest meiner Kleidung ausgezogen hat, schleift er mich über den Boden und bleibt direkt unter dem Sensenmann stehen. Kühle Erde berührt meine erhitzte Haut und lässt mich erschaudern. Gerade als ich denke, dass er mich direkt ansehen wird, rollt er mich auf den Bauch. Der Wind streicht über meinen nackten Rücken, der bereits feucht vom Tau ist. Dann breitet sich eine Gänsehaut auf meinem Körper aus.

Die kalte Erkenntnis durchdringt meinen Verstand, als mir klar wird, dass für die Beerdigung, die ich verpasst habe, jemand hätte beerdigt werden müssen.

„Ist dieses Grab leer?", frage ich.

„Nein." Er spreizt meine Schenkel, sodass die kühle Luft nun ungehindert über meine Muschi streicht.

„Liegt hier der Mann, den ich begraben habe?"

„Nein." Er streicht mit seinen Fingern über meine feuchten Schamlippen.

„Xero." Ich schlucke, mein Körper erzittert erwartungsvoll. „Wer liegt unter uns begraben?"

„Jemand, der es verdient hat, zu sterben."

Er dringt von hinten mit einem harten Stoß in mich ein, der meine Muschi bis an ihre Grenzen dehnt. Lust und Schmerz kämpfen um die Kontrolle über meine Sinne, und meinen Lippen entweicht ein Schrei.

Nicht nur, weil er gelogen hat, dass der Dildo anatomiegetreu ist. Nicht einmal, weil er meinem Innern nicht einen Moment Zeit gibt, sich an seinen unmöglichen Umfang zu gewöhnen. Er ist länger, dicker und die Piercings fühlen sich nicht wie Silikon an.

„Ich wusste, dass du eng sein würdest, aber das ist unglaublich", stöhnt er.

„Oh", bringe ich mit einem Keuchen hervor. „Du bist so groß."

Er zieht sich zurück und meine Muskeln umklammern seinen Umfang, verzweifelt bemüht, ihn in mir zu halten. „So süß. So feucht. Ich habe monatelang darauf gewartet, dich so zu ficken."

Der Gedanke, auf der letzten Ruhestätte eines Fremden genommen zu werden, ist noch verrückter, als zum Video von Big Dick Johnsons Mord zu kommen.

Xero packt meine Hüften und stößt hart zu, sodass ich Sterne sehe.

Ich hebe meinen Kopf und winde mich, um uns wenigstens einen Meter nach rechts auf die leere Stelle zu bewegen. „Xero …"

Er drückt mein Gesicht auf die Erde und fickt mich hart und schnell, wie ein wildes Tier, das nach Sex lechzt. Ich schlage um mich, kralle mich in die feuchte Erde und versuche, ein wenig Kontrolle zu erlangen. Er ist zu schwer, zu stark und das Vergnügen, das er in meinem Körper auslöst, ist zu intensiv, um ihm zu widerstehen.

„Wie fühlt es sich an, auf dem Grab eines Fremden gefickt zu werden? Mit dem Wissen, dass die Toten uns beobachten?", knurrt er in mein Ohr.

Ich schreie, allerdings wird der Laut von der Erde gedämpft. Erde dringt in meine Nasenlöcher ein, bedeckt meine Lippen und Zunge.

„Sag mir, wie gut es sich anfühlt", fordert Xero und erhöht sein Tempo, während ich in den Boden stöhne.

Jedes Mal, wenn ich nach Atem ringe, treibt Xero mir mit einem brutalen Stoß die Luft aus dem Leib.

„So ist es richtig", knurrt Xero. „Lass alles raus. Zeig diesen toten Bastarden, was ihnen entgeht."

„Scheiße", keuche ich, während sich meine Muschi vor einem nahenden Orgasmus zusammenzieht.

Das ist tausendmal intensiver als unser Telefonsex, bei dem Xero mir erzählte, was er mit mir vorhatte, sollte er es schaffen, aus dem Gefängnis auszubrechen. Eine seiner Fantasien bestand darin, mich durch einen Wald zu jagen und mich im Dreck zu ficken.

Seine schmutzigen Worte hatten mich unvernünftig erregt und feucht gemacht. Dann befahl er mir, mich mit diesem Dildo zu befriedigen, und ich kam.

Xero setzt sein unerbittliches Tempo fort, während sein Schwanz weiter in mich stößt. Er fickt mich gnaden- und hemmungslos, als würde er jede Unze sexueller Frustration, die sich während seiner Zeit hinter Gittern angestaut hat, entfesseln.

Sein Stöhnen ist roh und animalisch und passt zur Kraft seiner Stöße. Die Hitze seines Körpers drückt auf meine Hüften, während er mich in die Erde drückt.

Ohne Vorwarnung packt er mich am Hinterkopf und reißt meinen Kopf hoch. Ich öffne meine Augen und atme geräuschvoll ein.

Ich blicke zur Gedenkstatue auf, wo das Mondlicht auf den Todesengel scheint und auf der scharfen Klinge seiner Sense glitzert. Das grinsende Skelett starrt uns durch hohle Augen ohne Mitgefühl an.

„Siehst du ihn?", fragt er.

„Wen?", frage ich durch einen Schleier der Lust.

„Schau dich um, Amethyst", knurrt er und rammt mir mit einem brutalen Stoß in die Muschi. „Wen siehst du?"

„N... nichts. Niemanden."

„Braves Mädchen." Er drückt meinen Kopf zurück in den Dreck.

Irgendwo in meinem Hinterkopf erinnere ich mich an etwas, das er einmal gesagt hat, um meine Halluzinationen zu vertreiben. Bis jetzt hätte ich nie gedacht, dass das möglich ist.

Tränen sammeln sich in meinen Augenwinkeln, als mir diese Erkenntnis kommt. Dies ist das erste Mal, dass ich mit einem Mann zusammen bin, ohne Mr. Lawson zu sehen.

Ich stoße einen Schluchzer aus und frage mich, ob das alles wirklich passiert. Das könnte ein Fiebertraum sein. Eine zusammengesetzte Halluzination, die zum Leben erweckt wurde. Wie viele Bücher habe ich gelesen, in denen der Geist der Hauptfigur in einer Wahnvorstellung gefangen war, nur damit der Arzt im letzten Kapitel am überraschenden Ende auftaucht?

„Du gehörst mir, kleiner Geist", knurrt Xero und reißt mich aus meinen Gedanken. „Mir, bis ans Ende der Zeit."

Verblendete Menschen halluzinieren keine Lügner, die ihren eigenen Tod vortäuschen, unschuldige Frauen heimsuchen, sie auf Friedhöfen ficken und ihnen dann nervige Spitznamen geben.

Oder etwa doch?

Xero verändert seinen Rhythmus, sein Prinz-Albert-Piercing reibt über einen Punkt, der Funken der Lust entzündet. Sie werden immer intensiver und durchströmen meinen Körper wie Stromschläge.

Meine Finger verkrampfen sich zu Fäusten und graben sich in die weiche Erde. Ich drücke mich ihm entgegen und jage dem Vergnügen hinterher. Er drängt sich tiefer in mich, sein heißer Atem streift meine Haut.

„Mein", knurrt er an meinem Ohr. „Wem gehörst du?"

„Fick dich", schreie ich, wobei meine Worte vom Boden gedämpft werden.

„Wähle deine Worte mit Bedacht, kleiner Geist. Schließlich bin ich derjenige, der die Kontrolle über deinen Orgasmus hat." Lachend zieht er sich zurück und dreht mich auf den Rücken.

Dunkle Flecken tanzen vor meinen Augen, und es dauert einen Moment, bis sich meine Augen daran gewöhnt haben. Er starrt mich mit diesen blassen, erbarmungslosen Augen an und drückt meine Knie gegen meine Brust. Wie kann es sein, dass ich nackt bin und er vollständig bekleidet ist?

„Ich bin kein ..."

Sein Schwanz dringt erneut so tief in mich ein, dass mir die Luft wegbleibt. Die Stöße werden kraftvoll, der Rhythmus grenzt an Raserei, während er mich wie ein wildes Tier fickt.

„Ich sagte, ich bin kein ..."

Er stößt so tief in mich, dass ich jede Erhebung, jedes Piercing seines Schafts spüre. Ich vergesse, was zum Teufel ich sagen wollte. Als er sein Tempo beschleunigt, hüpfen meine Brüste bei der Heftigkeit seiner Bewegungen. Sein Gewicht drückt mir die Luft ab, und ich muss mich sehr anstrengen, um atmen zu können.

Das Vergnügen schraubt sich von meinem Zentrum nach

oben und nimmt an Intensität zu, bis es sich anfühlt, als wäre ich es, die auf dem elektrischen Stuhl sitzt.

„Willst du kommen?", fragt er und streift mit seinem Daumen über meine Klitoris.

„Ja", stöhne ich.

„Wem gehörst du?"

„Niemandem."

„Falsche Antwort." Er zieht seinen Daumen zurück und ändert den Winkel seiner Stöße und verweigert mir damit die ersehnte Erleichterung.

„Wem?", knurrt er mir ins Ohr, und seine Stimme lässt meine Haut vor Lust prickeln.

Ich winde mich unter ihm und versuche, meine eigene Reibung zu erzeugen, aber er greift nach meiner Kehle.

„Mir selbst", schreie ich. „Ich gehöre mir."

„Widersetze dich ruhig weiter deinem Seelenverwandten. Ich habe alle Zeit der Welt."

Ich bin sprachlos angesichts seiner Dreistigkeit. Xero ist auf der Flucht. Nicht nur vor dem Gesetz, sondern auch vor seinem kriminellen Vater. Er kann doch nicht ernsthaft erwarten, dass ich mich ihm auf der Flucht anschließe.

Seine Finger verkrampfen sich und schnüren mir die Luft ab. Ich schnappe nach Luft, aber ich kann nicht atmen. Mein Herz rast, meine Sicht verschwimmt und meine ganze Welt verengt sich, bis es nur noch ihn und den Nachthimmel gibt.

„Wem gehörst du?" Seine tiefe Stimme sickert durch das gedämpfte Dröhnen zwischen meinen Ohren.

„Mir."

Xeros Gewicht drückt mich weiter in den Dreck und verstärkt das berauschende Gefühl der Hingabe. Wenn er mich noch fester packen würde, würde er mein Leben beenden, und der Gedanke, dass er mich bis zu meinem letzten Atemzug fickt, entzündet sämtliche Nervenenden in meinem Körper.

Ich bin schwerelos, mir ist schwindelig, und ich schwöre, dass die Sterne heller leuchten.

Als ich seine behandschuhte Hand berühre, verwandeln sie sich in eine strahlende Galaxie. „Sag es", knurrt er.

Meine Lungen brennen, mein Puls hämmert wild unter

seinen Fingern und ich schnappe nach nicht vorhandener Luft. Er fickt mich mit einer wilden Hingabe, die mich glauben lässt, dass dies unser letztes Mal sein könnte.

Jede Bewegung bringt mich näher an den Rand. Mein Körper brennt, verzehrt von seiner Berührung. Mein Verstand rast vor Angst und Verwirrung, aber inmitten des Chaos komme ich zu einer Erkenntnis. Xero ist hier, lebendig und getrieben – nicht von dem Wunsch nach meiner Vernichtung, sondern von einer Besessenheit, die tief in seiner Seele verwurzelt ist. Er ist gefährlich, unberechenbar, aber sein Wahnsinn wurzelt in einer kranken Art von Liebe.

Während er mich an den Rand der Ekstase treibt, schwelge ich in der Intensität seiner Gefühle. In der Vorstellung, dass er mich nicht gehen lassen kann.

In meiner Psyche verändert sich etwas und Angst mischt sich mit dunkler Erregung. In diesem furchterregenden Spiel bin ich nicht nur eine Schachfigur – ich bin seine Königin. Er zeigt seine Liebe durch diese verdrehte Hingabe. Die Grenze zwischen Schrecken und Verlangen bröckelt und hinterlässt ein unerklärliches Bedürfnis, mich dieser Intensität hinzugeben, um die Wildheit meiner Hingabe zu beweisen.

Der krankeste Teil von mir freut sich, dass Xero mich so sehr will, dass er mein Leben riskieren würde. Der Mann, der die sozialen Medien in Aufruhr versetzte, der sich mir über Hunderte und Tausende von anderen hinweg verschrieb, hat mich gewählt. Nicht als sein Opfer oder seine Beute, sondern als die Frau, die er zu der seinigen machen wollte. Trotz der Gefahr und des Wahnsinns schwillt meine Brust vor einem verdrehten Gefühl des Stolzes an.

In einer Welt, in der ich mich unsichtbar fühlte, sah und begehrte Xero mich mehr als alle anderen.

Es ist eine dunkle, verdrehte Liebe, aber es ist meine. „Amethyst", knurrt er. „Antworte mir."

„Dir", keuche ich.

„Was hast du gesagt?", bellt er, während er mit aller Kraft in mich stößt.

„Dir", röchle ich. „Ich. Gehöre. Xero."

Er lässt meinen Hals los und ich schnappe heftig nach Luft.

Der zusätzliche Sauerstoff schürt die Flammen meiner Erregung. Mein Körper zuckt und verkrampft sich bei seinen unerbittlichen Stößen, aber sein Rhythmus gerät nicht ins Stocken.

„Komm für mich, kleiner Geist", knurrt er. „Lass diese enge kleine Fotze um meinen Schwanz pulsieren."

Bei seinen Worten durchströmt der Orgasmus meinen Körper. Ich zucke auf dem Boden, mein Rücken krümmt sich, während die Empfindungen meinen Körper erfüllen. Mein Innerstes zieht sich um seinen Schaft zusammen und ich werde von einer betäubenden Glückseligkeit erfüllt.

Xeros unregelmäßige Atemzüge streifen meine Haut, sein Vergnügen ist spürbar. Meine Muschi verkrampft sich um seinen Schwanz und versucht, ihm sein Sperma abzutrotzen. Gerade als ich sicher bin, dass er kurz vor dem Höhepunkt steht, hebt er eine Hand und drückt sie mir ins Gesicht. Der stechende Geruch von Chemikalien dringt in meine Nase und überwältigt meine Sinne. Sämtliche Alarmglocken schrillen in meinem Kopf. Warum kommt mir das so bekannt vor? Ist das Chloroform?

Ich kämpfe gegen die Bewusstlosigkeit an, aber meine Augenlider werden schwer. Als ich der Dunkelheit erliege, hallt diese tiefe Stimme in meinem Kopf wider, als er sagt: „Schlaf, kleiner Geist. Ich werde da sein, wenn du aufwachst."

VIERUNDFÜNFZIG

Bundesgefängnis Alderney.

Liebe Amethyst,

Unser erster Angriff auf den Abschlusslauf verlief reibungslos. Die Firma verließ sich auf Leute wie meine Verbündeten, die die Bühne bereiteten, die Marken versteckten und Kameras anschlossen, damit Vorgesetzte wie mein Vater aus der Ferne zusehen konnten.

Damals kümmerte sich nur eine kleine Anzahl von Mitarbeitern darum, die Verlierer in ihr Schicksal zu führen. Sie waren unser erstes Ziel und haben sie außer Gefecht gesetzt.

Wir sabotierten auch den Abschlusslauf, indem wir genug Geldbörsen für alle bereitstellten. Leider dachten einige Gruppen nicht daran, nach einer zusätzlichen Geldbörse zu suchen, und griffen ihre Kameraden an. Wir griffen ein, retteten diese armen Seelen und boten ihnen einen Platz in unserem Versteck an.

Einige lehnten ab, selbst nachdem wir beschrieben hatten, wie die Firma mit ihren Nicht-Attentätern umging, aber wir entfernten die Peilsender von denen, die sich bereit erklärten, mit uns zu kommen, und brachten sie direkt zu unserem sicheren Unterschlupf.

Um nicht zu viel Verdacht zu erregen, kehrten viele von uns zur Arbeit zurück. Die Firma glaubte, dass sie von einer rivalisierenden Organisation abgeworben wurden und ging in die Defensive. Die Attentäter bewachten den nächsten Abschlusslauf, ohne zu bemerken, dass das Hilfspersonal potenzielle Rekruten stahl.

Nach dem Jahr, in dem meine Schwestern ihren Abschluss machten, wurde das Abwerben von Auszubildenden zu riskant. Stattdessen konzentrierten wir uns darauf, die Organisation von innen heraus zu zerstören. Wir nahmen verärgerte neue Rekruten und alle, von denen wir wussten, dass sie der Firma gegenüber in einer unfairen Schuld standen.

Ich gab auch meinen Posten auf und wurde zum Gesicht meiner Rebellengruppe. Wir verbreiteten die Wahrheit über die ausbeuterischen Geschäftspraktiken und sammelten langsam Informationen, die bewiesen, dass die Firma Agenten in Hinterhalte schickte.

Währenddessen warben wir weiterhin Kunden der Firma ab. Viele Attentäter wussten, was wir taten, mischten sich aber nicht ein. Ich kann mich an keine einzige Person erinnern, die mit dem Schwindel der Firma einverstanden war. Mein Vater blieb unauffindbar. Wir hatten Wachen, die das Hauptquartier, sein Haus in Victoria Gardens und andere bekannte Treffpunkte im Auge behielten, aber er war untergetaucht und unauffindbar. Irgendwann hörte er auf, die Gebühren für die Einrichtung meines Bruders zu bezahlen, sodass er schließlich rausgeworfen wurde.

Manche sagen, dass er wegen meiner Aktivitäten als Anführer der Firma abgesetzt wurde. Andere meinten, er hätte lukrativere Gelegenheiten gefunden. Einige deuteten an, dass er tot sei, aber ich wusste, dass er am Leben war. Ich musste ihn finden, nicht nur aus Rache, sondern auch, um die Einrichtung der Kinderattentäter zu schließen.

Also habe ich aus Verzweiflung den Angriff auf meine Stiefmutter und meinen Bruder öffentlich gemacht.

Fragen der Fans:

Alkohol ist im Gefängnis strengstens verboten, daher wäre es unverantwortlich, mein Lieblingsgetränk zu verraten. Ich kann jedoch sagen, dass ich es zum ersten Mal in der Armagnac-

Region in der Gascogne im Südwesten Frankreichs probiert habe. Ich empfehle wärmstens einen Ausflug zu einem ihrer Weinberge.

Vielen Dank für die Lieferung des Buches ‚Farm der Tiere‘. Wir hatten nicht mit dem Dreifachen der angeforderten Spenden gerechnet. So kann jeder Todestraktinsasse sein Exemplar als Andenken an eure guten Wünsche behalten, während die restlichen Häftlinge die Möglichkeit haben, über gute Literatur zu diskutieren.

Ja, ich habe den Protest aus meiner Zelle gehört und mich gefragt, ob es einen Aufstand gegeben hat. Erst als der Gefängnisdirektor mich in sein Büro rief und mir sagte, dass sich Anhänger meines inoffiziellen Fanclubs vor den Toren versammelt hätten, um gegen meine ungerechte Bestrafung wegen sexueller Belästigung zu demonstrieren, wurde mir klar, was los war. Es gibt eine Debatte darüber, ob die nicht einvernehmliche Berührung meiner Genitalien als Körperverletzung angesehen werden kann, aber der Streitpunkt ist, ob Gefangene dafür bestraft werden sollten, dass sie sich weigern, sich invasiven und unerwünschten Durchsuchungen zu unterziehen.

Als der Gefängnisdirektor mich aufforderte, mich an die Menge zu wenden, fragte ich ihn, ob er meine Besuchsrechte wiederherstellen würde. Er sagte nein. Daraufhin argumentierte ich, dass das Sprechen zu einer Menge inoffizieller Fans eine Form des Besuchs sei, und er schickte mich zurück in meine Zelle. Ich kann also noch immer keine Besucher empfangen. Und das alles nur, weil ich nicht wollte, dass ein anderer Mann meine Genitalien berührt.

In Liebe

Xero

FÜNFUNDFÜNFZIG

AMETHYST

Als ich aufwache, merke ich, dass mein Körper sich im Wasser befindet und mein Rücken an eine muskulöse Brust lehnt. Eine große Hand liegt um mein Kinn und hält meinen Kopf an Ort und Stelle, während ein starker Arm um meine Taille liegt.

Sofort werde ich von einer Welle der Erinnerungen überflutet, und ich zucke mit einem Keuchen nach vorn und reiße die Augen auf. Der Arm um meine Taille spannt sich an und zieht mich zurück gegen einen größeren Körper.

„Ganz ruhig", sagt eine vertraute Stimme.

„X... Xero?", flüstere ich.

„Ganz recht."

Ich betrachte meine Umgebung. Wir befinden uns in einem runden Becken aus abgenutztem Stein, das über ein Jahrhundert alt sein könnte. Es ist von einem gepflasterten Gehweg und Säulen umgeben, die sich über uns emporheben. Über uns dringt Mondlicht durch das bunte Glas und lässt Farben auf der Wasseroberfläche tanzen.

„Wo sind wir?", frage ich.

„Im alten Pfarrhaus."

„Auf dem Friedhof?"

„Genau dort."

Ich erschaudere bei der Erinnerung an ein Gebäude, das so baufällig ist, dass die Stadt eine kleine Mauer ringsherum gebaut hat, um zu verhindern, dass jemand verletzt wird. Es handelt sich um ein gotisches Bauwerk aus dem 19. Jahrhundert, von dem jeder weiß, dass es von Geistern heimgesucht wird. Selbst die Gärtner, die den Friedhof pflegen, machen einen großen Bogen darum und lassen die Pflanzen um das Gebäude herum bis zu einer Höhe von über zwei Metern wachsen.

„Ist es denn überhaupt sicher hier?", frage ich.

„Vollkommen."

„Sind wir tot?"

Er stößt ein tiefes, volles Lachen aus. „Nein, meine Liebe. Wir waren noch nie lebendiger."

„In diesem Fall würdest du mich bitte gehenlassen." Ich versuche, mich aus seinem Griff zu befreien, aber er umschließt mich nur noch fester.

„Warum?"

Ein hysterisches Lachen entringt sich meinen Lippen. „Oh, ich weiß nicht ... Vielleicht weil du mich darüber angelogen hast, dass du tot bist, mich so terrorisiert hast, dass ich dachte, ich würde den Verstand verlieren, und mich zum Schluss auch noch über den Friedhof gejagt hast?"

Er drückt sich an mich. „Und dir den besten Sex deines Lebens beschert?"

„Ich hatte schon besseren."

Die Hand, die mein Kinn umfasst, legt sich um meinen Hals. „Sei vorsichtig, kleiner Geist. Ich habe dir deinen Verrat noch nicht vergeben."

„Wollen wir uns weiterhin deswegen streiten?", schnauze ich.

Seine Finger schließen sich fester um mich und drohen, mir die Luft abzuschneiden, und ich beiße die Zähne zusammen. Es bringt nichts, sich mit einem Verrückten zu streiten, auch wenn ich im Recht bin.

„Hasse mich später", murmelt er in mein Haar. „Jetzt kümmere ich mich erst mal um dich."

Er greift hinter sich und holt ein Stück Seife hervor. Ich zwinge mich, mich an seine Brust zu lehnen und abzuwarten. Selbst wenn ich gehen wollte, habe ich keine Ahnung, wo meine

Kleidung ist. Sie liegt wahrscheinlich immer noch in Fetzen an seinem Grab.

Mir wird heiß, als ich mich auf die großen Hände konzentriere, die die Seife einreiben, ihre Bewegungen sind hypnotisierend. Sie sind breit und kraftvoll, aber dennoch fähig, solch exquisites Vergnügen zu bereiten. Zitrusduft erfüllt die Luft und vermischt sich mit dem berauschenden Aroma seiner Haut, während der Schaum von seinen langen Fingern spritzt. Diese geschickten Finger haben mit meiner Muschi gespielt, bis ich stöhnte, jede Berührung durchströmte mich in köstlichen Schockwellen.

Bei der Erinnerung zieht sich mein Innerstes zusammen, und tief in meinem Bauch sammelt sich Verlangen. Oh, verdammt. Warum muss ich ausgerechnet jetzt an Sex denken? Aber es ist unmöglich, nicht daran zu denken, wenn diese Hände sich direkt vor mir befinden und mich an das Vergnügen erinnern, das sie bereiten können.

Selbst wenn Xero die Wahrheit sagt und wir beide am Leben sind, gibt es immer noch keine Möglichkeit, dieses verlassene alte Pfarrhaus ohne seine Hilfe zu verlassen.

Ich schlucke schwer, mein Blick klebt an der Art und Weise, wie seine Finger über die Seife gleiten, und ich stelle mir vor, wie sie stattdessen über meine Haut fahren, sodass ich alles vergesse, außer wie süchtig seine Berührung macht.

„Wie spät ist es?", frage ich.

„Spät", antwortet er und bedeckt meine Schultern mit Schaum.

„Willst du mich wirklich wie einen Invaliden waschen?", frage ich.

„Das nennt man Nachsorge. Und ja."

„Warum tust du das, nachdem du mich tagelang so terrorisiert hast, dass ich dachte, ich würde verrückt werden? Du weißt, wie es um meine psychische Gesundheit steht."

Er lässt den Schaum meine Arme hinunterlaufen und über meine Hände, wobei er darauf achtet, jeden freiliegenden Zentimeter meines Körpers mit Seife zu bedecken.

„Xero?", fauche ich.

„Stell dir vor, wie es sich anfühlt, sich einer Frau zu öffnen und dass sie jeden Teil von dir akzeptiert, auch die, die du noch nie jemandem anvertraut hast, nur um dann festzustellen, dass die Liebe und Hingabe nur vorgetäuscht waren, damit sie reich wird?"

„Meinst du etwa mich?", frage ich.

„Wenn die Schlinge passt ..."

„Hast du mich nicht schon genug bestraft?"

„Ich habe noch nicht einmal angefangen." Er beginnt, meine Schultern zu massieren. „Wenn ich mit dir fertig bin, wirst du dir wünschen, du hättest mich niemals mit deinen honigsüßen Worten in Versuchung geführt."

„Das fühlt sich gar nicht so schlecht an", murmele ich.

Er lacht. Es ist ein leises, dämonisches Lachen, das klingt, als käme es direkt aus den Tiefen der Hölle. Ich frage mich, ob das alles nur eine Fassade ist, die mein Verstand erfunden hat, um die Tatsache zu vertuschen, dass wir beide uns eigentlich in der Hölle befinden.

Es würde auf eine kranke Art Sinn ergeben. Letzte Nacht waren Männer im Haus. Zwei von ihnen verschafften sich über die Vordertür Eintritt und zwei weitere stürmten auf mich zu, als ich versuchte, durch die Hintertür hinauszulaufen.

Als sie mich auf den Küchentisch drückten, muss mein Verstand ausgeschaltet haben. Wenn er schon bei einvernehmlichem Sex ausfallen kann, dann muss er mir auch bei der Vergewaltigung geholfen haben.

In diesem Moment stellte ich mir Xero vor. Nicht die Sensenmann-Version des Mannes, sondern den platinblonden Serienmörder. Nur habe ich mich verhört und mir vorgestellt, er würde im Schrank unter der Treppe leben, was lächerlich ist.

In meiner Vorstellung erschlug er die Vergewaltiger mit der Axt des Henkers, und dann rannte ich weg. Vielleicht war das der Moment, in dem ich starb. Oder so. Dann reiste meine Seele zum Friedhof, und ein Haufen Männer, die ich getötet hatte, führten mich zu Xeros Grab.

„Du kannst den Zauber aufheben", sage ich. „Ich weiß, dass wir endlich zusammen in der Hölle sind."

Er seift meine Brüste ein. „Glaubst du immer noch, dass wir tot sind?"

„Wir sind in einem römischen Bad, und es ist rund. Das ist wahrscheinlich der mittlere Kreis, in dem Verräter wie Brutus und Judas Ischariot hocken."

„Dantes Inferno?", fragt er mit leiser Stimme.

„Warum nicht?"

„Wer bin dann ich?"

„Mein Führer."

„Ich verstehe." Er zwirbelt meine Brustwarzen zwischen seinen Fingern. „Und was ist damit?"

Meine Muschi verkrampft sich. „Lust ist eine der sieben Todsünden."

„Ist das so?", murmelt er gegen meine Schulter.

Ich beuge mich zur Seite, strecke meinen Hals und drehe mich um, um zu überprüfen, ob es wirklich Xero ist. Kalte blaue Augen starren mich aus gemeißelten Gesichtszügen an, die von platinblondem Haar eingerahmt sind.

„Nimm sie ab", sage ich. Er zieht die Augenbrauen hoch.

„Ich will dein wahres Gesicht sehen."

Xero, oder der Dämon, der sein Gesicht trägt, seufzt. „Du bist am Leben, Amethyst. Und ich auch."

„Wie habe ich dann diese Männer überlebt?"

„Ich habe sie außer Gefecht gesetzt."

Ich fahre mir mit der Zunge über die Lippen. „Wer waren sie?"

„Das würde ich auch gerne wissen."

„Hast du wirklich im Schrank unter meiner Treppe gelebt?", frage ich.

„Mehr oder weniger", antwortet er mit einem leisen Lachen.

„Wie? Als ich das letzte Mal dort nachgesehen habe, waren dort Reinigungsmittel und Gerümpel drin."

„Dann haben wir gute Arbeit geleistet, um alles zu verbergen."

Ich möchte fragen, was zum Teufel das bedeutet, aber ich bin sicher, dass es wichtigere Dinge gibt. Zum Beispiel, was Xero mit seinen Händen macht. Sie gleiten meinen Bauch hinunter und zwischen meine Beine.

Seine Finger umkreisen meine Klitoris und ich zucke zusammen. „Zärtlich?", fragt er.

„Ein Psychopath hat mich über einen Friedhof gejagt und mich im Dreck gefickt", sage ich. „Und du hast über die Größe deines Schwanzes gelogen. Er ist größer als der Dildo."

Er schnaubt. „Das Silikon muss während des Trocknungsprozesses geschrumpft sein."

Meine Schenkel öffnen sich und erlauben ihm, sanfte Kreise auf meiner Klitoris zu reiben. Vielleicht bläst ein weiterer Orgasmus den Nebel in meinem Gehirn weg. Wenn wir beide noch am Leben sind, bedeutet das, dass ich einen potenziellen Flüchtling beherberge, und ich könnte Ärger mit demjenigen bekommen, der mit den vier Männern in Verbindung steht, die in meinem Haus waren.

Das ist zu weit hergeholt.

Das ist wahrscheinlich meine Einführung in die Hölle. Etwas Langes, Hartes und Dickes drückt an meine Muschi, aber ich wage nicht nach unten zu schauen, für den Fall, dass es sein Schwanz ist.

Scheiße. Ich genieße besser diesen letzten Hauch von Vergnügen, bevor er zur Bestrafung übergeht.

Xeros Lippen bedecken meinen Nacken mit sanften Küssen, und die Hand, die nicht meine Klitoris neckt, kneift meine Brustwarze, bis es schmerzt. Meine Hüften zucken und meine Muschi verkrampft sich, begierig auf mehr.

Das ist verrückt. Ich sollte herausfinden, was wirklich passiert, aber stattdessen schwelge ich in den Zärtlichkeiten dieses wunderschönen Monsters. In meinem Inneren sammeln sich Empfindungen, die sich mit der Intensität seiner Finger, die Kreise um meine Klitoris ziehen, aufbauen.

Dampf steigt von der Wasseroberfläche auf und verdichtet die Luft. Ich stöhne, mein Gesicht wird heiß. Ich schaue zwischen meine Schenkel, wo ich Xeros Erektion sehe, und schließe meine Finger um seine Eichel.

Er stöhnt. „Das schmutzige, kleine Mädchen will meinen Schwanz?"

„Ja." Ich fahre mit dem Daumen über seinen Schlitz und lasse ihn erschauern.

Er rutscht weiter die Steinbank hinunter, sodass ich besseren Zugang zu seinem Schaft habe. Ich fahre mit meinen Fingern auf und ab und bestaune all die Piercings. Wie zum Teufel habe ich nur einen so riesigen Schwanz in mich aufnehmen können?

Vielleicht ist das der Beweis dafür, dass ich wirklich tot bin.

Wir berühren, reiben und streicheln uns weiter, bis das Vergnügen zu intensiv wird. Ich werfe meinen Kopf keuchend und nach Luft ringend zurück und versuche dabei, meinen Rhythmus beizubehalten.

„Zusammen?", brummt er.

„Ja", flüstere ich.

Der Finger auf meiner Klitoris umspielt sie mit noch mehr Druck. „Komm für mich, kleiner Geist."

Seine Worte lösen eine Implosion aus, die mich genießend die Augen schließen lässt. Empfindungen brechen aus meinem Inneren hervor und ich öffne meinen Mund zu einem stummen Schrei. Xeros Hüften zucken und er stöhnt seinen Orgasmus heraus.

Da weiß ich, dass er kein Mensch ist.

Ich sinke mit rasendem Herzen gegen seine Brust. Wenn das die Hölle ist, wäre eine Ewigkeit mit Xero vielleicht gar nicht so schlecht. Nicht, wenn er mich zum Kommen bringen kann, ohne dass ich irgendwelche Geister sehe.

„Das ist mein Mädchen", murmelt er in mein Haar. „Das ist erst der Anfang."

Ich schließe die Augen und entspanne mich an seiner Brust. Ich habe nicht die Kraft, den Sinn hinter seinen Worten zu verstehen.

„Xero? Bist du das wirklich?"

„Ja."

Meine Kehle zieht sich zusammen. „Ich habe ein Video von der Hinrichtung gesehen. Du warst mit so viel Blut bedeckt, aber es warst definitiv du. Und dann ging etwas schief und der Strom hat deinen Kopf in Brand gesetzt. Sie haben dich für tot erklärt."

„Das entspricht alles der Wahrheit."

„Aber wie?"

„Ruh dich aus, meine Liebe. Wir haben dringendere Probleme." Er nimmt mich in seine Arme und hebt mich aus dem Becken.

Ich blicke mich um und frage mich, wie um alles in der Welt

jemand aus dem Todestrakt entkommen kann. Es ergibt keinen logischen Sinn, aber das tut meine Theorie, dass wir in der Hölle sind, auch nicht. Ich habe so viele Fragen, dass ich nicht einmal weiß, wo ich anfangen soll.

Xero trägt mich durch einen Torbogen in einen steinernen Raum, der aussieht, als wäre er früher für entspannende Behandlungen genutzt worden. Licht scheint aus Glaslampen auf einem Steintisch, der in der Mitte des Raumes steht. Holzbänke säumen eine Wand, während die andere mit vernagelten Fenstern verkleidet ist.

Angesichts der bröckelnden Wände und des freiliegenden Mauerwerks glaube ich langsam, dass wir uns wirklich in dem verlassenen Pfarrhaus befinden.

Er setzt mich auf die Bank und hüllt meinen Körper in ein flauschiges Handtuch. Ich nehme mir eines, um es mir wie einen Turban um die Haare zu binden, während Xero sich zu meinen Füßen hinkniet und meinen Knöchel ergreift.

„Was machst du da?"

Er legt meinen Fuß auf seinen Oberschenkel. „Ich kümmere mich um das, was mir gehört." Sein Blick flackert auf und trifft meinen, und ich starre in seine eisblauen Augen. Aus der Nähe betrachtet sind seine Iriden verrückt. Sie haben die Farbe eines Winterhimmels mit weißen Strahlen. Das Einzige, was die Iris von der Sklera unterscheidet, ist der winzige indigofarbene Ring.

Ich bin kurz davor zu fragen, ob es Kontaktlinsen sind, aber dann erinnere ich mich daran, dass ich mich in der Gegenwart eines grollenden Mörders befinde.

„Ich dachte, du hasst mich."

„Was denkst du denn?", fragt er.

Ein Kloß bildet sich in meiner Kehle und ich schlucke. Mein Herz rast vor zerbrechlicher Hoffnung. Soll ich es sagen?

Xeros Lippen streifen mein Ohr und ich fasse mir ein Herz, um zu flüstern: „Du ... liebst mich?"

„Und?"

„Und hasst mich gleichermaßen?" Seine Mundwinkel zucken bei den Worten. „Was wäre, wenn ich dir sagen würde, dass ich nicht versuche, aus unserer Beziehung Kapital zu schlagen?" krächze ich.

„Dann würde ich dir sagen, dass du dir eine überzeugendere Lüge ausdenken solltest", antwortet er.

Schauer durchfahren mich und mein Herz verkrampft sich.

„Willst du mich tot sehen?", frage ich.

„Wo bliebe da der Spaß, kleiner Geist?", erwidert er lächelnd. „Du bist mir unter die Haut und in die Seele gefahren. Du hast mich dazu gebracht, dich von ganzem Herzen zu lieben."

Mir stockt der Atem. „Das ist also gut?"

„Das ist etwas, das ein Mann nicht so leicht verzeihen kann", erwidert er und blickt mich mit einem harten Ausdruck in den Augen an.

SECHSUNDFÜNFZIG

Bundesgefängnis Alderney.

Liebe Amethyst,

Mittlerweile hast du wahrscheinlich schon gehört, dass mein Hinrichtungstermin vorverlegt wurde. Der Gefängnisdirektor rief mich in sein Büro und sagte, dass die Abteilung New Alderneys für Justizvollzug und Resozialisierung beschlossen hat, ihn für in zwei Wochen anzusetzen. Ich weiß nicht, ob es ein Zufall ist oder aus Boshaftigkeit, aber sie wollen mich an deinem Geburtstag auf den elektrischen Stuhl bringen.

Ich wollte, dass du diese Information schriftlich erhältst, damit du dir Zeit nehmen kannst, meine Bitte zu lesen. Bitte mobilisiere nicht den Fanclub, um meine Todesstrafe in lebenslange Haft umzuwandeln. Ich wurde nicht nur auf frischer Tat ertappt. Die Polizei fand mich, wie ich das noch schlagende Herz meiner Stiefmutter in der Hand hielt.

Für eine so schwarze Seele wie meine gibt es keine Erlösung. Ich habe es genossen, sie und ihre Söhne ins Jenseits zu befördern. Ich habe mich an ihrem Schrecken und ihrem Schmerz gelabt. Diese Hinrichtung muss stattfinden, und sei es nur, um die Welt von einem korrupten Geist zu befreien.

Der Gefängnisdirektor hat mich angefleht, keine Aufstände,

Proteste oder sonstige Unruhen zu schüren. Als Gegenleistung für eine diskrete Hinrichtung hat er mir einen Wunsch gewährt.

Drei Stunden. Drei Stunden vor meinem Tod auf dem elektrischen Stuhl wird er mir einen ehelichen Besuch gestatten. Er zeigte mir den Besuchsraum mit einem Queen-Size-Bett, einem Kühlschrank, einem Esstisch, Stühlen und einer Küchenzeile.

Amethyst, er gibt uns die Chance, zusammen zu sein, bevor ich sterbe. Ich weiß, dass du zurückgezogen lebst. Ich weiß, dass du Angst hast. Ich weiß, dass du ein Trauma hast. Ich weiß, dass einige der Dinge, die wir in unseren Briefen besprochen haben, verrückt waren. Aber ich schwöre dir bei meiner schwarzen Seele, dass ich dir nur Freude bereiten werde, wenn du dem ehelichen Besuch zustimmst.

Es gibt jedoch eine Einschränkung:

New Alderney gewährt eheliche Besuche nur verheirateten Paaren, was bedeutet, dass wir heiraten müssten. Der Gefängnisdirektor hat meine Situation bereits mit dem Seelsorger des Gefängnisses besprochen, der sich bereit erklärt hat, die Zeremonie mit der Frau durchzuführen, mit der ich eine Beziehung habe.

Viele haben mir Briefe geschickt, aber ich habe nur auf deine geantwortet. Du bist die einzige Frau, die ich in meinem Herzen trage. Die Ehe ist eine Verpflichtung. Eine, die Seelen ein Leben lang und darüber hinaus verbindet. Mir ist klar, dass dies eine Menge Druck ist, und ich verstehe, wenn du nein sagst.

Aber wenn du zustimmst, meine Frau zu werden, wenn du zustimmst, diesem armen Sünder deine Hand in der Ehe zu reichen, wird mir das den Geschmack des Himmels geben, der mein Herz stützt, während meine Seele in der Hölle brennt.

Du fragst dich vielleicht, warum meine Hinrichtung vorverlegt wurde. Aus der stotternden Antwort des Gefängnisdirektors konnte ich entnehmen, dass ich zu einer Bedrohung geworden war. Unsere Plattform löste Diskussionen in den sozialen Medien aus, Aktivisten sprachen die unmenschlichen Bedingungen im Gefängnissystem, korrupte Wärter, Verstöße gegen den achten Zusatzartikel, die Vorschriften der *American Correctional Association* und die Nelson-Mandela-Regeln an.

Das System will nicht, dass die Öffentlichkeit Mitgefühl für einen verurteilten Mörder oder irgendeine andere Art von Häftling hat. Diejenigen, die den industriellen Gefängniskomplex kontrollieren, wollen, dass die Menschen die Seelen vergessen, die hinter den Mauern gefangen sind. Sie leben von der Entmenschlichung, profitieren von der Inhaftierung von Menschen und es ist die wahrhaftigste Form der modernen Sklaverei in den Vereinigten Staaten.

Sie wollen nicht, dass die Menschen wissen, dass die Insassen für den finanziellen Gewinn des Gefängnisses arbeiten, während ihnen angemessene Löhne und grundlegende Menschenrechte verweigert werden. Meine Hinrichtung wird die Gleichgültigkeit der Öffentlichkeit gegenüber ihrer Notlage wiederherstellen.

Ließ den Fans so viel von diesem Brief vor, wie du möchtest.

In Liebe

Xero

P.S. Ich werde nicht auf eine Antwort auf meinen Vorschlag drängen. Nicht einmal während unserer morgendlichen Anrufe. Ich bin sehr für das stille Nein.

SIEBENUNDFÜNFZIG

AMETHYST

Ich sitze fassungslos da, als Xero meinen Körper abtrocknet, meine Haut mit Lotion einreibt und mich vor einen rostigen Spiegel stellt, damit er sich um meine Haare kümmern kann. Seine Berührungen sind für einen grollenden Mann außergewöhnlich sanft. Wenn er mich so liebevoll behandeln kann, was kommt dann als Nächstes auf mich zu? Der Hass?

Schauer laufen mir über den Rücken, als er mein Haar aus dem Handtuch löst und unter der Bank nach einem Föhn mit Diffusoraufsatz greift. Er packt eine Handvoll meiner Locken und zerdrückt sie mit seinen Fäusten.

„Xero?", röchle ich.

„Still." Er lässt meine Haare los und bläst warme Luft auf meine Kopfhaut.

„Ich fange an, mich wie eine Puppe zu fühlen", murmele ich.

Er antwortet nicht, zu sehr scheint er von meinen Haaren in den Bann gezogen zu sein. Ich schweige, während er die Locken weiterbearbeitet, und versuche, nicht zu zittern. Das ist kein Traum, denn ich kann mein Spiegelbild immer noch nicht ansehen, und ich glaube nicht, dass dies das Jenseits ist. Wenn es real ist, dann muss ich ihn wirklich zur Vernunft bringen, bevor er mit der Bestrafung beginnt.

„Das, was du über mich gesagt hast, dass ich dich bloß ausgenutzt habe, um Geld zu machen, ist nicht wahr", sage ich über das Geräusch des Föhns hinweg.

„Wie das?"

„Was ich für dich empfunden habe, war echt. Du warst nicht nur ein Mittel für mich, um an Einfluss zu gewinnen."

„Hmm ..."

„Was soll das heißen?"

„Weißt du, wie viele Leute ich in die Enge getrieben habe, die alles sagen, nur um am Leben zu bleiben?", murmelt er, und seine Worte vermischen sich mit dem Geräusch des Föhns. „Nimm diese beiden Vergewaltiger, die ich bestraft habe. Stephen Glick leugnete, an der Drogenbetäubung von Mädchen auf Buchmessen beteiligt gewesen zu sein, bis sein Komplize einige der Orte nannte, an denen sie zugeschlagen hatten."

Mir stockt der Atem. „Glaubst du, ich sei wie die beiden?"

„Und du hättest meine Stiefmutter hören sollen. Sie gab meinem Vater die Schuld und sagte, er habe der Familie befohlen, mir das Leben zur Hölle zu machen."

„Aber er war der Anführer", sage ich.

„Richtig, und sie war seine willige Komplizin, ebenso wie die Brüder, die es genossen, mir Schmerzen zuzufügen. Wenn diese Frau wirklich ein Opfer war, hätte sie dann nicht ein wenig Mitgefühl gezeigt, während mein Vater geschäftlich unterwegs war?"

Ich antworte nicht. Nicht, weil ich seiner Frage nicht zustimme, sondern weil es schmerzt, mit einer Gruppe von Missbrauchstätern in einen Topf geworfen zu werden. Ganz zu schweigen davon, dass es falsch ist. Alles, was ich jemals wollte, war das Herz des Mannes, der mir diese schönen Briefe geschrieben hat.

Diese Wut auf mich kam von dem Irrglauben, dass ich eine Verräterin war, genau wie sie. Damit Xero beruhigt ist, muss ich ihn davon überzeugen, dass er sich irrt.

Er beugt sich zu mir und lässt seine Nasenspitze an meinem Nacken entlangfahren. „Wenigstens hast du nicht über deinen Geruch gelogen."

„Ich bin keine Lügnerin", stoße ich zwischen zusammengebissenen Zähnen hervor.

„Eine Lüge durch Auslassung ist immer noch eine Lüge." Er küsst meinen Nacken und lässt dabei Funken der Lust über meine Haut sprühen. „Du hättest mir sagen sollen, dass du unsere Beziehung benutzt hast, um Geld zu machen."

„Das habe ich nicht ..."

Seine Hand legt sich um meinen Hals, sodass mir der Atem stockt.

Scheiße. Diese Art von Gespräch bringt uns nicht weiter.

„Okay, lass mich etwas sagen."

„Nur zu."

„Es gibt eine Frau, die alle meine Videos kommentierte. Nachdem mein erstes Video viral gegangen war, berechnete sie, wie viel Geld es eingebracht hatte, und sagte, ich sei einer der bestbezahlten neuen YouTuber."

„Und?", säuselt er.

„Ich war noch nicht einmal dem *Creator Fund* beigetreten."

„Erkläre das."

„Du kannst mit deinen Videos erst Geld verdienen, wenn du eine bestimmte Anzahl von Followern erreicht hast. Mein Account stagnierte monatelang. Ich bekam zehn, vielleicht fünfzehn neue Follower pro Woche, sodass ich nie auf die Idee kam, dass ich mit meinen Inhalten jemals Geld verdienen könnte."

„Aber dann gingst du viral", sagt er.

„Ja, und mit einem Mal hatte ich so viele Follower, dass es verrückt war."

„Und dann hattest du die geniale Idee, mit meinen Briefen Geld zu verdienen."

„Nein." Ich schüttle den Kopf, um es zu betonen. „Damals konnte ich nicht klar denken."

„Wegen der Medikamente."

Ich nicke. „Erinnerst du dich, als du mich ermutigt hast, die Pillen abzusetzen, und es mir dann besser ging?"

Als Xero nicht sofort antwortet, werfe ich einen Blick in den Spiegel und sehe, dass er nickt.

Ich fahre mir rasch mit der Zunge über die Lippen. „Damals habe ich nur erwähnt, dass du geantwortet hast. Ich habe nichts vorgelesen, bis du mir die Erlaubnis dazu gegeben hast."

Er seufzt. „Also habe ich dieses Monster erschaffen?"

„Nein." Meine Augen tränen. „Bevor du geantwortet hast, war ich so deprimiert. Niemand scherte sich einen Dreck um meine Manuskripte, und ich hatte Jahre mit einer Geschichte verschwendet, für die es keinen Markt gab. Meine Eltern hielten mich auf Distanz, meine Psychiaterin gab mir immer mehr Medikamente, und ich war zu lethargisch, um das Haus zu verlassen."

„Ich verstehe."

„Dank dir hatte ich einen Freund. Einen Geliebten. Jemanden, der mich als etwas Besonderes ansah. Jemanden, der mich aus einer Menge anderer Frauen auswählte. Jemanden, der mir das Gefühl gab, gebraucht zu werden."

Er fährt mit den Fingern durch meine Locken. „Weiter."

„Zum ersten Mal seit etwa zehn Jahren war mein Verstand klar. Ich brauchte immer noch medizinische Hilfe und ich brauchte meinen eigenen Arzt. Als ich hörte, dass diese Frau sagte, meine Videos hätten ein Vermögen eingebracht, loggte ich mich in meinen Account ein und beantragte den *Creator Fund*."

Xero seufzt. „Also waren die Berichte über deine Einnahmen übertrieben?"

„So in etwa", murmele ich. „Ich habe immer noch ein Einkommen, aber ich wurde vor ein paar Tagen gesperrt, was bedeutet, dass ich für kein einziges Video bezahlt werde."

Xero legt beide Hände auf meine Schultern und drückt so fest zu, dass ich zusammenzucke.

„Was?", frage ich.

„Wenn du erwartest, dass ich Mitleid habe, weil du nicht das Vermögen gemacht hast, von dem in den sozialen Medien berichtet wird, dann liegst du falsch."

Meine Schultern sinken herunter, und ich senke den Kopf. „Ist das der Punkt, an dem du mir das Herz herausreißt?"

„Und mir den ganzen Spaß verderbe?", fragt er. „Du wirst erst sterben, wenn ich der Meinung bin, dass es an der Zeit ist. Und danach wird deine Seele immer noch an meine gebunden sein."

Ich knirsche mit den Zähnen. „Was wäre, wenn ich es dir zurückzahlen würde?"

Er schmunzelt. „Ich hätte dir vielleicht vergeben, wenn du mich nicht verlassen hättest, als ich dich am meisten brauchte.

Diese drei Stunden wären die schönsten meines Lebens gewesen. Eine Hochzeit im Gefängnis, gefolgt von meinem ersten Fick im Gefängnis."

„Ja, nun, du hast dir heute Abend genommen, was du wolltest. Reicht das nicht?"

„Nein, mein kleiner Geist ..."

„Hör auf, mich so zu nennen!"

Seine Hand wandert zu meiner Brust und umschließt sie mit seiner Faust. Ein Schock durchfährt meinen Körper und sammelt sich zwischen meinen Beinen.

Ich schnappe nach Luft. „Xero ..."

„Ich hätte vielleicht Verständnis für dich gehabt, was den *Creator Fund* angeht", knurrt er. „Schließlich muss ein Mädchen seinen Lebensunterhalt verdienen. Ich hätte vielleicht sogar verstanden, warum du zu spät zur Hochzeit gekommen bist und die Hinrichtung verpasst hast. Aber wie zum Teufel erklärst du das Buch?"

Mir stockt der Atem. „Ich habe mich hinreißen lassen. Alle wollten unsere Geschichte hören. Du weißt, dass ich schon immer etwas veröffentlichen wollte, und als die Leute etwas über dich und mich lesen wollten, habe ich einfach ..."

„Auf die Knie", knurrt er.

„Aber ..."

„Sofort", brüllt er.

Mit einem Aufschrei knie ich mich auf den Steinboden. Xero beugt sich über mich, sodass sich seine Erektion nur Zentimeter von meinem Mund befindet.

Aus der Nähe und im Licht ist es unmenschlich. Nicht nur die Länge und der unmögliche Umfang, sondern auch das Prinz-Albert-Piercing, ein Metallring, der seine Eichel ziert. Mein Blick wandert zu den Steckern entlang, die an der Unterseite seines Schafts verlaufen.

Zwölf Stecker.

Ich wusste, dass er eine Jakobsleiter hat. Ich wusste, dass sie aus zwölf Steckern bestand. Aber ihn an einem Dildo zu sehen, ist etwas völlig anderes, als es nun in natura sehen zu können.

Seine Eier sind rasiert, und auch sie sind mit einer Reihe von Ringen bestückt. Meine Augen weiten sich leicht bei dem

Anblick. Ich wusste nicht einmal, dass es Hodensackpiercings gibt.

„Gefällt dir, was du siehst?", fragt er.

Ich lecke mir die Lippen, während sich mein Atem beschleunigt. Er muss wissen, dass es großartig ist. Um ihm keine Genugtuung zu geben, sage ich: „Nein."

Er fährt mir mit den Fingern durchs Haar und zieht meinen Kopf nach hinten, bis ich in diese kalten, blauen Augen starre. Er fletscht die Zähne und knurrt: „Was habe ich dir übers Lügen gesagt?"

Meine Nasenflügel blähen sich. „Fischst du nach Komplimenten?"

„Wie wäre es, wenn du mir die Wahrheit sagst?"

Der stumme Teil bleibt unausgesprochen, aber er liegt in der Luft. Wie wäre es, wenn ich ihm einmal in meinem Leben die Wahrheit sagen würde? Aus meiner Brust dringt ein schrilles Lachen.

„Warum fragst du nicht mein Gehirn?"

Der Blick in seinen Augen wird weicher. Wir wissen beide von meinen Wahnvorstellungen. Ich habe ihm ausführlich geschrieben, wie ich ganze Gespräche mit Menschen geführt habe, die nicht existieren. Und über das Monster, das im Spiegel lauert.

„Sag mir, was du siehst", sagt er.

„Nur dich." Mein Blick fällt auf seinen beeindruckenden Schwanz.

„Willst du ihn?"

„Ja." Ich greife nach seinem Schaft, aber er ergreift mein Handgelenk.

„Böse kleine Geister dürfen nicht mit meinem Schwanz spielen", knurrt er. „Arme hinter den Rücken."

Gerade als ich seiner Aufforderung nachkomme, reißt er das Kabel vom Föhn aus der Steckdose. Dann geht er um mich herum und schlingt das Kabel um mein linkes Handgelenk, gefolgt vom rechten, bevor er beide zusammenbindet. Als er mit seinem Werk zufrieden ist, tritt er einen Schritt zurück und greift nach etwas unter der Bank.

Mit einem Ruck zieht er ein Verlängerungskabel heraus. „Xero?", flüstere ich.

„Mach den Mund auf und strecke deine Zunge raus."

Das Pulsieren zwischen meinen Schenkeln schwillt so sehr an, dass meine Beine zittern. Mein Atem beschleunigt sich und meine Muschi verkrampft sich in Erwartung, gefüllt zu werden. Ich versuche ihr zu sagen, dass wir wund sind, nachdem er uns auf dem Friedhof gefickt hat, aber sie will nicht zuhören.

Er hält das Kabel zwischen seinen Händen straff. „Ich habe dir einen Befehl erteilt."

Ich öffne den Mund und strecke die Zunge heraus. „Weiter", knurrt er.

Ich öffne den Mund noch weiter. „Mehr!"

Mein Atem wird schneller und mein Herz beginnt in meiner Brust zu rasen. Ich habe seit Jahren niemandem mehr einen Blowjob gegeben. Instinktiv schweift mein Blick durch den Raum. Ich suche nach der üblichen Halluzination, die immer dann auftaucht, wenn ich versuche, mit einem Mann intim zu werden, aber der Raum ist leer.

Ich nehme an, mein Gehirn ist zu sehr mit der Bedrohung durch dieses Raubtier beschäftigt. Das und die Bedrohung durch das, was er mit dem Verlängerungskabel vorhat.

Xero packt meinen Kiefer. „Willst du diesen Schwanz in deinem Mund haben oder nicht?"

„Ja", keuche ich.

Er schlingt das Verlängerungskabel um meinen Hals und wickelt die Enden um seine Hand. Es ist sowohl ein Halsband, eine Schlinge als auch eine Leine.

Meine verräterische Muschi verkrampft sich und pocht, will, dass Xero von hinten in mich eindringt, während er am Kabel zieht, bis ich ersticke.

„Dann mach den Mund weit auf", sagt er.

Mein Kiefer schmerzt, als ich meinen Mund soweit öffne wie möglich, um seinen Umfang aufzunehmen.

Xero schiebt mir zuerst seine Finger in den Mund und scheint meine Reflexe zu testen. Als ihre Spitzen meinen Rachen erreichen, würge ich, zwinge mich aber, mich zu entspannen. Er neigt den Kopf und mustert meine Reaktionen mit einer Intensität, die mein Herz höherschlagen lässt. Die Hand, die das Verlängerungskabel hält, dreht sich und zieht mich näher an meine Beute heran.

„Braves Mädchen", murmelt er, als hätte ich mir das Recht verdient, seinen Schwanz zu nehmen.

Er zieht seine Finger aus meinem Mund und ersetzt sie durch seine Eichel. Das kalte Metall seines Prinz-Albert-Piercings gleitet über meine Zunge und ich stöhne auf, als er meinen Mund füllt.

Seine Hüften stoßen vor, sodass er tiefer in mich eindringt, und ein kehliges Stöhnen entringt sich meiner Kehle.

„Verdammt, kleiner Geist, du fühlst dich so gut an."

Ich summe und presse meine Schenkel zusammen, um ein wenig Reibung zu erzeugen.

„So ist es richtig, Baby. Das gefällt dir, oder?"

Ich bin so voll, dass mir die Augen tränen, und als ich blinzle, rinnen die Tränen ungehindert über meine Wangen. In meinen Gedanken taucht das Bild auf, das Xero mir geschickt hat, auf dem Kayla zu sehen ist, wie sie an dem riesigen Dildo erstickt, den sie tief in ihrer Kehle stecken hatte.

Werde ich so sterben? Wird er eine Kamera herausholen und mich in dem Moment der Todesqualen festhalten? Panik erfüllt mich und ich würge.

Er fährt mir mit den Fingern durchs Haar und murmelt: „Ganz ruhig. Atme durch die Nase."

Ich nicke, entspanne meine Kehle und konzentriere mich darauf, tief durch die Nase zu atmen, und lasse Xero meinen Kopf an seinem Glied entlangführen.

Er fickt mich in gleichmäßigem Tempo, und mein Kiefer schmerzt von der Anpassung an seinen Umfang. Erregung durchzuckt meine Muschi, als ich mich seiner Kontrolle hingebe.

Ich will mehr.

Ich möchte meine Arme befreien und meine Finger über diese rasierten Eier gleiten lassen. Ich möchte mit meiner Zunge über seine Eichel streichen und ihn zum Zittern bringen. Ich möchte zwischen meine Schenkel greifen und mich selbst berühren, um mir einen explosiven Höhepunkt zu verschaffen. Aber die Fesseln an meinen Handgelenken sitzen fest, und alles, was ich tun kann, ist, seinen Schwanz zu nehmen.

Das Kabel spannt sich und schickt einen Nervenkitzel direkt in mein Innerstes. Mein Puls rast so stark, dass seine Vibrationen meine Klitoris erreichen. Das erinnert mich an die Morgen, an denen er anrief und mich dazu brachte, mich mit dem Dildo zu ficken, nur tausendmal besser. Ich brauche weder meine Fantasie zu benutzen, noch mich nur auf seine betörende Stimme zu verlassen.

Speichel rinnt mir aus den Mundwinkeln, läuft mir am Kinn hinunter und sammelt sich auf meinen nackten Brüsten. Ich schließe die Augen, weil ich nicht daran denken will, welch schlimmen Anblick ich mit tränen- und speichelüberströmten Gesicht bieten muss.

„Schau mich an", knurrt er und zieht am Verlängerungskabel. Mein Blick schnellt nach oben und trifft auf diese unglaublich blassen Iris.

Sein Kiefer ist fest zusammengebissen, seine Augen brennen vor Lust, als er in meinen Mund hinein- und wieder herausstößt.

Ich blinzle die Tränen weg und konzentriere mich auf meine Atmung. Das ist so erniedrigend und demütigend, aber ich kann nicht genug bekommen.

„Braver, kleiner Geist. Dein Mund ist wie für meinen Schwanz gemacht."

Ich sonne mich in dem Lob, obwohl ich diesen Spitznamen verachte, und nicke im Takt seiner Bewegungen. Es ist das winzige bisschen Kontrolle, das ich bekommen kann, wenn ich so völlig gefesselt bin.

Er stößt tiefer, über meinen Würgereflex hinaus und weiter in meinen Rachen hinein. Je tiefer er in meinen Mund stößt, desto schwerer fällt mir das Atmen. Tränen laufen mir über die Wangen, während ich mich abmühe, nach Luft zu schnappen, aber er bewegt sich zu heftig und zu schnell, als dass ich wieder zu Atem kommen könnte.

„Das war's, nimm alles", knurrt er und zieht das Kabel fester.

Das war's. Ich werde sterben. Ich werde an seinem Schwanz ersticken.

Euphorie durchflutet meine Sinne und meine Sicht

verschwimmt. Für einen Moment höre ich auf, diese einsame, zurückgewiesene Einsiedlerin zu sein, und werde zu einem Gefäß für Xeros Vergnügen.

Mit jedem fehlgeschlagenen Versuch zu atmen versinke ich tiefer in einem Zustand glückseliger Hingabe. Ich verliere den Überblick über meine Vergangenheit, mein früheres Trauma, meinen Sinn für Anstand und konzentriere mich auf die Intensität der Gegenwart.

Ich will nicht, dass er aufhört.

Ein verdrehter Teil meiner Psyche will wirklich sein kleiner Geist sein. „Scheiße, ich komme gleich", stöhnt er.

Heißes Sperma trifft meinen Rachen, füllt meinen Mund und läuft mir übers Kinn. Er zieht ihn heraus und spritzt mir ins Gesicht.

Ich schnappe nach Luft, huste, pruste und ringe nach Atem. Egal, wie viel ich einatme, das Feuer in meinen Lungen lässt sich nicht löschen.

„Sieh mich an, kleiner Geist", sagt er, aber ich schüttle den Kopf.

„Ich kann nicht."

Schmunzelnd löst er das Kabel um meinen Hals und wischt mir mit einem Handtuch das Gesicht ab. Immer noch keuchend und würgend öffne ich ein Auge. Xero grinst mich an, seine Augen funkeln immer noch vor Bosheit.

„Sind wir jetzt quitt?", krächze ich.

„Nicht mal annähernd", knurrt er. „Das ist erst der Anfang meiner Rache. Aber jetzt müssen wir uns um die Männer kümmern, die dich tot sehen wollen."

ACHTUNDFÜNFZIG

Bundesgefängnis Alderney.

Liebe Amethyst,

Ich kann dir nicht genug dafür danken, dass du meinen Antrag angenommen hast. Damit hast du mich zum glücklichsten Mann auf Erden gemacht. Ich schwöre bei meiner Seele, so sanft zu sein, wie es nötig ist, und jede deiner Grenzen zu respektieren.

Du bist meine Rettung, mein Fels in der Brandung. Ich schätze dich und deine Würde sehr.

Der Gefängnisdirektor hat mich ein letztes Mal wegen des Inhalts meiner Korrespondenz verwarnt und einen Ausschnitt aus einem deiner Social-Media-Posts abgespielt, in dem du meinen Brief vorliest. Ich muss gestehen, dass ich so beeindruckt von deinem Strahlen und Selbstbewusstsein war, dass ich mich kaum auf deine Worte konzentrieren konnte.

Mein Anwalt hat überprüft, was ich geschrieben habe, und mir versichert, dass es keine Verleumdung, Hassrede oder Aufstachelung anderer zu Gewalt enthält, aber der Gefängnisdirektor ist bereit, den ehelichen Besuch zu streichen, wenn ich aus der Reihe tanze.

Es scheint, als würde der erste Zusatzartikel in New Alderney nicht gelten.

Sie mögen weder die Denkanstöße, die meine Briefe über das amerikanische Justizsystem hervorrufen, noch schätzen sie die vielen Geschichten von ehemaligen Häftlingen und Menschen, die Angehörige hinter Gittern haben. Um unserer Liebe willen flehe ich dich an, den Inhalt dieses Briefes erst nach meiner Hinrichtung vorzulesen.

Ich habe das Medaillon meiner Mutter per Post geschickt und wäre geehrt, wenn du es bei unserem nächsten Treffen tragen würdest. Wie du weißt, ist es das Einzige, was ich noch von ihr habe, bevor sie starb. Bitte trage dazu das schwarze Mieder, das ich von deiner Wunschliste aus dem *Wonderland* gekauft habe, und die Spitzenstrümpfe.

Mach dir keine Sorgen wegen der Ringe. Ich werde zwei Platinringe besorgen. Lass mich diese vielleicht letzte Gelegenheit nutzen, um dir dafür zu danken, dass du in mein Leben getreten bist. Deine Liebe ist die Essenz, die durch meine Adern fließt, die mein Herz höher schlagen lässt. Dank dir kann ich endlich mit meiner Menschlichkeit in Verbindung treten.

Ich danke meinen Fans für ihre Liebe und Unterstützung. Zu wissen, dass ihr alle für meine Beerdigungskosten gespendet habt, hat mein Herz mit Freude erfüllt.

Möge unsere Seelen bis ans Ende der Zeit für immer verbunden sein.

In Liebe

Xero

P.S. Bitte lass dich nicht entmutigen. Ich werde einen Weg finden, damit wir zusammen sein können.

NEUNUNDFÜNFZIG

ZWEI WOCHEN ZUVOR

XERO

Mit heftig schlagendem Herzen drehe ich meine Runden um die Bahn. Der Wind streicht durch mein Haar und ich atme gierig die Luft ein. Es ist noch dunkel zu dieser Zeit am Morgen, ohne einen Hauch von Morgengrauen, sodass die einzige Beleuchtung von Flutlichtern kommt.

Montesano läuft ein paar Schritte voraus und hält Abstand. Wir sind es beide nicht gewohnt, unsere Zeit außerhalb der Zelle zu teilen. Früher hatten wir jeweils eine halbe Stunde mit Officer McMurphy, aber dank des Fanclubs und Amethyst haben wir jetzt eine Stunde im Freien.

Jynxson steht neben McMurphy und sieht in seiner Gefängnisuniform so unbeholfen aus wie immer. Er versucht, mit der Frau ins Gespräch zu kommen, aber sie hat nur Augen für die Insassen. Diese Vorliebe für Männer in den Zellen könnte sie eines Tages das Leben kosten.

Mit ihren kurzen Haaren und ihrer sportlichen Figur erinnert McMurphy mich an eine strenge Ausbilderin an der Moirai-Akademie, nur dass sie sich daran aufgeilt, Macht auszuüben. Wenn sie das nicht täte, würde sie ihre unerwünschte Aufmerksamkeit einem Flirt wie Jynxson zuwenden.

Nachdem sie ihren männlichen Kollegen zehn Minuten lang

ertragen hat, wendet sie sich von ihm ab, tritt mit erhobenen Händen auf die Laufbahn und läuft Montesano in die Arme. Ich schüttle den Kopf. Sie will ihn unbedingt berühren.

Montesano bleibt ein paar Meter vor ihr stehen und nickt, dann gehen die beiden auf das Gebäude zu. Jynxson starrt auf McMurphys Hintern, bis sie außer Sichtweite sind, und dann ist er an der Reihe, sich der Bahn zu nähern.

„Warum hast du ihr Angebot nie angenommen?", fragt Jynxson.

Meine Lippen kräuseln sich. „Ich bin nicht so verzweifelt wie Montesano."

„Sei nachsichtig mit dem Mann. Es sind fast vier Jahre vergangen, und er hat jede Anfechtung seiner Strafe verloren."

„Was willst du damit sagen?", frage ich mit einem Grinsen. „Dass ich meinen Platz hinter Gittern verdient habe?"

Er zuckt mit den Schultern. „Verzeiht, Euer Ehren. Meine Stiefmutter ist ausgerutscht, wobei ihr das Messer, das sie hielt, aus der Hand geflogen ist, das ihr schließlich den Brustkorb gespalten hat. Die Polizei hat einen Fehler gemacht. Ich wollte sie wiederbeleben, nicht das Herz herausreißen."

Ich stoße ein Lachen aus. „Du bist ein Arschloch."

„Es ist keine gute Idee, den Hüter deines Handys zu verspotten."

Ich schaue mich um. Mein Handy wird täglich durchsucht, seit meine Briefe an Amethyst Einzelheiten über das Gefängnis enthalten. Es ist eine Einschüchterungstaktik, um mich davon abzuhalten, über die Bedingungen zu lästern, da meine Fangemeinde mächtig geworden ist.

Zu mächtig.

So mächtig, dass der Gouverneur mein Hinrichtungsdatum vorverlegt hat. Sie wollen nicht, dass Menschenmengen das Gefängnis stürmen und Gerechtigkeit für einen unbarmherzigen Mörder fordern. Und sie wollen ganz sicher nicht, dass besagter Mörder über das schreibt, was hier vor sich geht.

Aber ich beschwere mich nicht. Es ist an der Zeit, dass ich dieses Drecksloch verlasse und meine Suche nach Vater fortsetze.

„Gib es her." Ich strecke eine Hand aus.

Jynxson greift in die Tasche seiner Jacke und zieht mein Handy heraus. „Genieße deine sexy Zeit."

Ich schnaube. „Was ich mit Amethyst habe, geht über Telefonsex hinaus."

„Wird sie deinen Antrag annehmen?", fragt er.

„Das ist viel verlangt."

Die Nachricht über mein Hinrichtungsdatum hat sich im Gefängnis wie eine Syphilis-Epidemie verbreitet, ebenso wie der Vorschlag des Direktors. Wenn es bis zu dem Tag, an dem ich auf dem Stuhl lande, keine weiteren Proteste gibt, wird er mir einen ehelichen Besuch gestatten, aber es gibt einen Haken:

Erstens muss ich verheiratet sein.

Zweitens kann ich dieses Schlupfloch nicht nutzen, indem ich eine beliebige Frau heirate, weil der Priester die Hochzeit nicht mit mir und einer Fremden durchführen wird.

Was zu Punkt drei führt: Ich habe nur zwei Frauen regelmäßig geschrieben. Meiner Anwältin Martina Mancini und Amethyst.

Jynxsons Blick bohrt sich in mich. Er folgt sowohl meinem offiziellen als auch meinem inoffiziellen Fanclub und hat sich in den sozialen Medien auf dem Laufenden gehalten, was sie über mich sagen. Außerdem ist er ein Romantiker und fast genauso gespannt auf Amethysts Antwort wie ich.

Ich verlasse die Bahn und begebe mich in einen Bereich zwischen zwei Gebäuden, den alle den toten Winkel nennen. Es ist einer der wenigen Bereiche, die für Gefangene zugänglich sind und in denen die Handyblocker nicht funktionieren.

„Es ist egal, ob sie annimmt oder nicht", antworte ich leise.

„Was soll das heißen?", fragt Jynxson mich von hinten.

„Amethyst ist empfindlich", murmele ich. „Es ist eine Sache, mit einem Insassen ohne Besuchsrecht, der zum Tode verurteilt ist, Telefonsex zu haben, aber dieser Vorschlag könnte zu real für sie sein."

„Glaubst du, dass sie dich die ganze Zeit hingehalten hat?"

Ich bleibe an der Wand stehen, meine Schultern hängen herab. „Nein, aber sie hätte vielleicht nicht zugestimmt, einen Haufen perverser Sachen zu machen, wenn sie gewusst hätte, dass wir uns jemals treffen würden."

„Richtig. Wie der Unterschied zwischen dem Gedanken, dass McMurphy auf meinem Gesicht sitzt, und der Realität, zu wissen, dass Bossanova sie jeden Morgen ohne irgendeine Form der Verhütung nimmt, nachdem sie Montesano einen geblasen hat.“

Ich sage daraufhin nichts. Jynxson redet nur. Wenn McMurphy ihm jemals eine Chance geben würde, wüsste er nicht, was er mit ihr anfangen sollte.

Er scheint sich zu besinnen und entfernt sich. „Ich lasse dich dann mal allein.“

Ich ignoriere ihn, rufe Amethyst an und beschließe, nicht zu fragen. Inzwischen sollte sie meinen Brief mit meinem Heiratsantrag erhalten haben, obwohl die Post in ihrer Gegend unzuverlässig ist.

Sie antwortet nach fünf Klingeltönen. „Xero?“, sagt sie mit dieser sanften, schläfrigen Stimme, die mein Herz erwärmt. „Ich habe deinen Brief bekommen.“

Meine Kehle wird trocken. „Ach?“

Es folgt eine Stille, die mehrere angespannte Herzschläge lang anhält. Ich bleibe still, weil ich keine Antwort erzwingen will. Amethyst ist nicht wie andere Frauen. Sie ist zu zart für diese grausame Welt. Es ist schwer zu sagen, ob ihr Verstand vor oder nach dem Mord an ihrem missbrauchenden Musiklehrer zerbrochen ist, aber die Tat hat sie gebrochen.

Manchmal sind die Briefe, die sie mir schreibt, süß. Manchmal sind sie voller Fantasien, die so dunkel sind, dass ein Sünder wie ich erröten könnte. Ihr *Rapunzelita*-Manuskript ist ein Beispiel dessen. Es liest sich wie eine Kindergeschichte, bis die Heldin mit dem Mond in Kontakt kommt.

„Meine Antwort ist ja“, murmelt sie.

Mir stockt der Atem. „Amethyst, weißt du, was du da sagst?“

„Ich werde dich heiraten“, antwortet sie, und ihre süße Stimme ist Balsam für die scharfen Kanten meiner Seele. „Und wir werden die letzten Stunden deines Lebens zusammen verbringen.“

Meine Kehle ist wie zugeschnürt und ich schlucke schwer. „Du würdest dein Haus für mich verlassen?“

„So ein Einsiedler bin ich auch wieder nicht", antwortet sie mit einem traurigen Lachen.

Aber das ist sie. In den Monaten, in denen wir Briefe ausgetauscht haben, hat sie nie erwähnt, dass sie ihr Haus auch nur einmal verlassen hat, nicht einmal, um Lebensmittel einzukaufen. Zuerst dachte ich, das läge daran, dass sie durch die Medikamente, die sie nahm, zu schläfrig war, um in der Außenwelt zu agieren. Aber als sie aufhörte, diese Pillen zu nehmen, war das Höchste, was sie jemals tat, gelegentlich eine Tasse Tee mit der alten Frau von nebenan zu trinken.

„Ich werde vorsichtig sein", sage ich und meine es auch so. „Es langsam angehen lassen. Es wird nicht so sein wie unser Telefonsex. Ich kenne den Unterschied zwischen dem echten Leben und Dirty Talk."

Ihr Atem beschleunigt sich, was mich fragen lässt, ob sie ihre Meinung ändern könnte. Welche Version von Amethyst werde ich bekommen, wenn sie mich im Gefängnis besucht? Das Opfer oder die Füchsin? Es wird keine Rolle spielen. Ich werde sie beide lieben.

„Was wirst du mit mir machen?", flüstert sie.

„Ich werde dich behandeln, als wärst du das Kostbarste auf Erden ..."

„Nein", murmelt sie. „Ich will nicht so behandelt werden, als wäre ich zerbrechlich und müsste repariert werden. Ich will es hart."

Hitze schießt in meinen Schritt. „Willst du, dass ich dich ausziehe?"

„Ja", flüstert sie.

Ich weiß, dass das nur eine Fantasie ist. Amethyst konnte mir noch nie ein komplettes Nacktfoto schicken, weil sie der Meinung ist, die Narben auf ihrem Bauch seien hässlich.

„Deine Finger würden nervös über dein Oberteil fahren, aber ich wäre ungeduldig."

„Was würdest du sagen?"

„Beeil dich, verdammt noch mal", knurre ich. „Zieh dich aus, oder ich schneide diese verdammten Klamotten mit meinem Messer auf."

Sie wimmert, der verzweifelte Klang hallt direkt in meinem

Schwanz wieder. „Deine Augen würden zu meinem Messer huschen ...“

„Wie sieht es aus?“, fragt sie.

„45 Zentimeter lang mit einer gebogenen Klinge. Mit einem Griff, der lang und dick genug ist, um damit deine süße Muschi zu ficken.“

„Mit einem gezackten Rand?“, quietscht sie.

„Natürlich. Ich werde ungeduldig werden. Werde die Vorderseite deines Oberteils packen und den Stoff aufschneiden.“

Sie kreischt.

„Streichelst du deine Klitoris?“

„J... Ja.“

„Schmutziges Mädchen. Wer hat dir erlaubt, dich selbst zu berühren?“

„Es tut mir leid, Sir.“

Meine Kehle verkrampft sich und ich stöhne. Warum macht mich der Klang ihrer Unterwerfung so benommen? Weil sie etwas Besonderes ist. Meine gebrochene kleine Puppe.

„Das Messer wird durch dein Oberteil schneiden und deinen BH aufschneiden. Ich werde mit der flachen Seite der Klinge über diese süßen Titten fahren. Du wirst nicht wissen, ob ich zusehe, wie sich deine Brustwarzen verhärten, oder versuche, sie abzuschneiden.“

„Schneide nicht meine Brustwarzen ab!“, schreit sie.

„Dann werde ich sie so stark verdrehen, dass deine Knie unter dir nachgeben werden.“

„Aber dann würde ich weinen.“

„Diese Tränen würden mich nur noch mehr erregen. Ich würde weiter an diesen Nippeln ziehen und sie verdrehen, bis deine Wimperntusche verschmiert ist. Dann würde ich dir befehlen, mir deine Muschi zu zeigen.“

„Oh nein.“

„Berührst du dich wieder?“

„Ich kann nicht anders.“

„Gib dir einen Klaps auf die Muschi.“

Ich schließe die Augen und genieße das Geräusch des Schlages, gefolgt von einem süßen Keuchen.

„Und deine Brüste", knurre ich. „Beide." Sie gehorcht.

Ich lehne mich an die Wand, benommen von dem Gedanken an sie, wie sie auf ihrem Bett liegt. Sie wäre nackt, mit diesen blonden und schwarzen Locken, die aufgefächert auf ihrem Kissen liegen würden. Diese perfekten Titten würden bei jedem Schlag hüpfen, die Brustwarzen würden rot werden.

„Nimm den Dildo", knurre ich.

„Jetzt schon?"

„Mädchen, die ihre Klitoris ohne Erlaubnis berühren, bekommen keine leichten Orgasmen", knurre ich. „Du wirst meinen Schwanz nehmen und es genießen."

„Ja ..."

Geräusche von Bewegung füllen den Lautsprecher, als sie sich zum Nachttisch dreht, um nach ihrem Spielzeug zu greifen. Ich habe so viele Bilder von ihrem Zimmer gesehen, dass ich mir vorstellen kann, wie ich am Fußende ihres Bettes stehe und ihr befehle, diesen köstlichen kleinen Körper zu befriedigen.

Als sie sich mit einem Ächzen der Sprungfedern wieder zurück auf den Rücken fallen lässt, richte ich mich auf.

„Beine auseinander", knurre ich.

„Okay."

„Weiter."

Sie atmet schwer. „In Ordnung."

„Du wirst diesen Dildo so weit wie möglich hineinschieben."

Einen Moment später schreit sie: „Ahh. Bist du sicher, dass das eine lebensgroße Nachbildung deines Schwanzes ist? Er ist so groß."

Ich muss lachen. Amethyst stellt diese Frage immer, wenn ich sie nicht auf das Spielzeug vorbereite. „Hundertprozentig, Baby. Und jetzt schieb ihn schön tief in deine süße Möse. Nicht bewegen."

„Warum nicht?"

„Weil ich es sage."

„O... Okay. Was soll ich jetzt machen?"

„Spann deine Muschi an. Du wirst dich darauf vorbereiten, die echte Version dieses Schwanzes in dir aufzunehmen. Würde dir das gefallen?"

„Mehr als alles andere", ruft sie.

„Nachdem ich deinen Rock zerschnitten habe, werde ich das Gummiband deines Slips durchschneiden und dich auf die Knie zwingen. Wie läuft es mit dem Dildo?"

„Kann ich ihn schon bewegen?"

„Nur, wenn du kommen willst, während ich schweige."

„Xero", jammert sie. „Hör auf, so gemein zu sein."

„Du hast ja keine Ahnung", entgegne ich mit einem Schmunzeln. „Du wirst auf Händen und Knien über den Betonboden krabbeln, bis ich dir befehle, dich aufs Bett zu legen."

„Was wirst du tun?", fragt sie.

„Ich werde dem Drang widerstehen, mir bei diesem schönen Anblick einen runterzuholen. Sobald du das Bett erreicht hast, werde ich dich auf deinen Fersen sitzen lassen und meinen Overall aufknöpfen."

„Was, wenn ich zu nervös bin?"

„Dann halte ich dir das Messer an die Kehle."

„Ich würde definitiv anfangen zu weinen."

„Dann gebe ich dir etwas, um dein Weinen zum Verstummen zu bringen."

„Deine Erektion?"

„Ganz genau, Baby. Glaubst du, du kannst das aushalten?"

„Sie ist zu groß für meinen Mund."

Ich stöhne auf, während mein Schwanz schmerzhaft gegen die Knöpfe meines Overalls drückt. Diese morgendlichen Anrufe sind meine süßeste Qual. Ich kann nicht genug von meiner kleinen Amethyst bekommen. Sie ist dunkel, schmutzig und hat die Art von Tiefe in ihrer Persönlichkeit, die den meisten anderen fehlt. Am wichtigsten ist, dass sie meinen Wahnsinn akzeptiert.

„Fick dich mit dem Dildo", knurre ich. „Stell dein Handy auf laut, damit ich es hören kann."

Mein Ohr füllt sich mit dem feuchten Geräusch des Dildos, der in ihre erregte Vagina hinein- und hinausgleitet. Die Matratze ächzt unter ihren Bewegungen. Ich stelle mir vor, wie sie auf dem Bett liegt, eines ihrer Seidenoberteile trägt, ihre Brüste entblößt und der Stoff um ihre Mitte gerafft ist.

Ihre blassen Schenkel werden gespreizt sein und ihre Muschi entblößt. Die linke Seite wird blond gebleicht sein, passend zu ihrem Haar, während die rechte Seite schwarz ist. Der Dildo wird von ihren Säften glänzen, und die Feuchtigkeit wird auf die schwarzen Laken tropfen.

Ich kann verdammt noch mal nicht glauben, dass sie Ja gesagt hat.

„Sechzig Sekunden", durchbricht Jynxsons Stimme meine Fantasie und bringt mich dazu, ihm die Kehle herausreißen zu wollen.

Ich beiße die Zähne zusammen, ignoriere den Idioten und konzentriere mich auf Amethyst. Beim Telefonsex vergeht die Zeit zu schnell, besonders wenn mir ein Arschloch im Nacken sitzt. In ein paar Minuten wird Officer McMurphy mit Bossanova eintreffen, der auch den toten Winkel benutzen will.

„Du hast zehn Sekunden Zeit, um zu kommen."

„Kann ich meine Finger benutzen?"

„Nein. Nur einen."

Ihr Atem stockt und sie beschleunigt ihre Bewegungen, sodass mein Ohr vom Klang der Laute ihrer Lust erfüllt wird.

Ich zähle weiter, da ich bereits weiß, dass sie kommen wird, bevor ich bei acht bin. Tatsächlich schreit sie bei sechs meinen Namen. Inzwischen wurden alle Fotos, die ich von mir selbst gemacht habe, auf mein Handy hochgeladen, und ich habe das Video heruntergeladen, das sie gestern beim Telefonsex von sich selbst aufgenommen hat.

Jynxson erscheint in meinem Blickfeld. Er tut dies nur, wenn McMurphy im Anmarsch ist.

„Braves Mädchen", murmele ich und wünschte, ich hätte mehr Zeit für die Nachsorge. „Wir sprechen uns morgen wieder."

„Xero", platzt sie heraus. „Ich habe eine Spendenaktion für deine Beerdigung organisiert. Wir haben bereits genug Geld für ein Grab und suchen nach dem perfekten Grabstein."

Mir schnürt es die Kehle zu. Ich bin kurz davor zu antworten, als Jynxson meinen Arm ergreift.

Während ich zurück in die Zelle gehe, bitte ich Jynxson, Moms Medaillon zu verschicken, damit sie es bei unserer Hochzeit tragen kann. Selbst wenn unsere Verbindung nur drei glückliche Stunden dauert, kann ich den Tag kaum erwarten, an dem sie zu der meinigen wird.

SECHZIG

Schlampe,

Weckt dieses Bild vielleicht Erinnerungen?

Wenn nicht, wirst du bald schreiend auf meinem Tisch liegen.

So oder so, deine Zeit ist um.

Ich

EINUNDSECHZIG

TAG VON XEROS HINRICHTUNG

Der Rest der Woche geht in einem Chaos aus Vorbereitungen unter, und das nicht nur für die Hochzeit. Wenn ich gewusst hätte, dass es so mühsam sein würde, aus dem Bundesgefängnis jemanden zu kontaktieren, hätte ich es mir vielleicht noch einmal überlegt, ob ich mich wirklich schnappen lassen sollte.

Das ist das Problem, wenn man Pläne macht. Ein kleines Detail kann alles über den Haufen werfen. Ehe man sich versieht, sitzt man in einem Hochsicherheitsgefängnis fest und wartet auf ein Treffen mit dem elektrischen Stuhl.

Das Positive daran ist, dass Vater nicht umhinkommen wird, zuzusehen, wie ich geröstet werde. Schließlich habe ich ihm fast alles genommen, was ihm lieb und teuer ist.

Ich sitze in der Gefängniskapelle zusammen mit dem Gefängnisdirektor und Jynxson als meinem Trauzeugen. Der Priester wippt auf seinen Füßen hin und her und sieht aus, als würde er die erste Phase des Alkoholentzugs durchmachen.

Ich senke den Kopf und trommle mit den Fingern auf der Kirchenbank. Ich sollte nicht so verdammt nervös sein. Alles läuft nach Plan ... Meistens.

Ich habe heute Morgen mit Amethyst gesprochen. Der Armagnac und der Kuchen, den sie bestellt hat, sind gestern angekommen. Sie hat bereits das kleine schwarze Outfit, das sie tragen soll, aber sie wartet immer noch auf Moms Medaillon, das ich ihr letzte Woche geschickt habe. Laut ihr wird es wahrscheinlich heute noch mit der Post geliefert, aber ich bin mir nicht so sicher. Sie hat den ersten Dildo nie erhalten, was keine große Sache war, aber das Medaillon ist das Einzige, was ich von Mom habe.

Die Tür im hinteren Bereich öffnet sich und mein Herz setzt für einen Schlag aus. Ich drehe mich um und erwarte, eine Frau in einem schwarzen Mieder zu sehen, aber stattdessen betritt Officer McMurphy mit einem Grinsen im Gesicht den Raum.

Jynxson wirft ihr einen Blick über die Schulter zu und stöhnt. „Was zum Teufel macht sie hier?"

Mein Kiefer spannt sich an. Ich will ihr nicht die Genugtuung geben, dass ich ihr meine Aufmerksamkeit zuwende, obwohl sie nicht eingeladen war.

Minuten vergehen, und ich werfe einen Blick auf die Uhr. Amethyst ist bereits fünfundzwanzig Minuten zu spät. Der Priester tritt weiter von einem Fuß auf den anderen, reibt sich den Nacken und rollt mit den Schultern, als wäre er derjenige, der sich Sorgen machen muss, sitzen gelassen zu werden.

Jynxson öffnet und schließt die Ringschachtel, wobei mir das Geräusch langsam auf die Nerven geht.

„Hör auf", zische ich. Er erstarrt.

Wahrscheinlich machen sie Amethyst bei der Sicherheitskontrolle fertig. Obwohl der Gefängnisdirektor ihr erlaubt hat, eine Hochzeitstorte und Alkohol mitzubringen, bezweifle ich, dass die Idioten am Eingang sie damit reinlassen werden.

Ich werfe einen Blick auf den Gefängnisdirektor, der mit ausgestreckten Beinen und vor sich verschränkten Armen auf der Bank sitzt. Ist er deshalb hier? Damit niemand sich mit ihm in seinem Büro kontaktieren kann, um die Zugeständnisse zu bestätigen, die er Amethyst gemacht hat?

Mein Kiefer spannt sich an. Wenn das eine Art von Intrige ist, um uns voneinander fernzuhalten, dann bringe ich alle um, angefangen bei ihm.

Um halb sechs räuspert sich McMurphy. „Ein anderes Paar braucht die Kapelle."

Meine Schultern spannen sich an. „Sie wird kommen. Sie können warten."

Der Gefängnisdirektor erhebt sich. „Seien Sie vernünftig, Greaves. Wir haben drei weitere Gefangene, die darauf warten, heiraten zu können. Danach muss der Priester in der Hinrichtungskammer sein, um Ihnen die letzte Ölung zu geben."

„Ich will keine letzte Ölung", knurre ich.

Als sich die Tür wieder öffnet, erhebe ich mich in der Hoffnung, Amethyst zu sehen, aber McMurphy lässt einen Gefangenen aus der allgemeinen Bevölkerung und seine schwangere Braut herein. Sie werden von vier Wärtern begleitet, die sich zu den vier gesellen, die bereits im Raum sind.

Ich blicke mich in dem holzgetäfelten Raum um, wobei mein Herz in meiner Brust rast. „Wo ist Amethyst Crowley?"

„Sieht aus, als hättest du einen Korb bekommen", meint McMurphy mit einem Achselzucken und funkelnden Augen.

„Sieht aus, als hättet ihr Arschlöcher sie aufgehalten", knurre ich.

Jynxson schiebt die Ringschachtel in seine Tasche und legt eine Hand auf meinen Arm. „Beruhige dich, Greaves. Niemand …"

Ich hole aus und meine Faust trifft sein Kinn, sodass er nach hinten stolpert und gegen die Wand stößt. Zwei weitere Beamte stürmen von beiden Seiten herein, ebenso die vier, die McMurphy gerade hereingelassen hat.

Ich drücke mich am Priester vorbei und packe den Gefängnisdirektor am Hals, nur damit mich zwei Wärter zurückreißen. Jynxson taucht vor mir auf und schlägt mir mit einer Linken ins Auge, dann mit einer Rechten, sodass meine Sicht von Sternen erfüllt wird.

„Nicht ins Gesicht!", brüllt der Direktor.

Ich benutze die Männer, die meine Arme festhalten, als Hebel, springe auf und trete Jynxson mit beiden Füßen direkt in die Brust. Er fällt mit einem zufriedenstellenden Geräusch zu Boden.

Ich rolle mich vorwärts, werfe einen Wärter über meine Schulter und stoße dem anderen mit dem Ellbogen in die Rippen. Sein schmerzverzerrtes Brüllen ist eine Symphonie für mein schwarzes Herz. Ich blicke mich nach dem Gefägnisdirektor um, der durch den Ausgang davonstürmt. McMurphy steht auf einer Kirchenbank und nimmt den Kampf mit ihrem Handy auf.

Die anderen vier Wärter stürzen sich auf mich, um mich an den Armen zu packen, aber das Adrenalin treibt mich vorwärts. Mit einem lauten Schrei versetze ich dem vordersten Mann einen harten Tritt, der dafür sorgt, dass er zurücktaumelt und auf seinen Kollegen landet.

Ich schalte in den Berserkermodus und kämpfe gegen eine kleine Armee von Arschlöchern. Dann durchströmt ein scharfer Stromstoß meinen Körper und bringt einen lähmenden Schmerz mit sich. Als mein Körper sich verkrampft, werde ich von einer weiteren Salve von Stromschlägen getroffen. Die Qual übernimmt die Kontrolle über meine Muskeln, und ich verkrampfe mich, um mich gegen den Ansturm aufrecht zu halten.

„Was hast du erwartet, Greaves?", ruft McMurphy über meine Schreie hinweg. „Keine Frau würde sich wirklich zu einem Mann wie dir hingezogen fühlen."

Sie liegt falsch. Amethyst hat gesagt, sie würde kommen. Der einzige Grund, warum sie nicht hier ist, ist Sabotage.

„Das reicht", schreit Jynxson.

Meine Sicht verschwimmt. Ich falle auf die Seite und begrüße die Dunkelheit. Ich habe meinen Standpunkt klargemacht. Es ist Zeit, aufzuhören, bevor ich den Notfallplan gefährde.

Viel später wache ich auf der Krankenstation auf, mein Körper ist mit dicken Gurten fixiert. Meine Handgelenke sind mit Handschellen gefesselt und meine Knöchel mit Fußschellen. Beide sind durch eine Kette um meine Taille verbunden. Und es fühlt sich an, als hätte ich mir mindestens eine Rippe gebrochen.

Einer oder mehrere dieser verfluchten Wärter müssen mir in die Seite getreten haben, als ich bewusstlos war. Das ist das Problem mit gewöhnlichen Männern. Nur in der Masse mutig und unbesiegbar gegenüber kompromittierten Zielen, die sich nicht wehren können.

Ich schaue nach links und stelle fest, dass das Bett neben mir leer ist. Rechts von mir liegt jemand, den ich kenne. Er ist hier nur als John Doe bekannt. Als ich diesen Bastard das letzte Mal sah, habe ich seinen Kopf in ein Urinal gedrückt. Ich erkenne ihn nur an der Schwellung seines Gesichts aufgrund der mir bekannten Form seines Kiefers und Mund.

John ist bewusstlos. Auf meinen Befehl hin sorgen sie dafür, dass er es bleibt.

Meinem verrückten Bruder reichte es nicht, meine Schwestern zu belästigen. In dem Jahr, in dem meine Schwestern in die Akademie einzogen, schlich er sich in das Schlafzimmer der Haushälterin, schlug sie bewusstlos und vergewaltigte sie.

Vater zahlte ihr eine Abfindung und zwang sie, die Stadt zu verlassen, aber als dasselbe meiner Stiefmutter widerfuhr, schickte Vater ihn in eine Einrichtung. Als die Rechnungen nicht mehr bezahlt wurden, setzten sie meinen Bruder auf die Straße. Ein paar Angriffe auf Frauen später nahm die Polizei ihn fest und brachte ihn ins Gefängnis.

Es stellte sich heraus, dass mein Vater offiziell nicht existierte, und meine Brüder auch nicht. Der einzige Grund, warum ich im System bin, ist, dass meine Mutter mich bei Ärzten angemeldet hat und ich ursprünglich außerhalb von Victoria Gardens zur Schule ging.

Jynxson erscheint an meiner Seite. „Wieder wach?"

„Du schlägst wie ein Kätzchen", murmele ich.

Er grinst mich an. „Und du trittst wie ein Fohlen." Er wendet sich an den Krankenpfleger. „Lass uns allein."

Der grauhaarige Mann, der in der Krankenstation des Gefängnisses herumspukt, streckt die Hand aus, um einen Stapel Geldscheine entgegenzunehmen, und verschwindet ohne einen Blick zurück.

Zum Glück sind sämtliche Arbeiter des industriellen Gefängniskomplexes unterbezahlt. Bei fairen Löhnen wäre es schwierig gewesen, die Wachen zu bestechen, damit sie ignorieren, dass John Doe in den Duschen geschlagen und mit einem Messer bedroht wird, und ihn hier auf der Krankenstation isolieren.

Ich betrachte Johns Gesichtszüge, während Jynxson sich Zeit nimmt, meine Fesseln zu lösen.

„Hast du die Haarbleiche mitgebracht?", frage ich.

„Wir werden ihm den Kopf rasieren", antwortet Jynxson.

„Das ist egal." Ich erhebe mich von der Pritsche und rolle meine Schultern. „Er muss platinblond werden."

„In Ordnung."

Jynxson geht zum Waschbecken und nimmt das Bleichmittel. Nachdem ich meinen Overall ausgezogen habe, helfe ich ihm, John bis auf die Unterwäsche auszuziehen. Während Jynxson das Bleichmittel auf das Haar meines Bruders aufträgt, ziehe ich eine Gefängnisuniform an und trage Haarfärbemittel auf, um meine Haare braun zu färben.

Unsere größte Sorge ist, dass er nichts sagt, wenn er endlich aufwacht. Deshalb flechte ich Edelstahlfäden zwischen seine Zähne und verschließe so seinen Kiefer. Es ist eine schmutzige, detaillierte Arbeit, aber die poetischste Art, die Blutlinie meines Vaters auszulöschen und die Welt von einem weiteren Raubtier zu befreien.

Ich ziehe seine Lippen auseinander, sodass Jynxson den nötigen Raum hat, um die Drähte mit reichlich Zahnzement zu befestigen.

„Bist du sicher, dass das funktioniert?", fragt er.

„Ich könnte ihm die Zunge abschneiden und ausbrennen, aber diese Art unnötiger Operation hinterlässt zu viele Spuren."

Er lacht leise.

Es klopft an der Tür, während wir das Bleichmittel ausspülen und seine Haare trocknen.

„Wir brauchen fünf Minuten", brüllt Jynxson.

„Beeilung", zischt der Krankenpfleger.

Wir ziehen meinem Bruder meine alte Uniform an, legen ihn auf meine Pritsche und fesseln ihn.

Als sich die Tür öffnet, schlägt Jynxson John mit der Faust ins Gesicht, sodass die Haut aufplatzt. Ich wirble herum und beseitige die Beweise für unsere Arbeit. Der Krankenpfleger eilt mit einer Trage herein.

„Was zum Teufel?", fragt er und lässt seinen Blick über Johns blutendes Gesicht schweifen.

„Greaves hat sich gewehrt", murmelt Jynxson. „Das Letzte, was wir wollen, ist ein weiterer Aufstand eines Einzelnen."

Der grauhaarige Mann wirft einen Blick auf Johns leeres Bett. „Wo ist der hin?"

„Entlassen", sagt Jynxson.

Der Mann zögert, weil er den Schwindel durchschaut, aber ich bin schon halb zur Tür hinaus. Was zum Teufel soll er schon tun? Alarm schlagen und zugeben, dass er sich hat bestechen lassen?

Meine Leute manipulieren bereits die Gefängnisakten und das Überwachungsmaterial. Inzwischen haben sie John Doe aus ihren Akten gelöscht, zusammen mit dem Angriff in den Duschen, der ihn auf die Krankenstation gebracht hat. Die Wärter, die wir bestochen haben, damit sie bei der Prügelei wegschauen, werden kein verdammtes Wort sagen, es sei denn, sie wollen auch zu den Insassen gehören.

Ich gehe weiter den Flur entlang in Richtung Hinrichtungskammer. Ich kenne den Weg auswendig, da ich mit Hilfe der gesammelten Werke von Charles Dickens Gefängnispläne hineinschmuggeln konnte. Ich benutze die Schlüsselkarte, die Bossanova uns heute gegeben hat, die er McMurphy abgenommen hat, als er sie fickte.

Die Hinrichtungskammer ist etwa vier Meter breit und ebenso lang und wird von Leuchtstoffröhren beleuchtet, die ein unheilvolles Licht auf den Holzstuhl werfen. Ich wusste, dass er nicht aus Metall sein würde, aber jetzt wird mir seine Einfachheit erst richtig bewusst.

An ihm sind Lederriemen befestigt, die mit der Zeit dunkel geworden sind, zusammen mit dicken Kabeln, die in einer großen Kiste zusammenlaufen. Ich nehme an, dass weitere Kabel unter dem Boden zum riesigen Hebel an der Wand verlaufen.

Ich werfe einen Blick auf die Uhr und stelle fest, dass die Hinrichtung in zwei Stunden stattfinden wird. Mein ursprünglicher Plan war es, stundenlang mit Amethyst zu schlafen. Jynxson hätte John in den Raum gebracht, wo wir genügend Zeit für den Austausch hätten, und es gäbe ein Badezimmer, um die Haare zu färben. Ich würde den Raum in einer Offiziersuniform verlassen und bereit sein, Amethyst in den Beobachtungsraum zu begleiten, wo sie Zeuge einer neuen Phase in unserem Leben werden würde.

Sie versucht wahrscheinlich immer noch, die Sicherheitskontrolle zu passieren, untröstlich, weil sie das verloren hat, was sie für unsere letzte Chance hält, zusammen zu sein. Ich habe so viele Hinweise wie möglich fallen lassen, dass ich die Hinrichtung überleben würde, aber es gibt Grenzen dafür, was man sagen kann, selbst wenn Jynxson meine Nachrichten verschickt.

Also setze ich meine Henkersmaske auf und warte.

Keine neunzig Minuten später kommt Bewegung in den Beobachtungsraum. Der Gouverneur von New Alderney kommt mit dem Bezirksstaatsanwalt, dem stellvertretenden Polizeichef und einer kleinen Gruppe von Reportern mit Presseausweisen herein. Ich beobachte, wer sie noch begleitet, aber von Amethyst ist nichts zu sehen.

Oder von Vater.

Ist er so tief in Ungnade gefallen, dass er aufgrund der Handlungen unserer Rebellengruppe aus den Moirai ausgeschlossen wurde? Ein so mächtiger Mann wie er hätte sich seinen Platz unter diesen Würdenträgern sichern sollen.

Vielleicht muss ich mich damit abfinden, dass es ihm völlig egal ist, ob seine Kinder leben oder sterben.

Das war ihm schon immer egal.

Zwei weitere Frauen betreten den Beobachtungsraum. Eine von ihnen ähnelt der verstorbenen Frau meines Vaters. Die andere ist älter und wahrscheinlich ihre Mutter. Wenn sie wüssten, dass meine Stiefmutter eine Missbraucherin war, die ein Monster heiratete, hätten sie vielleicht nicht das Benzingeld verschwendet, um ihrem Mörder beim Sterben zuzusehen.

Minuten später wird die Tür des Hinrichtungsraums geöffnet. Jynxson und ein weiterer männlicher Wärter führen John hinein. Sein kahl geschorener Kopf ist jetzt gesenkt und er hält seine gefesselten Hände an der Brust.

Er tritt mit gefesselten Beinen nach vorn und sieht benommen aus, aber als sie ihn zum Stuhl führen, bleibt er stehen.

Mir stockt der Atem. Begreift er endlich sein Schicksal?

Er hebt den Kopf und starrt mir direkt in die Augen. Blut läuft an einer Seite seines geschwollenen Gesichts herunter, aber er gleicht mir sehr

Der Gouverneur beschwert sich über sein Aussehen, und der Gefängnisdirektor eilt mit einer Entschuldigung herbei. Nichts davon ist von Bedeutung, weil ich zu gebannt bin vom Anblick meines Bruders. Erkennt er mich durch die Kapuze oder sieht er nur seinen bevorstehenden Tod?

Während die Wärter ihn auf seinen Platz zerren, erhasche ich einen Blick auf McMurphy, die hinten im Raum steht und meine Hinrichtung mit ihrem Handy aufnimmt.

Diese elende Frau ist entschlossen, die Männer, die sie sexuell manipuliert, auszubeuten – sogar in ihrem Tod.

Ich nehme mir vor, mich nach dem Besuch bei der armen Amethyst um sie zu kümmern.

ZWEIUNDSECHZIG

Schlampe,

Ermordest du immer noch Männer?

Dieses Mal übernimmst du wenigstens die Verantwortung für die Aufräumarbeiten.

Ich

P.S. Ich werde immer noch kommen, um dich zu holen.

DREIUNDSECHZIG

XERO

Sich aus einem Gefängnis zu schleichen, ist schwieriger, als ich erwartet hatte. Nachdem der Arzt mich für tot erklärt hatte, fälschte er auch Johns Totenschein und veranlasste, dass unsere beiden Leichen aus dem Gebäude in die städtische Leichenhalle gebracht wurden.

Ich habe das Gefängnis also immer noch in einem Leichensack verlassen.

Stunden nachdem ich Amethyst heiraten sollte, fand ich mein Auto wieder, ein BMW-Cabrio aus dem Jahr 1963, das ich einem der Brüder, die ich ermordet hatte, liebevoll abgenommen hatte. Mein erster Halt war Amethysts Haus. Ich musste ihr sagen, dass ich noch am Leben war.

Ich hatte nicht erwartet, dass es so groß sein würde. Aus ihren Briefen wusste ich, dass sie allein in einem schmalen Haus mit einem Schlafzimmer und einem Arbeitszimmer im Obergeschoss lebte. Dieses neu gebaute Gebäude ist riesig.

Trotzdem klingle ich, neige den Kopf und ziehe den Rand meines Hutes der Gefängnisuniform tiefer ... Nur für den Fall, dass Amethyst nicht allein lebt.

Die Tür öffnet sich und eine schwarzhaarige Frau erscheint vor mir. Sie ist zu groß und hat zu große Augen, um mein Mädchen zu sein. Ihr Haar fällt jedoch in schlaffen Locken über ihre Schultern und ist auf der gesamten linken Seite blond gefärbt.

Genau wie bei meiner Amethyst.

„Was kann ich für Sie tun?", fragt sie mit zögerlicher Stimme.

„Ich suche Ms. Ravenly", antworte ich.

„Wen?" Sie zögert, dann weiten sich ihre Augen, als sie versteht. „Sie meinen Amethyst?"

„Ja."

Mit zusammengekniffenen Augen betrachte ich ihr Outfit. Sie trägt ein schwarzes Korsett, aber sie hat nicht die Vorzüge, um die Körbchen zu füllen, und einen Spitzenrock, der dem ähnelt, den Amethyst in ihrem Podcast trägt.

Aber an ihrem Handgelenk ist etwas Vertrautes.

„Woher hast du das?" Ich zeige auf das herzförmige Medaillon, woraufhin sie ihren Arm rasch hinter ihrem Rücken versteckt. „Wer bist du?"

Ich dränge mich in ihre Wohnung und sie schreit auf. „Zeig mir dein Handgelenk."

Sie dreht sich um, um zu fliehen, aber ich packe sie an den Haaren.

Ich drücke ihr eine Hand auf den Mund und ersticke den unvermeidlichen Schrei.

Filter können Wunder wirken, ebenso wie Kosmetika und Prothesen, aber niemand kann mir weismachen, dass dieses elende Wesen die Frau ist, die ich liebe.

Die Diebin zappelt in meinen Armen, aber ich halte sie fest, bis sie aufgibt. Als ihre Muskeln erschlaffen und sie an meiner Brust nach unten sinkt, lege ich ihr eine Hand um den Hals.

„Du hast zwei Möglichkeiten", knurre ich. „Erstens: du beantwortest meine Fragen und ich gehe. Zweitens: Ich quäle sie aus dir heraus und lasse deine zuckende Leiche zurück."

Sie wimmert.

„Was soll es sein?"

„Das Erste", sagt sie hinter meiner Hand.

„Braves Mädchen."

Zitternd presst sie ihren dürren Arsch gegen meinen Schritt. Ich halte sie auf Armeslänge und verziehe das Gesicht. Keine blasse Imitation könnte mich jemals von meiner Amethyst ablenken. „Ich werde jetzt meine Hand von deinem Mund nehmen. Wenn du schreist, beginnt die Folter. Verstanden?"

Sie antwortet mit einem hektischen Nicken.

Ich löse meine Hand von ihrem Mund und wische sie an dem Stoff meiner geliehenen Hose ab. Irgendetwas an dieser billigen Version von Amethyst ekelt mich an.

„Erste Frage: Woher hast du dieses Medaillon?"

Sie hebt ihr Handgelenk. „Von meinem Freund."

„Wie heißt er?", knurre ich.

Sie versucht, ihren Kopf zu drehen, aber ich verstärke meinen Griff um ihren Hals.

„Habe ich dir erlaubt, dich zu bewegen?"

„Nein, Sir", antwortet sie mit vor Aufregung belegter Stimme.

Ich verziehe die Lippen. Denkt sie, dass dies das erste Kapitel eines düsteren Liebesromans ist? Ich schiebe diese Vorstellung beiseite und konzentriere mich auf das Verhör. „Sag mir seinen Namen."

„Was?" Ihre Stimme hebt sich um mehrere Oktaven.

„Der Freund, der dir dieses Medaillon geschenkt hat. Wie. Heißt. Er?" Ich betone jedes Wort, indem ich ihre Kehle zusammendrücke.

„Xero", flüstert sie. „Xero Greaves."

Meine Nasenflügel blähen sich. Sie klingt nicht einmal wie meine Amethyst. „Und wie heißt du?"

„Kayla Kaplinsky."

„Ich verstehe", lüge ich, denn ich habe ganz sicher nicht mit einer solchen Frau korrespondiert. „Und in welcher Beziehung stehst du zu Amethyst Ravenly?"

Kayla zögert einen Moment, bevor sie ihren Kopf wieder dreht. „Bist du es wirklich?"

„Wovon sprichst du?"

„Du bist Xero. Niemand außer dir hat diesen Nachnamen jemals für sie verwendet."

Mein Kiefer spannt sich an. Das ist Amethysts Absenderadresse. Hierher habe ich ihre Dessous, Geschenke und Briefe geschickt. Und diese Frau deutet an, dass ihr richtiger Name nicht einmal Ravenly ist.

Ich lockere meinen Griff um ihren Hals. „In welcher Beziehung stehst du zu Amethyst?"

Sie wirbelt herum, ihre riesigen Augen weiten sich, während sie meinen Körper von oben bis unten mustert. „Ich bin ihre persönliche Assistentin. Na ja, nicht wirklich. Ich arbeite für ihre Agentin."

„Agentin?" Ich neige meinen Kopf.

„Amethyst schreibt ein Buch über eure Romanze. Meine Chefin verhandelt über einen Millionen-Dollar-Buchvertrag."

Wut lodert in meinem Innern auf, aber ich verziehe keine Miene. Es hat keinen Sinn, dieser Kreatur den Hals umzudrehen. Ich muss mir erst einmal Klarheit über die Fakten verschaffen, bevor ich überreagiere. Denn Amethyst kann keine Frau mit zwei Gesichtern sein, die eine Beziehung vorgetäuscht hat, um ein Buch zu schreiben.

„Und welche Rolle spielst du dabei?", frage ich.

Sie richtet sich auf. „Das ist die Adresse auf Amethysts Seite. Wenn Leute ihr Sachen schicken wollen, gehen sie über mich."

„Du sortierst ihre Post?"

„Genau", sagt sie, und sie blickt mich liebevoll an. „Ich liebe deine Briefe. Die Art, wie du ihr schreibst, lässt mein Herz höherschlagen."

Die Wut in meinem Bauch schlägt höher, sodass ich ihre nächsten Worte kaum verstehe. Es ist ein Erguss von Mitgefühl über meine Kindheit und die Ungerechtigkeiten, die mein Vater mir und anderen angetan hat.

Ich starre auf die plappernde Frau hinunter, und mir läuft es vor Abscheu kalt den Rücken hinunter. Sie kennt meine schmerzhafte Geschichte, meine intimsten Gedanken und hat meine Briefe gelesen, bevor sie sie an Amethyst weitergab.

„Hast du deinen Tod vorgetäuscht, um deine Rache beenden zu können?", fragt sie.

Ich runzle die Stirn. Das ist eine berechtigte Frage, wenn man bedenkt, dass ich am Tag meiner Hinrichtung vor ihr stehe. Ich starre in ihre braunen Augen und fordere sie auf, fortzufahren.

„Nun, du hast deine Mission im Gefängnis erfüllt, oder?"

„Die da wäre?"

„Deinen dritten Bruder umzubringen?"

„Ach?"

Sie lehnt sich an die Wand. „Du hast deine Stiefmutter und ihre beiden Söhne getötet, aber in dem Brief stand, dass es drei waren. Ich nehme also an, dass der Dritte im Gefängnis gelandet ist."

„Sprich weiter."

„Nun, das liegt doch auf der Hand." Sie zuckt mit den Schultern. „Er ist durchgedreht, nachdem du ihm den Kopf in das Urinal gestoßen hast. Übrigens habe ich gejubelt, als du dich endlich gewehrt hast. Aber wie auch immer, nachdem dein Vater pleitegegangen war und die Einrichtung nicht mehr bezahlt hat, ist dein Bruder wahrscheinlich auf einen Vergewaltigungstrip gekommen und landete hinter Gittern."

„Das ist eine scharfsinnige Schlussfolgerung."

„Und sie stimmt, nicht wahr?" Sie zieht die Augenbrauen hoch.

Ich nicke, mein Magen verkrampft sich und Übelkeit steigt mir in die Kehle.

Diese Worte waren für Amethyst bestimmt, nicht für dieses diebische Weibsbild.

Sie faltet die Hände vor der Brust, sodass Mamas Medaillon gegen den Mist an ihrem billigen Bettelarmband klirrt. „Ich wusste es. Ein ausgebildeter Auftragskiller, wie du es bist, würde sich nicht einfach so von der Polizei schnappen lassen. Ich wusste, dass du im Gefängnis warst, um einen Auftrag zu erledigen."

„Was noch?"

Sie tippt sich auf die Lippen. „Nun, der aktuelle Nachrichten-Podcast sagt, dass deine Hinrichtung vor ein paar Stunden stattgefunden hat. Da du hier bist, kann ich nur annehmen, dass dein Bruder an deiner Stelle auf dem elektrischen Stuhl saß?"

Ich klatsche langsam. „Beeindruckend."

Ihre Augen funkeln. „Xero, du bist unglaublich, und damit meine ich nicht nur deine maskuline Schönheit. Oder auch nur alles, was du durchgemacht hast."

Ich habe keine Ahnung, wovon zum Teufel sie spricht.

„Von dem Moment an, als ich dein Fahndungsfoto sah, war

die Verbindung, die ich zu dir verspürte, instinktiv." Sie ballt die Hände zu Fäusten, als wolle sie es damit betonen.

„Ich fange an, genauso zu empfinden", sage ich und meine jedes Wort ernst, aber die einzigen instinktiven Neigungen gehen in Richtung ihres gewaltsamen Ablebens. „Aber ich bin neugierig. Du weißt so viel über mich, aber ich weiß nichts über dich."

Ihr Gesichtsausdruck verfinstert sich. „Das stimmt."

„Erzähl mir von dir."

„Wirklich?", fragt sie und ihre Wangen röten sich.

„Können wir irgendwo hingehen, wo wir uns wohler fühlen?" Ich werfe einen Blick auf die Treppe.

Sie rollt mit den Schultern und ihre schmalen Lippen formen einen lächerlichen Schmollmund. „Du kannst dich in meinem Zimmer verstecken."

Ich neige meinen Kopf. „Danke. Kayla."

Sie eilt den Flur entlang und sprintet die Treppe hinauf, wobei sie zwei Stufen auf einmal nimmt. Ich folge ihr mit großen Schritten, damit diese clevere kleine Diebin keinen Alarm schlägt. Bei jeder Armbewegung schlägt Moms Medaillon gegen das Geländer. Wenn sie so weitermacht, wird sie mein kostbares Erbstück noch ruinieren.

Ihr Schlafzimmer ist ein großer Raum mit weißen Wänden und Blick auf die Straße. Die gesamte linke Wand ist mit vergrößerten Bildern bedeckt, die ich von mir selbst mit meinem Handy gemacht habe.

„Wo hast du die her?", frage ich.

„Amethyst lädt sie auf einen Cloud-Speicher hoch, damit ich sie in Diashows umwandeln kann." Sie wirbelt mit leuchtenden Augen herum. „Hast du schon mal einen ihrer Podcasts gesehen?"

„Einen."

„Nun, ich habe diese Hintergründe für ihren Greenscreen erstellt."

Bei ihren Worten bleibt mir der Mund offenstehen. Ich habe zwar zugestimmt, dass Amethyst die Fotos verwenden darf, aber ich habe ihr nicht erlaubt, sie an Dritte weiterzugeben.

Sie hält mir eine große Tasse vor die Nase. „Gefällt dir meine Xero-Tasse?"

Es ist eine Kaffeetasse mit einem Bild von mir ohne T-Shirt, aber mit dem Unterkörper von jemand anderem. Ich erkenne es daran, dass seine Oberschenkel zu ölig sind und der Penis zur Seite gebogen ist.

„Woher hast du das?"

„Ich verwende die Bilder, um Merchandising-Artikel zu erstellen."

„Merchandising-Artikel?"

„Ich habe einen Online-Shop eröffnet, der Stifte, Handyhüllen, Notizblöcke, Schlüsselanhänger, Tassen und solchen Kram verkauft. Er ist noch neu, aber die Leute sind verrückt danach."

Mein Kiefer spannt sich an. „Das Bild ist nicht akkurat."

Sie kichert. „Natürlich nicht, Dummerchen. Du bist doppelt so gut bestückt wie dieser Pornostar."

„Und woher willst du das wissen?", frage ich.

Mit einem fröhlichen Quietschen eilt sie zu ihrem Nachttisch und öffnet dessen Schublade. Mir schießt das Blut in den Kopf, als mir klar wird, was sie herausholen will. Als sie die Silikonimitation meines Schwanzes hervorholt, sehe ich rot.

Diese Frau, die behauptet, meine Seele zu kennen, bettelt eindeutig um den Tod.

„Das löst das Rätsel um den verloren gegangenen Dildos", murmele ich.

Ihr Lächeln erstarrt. „Stört es dich? Ich meine, diese Sets kosten nur fünfzig Dollar. Das ist keine große Sache."

Jetzt verharmlost sie ihren Diebstahl. Interessant.

„Aber kannst du ihn auch wie ein braves Mädchen in dir aufnehmen?", frage ich.

Ihre Augen weiten sich und sie weicht zurück, ihre Wimpern senken sich. Es sieht aus wie ein Versuch, verführerisch zu sein, aber ich fühle mich zu sehr verletzt, um mich davon beeindrucken zu lassen.

„Nenn das Loch", antwortet sie mit vor Geilheit belegter Stimme.

Ich würde mir lieber die Augen ausstechen, als dieser widerlichen Schlampe dabei zuzusehen, wie sie meinen Dildo nimmt, aber die Strafe muss dem Verbrechen angemessen sein. Sie wollte eine Kostprobe meines Schwanzes, und jetzt wird sie daran ersticken.

„Mund", sage ich. „Zeig mir, wie du ihn dir tief in den Mund schiebst."

„Auf dem Bett?"

Ich deute auf ihren kleinen Schreibtisch. „Dort drüben."

Sie geht mit schwingenden Hüften durch den Raum und lässt ihren Blick erneut an meinem Körper auf und ab schweifen. Ich halte still, mein Atem beschleunigt sich bei dem Gedanken an ihr bevorstehendes Ableben.

Eine Frau, die intelligent genug ist, um zu erraten, warum ich erwischt wurde, hätte auch die Passage lesen sollen, die ich über McMurphy und den anderen Wärter geschrieben habe, der versucht hat, meine Piercings zu entfernen. Oder ist sie so verblendet von ihrer nicht einvernehmlichen, parasozialen Beziehung zu mir, dass sie nicht merkt, dass ihr Leben in Gefahr ist?

Wahrscheinlich.

Ich bin nicht anders als dieses Wesen, wenn man bedenkt, dass ich mit Amethyst in dieselbe Falle getappt bin. Was wusste ich wirklich über die Frau, die ich liebe? Während ich dachte, wir hätten eine Verbindung gequälter Seelen gebildet, hat sie unsere Beziehung für einen siebenstelligen Buchvertrag, Merchandise und wer weiß, was noch alles genutzt.

Kayla holt den Dildo hervor, presst den Saugnapf auf den Tisch und reißt mich aus meinen bitteren Grübeleien. Sie lässt sich auf den Stuhl fallen und fährt mit der Zunge die Jakobsleiter entlang.

Ich reibe mir das Kinn und runzele die Stirn.

„Was ist los?", fragt sie.

„Nennst du das Deepthroating?"

Ihre Augen weiten sich. „Natürlich nicht." Ihre Finger legen sich um den Schaft und sie senkt ihren Mund auf die Eichel. „So?"

Ich lehne mich an die Wand und betrachte sie. „Nicht wirklich, aber es ist ein Anfang."

„Wirst du es mir beibringen?" Sie klimpert mit den Wimpern. Ah.

Sie will, dass man es ihr sagt. Korrektur. Sie will Dirty Talk.

„Eifriges kleines Ding", sage ich mit tiefer werdender Stimme. „Du wirst Xeros Schwanz nehmen, als wäre es deine letzte Mahlzeit."

„Jawohl, Sir!", flüstert sie.

„Hände auf den Rücken."

„Wirst du mich fesseln?"

„Nur, wenn du es wert bist."

„Und was dann?"

„Konzentriere dich auf Xeros Schwanz", knurre ich. „Öffne deinen dreckigen Mund und schiebe ihn bis zum hinteren Teil deiner Kehle."

Mit einem Wimmern rutscht sie auf ihrem Sitz hin und her, ihre Schenkel spannen sich an. „So?", fragt sie, wobei die Worte durch den Silikonschwanz gedämpft werden. „Xero?"

Ich stoße mich von der Wand ab und gehe auf ihren Schreibtisch zu. „Ich weiß, dass du es besser kannst. Nimm ihn ganz auf. Bis zur Wurzel."

Sie senkt den Kopf und würgt. Tränen schießen ihr in die Augen und sie weicht zurück. „Xero, ich kann nicht ..."

„Du wolltest meinen Schwanz so sehr, dass du seine Nachbildung gestohlen und dein Zimmer in einen Schrein verwandelt hast", knurre ich. „Jetzt bete deinen Gott an oder stelle dich seinem Zorn."

Das Würgen geht weiter, wobei Speichel die Basis des Dildos benetzt. Ihre Nase läuft von der Anstrengung, den Silikonschwanz in sich aufzunehmen.

„Braves Mädchen." Ich lege eine Hand auf ihren Hinterkopf und ziehe mit der anderen mein Handy heraus. „Aber du kannst es bestimmt noch ein wenig mehr."

Als ich den Dildo weiter in sie hineinschiebe, zuckt ihr Körper und es hört sich an, als würde sie ersticken. Ich mache Fotos von ihren Zuckungen und frage mich, wie lange es wohl dauern wird, bis sie stirbt.

Der Tod durch Strangulation ist normalerweise eine vierminütige Angelegenheit, und manche Menschen brauchen bis zu sechs Minuten, um zu ersticken. Aber der Tod durch einen Dildo ist etwas, das sie uns auf der Akademie nicht beigebracht haben.

Nach zwei Minuten bewegt sie sich nicht mehr, aber ich

halte sie noch fünf weitere Minuten fest, um sicherzugehen. Als der Urin den Boden beschmutzt, lasse ich ihren Hinterkopf los und trete zurück.

Ich nehme ihr das Bettelarmband ab, löse Moms Medaillon mit der Kette und mache ein Foto davon vor einer leeren Wand.

Die Jagd nach Vater muss warten, denn es ist Zeit, dass Amethyst stirbt.

VIERUNDSECHZIG

Schlampe,
Schmeckt dein Blut immer noch so süß?
Ich

FÜNFUNDSECHZIG

XERO

Nachdem ich den Merch-Store deaktiviert habe, lösche ich alle Bilder von mir vom Cloud-Server und die Festplatte der Frau. Eine schnelle Suche auf ihrem Handy liefert mir Amethysts vollständigen Namen und Adresse. Sie heißt Crowley und wohnt im Parisii Drive, der an den Friedhof grenzt.

Was für ein Zufall.

Amethyst hat außerdem über fünfzigtausend Dollar gesammelt, um ein Grab auf dem Parisii-Friedhof und ein prunkvolles Denkmal zu erwerben. Es handelt sich um einen lebensgroßen Sensenmann mit gefiederten Flügeln und einer Sense. Das passt, wenn man bedenkt, dass die Frau, die meinen offiziellen Fanclub leitet, mich den Engel des Todes nennt.

Wenn sie den Tod will, werde ich ihn ihr geben ... langsam.

Als ich ihr Haus erreiche, ist die Sonne schon lange untergegangen und die Straßenlaternen beleuchten die Stadthäuser. Ich parke vor Nummer 2 und ziehe die Uniform aus, um eine schwarze Hose mit passendem Sweatshirt und einen langen Ledermantel mit Kapuze anzuziehen. Da ich mein Gesicht weder den Nachbarn noch möglichen Mitbewohnern zeigen möchte, setze ich eine Maske auf und steige aus dem Auto.

Der Parisii Drive ist ein malerisches kleines Viertel, in dem unsere Rebellengruppe ihre ursprünglichen sicheren Unterkünfte eingerichtet hat. Die meisten davon sind vermietet, aber wir nutzen immer noch gelegentlich den Tunnel, den wir von Nummer 15 aus gebaut haben, um Gegenstände zum Friedhof und in die Katakomben zu schmuggeln.

Ich gehe die ruhige Straße entlang und erwarte, dass ich die Nummer 13 durch die Frühstückspension der alten Frau erreichen kann, aber als ich Amethysts Haus erreiche, ist die Tür bereits offen.

Beim Klang eines gedämpften Schreis beschleunige ich meinen Schritt und trete ein, nur um einen großen Mann zu finden, der sich in der Küche über etwas oder jemanden beugt. Es ist Amethyst, die auf dem Boden kauert.

Aufgrund all der schmutzigen Dinge, die sie auf ihrem Sexvertrag angekreuzt hat, ist es unmöglich zu sagen, ob sie eine einvernehmliche Szene vorspielen oder ob es wirklich ein Überfall ist.

Wie viele andere Männer hat diese Frau schon ausgetrickst?

Sie schlägt auf ihn ein, ihr Mund öffnet und schließt sich zu einem stummen Schrei. Als sich unsere Blicke treffen, verziehen sich diese hübschen Gesichtszüge vor so viel Schmerz, dass mein Herz vor eifersüchtiger Wut pocht.

Amethyst sollte nur mich so ansehen. Es sollten meine Hände sein, die um diesen zarten Hals liegen. Ich sollte es sein, der diese prallen Brüste berührt.

„Schlampe", knurrt der Kerl mit heiserer Stimme. „Ich wollte dich schon immer unter mir sehen, wie du um Gnade schreist."

Auch das könnte alles Mögliche bedeuten, aber ich will keine voreiligen Schlüsse ziehen. Ich umrunde die beiden, ziehe ein Messer aus dem Block und lasse es über den gefliesten Boden gleiten. Wenn Amethyst wirklich in Gefahr ist und die Wahrheit über den Mord an ihrem Musiklehrer gesagt hat, wird sie diese Gelegenheit nutzen, um sich zu retten.

Wenn das nur eine perverse Szene ist, dann werde ich ihren Liebhaber töten und sie zwingen, zuzusehen. Ich kehre zum Eingang zurück und behalte ihre rechte Hand im Auge. Als der Mann zwischen ihre Beine greift, greift sie nach dem Messer.

Braves Mädchen.

Ohne zu zögern, stößt sie ihm die Klinge in den Hals. Die

Erregung schießt so schnell in meinen Schwanz, dass mir schwindelig wird.

Das ist nicht das erste Mal, dass sie das tut.

Die meisten Zivilisten würden auf eine weniger lebenswichtige Stelle zielen, wenn sie überhaupt ein Messer verwenden würden. Ich habe Situationen erlebt, in denen das Opfer die Waffe als Drohung in der Hand hielt, nur damit sich das Szenario gegen das Opfer wendet und zu seiner Ermordung eskaliert. Amethyst wusste genau, wie sie das Messer benutzen musste, denn sie ist eine Mörderin, genau wie ich.

Blut spritzt aus dem Hals des Mannes und durchtränkt die Vorderseite von Amethysts schwarzem Mieder. Es spritzt auf ihr Dekolleté und ihr hübsches Gesicht, was mich meine Hände zu Fäusten ballen lässt.

Was wird sie als Nächstes tun? Zusammenbrechen? Die Polizei rufen?

Der Mann lässt sie los und umfasst stattdessen die Wunde, aber Amethyst bringt sich nicht in Sicherheit. Sie richtet sich auf und rammt ihm das Messer auch in die andere Seite seines Halses.

Meine Knie geben nach und Schweiß bricht auf meiner Haut aus. Die Jogginghose, die ich trage, wird zu eng und ich muss mich an der Wand festhalten, um aufrecht stehen zu bleiben.

In meinen neunundzwanzig Lebensjahren habe ich noch nie etwas so Erotisches gesehen.

Als sie aufsteht, trifft ihr Blick wieder auf meinen, und mein Herz setzt einen Schlag aus. Gerade als ich die Hand ausstrecken will, um meine schöne kleine Mörderin zu mir zu holen, taumelt sie und fällt in Ohnmacht.

„Glückwunsch, dass du am Leben geblieben bist, kleine Amethyst", murmele ich. „Denn ich habe vor, dich in winzige Stücke zu zerlegen."

Die Briefe, die sie schrieb, beschrieben eine Frau mit einem zarten Gemüt, die man erst in die Intimität locken musste. Sie war gebrochen, verletzlich und brauchte dringend meine Führung. Ihr Psychiater und ihre Eltern hielten sie mit einem Cocktail aus finanziellem Missbrauch und Drogen unter

Kontrolle. Ich dachte, Amethyst sei ein Schmetterling, der meine Hilfe brauchte, um aus seinem Kokon zu schlüpfen.

Aber sie ist eher wie eine Schwarze Witwe.

Auf der Fahrt zum Parisii Drive habe ich mir mehrere Videoclips angesehen. Sie hat nicht nur unsere Beziehung für einen Millionen-Dollar-Buchvertrag genutzt und manipulierte Fotos von mir als Ware verkauft, sondern auch ihre Videos zu Geld gemacht.

Einigen Schätzungen zufolge hat sie achtzigtausend Dollar mit dem Vorlesen von Auszügen aus meinen Briefen verdient. Andere sagen, es seien sogar zweihunderttausend. So oder so ist sie nur ein weiterer Parasit, der bereit ist, einen anderen für finanziellen Gewinn auszubeuten.

Während die Leiche abkühlt und meine Schönheit da liegt, scrolle ich durch ihr Online-Profil. Sie sammelt immer noch Geld für meine Beerdigung, obwohl sie mir versichert hat, dass sie den Platz und den Grabstein bereits gekauft hat.

Auf der Wunschliste stehen alle möglichen Dinge, die nichts mit dem Gefängnis-Buchclub zu tun haben. Sie hat eine neue Digitalkamera, professionelle Studioblitze, einen neuen Computer und mehrere Hardcover-Bücher hinzugefügt.

„Amethyst Crowley", murmele ich. „Du bist mir ja eine."

Als sie laut aufstöhnt, schiebe ich mein Handy wieder in die Manteltasche und stelle mich in die Tür, um zuzusehen. Sie krabbelt auf Hände und Knie und weint beim Anblick der Leiche. Blut breitet sich auf den schwarzen Fliesen aus und hinterlässt ein paar Spritzer auf den niedrigen Schränken. Sie blickt sich schluchzend um.

Mir fällt auf, dass sie sich mehr um das Aufräumen als um die Leiche sorgt. Noch wichtiger ist, warum sie nicht reagiert hat, als sie mich in der Tür ihrer Küche stehen sah.

Sie rappelt sich auf und eilt zu dem Ort, an dem ihr Handy auf dem Küchentisch lag, wo sie es auflud. Sie ruft immer wieder eine Nummer an, ihr Wimmern wird immer verzweifelter.

Ihr Freund?

Sie hat mir einmal erzählt, dass sie seit der Misshandlung durch ihren Musiklehrer keine Beziehung mehr hatte, weil jedes Mal, wenn sie versuchte, mit einem anderen Mann intim zu werden, Halluzinationen von ihm auftauchten. Damals habe ich ihr meine aufrichtigste Unterstützung angeboten. Mir kam nicht einmal in den Sinn, dass sie unsere Verbindung für Online-Ruhm nutzte.

„Mama?", ruft sie und schaltet den Anruf auf Lautsprecher.

„Amethyst, was ist los?" Die Frau am anderen Ende der Leitung klingt bereits erschöpft.

„Ich brauche deine Hilfe." Amethyst hält inne, ihr Atem wird schneller, aber ihre Mutter schweigt. Nach mehreren unangenehmen Augenblicken fährt sie fort. „Ein Mann hat mich aufgespürt. Er ist einer der Trolle, die mich online bedrohen ..."

„Was ist passiert?", schnauzt ihre Mutter.

„Er hat sich gewaltsam Zutritt verschafft ..." Sie atmet laut und panisch ein. „Und er sagte, er sei hier, um mich in meine Schranken zu weisen."

„Amethyst, wo ist er?"

Sie schluckt. „Auf dem Küchenboden. Mom, er wollte mich erwürgen. Ich hatte keine andere Wahl ..."

„Nein!", schreit ihre Mutter. „Sag es mir nicht. Ich ertrage das nicht länger."

„Was?", flüstert Amethyst.

Ich neige meinen Kopf und frage mich dasselbe.

„Hör zu. Du bist kein kleines Mädchen mehr. Du bist kein Opfer mehr", sagt die Frau mit giftigen und scharfen Worten. „Du kannst keine Männer umbringen und erwarten, dass das Rechtssystem dir einen Freifahrtschein gibt."

Amethyst starrt geschockt auf ihr Handy. „Selbst wenn es aus Selbstverteidigung geschah?"

„Bei dieser Geschwindigkeit kommst du noch wegen Mordes ins Gefängnis und wenn du so weitermachst, werde ich dir wegen Beihilfe folgen."

Bei ihren Worten bleibt mir der Mund offenstehen. Wen hat Amethyst außer ihrem Musiklehrer noch getötet?

„Ist er wirklich tot?", fragt ihre Mutter.

„Nein." Amethyst räuspert sich. „Ich habe ihn nur bewusstlos geschlagen."

„Gott sei Dank. Noch so ein Anruf und ich lasse dich einweisen."

„Mom?"

Ich runzle die Stirn. „Mom?" Ihre Stimme bricht.

Es sieht so aus, als hätte ihre Mutter aufgelegt. Ich wusste, dass Amethysts Eltern kontrollsüchtig sind, aber diese Gefühllosigkeit erinnert mich zu sehr an meine eigene Vergangenheit.

Alles, was sie tun, läuft auf ruchlose Manipulation hinaus, vom Abbrechen des Studiums, damit sie in einem Haus wohnt, das sie am anderen Ende der Stadt gekauft haben, bis hin zu einem Taschengeld, das für eine Frau in ihrem Alter zu gering ist, als dass sie sich frei entfalten könnte. Nimmt man noch die verschreibungspflichtigen Medikamente hinzu, die sie handlungsunfähig machen, hat man einen Cocktail aus Missbrauch.

Das Wissen, das sie möglicherweise schon einmal getötet hat, relativiert das Verhalten ihrer Eltern. Was, wenn dies die Alternative dazu ist, sie in eine Anstalt zu schicken?

Amethysts Gesichtszüge verhärten sich und sie wendet ihre Aufmerksamkeit von ihrem Handy ab. Mit der Präzision eines erfahrenen Killers knöpft sie die Hose des Toten auf. Ich trete vor und will sie vom Schwanz des Mannes wegziehen, aber ich zwinge mich dazu, zu bleiben, wo ich bin.

Die Neugierde erfasst mich. Was für eine Frau ist sie wirklich und was wird sie als Nächstes tun?

Sie zieht ihm die Schuhe aus und streift ihm die Hose von den Beinen, nur um sie ihm dann um den Hals zu wickeln und zu einem Tourniquet zu binden.

Nachdem sie ihre Hände im Waschbecken abgespült hat, öffnet sie die Hintertür, kehrt zu dem toten Mann zurück und schleift ihn in die Dunkelheit.

SECHSUNDSECHZIG

Schlampe,

Dieses Bild ist eine Vorschau auf das, was ich dir vor deinem Tod noch antun werde.

Es ist an der Zeit, dass du Demütigung und Schmerz erfährst.

Ich

SIEBENUNDSECHZIG

XERO

Es ist erstaunlich.

Amethyst schleift die Leiche durch ihren Hinterhof und zwischen den Bäumen hindurch, die ihr Haus vom Friedhof trennen, während sie ständig über ihre Schulter schaut, um meinen Blick zu treffen. Ich weiß nicht, was in ihrem verdrehten kleinen Kopf vor sich geht.

Hält sie mich für einen Geist oder eine Halluzination? Wie dem auch sei, sie nimmt meine Anwesenheit gelassen hin. Ihre Reaktionen – sowohl auf mein Aussehen als auch auf das Erstechen eines Mannes – sind der Beweis dafür, dass es nichts weiter als eine Täuschung war, als sie vorgab, eine zarte kleine Blume zu sein, die meine Führung brauchte.

Alles, was diese Frau jemals von mir brauchte, war ein Messer. Und anscheinend Reichtum und Ruhm.

Ich folge ihr in einiger Entfernung, atme schwer durch meine Maske und überlege, wie ich eine so hartgesottene Lügnerin am besten bestrafen kann. Sie hat mich glauben lassen, ich hätte eine verwandte Seele gefunden, dabei hat sie in mir nur eine Geldquelle gesehen.

Amethyst bewegt sich über den Friedhof und achtet darauf, die Pflastersteine, die von ihrem Garten wegführen, mit einem

Schlauch zu reinigen. Sie ist eine kluge kleine Mörderin, die weiß, dass sie ihre Spuren verwischen muss."

So wie ihre Mutter redete, ist sie es leid, die Morde ihrer Tochter zu vertuschen. Wie viele Männer hat sie bereits umgebracht und was waren die Gründe?

Das heutige Töten war ein klarer Fall von Selbstverteidigung, und der Musiklehrer war eine gerechte Strafe. Was ich nicht verstehe, ist, warum Amethyst mir nichts von den anderen erzählt hat ... Es sei denn, sie hat sie vor ihrem zehnten Lebensjahr getötet.

Scheiße. Woher weiß ich überhaupt, dass sie die Wahrheit über ihren Gedächtnisverlust sagte? Ihr fragiler Geisteszustand hob sie von all den Frauen ab, die mir ihre Fantasien schrieben. Das und ein vages Gefühl der Vertrautheit.

Ganz zu schweigen von dem himmlischen Duft ihrer Muschi.

Keuchend kämpft sie sich an den Grabsteinen vorbei zum Friedhof, der an das neue Pfarrhaus grenzt. Vor ihr befindet sich ein frisch ausgehobenes Grab, neben dem noch immer die Werkzeuge liegen. Amethyst bleibt am Rand stehen, greift nach dem abgebrochenen Stiel einer Schaufel und springt hinein.

Mir bleibt der Mund offenstehen.

Diese Frau weiß genau, was sie tut.

Von hinten nähern sich Schritte. Ich drehe mich um und sehe Jynxson den Weg entlang schlendern. Er hat die Gefängnisuniform gegen einen schwarzen Kapuzenpullover und Jeans eingetauscht.

„Xero?", fragt er.

Ich gehe auf ihn zu und hebe meinen Finger an meine maskierten Lippen, sodass er stehen bleibt.

„Was machst du?", flüstert er.

„Ich beobachte meine Obsession", murmele ich.

Seine Augenbrauen ziehen sich zusammen. „Die Präsidentin deines Fanclubs?"

„Ja."

„Die Frau, die dich am Altar stehen ließ?"

Bei der Erinnerung knirsche ich mit den Zähnen. „Genau die."

Er starrt zu dem Grab, neben dem die Leiche des Mannes liegt. „Und was macht sie?“

„Eine Leiche verscharren. Wonach sieht es denn sonst aus?“

Jynxson kratzt sich am Kopf, seine Augenbrauen ziehen sich zusammen und scheinen meine eigene Verwirrung widerzuspiegeln. Innerhalb von sechs Stunden bin ich von der Annahme, dass Amethyst ein Opfer mit gebrochenem Herzen war, das durch die Machenschaften eines Wärters daran gehindert wurde, unsere Vereinigung zu vollenden, zu dem Wissen übergegangen, dass sie die Art von schwarzherzige Betrügerin ist, die einen Mann zu ihrem persönlichen Vorteil manipuliert.

„Hast du ...?“, setzt er an, scheint aber nicht zu wissen, wie er fortfahren soll.

„Machst du ... ich meine ...?“

„Nein, ich habe sie nicht mit einem anderen Mann erwischt. Zumindest nicht so, wie du denkst. Und nein, ich habe sie zu nichts gezwungen.“

„Richtig.“ Er reibt sich das Kinn. „Warum stehst du dann da, angezogen wie ein Typ aus *Matrix*? Solltest du deiner Lady nicht helfen?“

„Sie ist ein kleines Luder, das mich benutzt hat, um einen Millionen-Dollar-Buchvertrag zu ergattern.“

Er zögert. „Bist du sicher, Mann?“

„Ihre persönliche Assistentin hat mir alles erzählt“, knurre ich, und mein Blut erhitzt sich bei der Erinnerung. „All diese Briefe und morgendlichen Anrufe waren nur Inhalte für irgendein Gefängnis-Schmuddelbuch.“

Jynxson senkt den Kopf. „Verdammt. Das ist ... Was wirst du jetzt tun?“

„Ich bin mir noch nicht sicher.“

„Wenn es dir hilft, kann ich ihr mit einer Schaufel eins überbraten und sie verscharren.“

Wut entflammt in meinem Bauch und verschlingt jede Vernunft und Zurückhaltung, bis ich nur noch rot sehe. Ich wirble herum, packe ihn am Hemd und knurre: „Niemand außer mir darf Amethyst anfassen. Wage es ja nicht, auch nur einen Finger an sie zu legen.“

Er schnaubt. „Du liebst Amethyst immer noch."

„Fick dich."

Er grinst, wobei seine Augen funkeln. „Ich habe dich noch nie so wegen einer Frau gesehen."

„Nicht so laut." Ich ziehe ihn weiter zwischen den Grabsteinen hindurch und weg von dem Grab.

Jynxson war schon immer ein Arschloch. Sogar schon mit zehn Jahren. Er ist die Art von Arschloch, das mitten in der Nacht im Bett liegt und einen Mann weckt, nur um ihn nach der Uhrzeit zu fragen. Oder sich die Computerspiele eines Mannes ohne Erlaubnis ausleiht und sie mit Saft bespritzt zurückgibt.

Er ist in den achtzehn Jahren, seit wir in die Einrichtung kamen, erwachsen geworden, aber nicht viel. Und er hat seinen beschissenen Sinn für Humor nie hinter sich gelassen. Ich habe mich seiner nur noch nicht entledigt, weil er talentiert und ein treuer Mistkerl ist.

„Wirst du sie dann töten?", fragt er.

„Nicht, bis ich das Rätsel ihres Geistes gelöst habe", murmele ich.

Er wirft einen Blick über die Schulter auf das offene Grab. „Hast du mir nicht gerade gesagt, dass sie eine Betrügerin ist?"

„Die Männer tötet und weiß, wie man ihre Leichen beseitigt?", frage ich.

„Verstanden." Er verschränkt die Arme vor sich. „Glaubst du, sie könnte eine Spionin sein?"

„Von den Moirai?", frage ich und er nickt.

„Nein. Eine ausgebildete Profikillerin hätte den Mann, den sie getötet hat, sofort außer Gefecht gesetzt. Als ich dazukam, lag sie am Boden und er stand kurz davor, sie umzubringen."

„Okay, was ist das Besondere an ihr?", fragt er.

„Erstens: Als sie das Messer ergriff, stach sie ohne zu zögern auf ihn ein. Dann tat sie es noch einmal."

„Aber ist das nicht normal für eine wütende Frau?"

„Zweitens rief sie ihre Mutter unter Tränen an, die darüber schimpfte, wie viele Männer sie schon getötet hatte."

Jynxsons Augen weiten sich. „Interessant."

„Drittens, wie viele Zivilisten kennst du, die nach dem Töten eines Mannes ruhig sind und sich direkt an die Aufräumarbeiten machen?"

Unsere Blicke treffen sich und meine Gedanken kehren zu ihrem ersten Brief zurück. Amethyst war eine von mehreren psychisch gestörten Frauen, die mir geschrieben haben, aber ihr Brief stach unter allen hervor. Während die anderen Nacktfotos, benutzte Slips und ihre schlecht geschriebenen Fantasien schickten, faszinierte mich Amethyst mit gut formulierten Sätzen auf Papier, das nach ihrer himmlischen Muschi duftete.

„Was denkst du?", fragt er.

„Ich habe keine verdammte Ahnung. Sie hat gesehen, dass ich ihr gefolgt bin, aber sie hat mich einfach ignoriert, als wäre ich eine Halluzination."

Wir stehen zusammen da und debattieren über ihren Geisteszustand, als ein leises Grunzen unsere Aufmerksamkeit wieder auf das offene Grab lenkt. Amethyst klettert mit zerzaustem Haar heraus. Mit ruhiger Präzision rollt sie die Leiche in das offene Grab und springt wieder hinein.

„Siehst du?", murmele ich. „Sie hat das offensichtlich schon einmal gemacht."

„Hör mir zu", sagt Jynxson.

„Was?"

„Könnte sie eine ehemalige Lolita sein?"

Ich runzele die Stirn. „Nach unserem ersten Jahr haben sie aufgehört, Mädchen zu bringen. Und sie ist erst vierundzwanzig."

„Sie haben aufgehört, Mädchen in *unsere* Einrichtung zu bringen, weil wir immer wieder Fragen gestellt haben. Was ist, wenn sie sie in eine andere verlegt haben?"

Mir wird flau im Magen. Die ganze Zeit über dachte ich, sie wären ein gescheitertes Experiment. Keines der Mädchen, die der Akademie beitraten, war eine ehemalige Lolita, also nahm ich einfach an, dass die Einheit aufgelöst wurde. Ich konnte den Gedanken nicht ertragen, dass noch mehr unschuldige Mädchen von diesem Mann verdorben wurden.

„Wie zum Teufel kann er immer noch aktiv sein?", knurre ich.

Er legt mir eine Hand auf die Schulter. „Sei nicht zu streng mit dir selbst. Du konntest es nicht wissen."

Ich nicke und mein Blick wandert zurück zum Grab. „Es gibt nur einen Weg, das herauszufinden."

„Wirst du sie fragen?"

„Sie erinnert sich an nichts, was vor ihrem zehnten Lebensjahr geschah."

„Wie dann?"

„Wir brechen sie. Sobald sie völlig durchgedreht ist, werde ich ihr ihre Geheimnisse entlocken. Sie könnte sogar Hinweise darauf haben, wo er die Einrichtung versteckt hält."

„Was ist mit unserem Rückstand an zahlenden Kunden?"

„Unser Ziel ist Rache. Diese Kunden existieren nur, um die Suche nach meinem Vater zu finanzieren", knurre ich.

Jynxson gibt keine Antwort, da er dieses Gespräch nicht noch einmal führen will. Wir haben alles Erdenkliche versucht, um ihn aus seinem Versteck zu locken, von der Zerstörung seines Geschäfts bis hin zum Mord an seiner Familie. Ich dachte, er würde wenigstens meiner Hinrichtung beiwohnen.

„Was ist, wenn er tot ist?", fragt Jynxson.

„Er lebt", knurre ich.

„Vielleicht ist es an der Zeit, loszulassen und sich darauf zu konzentrieren, die Moirai zu vernichten."

„Ich kann beides tun."

Er schüttelt den Kopf, sagt daraufhin aber nichts mehr. Für Jynxson ist es anders. Er lebte als Kind auf der Straße und hatte die Aussicht auf eine Unterkunft, gutes Essen und gleichaltrige Jungen begrüßt. Für ihn war die Einrichtung ein Zufluchtsort.

Als der Zustand meiner Mutter sich verschlechterte, traf sie Vorkehrungen, damit ich bei einer Freundin von ihr leben konnte, die eine Tochter in meinem Alter hatte. Ich wurde aus einem glücklichen Zuhause gerissen, in ein elendes Leben gebracht und dazu manipuliert, die Einrichtung einem normalen Leben vorzuziehen. Als ich sah, dass meinen Schwestern etwas Ähnliches widerfuhr, verdoppelte sich mein Groll. „Das Team will eine Willkommensparty für dich schmeißen", sagt Jynxson.

„Später."

„Sollen wir wenigstens dein Quartier lüften?", fragt er.

„Noch nicht." Ich werfe einen Blick zu dem offenen Grab. „Ich bleibe bei ihr."

„Wo?"

„Parisii Drive Nummer 13."

Er pfeift. „Zufall?"

„Ich glaube, du verstehst langsam, warum ich sie nicht einfach töten kann? Außerdem wird er jetzt, wo er denkt, dass ich tot bin, nachlässig werden. Wenn sie eine ehemalige Lolita ist, werde ich sie verhören, um Hinweise zu finden."

Jynxson will gerade protestieren, als Amethyst keuchend und mit noch mehr Dreck bedeckt aus dem Grab klettert. Ihre Strümpfe haben sich von ihrem Strumpfhalter gelöst und hängen nun um ihre Knöchel, sodass sie aussieht, als hätte man sie gründlich durchgefickt.

Mein Schwanz regt sich und das Gefühl wird von einem Anflug von Eifersucht begleitet. Sie mag eine lügende, hinterhältige kleine Schlampe sein, aber der einzige Mann, der dafür sorgt, dass sie so aussieht, bin ich.

„Das ist dein Plan." Er nickt in Richtung des Grabes.

„Wovon sprichst du?"

„Das ist der Platz, den dein Fanclub gekauft hat."

Ich blecke die Zähne. „Du machst verdammt noch mal Witze."

„Nein. Jemand hat vorhin zufällig gehört, wie die Totengräber darüber gesprochen haben."

„Und sie benutzt es, um Abschaum zu entsorgen?", knurre ich, wobei sich mein Kiefer anspannt.

Er zuckt mit den Schultern. „Willst du, dass jemand die Leiche entfernt?"

„Ja." Meine Hände ballen sich zu Fäusten. „Lass sie ausgraben, einbalsamieren und zu Nummer 13 bringen."

„Aye, aye, Sir." Jynxson grinst, salutiert und verschwindet in der Dunkelheit.

Ich bewege mich über den Friedhof und überlege bereits, wie ich diesen kleinen Geist am besten terrorisieren kann. Niemand nutzt meine Gefühle aus. Nicht Vater und schon gar nicht eine Frau mit zwei Gesichtern, die versucht, von den Dingen, die ich getan habe, zu profitieren.

Sie klopft sich die Erde von der Vorderseite ihres Korsetts und humpelt zurück auf den Weg. Alle paar Schritte wirft sie einen Blick in meine Richtung und erschaudert.

„Wenn ich mit dir fertig bin, Amethyst Crowley, wirst du ein nervliches Wrack sein. Ich werde dich brechen und dir, nachdem ich jedes schmutzige Geheimnis aus dir herausgepresst habe, einen qualvollen Tod bescheren."

ACHTUNDSECHZIG

Schlampe,

Ich weiß, was du letzte Nacht getan hast. Ich werde mich zurücklehnen und die Show genießen.

Ich.

P.S. Wenn er dir nicht das Herz herausschneidet, werde ich es tun.

NEUNUNDSECHZIG

XERO

Während Amethyst den Tatort säubert, erkunde ich ihr Zuhause.

Neben der Küche befindet sich ein fensterloser Raum, der grün gestrichen ist. Genau so hat sie mir in ihrem Brief den Raum beschrieben, in dem sie für meinen offiziellen Fanclub drehen würde. Ich werfe einen Blick über meine Schulter, wo sie in der Küche auf Händen und Knien das Blut mit Damenbinden aufsaugt.

Ihr Wohnzimmer entspricht dem Bild, das ich mir anhand der wenigen Fotos, die sie gemacht hat, zusammenreimen konnte. Es ist geschmackvoll, mit schwarzen Wänden, schwarzen Möbeln und goldenen Akzenten.

Ich kann nicht anders, als mich zu fragen, wie viel davon von Männern finanziert wurde, die sie betrogen hat. Offensichtlich ist sie eine geschickte kleine Honigfalle, die jeden dazu bringen kann, ihr zu vertrauen. War der Mann, den sie getötet hat, ein weiteres ihrer Opfer oder war sein Angriff auf sie ein Zufall?

Es spielt keine Rolle.

Amethyst wird ihre Geheimnisse schon bald ausspucken.

Oben an der Treppe hängt ein Kohleporträt, das mich das Geländer umklammern lässt. Es ist mein Fahndungsfoto, nur dass derjenige, der es angefertigt hat, mich als gottähnlich dargestellt hat, mit meinem hellen Haar, das einen Heiligenschein aus Licht bildet. Was könnte das bedeuten?

Ich ignoriere es und gehe weiter ins Schlafzimmer, in das ich mich einst törichterweise wünschte, teleportieren zu können. Ich habe mir bereits alle Ecken eingeprägt, da Amethyst viele Videos aus allen Blickwinkeln für mich gemacht hat, mit Ausnahme der Rückwand, die zum Friedhof zeigt.

Ich öffne eine Tür, die zu einem großen begehbaren Kleiderschrank mit verzierten Regalen führt, der voller teuer aussehenden Kleidungsstücke ist. Es gibt sogar ein raumhohes Regal mit Designerschuhen, die sie mit all dem Geld gekauft haben muss, das sie mit der Monetarisierung unserer Beziehung verdient hat.

Sie ist herzlos, genau wie mein Vater und seine wertlose Familie. Eine Frau wie Amethyst würde einem Mann das Herz herausreißen und es mit Füßen treten, wenn es ihr etwas einbringen würde.

Auf ihrem Nachttisch liegt ein Handy, das ich als dasjenige erkenne, das ich ihr speziell für unsere Kommunikation gekauft habe. Ich errate den Pin und scrolle durch den Inhalt.

Sämtliche Bilder, die ich ihr geschickt habe, befinden sich in der Galerie, zusammen mit den Bildern und Clips, die sie von sich selbst gemacht hat. Ich scrolle weiter, um einen Grund zu finden, warum sie mich am Altar stehen gelassen hat, und bleibe bei einem Bild eines Manila-Umschlags stehen. Er ist an ‚Schlampe' adressiert.

Das nächste zeigt seinen Inhalt: ein Bild und eine Notiz, die zu weit entfernt aufgenommen wurden, als dass ich Details erkennen könnte. Ich wische nach links, um eine Nahaufnahme zu finden.

Es ist ein vorpubertäres Mädchen, das auf einer Trage fixiert ist und geknebelt wurde. Elektroden liegen an ihren Schläfen an, gesichert durch eine Kopfhalterung. Die Elektroden sind mit einem feuchten, weißen Tuch bedeckt, was mich an eine Hinrichtung erinnert.

Flache Elektroden bedecken mehrere Punkte auf ihrem Körper, wie eine bizarre Form eines EKGs. Sie ist nackt und, was noch beunruhigender ist, mit großen Narben übersät.

„Was zum Teufel ist das?", murmele ich und wische zum nächsten Bild.

Es ist eine Drohbotschaft von jemandem, der mit ‚Ich‘ unterschrieben hat.

Ich kehre zurück zum Bild des Kindes und vergrößere das Gesicht. Ihr Haar ist dunkel und so kurz geschnitten, dass es fast wie zusammengebunden aussieht. Ihre Gesichtszüge sind so verzerrt vor Schmerz, dass man nicht sagen kann, ob es sich um Amethyst handelt, aber ich kann mir nicht vorstellen, aus welchem Grund sie ein Bild, das etwas so Schreckliches zeigt, aufbewahren sollte.

Den Metadaten zufolge wurde das Foto heute früh von einer anderen Kamera aufgenommen, drei Stunden vor der Hochzeit.

Interessant.

Hat Amethyst sich mit zwielichtigen Gestalten eingelassen oder ist sie Teil einer größeren Verschwörung, die mit meinem Vater in Verbindung stehen könnte? So oder so, sie hat meine Neugier geweckt.

Die Treppe knarrt und Schritte nähern sich, begleitet von zitterndem Schluchzen. Ich rolle mich unter das Bett und beobachte, wie sie barfuß das Schlafzimmer betritt.

Ein normaler Mann würde sie zur Rede stellen und Antworten verlangen, aber so verhört man keine Betrügerin. Ich werde sie zermürben, ihren Verstand zerschmettern, bis sie nicht mehr in der Lage ist, zu täuschen. Und wenn sie gebrochen und zitternd unter mir liegt, werde ich die Wahrheit aus ihr herausholen.

Sie duscht, schminkt sich und stylt ihre Locken, bis die Frau, die aus dem offenen Grab gestiegen ist, vollkommen verschwunden ist. Die sterbenden Fasern meines Herzens erwachen zum Leben in der Nähe der Frau, die mir die Bedeutung wahrer Liebe beigebracht und dann die Illusion zerstört hat.

Während sie in ihrem *Green Room* live über meine Hinrichtung berichtet, gehe ich die Treppe hinunter und untersuche den Schrank unter ihrer Treppe. Die Dielen sind locker genug, um einen Blick in einen abgedunkelten Kriechkeller zu gewähren. Aufgrund der Renovierungsarbeiten, die wir an mehreren Häusern rund um den Friedhof durchgeführt haben, gibt es reichlich Platz, um mich zu verstecken, während ich sie langsam in den Wahnsinn treibe.

Ich begebe mich in die nun makellos saubere Küche, was mir nur beweist, dass sie eine erfahrene Mörderin ist und nicht das unschuldige Mädchen, das dazu getrieben wurde, ihren Peiniger vom Dach zu stoßen. In ihrem Kühlschrank befindet sich ein roter Samtkuchen, der groß genug für sechs Personen ist.

Ohne darüber nachzudenken, nehme ich den Kuchen und stelle ihn auf den Küchentisch. Er ist mit Bildern von uns im Profil verziert, die sich gerade küssen wollen. Wahrscheinlich hat sie ihn bestellt, um Inhalte für ihren Kanal zu erstellen.

„Scheiß auf diese Frau und scheiß auf ihren Kuchen."

Nachdem ich die Abdeckung entfernt habe, ziehe ich meine Hose herunter, streichele meinen Schwanz und stelle mir vor, wie sie vor mir kniet und ihr Tränen über die Wangen rinnen. Sie würde mich anflehen, ihr zu verzeihen, und ich würde ihr sagen, sie solle den Mund weit öffnen. Ihre Augen würden sich weiten und sie würde protestierend stottern, aber ein Ruck an ihren hübschen Locken würde sie dazu bringen, zu gehorchen.

Ich tauche meinen Schwanz in die Glasur und genieße es, wie sie sich trennt. Mit sanften Stößen schiebe ich ihn in ihren Kuchen hinein und wieder heraus und stelle mir vor, es wäre ihr Mund. Es ist eine ziemliche Anstrengung, und das Einzige, was mich hart bleiben lässt, ist der Klang ihrer Stimme, die aus dem anderen Zimmer kommt, und die Aussicht, dass sie hereinkommt und mich dabei erwischt, wie ich ihren Kuchen ficke.

Meine Eier spannen sich an, als ich sie in die Kamera schluchzen höre. Ich stelle mir vor, dass sie wirklich um mich weint und beschleunige meine Stöße. Früher habe ich den Klang ihrer schläfrigen Stimme genossen, aber jetzt komme ich beim Klang ihres Weinens.

Ihr Wehklagen erreicht ein Crescendo und die Hitze steigt mir ins Mark. Ich ziehe mich zurück und spritze meine Erlösung über die Glasur. Ihr wunderschönes Gesicht und meines, dargestellt in Lebensmittelfarbe und Zucker, sind jetzt von Sperma besudelt.

Ich komme mit schwerem Keuchen und fühle mich sowohl befriedigt als auch leer. Ihr ruinierter Kuchen ist eine kleine

Rache, aber nur die erste von vielen Unannehmlichkeiten, die sie glauben lassen sollen, dass sie den Verstand verliert.

Danach setze ich die Abdeckung wieder auf den Kuchen und stelle ihn in den Kühlschrank, wobei ich mich frage, was sie wohl denken wird. Ich wische das Sperma mit Küchentüchern von meinem Schwanz, ziehe den Reißverschluss hoch und trete in die Nacht hinaus.

Wie alle Häuser am Parisii Drive ist auch ihres an den Hang gebaut, der zum Friedhof hin abfällt. Ich gehe über das Grundstück und leuchte mit meinem Handy auf die Fundamente, um eine Luke zu finden, die zum Kriechkeller führt.

„Hey", erklingt eine Stimme zwischen den Bäumen.

Ich drehe mich um und sehe, wie Jynxson mit einer kleineren Gestalt mit kurz geschorenen Haaren auftaucht. Ich blinzle in der Dunkelheit und versuche, die neue Silhouette zu erkennen. Als sie näher kommen, erkenne ich Tyler, einen Agenten, den wir aus der Technikabteilung der Firma abgeworben haben.

Tyler ist derjenige, der sich in das Gefängnissystem gehackt und die Aufzeichnungen geändert hat, um sicherzustellen, dass niemand bemerkt, dass John anstelle von mir hingerichtet wurde. Seit meiner Inhaftierung hat er sich einen kurzen Bart wachsen lassen, wodurch er älter aussieht.

„Was macht ihr hier?", frage ich.

Jynxson reicht mir einen Manila-Umschlag. „Ein Kurier hat das vor einer Stunde abgeliefert und fuhr in einem Auto ohne Kennzeichen weg. Ich dachte, du wärst daran interessiert, es zuerst zu lesen."

Tyler hebt die Hand. „Und ich habe gehört, dass du jemanden überprüfen lassen willst."

Ich nicke in Richtung Haus. „Such alles, was du über Amethyst Crowley aus dem Parisii Drive Nummer 13 finden kannst."

„Irgendetwas Bestimmtes?"

„Sie hat wahrscheinlich eine Jugendakte wegen einer Auseinandersetzung mit einem Lehrer, die mit seinem Tod endete, die vor zehn bis zwölf Jahren stattgefunden hat."

Tyler nickt. „Geht klar."

„Und deaktiviere alle Accounts, die mit dem offizielle Xero-Fanclub verbunden sind."

„Wird erledigt."

Ich wende mich an Jynxson. „Wo ist die Leiche?"

„Wird noch einbalsamiert", antwortet er.

„Bring sie her, sobald sie fertig ist. Ich brauche jemanden von der Wartungsabteilung, der in jeder Ecke dieses Hauses Kameras installiert und eine Öffnung in den Kriechkeller macht."

Als die beiden Männer zwischen den Bäumen verschwunden sind, reiße ich den Umschlag auf und werfe einen Blick auf den Inhalt. Er enthält kryptische Notizen, die von einem namenlosen Arschloch unterzeichnet sind.

Mein Kiefer spannt sich an. Wer zum Teufel ist dieser Psychopath?

„Noch etwas", rufe ich ihnen hinterher. „Fangt ihre Post ab. Nichts erreicht sie, es sei denn, es geht über mich."

Ich wende mich mit gerunzelter Stirn der Küche zu. Der erste Brief könnte das Werk des Mannes gewesen sein, den sie getötet hat, aber der zweite?

Jemand will einen Bissen von meiner Beute, aber derjenige muss sich hinten anstellen. Amethyst Crowley gehört mir.

Und ich ziehe jetzt in ihr Haus ein.

SIEBZIG

Du,

Warum bist du noch immer am Leben?
Ich
P.S. Schon bald wirst du um den Tod betteln.

EINUNDSIEBZIG

GEGENWART

AMETHYST

Mir tut alles weh.

Mein Kopf hämmert im langsamen Takt meines Herzens und meine Kehle ist vom Schreien heiser. Jeder Muskel brennt, als hätte ich einen Marathon hinter mich gebracht, und meine Muschi hat sich noch nie so wund angefühlt.

Am liebsten würde ich direkt wieder in die Bewusstlosigkeit abdriften und den Schmerz wegschlafen, aber ein quälender Teil meines Gehirns drängt mich, an die Oberfläche zu kommen. Warum? Ich weiß es nicht.

Beim letzten Mal, als so etwas passierte, gab es einen schrecklichen Skandal. Zwei Männer an meiner Uni wurden tot in ihrem Wohnheim aufgefunden. Meine Eltern flippten aus, weil sie dachten, dass ein Mörder frei herumlief. Und ehe ich mich versah, wurde ich wieder mit Medikamente vollgestopft, die mich wochenlang außer Gefecht setzten.

Bis heute weiß ich nicht, warum sie mich von der Universität genommen haben, aber mein Leben verwandelte sich bald in einen endlosen Wirrwarr aus Gedächtnislücken, Medikamenten und Bett. Als ich endlich aus meinem Dämmerzustand erwachte, lebte ich bereits im Parisii Drive Nummer 13.

Ich könnte also dankend auf das Aufwachen verzichten.

Wahrscheinlich werde ich für etwas beschuldigt, an das ich mich nicht einmal erinnere.

Während ich wieder in den Schlaf gleite, tauchen in meinem Kopf Erinnerungsfetzen auf. Nicht nur von den vier Männern in Schwarz, die in mein Haus eingebrochen sind, sondern auch von der Verfolgungsjagd über einen Friedhof, die ich mit Xero erlebt habe.

War das kein Albtraum?

Meine pochende Klitoris sagt mir, dass es das nicht war, ebenso wie meine schmerzende Muschi. Ich öffne ein Auge, aber das Sonnenlicht schmerzt so sehr, dass ich es sofort wieder schließe. Was zum Teufel habe ich genommen? Das fühlt sich schlimmer an als damals, als ich mich mit Wodka und Weihwasser betrunken habe.

Scheiße.

Warum habe ich mir vorgestellt, wie ich mich in einem römischen Bad, umgeben von Buntglasfenstern, entspanne? Das muss ein anderer Traum gewesen sein, denn Xero ist nur ein Geist.

Oder etwa nicht?

Ich versuche herauszufinden, was real, was ein Albtraum und was nur eine Halluzination ist, aber mein Gehirn will nicht mitspielen. Kann es nicht einfach eine Markierung erzeugen, damit ich weiß, was was ist?

Denn auf keinen Fall würde Xero mich auf seinem eigenen Grab ficken, mich dann bewusstlos machen, mir ein schönes, warmes Bad einlassen und mir die Haare föhnen. Das ist zu surreal.

Vielleicht ist es an der Zeit, dass ich mir einen neuen Arzt suche. Ich könnte eine Kreditkarte beantragen und mich verschulden. Nichts ist wichtiger als meine psychische Gesundheit, denn im Moment bin ich zu gar nichts zu gebrauchen.

Ich öffne die Augen und zucke zusammen, als das Sonnenlicht durch mein Schlafzimmerfenster hereinströmt. So wie es aussieht, müsste es Mittag sein.

Aber was ist mit den Männern, die in mein Haus eingebrochen sind?

Ich sollte tot oder gefangen sein, nicht im Bett liegen. So gehen Vergewaltiger nicht vor.

Mein Blick huscht umher und sucht nach etwas Ungewöhnlichem. Als ich versuche, mich auf meine Ellbogen zu stützen, stelle ich fest, dass meine Arme gefesselt sind. Ich versuche, meine Bettdecke von mir zu schieben, aber meine Handgelenke wurden fixiert. Ich ziehe meine Hand unter der Decke hervor und sehe ein schwarzes Seil um mein Handgelenk, das aussieht, als wäre es am Bett befestigt.

Es sieht aus, als wären meine Hände voller Blut. Nicht schon wieder.

Ich werfe einen Blick über das Bett auf das andere Kissen, um nach einer Notiz Ausschau zu halten, die besagt, dass ich Hausarrest habe. Als ich sie nicht finde, wende ich mich dem Nachttisch zu.

Irgendwie hat mein Handy seinen Weg zurück in mein Schlafzimmer gefunden und hängt am Ladekabel.

Ich zucke zusammen, als schwere Schritte von der Treppe her erklingen und sie knarren lassen. Vielleicht ist es einer der Männer von letzter Nacht, der heraufkommt, um zu beenden, was er angefangen hat. Er kannte wahrscheinlich Jake und wird mich darüber ausfragen, was mit seinem Kumpel passiert ist.

Kalter Schweiß bricht auf meiner Stirn aus. Ich atme schwer und versuche, etwas Kraft aufzubringen, um mich von meinen Fesseln zu befreien, aber meine Muskeln weigern sich, zu gehorchen. Was zum Teufel habe ich letzte Nacht getan, außer auf einem Friedhof herumzulaufen?

War das überhaupt real?

Eine hünenhafte Gestalt, die ein Tablett in der Hand hält, betritt den Raum. Sein Kapuzenpulli verdeckt sein Gesicht und strahlt Gefahr aus. Ich hole tief Luft, um zu schreien, erstarre aber, als er ins Licht tritt.

Eisblaue Augen richten sich auf mich, eingerahmt von hohen Wangenknochen und einer starken Stirn. Ein Septum-Piercing glitzert an seiner geraden Nase und zwei Ringe betonen seine Unterlippe. Am beunruhigendsten sind die vier Kratzer auf seiner Wange, die sich rau von seiner ansonsten makellosen Haut abheben.

Mein Herz rast unter einer unbeständigen Mischung aus

Anziehung und Angst. Ich würde dieses Gesicht überall wiedererkennen.

„Xero?", flüstere ich.

„Erkennst du mich jetzt?", fragt er trocken.

„Was ist passiert?", frage ich.

„Du bist letzte Nacht aufgewacht und dachtest, du würdest angegriffen werden", murmelt er. „Ich habe versucht, deine Arme festzuhalten, aber du hast gekämpft wie ein Berserker."

„Was ist das?", frage ich.

Er grinst mich so breit an, dass mein Herz einen Rückwärtssalto macht. „Ein mythischer Krieger, der in einen alternativen Zustand übergeht. Manche sagen, sie seien von Geistern besessen, aber sie sollen unbesiegbar sein."

„Warte." Ich schlucke. „Das hätte ich dir niemals antun können."

Er zieht eine Augenbraue hoch. „Schau dir an, was unter deinen Fingernägeln ist."

Ich erschaudere, weil ich das Blut bereits gesehen habe. Zumindest habe ich diesmal niemanden umgebracht.

Xero geht mit dem Tablett weiter und tritt ins Licht.

Als er nicht flackert, trifft mich die Erkenntnis wie ein Schlag ins Gesicht. „Du bist kein Geist?"

„Nein."

„Wie ist das möglich?"

Er stellt das Tablett ab. „Als du von Gedächtnislücken sprachst, dachte ich, du würdest eine Art Schwindelanfälle meinen. Sag mir, was das Letzte ist, woran du dich erinnerst?"

Meine Kehle ist wie zugeschnürt, und ich schlucke schwer, um nicht daran zu denken, welchen Horror er aus den Tiefen meines Geistes zutage fördern will.

„Ich schrieb gerade an meinem Geisterroman, als ein paar Männer in das Haus einbrachen. Dann kamst du aus dem Schrank unter der Treppe und erschlugst sie mit einer Axt."

„Sie sind nicht tot."

„Aber ich habe gesehen ..." Ich schüttle den Kopf. „Xero, was geht hier vor sich? Wie ist es möglich, dass du noch am Leben bist?"

„Habe ich dir nicht gesagt, dass wir nach der Hinrichtung zusammen sein würden?"

„Ja, aber ich dachte, du meintest im Geiste."

Xero zu lange anzusehen, ist schmerzhaft. Er ist zu blass, zu perfekt, zu verdammt attraktiv. Die Fotos wurden ihm nicht gerecht, und das Fahndungsfoto auch nicht. Er ist wie eine lebendig gewordene Statue, mit einem Hauch von platinblonden Stoppeln an seinem Kinn, die zu seiner überirdischen Anziehungskraft beitragen.

Sein intensiver Blick scheint mir bis auf den Grund der Seele zu schauen und macht es mir unmöglich zu glauben, dass er real ist. Ich muss meinen Blick senken, überwältigt von seiner schieren Präsenz.

Ich hatte einen psychotischen Schub, ausgelöst durch eine übermäßige Menge an Stress. So beschrieb Mrs. Mancini meinen Zustand, als ich Mr. Lawson vom Dachgarten stieß.

Myras Mutter sagte, ich sei eines von vielen seiner jungen Opfer gewesen und hätte den Missbrauch nicht verkraftet. Die Verteidigung, die sie und Dr. Saint erfanden, war, dass ich durch die erzwungene Abtreibung in den Wahnsinn getrieben worden sei. Als er mich so kurz nach einem traumatischen Ereignis im Dachgarten gefangen hielt, um mich zu vergewaltigen, reagierte mein Körper in Selbstverteidigung.

Vielleicht passiert es wieder, nur dass ich mir Xero vorstelle. „Amethyst." Er streichelt meine Wange. „Bist du noch bei mir?"

„Ja?", flüstere ich.

„Hast du vergessen, was letzte Nacht passiert ist?"

„Ähm ... meinst du auf dem Friedhof?", frage ich.

„Woran erinnerst du dich noch?", fragt er.

„Du hast mich zum alten Pfarrhaus gebracht, um zu baden."

Er nickt, und seine blassen Augen leuchten auf. „Braves Mädchen. Was noch?"

„Dass ich hier mit pochenden Kopfschmerzen aufgewacht bin?"

Er seufzt und wirkt enttäuscht. Seltsamerweise brennt der Teil von mir, der Xero immer gefallen wollte, darauf, sich sein Lob zu verdienen. Ich habe ihm bereits gesagt, dass ich Erinnerungslücken habe. Was zum Teufel habe ich verpasst, das so wichtig sein könnte?

„Ich habe dir alles erklärt, bevor ich dich ins Bett gebracht habe", sagt er.

„Daran kann ich mich nicht erinnern." Ich werfe ihm aus den Augenwinkeln einen Blick zu. „Entschuldigung."

„Iss dein Frühstück." Er stellte mir ein Tablett auf den Schoß, aber ich schüttle den Kopf.

„Nein, danke. Ich habe keinen Hunger."

„Das war keine Frage." Er packt mich am Nacken und dreht meinen Kopf zu dem Tablett, auf dem Müsli, gebutterter Toast und Kaffee stehen. „Iss."

Mein Herz rast. Erinnerungen an Wochen des Schreckens dringen an die Oberfläche meines Verstandes. Xero kann man nicht trauen. Dieses Frühstück ist nur eine weitere Folter-Taktik.

„Du hast meine Frage immer noch nicht beantwortet", sage ich. „Wie ist es möglich, dass du am Leben bist?"

„Iss, und ich erkläre es dir."

„Binde meine Hände los, und ich werde essen."

Er lacht bitter. „Wenn du dich gegen mich wendest, muss ich dich wieder betäuben."

Nichts an dieser Situation ist richtig, angefangen damit, dass Xero lebt und in meinem Schlafzimmer ist, bis hin zu all dem Essen, das ich nicht gekauft habe. Das ist nicht einmal mein Brot, und ich habe ganz sicher kein Müsli und Milch auf Vorrat.

Der Schmerz in meinen Muskeln könnte vom Kampf herrühren, aber was, wenn ich um mein Leben gekämpft habe? Was, wenn ich versucht habe, mich zu verteidigen, weil Xero sich nach wochenlanger Wartezeit dazu entschlossen hat, sich an mir zu rächen?

„Was geht gerade in deinem Kopf vor sich?", fragt er.

„Woher weiß ich, dass dieses Frühstück nicht vergiftet ist?"

Seine Augen weiten sich, seine Lippen verziehen sich vor Empörung. „Warum sollte ich dein Essen vergiften wollen?"

„Nun, du hast einen Haufen Männer ermordet. Vielleicht bin ich die Nächste auf deiner Liste."

Xero gibt ein tiefes, animalisches Geräusch von sich, halb Verzweiflung, halb Knurren. Ich bekomme eine Gänsehaut und alle feinen Härchen in meinem Nacken richten sich auf. Ich weiß nicht, warum ich in Gegenwart eines Mörders so ruhig bin. Vielleicht ist es eine Erstarrungsreaktion, denn ich kann verdammt sicher nicht kämpfen oder fliehen, nachdem er meine Arme und Beine gefesselt hat.

Er beugt sich so nah zu mir, dass meine Haut unter seinem warmen Atem kribbelt. „Glaubst du wirklich, dass ich dich tot sehen will?"

„Willst du etwa leugnen, dass du mich an der Decke hängen hattest?", frage ich mit ruhiger Stimme. „Oder war das eine Halluzination?"

„Es wäre nicht so weit gekommen, dass du dich dabei erhängst."

„Ich glaube dir nicht", krächze ich. „Woher solltest du wissen, dass die Decke einstürzen würde?"

„Wenn ich dich hätte töten wollen, hätte ich es in der Nacht tun können, als ich den Todestrakt verlassen habe", knurrt er mit so leiser Stimme, dass sie mir bis ins Mark dringt. „Ich hätte unter deinem Bett hervorkriechen und dich im Schlaf ersticken können. Ich hätte dich erdrosseln oder deinen Schädel durchbohren können. Ich hätte dir das Genick brechen, deine Halsschlagader aufschlitzen oder dir in die Brust schießen können."

„Beeindruckend", murmele ich. „Aber ich vertraue dir noch immer nicht."

Er schnappt sich ein Stück Toast, beißt herzhaft hinein, kaut und schluckt dann. Nachdem er es mit einem Schluck Kaffee hinuntergespült hat, nimmt er einen Löffel Müsli. „Reicht dir das?"

„Das hängt davon ab, ob du aus dem Zimmer stürmst, um dich zu übergeben", antworte ich.

„Wenn ich gewusst hätte, dass du so nervig bist, hätte ich mir die Mühe sparen können, auf deine Briefe zu antworten", knurrt er.

Ich knirsche mit den Zähnen. „Warum bist du überhaupt hier? Sag mir nicht, dass es daran liegt, dass der Tod uns niemals trennen wird, denn ich weiß, dass du mich brechen willst."

Als er nicht antwortet, füge ich hinzu: „Oder hat ein anderer rachsüchtiger Geist Scheiße über mich im Morsecode gesagt?"

Seine Nasenflügel blähen sich. „Willst du mir das zum Vorwurf machen? Nach allem, was du mir angetan hast?"

„Ich habe schon tausendmal erklärt, warum ich nicht auf der Hochzeit war und warum ich mit den Videos Geld verdient habe. Jeder hat Vom *Creator Fund* profitiert. Was war so schlimm daran, dass ich dasselbe getan habe?"

„Iss dein verdammtes Frühstück."

„Nein", schnauze ich. „Wir drehen uns im Kreis. Ich entschuldige mich für das, was ich getan habe, dann unterbrichst du mich, dann kehrst du zurück, um mich zum Kriechen zu bringen. Weißt du, wie viel Angst ich hatte, als ich dich als den Sensenmann sah? Ich wusste nicht, ob ich wieder halluziniere oder verfolgt werde."

Er atmet schwer, seine Gesichtszüge verziehen sich vor unterdrückter Wut. Der gesunde Menschenverstand schreit mich an, dass ich einen Massenmörder nicht reizen sollte, der mich in meinem eigenen Zuhause gefesselt hat und vielleicht versucht, mich zu vergiften, aber er hat mich über den Punkt der Vernunft hinausgetrieben.

„Und noch etwas. Warum zum Teufel hast du Kayla umgebracht? Sie hat nur einen Dildo genommen ..."

Xero packt mich am Hals. „Und das Medaillon meiner Mutter", knurrt er. „Hast du dieser Schlampe gesagt, sie soll die Fotos, die ich dir geschickt habe, in pornografische Ware verwandeln?"

Ich starre ihn mit offenstehendem Mund an. „Was?"

„Beantworte meine Frage." Er unterstreicht diese Aufforderung, indem er mich schüttelt.

Wie zum Teufel hat er es wieder geschafft, die Dinge zu verdrehen? Ich bin es nicht, der wie ein *Scooby Doo*-Bösewicht im Leben einer unschuldigen Frau herumschleicht und Menschen ermordet, die seinem Besitz zu nahekommen. Jetzt hat er die Frechheit, mich wegen der nächsten Sache zu beschuldigen?

„Ich weiß nichts darüber", schnauze ich. „Und hör auf, das Thema zu wechseln."

„Ich bin am Leben", sagt er.

„Sag mir etwas, das ich noch nicht weiß", entgegne ich.

„Du hast mich beschuldigt, dein Frühstück vergiftet zu haben. Ich habe es gegessen. Ich bin nicht tot."

Mein Blick fällt auf das Tablett, auf dem durch unsere Auseinandersetzung Kaffee und Milch verschüttet wurden. Ich werfe einen Blick auf Xero, der mich wie ein Racheengel anstarrt.

„Wenn dieses Tablett bei meiner Rückkehr nicht leer ist, wird das Konsequenzen haben." Er dreht sich auf dem Absatz um und geht zur Tür.

„Wohin gehst du?", frage ich.

„Ich sehe nach den Männern, die ich letzte Nacht gefangen genommen habe", sagt er, ohne mich eines Blickes zu würdigen. „Ich muss wissen, ob sie Komplizen haben, bevor ich dich dazu bringe, sie zu töten."

Er verschwindet im Flur und lässt mich mit meinen aufgewühlten Gedanken allein.

ZWEIUNDSIEBZIG

XERO

Ich sollte Amethyst den Hals umdrehen, aber sie würde wahrscheinlich wieder in diesen veränderten Zustand wechseln und versuchen, mir die Augen auszukratzen. Meine Eier schmerzen noch immer von den Schlägen, die sie ihnen während ihres Albtraums versetzt hat.

Zumindest verstehe ich, warum sie so weit weg von ihrer Familie und ihrer besten Freundin lebt. Amethyst Crowley ist eine Zeitbombe mit einem defekten Zähler. Sie kann hochgehen, wenn man es am wenigsten erwartet.

Ich frage mich, ob derjenige, der sie töten will, von diesen Anfällen weiß. Nur aus diesem Grund würde er vier Männer auf eine kleine Frau ansetzen, die allein lebt.

Nachdem ich den betäubten Eindringlingen im Keller ein Gegenmittel injiziert habe, sichere ich ihre Fesseln und kehre dann wieder in ihr Zimmer zurück. Inzwischen sollte Amethyst ihr Frühstück beendet haben oder bereit sein, sich ihrer Strafe zu stellen.

Beides wäre mir recht. Für das, was sie meinem Gesicht angetan hat, schuldet sie mir etwas. Hätte ich sie nicht rechtzeitig festgehalten, hätte sie mich vielleicht an einem Auge verletzt.

Ich betrete ihr Schlafzimmer, auf alles gefasst, auch auf einen weiteren Angriff. Seile sind nicht die sicherste Art der Fesselung, aber sie war bereits erschöpft, als ich es schaffte, sie auf dem Bett zu fixieren.

Sie sitzt aufrecht auf dem Bett, wobei sie ihren Rücken gegen das Kopfteil gelehnt hat, und sieht atemberaubend aus. Ihr Gesicht ist ein perfektes Oval, mit großen grünen Augen, die von goldenen Flecken durchzogen sind, umrahmt von dichten schwarzen Wimpern, die sie wie eine Puppe aussehen lassen. Ein rosa Schimmer färbt ihre Wangen, passend zur Fülle ihrer Lippen. Und die Art und Weise, wie ihr zweifarbiges Haar ihr Gesicht umrahmt, lässt sie wie die nordische Todesgöttin aussehen.

Mein Blick wandert an dem rosafarbenen Mieder hinunter, das ihre perfekten Brüste umschmeichelt, und streift die Konturen ihrer Taille. Allein das Wissen, dass sich hinter diesem hübschen kleinen Äußeren ein Monster verbirgt, ist mehr, als ein Mann wie ich widerstehen kann.

Als ich im falschen Haus landete und das Ausmaß ihrer Täuschung bemerkte, dachte ich, dass alles an ihr betrügerisch war. Ich fragte mich, ob die Geschichte über ihren Musiklehrer ebenfalls eine Lüge war – bis ich sah, wie sie ihrem Angreifer das Messer in den Hals stieß.

Ihre Reaktion auf die Geistererscheinung zu beobachten, war erregend, und sie zu quälen, machte mich härter als je zuvor. Ich bin süchtig nach ihrem Schrecken, besessen von ihren Schreien. Ich kann nicht genug von meinem mörderischen kleinen Geist bekommen.

„Willst du einfach nur wie ein Stalker in der Tür stehen bleiben?", fragt sie.

„Hast du gefrühstückt?"

„Das Müsli war matschig."

„Wessen Schuld war das?", schnauze ich.

Sie schüttelt den Kopf. „Deine, weil du mir nicht sagen wolltest, ob du ein Psycho bist, der Frauen vergiftet."

Ich bin starr vor Wut und bewege mich langsam auf meinen kleinen Geist zu, sodass sie sich an das Kopfteil des Bettes drückt. Ihre Brustwarzen verhärten sich, sodass sie sich deutlich unter dem Spitzenstoff abzeichnen, was mein Verlangen, es zu zerreißen, noch verstärkt.

„Bist du bereit, deine Strafe zu empfangen?", frage ich.

Ihre hübschen Augen weiten sich. „Wofür?"

„Das weißt du doch." Ich werfe ihr Handy auf den Boden, reiße ihr das Tablett vom Schoß und stelle es auf dem Nachttisch ab.

„Aber ich habe den Toast gegessen", sagt sie.

„Das reicht nicht."

Ich ziehe die Bettdecke zurück und greife nach ihrem Schienbein, woraufhin sie mit dem anderen Fuß in Richtung meines Kopfes tritt. Das Seil hindert sie am Treten, sodass sie frustriert aufschreit.

„Fass mich nicht an", schreit sie.

„Ich dachte, du willst losgebunden werden."

„Nicht, um bestraft zu werden, und ich will diese Männer nicht töten."

„Warum nicht?", knurre ich und binde ihr erstes Bein los. „Sie hatten vor, dir noch Schlimmeres anzutun."

„Weil ich keine Mörderin bin."

Ich halte inne und starre die Frau an, die sich auf dem Bett windet. „Du hast mindestens zwei Männer getötet. Deiner Mutter zufolge sind es möglicherweise mehr."

„Was weißt du über meine Mutter?" Sie versucht, ihr Bein aus meinem Griff zu lösen und mich zu treten.

„Hast du vergessen, dass ich neben dir stand, als du diesen verzweifelten Anruf wegen des Mannes getätigt hast, den du tötetest?"

Sie verzieht missmutig die Lippen, weil sie bei einer Lüge ertappt wurde. „Meine Mutter neigt zu Übertreibungen."

Ich runzle die Stirn. „Und du bist noch verblendeter, als ich dachte."

„Machst du dich etwas über meine Halluzinationen lustig?"

Ich beiße die Zähne zusammen. „Das war eine Redewendung. Du belügst dich selbst, wenn du glaubst, dass der Musiklehrer und der Mann, der vermisst gemeldet wurde, deine einzigen Opfer sind."

Sie dreht den Kopf, um meinem prüfenden Blick auszuweichen. „Ich nehme an, du bist ein Experte in Sachen Mord."

„Ja." Ich greife nach ihrem zierlichen Fuß, binde ihr Fußgelenk los und ziehe mich zurück, bevor sie mir ins Gesicht tritt. „Solltest du weiter versuchen, mich zu treten, werde ich deine Strafe noch weiter erhöhen."

„Ich dachte, du hättest gesagt, dass du nicht willst, dass ich sterbe."

„Keine Frau ist jemals bei einer Tracht Prügel gestorben", antworte ich.

Sie rutscht auf der Matratze herum, ihre Wangen röten sich, und ihr Gesichtsausdruck zeigt endlich Spuren der Frau, die mein Herz erobert hat. Die zarte Seele mit einer dunklen Vergangenheit anstelle der streitlustigen kleinen Berserkerin mit einem Fetisch für das Zerquetschen meiner Eier.

Ich gehe um das Bett herum, um ihr Handgelenk zu lösen, und bin überrascht, dass sie nicht ausholt. Das bedeutet nicht, dass sie nicht auf den richtigen Moment wartet, um zuzuschlagen.

Als ich ihre andere Hand erreiche, ist sie bereits ganz aufgeregt. Ich packe sie am Kinn und zwinge sie, mir in die Augen zu sehen. „Denk nicht einmal daran."

Ihre Lippen pressen sich zu einer dünnen Linie zusammen, aber sie schafft es, zu nicken. Ich löse ihre letzte Fessel und trete in Erwartung eines Angriffs zurück, aber sie presst ihre hübschen Schenkel zusammen und schwingt ihre Beine über die Bettkante.

„Danke", murmelt sie, während ihr die Locken ins Gesicht fallen. „Würdest du von der Strafe absehen, wenn ich das aufgeweichte Müsli esse?"

„Dreh dich um und zieh deine Shorts herunter", befehle ich.

Ihr Blick huscht zur Tür und sie beißt sich auf die Unterlippe, als würde sie ihre Chancen auf eine erfolgreiche Flucht abwägen. Dann schüttelt sie leicht den Kopf, vielleicht erinnert sie sich daran, wie ich sie letzte Nacht mit wenig Aufwand erwischt habe, und erhebt sich vom Bett.

Mit zitternden Fingern greift sie nach dem Bund ihrer Shorts. Mein Herzschlag beschleunigt sich und das Blut schießt in meinen Schwanz. Ich bleibe, wo ich bin, und zeige nicht die geringste Spur von Erregung, als sie sich umdreht und mir einen Blick auf ihren süßen, runden Arsch gewährt.

Die Haut unter dem Seidenstoff ist blass und makellos, und ich muss mich sehr bemühen, nicht meine Hand auszustrecken und mein Eigentum zu berühren. Ich muss meinen Schwanz daran erinnern, dass sie sich für ihre Bestrafung auszieht, nicht zu meinem Vergnügen, dennoch schwillt er immer weiter an.

Ich fand Amethyst schon immer wunderschön, aber von hinten ist sie einfach exquisit, und damit meine ich nicht nur, wie sie auf dem Friedhof aussah, als ich sie im Dreck fickte. Ihre Beine sind wohlgeformt, ihre Taille schmal, und die Locken, die über ihre schmalen Schultern fallen, betonen nur ihre weibliche Silhouette.

Sie zögert, bevor sie ihre Shorts herunterschiebt, und wirft mir über die Schulter einen heißen Blick zu. Mein Schwanz will glauben, dass es Lust ist, aber es ist nicht zu leugnen, dass sie sauer ist. Frauen wie Amethyst wissen, dass ihre Schönheit ihnen jede Tür öffnet, aber ich war noch nie einer, der auf ein hübsches Gesicht hereingefallen ist.

„Ich kann das nicht", sagt sie mit zitternder Stimme.

„Möchtest du, dass ich dich übers Knie lege?" Sie erzittert bei meinen Worten.

„Gut."

Verdammt. Nach dem Rausch der letzten Nacht hatte ich mit etwas Widerstand gerechnet, aber diese Unterwerfung lässt mich schwach werden.

Ich lasse mich auf die Matratze sinken, wobei die Federn unter meinem Gewicht ächzen. Meine Erektion drückt schmerzhaft gegen meinen Reißverschluss und ich unterdrücke ein Stöhnen.

Endlich habe ich mein braves Mädchen, das mir an kalten Morgen mit ihren warmen Worten das Herz erwärmte. Nach dieser Tracht Prügel wird sie sich fügen, dann werden wir die Männer unten verhören und in einer Blutlache ficken.

„Komm her." Ich fordere sie mit einer Geste auf, näherzukommen.

„Versohle doch das." Sie schnappt sich die Schüssel, schüttet mir den Inhalt ins Gesicht und rennt zur Tür.

„Verdammte Scheiße!" Ich stolpere ihr hinterher, halb blind von dem Müsli und der Milch, die sich nun in meinem Gesicht befinden.

Als ich die Tür erreiche, hat sie sich bereits am Geländer festgeklammert und ihre leichten Schritte verwandeln sich in panisches Gestampfe, während sie die Treppe hinunterstürmt.

Amethyst Crowley ist ein Wesen mit vielen Persönlichkeiten, und diese unkooperative Version gefällt mir überhaupt nicht.

Fluchend nehme ich die Verfolgung auf und springe über das Geländer, um sie unten an der Treppe zu erreichen.

Sie stürmt auf die Eingangstür zu und schreit, als wolle sie die Tore der Hölle öffnen, aber ich bin schneller. Ich packe sie von hinten, schlinge einen Arm um ihre Taille und drücke sie mit einem Ruck gegen meine Brust.

„Lass mich los, du Mörder!", schreit sie aus voller Kehle. „Hilfe ..."

Ich drücke ihr eine Hand auf den Mund, um ihren Schrei zu ersticken. Während sie nach Luft ringt und um sich schlägt und tritt, beuge ich mich zu ihrem Ohr und knurre: „Willst du, dass ich verhaftet werde?"

Der bösartige kleine Geist hat die Frechheit zu nicken.

„Netter Versuch, aber die Polizei hat Nummer 11 bereits verlassen, und Mrs. Baker in Nummer 15 weiß, wie man den Mund hält."

Sie beißt in meinen Finger, aber der Schmerz geht direkt in meinen Schwanz und entlockt mir ein Stöhnen. „Wehre dich ruhig. Ich habe dich letzte Nacht verschont, als du diesen kleinen Anfall hattest, aber heute will ich eine Wildkatze ficken."

Amethyst sackt schlaff in meinen Armen zusammen und wehrt sich nicht, als ich sie ins Wohnzimmer bringe und mich auf ihr Sofa setze.

Ich lege sie auf meinen Schoß und streiche ihr über den runden Hintern. „Ich wollte dir vier Klapse geben, weil du dein Müsli nicht gegessen hast. Was meinst du, wie viele du verdient hast, nachdem du es mir ins Gesicht geworfen hast?"

„Lass mich los, du Psycho!"

Ich packe sie an den Haaren und ziehe ihren Kopf zurück,

um ihrem trotzigen Blick zu begegnen. „Redet man so mit dem Mann, der dafür sorgt, dass du noch am Leben bist?"

Sie lacht, das Geräusch ist hysterisch und schrill. „Es gibt ein Wort dafür, wenn ein Mörder eine Frau an ein Bett fesselt und sie zu Tode erschreckt, und das hat nicht mit ‚am Leben erhalten' zu tun."

Bei ihrer Dreistigkeit durchströmt mich Hitze. „Du kleine Göre. Es gibt nur ein gewisses Maß an Undankbarkeit, die ein Mann ertragen kann, bevor er durchdreht."

„Lass mich los." Sie windet sich auf meinem Schoß und reibt ihren köstlichen kleinen Körper an meinem Schwanz.

Frustration steigt in mir auf. Wenn sie irgendeine andere Frau wäre, würde ich mich vom Sofa erheben, zusehen, wie sie zu Boden fällt, das Haus verlassen und sie ihrem Schicksal überlassen.

Aber das ist sie nicht.

Während ich im Gefängnis saß, hat sie mein Herz erobert, und mir ihre Verletzlichkeit gezeigt. Sie hat mich verdammt noch mal berührt. Ich habe ihre Manuskripte verschlungen und ihre Seele geschmeckt. Ich habe ihre Briefe gelesen und ihren himmlischen Duft eingeatmet. Und sobald das Licht aus war, hatte ich ihre Bilder im Kopf und ihren Duft in der Nase, während ich meinen Schwanz streichelte.

Amethyst hat mich zu ihrem Gefangenen gemacht, in einem Gefängnis, das auf hübschen Lügen aufgebaut ist. Das ist nichts, was ich einfach vergeben kann.

„Sechs", sage ich.

„Was?", kreischt sie.

„Du kannst die sechs akzeptieren, oder ich gebe dir zwölf."

„Warum beugst du dich nicht vor, dann gebe ich dir vierundzwanzig." Sie greift nach den Armlehnen des Sofas und versucht, sich hochzustemmen, aber ich drücke sie mit einem Unterarm über ihre Schultern nach unten.

Ich sollte wütend über ihre Dreistigkeit sein, aber ihr hübscher kleiner Hintern bebt verlockend, wie die stärkste Form der Versuchung. Mit zusammengebissenen Zähnen unterdrücke ich eine Welle der Begierde.

„So verlockend das auch klingt, ich passe." Ich schiebe ihre Shorts herunter und entblöße ihre kleinen, knackigen Pobacken.

Ein gewaltiges Krachen ertönt von unten.

Sie versteift sich. „Was war das?"

„Die Männer, die dich letzte Nacht angegriffen haben, versuchen zu fliehen", murmele ich. „Bringen wir diese Tracht Prügel hinter uns, damit wir sie gemeinsam töten können, bevor sie Verstärkung rufen."

DREIUNDSIEBZIG

AMETHYST

Ich liege auf Xeros Schoß und versuche, über meine Lebensentscheidungen nachzudenken, aber es ist schwierig, wenn ein
Luftzug über meine nackten Arschbacken streicht. Was zum
Teufel hat mich dazu gebracht, zwischen vier Männern in
meinem Keller, die geschickt wurden, um mich zu töten, und
dem Massenmörder, der mich in meinem eigenen Haus als
Geisel hält, gefangen zu sein?

Sie alle haben ruchlose Motive, aber ich schätze, Xero will
mich nicht tot sehen. Zumindest nicht, bis er sich gerächt hat.

Xeros große, warme Hand streichelt über meine Haut und
lässt mich erschaudern. Das Pulsieren in meiner Klitoris ist so
stark, dass ich mich winden muss, um den Druck ein wenig zu
lindern.

„Zähl die Schläge", sagt er mit dieser vertrauten, tiefen
Stimme.

Ich bin kurz davor, ihm zu sagen, er solle sich ins Knie ficken,
aber das Geräusch schwerer Füße, die auf Holz treffen, lässt die
feinen Härchen in meinem Nacken zu Berge stehen.

Mein Körper versteift sich. „Xero. Was ist, wenn sie
entkommen?"

„Dann solltest du deine Strafe lieber wie ein braves Mädchen über dich ergehen lassen, damit wir uns um diese Bastarde kümmern können."

„Wir?", kreische ich.

Seine Hand pfeift durch die Luft und landet mit einem so harten Schlag auf meinem Hintern, dass der Schmerz bis zu meiner Klitoris schießt.

„Oh, verdammt", stoße ich durch zusammengebissene Zähne hervor. „Eins."

Noch bevor ich den Schmerz verarbeiten kann, versetzt er mir den nächsten Schlag. Mein Rücken krümmt sich und ich stoße ein lautes Keuchen aus. „Zwei."

Er reibt seine Handfläche über meine erhitzte Haut und lindert so den Schmerz. Ich kann mich nicht entspannen, weil ich weiß, dass ich jeden Moment den dritten Schlag erhalten werde. Mein Körper spannt sich an, um sich auf die nächste Schmerzenswelle vorzubereiten.

„Entspann dich, kleiner Geist", knurrt er.

„Leichter gesagt als getan", schnappe ich.

Sein Daumen taucht zwischen meine Backen und umkreist meine Rosette, was ein angenehmes Kribbeln in meinem Inneren auslöst. Scheiße. Ich hätte nie gedacht, dass ein Teil meines Körpers so empfindlich sein könnte. Es ist wohl klar, dass mein Hirn völlig verdreht ist.

Als sein kleiner Finger in die Nähe meiner Muschi gleitet, spannen sich sämtlich Muskeln in meinem Körper an. Ich spreize meine Schenkel in der Hoffnung, ihn von den anderen Schlägen abzulenken.

Tatsächlich beschleunigt sich sein Atem und die Erektion, die sich in meine Hüfte drückt, dehnt sich aus. Ich senke meinen Kopf, um ein Grinsen zu verbergen, und mein Körper erschlafft.

Gut so. Xero ist gerade aus dem Gefängnis entlassen worden, und er hat die ganze Zeit damit verbracht, sich mit Bildern von mir und zum Duft meiner Muschi einen runterzuholen. Er wird bald vergessen, mich für etwas bestrafen zu wollen, das ich nicht begangen habe, und seine Handlungen in eine ganz andere Richtung lenken.

„Verdammt, kleiner Geist. Du hast die schönste Möse, die ich je gesehen habe."

„Danke." Ich sonne mich in dem Kompliment und spreize meine Beine ein wenig weiter, um ihm besseren Zugang zu meiner Klitoris zu verschaffen.

„Und sie gehört ganz mir."

Mein Kiefer spannt sich an. Ich werde diesem Wahnsinnigen keinen Teil meines Körpers versprechen.

„Nicht wahr?", fragt er mit etwas Biss.

„Xero ..."

Er versetzt mir einen so scharfen Klaps, dass ich durch die Zähne pfeife. „Kein Wunder, dass du im Todestrakt saßt. Du bist einfach nur böse!" *Klaps!*

„Oh, verdammt."

Klaps, Klaps!

Ich winde mich auf seinem Schoß und versuche, mich aus seinem Griff zu befreien, aber er ist zu schnell, zu stark, zu sehr Psychopath, um mir auch nur einen Zentimeter Spielraum zu lassen. Die Schläge werden immer heftiger, bis mein Arsch in Flammen zu stehen scheint.

„Was zum Teufel?", schreie ich, laut genug, dass es die Nachbarn auf der anderen Straßenseite hören können. „Lass los! Hilfe! Feuer! In Nummer dreizehn!"

Mit etwas Glück wird jemand an die Tür hämmern und Xero wird zurück in den Schrank unter der Treppe kriechen, wo er hingehört. Und ich werde einen Streifenwagen rufen. Alles, damit er aufhört.

Er hält inne. „Das waren sechs."

Erleichtert atme ich aus und sacke erschöpft auf seinem Schoß zusammen. „Gott sei Dank. Kannst du mich jetzt loslassen?"

Er reibt langsam kreisende Bewegungen auf meinen überhitzten Arschbacken. „Du hast die Schläge wie ein sehr böses Mädchen eingesteckt."

„Aber ich habe sie eingesteckt", murmele ich.

„Aber du hast vergessen, sie zu zählen."

„Moment." Ich ziehe mich von seinem Schoß zurück. „Das habe ich. Du hast mir sechs gegeben."

Er packt mich an den Haaren. „Ich mag keine Lügner."

„Ich habe nicht ..."

Klatsch!

„Verdammt!", schreie ich. „Sieben."

„Nochmal von vorne." Der nächste Schlag ist so hart, dass mir die Augen tränen.

„Eins?", frage ich mit brüchiger Stimme.

„Mach weiter", knurrt er, wobei seine Handfläche erneut auf meinem Arsch landet.

„Zwei."

Der Schmerz ist so stark, dass meine Klitoris pocht und im Takt meines Pulses anschwillt. Die Demütigung lässt mein Inneres sich zusammenziehen. Mein Körper ist so verwirrt von dieser Härte, dass ich schmerzhaft erregt bin. Tränen steigen mir in die Augen, und ich kneife sie zusammen, damit sie nicht fallen.

Der nächste Schlag ist genauso hart, aber zumindest lindert er ein wenig den Schmerz, indem er seine Handfläche auf meine erhitzte Haut legt. Seine Finger tauchen in meinen Schlitz ein, mit einem feuchten Geräusch, das an Obszönität grenzt.

Ich beiße die Zähne zusammen und warte darauf, dass er mich verspottet, weil ich erregt bin, aber er fährt fort, meine geschwollene Klitoris zu umkreisen.

„Du bist eine kleine Masochistin", sagt er.

„Was willst du ..." Die Erkenntnis trifft mich wie eine Hand auf den Hintern. Ich habe vergessen, den letzten zu zählen. „Drei?", rufe ich.

Als sich Xeros Finger von meiner Klitoris entfernen, stöhne ich auf. Meine Hüften heben sich in Richtung seiner Handfläche, ich will, dass er das hier zu Ende führt, damit ich mehr von diesem Vergnügen bekomme, aber er drückt sie nur nach unten.

„Bitte, Xero", sage ich und versuche, nicht zu jammern. „Es tut mir wirklich leid, dass ich mein Frühstück nicht aufgegessen habe."

„Und?"

„Und dass ich dir Müsli und Milch ins Gesicht geschüttet habe."

„Und?"

Ich schlucke. Was will er noch von mir? Ich habe bereits erklärt, warum ich nicht an der Hochzeit teilnehmen konnte. Jede andere Verfehlung wurde in seiner Vorstellung mit Verstümmelung oder Mord geahndet. Wenn ich anfange, mir Dinge auszudenken, um die Stille zu füllen, gebe ich ihm nur noch mehr Munition.

„Es tut mir leid, dass ich dich beschuldigt habe, mein Frühstück vergiftet zu haben?", frage ich.

Der nächste Klaps trifft mich so hart, dass ich aufschreie. Mein ganzer Körper zittert und Tränen brennen in meinen Augen. Ich weiß nicht, warum es eines so brutalen Angriffs bedurfte, damit mir klar wurde, dass Xero Greaves ein Monster ist.

„Vier", stöhne ich. Noch zwei. Wenn ich überlebe.

Seine Finger gleiten zwischen meine Schamlippen und verteilen die Nässe dazwischen. Dann zieht er sie zurück und stöhnt. „Du riechst so gut, kleiner Geist."

Ich drehe mich um und sehe, wie er seine Finger ableckt. Der verrückte Teil meines Gehirns erinnert mich daran, dass er abgelenkt ist. Ich könnte von seinem Schoß springen, die Tür aufreißen und auf die Straße rennen.

Der gesunde Menschenverstand sagt mir, dass ich einem ausgebildeten Attentäter nicht gewachsen bin. Xero würde mich schnappen, bevor ich überhaupt den Flur erreiche, und dann seine Folter fortsetzen. Dieses Mal ohne die Aufmerksamkeit auf meine Klitoris zu lenken.

Anstatt zu versuchen zu entkommen, greife ich zwischen unsere Körper und fahre mit den Fingern über den dicken Schaft, der sich in meine Hüfte bohrt.

„Ungezogener kleiner Geist", knurrt er. „Ist das deine Art, nach meinem Schwanz zu fragen?"

„Ja?", sage ich.

„Zähl die nächsten zwei Schläge wie ein braves Mädchen, und ich gebe dir mehr, als du ertragen kannst."

Schauer laufen mir über den Rücken. Ich mag diesen Verrückten fürchten, ihn sogar ein wenig für den Schaden verachten, den er meinen Arschbacken zugefügt hat, aber es lässt sich nicht leugnen, dass er mir ein gutes Gefühl geben kann. Er ist der einzige Mann, der jemals meine Geister vertrieben hat.

Er reibt meine Klitoris mit Auf- und Abbewegungen, die meinen Körper erzittern lassen. In meinem Innersten braut sich die Lust zusammen und ich entspanne meine Schenkel. Wenn es das ist, was es braucht, um einen weiteren Orgasmus zu bekommen, dann nehme ich diese zwei Schläge gerne in Kauf.

Der nächste Schlag wird von meinem Körper als Vergnügen interpretiert, dann reibt Xero schnelle Kreise über meine Klitoris. Meine Nerven kribbeln und die Lust wallt noch heftiger in meinem Innern auf. Ich keuche und schnappe nach Luft, so kurz vor dem Orgasmus, dass sich meine Zehen krümmen.

Schweiß bricht mir auf der Stirn aus. Gerade als meine Augen sich schließen, hört er auf, um mir einen Klaps zu geben, der hart genug ist, um den Druck in mir zum Explodieren zu bringen.

Der Orgasmus erfasst meinen Körper und sendet Schockwellen der Verzückung an jeden Zentimeter meines Wesens.

„Scheiße", schreie ich, während meine Muschi sich rhythmisch zusammenzieht.

Xero beugt sich vor und flüstert: „Ich wusste nicht, dass du auf Schmerzen stehst."

Ich möchte ihm sagen, dass ich das nicht tue, aber eine weitere Welle der Lust raubt mir den Atem. Niemand hat mich jemals so heftig zum Kommen gebracht. Es fühlt sich an, als wäre ich an eine Maschine angeschlossen, die die Kontrolle über meine motorischen Funktionen übernommen hat, denn alles, was ich tun kann, ist zu zucken und mich auf seinem Schoß zu winden.

Noch bevor der Höhepunkt abgeklungen ist, hebt Xero mich von seinem Schoß und drückt mich auf die Knie, sodass ich zwischen seinen gespreizten Beinen sitze. Ich greife nach seinen Schenkeln und versuche, unter den Beben des Orgasmus aufrechtzubleiben, als er etwas sagt, das durch das Rauschen des Blutes in meinen Ohren gedämpft wird.

Ich starre zu ihm auf, blinzle und warte darauf, dass er die Worte wiederholt, die ich nicht gehört habe.

„Hol ihn raus", knurrt er.

„Oh."

Mit zitternden Fingern öffne ich seinen Hosenschlitz, um seine Erektion zu befreien. Beim Anblick seiner prallen Eichel läuft mir das Wasser im Mund zusammen. Das Prinz-Albert-Piercing glitzert im Sonnenlicht und lädt mich ein, es mir genauer anzusehen.

Ich hatte letzte Nacht keine Gelegenheit, ihn zu erkunden, und ich sehne mich danach, mit meiner Zunge über seinen Schaft zu fahren.

Wird er unter meiner Berührung zittern oder stöhnen? Ich will, dass sich diese schöne Kreatur unter meinen Fingern windet.

Ich fahre mir mit der Zunge über die Lippen, und mein Kopf neigt sich nach vorn. Allein bei der Vorstellung, Xero zu kosten, sammelt sich Speichel in meinem Mund, aber er hält mich mit einer Hand zurück.

„Böse Mädchen, die ihrem Herrn Müsli ins Gesicht werfen, dürfen keine Schwänze kosten."

Ich bäume mich auf, meine Augen verengen sich und ich starre finster in sein Gesicht. Das Sonnenlicht scheint hinter ihm durch das Fenster und lässt sein platinblondes Haar wie einen Heiligenschein erscheinen.

Mit diesen kantigen Gesichtszügen, den vollen Lippen und den himmelblauen Augen sieht er wirklich aus wie der Todesengel. Macht mich das zu einer unwürdigen Sünderin? Ich bin diejenige, die auf den Knien hockt und verzweifelt versucht, seinen Schwanz zu lutschen, obwohl sich mein Arsch anfühlt, als hätte sich ein Flächenbrand auf ihn ausgebreitet.

Ein dumpfer Schlag lässt das ganze Haus erzittern und erinnert mich daran, dass sich unter dem Haus eine Gruppe mörderischer Vergewaltiger befindet, die versuchen, den Job zu beenden, den sie begonnen haben.

„Na schön", schnappe ich und versuche, mich aufzurichten.

Er legt eine Hand auf meinen Kopf und drückt mich nach unten. „Du gehst nirgendwo hin."

„Was?", krächze ich.

Xero kreuzt seine Knöchel hinter meinem Rücken, klemmt mich zwischen seine Beine und streichelt dann seinen Schaft mit langsamen Auf- und Abbewegungen, die mich regelrecht hypnotisieren. Meine Muschi verkrampft sich und zuckt. Ich will ihn unbedingt in mir spüren.

Er ist großartig und er weiß es. Warum sonst würde er meinen Mund ablehnen?

„Behalte das Ziel im Auge", sagt er.

„Das ist nichts Besonderes", murmele ich, schon angewidert von einer so offensichtlichen Lüge.

Er lacht leise. „Du bist eine zwanghafte Lügnerin."

„Ja." Ich lecke mir die Lippen. „Manchmal, wenn man nicht glauben kann, was einem die Augen sagen, ist es besser, sich seine eigene Version der Wahrheit auszudenken."

Der Blick in seinen Augen wird weiter. „Was siehst du?"

„Einen schmutzigen Engel, der seinen obszön großen Schwanz streichelt."

„Bin ich jetzt ein Engel?", fragt er mit einem Lächeln, das seine makellosen weißen Zähne enthüllt.

„Das ist kein Kompliment", murmele ich. „Luzifer war ein Engel."

Sein Grinsen wird breiter und er streichelt sich schneller. Ich weiß nicht, was faszinierender ist, sein wunderschönes Gesicht oder dieser prächtige Schwanz. Diese Situation ist so surreal, dass es ein Fiebertraum sein muss. Xero Greaves, die sexy Stimme, die mich jeden Morgen im Halbschlaf anspricht, holt sich in meinem Wohnzimmer einen runter.

Es lässt in mir die Überzeugung wachsen, dass ich tot bin. Warum sonst sollte er mich immer wieder seinen kleinen Geist nennen?

„Bleib bei mir, Amethyst", sagt er.

„In Ordnung", antworte ich mit belegter Stimme.

Die Beine hinter meinem Rücken spannen sich an und ziehen mich näher an seinen Schwanz. Ein Lusttropfen glitzert an der Spitze.

Mein Atem wird flacher. „Darf ich ihn lecken?"

„Nicht, wenn du so fragst."

Scheiße.

Ich räuspere mich, atme tief ein und schaue in diese blassblauen Augen. Ich kann nicht sagen, ob ich in das Gesicht meiner Erlösung oder Verdammnis blicke, aber ich weiß, dass ich sterben werde, wenn er mich nicht seinen Schwanz lecken lässt.

„Bitte, Xero", sage ich mit belegter Stimme. „Bitte lässt du mich kosten?"

„Und damit dein Fehlverhalten belohnen?"

Was von meiner Würde noch übrig ist, sagt mir, dass ich schweigen soll. Es ist nur natürlich, dass jemand skeptisch gegenüber einem Mann ist, der ihn mitten in der Nacht fesselt. Und ich glaube nur halb an die Geschichte, dass ich wie ein Berserker gegen ihn gekämpft habe. Abgesehen von den Kratzspuren auf seiner Wange, sind keine blauen Flecken oder andere Schäden zu sehen. Er hätte die ganze Geschichte erfinden können, nur um mich glauben zu lassen, ich sei verrückt.

Mein Blick fällt wieder auf den Lusttropfen und ich ertappe mich dabei, wie ich sage: „Einmal lecken? Bitte?"

„Bettel darum."

„Xero", sage ich. „Bitte. Ich brauche deinen Schwanz. Lass mich mit meiner Zunge über deine Spitze fahren. Lass mich einmal kurz kosten? Es tut mir alles so leid. Bitte vergib mir, nur dieses eine Mal. Ich will dir nur nahe sein."

„Weiter", sagt er, und seine Hand massiert seinen Schwanz noch schneller.

„Xero. Sei nicht gemein." Mein Mund nähert sich seiner Eichel. „Lass mich einfach lecken. Lass mich küssen. Ich bin den ganzen Tag lang brav, wenn du mich nur mal kosten lässt. Nur ein bisschen. Danach werde ich dich nicht mehr nerven. Er sieht einfach so gut aus und ich habe letzte Nacht nicht genug davon bekommen."

Xero versteift sich, gerade als meine Lippen nur noch Zentimeter von seiner Spitze entfernt sind, und er kommt, wobei sein heißes Sperma auf meinem Gesicht landet. Ich zucke zurück, aber seine Hand ist bereits auf meinem Scheitel und hält mich fest, während er über mein ganzes Gesicht abspritzt.

Sperma gelangt in meine Augen, in meine Nasenlöcher und in meinen Mund. Ich fahre mit meiner Zunge über meine Lippen, und alle Spuren der Erregung sind verschwunden.

Es ist offiziell.

Xero Greaves ist ein Arschloch. Und ich hasse ihn.

Sobald er mir den Rücken zuwendet, werde ich so schnell wie möglich von ihm entkommen.

VIERUNDSIEBZIG

XERO

Ich erhebe mich vom Sofa und lasse Amethyst mit meiner Wichse im Gesicht zurück. Das hat sie sich nach der Nummer mit dem Müsli verdient.

Sie ist nervig und zu verblendet, um zu erkennen, dass ihr Leben in Gefahr ist. Wer auch immer diese Bilder und Drohbriefe geschickt hat, steckt eindeutig hinter diesen Männern. Ich bin mir fast sicher, dass der Drahtzieher etwas mit ihrer Vergangenheit zu tun hat.

Wenn ich es nicht schaffe, dass sie ihre Erinnerungen wiedererlangt, ist sie am Arsch.

Zum Glück bin ich bereit, alles zu tun, um diese Bastarde dazu zu bringen, alles auszuspucken, was sie wissen.

Ich gehe zur Wohnzimmertür und bleibe dort stehen, um über die Schulter zu blicken. Sie kniet immer noch vor dem Sofa, ihre Shorts um die Knie geschlungen, sodass ihre geröteten Arschbacken zu sehen sind.

Sie ist vor Schreck erstarrt, obwohl ich schon gestern auf ihrem Gesicht gekommen bin. Oder hat sie diese bestimmte Erinnerung verdrängt, so wie sie die gewalttätige Episode von letzter Nacht verdrängt hat?

„Steh auf", sage ich.

Sie kommt stolpernd auf die Beine, zieht die Shorts hoch und dreht sich mit großen Augen zu mir um. Mein Herz setzt einen Schlag aus, als ich ihr Gesicht sehe, an dem Spermaperlen an ihren Wimpern kleben.

„Mir ist gerade etwas eingefallen", sagt sie mit leiser Stimme.

„Was denn?"

„In der Nacht vor der Buchmesse bin ich mit ‚Ektoplasma' im Gesicht aufgewacht."

„Ach?", antworte ich grinsend.

„Das warst du, oder?"

Mein Grinsen wird breiter. „Warum bist du auf geisterhafte Substanzen gekommen?"

„Weil du angeblich ein ..." Sie schüttelt den Kopf. „Du hast mitgespielt. Deshalb bist du vor meinem Salzkreis stehengeblieben."

Ich ziehe die Augenbrauen und warte darauf, dass sie fortfährt. Ein kleiner Teil meines Gewissens ruft mich zur Rechenschaft, weil ich grausam zu der Frau bin, die ich einst geliebt habe, aber wie viel von dem, was sie mir erzählt hat, ist wahr? Amethyst präsentierte sich als verletzliche kleine Prinzessin, die aus einem Turm gerettet werden musste, den ihre Eltern gebaut hatten. Aber ich frage mich langsam, ob sie selbst ihre größte Bedrohung ist.

Ein dumpfer Schlag von unten erschüttert das Fundament des Hauses und reißt mich aus meinen Gedanken. Wenn ich Amethyst zu lange ansehe, werde ich in eine Endlosschleife verfallen, in der ich mich frage, ob sie mich als Geldquelle oder als ihren Ritter in blutiger Rüstung sieht.

Ich möchte, dass sie dafür leidet, dass sie mir das Herz gebrochen hat. Ich möchte, dass sie blutige Tränen weint, weil sie mich aufgerissen und meine Seele entblößt hat.

Aber zuerst muss ich ihr Leben retten.

„Meckere später über das, was du dachtest im Gesicht zu haben. Wir haben vier Männer zu sezieren."

Sie weicht rückwärts zum Sofa und verschränkt die Arme vor sich. „Ich kann nicht."

Ich schreite durch den Raum und packe sie am Handgelenk. „Du kannst und du wirst", knurre ich. „Jemand da draußen will, dass du gefangen oder tot bist, und der einzige Weg, um zu erfahren, warum, ist, diese vier Männer zu fragen.“

„Xero, ich bin keine Mörderin.“

„Vielleicht nicht.“ Ich gehe in den Flur und ziehe sie hinter mir her. „Aber vor allem bist du eine Lügnerin.“

„Warte.“

Ein weiterer dumpfer Schlag lässt den Boden erzittern. Ich bin beeindruckt, dass die Kerle so hart daran arbeiten, auszubrechen, aber sie schlagen gegen die falsche Wand. Ich habe den Kriechgang so angelegt, dass niemand außer mir und den Mitarbeitern, die ihn gebaut haben, weiß, wie man ausbricht.

Ich gehe weiter den Flur entlang in Richtung des Schranks unter der Treppe. Ursprünglich war es ein schmaler Raum, in dem sie ihren Wischmopp, ihren Staubsauger und verschiedenen Krimskrams aufbewahrte, aber wir haben eine Luke in den Holzboden eingebaut, die zu einer Leiter führt, die Zugang zum Kriechkeller bietet.

Amethyst hat keine andere Wahl, als mir zu folgen, da ich weiterhin ihr Handgelenk gepackt halte, während ich die Schranktür öffne.

„Was hast du mit meinem Haus gemacht?“, knurrt sie.

„Ich hatte vor, tagsüber hier unten zu bleiben, um nachts herauszukommen und dich langsam in den Wahnsinn zu treiben“, antworte ich. „Nach letzter Nacht kann ich mir diesen Luxus nicht mehr leisten.“

Es gibt ein weiteres dumpfes Geräusch von unten, gefolgt von hektischem Flüstern. Gut. Sie scheinen putzmunter zu sein.

„Weil du mein Leben retten willst?“, fragt sie, wobei ein hoffnungsvoller Klang in ihrer Stimme mitschwingt.

„Das weiß ich noch nicht. Niemand außer mir darf dich quälen.“ Ich betätige mit dem Fuß den Hebel, der die Falltür aktiviert, sodass sie aufspringt.

„Hey. Wo sind meine Putzsachen?“

„Die brauchen wir nicht, wenn wir eine Putzkolonne haben.“

„Du meinst, es gibt noch mehr von deiner Sorte?“ Sie hält inne. „Natürlich gibt es die. Das hast du schließlich in deinen Briefen gesagt.“

Briefe, die sie einer anderen Frau in die Hände fallen ließ.

Ich gehe nicht auf den Köder ein, da ich bereits genug Zeit damit verbracht habe, sie zu bändigen. Stattdessen ziehe ich Amethyst zu mir heran und gebe ihr zu verstehen, dass sie zuerst gehen soll.

„Ich kann nicht", flüstert sie.

„Klaustrophobisch?", frage ich und ziehe die Augenbrauen hoch.

Sie schüttelt energisch den Kopf, sodass ihre Locken hüpfen. Mein Herz setzt einen Schlag aus. Sie sieht bezaubernd aus, mit meinem Sperma im Gesicht und ihren runden Brüsten, die sich durch das dünne Oberteil abzeichnen, aber diese Schönheit trügt, genau wie ihr verdrehtes Herz.

„Beweg dich." Ich gebe ihr einen sanften Schubs.

Mit einem Wimmern steigt sie die Leiter hinunter und tut so, als würde ich sie zwingen, über die Planke in von Haien befallene Gewässer zu gehen. Ich warte, bis sie unten angekommen ist, bevor ich ihr folge. Es ist eine quadratische Kammer, die bündig an der Trennwand mit Nummer 11 anliegt, mit drei tiefen Regalen, die mit Pappbehältern ausgestattet sind, die so aussehen, als wären sie für die Lagerung gedacht.

Das Letzte, was ich will, ist, dass die Arschlöcher mein schönes kleines Juwel sehen, also hole ich einen Laborkittel aus einer der Kisten. „Zieh den an."

„Weshalb?"

„Tu es einfach."

Während sie ihren köstlichen kleinen Körper bedeckt, greife ich unter eines der Regale und betätige den Schalter, der die Tür unter Strom setzt.

„Meine Herren", sage ich. „Tretet zurück. Wir kommen rein."

Wie vorhergesagt, stürmen die Männer auf die Tür zu, nur um betäubt zu werden und mit einem befriedigenden Knall zu Boden zu gehen. Ich schalte den Strom ab und ziehe an einem Riegel, der die Tür in den Raum schwingen lässt.

Ihre Körper liegen so dicht an der Tür, dass ich den Strom wieder einschalten muss, damit sie zur Seite zucken. Sobald genug Platz für mich und meine Lady ist, schalte ich den Strom wieder aus und ziehe sie hinein.

Dieser Folterraum, den ich in ihrem Haus geschaffen habe, befindet sich direkt unter dem Raum, den sie für Filmaufnahmen nutzt. Sie blickt zu den Handschellen, die an den Stahlsäulen des Kriechkellers angeschweißt sind, und fragt: „Was ist das?"

„Ein Verhörraum." Ich gebe einem der bewusstlosen Männer einen leichten Tritt.

„Wen wolltest du verhören?", fragt sie mit belegter Stimme.

Ich gebe ihr keine Antwort darauf. Sollte sie sich nicht mehr Sorgen um die vier nackten Männer machen, die aneinandergekettet sind? Sie zeigt nicht die geringste Anerkennung für die Mühe, die ich mir gemacht habe, ihre Köpfe an ihre Ärsche zu binden, wie bei einem menschlichen Tausendfüßler.

„Xero", schnauzt sie. „Hattest du vor, mich hierherzuschleppen, nachdem du mich in den Wahnsinn getrieben hast?"

„Irgendwann", murmele ich. „Aber du verstehst nicht, worum es geht."

Sie wirbelt herum, wobei ihre Augen wütend aufblitzen. „Und worum geht es?"

„Diese vier sind letzte Nacht wegen dir gekommen. Dieser Bastard hier, hat versucht, dich auf deinem Küchentisch zu vergewaltigen. Jetzt ist nicht der richtige Zeitpunkt, um über das, was wäre wenn, nachzudenken."

Ihre hübschen Gesichtszüge verziehen sich zu einem Ausdruck, den ich nur als mörderisch beschreiben kann, nur dass sie diese Wut gegen mich richtet. Auf den Mann, der ihre Unschuld bewahrte. Der Mann, der sie so hart fickte, dass er die Geister ihrer Vergangenheit vertrieb.

Wenn mein Körper nicht so erschöpft wäre, nachdem ich ihr ins Gesicht gespritzt habe, würde ich mich über diese Undankbarkeit aufregen.

Der Hauptvergewaltiger rührt sich.

„Konzentriere dich, Amethyst", knurre ich und schiebe sie zu dem Mann, der sie auf dem Tisch festgenagelt hat.

Sie zuckt zusammen. „Was soll ich tun?"

Ich greife in meine Tasche und drücke ihr ein Messer in die Hand. „Halt es ihm an die Kehle und verlange Antworten."

„Xero, ich bin nicht wie du." Sie weicht zurück, ihr ganzer Körper zittert. „Ich töte und foltere niemanden zum Spaß."

Meine Finger schließen sich um ihren Hals. „Hier geht es um

dein Überleben, kleiner Geist. Je eher du begreifst, dass jemand deinen Tod will ..."

„Jemand abgesehen von dir?"

Ich beiße die Zähne zusammen. „Du strapazierst meine verdammte Geduld. Ich könnte dich hierlassen und darauf warten, dass dein Kampf-oder-Flucht-Modus einsetzt und dich in eine Kriegerin verwandelt, aber was ist, wenn er versagt?"

Sie erschaudert. „Ich habe keinen Berserkermodus."

„Wer oder was zum Teufel hat dann letzte Nacht gegen mich gekämpft?"

Ein Stöhnen vom Boden aus lässt uns wissen, dass der Mann am hinteren Ende des menschlichen Tausendfüßlers wach ist. Sein Blick wandert von mir zu Amethyst und hinunter zu ihrem Messer, aber er ist so fest mit dem Arsch seines Freundes verbunden, dass er sich nicht bewegen kann, bis der Hauptvergewaltiger auf die Beine stolpert.

Amethyst schluckt. „War es nötig, sie so zu fesseln?"

Meine Finger schließen sich fester um ihre Kehle. „Ich habe dieses unangebrachte Mitgefühl langsam satt."

Sie schlägt mit dem Messer auf meinen Arm ein und schneidet dabei durch den Stoff meines Kapuzenpullis. Die Klinge sticht in meine Haut und der Schmerz schießt direkt zu meinem Schwanz.

Hat mich dieser verfluchte kleine Geist in einen Masochisten verwandelt? Ihre Augen weiten sich und sie weicht einen Schritt zurück. „Xero, es tut mir leid ..."

„Entschuldige dich nicht, wenn du endlich in Stimmung bist." Ich drehe sie um, damit sie die Männer direkt ansieht. „Wenn er dir nicht alles sagt, was du wissen musst, töte ihn. Dann schneide ich ihn los und der nächste Bastard in der Reihe kann reden."

FÜNFUNDSIEBZIG

AMETHYST

Mit einem Mal ist meine Kehle staubtrocken, während ich meinen Angreifer anstarre. Er ist stämmig, gebaut wie eine Bulldogge mit gleichen Mengen an Muskeln und Fett. In seinem dunkelbraunen Haar befindet sich eine kahle Stelle, wodurch er weit weniger imposant aussieht als letzte Nacht.

Oder war es die Nacht davor?

Die Zeit vergeht so schnell. Es scheint fast eine Woche her zu sein, dass diese Männer in mein Haus eingedrungen sind. Jetzt hat sich mein ganzes Leben verändert.

Er hockt auf Händen und Knien, mit einem Knebelring um den Mund und ist bis auf eine Art Geschirr um den Hüften nackt. Es besteht aus Ketten, die durch Vorhängeschlösser miteinander verbunden sind, und ist an dem Kopfstück seines Begleiters befestigt.

Abgesehen davon ist es schwer zu sagen, was das Gesicht des zweiten Mannes noch an seinem Arsch festhält.

Xero beugt sich zu mir und knurrt: „Worauf wartest du noch?"

Ich schlucke schwer. „Was soll ich tun?"

„Foltere ihn", knurrt er. „Stell Fragen."

Mein Blick trifft auf die flehenden Augen des Mannes. Sie haben einen tieferen Blauton als die von Xero und sind so gewöhnlich, dass sie genauso gut nicht existieren könnten. Aber das bedeutet nicht, dass ich seine Menschlichkeit ignorieren werde. Oder den Schrecken dieser ganzen Situation.

Wenn Xero nicht aus dem Schrank unter der Treppe aufgetaucht wäre, hätte dieser Mann mich auf dem Küchentisch vergewaltigt und zugesehen, wie seine Kumpane sich abwechseln, bevor er mich für etwas noch Schändlicheres aus dem Haus zerrte.

„Warum ich?", frage ich.

Der Mann grunzt.

Xero stößt mir in den Rücken und zischt: „Fang mit einer Drohung an."

„Und welcher?", flüstere ich.

„Sag dem Bastard, was du tun wirst, wenn er nicht redet."

Mir dreht sich der Magen um. „Aber ich will niemanden foltern."

Der Mann kriecht auf zitternden Gliedern auf mich zu und schleift seine halb bewusstlosen Freunde mit sich. Tränen glitzern in seinen Augen, was meinen Magen sich verkrampfen lässt. Er grunzt etwas Unverständliches hinter seinem Knebel hervor und ich greife nach der Schnalle, aber Xero packt mein Handgelenk.

„Was soll das werden?", zischt er.

„Ich will hören, was er zu sagen hat."

„Ich habe dir nie meine Erlaubnis gegeben, einen anderen Mann anzufassen, es sei denn, du willst ihn verletzen", knurrt er und löst den Knebel des Mannes.

Die Bulldogge stöhnt vor Erleichterung, als das Objekt zu Boden fällt.

Er blickt zu mir auf und hebt seine gefesselten Hände. „Hilf mir", krächzt er.

„Nachdem du versucht hast, dich an meinem Körper zu vergehen?", schnauze ich, schon jetzt aufgebracht über seine Dreistigkeit.

Xero legt eine Hand auf meine Schulter. „Regel Nummer eins beim Verhör. Zeig kein Mitgefühl gegenüber der Person, sonst verschwendet sie Zeit damit, um Gnade zu betteln."

Ich schüttle ihn ab. „Du hattest den ganzen Morgen Zeit, mir das zu sagen."

„Das ist Xero Greaves", sagt der Mann, wobei Panik in seiner Stimme mitschwingt. „Er hat uns das angetan und er wird dir etwas genauso Schreckliches antun."

Mein Puls beschleunigt sich. Das Schlimmste an dieser Aussage ist, dass sie der Wahrheit entspricht. Xero ist verdorbener, als er in seinen Briefen zu sein schien, aber er hat mir noch keinen bleibenden Schaden zugefügt ... noch nicht.

Die Finger, die sich in meine Schulter graben, drücken sich fester in meine Haut, und seine Lippen streifen mein Ohr und senden ein beunruhigend angenehmes Kribbeln über meine Haut. „Er nutzt deine Schwächen aus", murmelt Xero. „Zeig ihm, welche Konsequenzen es hat, wenn er versucht, Zwietracht unter seinen Entführern zu säen."

Bin ich jetzt ein Entführer?

Ich atme schwer, meine Hände sind schweißnass. Die Hitze, die von meinem Körper ausgeht, wird unter meinem Laborkittel eingeschlossen. Ich dachte, Keller sollten kalt sein, aber dieser Raum ist erfüllt von der Hitze der Verzweiflung der Männer.

„Amethyst", knurrt Xero.

„Ich bin diejenige, die die Fragen stellt." Ich stoße das Messer in Richtung des Auges des Mannes, sodass er zurück gegen den Mann zuckt, der an seinem Hintern befestigt ist. „Also, warum habt ihr es auf mich abgesehen?"

„Was hast du mit Jake gemacht?", stößt er durch zusammengebissene Zähne hervor.

„Er ist tot", antworte ich.

Die Augen des Mannes weiten sich und sein Blick huscht zu Xero. „Jake war mein Bruder."

„Schau nicht mich an", sagt Xero, und ich kann fast das Grinsen in seiner Stimme hören. „Ich habe ihr nur das Messer zugeschoben."

Der Blick des Mannes trifft wieder auf meinen, wobei er mich anklagend ansieht.

„Du bist der Mann, dessen Name auf dem Plakat über den Vermissten stand?", frage ich.

Er hebt seine gefesselten Hände, um sich auf mich zu stürzen, aber ich weiche aus. „Hey", schnauze ich. „Niemand wäre getötet worden, wenn ihr Arschlöcher nicht hinter mir her gewesen wärt. Warum bin ich überhaupt euer Ziel?"

Er starrt mich mit einem so harten Blick an, dass sich die feinen Härchen in meinem Nacken aufstellen. Ich suche in meinem Kopf nach dem Namen auf dem Plakat. „Dale, oder?"

„Ja", knurrt er.

„Du hast gerade versucht, mich anzugreifen. Erneut. Jetzt sehe ich dich nicht mehr so sehr als Opfer. Ich will wissen, warum zum Teufel du und dein Bruder zu mir nach Hause gekommen seid."

„Endlich", murmelt Xero.

Ich ignoriere ihn und hebe das Messer, sodass Dale schluckt. Sein Adamsapfel wippt auf und ab, und ich frage mich, wie es aussehen würde, wenn ich ein Stück davon abschneide.

„Erzähl mir alles", sage ich.

„Damit du und dein kranker Freund mich foltern und töten könnt?", knurrt Dale.

„Du hast keine andere Wahl", antworte ich. „Sag mir, warum ich euer Ziel bin, und ich sorge dafür, dass Xero sich zurückhält."

Xero stößt ein spöttisches Schnauben aus.

Ich fahre mit der Spitze des Messers unter Dales Auge entlang, sodass er erstarrt. „Genau", sage ich. „Du wirst mir alles erzählen."

„Ohne Xero Greaves im Rücken bist du ein Nichts."

„Ich habe nie etwas anderes behauptet." Ich drücke die Klinge fester gegen die Haut, sodass ein Blutstropfen hervorquillt.

Dales Nasenflügel blähen sich. „Es gibt viel furchteinflößendere Menschen als einen Möchtegern, der vor der Kamera tanzt."

Ich starre ihn verblüfft an. Er hat meine Videos gesehen? Natürlich hat er das. Er ist der Bruder meines streitsüchtigen Online-Trolls, *JakeRake69*.

„Wen meinst du?", frage ich, aber er antwortet nicht.

Xero zieht mich weg und führt mich in die Ecke. „Tritt zurück, kleiner Geist. Ich brauche Platz zum Handeln."

„Was hast du vor?", frage ich.

Er holt mit der Faust aus und schlägt Dale gegen das Auge.

Dales gequältes Heulen hallt durch den kleinen Raum und lässt meine Ohren klingeln. Ich drücke meinen Rücken gegen die Wand und frage mich, warum Dale so heftig reagiert, bis Blut aus seinem geschlossenen Augenlid spritzt.

Ich blicke auf Xeros Faust und sehe eine Klinge zwischen seinen Fingern hervorstehen.

„Hast du ihm gerade ins Auge gestochen?", rufe ich über Dales Schreie hinweg.

Xero dreht sich mit zusammengebissenen Zähnen zu mir um. „Folter ist weder eine höfliche Konversation noch ein Argument. Man muss dem Ziel zeigen, dass man es ernst meint, ihm Schaden oder den Tod zuzufügen."

Mein Herz rast, als mich die Erkenntnis trifft. „Du bist krank."

Er legt den Kopf schief und starrt mich mit eisblauen Augen an, die ich einst für schön hielt. Wenn Augen das Fenster zur Seele sind, dann blicke ich gerade in die kälteste Ecke der Hölle.

„Amethyst, hast du vergessen, dass die Polizei mich dabei erwischt hat, wie ich meiner Stiefmutter das Herz herausschnitt?"

Mein Mund öffnet und schließt sich, und mein Verstand sucht nach einer Antwort. Dales Schreie hallen weiterhin in meinen Ohren und bringen meine Gedanken durcheinander. Ja, ich wusste von Anfang an, dass Xero ein Mörder ist. Nein, ich habe den Teil mit dem Herzen nicht vergessen. Vielleicht dachte ich damals, es sei nur theoretisch. Fast poetisch.

Warum bin ich also so überrascht? Habe ich mir wirklich vorgemacht, ich hätte das Monster gezähmt?

„Dale wird dir nichts sagen, jetzt, wo er Schmerzen hat", sage ich, um abzulenken.

Xeros Grinsen lässt mich erstarren. Wie kann er lächeln, wenn er gerade einem anderen Mann ins Auge gestochen hat? Wie kann er so verdammt entspannt sein?

Er dreht sich zu Dale um, der sich vornübergebeugt hat, und packt ihn an den Haaren. „Bist du noch bei mir, Daley-Boy?"

„Lass mich los", brüllt Dale, sein Körper windet sich in den Fesseln. Blut läuft ihm in Strömen über die Wange und landet auf dem Boden.

Ich umklammere das Messer und drücke meinen Rücken gegen die Wand, jeder Atemzug kommt röchelnd und verzweifelt. Dieses Verhör lief nicht allzu schlecht, bis Xero übernahm. Ich kann nicht glauben, dass ich einen ganzen Fanclub um diese Kreatur aufgebaut habe.

Er ist völlig durchgeknallt.

„Amethyst hat einen schönen Arsch, oder?", knurrt Xero.

Dale ist zu sehr damit beschäftigt zu schreien, um die Frage zu beantworten. Der Mann, der an seinem Hintern hängt, versucht zurückzuweichen, ebenso wie die anderen Männer in dieser grotesken Anordnung. Mein Verstand versucht zu verstehen, was zum Teufel hier vor sich geht.

Ich dachte, Xero wollte Antworten. Warum zum Teufel führt er das Verhör zu meinem Körper?

„Beantworte meine verdammte Frage", knurrt er. „Hat es dir gefallen, auf ihren Arsch zu schauen?"

„Ja", schreit Dale.

„Ich wette, du wurdest bei dem Gedanken, deinen Schwanz in ihre süße Muschi zu stecken, schön hart."

Ich schlage mir eine Hand vor den Mund und spüre, wie mir die Hitze in die Wangen steigt. Warum zum Teufel redet er in einem Raum voller Schläger Scheiße über mich? Ich dachte, er wäre ein Gentleman ... Zumindest in der Öffentlichkeit.

„Xero!"

„Halte dich zurück, kleiner Geist", knurrt er.

Das muss er mir nicht zweimal sagen. Ich taste an der Wand entlang und suche nach dem geheimen Hebel, um die Tür zu öffnen und von hier zu verschwinden. Ich will nicht hierbleiben und diesem dummen Gerede weiter zuhören.

„Antworte mir", knurrt er und schüttelt Dales Kopf. „Hattest du eine Erektion?"

„Ja", schluchzt Dale.

Xero stößt sein Messer in Dales verbliebenes Auge, sodass alle vier Männer aufschreien.

Mir dreht sich der Magen um. Ich drehe mich um und halte mir die Hand vor den Mund, um meinen eigenen Schrei zu unterdrücken. Das ist zu viel. Ich habe diesem Verhör nicht einmal zugestimmt, geschweige denn, dass ich zum Komplizen einer brutalen Folter werde. Jetzt bin ich in einem engen Raum gefangen, in dem ein Mörder auf einen Haufen Vergewaltiger losgeht."

Das dumpfe Aufschlagen mehrerer Körper auf dem Betonboden lässt mich über die Schulter blicken. Xeros breiter Rücken ist mir zugewandt, aber sein Arm macht die Art von sägender Bewegung, die ich sonst nur sehe, wenn Männer einen Braten tranchieren.

Dales Schreie erreichen ein Crescendo, aber ich kann die Worte kaum hören, weil das Blut in meinen Ohren rauscht.

Sag es mir nicht ...

Ich würge.

Er kann nicht ...

Als Xero ein Glied in die Höhe hält, verschwimmt alles vor meinen Augen und ich schwanke auf meinen Füßen. Nach Luft schnappend, zwinge ich mich, bei Bewusstsein zu bleiben. Jede Faser meines Körpers sehnt sich danach, in die Erlösung der Ohnmacht zu fallen und dieser Folterkammer zu entkommen, aber das würde bedeuten, in Dales sich ausbreitende Blutlache zu treten.

Ich kehre in meine Ecke zurück und nehme mir vor, Xeros wahnsinniges Toben nicht zu beobachten, aber das Knacken und Klirren der Ketten lässt mich der Neugier nachgeben.

Dale liegt auf der Seite und wurde von seinem Kameraden losgebunden, einem Mann mit rotem Gesicht und rotblondem Haar. Seine Pupillen sind dermaßen geweitet, dass man seine wahre Augenfarbe nicht erkennen kann, aber jegliches Blut ist aus seinem Gesicht gewichen.

Xero hockt sich vor den Mann, wobei er den abgetrennten Penis in der Hand hält. „Hast du Amethysts Arsch gesehen?"

Er schüttelt den Kopf. „Ich war derjenige, der Dale gesagt hat, er soll es nicht tun."

„Ich verstehe", antwortet Xero, ohne dass es so klingt, als würde er ihm auch nur ein Wort glauben. „Und wie heißt du?"

„Paul", antwortet der Mann mit einem Schaudern. „Paul Brantley."

„Nun, Paul Brantley, Dale war nicht sehr kooperativ und hat die Frau angefasst, die ich liebe. Du wirst seine Verfehlungen wiedergutmachen, indem du mir alles erzählst, was du weißt."

Mir stockt der Atem und ich schwanke auf meinen Füßen. Liebt Xero mich wirklich oder sagt er das nur, um seinen Standpunkt zu verdeutlichen?

Pauls Blick huscht zu dem abgetrennten Penis. „Sonst was?"

„Sonst stopfe ich dir Dales Schwanz in den Rachen. Dann schneide ich dir deinen ab und stelle dem nächsten Kerl die gleichen Fragen. Wenn keiner von euch schwanzlosen Wundern sprechen will, dann werde ich euch die Augen ausstechen. Wenn das eure Zungen nicht lockert, dann schneide ich sie auch noch heraus."

Paul schaudert. „Oh Gott."

„Ich bevorzuge Todesengel, aber Gott funktioniert auch", sagt Xero mit einem breiten Lächeln.

In diesem Moment breitet sich ein Pulsieren zwischen meinen Beinen aus. Ich frage mich, ob meinem verfluchten Körper klar ist, dass er einem Psychopathen schmeichelt.

Xero hält dem Mann den Penis ins Gesicht. „Bist du bereit, zu reden?"

„Was willst du wissen?", platzt es aus Paul heraus.

„Wer hat euch geschickt?", fragt Xero.

„Mein Boss?"

„Führe das weiter aus."

Paul schluckt. „Ich sage es dir, wenn du mich freilässt."

„Ich höre", sagt Xero.

„Aber zuerst musst du mich freilassen."

Xero legt den Kopf schief. „Lass mich raten: Du wirst mir die Informationen, die ich will, per Post schicken?"

Pauls ganzer Körper erschlafft, als er die Sinnlosigkeit seiner Forderungen erkennt. „Ich habe nur Befehle befolgt, okay? Der Boss sagte, ich solle sie unverletzt zu ihm bringen, aber Dale wollte kosten."

„Sprich weiter."

„Wir sind Mitglieder von *X-Cite Media*. Wir machen ..."

„Snuff-Filme", murmelt Xero. „Ich habe gesehen, was ihr mit meiner Hinrichtung gemacht habt."

Pauls Mund öffnet und schließt sich, und ich kann sehen,

dass er wissen will, wie Xero den elektrischen Stuhl überlebt hat. Er scheint es sich anders überlegt zu haben und sagt: „Der Boss wollte eine Fortsetzung inszenieren. Es gibt sogar einen nachgebauten elektrischen Stuhl im Studio für sie."

Ich starre den Kerl mit offenstehendem Mund an. „Aber warum ich?"

Paul senkt den Kopf. „Er ist besessen, seit du viral gegangen bist. Er hört nicht auf, E-Mails zu schicken, in denen er nach deinem Aufenthaltsort fragt."

„Wie heißt er?", fragt Xero.

„Delta."

Xero stößt ein Zischen aus. „Wo kann ich ihn finden?"

„Kennst du ihn?", frage ich.

„Ja." Xero dreht sich zu dem kleineren Mann um und bellt: „Wo?"

Während Paul eine Adresse auf der anderen Seite der Stadt herunterrasselt, wirft Xero den abgetrennten Penis beiseite und dreht sich zu mir um, wo ich mich in der Ecke zusammengekauert habe.

„Xero?", flüstere ich.

„Zeit, das Arschloch zu erledigen, das dich zum Snuff-Film-Star machen will."

SECHSUNDSIEBZIG

XERO

Delta könnte jeder sein.

Ich werde mich keinen falschen Hoffnungen hingeben, bis ich mehr Informationen habe.

Im Moment konzentriere ich mich auf Amethyst. Ihre Leistung während dieses Verhörs war enttäuschend. Sie war zögerlich, nervös und zimperlich. Es gab keine Anzeichen für das Mädchen, das ihren Musiklehrer wegen der Zwangsabtreibung ermordet hatte, und keine Spur von der jungen Frau, die ihrem Angreifer ein Messer in die Kehle stieß.

Und von der verrückten Bestie von gestern Abend, die ich fesseln musste, war ebenfalls nichts zu sehen.

Ich weiß nicht, ob sie mehrere Persönlichkeiten hat oder diese Dunkelheit für Momente der Gefahr reserviert. So oder so muss sie ihre innere Dämonin zum Vorschein bringen. Jemand will, dass sie vor der Kamera stirbt, und sie kann es sich nicht leisten, zurückhaltend zu bleiben.

Paul gibt mir weitere Informationen über seine Organisation. Zusätzlich zum Handel mit Opfern, die für Snuff-Filme missbraucht werden, können die Abonnenten über eine Auswahl von Frauen abstimmen, die in den kommenden Produktionen mitspielen sollen.

Da sie regelmäßig Aufnahmen von staatlichen Hinrichtungen senden, hat ihr Boss beschlossen, Amethyst in einem Video zu zeigen, wo sie genauso stirbt, wie ich.

Nachdem ich Paul und seinen Kumpanen ein Beruhigungsmittel gespritzt habe, lasse ich sie in Dales Blut liegen und begleite Amethyst die Leiter wieder nach oben. Sie zittert bei meiner Berührung, wie sie sollte, denn für ihre Unfähigkeit, Antworten aus den Männern herauszuholen, werde ich sie bestrafen müssen.

In dem Moment, in dem wir aus dem Schrank unter der Treppe treten, nehme ich sie in meine Arme und trage sie in ihren *Green Room*.

„Was hast du vor?", fragt sie.

„Du hast deine erste Lektion im Verhör nicht bestanden", knurre ich, während mein Schwanz bei dem Gedanken, dass sie mir ausgeliefert ist, zu pochen beginnt.

Sie zappelt in meinen Armen, was mich nur noch heißer macht. Als ich sie auf die Füße stelle, rennt sie zur Tür. Ihre Hände tasten nach dem neuen Schließmechanismus, der sich nur mit meinen Fingerabdrücken öffnen lässt.

„Auf die Knie", sage ich mit tiefer werdender Stimme.

„Nein." Sie wimmert und versucht erneut, sich so klein wie möglich zu machen.

Der Laborkittel verbirgt ihre schlanke Taille, die Rundung ihrer Hüften und den Schwung ihres Hinterns, und alles, was ich tun möchte, ist, ihn in Fetzen zu reißen.

„Weißt du, was mit ungehorsamen kleinen Geistern passiert?", knurre ich.

Sie zittert und den Stoff, der ihre verlockenden Kurven bedeckt, raschelt. Meine Lippen verziehen sich zu einem Lächeln. Sie ist ein hübsches kleines Geschenk, das ich auspacken muss, und ich spreche nicht nur von ihrer Kleidung.

Ich möchte diese schüchterne kleine Hülle durchbrechen und sehen, welche Schichten ich darunter entdecke. Ich möchte die Killer-Queen enthüllen. Ich möchte, dass sie mit dem Blut dieser Männer bedeckt ist, mit ihren Eingeweiden zwischen den Fingern, während sie mehr von meinem Schwanz verlangt.

Verdammt. Schon nach dem ersten Brief, den sie mir geschickt hatte, wusste ich, dass sie Potenzial hat, aber ihre

Vorstellung von gestern Abend hat meine Wertschätzung für sie auf ein neues Level gehoben. Ich weiß nicht, ob sie eine Schläferin mit verdrängten Erinnerungen ist oder ein Naturtalent. So oder so, sie hat mich neugierig gemacht.

„Beantworte meine Frage, Amethyst", sage ich.

„Warum? Willst du mir wieder den Hintern versohlen?"

„Nichts so Aufregendes", antworte ich mit einem Schmunzeln. „Zumindest nicht für dich."

„Warum sollte ich dann aus dieser Ecke herauskommen?", ruft sie.

„Du hast zwei Möglichkeiten. Entweder akzeptierst du die Strafe wie ein braves Mädchen und ich lasse dich vielleicht sogar kommen, oder ich zwinge dich wie letzte Nacht zur Unterwerfung und bestrafe dich trotzdem."

„Das ist kaum eine Wahl", murmelt sie.

„Du hast den Mann unten gehört", sage ich. „Sein Boss will dich hinrichten lassen, um Zuschauer zu erfreuen. Ich möchte sicherstellen, dass du die Chance hast, dich aus jeder misslichen Lage mit einer beliebigen Anzahl von Angreifern zu befreien."

„Aber du hast die Männer bereits gefangen genommen."

„Ihr Boss ist immer noch auf freiem Fuß, ebenso wie andere Mitarbeiter, die hinter dir her sein werden, um dieses Video liefern zu können."

Sie blickt über ihre Schulter und ihre Augen weiten sich. „Was willst du damit sagen? Diese Bestrafung wird mir helfen, zu überleben?"

Ich nicke.

Sie fährt sich mit der Zunge über die Lippen. „Na gut."

Ich hebe einen Finger. „Zieh den Kittel aus."

Sie streift ihn ab, wobei sich ihre Brüste aufreißend bewegen. Der Stoff ihres Oberteils verrutscht und gibt den Blick auf ihren Bauch frei.

Ich stöhne auf, mein Schwanz wird hart bei dem Anblick ihrer perfekten Kurven, aber mein Lächeln verschwindet, als ich einen Blick auf ihre Narben erhasche. Sie sind zu breit, um von einem chirurgischen Eingriff zu stammen. Entweder ist die Geschichte über den Autounfall wahr, oder jemand hat ihr eine Klinge ins Fleisch gerammt und versucht, sie aufzuschlitzen.

Die einzige Person, die die Wahrheit über das, was ihr widerfahren ist, kennt, ist ihre Mutter ... Oder vielleicht dieser zwielichtig aussehende Mann, der im Haus ihrer Mutter lebt.

Sie wirft den Kittel auf den Boden und macht ihren ersten Schritt in meine Richtung.

„Komm auf Händen und Knien zu mir", sage ich.

„Warum?"

„Weil ich es dir sage."

Sie lässt sich mit einem Knurren auf die Knie sinken, sodass ihre Brüste wippen. Wut lodert in diesen feurigen grünen Augen auf, während sie langsam näherkommt.

Ihre üppigen Brüste schwingen bei ihren Bewegungen mit, sodass ich mir wünsche, ich hätte ihr befohlen, das Oberteil auszuziehen. Nächstes Mal. Ihr kleiner, knackiger Hintern wippt bei jedem Schritt und strapaziert meine Selbstbeherrschung.

Ich trete einen Schritt zurück und entscheide mich dagegen, um sie herumzugehen, um zu sehen, ob sie feucht wird, wenn sie auf Händen und Knien vor mir hockt. Warum sich die Mühe machen, wenn ich sie dazu bringen kann, ihre Position zu ändern?

„Du machst das so gut", sage ich mit einem Grinsen.

Ihre Gesichtszüge verhärten sich vor Verbitterung, doch ihre Augen glänzen vor Erregung. Ich weiß, dass es eine ihrer Fantasien war, dazu gezwungen zu werden, vor jemandem zu krabbeln. Als sie meine Füße erreicht, kämpfe ich gegen den Drang an, mich vorzubeugen und ihre Brüste zu umschließen.

„Gute Mädchen werden belohnt. Böse Mädchen bekommen eine Lektion erteilt", sage ich, und meine Stimme wird rau vor Lust. „Jetzt leg dich auf den Bauch."

„Was hast du vor?"

„Wenn du einen Angreifer nicht abwehren kannst oder überwältigt wirst, wird er dich fesseln."

Sie öffnet den Mund, um zu protestieren, aber ich ziehe die Brauen hoch. „Sag mir, dass ich falsch liege", sage ich.

Sie schüttelt den Kopf. „Was muss ich tun?"

Ich wiederhole meine Anweisung und sie legt sich flach auf den Boden, wobei ihre Arme an ihren Seiten zittern.

„So?", fragt sie unsicher.

Ich knie mich neben sie und greife nach ihrem Handgelenk. „Wenn sie dich in diese Position bringen, werden sie als Nächstes deine Hand- und Fußgelenke fesseln, damit du ihnen nicht die Augen auskratzen, ihnen ins Gesicht treten oder entkommen kannst. Deine Aufgabe ist es, sie aufzuhalten."

„Wie?", fragt sie.

Ich umschließe ihren schlanken Knöchel und beuge ein Bein, gefolgt vom anderen. „Indem du nicht kooperierst. Indem du mit aller Kraft kämpfst und definitiv nicht, indem du stillhältst."

Sie zappelt, aber ich versetze ihr einen harten Klaps auf ihre noch immer gerötete Arschbacke. Ihr leises Stöhnen schießt direkt zu meinem Schwanz, aber ich ignoriere den Drang, sie zu erkunden. Stattdessen greife ich nach einem Seil und forme eine Schlaufe, wo sich die beiden Enden treffen.

„Heute geht es nicht um Widerstand. Ich werde dir eine bestimmte Art der Fesselung zeigen und dich versuchen lassen, dich daraus zu befreien. Wenn du es schaffst, werden wir dasselbe noch einmal in einem engen Raum versuchen."

„Was für ein Raum?", flüstert sie.

„Der Kofferraum eines Autos." Ich halte ihre Füße zusammen und schlinge das Seil um ihre Knöchel, wobei ich darauf achte, das Ende durch die Schlaufe zu fädeln.

Sie zittert und ihr Körper erschlafft. „Scheiße."

Das ist ihre devote Seite. Der Teil, dem es gefällt, gefesselt und benutzt zu werden. Ich bin überrascht, dass sie so fügsam ist – und ein wenig enttäuscht, um ehrlich zu sein –, aber ich beschwere mich nicht. Sobald das Seil sitzt, muss ich ein Team losschicken, um das Studio auszukundschaften.

Ich habe vor, das Gebäude dem Erdboden gleichzumachen, aber nicht, bevor ich diesen Delta ausfindig gemacht habe.

Nennt es meine anhaltenden Vaterkomplexe, aber die Verwendung dieses bestimmten griechischen Buchstabens kommt mir unheimlich bekannt vor. Ich habe Amethyst in unseren Briefen nie davon erzählt, aber jeder Junge in unserer ersten Einrichtung wurde nach einem griechischen Buchstaben benannt. Ich hieß Chi, weil mein Vorname mit dem Buchstaben X begann. Der Vorname meines Vaters lautet Dalton.

Ich führe die losen Enden übereinander und binde sie um

ihre Knöchel, um sicherzustellen, dass es eine Herausforderung ist. Wenn Amethyst nicht den Willen aufbringen kann, zu kämpfen, muss sie lernen, sich aus Fesseln zu befreien.

Als ich ihre Hände auf den Rücken hebe, hebt sie den Kopf. „Was machst du da?"

„Ich sichere deine Handgelenke."

„Aber wie soll ich fliehen, wenn meine Arme gefesselt sind?", fragt sie.

„Das wirst du wohl selbst herausfinden müssen."

Ich ziehe ihre Arme hinter den Rücken, sodass der zarte Stoff ihres Oberteils nach oben gleitet und eine weitere Narbe zum Vorschein kommt. Diese verläuft diagonal von der Hüfte zu ihrer Wirbelsäule.

Mit gerunzelter Stirn falte ich das Seil in der Mitte und schiebe es unter ihre Handgelenke, wobei ich darauf achte, es fest genug zu ziehen.

Sie zieht die Arme zurück, aber es ist zu spät. Das Seil sitzt bereits fest.

„Warte", stößt sie mit panischer Stimme hervor. „Du wirst mir nicht sagen, was ich tun muss?"

„Erfahrung ist der beste Lehrer. Sobald du ein paar Mal versagt hast, wirst du herausfinden, wie du dich am besten befreien kannst."

„Du sagtest doch, dass böse Mädchen Lektionen erteilt bekommen. Das ist nicht fair."

Nachdem ich das Seil noch einmal um ihre Handgelenke geschlungen habe, lehne ich mich auf meinen Fersen zurück. „Denkst du etwa, dass die nächsten Handlanger, die Delta auf dich ansetzt, zuerst zuschlagen oder dich höflich bitten werden, in ihr Fahrzeug einzusteigen?"

Sie antwortet nicht, aber der Schmerz in ihren Augen sagt mir, dass sie die Botschaft endlich verstanden hat.

„Und wenn das nächste Mal jemand versucht, dich zu fesseln, dann lieg nicht einfach da. Kämpfe, als würdest du in Flammen stehen, denn das, was sie dir antun werden, wird noch schlimmer sein."

Ihr Atem beschleunigt sich und sie rollt sich auf die Seite, wobei sich ihre Brust unter dem seidenen Oberteil heftig hebt und senkt. „In Ordnung. Was kommt als Nächstes?"

Ich stehe auf und umrunde meinen entzückenden kleinen Geist. „Du weißt, was zu tun ist. Befreie dich."

Sie schaut mich mit großen Augen an. „Aber ..."

„Wenn du es nicht schaffst, werde ich dich bestrafen."

SIEBENUNDSIEBZIG

XERO

Wie erwartet gelang es Amethyst nicht, sich zu befreien. Die meisten Zivilisten hätten es nicht geschafft, wenn man bedenkt, dass wir in der Akademie mehrere Stunden Unterricht erhalten haben, um uns aus dieser Art von Fesselung zu befreien.

Der Trick dabei ist, mit einfacheren Fesseln zu beginnen und sich von dort aus weiterzuentwickeln, aber ich musste ihr den Ernst ihrer Lage klarmachen. Als ich sie in den Keller brachte, zuckte sie beim Anblick ihrer Angreifer zusammen, obwohl sie selbst hörte, wie der eine gestand, dass sie geschickt worden waren, um sie zum Opfer eines Snuff-Films zu machen.

Jede Frau, die ich kenne, würde in mörderische Rage verfallen, mich beiseiteschieben und auf diese Männer einschlagen, bis sie sämtliche Antworten erhalten hätte. Aber Amethyst hatte wie erstarrt in der Ecke gestanden.

In den Fängen eines Killers zu sein, ist nichts im Vergleich zu dieser Scheiße. Wenn es nicht ausreichte, von vier Männern angegriffen zu werden, um ihre Entschlossenheit zu schärfen, dann würde sie vielleicht das Gefühl der Hilflosigkeit, während sie gefesselt war, zur Besinnung bringen.

Nachdem ich sie jammernd in ihrem *Green Room* zurückließ, versammle ich ein kleines Team in der Küche. Jynxson soll die Führung übernehmen, Tyler wegen seiner Hacking-Fähigkeiten und die Spring-Brüder, zweieiige Zwillinge, die ich nach dem ersten Abschlusslauf, den wir sabotierten, rekrutiert habe, als Verstärkung.

Sie sind die besten Leute, die ich kenne, wenn es darum geht, unauffällig vorzugehen. Ihre Talente haben es uns ermöglicht, jede Organisation zu infiltrieren und uns über ihre internen Abläufe zu informieren.

Nachdem ich Tyler und Jynxson über die Situation informiert habe, führe ich die Zwillinge in den Keller, wo wir das Verhör fortsetzen. Als Paul nichts mehr zu sagen hatte, ereilte ihn dasselbe Schicksal wie Dale. Von den nächsten beiden Männern haben wir weitere Informationen über die Geschäftstätigkeit von *X-Cite Media* erhalten, darunter den Namen und die Telefonnummer eines Anwerbers.

Zur Mittagszeit befreie ich Amethyst und behalte sie den Rest des Tages über im Auge, gebe ihr grundlegende Anweisungen zum Binden und Lösen von Knoten sowie die erforderlichen Tipps und Tricks, um sich aus zahlreichen Fesselungen zu befreien. Als ich bereit bin, den Anwerber von *X-Cite Media* zu treffen, bringe ich sie nach oben und lasse sie gefesselt zurück.

Nummer 13 wird streng bewacht. Wir haben die Türen ausgetauscht, die Schlösser verstärkt und Leute im Keller, in Autos, die auf dem Parisii Drive geparkt sind, und in ihrem Hinterhof postiert. Jeder, der versucht, zu Amethyst zu gelangen, wird gefangen genommen und verhört. Der Verdacht, dass jemand, der mit dem Priester in Verbindung steht, hinter den Snuff-Filmen steckt, ist zu groß, um ihm nicht nachzugehen.

Nach Sonnenuntergang fahre ich in ein weniger angenehmes Viertel in Beaumont City, wo die Stadthäuser, die nicht im Besitz von Slum-Vermietern sind, von Zuhältern geführt werden. Dieses Rotlichtviertel ist so heruntergekommen, dass sich niemand die Mühe macht, die Straßenlaternen zu wechseln, und die einzige Beleuchtung kommt von den Scheinwerfern.

Auf den Bürgersteigen wimmelt es vor Nutten und Süchtigen, die wie lebende Tote vorbeischleichen. Als ich vor der Adresse parke, die Paul mir genannt hat, frage ich mich, welche Art von Korruption es zulässt, dass ein ganzer Stadtteil so verkommen kann.

„Ich bin vor Ort", sage ich in das Handy.

„Wir haben um die Ecke angehalten", antwortet Jynxson.

Wir sind in getrennten Fahrzeugen gekommen, da jede Organisation, die fünf Vollstrecker verlieren kann, groß genug ist, um Leute zu haben, die ihr Ziel beobachten. Die Zwillinge kundschaften bereits das Studio außerhalb der Stadt aus, um die Operation zu infiltrieren.

Der Zweck des heutigen Treffens ist, nahe genug an ihren Anführer heranzukommen, der vielleicht Vater ist. Wenn das nicht klappt, möchte ich mehr über ihre Geschäfte wissen, einschließlich der Frage, wie sie an die Frauen kommen, die sie vor laufender Kamera ermorden.

Ich steige aus und gehe die Treppe des einzigen Stadthauses mit vernagelten Fenstern vom Keller bis zum Dach hinauf. Es befindet sich zwischen zwei verfallenen Gebäuden, doch Sicherheitsleuchten erscheinen und beleuchten eine ungewöhnlich stabil aussehende Eingangstür.

„Wer ist da?", fragt eine Stimme durch die Gegensprechanlage.

„Xavier Wetwang", murmele ich und möchte Tyler dafür erwürgen, dass er diesen Namen gewählt hat.

Er lacht. „Komm rein."

Laut meines Hackers geben sich die männlichen Talente, die für *X-Cite Media* arbeiten, Künstlernamen wie Long Dong Netherthong, Hugh Cockermouth und Doug Fingringhoe. Tyler hat die Nachnamen nachgeschlagen und es sind alles Orte in England. Seinen Angaben zufolge ist Wetwang ein Dorf in Yorkshire.

Die Tür summt und ich betrete einen abgedunkelten Postraum mit Sicherheitskameras an allen vier Ecken der Decke. Links und rechts sind die Wände mit Postfächern vollgestellt und vor mir befindet sich eine weitere Tür.

„Schließ die Tür hinter dir", sagt die Stimme und ich tue, was die Person verlangt.

Nachdem die Verriegelungsmechanismen einrasten, fragt er: „Bist du bewaffnet?"

„Ja", antworte ich.

„Lass deinen Scheiß in einem Schließfach." Eine Luke zu meiner Linken schwingt auf. „Und ich meine wirklich alles."

Das war zu erwarten, obwohl ich dachte, das Sicherheitspersonal würde mich abtasten. Moirai-Attentäter sind darauf trainiert, unbewaffnet in Situationen einzutreten und aus allem Waffen oder Schilde zu formen – auch aus unseren sich wehrenden und schreienden Feinden. Unser tödlichster Besitz ist unser Gehirn, gefolgt von unseren Händen.

Nachdem ich das Messer und die Pistole, die ich mitgebracht hatte, deponiert hatte, schwingt die Tür vor mir auf und gibt den Blick auf einen mit Kronleuchtern beleuchteten Flur mit weißen Wänden und Marmorböden frei.

Das ist genau das Niveau, das Vater genießen würde, und meine Vorfreude steigt. Ich bezweifle, dass er oder seine Mitarbeiter sich in einem solchen Bezirk verstecken würden, aber ich werde kein Risiko eingehen.

Mein Haar ist mit einem temporären Pigment dunkel gefärbt worden, und ich trage Kontaktlinsen, Konturen, Selbstbräuner und temporäre Gesichtstattoos, um die Merkmale zu verdecken, die in den sozialen Medien viral gingen.

Und nur für den Fall, dass ihre Kameras über Gesichtserkennungstechnologie verfügen, habe ich Prothesen eingesetzt, um meine Kieferpartie und Wangen zu verändern.

Zwei bewaffnete Männer treten aus einer Tür und befehlen mir, mich in Position zu begeben, damit sie mich abtasten können. Ich mache eine Bestandsaufnahme ihrer Waffen, sollte ich später eine von ihnen benötigen. Als sie sich davon überzeugt haben, dass ich unbewaffnet bin, führen sie mich in einen Raum im hinteren Teil des Hauses, wo der Anwerber auf mich wartet.

Ein etwa dreißigjähriger Kerl in einem Tweedanzug blickt mich durch eine runde Brille an. Er sieht eher so aus, als würde er sich mit dem Durchsehen von Büchern auskennen als mit dem Gebrauch von Waffen, aber ich behalte ein ausdrucksloses Gesicht bei.

„Mr. Wetwang?", fragt er. Ich nicke.

„Lasst uns allein." Er winkt die Männer weg, bietet mir aber nicht an, mich zu setzen.

Der Mann lehnt sich in seinem Stuhl zurück und legt seine

Finger auf seiner schmalen Brust übereinander. „Was führt dich zu *X-Cite Media*? Du siehst nicht wie der Typ Mann aus, der Hilfe braucht, um seine dunkleren Gelüste zu befriedigen."

„Ich suche keinen Platz im Todestrakt", murmele ich.

Er schnaubt, wobei sich seine Mundwinkel zu einem Lächeln verziehen. „Und du glaubst, du hast das Zeug dazu, um für dieses Unternehmen zu arbeiten?"

„Wenn die Frage sich darauf bezieht, ob ich vor laufender Kamera einen hochbekomme, kommt es darauf an, wen ich ficken muss", antworte ich.

„Das meine ich nicht", sagt er mit gerunzelter Stirn.

Ich zucke mit den Schultern. „Ich dachte, jeder kann ein Genick brechen oder jemanden mit einem Messer erstechen. Das Schwierigste ist, eine Erektion zu halten, wenn man weiß, dass man Wichsvorlagen für andere Männer produziert."

Er nickt. „Ich erkläre dir, wie die Organisation funktioniert. Du reichst ein Video von mindestens zehn Minuten ein, das einen Authentizitäts- und Qualitätskontrollprozess durchläuft. Wenn wir es akzeptieren, überweisen wir fünfzig Prozent der Nettoeinnahmen."

Ich beiße die Zähne zusammen, bemühe mich aber darum, keine Miene zu verziehen. Die Spring-Brüder haben bereits bestätigt, dass es am Stadtrand ein Studio gibt. Ich sollte nicht erwarten, dass dieses Arschloch einem Fremden, der vielleicht ein verdeckter Ermittler ist, die internen Abläufe seines Unternehmens erklärt.

„Heuert ihr keine Schauspieler an, die für euch vor der Kamera auftreten?", frage ich. Er neigt den Kopf.

„Alle unsere männlichen Talente reichen Videos ein, die sie gedreht haben. Sollten sie unseren Abonnenten gefallen, laden wir sie in unser Studio ein."

Mit anderen Worten: Der einzige Weg, in ihren inneren Kreis einzudringen, besteht darin, meinen eigenen Snuff-Film zu drehen. Das ist die Art von Anforderung, die Undercover-Polizisten nur ungern erfüllen, aus Angst vor öffentlichem Aufruhr. „Das ist fair." Ich greife in meine Tasche und hole mein Handy heraus.

„Bevor ich gehe, möchte ich, dass du dir mein Portfolio ansiehst."

Er lehnt sich in seinem Sitz nach vorn, während ich das Handy über den Schreibtisch schiebe. Darin befinden sich die Aufnahmen mehrerer Tötungen, die ich begangen habe, bevor ich mich verhaften ließ.

Einer der Gründe, warum ich nicht wollte, dass Amethyst meine Briefe veröffentlicht, war, dass sie mehr als nur ein Körnchen Wahrheit enthielten. Nachdem wir die Moirai verlassen hatten, gründeten wir wirklich eine rivalisierende Organisation, um unsere ehemaligen Arbeitgeber zu untergraben.

Mit Hilfe von Mitarbeitern, die das Computersystem der Firma warteten, leiteten wir Kundenanrufe um. Wir führten nicht nur Auftragsmorde zu einem günstigeren Preis aus, sondern lieferten auch Videobeweise für die Arbeit. Das machte uns zu einer schnell wachsenden Auftragsmörderfirma und zur größten Bedrohung für die Moirai.

Der Mann scrollt durch die Videos, wobei sich sein Atem beschleunigt. „Also, du arbeitest sowohl mit Männern als auch mit Frauen?"

Ich nicke. „Natürlich."

Er sieht sich noch ein paar weitere Aufnahmen an, die ich erst heute von mir selbst ohne Hemd gemacht habe, wie ich mir einen runterhole, während ich Amethysts Wimmern lauschte, als sie versuchte, den Fesseln zu entkommen. Ich versuche, nicht zusammenzuzucken, als er einen Samenerguss abspielt, und zwinge mich, ihm nicht den Hals umzudrehen, als er unter den Schreibtisch greift, um seine Erektion zu richten.

„Aber wo ist das Ficken?", fragt er. „Ich habe bestimmte Vorlieben."

Der Blick des Anwerbers wandert an meinem Körper entlang und bleibt auf meinem Gesicht hängen. In seinen Augen liegt ein Leuchten, das ich gerne für immer auslöschen würde. Es sind kranke Ficker wie er, die so desensibilisiert sind, dass sie sich Folter und Mord ansehen müssen, um sich einen runterzuholen.

Er fährt sich mit der Zunge über die Lippen. „Hast du das Filmmaterial?"

„Es ist kompromittiert."

„Was bedeutet das?"

„Mein Gesicht ist darauf zu sehen."

Er nickt, als würde er verstehen, ist aber immer noch begierig auf mehr. „Darf ich es sehen?"

„Darf ich offen sein?"

Seine Augenbrauen ziehen sich zusammen. „Worüber?"

Ich lasse mich auf einen Stuhl sinken, den er mir nicht angeboten hat, und reiße ihm das Handy aus der Hand. „Nichts für ungut, aber du siehst nicht wie der Typ Mann aus, der die Macht hat, eine solche Operation zu leiten."

„Was willst du damit sagen?"

„Ich lasse mich nicht auf jede x-beliebige Person ein. Vereinbare ein Treffen mit dem Verantwortlichen, und wir können verhandeln."

„Was willst du von uns?"

„Eine sechsstellige Vertragsabschlussgebühr plus fünfzig Prozent der Lizenzgebühren für jedes Video. Ihr stellt die Mädchen. Ich trete mit Maske auf. Meine einzige Rolle ist es, zu töten und zu ficken."

„Ich bin nicht ..." Er schüttelt den Kopf. „Ich bin nicht befugt ... Ich meine, das ist höchst ungewöhnlich."

Ich schiebe mein Handy zurück in die Tasche und stehe auf. „Sollte dein Boss fragen, warum xxxwetwang.com *X-Cite Media* Abonnenten stiehlt, erkläre ihm, dass Xavier Wetwang dir die Möglichkeit einer Partnerschaft angeboten hat."

Er holt sein Handy heraus und tippt die Adresse ein, woraufhin sich seine Augen weiten. „Was ist das?"

„Mein Social-Media-Debüt. Der Markt schreit nach heißen Psychopathen, und die meisten Arschlöcher im Internet wissen nicht, wie man mit einem Messer umgeht, geschweige denn mit ihrem Schwanz. Mobfluencer haben erfolgreiche Kanäle, warum also nicht auch ich? Wenn Kartelle und Serienmörder hinter Gittern berühmt werden können, dann ist es Zeit für mich, ebenfalls ein Stück dieses Kuchens zu bekommen."

Mir rasendem Herzen gehe ich auf die Tür zu. Wenn dieser Bluff auffliegt, habe ich immer noch die Spring-Brüder, die das Studio auskundschaften. Das RFID-Lesegerät, das an meinem Kopfhörer befestigt ist, hat das Handy des Anwerbers gehackt, und es wartet bereits ein kleines Team darauf, dem Bastard nach Hause zu folgen.

Ganz zu schweigen davon, dass Tyler sich in die Überwachung des Hauses einhackt.

Selbst wenn Vater nicht in diese Operation verwickelt ist, ist es immer noch die Art von Einrichtung, die zerstört werden muss. Jeder, der unschuldige Menschen aus ihrem Leben reißt, verdient es, in Flammen aufzugehen. Jeder, der Angreifer auf meine Amethyst ansetzt, muss langsam sterben.

„Warte ", ruft der Anwerber und ich bleibe an der Tür stehen.

„Wenn du so produktiv bist, wie du behauptest, wird mein Chef an Verhandlungen interessiert sein."

Triumph flammt in meiner Brust auf, aber ich bemühe mich darum, ein ausdrucksloses Gesicht beizubehalten. „Vereinbare das Treffen."

ACHTUNDSIEBZIG

AMETHYST

Ich bin allein zu Hause, ans Bett gefesselt und warte auf Xeros Rückkehr.

Angst breitet sich in mir aus und vermischt sich mit einem seltsamen Gefühl der Erregung. Ich wünschte, ich könnte ihn einfach aus meinen Gedanken vertreiben. Was für ein Mann lässt seine Frau so lange gefesselt, allein zurück? Als wir während unserer Telefonate über Fesselung sprachen, fühlte ich mich nicht so einsam. Ich stellte mir vor, wie er hier im Raum ist und mich sanft anleitet, vielleicht ein wenig lobt.

Der Mann ist eine Bedrohung.

Er hat meinen Kriechkeller zu einem Gefängnis mit echten Gefangenen gemacht. Dann ließ er mich die Verhöre durchführen. Ich wusste, dass er schurkenhafte Züge hatte. Aber ich hätte mir nie vorstellen können, dass ich sie aus nächster Nähe miterleben würde. Ich wollte das Objekt seiner Begierde sein, nicht die Bonnie zu seinem Clyde.

Nachdem ich miterlebt hatte, wie er diese Männer folterte, wuchs meine Angst vor ihm, aber auch dieses kranke Verlangen. Ich möchte in ihm den Mann sehen, in den ich mich verliebt habe, aber es ist schwieriger, als ich erwartet hatte.

Zumindest bemerke ich mit dieser Fesselung, wie flexibel mein Rücken ist. In dieser Position kann ich mit den Fingern meine Füße erreichen. Es ist einfacher, zuerst die Seile an meinen Knöcheln zu bearbeiten. Ich muss eine Reihe von Schlaufen lösen, was mehr Zeit in Anspruch nimmt als bei den einfacheren Fesseln, die Xero mir angelegt hat.

Die Knoten liegen fest an, die Fasern graben sich in meine Haut, aber ich bin entschlossen, es weiter zu versuchen. Durch die Anstrengung verlieren meine Finger allmählich das Gefühl, aber ich gebe nicht auf und taste mich durch die Knoten.

Schweiß rinnt mir die Stirn hinunter, brennt in meinen Augen, und ich verfluche den Tag, an dem ich Xeros Fahndungs-foto gefunden habe.

Ich habe mehrmals weitergescrollt, aber er war überall in den sozialen Medien zu sehen. Das unheimlich schöne Gesicht des Mannes, den sie den Todesengel nannten. Ich würde die Stimmen in meinem Kopf dafür verantwortlich machen, dass sie mich dazu drängten, diesen ersten Brief zu schreiben, aber damit würde ich mir nur selbst etwas vormachen.

Xero Greaves füllte eine Leere in meinem Leben, und meine Besessenheit von ihm könnte mich alles kosten. Das Schlimmste daran ist, dass ich, wenn ich eine zweite Chance bekäme, alles wieder genauso machen würde. Er ist beängstigend genug, um mir die Haare zu Berge stehen zu lassen, und doch breitet sich ein wohliges Pulsieren zwischen meinen Schenkeln aus, wenn ich nur an ihn denke.

Dann gibt es die fürsorgliche Seite an ihm. Das ist der Mann, der mein Herz erobert hat. Immer wenn dieser Aspekt seiner Persönlichkeit zum Vorschein kommt, schöpfe ich Hoffnung für unsere Beziehung – sogar Sehnsucht. Er treibt mich regelrecht in den Wahnsinn, macht mich süchtig, ist mein schlimmster Albtraum und mein sehnlichster Traum.

Ich bin froh, dass er lebt – ich will ihn so sehr, aber ein Teil von mir hat Angst, dass ich nicht zu dem zurückkehren kann, was wir hatten. Ich will diesen sinnlichen Mann, der meine Sexualität während unserer Telefonate geweckt hat. Die sensible Seele, die mein Herz mit seiner Schreibkunst erobert hat. Diese süßen Erin-nerungen fühlen sich wie ein ferner Traum an, überschattet von seiner wahren Dunkelheit.

Meine Finger streichen suchend an den Seilen entlang, auf

der Suche nach einer Lücke, einer Schwachstelle, irgendetwas, das ich zu meinem Vorteil nutzen kann. Als das nicht funktioniert, rolle ich mich zur Seite und stöhne.

Was nötig ist, ist, unsere Beziehung auf die Zeit vor dem Scheitern zurückzusetzen. Vor seiner rachsüchtigen Geistershow und bevor alles aus dem Ruder lief, und er dachte, ich würde ihn für Geld und Einfluss benutzen.

Noch besser wäre es, wenn Xero mir zeigen würde, wie man eine Waffe benutzt. Wäre ich neulich nachts bewaffnet gewesen, hätte ich die Männer einfach erschießen können, anstatt in blinder Panik durch die Hintertür zu fliehen.

Das Geräusch von Schritten durchbricht mein Keuchen und meine Anstrengung und lässt mich vor Schreck erstarren.

„Xero?", flüstere ich.

Wer auch immer meine Treppe hinaufkommt, antwortet nicht.

„Hast du das gehört, Xero?", frage ich mit lauterer Stimme und tue so, als wäre er bei mir, für den Fall, dass es sich um einen Eindringling handelt.

Xero ist vor fast zwei Stunden gegangen und hat mir gesagt, ich solle mich aus der Fesselung befreien, sonst ... Was, wenn einer der Vergewaltiger dem Keller entkommen konnte und nun auf Rache sinnt?

Meine Schlafzimmertür öffnet sich knarrend und mein Herz springt mir in die Kehle. Ich drehe mich herum und meine Augen weiten sich.

Es ist ein dunkelhaariger Mann mit stumpfen braunen Augen, kantigen Gesichtszügen und einem scharfen Grinsen. Er trägt einen schwarzen Anzug mit einem schwarzen Hemd, das bis zum Brustbein aufgeknöpft ist und eine bronzefarbene Brust mit schwarzen Tätowierungen enthüllt.

Mein Herz beginnt in meiner Brust zu rasen und lässt meinen Puls in die Höhe schnellen. Trotz seiner offensichtlichen Attraktivität scheint alles an ihm falsch zu sein. Er kommt mir bekannt vor, wie jemand, dessen Gesicht den Hintergrund eines echten Krimi-Podcasts oder des meistgesuchten Verbrechers des FBI zieren sollte.

„Suchst du danach?", fragt er und hält ein Messer hoch.

Seine Stimme ist so schmerzhaft vertraut, dass ich sie überall wiedererkennen würde.

Mein Atem wird flacher und die Erleichterung lässt meine Muskeln sich entspannen. Ich blinzle die Tränen aus meinen Augen. „Xero?"

Er lehnt sich gegen den Türrahmen, was seinen unglaublichen Körper hervorhebt. Groß und muskulös. Das reicht aus, um eine Frau zum Stöhnen zu bringen.

„Gefällt dir die Verkleidung?", fragt er.

Ich rutsche unbehaglich auf der Matratze hin und her. Ihn so zu sehen, ist beunruhigend. Es ist eine deutliche Erinnerung daran, wie sehr er sich von dem Mann verändert hat, der mich in meinen Träumen heimsucht.

Kopfschüttelnd sage ich: „Nein. Nimm es ab."

Sein Blick wird weicher und seine Lippen formen sich zu einem Lächeln. „Wie weit soll ich gehen?"

Mein Atem wird flach und die Muskeln meiner Muschi ziehen sich zusammen. Die Gefahr, die er ausstrahlt, ist berauschend. Ich fühle mich davon angezogen, obwohl mein gesunder Menschenverstand Alarm schlägt. Mein Instinkt sagt mir, dass ich weglaufen soll, aber ich bin süchtig nach dem Nervenkitzel.

„Alles", sage ich mit heiserer Stimme. „Besser noch, löse endlich die Seile."

„Du bist ziemlich fordernd für jemanden in deiner Position", entgegnet. „Vor allem, wenn man bedenkt, dass ich dir befohlen habe, dich von den Fesseln zu befreien."

Ich beiße die Zähne zusammen und werfe ihm einen giftigen Blick zu. Hat jemand anderes diese schönen Briefe geschrieben? Der Xero, in den ich mich verliebt habe, war sanft, geduldig und darauf bedacht, mich in die Welt des BDSM einzuführen. Das Arschloch, das vor mir steht, ist ein sexueller Tyrann.

„Wenn du mir beigebracht hättest, wie man das schafft, hätte ich vielleicht Fortschritte gemacht", stoße ich durch zusammengebissene Zähne hervor.

„Kannst du deine Hände und Füße spüren?"

„Nein, und ich habe wahrscheinlich Wundbrand."

Sein Grinsen wird noch breiter. „Du bist süß, wenn du so dramatisch wirst."

„Bin ich nicht", fauche ich. „Diese Seile schneiden in meine Haut. Was ist, wenn ich Wunden bekomme?"

Er wirft das Messer herüber, wobei ein Adrenalinstoß durch meinen Körper schießt, der meine Nerven zum Glühen bringt. Ich rolle mich mit einem Schrei zur Seite. Das Messer landet gefährlich nah an meinem Gesicht.

„Hey, du hättest mir ein Auge ausstechen können!", schreie ich.

„Schneid dich los."

„Wie?"

Er zieht die Brauen hoch. „Muss ich erst deinen Kampf-oder-Flucht-Modus auslösen, um dich zu motivieren? Ein Wort genügt. Ich bin mehr als bereit, dir diesen Gefallen zu tun."

Meine Muskeln spannen sich an. Angst und Erregung kämpfen in meinem Innersten um die Vorherrschaft. Ich weiß, dass er meine Grenzen austestet und sehen will, wie weit ich gehen werde. Diese überwältigende Präsenz ist ein verwirrender Cocktail, der es mir unmöglich macht, klar zu denken.

„Arschloch", knurre ich.

Das Lächeln verschwindet aus seinem hübschen Gesicht, das sich von verspielt zu unheimlich verwandelt. Mein Atem stockt, als er in seine Tasche greift und mich dazu bringt, mich zusammenrollen zu wollen. Was wird er als Nächstes tun? Als er eine Waffe herausholt, jagt eine weitere Welle Adrenalin durch mich und ich zucke zusammen.

Es vergehen Momente in Stille, gefüllt vom Klang meines rasenden Herzens. Schweiß bricht mir auf der Stirn aus, während ich über meine Optionen nachdenke. Soll ich mich bewegen? Soll ich sprechen?

„Was tust du?", frage ich.

„Ich gebe dir ein Gefühl der Dringlichkeit."

Als er ein Gefäß mit Vaseline aus seiner Tasche zieht, läuft mir ein Schauer über den Rücken und setzt sich zwischen meinen Beinen fest. Ich habe genug schlüpfrige Bücher gelesen, um zu wissen, was als Nächstes passiert. Ich rolle mich auf das Messer zu und taste nach seinem Griff.

„Braves Mädchen", sagt er, während er sich langsam auf das

Bett zubewegt, wobei sich seine Erektion immer deutlicher in seiner Hose abzeichnet.

Xeros Erregung entsteht durch meine Angst, aber nur, wenn er derjenige ist, der mir Angst macht. Er ist wie ein emotionaler Vampir, der sich von meiner Panik ernährt. Das Schlimmste daran ist, dass unsere morgendlichen Gespräche meinen Körper darauf trainiert haben, bei Gefahr Erregung zu verspüren.

Ich wurde bei dem Gedanken an ein eingesperrtes Tier geil, das sich nach meiner Erniedrigung sehnte. Aber ich war in diesem Schlafzimmer sicher, hörte seinen schmutzigen und verdorbenen Worten zu, während ich mich mit seinem Dildo fickte.

Jetzt lässt mich der Gedanke, dass er Vaseline auf eine Waffe aufträgt, um sie an einer obszönen Stelle zu platzieren, vor Erregung erbeben. Meine Muschi verkrampft sich und pocht, obwohl mir jeder Fetzen meines angeschlagenen gesunden Menschenverstands sagt, dass ich entsetzt sein sollte. Ich wiege mich von einer Seite zur anderen, ohne zu wissen, ob ich versuchen soll zu entkommen oder die Reibung zwischen meinen Schenkeln zu verstärken.

Warum beobachtet er mich aus so großer Entfernung? Er muss näherkommen.

„Ich sehe viel hübsches Wackeln, aber kein Schneiden", knurrt er und jagt mir einen Schauer unerwünschten Vergnügens über den Rücken.

Mit bedrohlichen Schritten nähert er sich dem Bett und mein Herz schlägt mir bis zum Hals. „Warte!"

Ich schließe meine Finger um das Messer und drehe es in meinen Händen. Als die Sägebewegung, die ich hinter meinem Rücken mache, nichts ausrichtet, stelle ich fest, dass es verkehrt herum ist.

„Du hast zehn Sekunden Zeit, um dich zu befreien, oder diese Waffe wird dir deine anale Jungfräulichkeit nehmen", sagt er, während seine Finger meine Wange streifen und eine Hitzewelle durch mein Inneres jagt.

Funken sprühen über meine Haut und mein Arsch spannt sich an. „Ist sie geladen?"

„Es gibt nur einen Weg, das herauszufinden", murmelt er,

sein Atem streicht warm an meinem Ohr und lässt meine Haut kribbeln.

Kalte Panik durchfährt mich und lässt das Blut in meinen Adern gefrieren. Mit einem erstickten Schrei zwinge ich meine Finger, das Messer umzudrehen, sodass sich nun die Klinge gegen das Seil drückt.

Die Lichter meines Hinterhofs scheinen durch das Fenster und spiegeln sich in Xeros Waffe. Ich ignoriere die drohende Gefahr und schneide in das hartnäckige Seil.

„Zehn", sagt er, wobei seine Augen jede meiner Bewegungen verfolgen und seine Berührung auf meinem Arm lässt die Hitze sich in mir ausbreiten.

Mein Herz setzt einen Schlag aus. Ich führe eine sägende Bewegung aus und spüre, wie die Seile nachgeben. Ich würde ihm das Messer in die Hand drücken, aber das würde das Spiel ruinieren. Außerdem würde es seinen Zorn erregen. Ich will keinen wütenden Xero, auch wenn er mich feucht macht.

„Neun."

„Ich gebe mein Bestes", schreie ich und beschleunige meine Bewegungen, während seine Finger meinen Rücken hinuntergleiten und meine Haut vor Verlangen brennen lassen.

Der Bastard beugt sich nach vorn, wobei sich seine Erektion gegen mich drückt. Für einen Moment bin ich wie hypnotisiert von dem Gefühl seiner Piercings, bis mir klar wird, dass sie nur eine Ablenkung sind.

„Acht."

Das Seil zwischen meinen Knöcheln gibt nach und meine Beine landen auf der Matratze. Mit einem Kribbeln und Stechen, begleitet von einem stechenden Schmerz, kehrt das Blut in meine Füße zurück. Ich habe keine Zeit, um zu überprüfen, ob ich mir in die Haut geschnitten habe. Meine Arme sind auf dem Rücken gefesselt und die Fesseln um meine Handgelenke werden eine Qual sein.

„Sieben."

„Scheiße!"

Ich rolle mich an den Rand der Matratze, schwinge meine Beine auf den Boden und setze mich auf. Das Messer bleibt zwischen meinen Fingern, aber ich schaffe es nicht, die Klinge am

Seil anzusetzen. Ich verschwende wertvolle Sekunden mit Herumfummeln, bis sich die Klinge endlich gegen das Seil drückt.

„Sechs", sagt Xero, seine Hand legt sich auf meinem Oberschenkel und versetzt mir einen Schock der Erregung.

Scheiße.

Scheiße.

Scheiße!

Ich beuge mich vor und ignoriere das Brennen in meinem Unterarm. Es ist, als hätten sich alle Muskeln, die mit diesen Knochen verbunden sind, verschworen, um mir einen Tennisarm, eine Sehnenscheidenentzündung und einen Karpaltunnel zu verpassen.

Aber ich mache weiter, um die Unversehrtheit meines Hinterns zu bewahren. „Fünf."

Adrenalin schießt durch mich und lässt meine Haut kribbeln. Meine Konzentration ist so stark, dass die ganze Welt verschwindet. Es gibt nur noch mich, das Messer, das Seil und die allgegenwärtige Bedrohung durch Xero Greaves.

Das Blut rauscht in meinen Ohren und hallt von seinem verfluchten Countdown wider. Der Schweiß rinnt mir über die Stirn und tropft auf meine Schenkel, und mein ganzer Oberkörper schreit nach Gnade. Ich bleibe gebeugt und zwinge meine Hände, weiter zu schneiden.

Er sagt etwas, seine Hand streicht mir über das Haar und schickt einen Ansturm widersprüchlicher Empfindungen durch meine kribbelnde Kopfhaut, aber ich bin zu weit weg, um auch nur die einfachsten Worte verstehen zu können. Jede qualvolle Bewegung bringt mich der Freiheit einen Schritt näher. Das Seil franst aus und gibt unter der Klinge nach.

So. Verdammt. Nah. Dran.

Die Fesseln um meine Handgelenke lösen sich, sodass ich meine Arme endlich aus dieser unbequemen Position befreien kann.

„Eins", sagt er.

„Scheiße", schreie ich.

„Gute Leistung", flüstert er, seine Lippen streifen mein Ohr und lassen meinen erschöpften Körper vor Erregung erschaudern.

Er streichelt meinen Kopf, als wäre ich ein Haustier, aber ich bin zu erleichtert, um mich zu sträuben. Die Erschöpfung durchdringt meinen Körper und gibt mir das Gefühl, eine zerbrochene Puppe zu sein, die von einem tollwütigen Hund zerfleischt wurde.

Gerade als ich vor Erleichterung in mich zusammensinken will, fährt er mir mit den Fingern durchs Haar und hebt meinen Kopf mit einem Ruck an, sodass meine Kopfhaut brennt.

„Was?", schnauze ich.

Diese ausdruckslosen braunen Augen starren mich unverwandt an. Mit zuckenden Lippen sagt er: „Du hast immer noch Seile um deine Hand- und Fußgelenke."

„Was soll das heißen?"

„Technisch gesehen bist du immer noch gefesselt."

Ich starre ihn mit offenstehenden Mund an. „Nein. Meine Arme sind frei. Meine Beine auch. Wenn ich wollte, könnte ich weglaufen."

„Aber das bist du nicht."

„Aber darum ging es nicht", protestiere ich.

Xero lässt meine Haare los, sodass mein Kopf auf seinen Schoß fällt. „Wenn die Männer, die in dein Haus eingebrochen sind, dich gefesselt und auf die Rückbank ihres Fahrzeugs geworfen hätten, würdest du dann an Ort und Stelle bleiben, nachdem du es geschafft hast, dich zu befreien?"

„Natürlich nicht, aber ..."

„Kein Aber, kleiner Geist. Du hast es versäumt, angesichts einer Bedrohung wegzulaufen, was mich nur zu dem Schluss kommen lässt, dass du meine Waffe wie ein braves Mädchen nehmen wolltest."

„Ich will sie nicht", stoße ich hervor.

„Ich verstehe."

Ich reiße meinen Kopf hoch. „Was soll das heißen?"

„Wenn du stattdessen meinen Schwanz willst, brauchst du nur zu fragen", sagt er mit einem Lächeln, das er wahrscheinlich für freundlich hält. „Er gehört ganz dir."

„Ich ..." Meine Kehle wird trocken und mein Blick fällt auf

die Erektion, die sich unter seiner Hose abzeichnet. Hitze steigt mir in die Wangen und ich schlucke schwer. „Wirst du mich anal nehmen?“

„Willst du das?“, fragt er. Er weiß, dass ich es will. Ich habe ihn immer um einen weiteren Dildo gebeten, da ich Doppelpenetration ausprobieren wollte, aber Xero mir verboten hatte, etwas anderes als Tampons in meine Muschi zu stecken.

„Hast du deine Zunge verloren, kleiner Geist?“, fragt er mit amüsierter Stimme.

Ich schaue zu ihm auf und weiß nicht, ob das ein Trick ist. „Ich dachte, du würdest mich bestrafen?“

Er fährt mit den Fingern an meiner Wange entlang. „Das werde ich, solltest du ohne meine Erlaubnis kommen.“

„Warte.“ Ich erhebe mich mit wackeligen Beinen vom Bett. „Wie soll das fair sein? Wo bleibt mein Anreiz, deine Spielchen mitzuspielen, wenn du mich ständig austrickst?“

„Du denkst also, das sei ein Spiel?“ Seine Finger gleiten meinen Hals hinunter.

Mein Körper spannt sich an und alles in mir schreit mir zu, sofort zu fliehen. „Das ist es, wenn du mich immer wieder erregst und dann eine Erektion bekommen, wenn du zusiehst, wie ich mich in Panik winde.“

Er packt mich an der Kehle und drückt mich zurück aufs Bett. „Du vergisst den Zweck dieses Trainings. Heute Abend bin ich in ein elegantes Haus gegangen, das von Leuten benutzt wird, die mit *X-Cite Media* in Verbindung stehen. Zwei meiner Männer kundschaften das Studio aus, in dem sie diese Filme aufnehmen, und sie sagen, dass es dort mindestens zwölf Wachen gibt.“

„Wie ändert es das, wenn ich mich von dir mit einer Waffe in den Arsch ficken lasse?“

Sein Blick fällt auf meine Lippen. „Meine Methoden sind brutal, um die Schwere der Bedrohung widerzuspiegeln. Während ich die Schwächen dieser Firma suche und herausfinde, wie ich diesen Anführer ausschalten kann, muss ich auch jede notwendige Methode anwenden, um dich auf das vorzubereiten, was kommt.“

Mich auf das Kommende vorbereiten oder sich daran

erfreuen, mich zappeln zu lassen? Da ich weiß, wie unberechenbar er ist, behalte ich meine Gedanken für mich.

„Warum laufen wir dann nicht einfach weg?", frage ich.

Ein Muskel an seinem Kiefer zuckt. „Hast du die Videos auf dieser Website gesehen?"

Ich senke den Blick. „Nicht wirklich. Alles ist hinter einer Bezahlschranke, und ich dachte, es wären nur brutal aussehende Pornos."

„Es ist echt, zumindest die Kurzzeitmieten. *X-Cite Media* ist eine Fassade für etwas viel Größeres und Gefährlicheres, als du dir vorstellen kannst, und ich muss dich auf alles vorbereiten."

„Wir können die Stadt verlassen. Du kannst mir helfen, meinen Namen zu ändern ..."

„Nein."

„Warum nicht?"

„Hier in 13 Parisii Drive bist du sicher. Ich habe Leute an allen Eingängen postiert. Du musst einfach nur tun, was ich sage."

Mit anderen Worten: Ich bin ein Köder. Xero braucht mich hier, um weitere dieser Männer anzulocken, damit er ihren Anführer finden kann. Ich senke den Kopf und beiße die Zähne zusammen.

Xero und seine Schergen können tun, was sie wollen, aber ich habe mich nicht gemeldet, um eine Schachfigur in einem Spiel tödlicher Pornografen zu werden. Ich will auch kein Mörder werden.

Was ist aus all den Versprechen geworden, dass er mich bis ans Ende meiner Tage lieben und beschützen würde? Ich hatte mir das Leben mit Xero Greaves mit gutem Essen, Reisen ins Ausland und sexy Abenteuern vorgestellt. Wozu braucht er mich überhaupt als Köder? Er hat eine ganze Armee ausgebildeter Attentäter.

Die Diskrepanz zwischen seinen Worten und Taten zerreißt mir das Herz.

Wenn ich mich jetzt nicht für mich selbst einsetze, werde ich in eine Welt aus Mord, Chaos und Wahnsinn gerissen werden.

NEUNUNDSIEBZIG

XERO

Amethyst rutscht auf der Matratze herum, ihr Blick schweift zu dem Dildo auf ihrem Nachttisch. Ich neige meinen Kopf und frage mich, ob sie die Bedeutung dieses Trainings versteht. Ich könnte ihr die Briefe und Bilder des Stalkers zeigen, aber ihr Geist ist unberechenbar. Wenn ich zulasse, dass sie wieder in Wahnvorstellungen verfällt, ist es mir vielleicht unmöglich, sie zurückzuholen.

Ich dachte, sie könnte halluzinieren, nachdem ich sie in den Keller gebracht hatte oder wenn ich sie üben ließ, sich aus Fesseln zu befreien. Bisher war sie ohne ihre Medikamente klar im Kopf, und ich zögere, weitere psychische Probleme loszutreten.

Sie hat mit genug realen Bedrohungen zu kämpfen. Das Auftauchen von Bildern aus einer Vergangenheit, an die sie sich nicht erinnern kann, könnte ihrem fragilen Zustand weiteren Schaden zufügen.

Außerdem haben meine Hacker Amethysts Finanzen überprüft. Sie hatte mir die Wahrheit darüber gesagt, dass ihre Eltern sie finanziell abhängig hielten. Alle teuren Kleidungsstücke, die ich in ihrem begehbaren Kleiderschrank gefunden hatte, waren von ihrer Mutter gekauft worden.

Ich hätte mich nicht so über die Artikel auf ihrer Wunschliste aufregen sollen, oder über ihre Versuche, eine Karriere als

Schriftstellerin zu starten, die auf ihrem Online-Ruhm basierte. Sie hatte keine Wahl und versuchte nur zu überleben. Wenn ich ein besserer Mensch gewesen wäre, hätte ich die richtigen Fragen gestellt. Oder mich besser um meinen kleinen Geist gekümmert, anstatt mich an ihrer Bestrafung zu ergötzen. Jetzt bin ich süchtig danach, sie sich winden zu sehen.

„Na gut", sagt sie, und die bernsteinfarbenen Flecken in ihren hübschen grünen Augen funkeln vor Trotz. „Wenn du mich wie eine Prinzessin im Turm einsperren willst, dann musst du mich bei Laune halten."

„Du bist nicht *Rapunzelita*", sage ich leise. „Du solltest nicht den Vollmond brauchen, um deine innere Bestie zu entfesseln."

Ihre Lippen pressen sich zu einer schmalen Linie zusammen. „Sie war eine fiktive Figur."

„Manche Autoren benutzen Geschichten, um ihre Seelen zu entblößen", murmele ich.

„Ich weiß nicht, wovon du sprichst."

„Löse die restlichen Seile", sage ich.

Während sie sich auf der Matratze vorbeugt und die Fesseln löst, die noch immer um ihre Knöchel liegen, streife ich meine Jacke ab und gehe auf ihren Kleiderschrank zu.

„Wohin gehst du?", fragt sie.

„Mich umziehen."

„Aber da kannst du nicht rein."

Ich drehe mich zu ihr um und grinse. „Da bewahre ich meine Kleidung auf."

Sie rutscht vom Bett, tritt an mir vorbei und reißt die Schranktür auf. Ihr empörtes Kreischen löst eine Spannung, die ich seit dem Moment, als ich hörte, wie sie angegriffen wurde, um meine Brust gehalten habe.

Ich nehme den Dildo von ihrem Nachttisch und folge Amethyst, die auf die rechte Seite ihres Kleiderschranks starrt, der jetzt mit meinen Hemden, Hosen, Schuhen, Jacken und einer Reihe von Gegenständen gefüllt ist, die für einen Gentleman aus der Stadt geeignet sind, der gerade dem Todestrakt entkommen ist.

„Was hast du mit meinen Sachen gemacht?", ruft sie, als ich das Spielzeug auf ihren Schminktisch lege.

„Ich habe die Sachen, die mir nicht gefallen, aussortiert und in Kisten gepackt."

Sie wirbelt herum und Wut blitzt in ihren Augen auf. „Du hast kein Recht, meine Sachen anzufassen."

Ich ziehe eine Augenbraue hoch und fordere sie auf, näher darauf einzugehen, aber sie wendet den Blick ab.

Das habe ich mir gedacht.

„Wo sind sie?", murmelt sie.

„Schrank unter der Treppe."

Sie starrt mich mit offenstehendem Mund an. „Bei diesen Männern?"

Ich lege ihr die Hände auf die Schultern. „In Kisten, die in Regalen stehen, die sich einen Meter über dem Boden befinden. Dort sind sie absolut sicher."

Sie geht an ihrer Seite des Schranks entlang und zieht Schubladen auf. „Wo sind meine Kostüme? Und all meine High Heels?"

„Die wirst du während deines Trainings nicht brauchen."

„Scheiße." Sie eilt zur anderen Seite des Schranks und reißt eine meiner Jacken vom Kleiderbügel. „Du kannst nicht in mein Leben kommen und es auf den Kopf stellen ..."

Ich packe sie an der Kehle, sodass sie zusammenzuckt.

„Wann wirst du es verstehen? Das Leben, das du dachtest zu haben, ist vorbei."

Ihre Augen weiten sich und ihre Lippen öffnen sich unter einem Keuchen.

„Jemand Mächtiges hat fünf Männer auf dich angesetzt. Fünf." Ich betone das Wort, indem ich sie leicht schüttele. „Dein Feind ist mächtig und hat Wachen, die geschickter sind als die Arschlöcher im Keller."

„Lass mich los", stößt sie durch zusammengebissene Zähne hervor.

„Nicht, bis du mir mit deinen eigenen Worten erklärt hast, was mit dir passiert."

Sie kneift die Augen zusammen, schüttelt den Kopf und weigert sich, die harte Wahrheit anzuerkennen. Eine Träne rollt über ihre Wange.

Amethyst muss endlich die Vorstellung hinter sich lassen,

dass ich die größte Bedrohung für ihr Leben bin, und erkennen, dass sie in ernsthafter Gefahr ist.

„Amethyst", knurre ich und sie blickt mich mit großen Augen an.

„Sag mir, warum ich hier bin."

„Um mein Leben zu ruinieren."

„Falsche Antwort."

„Aus Rache."

Ich halte inne. Sie hat nicht ganz unrecht. Ich habe ihren Kriechkeller schließlich in eine Höhle verwandelt, um sie aus Rache und zur sexuellen Befriedigung zu terrorisieren, aber sie muss verstehen, dass ich keinen Groll mehr hege. Sie gehört mir, und ich kümmere mich um meinen Besitz.

„Okay. Warum bin ich *jetzt* hier?"

„Weil du besitzergreifend bist."

„Weiter ..."

„Du bist hergekommen, um mit meinem Verstand zu spielen, aber jemand anderes war schneller. Sie verderben dir den Spaß, also willst du sie ausschalten."

Ich beuge mich vor, sodass sich unsere Lippen beinahe berühren. Die Wärme ihrer Lippen strahlt auf meine aus und lockt mich dazu, sie küssen zu wollen. Alles an dieser Frau ist verführerisch, selbst der Wahnsinn, den sie als Tarnung trägt.

„Richtig", antworte ich. „Wir haben Waffenstillstand, bis diese Bastarde, die dein Leben bedrohen, tot sind."

„Und dann?", flüstert sie, wobei sich ihr Atem beschleunigt.

„Dann werde ich jede verdrehte Fantasie, über die wir gesprochen haben, wahr werden lassen." Sie wimmert, wobei das Geräusch direkt zu meinem Schwanz schießt.

„Zieh dein Mieder aus."

Sie starrt mich mit weit aufgerissenen Augen an, ihre Unterlippe zittert so verlockend, dass ich mich sehr anstrengen muss, sie nicht zwischen meine Zähne zu nehmen. Amethysts Schrecken ist wie Marsala-Wein – reichhaltig, dunkel und komplex. Ich weiß nie, welche Version ich bekomme. Die kalte Mörderin, die ohnmächtige Jungfrau oder die verrückte Wilde von letzter Nacht.

Je mehr Facetten ihrer Persönlichkeit ich entdecke, desto faszinierter bin ich.

Als sie sich nicht bewegt, nehme ich mein Messer aus ihren lockeren Fingern und schiebe es unter den Spitzensaum ihres Oberteils.

„Was hast du vor?", flüstert sie.

„Etwas, worüber wir letzten Monat gesprochen haben, als du wissen wolltest, was ich tun würde, wenn ich mich in dein Schlafzimmer teleportiere."

Sie zittert und ihre Pupillen weiten sich. „Aber das waren nur Worte."

Meine Finger schließen sich fester um ihre Kehle. „Ich habe deine Seele gesehen und sie gehört mir. Ich habe deine Fantasien gesehen, deine dunkelsten Wünsche, die tiefsten Kammern deines Herzens. Ich werde alles, wonach du dich sehnst, wahr werden lassen."

Als sie ihre Augen schließt, gleite ich mit der Klinge an ihrem Oberkörper entlang und schneide durch den Seidenstoff, bis er zu Boden fällt und ihre perfekten Brüste zum Vorschein kommen.

Ich fahre mit dem kühlen Metall über jede Brustwarze, bis sie hart werden. „Xero", flüstert sie mit heiserer Stimme. „Wirst du den Griff in meine Muschi stecken?"

„Versuchst du etwa, mich zu kontrollieren, kleiner Geist?", frage ich mit einem Grinsen.

Ihre Wangen röten sich, aber sie schüttelt den Kopf. „Es war nur eine Frage."

„Zieh deine Shorts aus."

Sie senkt den Kopf und atmet so schnell und heftig, dass ich wie hypnotisiert vom Heben und Senken ihrer Brüste bin. Mein kleiner Geist mag sich beschweren und jammern, aber sie hat ihr ganzes Leben lang schlafgewandelt. Ich bin der einzige Mann, der sie wirklich geweckt hat.

Meine Klinge schiebt sich unter den Bund ihrer seidenen Shorts und ich schneide ihn mit einem einzigen Hieb durch. Der Stoff landet zu ihren Füßen, sodass sie nun herrlich nackt vor mir steht.

„Hände auf das Schuhregal", befehle ich.

„Was?“

„Tu, was ich sage.“ Ich drehe sie herum, platziere ihre Hände auf je einem Regalbrett und schiebe ihre Beine auseinander.

Der Anblick ihrer gespreizten Beine lässt meinen Schwanz anschwellen. Mein Herz rast, mein Atem beschleunigt sich, während ich jede köstliche Kurve und Kontur in mich aufnehme. Ihre knackigen Arschbacken, die noch immer von meinen Schlägen leicht gerötet sind, verjüngen sich zu wohlgeformten Schenkeln, die sich teilen und einen verlockenden Blick auf den Himmel freigeben.

Ihr Zittern löst jeden Raubtierinstinkt aus, und der berauschende, aber vertraute Duft ihrer Erregung steigt mir in die Nase und drängt mich, das einzufordern, was mir gehört.

Sie blickt über ihre Schulter zu mir auf. „Warte ...“

Ich antworte mit einem Klaps, der hart genug ist, um ihr ein Zischen zu entlocken. Ihr Hintern erzittert, also klatsche ich ihr auf die andere Backe und lache, als ihre Hüften zucken.

Ich greife nach dem Dildo, den ich auf ihrem Schminktisch liegen gelassen habe, und öffne eine Dose mit einer Creme.

„Warte“, stößt sie hervor. „Das ist meine Kollagencreme. Eine Dose kostet über zweihundert Dollar.“

Meine Augen verengen sich. „Dein jungfräuliches Arschloch verdient nur das Allerbeste.“

Meine Worte bringen ihren Protest augenblicklich zum verstummen.

Als sie sich nicht weiter beschwert, tauche ich meine Finger in die kühle Substanz, hole eine großzügige Menge heraus und umkreise damit ihre enge, kleine Rosette. „Ich werde dein süßes kleines Loch mit dieser Creme dehnen. Damit es schön geschmeidig bleibt für meinen Schwanz.“

Ihr Atem stockt. „Ich hatte noch nie die Finger von jemand anderem da drin.“

„Aber du hast das Spielzeug benutzt?“, frage ich. Sie nickt mir zitternd zu.

„Hast du geübt, wie ich es dir gesagt habe?“

„Ja“, flüstert sie.

„Braves Mädchen. Dann wirst du kein Problem mit meinem Finger haben.“

Ich schiebe einen mit Creme bestrichenen Finger langsam in sie und es fühlt sich an, als würde ich zu Hause willkommen geheißen. Uns beiden entweicht ein langes, tiefes Stöhnen. Wie viele Morgen haben wir meilenweit voneinander entfernt damit verbracht, diese Fantasie auszutauschen? Wie viele Nächte habe ich mir vorgestellt, wie sie in derselben Position an mich gedrückt gefangen ist? Praktisch jede Einzelne, seit ich ihren ersten Brief erhalten habe.

„Gieriger, kleiner Geist", murmele ich an ihrer Wange. „Du hast dich nach meinem Schwanz gesehnt."

„Gib ihn mir. Bitte."

Für einen Augenblick frage ich mich, ob ich mit einer Erektion und dem Rücken zur Welt im toten Winkel des Gefängnisses stehe und mir vorstelle, mit Amethyst zusammen zu sein. Ich blinzle und stelle fest, dass es real ist. Ich bin aus dem Gefängnis raus. In ihrem Kleiderschrank. Im Begriff, ihren süßen jungfräulichen Arsch zu nehmen.

Mein Finger gleitet in ihr gieriges kleines Loch hinein und wieder heraus, und bald gesellt sich ein weiterer hinzu. Amethyst wirft den Kopf in den Nacken und drückt mir den Hintern entgegen.

Das ist eine Sache, die sie nicht vortäuschen kann. Ihr nacktes Verlangen. Unsere sexuelle Kompatibilität. Es ist die eine unverfälschte Wahrheit zwischen uns, ein Leuchtfeuer inmitten von Täuschung und Verrat.

Aber während diese angespannten Muskeln meine Finger umschließen, erfasst ein Stich des Schmerzes mein Herz. Ich will Amethyst.

Unbedingt.

Aber ich kann ihr nicht vertrauen, nicht mehr. Die Frau, die ich zu kennen glaubte, die Frau, der mein Herz gehörte, entpuppte sich als Trugbild. Und doch ist sie in Momenten wie diesem vollkommen, als hätte das Universum sie für mich geschaffen.

Meine Gedanken wandern zurück zu diesen süßen Morgen, den geflüsterten Versprechen, den Träumen, die wir von einer möglichen Zukunft gewebt haben. Ich wollte, dass das, was wir hatten, real ist. Ich wollte an sie glauben, an uns.

Aber die Illusion zerbrach und hinterließ nur diese schmerzende Leere.

Sie hat mich belogen, mich benutzt, aber das löscht nicht die Art und Weise aus, wie ihr Körper auf meinen reagiert, wie sich ihre Augen vor Verlangen verdunkeln.

Ich schiebe den Schmerz beiseite und begrabe ihn tief, wo er das Hier und Jetzt nicht stören kann. Dieser Moment, ihre Verletzlichkeit, ihr rohes Verlangen – gehören mir.

So sehr es auch schmerzt, kann ich diese verdrehte Verbindung nicht lösen.

Sie gehört mir, auch wenn sie es noch nicht bemerkt hat.

Ich beuge mich näher zu ihr, mein Atem vermischt sich mit ihrem. „Braves Mädchen", murmele ich. „Du nimmst meine Finger so gut."

„Mehr, Xero. Ich brauche mehr."

Ich greife mit meiner anderen Hand herum, um ihre Klitoris zu reiben, und stelle fest, dass sie klatschnass ist. „Verdammt. Du bist so empfänglich. Du bist mein perfekter kleiner Geist."

Sie stößt ein ersticktes Stöhnen aus.

„Wenn du meinen Schwanz willst, wirst du zuerst meine Finger sauber lecken." Ich führe sie zu ihren Lippen.

Sie saugt so fest daran, dass meine Knie drohen, unter mir nachzugeben. Ich will sie auf die Knie zwingen und ihren Mund ficken. So tief in ihren Rachen kommen, dass sie bis in alle Ewigkeit weiß, wem sie gehört. Ich schiebe diesen Gedanken vorerst beiseite und konzentriere mich auf ihren Arsch.

Ihr Innerstes verkrampft sich um meine Finger und scheint begierig darauf zu sein, gedehnt zu werden. Ich ziehe mich zurück, öffne meinen Hosenschlitz, hole meinen Schwanz heraus und reibe ihn mit Kollagencreme ein.

„Bist du bereit für mich, kleiner Geist?", frage ich und versuche, meine Stimme ruhig zu halten, während ich meine Eichel gegen ihre enge Öffnung drücke.

„Ja",

Ich drücke mich tiefer in sie, sodass sich ihr Muskelring langsam um mich dehnt. Ihr Körper gibt nach und saugt mich in ihre enge, heiße Hitze.

Sie keucht, ihr Körper versteift sich, ihre Muskeln

umschließen meinen Schaft so fest, dass es jede Menge Selbstbeherrschung kostet, nicht tiefer zu stoßen. Sie ist zu zerbrechlich. Zu kostbar. Ich werde ihr Trauma nicht noch verschlimmern, indem ich ihren Körper zu sehr beanspruche.

Ich beiße die Zähne zusammen, lege einen Arm um ihre Taille und halte sie fest. „Du fühlst dich so verdammt gut an", keuche ich und berühre mit meinen Lippen ihr Ohr. „Aber du musst dich entspannen."

Sie nickt mir zitternd zu. „In Ordnung."

Der rasende Puls, den ich an ihrem Hals spüre, passt zum Rhythmus der Muskeln, die meinen Schwanz umschließen. Jedes Pulsieren treibt mich tiefer, treibt mich fast in den Wahnsinn.

Ich habe mich noch nie einem anderen Menschen so nahe gefühlt. Ich habe noch nie mein Herz und meine Seele geöffnet. Unsere Videos, Briefe und täglichen Gespräche haben diese Frau in meine Psyche eingebrannt. Sie mag mehr Gesichter haben als ein Kartenspiel, und es gibt keine Garantie dafür, dass irgendetwas zwischen uns jemals real war, aber niemand sonst passt so vollkommen zu mir.

Ihre Muskeln entspannen sich, sie senkt den Kopf und ich dringe weiter in ihre enge Hitze ein. Ich senke meine Lippen auf ihren Hals und beiße in ihre weiche Haut.

„Wenn ich Reißzähne hätte, würde ich dich beanspruchen. Ich würde dich für immer als mein Eigentum markieren."

Ich ziehe mich zurück und spüre, wie sich ihr Schließmuskel um meinen Schaft zusammenzieht und versucht, mich in sich zu halten. Als meine Eichel ihr Loch dehnt, dränge ich mich tiefer in sie und dringe bis zum Anschlag in sie ein.

„Oh Gott!", schreit sie.

„Richtig, kleiner Geist, aber ich bevorzuge Xero."

Ich gehe in einen Rhythmus aus langsamen, tiefen Stößen über, die ihr ein kehliges Stöhnen entlocken. Ihr Innerstes schließt sich so fest um meinen Schwanz, dass es fast schon wehtut. Sie in den Arsch zu ficken ist intim, roh, intensiv. Ein Paradies, von dem ich nicht wusste, dass es existiert.

Meine Hand gleitet von ihrer Taille zu dem Dildo, den ich auf dem Schminktisch liegen gelassen habe. Ich nehme ihn und führe ihn zu ihrer nassen Muschi.

„Du wirst meinen Schwanz und meinen Dildo nehmen", flüstere ich. „Meinst du, du schaffst das, kleiner Geist?"

Sie keucht, ihr Körper erbebt erwartungsvoll. „Oh, verdammt."

„So ist es richtig. Ich werde deinen Arsch so weit ausfüllen, bis es sich anfühlt, als würde ich deinen Rachen treffen. Dann werde ich den Dildo bis zum Anschlag in deiner Muschi versenken."

„Bitte", stößt sie durch zusammengebissene Zähne hervor. „Tu es."

Bei ihren Worten kann ich mich nicht länger zurückhalten und ich gebe mich unserer gemeinsamen Fantasie hin. Ich schiebe den Dildo tief in ihre Muschi und stimme ihn auf meine Stöße ab.

Ihr Rücken krümmt sich und sie stößt ein ersticktes Stöhnen aus. „Xero."

„Zwei Schwänze, kleiner Geist", sage ich mit vor Erregung belegter Stimme. „Das ist meine gierige kleine Schlampe."

Ich beschleunige das Tempo, nehme sie härter, tiefer, die beiden Schwänze bewegen sich synchron. Sie windet sich an meiner Brust, keucht und stöhnt meinen Namen.

Ihre Nässe bedeckt meine Finger und die Basis des Dildos. Sie lässt das Regal los und krallt ihre Fingernägel in meine Hand, die um ihre Taille liegt.

„Braves Mädchen", knurre ich in ihr Ohr. „Du nimmst meine Schwänze so gut."

Ihr Körper zittert und ihre Schreie werden unregelmäßig, während ich in sie stoße und uns näher an den Rand treibe.

„Das gefällt dir, nicht wahr?", knurre ich. „Ich wünschte, ich hätte noch einen Dildo mitgebracht, um deinen Mund zu füllen."

„Xero, kann ich kommen?"

„Ich liebe es, wenn du um Erlaubnis bittest, denn dein Vergnügen ist auch meins."

„Dein", keucht sie.

„Wir kommen zusammen", knurre ich.

Sie windet sich und ihr Innerstes zieht sich um meinen Schwanz und den Dildo zusammen. Ihr Orgasmus ist so nah, dass ich die Veränderung in der Luft fast schmecken kann. Es erinnert mich daran, wie sich die Atmosphäre zu Beginn eines Gewitters verändert, nur viel süßer.

„Braves Mädchen. Du drückst mich so fest", sage ich mit zusammengebissenen Zähnen, während ich versuche, die Kontrolle über mich zu halten. Ich bin fest entschlossen, nicht als Erster zu kommen.

Ich drehe den Dildo und reibe ihn an ihrem G-Punkt, was sie nach Luft schnappen und zucken lässt. „Komm für mich, kleiner Geist. Jetzt."

Sie erbebt um meinen Schaft herum, ihre Muskeln zucken, pumpen, pressen, melken mich durch meinen Höhepunkt.

Mein Körper spannt sich an, als ich in ihrem engen Arsch komme, und ich stoße weiter, reite unsere beiden Orgasmen aus. Als ich den Höhepunkt meiner Euphorie erreiche, starre ich auf das wunderschöne kleine Wesen hinunter, das sich in meinen Armen windet, verloren unter den Wellen der Ekstase. Ihre Schreie hallen von den Wänden wider und erfüllen den Schrank mit der Symphonie unseres gemeinsamen Vergnügens.

„So ist es gut, kleiner Geist. Ich will, dass du so heftig kommst, dass du die Toten aufweckst."

Als wir von unserem Orgasmus herunterkommen, sinkt ihr Körper an meinem zusammen. Der Dildo rutscht aus ihrer Muschi und landet mit einem leisen Plumpsen auf den Dielen.

Ich ziehe sie an mich und umarme sie von hinten. Amethyst gehört mir. Ich kann sie besitzen, kontrollieren und ihr Vergnügen bereiten. Ich werde alles tun und jeden töten, um sie zu beschützen.

Nichts kann uns jetzt trennen. Nicht mein Vater, nicht *X-Cite Media*, nicht einmal dieser mysteriöse Stalker kann sich zwischen mich und das stellen, was mir gehört.

ACHTZIG

AMETHYST

Ein unangenehmes Klingeln weckt mich aus dem erholsamsten Schlaf, den ich seit … je erlebt habe. Letzte Nacht, nachdem er mir regelrecht den Verstand rausgevögelt hat, trug Xero mich unter die Dusche und wiegte mich an seiner Brust.

Die Zeit mit ihm erinnerte mich so sehr an meine Vorstellung von unserem Zusammensein, während ich seine herzlichen Briefe las. Für einen kurzen Moment erlaubte ich mir, mich beschützt zu fühlen. Ich weiß, dass unser Waffenstillstand nur vorübergehend ist, bis er sich mit der Produktionsfirma auseinandergesetzt hat. Danach wird er wieder zu meinem schlimmsten Peiniger und ich werde wieder anfangen, Körperteile unter meinem Kissen zu finden.

Aber in diesem Moment genieße ich einfach das Nachglühen. Es lenkt mich von dem Schock ab, dass ich fast von vier verrückten Männern entführt worden wäre und dass Xero seine Hinrichtung überlebt hat. Sobald ich mich wieder gefasst habe, werde ich mich darum bemühen, dass er seine Meinung ändert, mich als Köder zu benutzen.

Das Klingeln geht weiter, gefolgt von wildem Klopfen. „Wer ist da?", krächze ich.

Xero zieht mich an seine Brust. „Ignoriere es."

„Was, wenn es diese Männer sind?"

„Sind sie nicht."

Ich stoße ihn mit dem Ellbogen in die Rippen, sodass er aufstöhnt. „Wie zum Teufel kannst du das sagen, wenn du dich an meinen Rücken drückst?"

„Weil, kleiner Geist, ich Männer habe, die die Straße beobachten und in deinem Hinterhof patrouillieren. Ganz zu schweigen vom Friedhof. Sollte noch irgendein Arschloch kommen und es wagen, dich zu entführen, wird er augenblicklich eliminiert."

„Amethyst Crowley", kreischt eine vertraute weibliche Stimme. „Ich weiß, dass du da bist. Wie kannst du es wagen, die Schlösser auszutauschen?"

Mein Herz setzt einen Schlag aus. „Das ist meine Mutter."

„Was will sie?", knurrt Xero.

Ich rutsche an den Rand der Matratze und versuche, etwas Abstand zwischen ihm und mir zu bringen, aber er zieht mich wieder an seine Brust.

„Öffne die Tür, junge Dame", schreit sie.

„Ich muss gehen, sonst wird sie noch eine Szene machen", zische ich.

„Lass sie nur."

„Xero." Ich winde mich in seinem Griff und versuche, mich zu befreien, aber er ist zu groß, zu stark, zu stur, um mir auch nur einen Zentimeter Spielraum zu geben. Sein tiefes Lachen hallt in meinem Körper wider, als ob er meinen Familienstreit für einen großen Witz hält.

„Das reicht", schreit meine Mutter. „Ich rufe die Polizei, damit sie nachschauen, ob du noch lebst. Und einen Schlüsseldienst. Wenn das wieder einer deiner psychotischen Anfälle ist, kommst du direkt in eine Anstalt."

Xero stöhnt und lässt mich los. „Was will sie? Diese Frau schafft es immer wieder, dich von sich zu stoßen."

Ich zucke bei der Aussage zusammen. Sie tut nur weh, weil seine Worte der Wahrheit entsprechen. Es ist schmerzhaft, zugeben zu müssen, dass man von seinen eigenen Eltern nicht geliebt wird. Alles, was ich tue, ist eine Enttäuschung, angefangen damit, dass ich den Autounfall überlebt habe, an den ich mich nicht erinnern kann, bis dazu, dass sie mich von der Uni genommen haben.

Es spielt keine Rolle, dass sie fast jeden Aspekt meines Lebens kontrollieren. Nichts ist jemals genug.

„Ich werde nicht gehen", kreischt Mom.

Ich rolle mich aus dem Bett, schlüpfe in einen Bademantel und renne zur Tür. „Bleib hier", sage ich und werfe Xero einen Blick über die Schulter zu. „Sollte sie herausfinden, dass du noch am Leben bist, wird in wenigen Minuten ein SWAT-Team hier sein."

Sein breites Grinsen lässt mir den Atem stocken. Es ist so hell wie sein Haar, das im Morgenlicht wie gesponnenes Platin leuchtet. Ich schiebe den Gedanken rasch beiseite. Wie kann eine verdorbene Seele wie seine von einem so schönen Äußeren umgeben sein?

Wenn das Leben fair wäre, hätte er rote Haut und Hörner. „Amethyst", höre ich Mom durch den Briefkasten rufen.

„Komme schon!" Ich verlasse eilig das Zimmer und stürme die Treppe hinunter.

Als der Briefkasten zuklappt, stelle ich mir vor, wie sie verärgert einen Schritt zurücktritt, um ihre gesträubten Federn zu glätten.

Meine Schritte stocken am Fuße der Treppe. Die Glasscheiben an meiner Eingangstür sind weg. Obwohl sie im gleichen Schwarzton wie zuvor gestrichen ist, sieht sie schwerer, stabiler und ohne die übliche Holzmaserung aus.

Ich reibe mir den Hinterkopf und runzele die Stirn. Hat Xero erwähnt, dass meine Haustür ausgetauscht wurde?

Es ist zu spät, um zu fragen, also gehe ich weiter, wo sich jetzt ein digitales Schloss mit Touchpad und Fingerabdrucksensor befindet.

„Einen Moment bitte." Ich drücke meinen Zeigefinger auf den Scanner, aber es passiert nichts.

Eine tiefere Stimme, die ich nicht erkenne, murmelt etwas zu Mom, aber sie antwortet in einem so leisen Ton, dass ich mich frage, ob sie Onkel Clive mitgebracht hat. Ihr ganzes Mitgefühl scheint dieser Tage ihm zu gelten.

Es dauert ein paar Versuche, bis mir klar wird, dass das Lesegerät meinen Daumenabdruck benötigt, und der Mechanismus mit lauten Surren entriegelt wird. Ich ziehe den Griff nach unten und öffne die Tür.

„Endlich!" Sie schreitet an mir vorbei ins Wohnzimmer und hinterlässt eine Duftwolke.

Ich werfe einen Blick auf die Straße, um zu sehen, mit wem sie gesprochen hat, aber sie ist leer, bis auf ein paar Gestalten, die in ihren Autos sitzen. Wahrscheinlich sind das Xeros Leute.

Ich schließe die Tür, drehe mich in die Richtung, in die sie verschwunden ist, und frage: „Mom?"

„Komm her", erklingt ihre Stimme aus dem Wohnzimmer.

Mit rasendem Herzen gehe ich in Gedanken alles durch, was passiert ist, seit sie mich aus ihrem Haus geworfen hat. Dann sinkt mein Herz, als ich mich an meine Auseinandersetzung mit Dr. Saint erinnere. Wenn das eine Intervention ist, dann hätte sie Dad mitbringen sollen. Und Myra.

„Was ist los?", frage ich, als ich das Wohnzimmer betrete.

Meine Mutter setzt sich auf die Kante meines Sessels und balanciert eine diamantbesetzte Birkin-Tasche auf ihren Knien.

„Von all den abscheulichen Dingen, die ich von dir toleriert habe, überschreitet das hier die Grenze", sagt sie mit zitternder Stimme.

„Was habe ich jetzt wieder angestellt?", frage ich.

„Pornografie", zischt sie mit zusammengebissenen Zähnen.

Ich runzle die Stirn. Ich weiß, dass sie meine Telefonrechnung bezahlt, aber ich hätte nicht gedacht, dass sie meinen digitalen Fußabdruck im Auge behält. „Wenn es um diese Website geht, die ich besucht habe, dann war es nur ein Link, auf den ich geklickt habe ...“

„Spiel mir nicht die Unschuldige vor, Amethyst Crowley", faucht sie, wobei jedes Wort von Abscheu gezeichnet ist. „Ich habe das Töten toleriert, weil du gesagt hast, es sei Notwehr gewesen. Ich habe sogar toleriert, wie du mich in allen sozialen Medien gedemütigt hast. Aber das hier ...“

Sie senkt den Kopf, ihre Schultern zittern unter stummen Schluchzern.

In meinem Kopf beginnen die Alarmglocken zu schrillen. Das erinnert mich so sehr an mein erstes Semester beim Studium, als Mom und Dad in meinem Wohnheim auftauchten, um mich nach Hause zu bringen. Es gab kein Gespräch, keine Erklärung, nur das erdrückende Gewicht ihrer Enttäuschung.

„Was habe ich getan?", flüstere ich.

„Öffentliche Nacktheit?", fragt sie mit brüchiger Stimme. „Harter Sex auf dem Grab eines verurteilten Mörders? Wie konntest du nur?"

Instinktiv will ich alles abstreiten, aber die Erkenntnis dringt in meinen Verstand ein, bevor ich die Worte aussprechen kann.

Vor ein paar Nächten hat Xero mir die Kleider vom Leib gerissen und mich auf seinem Grab gevögelt. Aber ich habe keine einzige Seele gesehen, während wir Sex hatten.

„Wie?", flüstere ich. „Wer?"

Sie hebt den Kopf und wirft mir einen giftigen Blick zu. „Ich habe eine anonyme Nachricht per Post erhalten, in der stand, dass meine kostbare Tochter, für deren Schutz ich über eine Million Dollar ausgegeben habe, endlich einen Beruf gefunden hat."

Mein Atem beschleunigt sich und ich schüttle den Kopf.

„Ich wusste, dass das Schreiben von Fiktion dich ins Verderben stürzen würde, aber ich hätte nie gedacht, dass es so weit kommen würde, dass du dich in den sozialen Medien demütigst und Pornos drehst."

Ich bin empört und entgegne: „Hörst du wohl auf, so voreingenommen zu sein? Es ist nichts falsch an Inhalten für Erwachsene, solange sie einvernehmlich sind."

Sie zuckt zusammen und ihre Nasenflügel blähen sich. „Was willst du damit sagen?"

„Ich habe keinen Porno gedreht. Außerdem, woher weißt du, dass ich es war?"

„Glaubst du etwa, ich wäre nicht in der Lage, meine eigene Tochter zu erkennen, selbst wenn sie von einem maskierten Mann, der als Sensenmann verkleidet ist, *genommen* würde?"

„Mom." Ich schnippe mit den Fingern. „Konzentriere dich. Was wäre, wenn jemand so eine Szene mit künstlicher Intelligenz erschaffen würde?"

„Unsinn."

„Hast du nicht das Gleiche über das Foto gesagt, das ich dir von mir als Kind gezeigt habe? Du wärst überrascht, was man alles mit KI machen kann."

Als sie daraufhin nichts sagt, verengen sich meine Augen. Wenn sie nicht an KI glaubt, dann muss dieses Foto echt sein.

Ich gehe auf sie zu, wobei sich meine Hände zu Fäusten ballen. Meine Erinnerung an diese Nacht mag lückenhaft sein, aber ich lasse nicht zu, dass sie mit Anschuldigungen in mein Haus kommt und dann den Mund hält, wenn ich Antworten brauche.

„Zeig mir das Video", sage ich.

Sie reißt den Kopf hoch. „Warum?"

„Ich will sehen, ob es überhaupt echt ist."

Mit einem Seufzen kramt sie in ihrer Handtasche und holt ihr Handy heraus. Nachdem sie ein paar Symbole angetippt hat, startet sie ein Video. Es zeigt Xeros offizielle Beerdigung, die, wie ich feststelle, am Morgen nach der Buchmesse stattfand. Ich konnte nicht teilnehmen, da er mich im Haus eingesperrt hatte.

Hunderte Trauernde in Schwarz versammeln sich um das Grab, als der Sarg in die Erde gesenkt wird. Bei dem Gedanken daran, wer darin liegen könnte, läuft mir ein eisiger Schauer über den Rücken.

Mein Atem wird flacher, während im Zeitraffer das Grab dunkel wird und dann eine große Gestalt hinter der Statue des Sensenmannes hervortritt. Sein Gesicht liegt im Schatten, verdeckt von der Kapuze eines schwarzen Ledermantels, aber die blassen Augen, die im Mondlicht leuchten, sind unverkennbar.

Es ist Xero.

Oder zumindest seine Geisterversion.

Der Verrat trifft mich wie ein Schlag in die Magengrube, und ich versuche, mich nicht zu krümmen. Aus dem Augenwinkel heraus beobachtet mich meine Mutter mit der Aufmerksamkeit eines Raubtiers. Das ist die Frau, die mir nie direkt ins Gesicht schaut, weil etwas in meiner Seele zu abstoßend für sie ist.

Meine Augen brennen, als das Video eine Frau mit meinem Haar, meiner Statur und die Kleidung zeigt, die ich in der Nacht trug, als diese Männer in mein Haus eindrangen. Sie rennt um ihr Leben, flieht, verfolgt von der dunklen Gestalt, die ihr unbeirrt und selbstsicher folgt.

„Ich kann mir das nicht ansehen."

„Heißt das, dass du es bist?", fragt sie.

Ich schüttle den Kopf. „Das kann nicht sein."

In der nächsten Szene wird sie zu Boden gerissen. Das Handy rutscht mir aus den Fingern und landet auf dem Holzboden.

Meine Mutter stellt ihre Tasche ab, greift nach dem Handy und legt es neben sich, wo das Video weiterläuft. „Zuerst dachte ich, es wäre eine Vergewaltigungsszene", sagt sie mit heiserer Stimme. „Denn keine Frau, die bei Verstand ist, würde diesem Schweinkram zustimmen."

Ich atme schwer, meine Ohren klingeln, aber nicht laut genug, um die Klänge des Videos oder ihre boshaften Worte zu übertönen.

„Dr. Saint sagte, dass manche Frauen einfach Pech haben und in Missbrauchsmuster verfallen. Sie sagte, wenn es passiert, wenn sie jung genug sind, fühlen sie sich manchmal zu Raubtieren hingezogen."

Es fühlt sich an, als würde eine eiserne Faust mein Herz zerquetschen und schickt Schmerzen durch meine Brust. „Was zum Teufel willst du damit sagen?"

Sie schüttelt den Kopf. „Deine Vergangenheit ist in deiner DNA eingebrannt. Ich dachte, du würdest dagegen ankämpfen, aber nichts kann den Makel auslöschen."

Mein Puls schlägt härter, schneller, hektischer, während ich versuche, ihre kryptischen Worte zu verstehen. Es gibt so viel zu verarbeiten. „Gibst du mir die Schuld an dem, was mit Mr. Lawson vorgefallen ist? Oder ist davor etwas anderes passiert?"

„Du sehnst dich nach Erniedrigung, Schmerz und Demütigung."

„Wovon sprichst du?", schreie ich.

„Ich hätte auf meine Instinkte hören sollen."

„Mom!"

Sie springt auf und sieht mir endlich in die Augen. „Betrachte dich als enterbt. Keine Rettungsaktionen mehr. Keine Vertuschungen mehr. Keine finanzielle Unterstützung mehr, kein Vortäuschen mehr, dass du ein gebrochenes kleines Unschuldslamm bist. Ab heute habe ich keine Tochter mehr."

Mein Magen rutscht mir in die Hose. „Was zum Teufel soll das bedeuten?"

„Ich gebe auf. Ich bin fertig. Das Haus wird am Morgen zum Verkauf angeboten."

Panische Gedanken schießen mir durch den Kopf, während ich versuche, ihrem Wutanfall einen Sinn zu geben. Was sie sagt, geht über den Vorfall hinaus, als ich dreizehn war, und es hat wahrscheinlich mit etwas zu tun, das ich getan habe, bevor ich zehn war. Bevor ich ihre Worte überhaupt verarbeiten kann, ist meine Mutter bereits auf dem Weg zur Tür.

„Geh nicht, ohne mir Antworten zu geben." Ich greife nach ihrem Handgelenk, aber sie dreht meinen Arm und drückt mich gegen die Wand.

„Ich bin erleichtert, dass das passiert ist, denn jetzt habe ich endlich den Beweis, dass ich aufhören muss, dich wie ein Opfer zu behandeln", faucht sie. „Das ist das letzte Mal, dass du mich siehst, Mädchen. Komm zu mir nach Hause, und ich werde nicht nur die Polizei rufen. Ich werde dich einweisen lassen."

„Lass mich los." Ich winde mich in ihrem Griff, aber sie stößt mich zurück.

„Das reicht", dröhnt Xeros Stimme von der Treppe.

Mutter schreckt zurück. „Du!"

Ich erstarre. Was wird Xero ihr antun, wenn sie die Polizei ruft?

EINUNDACHTZIG

XERO

Amethysts Mutter hat mehr rote Flaggen als eine kommunistische Kundgebung, und das nicht nur wegen des ganzen Geschreis. Nachdem ich mitbekommen hatte, wie sie den Angriff des Trolls abgetan hatte, erwartete ich, eine Menge Dreck an der Frau zu finden, aber sie hatte nicht einmal einen Strafzettel wegen zu schnellen Fahrens. Das allein war schon verdächtig.

Nicht nur, dass jemand Mächtiges den Mord an ihrem Musiklehrer vertuscht hat, sondern im Bericht des Gerichtsmediziners wurde auch behauptet, es handele sich um Selbstmord. In der *New Alderney Times* war kein Skandal, um Cuthbert Lawson und ein junges Mädchen zu finden, nur Lawsons dürftiger Nachruf.

Wir überprüften den Hintergrund von Melonie Crowley, deren Aufzeichnungen sie erst als dreidimensionale Person darstellen, als sie nach New Alderney zog, um eine Persönlichkeit des öffentlichen Lebens zu werden. Dies ist typisch für Menschen, die sich im Zeugenschutzprogramm befinden oder sich einen neuen Ausweis gekauft haben, aber es gibt keine weiteren Hinweise auf ihre wahre Identität.

Ich springe aus dem Bett, als Amethyst sie ins Haus lässt, ziehe mir einen Kapuzenpullover und eine Jogginghose an. Auch wenn die Urkunde für das Haus auf Melonies Namen lautet, fühlt es sich immer noch so an, als würde sie in mein Revier eindringen.

Mrs. Crowleys Stimme dringt nach oben, mit ihren Beschwerden über Amethysts Präsenz in den sozialen Medien. Als sie von Sex in der Öffentlichkeit spricht, setze ich meine Maske auf und verlasse das Schlafzimmer.

Wer hat Amethyst und mich gefilmt und wo haben sie sich versteckt? Die einzige Person, die ich auf dem Friedhof gesehen habe, war Jynxson. Er war fast von Anfang an bei mir und würde mir nie in den Rücken fallen.

Nach den gehässigen Worten der Mutter verlasse ich das Schlafzimmer und gehe die Treppe hinunter. Melonie Crowley hält Amethyst am Arm gepackt und drückt sie gegen die Wand.

Was für eine Mutter behandelt so ihre eigene Tochter?

„Das reicht!", rufe ich und stürme die letzten paar Stufen hinunter, bereit, die ältere Frau zu erwürgen.

Melonie weicht zurück und lässt Amethyst zurück, die an der Wand zusammensackt. Sie dreht sich zur Eingangstür und versucht zu entkommen, aber ihr Fingerabdruck wird das Sicherheitsschloss nicht öffnen.

Ich nehme Amethyst in meine Arme. „Geht es dir gut?"

„Ja", antwortet sie, immer noch mit zitternder Stimme. Tränen schimmern in ihren Augen und ihre blasse Haut ist gerötet. Ich habe sie noch nie so elend aussehen sehen.

„Geh in die Küche, ich muss mit deiner Mutter reden." Ihre Augen weiten sich. „Was hast du vor?"

„Mach dir keine Sorgen um sie."

„Xero", flüstert sie.

„Geh!"

Als sie sich nicht rührt, führe ich sie den Flur entlang in Richtung Küche. Ihr Blick huscht zum Schrank unter der Treppe und sie erschaudert.

„Ich werde ihr nichts tun", flüstere ich, „aber niemand wird mein Mädchen respektlos behandeln."

Sie atmet schwer und senkt den Kopf. „Das hoffe ich."

Ich drücke ihr einen Kuss auf die Schläfe und führe sie zu einem Stuhl am Esstisch. „Nur ein paar Fragen. Mehr nicht."

Nachdem ich Amethyst am Tisch zurückgelassen habe,

wende ich mich Melonie Crowley zu, die immer noch versucht, die Tür zu öffnen. Sie hat ihr Handy ans Ohr gepresst und gibt Amethysts Adresse durch.

„Was tun Sie da, Mrs. Crowley?", frage ich.

Sie wirbelt herum und ihre Augen werden hart. „Ich weiß, wer du bist."

Ich gehe langsam weiter auf sie zu. „Nur zu."

„Du bist der Mann aus dem Video, der meine Tochter angegriffen hat."

„Angegriffen?" Ich ziehe eine Augenbraue hoch, auch wenn sie es wegen der Maske nicht sehen kann. „Vor einem Moment haben Sie Amethyst beschuldigt, sich nach Demütigung, Erniedrigung und Schmerz zu sehnen. Jetzt nennen Sie mich einen Vergewaltiger. Entscheiden Sie sich."

Ihre Nasenflügel blähen sich. „Du machst mir keine Angst."

„Dann sind Sie sehr dumm."

„Ich habe bereits die Polizei gerufen."

Blitzschnell packe ich sie an der Kehle. „Dann sollte ich das, was ich jetzt tun werde, besser schnell tun."

„Lass mich los, du Perversling ..." Ich unterbreche sie, indem ich sie gegen die Wand stoße.

Sie zuckt zusammen und schreit auf, schafft es aber trotzdem, mir einen Schlag in die Seite zu versetzen. Der Schlag hat kaum Wirkung, aber ich bin beeindruckt von ihrem Versuch, sich zu wehren. Sie bringt ihr Knie zwischen meine Beine, aber ich bewege mich aus der Reichweite.

„Sagen Sie mir, warum Sie zulassen, dass Ihre Tochter übermedikamentiert wird."

Ihre Augen weiten sich. „Wovon sprichst du?"

Ich hebe sie hoch, sodass sie nach Luft schnappt. „Warum erinnert sich Amethyst an nichts, was vor ihrem zehnten Lebensjahr passiert ist?"

Sie schüttelt den Kopf.

„Erzählen Sie mir nichts von diesem Autounfall-Blödsinn."

„Wer bist du?", krächzt sie.

„Ich bin derjenige, der die Fragen stellt."

Melonie zappelt, ihre Fingernägel graben sich in meine Haut und versuchen, meine Finger von ihrem Hals zu lösen. Ihre

Augen treten hervor und ihr Gesicht färbt sich langsam violett. In Amethysts Vergangenheit steckt mehr als nur ein einfacher Autounfall, und angesichts der Sturheit ihrer Mutter muss das, was sie verbirgt, ziemlich bedeutsam sein.

Amethyst kommt eilig auf uns zu und sie ergreift meinen Arm. „Hör auf. Du bringst sie um.“

„Halt dich da raus.“

„Du kannst nicht einfach Leute verletzen, nur zum Spaß“, schreit sie.

„Soll ich dir zeigen, wie ich es kann.“

Ein stechender Schmerz durchfährt meinen Arm. Mein Blick wandert zur Quelle und ich sehe, dass Amethyst ein Messer in der Hand hält.

Ich lasse den Hals ihrer Mutter los, sodass sie zu Boden fällt, und drehe mich zu meinem ungezogenen kleinen Geist um. „Warum verteidigst du deinen langjährigen Peiniger?“

Amethyst weicht zurück und benutzt ihr kleines Küchenmesser als Schutzschild. „Geh weg von ihr.“

Ich grinse sie an. „Mädchen, die ihre Meister angreifen, werden bestraft.“

„Versuch es und ich steche dir die Augen aus.“

Wärme erfüllt meine Brust und ich unterdrücke den Drang zu lachen. Ich kann mich nicht über die Versuche meines hübschen kleinen Geistes lustig machen, wild zu sein. Es ist diese Art von Feuer, das sie zum Überleben braucht.

„Du Bastard“, kreischt eine Stimme von hinten.

Ein Gewicht landet auf meinem Rücken. Es ist Melonie, die mich wie ein verrückter Koala erklimmt und versucht, mich zu packen. Ich widerstehe dem Drang, sie über meine Schulter zu werfen und zu Boden zu stoßen, und stoße uns beide rückwärts gegen die Wand.

„Hör auf!“, schreit Amethyst und stürmt mit dem Messer auf mich zu.

„Das ist nicht sehr nett, kleiner Geist.“ Ich greife nach ihrem Handgelenk und drücke zu, sodass sie ihre Waffe fallen lässt. „Aber es ist ein Anfang. Du musst diesen Killerinstinkt immer aktivieren. Nicht nur, wenn jemandes Leben in Gefahr ist.“

Ihr Blick huscht nach links, gerade als ihre Mutter im Wohnzimmer verschwindet. Ich unterdrücke den Impuls, die Augen über Melonies erbärmlichen Versuch zu verdrehen, eine Waffe zu ergattern.

Sie wird wahrscheinlich gleich mit einer Schnapsflasche zurückkommen, um sie mir über den Kopf zu ziehen. Ich werde sie entwaffnen und das Verhör fortsetzen, aber ich bin mehr daran interessiert, die Gewalttätigkeit ihrer Tochter weiter zu entfachen.

„Ich weiß, dass du zu weitaus Schlimmerem fähig bist", sagt sie mit keuchendem Atem. „Meine Mutter mag ihre Probleme haben, aber sie verdient deinen Sadismus nicht."

Ein Windstoß weht von hinten und lenkt meine Aufmerksamkeit von Amethyst ab. Als ich mich wieder dem Wohnzimmer zuwende, schreit sie: „Mom, lauf!"

Scheiße.

Ich renne los und stürme durch die Tür, um Melonie zu finden, die durch das Wohnzimmerfenster flüchtet. Als ich das Fenster erreiche, ist sie bereits auf der Straße. Ich wirble herum und renne zurück in den Flur. Amethyst rennt bereits in ihrem Bademantel durch die Eingangstür, folgt ihrer flüchtenden Mutter und hält sie davon ab, in ihr Fahrzeug zu steigen. Mrs. Crowley stößt ihren Arm weg und schlägt Amethyst ins Gesicht. Die beiden kreischen sich wie wilde Vögel an und erfüllen die Straße mit dem Klang ihres Streits.

Nachbarn von der anderen Straßenseite stehen in ihren Hauseingängen und beobachten den Streit zwischen Mutter und Tochter. Ich bleibe an der Tür stehen und überlege, ob ich hinausstürmen und meinen kleinen Geist zurückholen soll.

Blut tropft von meinem Arm auf den Boden und ich verziehe das Gesicht. Ein Nachteil davon, dass ich mich letztes Mal verhaften ließ, war, dass meine DNA im System gespeichert wurde. Tyler hat es bereits aus der zentralen Datenbank des FBI gelöscht, aber es gibt keine Garantie dafür, dass andere Parteien keine Kopien oder Backups erstellt haben.

Also bleibe ich, wo ich bin, und fordere meinen kleinen Geist lautlos auf, zurückzukommen.

Als würde sie meine böswillige Absicht spüren, dreht sie sich wieder zur Tür und verzieht das Gesicht.

„Amethyst?" Schwere Schritte nähern sich vom Nachbarhaus, in dem der Priester wohnt. „Ist alles in Ordnung?"

„Sag es ihm", zischt Melonie. „Bekenne deine Sünden."

Amethyst dreht sich zum Priester um und reibt sich am Hinterkopf. „Es ist nichts. Nur ein Familienstreit."

Seine Stirn runzelt sich und er blickt von der Mutter zur Tochter. „Sind Sie sicher? Wenn ich irgendetwas tun kann, um zu helfen ..."

„Jemand muss dieses Mädchen zur Vernunft bringen", schnauzt Melonie. „Bevor es zu spät ist und sie sich umbringt."

Der Priester steht verwirrt da und sieht aus, als wolle er Amethyst in den Arm nehmen. Wir haben Reverend Thomas Dinsdale untersucht, als er auf dem Radar erschien, und er ist sauber.

Sein Hintergrund ist unauffällig, von seiner Familie mit zwei Elternteilen in einem Mittelklasseviertel bis hin zum Sportstipendium, mit dem er Theologie an der New Alderney University studierte.

Nachdem er einen Master-Abschluss in Theologie erworben hatte, wurde er von der Kirche schnell zum Priesteramt befördert, wo er als stellvertretender Pastor in der *St. Clement's*-Kirche tätig war, bevor er in die *St. Anne's*-Kirche auf dem Friedhof berufen wurde. Seine Konfession erlaubt es zu heiraten, aber es gibt keine Anzeichen für eine Freundin. Und er scheint sich nicht für Männer zu interessieren.

„Lassen Sie uns drinnen darüber sprechen." Reverend Thomas führt sie zu Mrs. Bakers Haus.

Ich knirsche mit den Zähnen und widerstehe dem Drang, hinauszustürmen und mir meinen kleinen Geist zu schnappen. Beim ersten Anblick eines Mannes in Schwarz, der sein Gesicht hinter einer Maske verbirgt, wird eines der Arschlöcher die Polizei rufen. Vor allem, wenn Melonie schreit, dass ich ihre Tochter angegriffen habe.

Amethyst geht rückwärts auf das Haus zu. „Nein, danke", sagt sie zum Priester. „Wir brauchen keine Hilfe."

„Sind Sie sicher?", fragt der Reverend und lässt seinen Blick am Ausschnitt ihres Bademantels verweilen.

Ich trete vor und möchte den erbärmlichen Opportunisten am liebsten eigenhändig erwürgen. Amethyst gehört mir.

Melonie geht zu ihrem türkisfarbenen Aston Martin. „Achtundvierzig Stunden. So lange hast du Zeit, mein Haus zu räumen, bevor ich es zur Versteigerung anbiete."

„Das kannst du nicht machen, Mom."

„Ich hätte dich schon vor langer Zeit in eine Anstalt einweisen sollen." Amethyst stürmt auf ihre Mutter zu, das Messer immer noch in der Hand.

„Geh weg von mir, du Psychopathin." Melonie springt in ihr Auto.

Auf der Straße hört man erstaunte Ausrufe, und das Adrenalin schießt durch meinen Körper. Ich ignoriere alle Vorsicht und stürme durch die Tür nach draußen, packe Amethyst an der Taille und hebe sie hoch.

„Lass mich los, du Arschloch!", kreischt sie.

Bevor Reverend Thomas oder einer der anderen Wichtigtuer vom Parisii Drive eingreifen können, habe ich sie bereits in den Flur getragen und die Tür zugeschlagen.

Amethyst schlägt nach meinem Gesicht, als ich sie absetze, aber ich packe ihr Handgelenk, bevor sie mich mit dem Messer erwischen kann.

„Du hast uns gefilmt!", schreit sie. „Und dann hast du das Filmmaterial online gestellt."

„Das habe ich nicht."

„Hör auf zu lügen." Sie holt aus, um mir ins Gesicht zu schlagen, aber ich ergreife mühelos ihr Handgelenk.

Wut verzerrt ihre hübschen Gesichtszüge, und sie zappelt in meinem Griff, um ihre Arme zu befreien. Als das nicht funktioniert, rammt sie ihren Kopf in meinen Oberkörper.

„Ich hasse dich", schreit sie. „Du ruinierst mein Leben."

„Lass alles raus, kleiner Geist", sage ich.

Sie stampft mir ohne Kraft auf den Fuß. „Wie konntest du mir das antun? Zuerst schleichst du um mein Haus herum und gibst vor, ein Geist zu sein, dann legst du Körperteile unter mein Kopfkissen, dann löschst du mein Manuskript und jetzt drehst du Rachepornos?"

Ihre einzige Rettung ist, dass sie nicht alle Männer erwähnt hat, die ich in ihrem Namen getötet habe.

„Das war ich nicht", sage ich.

„Wer sonst würde sich als Sensenmann verkleiden und mein Leben ruinieren wollen?"

„Sieh mich an."

„Nein!"

Ich halte ihre beiden Handgelenke mit einer Hand fest und hebe ihr Kinn an. Sie starrt mich wütend an, und ich sehe, Tränen der Wut in ihren Augen schimmern.

„Hasse mich, wenn du willst, kleiner Geist. Das ändert nichts an der Tatsache, dass du mir gehörst, und ich kümmere mich um das, was mir gehört. Jemand anderes hat das Filmmaterial gedreht, und das war nicht ich. Bevor du fragst, meine Leute würden nichts tun, was sie das Leben kosten würde."

„Wer dann ..."

„Denk nach, Amethyst", knurre ich. „Wer war dafür verantwortlich, dass du zu spät zu unserer Hochzeit kamst?"

Ihre Miene verfinstert sich und sie starrt mich mit großen Augen an. „Die Person, die das Foto geschickt hat?"

Ich nicke.

Ihr Blick huscht zur Tür. „Du denkst doch nicht etwa ..."

„Dass deine Mutter es geschickt haben könnte?", frage ich. „Sag du es mir. Ist sie zu so etwas Boshaftem fähig?"

Amethyst senkt den Kopf. „Nein ... Vielleicht ... Ich weiß es nicht."

„Ich auch nicht. Aber eines ist sicher. Sie hat die Entscheidung, das Haus zu verkaufen, nicht spontan getroffen."

Die Immobilienpreise in diesem Vorort sind jetzt auf einem Allzeithoch.

Mrs. Crowley könnte eine Menge Eigenkapital freisetzen, wenn sie Nummer 13 verkaufen würde. Das ist ein beschissenes Motiv, aber Menschen haben schon viel Schlimmeres für weit weniger getan.

Ich habe jetzt eine überzeugende neue Spur. Wenn ich Melonie Crowley das nächste Mal verhöre, werde ich dafür sorgen, dass Amethyst nicht im Weg steht.

ZWEIUNDACHTZIG

AMETHYST

Alle Anzeichen deuten darauf hin, dass das Nacktfoto von mir als Kind von meiner Mutter stammt. Oder von Onkel Clive. Sie hatte schon vor Jahren genug von mir, noch bevor ich Mr. Lawson tötete. Warum sollte sie mich sonst auf ein Internat schicken, das weniger als eine halbe Stunde Autofahrt von zu Hause entfernt ist?

Ich lehne mich an die Wand und mein Blick schweift zu dem Schnitt, den ich an Xeros Arm hinterlassen habe. „Entschuldigung", murmele ich. „Ich dachte, sie würde, wie die Männer unten enden."

Er zieht mich in eine leichte Umarmung. „Ich bin stolz auf dich, kleiner Geist. Es ist das erste Mal, dass du Rückgrat zeigst, ohne dass es um dein Leben geht."

„Was machen wir mit meiner Mutter?"

Er blickt auf die geschlossene Tür. „Wir statten ihr einen Besuch zu unseren Bedingungen ab und holen uns ein paar Antworten über deine Vergangenheit."

„Wie vermeiden wir die Polizei?"

„Sie soll nur versuchen, sie anzurufen. Wenn wir sie nach Einbruch der Dunkelheit besuchen, werde ich dafür sorgen, dass die Telefonleitungen gekappt werden."

Der Knoten in meinem Magen, der sich gebildet hat, als sie

diese schmutzigen Anschuldigungen ausstieß, dreht sich vor Schuldgefühlen. Einen Mann wie Xero auf Mom anzusetzen, ist, als würde man ihr Todesurteil unterschreiben oder dafür sorgen, dass sie verstümmelt wird. Selbst wenn sie versucht, mich aus meinem eigenen Zuhause zu vertreiben, hat sie sich mein ganzes Leben lang um mich gekümmert.

„Tu ihr nicht weh."

„Ich verspreche es." Er drückt seine Lippen auf meine Schläfe und führt mich zurück zur Treppe. Ich fange an zu glauben, dass seine Definition von ‚verletzen' und meine nicht dieselbe ist. Wie könnte man sonst erklären, dass er sie beinahe erwürgt hätte? „Aber in der Zwischenzeit ziehen wir uns an und ziehen um."

„Warum?"

„Ich möchte nicht, dass deine Mutter oder die Behörden dein Training unterbrechen, und wir müssen tiefer in ihre Vergangenheit eintauchen. Aufgrund der fehlenden Informationen, die ich über deine Familie gefunden habe, könnte sie in Verbindung stehen."

„Mit wem?"

„Das möchte ich herausfinden", murmelt er.

Während wir duschen, klingelt es an der Tür und mehrere Stimmen rufen durch den Briefkasten, dass wir die Tür öffnen sollen. Xero hat bereits alle Räume im Erdgeschoss mit Schlössern versehen, sodass uns niemand von dort erreichen kann, selbst wenn jemand versuchen sollte, durch die Fenster einzubrechen.

Einige Minuten später haben wir uns beide umgezogen und gehen mit gepackten Taschen die Treppe hinunter. Xero trägt vorsichtshalber seine schwarze Maske, auch wenn in diesem Moment niemand zu sehen ist.

Wir gehen weiter zum Schrank unter der Treppe, aber diesmal in den Raum unter der Küche, wo es Xero möglich ist, aufgrund des Gefälles des Bodens, aufrecht zu stehen.

Dieser Teil des Kriechkellers erstreckt sich über die gesamte Breite des Hauses und wird von großen Backsteinpfeilern gestützt, aber es gibt einen Bereich in Richtung Garten, der abgetrennt ist, um einen Abstellraum zu schaffen.

„Was ist da drüben?", frage ich.

„Mein Arbeitszimmer."

„Was ist da drin?"

„Computer", murmelt er.

Ich gehe darauf zu, aber von der anderen Seite der Wand dringt ein leises Stöhnen herüber. Ein Schauer läuft mir über den Rücken, und ich wende mich der Quelle des Geräusches zu. „Sag mir nicht, dass diese Männer noch am Leben sind?"

„Die beiden Überlebenden sind eine wahre Fundgrube an Informationen, aber keiner von ihnen ist bereit zu erklären, warum ihre Firma so sehr darauf erpicht war, dich in ihrem Film haben zu wollen."

„Was haben sie bisher gesagt?"

Er legt einen Arm um meine Schulter. „Hauptsächlich Blödsinn über deine Präsenz in den sozialen Medien. Keiner von ihnen wird zugeben, das Polaroid oder den Drohbrief geschickt zu haben."

Schaudernd lasse ich mich von Xero durch eine Tür führen, die zu Mrs. Bakers Kriechkeller führt. Ihr Kriechkeller ist wie ein Kellerabstellraum eingerichtet, jede Wand ist mit hohen Regalen bedeckt, die mit Plexiglasboxen gefüllt sind, in denen sich Wasserflaschen, Lebensmittel und Konserven befinden.

Ich blicke zur Decke und entdecke ein Netzwerk aus Kabeln und Rohren, die von Schutzabdeckungen umgeben sind.

„War es dir so möglich, bei der Séance dabei zu sein?", frage ich.

Xero lacht leise. „Was meinst du?"

„Hast du die Verbindung zwischen den Kellern genutzt, um dich in Relaneys Haus zu schleichen und dich als rachsüchtiger Geist auszugeben?"

„Ja."

Ich treffe seinen Blick, aber er hebt nur die Augenbrauen und scheint zu warten, dass ich ihn herausfordere. Ich lasse die Schultern sinken. Ich bin obdachlos, geil und werde von Psychopathen gejagt. Das Letzte, was ich tun will, ist, ihn wegen ein paar Klopfer zu verärgern.

„Habe ich dir jemals erzählt, dass die Nummer 11 Parisii Drive eines unserer ersten sicheren Häuser war?"

„Ähm …", setze ich an und runzle die Stirn. Seit der Nacht, in der diese Männer mich angriffen, ist so viel passiert, dass ich immer noch von allen möglichen abscheulichen Entdeckungen erschüttert bin. „Vielleicht?"

Er geht weiter zu einer Reihe von Regalen, die mit Küchengeräten gefüllt sind, und greift hinter einen großen Toaster, wo ich nur vermuten kann, dass sich ein versteckter Hebel befindet. Tatsächlich schwingt das Regal nach innen und mir schlägt ein kalter, muffiger Luftstoß entgegen.

Ich starre in einen dunklen Gang, der Gott weiß, wohin führt.

„Dieser Gang verläuft unter Mrs. Bakers Hinterhof und erstreckt sich bis zum Eingang der Katakomben", sagt er.

„Okay?", antworte ich und stelle mir Tunnel vor, die mit Schädelknochen ausgekleidet sind.

Kayla hat Bilder der Katakomben in Paris aus dem Internet geholt, die als Hintergrund dienen, während ich Xeros Antworten auf die Fragen der Fans vorlese. Sie sind verdammt gruselig und der Gedanke, dem Tod so nahe zu sein, lässt sämtliche Härchen in meinem Nacken zu Berge stehen.

„Verlaufen unter dem Friedhof wirklich Katakomben?", frage ich.

„Komm. Ich werde es dir zeigen."

Er führt mich durch einen Tunnel, den er und seine Kollegen von der Firma vor fast einem Jahrzehnt gebaut haben, nachdem sie das sichere Haus gekauft hatten. Bewegungsmelder sorgen dafür, dass der Weg beleuchtet wird, während er erklärt, wie sie den Raum heimlich ausgehoben und die Wände mit Beton und Stahlrippen gesichert haben.

Ich versuche mir vorzustellen, wie Xero sich als junger Mann mit seinen Kameraden einen Weg durch die Erde bahnt, aber alles, was mir einfällt, sind Szenen aus *Gesprengte Ketten*.

„Wie viele Gänge habt ihr gegraben?", frage ich.

„Wir haben drei, die von sicheren Häusern zum Friedhof führen. Mehrere andere erstrecken sich über die ganze Stadt."

„Die habt ihr auch gegraben?"

Er schüttelt den Kopf. „Die Katakomben erstrecken sich über mehrere Meilen und sind mit Abwasserkanälen, U-Bahnen, Versorgungsgängen, Kellern und Tiefgaragen verbunden."

„Willst du damit sagen, dass man von einem Ende der Stadt zum anderen gelangen kann, ohne auch nur einen Schritt oberhalb der Erde machen zu müssen?“

„Mehr oder weniger“, antwortet er mit einem dunklen Lachen.

Je tiefer wir vordringen, desto weiter entfernen wir uns von Mrs. Bakers Kriechgang, und desto niedriger wird die Temperatur. Ich halte mich aus Sicherheitsgründen näher an seine Seite und unterdrücke ein Zittern. „Du hast deine Lebensgeschichte nie zu Ende erzählt.“

Er brummt. „Sie ist noch nicht zu Ende. Wir suchen immer noch nach meinem Vater und nach der Einrichtung, in der er die Attentäterkinder festhält.“

„Glaubst du, dass es sie immer noch gibt?“

„Der letzte Junge, den ich beim Abschlusslauf abgeworben habe, sagte, er käme aus der Einrichtung. Das war letztes Jahr. Er erzählte mir, er sei im Alter von acht Jahren rekrutiert worden ...“

„Acht?“, sage ich mit einem Keuchen, wobei meine Stimme von den Wänden widerhallt.

„Verstehst du jetzt, warum wir ihn aufhalten müssen?“, knurrt er. „Der Junge hat außerdem gesagt, dass keiner seiner jüngeren Klassenkameraden der Akademie beigetreten ist, was alles Mögliche bedeuten könnte, da mein Vater aus der Firma verdrängt wurde.“

„Und du glaubst, dass er noch am Leben ist?“

„Ich habe keinen Zweifel. Der Mann ist ein Opportunist und eine Kakerlake, die wahrscheinlich eine andere Verwendung für die Kinder gefunden hat, die zu alt sind, um als Attentäter zu agieren.“

Ich senke den Kopf und mein Atem wird flacher. „Wenn du eine so wichtige Mission hast, warum verschwendest du dann all diese Zeit mit mir?“

Er hält inne und schaut mir direkt in die Augen, wobei sein Blick mich mit einer Intensität durchbohrt, die mein Herz zum Rasen bringt. Ich schlucke schwer und erwarte, dass er eine Rede über Geisterbilder und Rache beginnt, aber er legt seine Hand auf meine Wange.

„Ich war sieben Monate lang inhaftiert. Länger, wenn man

die Dauer meines Prozesses mitzählt. Du kannst dir den Todestrakt nicht vorstellen. Ich war umgeben vom Abschaum der Gesellschaft, und ich spreche nicht von den Insassen. Sie waren das Reinste in meiner Welt."

„Obwohl ich jemanden ermordet habe?"

„Es war ein gerechter Mord." Er beugt sich zu mir, sodass sich ihre Lippen leicht berühren. „Du hast unzählige kleine Mädchen vor Missbrauch bewahrt, was dich zu einer Heldin macht."

Die Luft knistert und mein Herz schlägt so heftig, dass seine Vibrationen die äußeren Schichten meiner Haut erreichen. Niemand hat mich je als etwas Besonderes angesehen. Ich hatte diesen Moment auf der Buchmesse, aber all diese Leute sahen in mir nur meine Verbindung zu Xero.

Meine Lippen kribbeln in Erwartung eines Kusses. Ich beuge mich vor und schließe die Augen, aber Xero weicht zurück.

„Komm, kleiner Geist. Geben wir den Bösen keine Ruhe."

„Aber ich dachte, du hättest gesagt ..."

„Drei Dinge können gleichzeitig richtig sein. Erstens: Du bist ein hinterhältiger, kleiner Geist. Zweitens: Ich weiß, dass du mich nur für deinen Schutz und Online-Ruhm benutzt hast. Und drittens: Ich liebe dich, ohne Vorbehalt, Zurückhaltung oder Grund, aber das bedeutet nicht, dass ich deinen Geist nicht brechen werde."

Ich starre ihn mit offenstehendem Mund an und mein Magen verkrampft sich. Seine Worte fühlen sich an, als würde er mir ein Messer in die Magengrube rammen. Wie kann er mich lieben und gleichzeitig vernichten wollen?

Meine Wangen werden heiß bei der Anschuldigung, ich hätte ihn nur benutzt. Eine Zeit lang dachte ich, er sei mein Seelenverwandter. Ein Teil von mir glaubt das immer noch. Die Scham wird durch seine Liebeserklärung gemildert, aber die Art, wie er sie ausspuckt, fühlt sich wie ein grausamer Witz an. Seine Liebe ist ein zweischneidiges Schwert, das sowohl Ekstase als auch Qual verspricht.

„Nun, ich hasse dich", platzt es aus mir heraus, und ich zucke zusammen, weil es so ungeschickt klingt.

Der Blick in seinen hellen Augen wird weicher und seine Lippen verziehen sich zu einem leichten Grinsen. „Wir werden später noch genug Zeit haben, uns gegenseitig zu hassen." Er schreitet voran und lässt mich zurück. Ich drehe mich um und starre in die Dunkelheit, während ich mich frage, ob ich es zurück in den Keller von Mrs. Baker schaffe. Es würde ihm wahrscheinlich Spaß machen, mich durch einen gruseligen Tunnel zu jagen und mich dann gegen die kalte Betonwand zu ficken. Ich balle meine Hände zu Fäusten und Wut brodelt in mir auf, die den Schmerz vertreibt. Er tut so, als würde er sich sorgen, aber seine Worte sagen etwas anderes. Ist das für ihn ein verdrehtes Spiel? Spielt er mit meinem Herzen, indem er mich bei jedem Schritt zweifeln lässt? Seine sanften Augen und sein kleines Grinsen fühlen sich wie eine Lüge an, eine Fassade, um mich gefangen zu halten.

Mit hängenden Schultern starre ich auf seine sich entfernende Gestalt und wünsche mir alles Mögliche an hasserfülltem Scheiß für ihn. Wenn ich gewusst hätte, dass er so ein unversöhnliches Arsch ist, hätte ich vielleicht niemals diesen ersten Brief verfasst.

Während ich ihm nachschaue, wie er im Schatten verschwindet, muss ich an all die Male denken, als ich seinen süßen Worten geglaubt habe, nur um dann mit der kalten Realität konfrontiert zu werden. Vielleicht bin ich die Dumme, weil ich auf sein Theater hereingefallen bin, weil ich gehofft habe, dass es immer noch einen Teil in ihm gibt, der mich liebt.

Aber wenn er denkt, dass ich mich einfach füge und ihn gewinnen lasse, dann irrt er sich gewaltig. Ich straffe meine Schultern und meine Entschlossenheit wächst. Er mag die Macht über meinen Körper haben, aber mein Geist gehört immer noch mir.

„Komm, kleiner Geist." Seine Stimme hallt durch die Dunkelheit. Das Licht geht aus und hüllt mich in pechschwarze Dunkelheit. Geisterhafte Finger streichen über meine Haut und aktivieren meinen Kampf-oder-Flucht-Modus, sodass ich ihm eilig folge, wobei meine Bewegungen das Licht wieder aktivieren. „Hey!"

Vor mir neigt er den Kopf, dreht sich aber nicht zu mir um. „Hast du jemals meinen Onkel Clive näher unter die Lupe genommen?", frage ich.

„Den Hausgast deiner Mutter?“

Ich nicke. „Der jüngere Bruder meines Vaters.“

„Standet ihr euch nahe?“

„Nein.“ Ich schüttle den Kopf. „Er ist gerade aus dem Gefängnis entlassen worden.“

Xero bleibt stehen, seine breiten Schultern versteifen sich mit dem gleichen Maß an Misstrauen, das ich zum Ausdruck brachte, als Mom mir erzählte, dass Onkel Clive im Gefängnis gesessen hatte.

Er dreht sich um und wartet, bis ich ihn erreicht habe, bevor er fragt: „Weshalb?“

„Das ist es ja“, murmele ich. „Sie will es nicht sagen, aber es war schlimm genug, damit ihn Selbstjustizler angreifen.“

„Wann wurde er entlassen?“, fragt er und geht weiter.

Ich seufze. „Keine Ahnung, aber es muss erst kürzlich gewesen sein.“

„Überlass das mir. Wie heißt dein Vater?“

„Lyle. Lyle Crowley.“

„Irgendeine Adresse?“, fragt Xero.

„Er lebt mit meiner Mutter zusammen.“

Er hält wieder inne, diesmal, um beide Hände auf meine Schultern zu legen. Die Wärme seiner Handflächen dringt durch meine Kleidung, steht aber im Kontrast zu dem kalten Blick in seinen Augen.

„Wann hast du deinen Vater das letzte Mal gesehen, Amethyst?“, fragt er.

Die Tatsache, dass er mich mit meinem Namen anspricht, lässt mich die Stirn runzeln. „Ich weiß es nicht. Warum fragst du?“

„Das ist wichtig. Hast du ihn gesehen, als du das letzte Mal in Alderney Hill warst?“

„Ja, er war die meiste Zeit bei der Arbeit, aber eines Abends kam er in mein Zimmer und rief mich zum Abendessen herunter“, antworte ich. „Warum fragst du?“

„Denk zurück“, sagt er mit mehr Nachdruck, seine Finger umklammern meine Schultern.

Ich winde mich in seinem Griff und versuche, seine Finger zu lösen, aber er hat zu viel Kraft. Als seine Augen sich verhärten und sich tiefer in meine bohren, stockt mir der Atem.

Er sieht mich an, als wäre ich diejenige, die den Verstand verloren hat. Ich erwarte jeden Moment, dass er Myra spielt und fragt, wann ich meine Medikamente zuletzt genommen habe.

„Was ist los?", frage ich.

„Erzähl mir, woran du dich in Bezug auf deinen Vater erinnerst."

Der eindringliche Tonfall lässt mich erschauern. „Er leitet eine internationale Adoptionsagentur."

„Wie heißt sie?"

„Happy Hearts."

„Hat ihn in letzter Zeit jemand anderes gesehen?"

Ein eisiger Schauer fährt mir über den Rücken. „Glaubst du, ich würde ihn mir nur einbilden?"

„Wir haben die Grundbucheintragungen für das Haus in Alderney Hill sowie alle dort geparkten Fahrzeuge überprüft. Alles ist auf Melonie Crowley eingetragen. Es gibt keine Aufzeichnungen über Lyle."

Ich bin verwirrt und kann seine Behauptungen nur schwer akzeptieren. Ich möchte sie leugnen, sie verdrängen. Mom oder Dr. Saint hätten etwas erwähnt, wenn ich einen ganzen Vater halluziniert hätte.

„Aber er existiert. Vielleicht ist er nicht steuerlich gemeldet."

„Oder er ist wie mein Vater, der zu tief in kriminelle Aktivitäten verstrickt ist, um Spuren hinterlassen zu wollen."

Ich schlucke schwer, mein Atem wird flach und Tränen sammeln sich in meinen Augen. „Meine Erinnerungen sind so durcheinander, und ich habe erst vor kurzem aufgehört, meine Medikamente zu nehmen. Kannst du mir nur ... eine Minute geben? Bitte?"

Er nickt, und ich kann es nicht ertragen, das Mitleid in seinen Augen zu sehen. Dad ist keine Erfindung meiner Fantasie. Ich erinnere mich, dass ich ihn gesehen habe, als ich mich von dem Unfall erholte. Er besuchte mich an meinem Bett und streichelte mein Haar.

Als ich nach Mr. Lawsons Tod nach Hause musste, sperrte Mom mich in mein Zimmer ein. Manchmal kam Dad herein, während sie mit ihrem Personal Trainer unterwegs war, und wollte wissen, warum ich mit einem Lehrer geschlafen hatte.

Jahre später stand er neben Mom, als sie in mein Wohnheim an der *Alderney State*-Universität stürmten, obwohl sie den Großteil des Gesprächs übernahm. Sie fuhren mich direkt zum Parisii Drive Nummer 13, wo Dr. Saint ihren ersten Hausbesuch machte.

Aber warum sollte Xero über etwas lügen, das ich mit ein paar Recherchen widerlegen konnte?

„Xero ..." Ich schlucke schwer. „Ich weiß nicht mehr, was überhaupt noch real ist."

Er zieht mich in eine Umarmung, aber die Wärme seines Körpers bietet wenig Trost angesichts des kalten Verdachts, dass meine Wahnvorstellungen tiefer reichen könnten als die gelegentliche Sichtung von Mr. Lawson, Sparrow und Wilder, an die ich mich aus meiner Vergangenheit nicht einmal erinnere.

„Mach dir keine Sorgen, kleiner Geist. Heute Abend werden wir der Wahrheit auf den Grund gehen."

DREIUNDACHTZIG

AMETHYST

Xero führt mich durch einen schmalen Gang, dessen Wände mit Oberschenkelknochen bestückt sind und zwischen denen gelegentlich ein menschlicher Schädel zu sehen ist. In jedem anderen Moment würde mich der Anblick von so viel Tod in Panik versetzen, aber jetzt mache ich mir höllische Sorgen um meinen Geisteszustand.

Wie zum Teufel konnte ich einen ganzen Vater halluzinieren? Rückblickend war es immer Mutter, die zu Treffen in der Schule ging, und es war Mutter, die mich zur Uni fuhr. Vaters Beteiligung an meinem Leben war immer distanziert, weil er immer mit der Arbeit beschäftigt war.

Richtig?

Xeros Blick brennt auf meiner Wange. „Was denkst du, kleiner Geist?"

Ich lecke mir über die trockenen Lippen. „Wenn mein Vater nicht existiert hat, was ist dann mit dem Fotoalbum und seinem jüngeren Bruder, meinem Onkel Clive?"

Er seufzt. „Ich sage nicht, dass er ein Produkt deiner Fantasie ist. Er könnte ein Geist aus der Vergangenheit sein."

„Wie Mr. Lawson?"

Er nickt und sein Gesicht verzieht sich.

Die Andeutung seiner Worte trifft mich wie ein Schlag in die

Magengrube. Tränen brennen in meinen Augen und ich schlucke. „Glaubst du, ich würde es nicht wissen, wenn mein eigener Vater tot wäre?"

Als sich seine Augenbrauen heben, kann ich genau erkennen, was er denkt.

„Bei dir ist das nicht dasselbe. Deine Hinrichtung war geplant. Es stand in den Nachrichten. Und jemand hat mir ein Video davon gezeigt. Übrigens hast du nie erklärt, wie du es geschafft hast, noch am Leben zu sein."

„Mein Bruder", sagt er. „Was ist mit ihm?"

„Er war zur gleichen Zeit im Bundesgefängnis, unter dem Namen John Doe."

„Aber war er nicht ...", setze ich an und massiere mir die Schläfen.

„Erinnerst du dich an den U-Bahn-Vergewaltiger, über den vor ein paar Jahren in allen Nachrichten berichtet wurde?"

Ich erschaudere. „Die Leute haben seine Angriffe gefilmt, anstatt ihn aufzuhalten."

„In der Presse wurde so viel Empörung über ihn laut, dass die Öffentlichkeit ein Urteil wegen Unzurechnungsfähigkeit nicht akzeptiert hätte. Es war ein Wahljahr und der Gouverneur wollte den Eindruck erwecken, dass er seine Arbeit tat."

„Also bekam er lebenslange Haft?", flüstere ich.

Er nickt. „Am Tag vor meiner Hinrichtung habe ich dafür gesorgt, dass vier Männer ihre Angriffe auf sein Gesicht konzentrierten. Am nächsten Tag habe ich einen kleinen Aufstand angezettelt, bei dem ich einen Schlag gegens Auge bekam ..."

„Damit er deinen Platz auf dem elektrischen Stuhl einnehmen konnte?", frage ich.

„Cleverer kleiner Geist", antwortet er mit einem Grinsen.

Ich starre auf sein Profil und mein Atem beschleunigt sich. „War das nicht riskant? Was, wenn etwas schiefgegangen wäre?"

„Es waren genug meiner Leute im Gefängnis stationiert, um eingreifen zu können", sagt er. „Meine gesamte Organisation ist darauf ausgerichtet, meinen Vater und seine Geschäfte zu Fall zu bringen."

Schwere Schritte hallen durch den Flur und lassen mich erstarren. „Wer ist da?"

„Einer meiner Leute. Dieser Teil der Katakomben ist absolut sicher", sagt Xero, zieht mich aber an seine Seite.

Ein großer Mann, der in einem schwarzen Kapuzenpullover und einer dazu passenden Jeans gekleidet ist, taucht um die Ecke auf. Er sieht aus, als wäre er Ende zwanzig, hat olivfarbene Haut, tiefes mahagonifarbenes Haar und einen klassisch schönen Knochenbau.

„Da bist du ja", sagt der Fremde und sein Blick wandert zu mir. „Und du hast einen Gast mitgebracht."

Xeros Griff bleibt fest auf meiner Schulter liegen. „Wenn man vom Teufel spricht. Das ist Jynxson, der Drahtzieher meines Gefängnisausbruchs."

Er zwinkert mir zu und salutiert keck. „Schön, dich endlich persönlich kennenzulernen, Amethyst."

Mein Kiefer spannt sich bei seiner Anspielung und der Art, wie er Xero angrinst, an. Ich kann mir bereits denken, dass Jynxson versucht, auf etwas Bestimmtes hinzuweisen. Ein Muskel an Xeros Kiefer zuckt und er tritt vor, lässt mich hinter sich stehen, aber er reagiert nicht offen auf Jynxsons Flirtversuch.

„Du solltest den Anwerber beschatten", knurrt Xero.

Jynxson winkt ab. „Er hat das Haus immer noch nicht verlassen. Ich fange an zu glauben, dass das sein Zuhause ist."

„Warum bist du dann hier?"

Er greift in seine Tasche und holt sein Handy heraus. „Das Studio hat das veröffentlicht."

Xero starrt mehrere Sekunden lang auf den Bildschirm, bevor er sich zu mir umdreht und mir einen besorgten Blick zuwirft.

„Was ist los?", frage ich.

„Kanntest du die Frau, die den inoffiziellen Fanclub leitet?"

„Diese Nachahmerin, Lizzie Bath? Nicht wirklich. Warum?"

Als die beiden Männer sich einen Blick zuwerfen, eile ich zu ihnen und starre auf den Bildschirm, wobei ich das Banner sofort erkenne. „Das ist die Website, die Zugang für einen Tag zu deinem Hinrichtungsvideo für 99 Dollar verkauft hat."

Ich scrolle auf der Startseite weiter zu den neuesten Updates und finde ein Bild von Lizzie Bath, auf dem ihre Wangen tränenfeucht sind und ihr Make-up verschmiert ist.

„Was macht sie da?", frage ich mit flauem Magen.

Jynxson steckt das Handy in die Tasche. „Es ist ziemlich grausam."

„Ich kann damit umgehen", sage ich und versuche, das Zittern aus meiner Stimme zu verbannen.

Xero legt einen Arm um meine Schultern. „Stimmen sind hier unten deutlich zu hören. Wir gehen an einen ruhigeren Ort."

Mein Herz schlägt so heftig, dass ich seine Vibration auf der Haut spüre. Xero geht weiter durch die Katakomben, Jynxson an meiner anderen Seite, wobei unsere Schritte an den Wänden aus Knochen widerhallen.

Es ist schon komisch, wie mein Verstand arbeitet. Der Anblick all dieser Knochen in den Diashows, die Kayla für den Club erstellt hat, ließ mich erschaudern, aber ich bin von Tausenden von aufgestapelten Knochen umgeben und alles, woran ich denken kann, ist Lizzies Schicksal. Wenn sie auf dieser Website ist, dann hat sie entweder an Gewaltpornos oder Schlimmerem mitgewirkt.

„Was ist mit ihr passiert?", flüstere ich.

„Ist es in Ordnung, darüber zu reden?", fragt Jynxson an Xero gewandt.

„Erzähl es ihr."

Er atmet tief durch. „Ich weiß nicht, ob du eines ihrer Videos gesehen hast, aber es ist eine ganze Produktion. Sie haben einen Prolog mit Kontext über die Opfer vor dem Hauptereignis. Es war ihr gesamtes Social-Media-Profil, mit Videos, die sie über die Hinrichtung gemacht hat, und dem, das sie bei der Beerdigung gedreht hat."

„Sie ist also tot?", frage ich.

„Sieht so aus", antwortet Jynxson mit einer Grimasse.

„Wie?"

„Elektrischer Stuhl."

„Wann ist das passiert?", frage ich.

Er fährt sich mit der Hand durch sein dunkles Haar und verzieht das Gesicht. „Vor etwa achtundvierzig Stunden. Du solltest das Set sehen. Es erinnert mich so sehr an das Gefängnis."

Einer der Vergewaltiger im Kriechkeller sagte, sie würden zu mir nach Hause kommen, um meine Hinrichtung zu inszenieren.

Meine Knie drohen, unter mir nachzugeben, aber Xeros starker Arm um meine Schulter hält mich aufrecht.

„Geht es dir gut?", fragt er.

„Glaubst du, sie haben sie mitgenommen, nachdem sie mich nicht in die Finger bekamen?", flüstere ich.

„Möglich", antwortet Xero, bevor er sich Jynxson zuwendet. „Gab es letzte Nacht Aktivitäten im Studio?"

„Die Zwillinge sagen, es gab keine."

Wir gehen weiter zu einem großen Raum mit gewölbter Decke, die mindestens vier Meter hoch ist. Zylindrische Leuchten hängen an Metallstangen und beleuchten Betonwände und -böden. Mein Blick fällt auf eine dicke Matte, die so groß ist wie mein *Green Room*.

„Was ist das für ein Ort?", frage ich.

„Hier wird du dir ansehen, wie diese Männer Lizzie entführt haben, und dir überlegen, wie du ihnen entkommen könntest", sagt Xero.

Mein Herz setzt aus, nur um zu einem rasenden Galopp in meiner Brust anzusetzen. „Jetzt?"

Er nickt. „Jetzt."

Ich schaue von Xero zu Jynxson und dann zu dem Handy, das er aus seiner Tasche zieht. „Glaubst du noch immer, dass sie mich wollen?" Als er nicht antwortet, füge ich hinzu: „Aber du sagtest, du würdest mich beschützen."

„Fünf der Männer, die sie auf dich angesetzt haben, sind nicht zurückgekehrt. Das werden sie nicht einfach ignorieren. Und jeder, der hier in den Katakomben lebt, lernt Selbstverteidigung."

„Aber ich lebe nicht hier."

In dem Moment, in dem ich diese Worte sage, zucke ich zusammen. Xero war dabei, als Mom nicht nur lautstark verkündete, dass sie das Haus versteigern wollte, sondern auch andeutete, dass sie auf den Tag gewartet hatte, an dem sie mich endlich loswerden konnte. In achtundvierzig Stunden werde ich keinen Ort mehr haben, an dem ich leben könnte.

„Bist du dir da sicher, kleiner Geist?"

Mein Innerstes zieht sich zu einem schmerzhaften Knoten zusammen. Ich bin ganz allein. Myra ist zu sehr mit der versuchten Vergewaltigung und dem Mord-Selbstmord-Fall beschäftigt, um sich um meine Probleme zu kümmern. Dad existiert vielleicht gar nicht. Und Relaney sitzt wahrscheinlich immer noch hinter Gittern, weil sie Cannabis in ihrem Haus anbaute. Mein einziger Verbündeter auf der Welt ist mein Stalker und seine Bande von Mördern, die mich nur am Leben lassen, damit er sich rächen kann.

Das ist zu schmerzhaft, zu trostlos, zu real. Meine Finger zucken in Richtung der Tasche. Ich brauche ein paar Pillen, um die Realität etwas besser ertragen zu können. Was sage ich da? Es sind dieselben Medikamente, die mein Urteilsvermögen getrübt haben und mich in den sozialen Medien so berühmt gemacht haben, dass Snuff-Filmemacher auf mich aufmerksam wurden.

Ich unterdrücke mein Selbstmitleid, ballte die Hände zu Fäusten und begegnete Xeros strengem Blick.

„Du hast recht", sage ich und nehme all meinen Mut zusammen. „Zeig mir, was ich sehen muss."

Jynxson erspart uns den Prolog. Das Video beginnt mit Außenaufnahmen eines Wohnhauses, bevor es zu Aufnahmen von den Körperkameras der Männer wechselt, die sich durch die Gänge bewegen.

Einer von ihnen klopft an eine Tür und hält ein Paket in der Hand, während der andere außer Sichtweite bleibt.

„Joanna Mazek?", fragt der Mann an der Tür.

„Wer ist da?", antwortet eine vertraute Stimme.

„XCS mit einem Paket für Sie, das unterschrieben werden muss", sagt er.

„Einen Moment bitte."

Das Video wechselt zur Tür, die geöffnet wird und den Blick auf eine Frau mittleren Alters mit blondiertem Haar, überzupften Augenbrauen und dunklen Ringen unter den Augen freigibt. Es dauert einen Moment, bis ich erkenne, dass es sich um Lizzie Bath ohne Make-up handelt.

Ihr Blick fällt für eine Millisekunde auf das Paket, bevor sie nach hinten gestoßen wird. Danach ist es eine verrückte Montage aus Nah- und Fernaufnahmen, in denen sie sich gegen ihre Angreifer wehrt. Es sieht so aus, als hätte sich der Partner des Mannes die Zeit genommen, ein Stativ aufzustellen.

Währenddessen brennt Xeros Blick Löcher in mein Gesicht. Er studiert meine Reaktion, um zu sehen, ob ich zusammenbreche. Wenn Lizzie meinetwegen gestorben ist, kann ich nicht davor zurückschrecken, zuzusehen. Jemand muss bezeugen, was sie erlitten hat. Ich verziehe keine Miene, um keine Schwäche zu zeigen.

Lizzies Wohnung ist ein Studio, das kaum größer ist als meine Küche, mit weißen Geräten, die mit der Zeit vergilbt sind. Nachdem sie sie gewürgt und gefesselt haben, werfen die Männer ihren gefesselten Körper auf ein abgenutztes Sofa, bevor sie ihre Schränke durchwühlen.

„Rauben sie sie auch aus?", frage ich.

„Kannst du es dir nicht denken?", fragt Xero.

Ich reiße meinen Blick von dem Bildschirm los. „Was denken?"

„Sie brauchen das Outfit und die Perücken, die sie vor der Kamera trägt, um ihre Rolle spielen zu können. Sonst ist sie nur eine gewöhnliche Frau, die den Zuschauern nichts bedeutet."

„Er hat recht", murmelt Jynxson. „Xeros Hinrichtungsvideo hatte einen sehr kurzen Prolog, weil er bereits viral gegangen war."

Mit anderen Worten: Sie sind in Lizzie Baths Wohnung eingebrochen, weil sie von Xeros Popularität profitiert. Genauer gesagt, sie waren hinter ihr her, weil sie mich nicht finden konnten.

Ich schwanke auf meinen Füßen, mein Inneres zieht sich so fest zusammen, dass ich kaum noch atmen kann.

Scheiße.

Was, wenn ich, mit all meinem Groll und Gefluche auf Lizzie, ein solches Schicksal für sie heraufbeschworen habe?

Xeros Lippen streifen meine Ohren. „Konzentriere dich auf die Fesseln. Was benutzen sie?"

„Sind das Kabelbinder?", krächze ich.

„Braves Mädchen. Was noch?"

„Sie haben ihr einen Lappen in den Mund gestopft und ihn mit Klebeband verschlossen."

Er nickt. „Sonst noch was?"

„Schals", sage ich mit zusammengebissenen Zähnen. „Sie nehmen alles, was sie kriegen können, um sie zu fesseln."

„Was glaubst du, warum das so ist?", fragt Jynxson.

Ich werfe einen Blick auf Xeros Freund. „Um das Video kreativer zu gestalten?"

Er schüttelt den Kopf. „Sie wollen nicht mit offensichtlichen Fesseln reisen, falls sie angehalten werden. Je weniger belastende Beweise sie mit sich führen, desto besser."

Der Bildschirm wird schwarz, dann kommt die nächste Szene in der Lizzie vollständig angezogen und geschminkt ist und gegen eine Wand voller Fahndungsplakate gedrückt wird. Männer, die als Polizisten verkleidet sind, stoßen sie mit ihren Schlagstöcken an und zwingen sie, in die Kamera zu schauen und sich auszuziehen.

Mir wird übel. All meine Vorsätze, Lizzies Tortur mitzuerleben, geraten ins Wanken, und ich ertappe mich dabei, wie ich flüstere: „Muss ich mir diesen Teil ansehen?"

„Ich kann die Geschwindigkeit erhöhen", sagt Jynxson.

„Du musst die Bedrohung verstehen", knurrt Xero. „Du kannst dich nicht vor dem verstecken, was da draußen ist, oder davon ausgehen, dass sie sich mit Lizzie Bath zufriedengeben werden. Das nächste Mal könnte es dich treffen, und du musst vorbereitet sein."

Ich möchte meine Augen schließen, meine Finger in die Ohren stecken und dem Lachen der Wärter und dem Wimmern von Lizzie entkommen. Aber Xero hat recht. Selbst wenn es nur um meinen Seelenfrieden geht, muss ich wissen, wie man sich verteidigen kann und was noch wichtiger ist, wie man sich aus Fesseln befreit.

Tränen brennen in meinen Augen, und ich schlucke immer wieder, um sie zurückzuhalten. „In Ordnung", stoße ich hervor. „Ich werde keine einzige Szene verpassen."

VIERUNDACHTZIG

XERO

Ich sitze neben Amethyst auf einer Gymnastikmatte und beobachte ihre Reaktion auf Lizzie Baths Video. Es gibt eine Leibesvisitation, bei der sie von Wärtern erniedrigt und mit Schlagstöcken angegriffen wird, gefolgt von einer ‚Nacht im Gefängnis‘, in der sich die Wärter abwechselnd mit ihr vergnügen, während sie an ein eisernes Bett gefesselt ist.

Amethysts Atem wird flach und Schweiß schimmert auf ihrer Haut. Mein Herz zieht sich zusammen. Ich hasse es, dass jemand anderes sie so fühlen lässt, aber das ist die einzige Möglichkeit für sie, den Ernst der Bedrohung zu begreifen. Ich kann sie beschützen, solange sie sich fügt, aber nichts ist narrensicher.

Ich kann nur sicher sein, dass Amethyst lange genug überlebt, damit ich ihre Feinde ausschalten kann, wenn sie mit den Grundlagen des Kampfes und der Flucht vertraut ist. Ihr Körper spannt sich an und ihr Gesicht verschwindet im Schatten ihrer wasserstoffblonden Locken. Ich habe sie noch nie so geisterhaft aussehen gesehen.

Zurück auf dem Bildschirm wird die ältere Frau ohnmächtig, und die Schauspieler schlagen sie wach. Als sie ihr den Kopf rasieren, sind sowohl Amethysts als auch Lizzies Gesichter ausdruckslos. Danach ketten sie sie in einem Duschraum an, wo sie von vier männlichen Gefangenen für eine letzte Gruppenvergewaltigung vor dem großen Finale umringt wird.

„Das reicht", flüstert Amethyst. „Ich habe die Botschaft verstanden."

„Und wie lautet die?", frage ich, während ein nackter Mann mit einer Kapuze eines Henkers Lizzie auf einen elektrischen Stuhl setzt, wo er eine Metallsonde in ihre Vagina schiebt und Nippelklemmen an jeder Brustwarze anbringt. Nachdem er ihren Körper mit Elektroden versehen hat, schiebt er seinen Schwanz in Lizzies Mund.

„Ich muss dieses Training ernst nehmen. Hör auf, dich zu wehren. Hör auf, dich zu beschweren. Hör auf, dir selbst im Weg zu stehen."

„Und?"

Sie wendet den Blick vom Bildschirm ab. „Was willst du noch von mir?"

„Keine Fluchtpläne mehr schmieden."

Ihr Kiefer spannt sich an und bestätigt meinen Verdacht, dass sie vorhatte zu fliehen. Ohne ein weiteres Wort blickt sie wieder auf das Handy, wo gerade Sperma zwischen Lizzies Lippen hervorquillt. Hinter ihr zieht der Henker einen Hebel, der einen tödlichen Stromstoß in ihren zuckenden Körper schickt.

Mein Kiefer spannt sich an und eine glühende Wut schießt durch meinen Körper. Das hätten sie auch mit meiner Amethyst gemacht. Sie auf verschiedene Arten geschändet, bevor sie sie zum Spaß und Profit hinrichteten.

Wir haben schon Pornoproduzenten getötet, aber noch nie etwas so gut Organisiertes erlebt. Die letzte Zentrale, die wir hochgenommen haben, war ein Drei-Mann-Betrieb, der von einer Mietwohnung aus geleitet wurde, in der sie jedes Zimmer in Studios umgewandelt hatten. Amateure im Vergleich zu *X-Cite Media*.

Die Szene ähnelt so sehr der Hinrichtung von John, dass es offensichtlich ist, dass sie einen Insider im Gefängnis haben, der ihnen bei der Authentizität hilft. Ich wende mich an Jynxson. „Wir müssen mit Officer McMurphy sprechen."

„Glaubst du, sie arbeitet mit ihnen zusammen?"

„Sie hat das Filmmaterial meiner angeblichen Hinrichtung

gedreht. Sie könnte ihnen auch beim Bühnenbild geholfen haben."

Jynxson hebt eine Schulter. „Soll ich sie herbringen?"

„Sperr sie in eine Zelle. Sie darf nicht wissen, dass du es bist."
Er nickt.

Ein blonder Schauspieler in einem weißen Kittel verkündet Lizzies Todeszeitpunkt, dann wird sie vom Stuhl losgeschnallt. In der nächsten Szene stehen vier Männer in Laborkitteln um ihre Leiche in einer Leichenhalle herum.

„Schalt es aus", murmele ich.

Amethyst kneift die Augen zusammen und fasst sich an die Schläfen. „Ich will nicht wie Lizzie Bath enden."

„Das wirst du nicht." Ich lege ihr eine Hand auf die Schulter.

„Du wirst mir beibringen, wie man sich verteidigt, oder?"
Ich nicke. „Natürlich."

Sie schluckt. „Was ist, wenn sie wieder zu viert kommen? Oder noch mehr?"

„Deshalb werden wir abwechselnd kämpfen und dir beibringen, wie du dich aus Fesseln befreien kannst."

„Gut." Sie nickt. „Danke."

Ein wenig von der Beklemmung in meiner Brust löst sich, weil ich weiß, dass sie sich endlich auf das Training einlassen wird. Ich drücke ihr leicht auf die Schulter. „Möchtest du meine Schwester kennenlernen?"

Minuten später betritt Camila in ihrer Standarduniform, schwarzen Kampfhosen und einem übergroßen Kapuzenpullover, den Raum. Ihr rabenschwarzes Haar ist zu einem festen Knoten zusammengebunden, der ihren ernsten Gesichtsausdruck unterstreicht.

„Du hast dich vor deiner Willkommensparty gedrückt", sagt sie mit vorwurfsvoller Stimme.

„Ich musste wissen, ob er das Grab besucht hat."

Ihr Blick wird weicher. „Dieser Bastard ist zu gerissen, um sein Gesicht zu zeigen."

„Amethyst, das ist Camila, meine jüngste Schwester."

Amethysts Blick huscht von mir zu Camila, ihre Stirn runzelt sich so stark, dass ich grinsen muss. Meine Schwester und ich haben so wenig Ähnlichkeit, dass man uns die Verwandtschaft nicht ansieht.

Sie ist kaum ein Meter sechzig groß, hat olivfarbene Haut und so dunkle Augen, dass sie schwarz erscheinen, während meine Größe und Hautfarbe das genaue Gegenteil sind. Unsere Verbindung ist nur dann offensichtlich, wenn wir beide neben Isabel stehen, die die perfekte Mischung aus unseren beiden Extremen bildet.

„Schön, dich kennenzulernen." Camila streckt die Hand aus. „Ich bin ein Fan deiner Arbeit."

Amethyst blinzelt sie erschrocken an, bevor sie die Hand ausstreckt, um sie zu schütteln. „Danke. Glaube ich?"

„Deine Social-Media-Kampagnen haben dazu beigetragen, das Chaos zu schaffen, das wir brauchten, um Xeros Hinrichtung voranzutreiben", sagt Camila.

Als Amethyst den Kopf senkt, ziehe ich sie an meine Seite. Sie weinte an dem Morgen, als sie erfuhr, dass mein Hinrichtungstermin vorverlegt worden war, und gab sich die Schuld dafür, dass sie Ärger gemacht hatte.

Es war ihr nicht bewusst gewesen, dass sie mir damit einen Gefallen getan hatte. Ich habe mich nicht nur verhaften lassen, um an John ranzukommen. Jeder meiner Attentäter, auch ich selbst, hätte sich ins Gefängnis schleichen und diesen psychopathischen Bastard erstechen können. Wir mussten Vater herauslocken.

Ich schiebe diesen Gedanken beiseite und weigere mich zu glauben, dass der alte Bastard tot ist. „Jynxson und ich werden Camila gemeinsam angreifen. Sieh dir all die verschiedenen Dinge an, die sie tut, um uns zu entkommen."

Amethyst nickt und tritt einen Schritt zurück. Camila wird sofort aktiv, tritt Jynxson gegen das Schienbein und sprintet dann zur Tür. Jynxson nimmt die Verfolgung auf und hat sie in Sekundenschnelle eingeholt. Er packt sie am Haar, aber sie dreht sich in seinem Griff und verpasst ihm einen Schlag in die Eier.

„Schau, wie sie sich bewegt."

Ich eile vor, um Camila abzufangen, und packe sie an den Armen. Sie geht in die Hocke, schwingt ihr Bein unter meinem hindurch und befördert mich auf den kalten Zement.

Als sie sich aufrichtet, packt Jynxson sie von hinten im Würgegriff. Camila dreht sich nach unten und positioniert ihren Körper hinter sich, sodass beide zu Boden stürzen.

Amethyst tritt vor, ihre Augen leuchten vor Bewunderung. Ich erhebe mich vom Boden und unterdrücke einen Anflug von Eifersucht, dass sie von jemandem inspiriert ist, der nicht ich bin.

„Darf ich es versuchen?", fragt sie.

„Denkst du, du kannst es mit mir aufnehmen?" Jynxson stolziert mit einem Grinsen auf sie zu. Am liebsten würde ich ihm einen Schlag ins Gesicht verpassen, aber Camila kommt ihm mit einem Ellbogenstoß in die Rippen zuvor.

„Arschloch", murmelt meine Schwester.

Jynxson umarmt sie und küsst sie auf die Lippen. Ich unterdrücke mein übliches Knurren, da ich mich nicht von seinen üblichen Späßen provozieren lassen will. Er weiß bereits, dass ich ihm mit einem rostigen Messer die Eier abschneiden würde, sollte er Camila das Herz brechen.

„Mach den ersten Schritt in Zeitlupe, damit Amethyst folgen kann", sage ich.

Jynxson reibt demonstrativ die Stelle, an der Camilas Ellbogen ihn getroffen hat. Das ist sein Versuch zu flirten, wenn man bedenkt, dass ich gesehen habe, wie er eine Kugel einsteckte, ohne mit der Wimper zu zucken.

Meine Schwester verdreht die Augen und tritt einen Schritt zurück. Dieses Mal führen sie die Bewegungen einmal in einem sehr langsamen Tempo aus, damit Amethyst sie beobachten kann, und dann ein zweites Mal, damit wir sie nachvollziehen können.

Das ist Stoff für die Akademie im ersten Jahr. Zumindest für jemanden wie Camila, die die ersten dreizehn Jahre ihres Lebens unter der liebevollen Obhut einer Mutter verbracht hat, auch wenn diese in einem Haushalt voller Schlangen lebte. Jynxson und ich haben diese Bewegungen im Alter von zehn Jahren gelernt.

Amethyst stürmt davon und ahmt damit Camilas Fluchtversuch nach. Ich hole sie nach ein paar Schritten ein und packe sie an den Haaren. Sie dreht sich zu mir um und ihre winzige Faust fliegt in meine Leistengegend, aber ich packe ihr Handgelenk.

„Netter Versuch, kleiner Geist."

„Du solltest mich dir in die Eier treten lassen", schnauzt sie.

„Und du solltest mich überraschen."

Sie holt mit dem linken Arm aus und zielt auf meine Kehle. Ich drehe mich zur Seite und entgehe nur knapp dem Schlag auf meine Luftröhre.

„Was war das?", frage ich. „Muskelgedächtnis?"

„Das habe ich von Camila gelernt." Sie dreht sich aus meinem Griff und rennt zurück zu meiner Schwester.

Camila hat keine solche Bewegung vorgeführt, aber ich werde ihren Fortschritt nicht aufhalten, indem ich auf etwas hinweise, das ein Zufall sein könnte. Den Rest des Vormittags üben wir die Abläufe immer wieder, bis ich überzeugt bin, dass Amethyst sie fehlerfrei ausführen kann.

Als Nächstes greifen Jynxson und ich meine Schwester gleichzeitig an. Wir spielen mit Camila drei verschiedene Szenarien durch, bevor Amethyst an der Reihe ist.

Obwohl sie nervös ist, lernt Amethyst die Bewegungen für eine Anfängerin schnell. Mit jeder Sequenz werden ihre Schläge selbstbewusster und ihr Timing präziser. Noch wichtiger ist, dass sie immer einen 45-Grad-Winkel zu uns einhält, wodurch ihre toten Winkel minimiert werden und wir beide in ihrem Sichtfeld bleiben.

„Du bist ein Naturtalent", sagt Camila.

Sie irrt sich. Niemand erlernt dieses Maß an Situationsbewusstsein ohne vorheriges Training.

Ich greife nach Amethyst, während Jynxson versucht, sie von hinten zu packen. Sie tritt mir gegen das Schienbein und schwingt ihr Bein nach hinten, um Jynxsons Kniescheibe zu treffen. Während ich mich vorbeuge, schlägt sie mir auf die Schläfe und stößt mich zur Seite. In wenigen Augenblicken dreht sie sich zu uns um und ist bereit für unseren nächsten Angriff.

„Gut gemacht", sage ich.

Amethysts Gesicht ist schweißüberströmt und ihre Wangen sind vor Anstrengung gerötet. Mein Lob prallt an ihr ab, ohne dass sie triumphiert. Der Anblick dessen, was mit Lizzie Bath passiert ist, hat ihre Entschlossenheit mehr geschärft als jede meiner verbalen Warnungen.

„Was passiert, wenn sie mehr als zwei Männer schicken?", fragt sie.

Ich berühre ihre Wange. „Dann gib dein Bestes, um bei Bewusstsein zu bleiben und sicherzustellen, dass die Fesseln nicht zu eng sind. Du wirst eine weitere Chance haben zu entkommen, wenn sie dich wegbringen."

„Okay."

„Denk daran, das ist nur eine Vorsichtsmaßnahme. Ich werde bei dir bleiben."

Ihre Augen treffen meine und etwas verändert sich. Die Luft zwischen uns ist von unausgesprochener Spannung erfüllt. In ihrem Blick erkenne ich ein Flackern von Hoffnung, Angst und etwas anderem, das ich nicht ganz einordnen kann.

Die Stille dehnt sich aus, schwer von diesem Moment. Dann atmet sie durch die geöffneten Lippen ein und nickt mir zitternd zu.

Mein Herz wird weicher. Ich schaue zuerst weg und frage mich, wann sie mir so unter die Haut gegangen ist.

„Wir werden eine kurze Pause machen", sage ich mit rauer Stimme. „Nach dem Mittagessen werden wir weitertrainieren. Nach Einbruch der Dunkelheit fahren wir zum Alderney Hill und kümmern uns um deine Mutter."

Ihre Augen verengen sich bei dieser Erinnerung, aber ich bin mir nicht sicher, was sie mehr aus der Fassung bringt: Dass ihre Mutter ihr Zuhause versteigern will oder dass ihr Vater möglicherweise gar nicht existiert.

FÜNFUNDACHTZIG

AMETHYST

Seine Worte und die Intensität seines Blicks spielen sich in meinem Kopf in einer Dauerschleife ab. Dieser Moment mit Xero war ein flüchtiger Blick auf die Version von ihm, die ich mir immer gewünscht habe.

Ein Teil von mir möchte glauben, dass er immer für mich da sein wird, während ein anderer Teil sich daran erinnert, dass er mich vernichten will.

Es war seltsam, Xero mit seinen Freunden scherzen zu sehen. Noch seltsamer war es, ihm beim Essen einer ganzen Mahlzeit zuzusehen. Ein Teil von mir wird immer glauben, dass er eine Legende oder ein Wesen aus einer anderen Welt ist, denn meine erste Begegnung mit ihm fand über Briefe und dann über das Handy statt.

Selbst als ich ihn zum ersten Mal persönlich sah, war er für mich wie ein Geist, der die Form des Sensenmannes angenommen hat. Mein Verstand muss sich immer noch daran gewöhnen, dass er lebt – ein Mensch aus Fleisch und Blut, mit Freunden, Familie und Bedürfnissen. Meine Brust zieht sich zusammen, während ich versuche, meine Gefühle zu verarbeiten.

Es gibt Hoffnung, unbestreitbar und töricht, die mit der Angst kämpft, dass er mit meinem Herzen spielt. Und darunter liegt eine Sehnsucht, die ich nicht ganz abschütteln kann.

Ich möchte ihm vertrauen, glauben, dass er mich beschützen wird, aber Zweifel nagen an meiner Entschlossenheit. Wenn er lügt, wenn das alles nur ein weiteres Spiel ist, weiß ich nicht, ob ich das überstehen werde.

Nach dem Essen machten sich Jynxson und Camila auf den Weg, um eine Mission zu erfüllen, während Xero mich auf einem anderen Weg durch die Katakomben in den Trainingsraum zurückführte. Auf dem Weg dorthin holte er eine Reihe von Dingen, darunter Handschellen, Seile und Kabelbinder.

Wir gehen durch einen Gang, der hauptsächlich aus Schädeln besteht. Dazwischen liegen Oberschenkelknochen und andere Arm- und Beinknochen, aber sie werden nicht durch Mörtel oder Zement zusammengehalten. Als ich Xero frage, erklärt er mir, dass sie in einer ineinandergreifenden Struktur angeordnet sind, die sich im Laufe der Jahrhunderte mineralisiert hat.

„Wirst du mir irgendwann eine Führung geben?", frage ich, und meine Stimme hallt von den Wänden wider.

„Sobald wir die unmittelbare Gefahr beseitigt haben", antwortet er mit einem Grinsen.

Die Erinnerung an Lizzies Schicksal ernüchtert mich vollkommen. Ich habe noch nie etwas so Entmenschlichendes oder Unmenschliches gesehen, und der Gedanke, so brutal entführt und missbraucht zu werden, macht mir mehr Angst als der elektrische Stuhl.

Als das Training begann, zwang ich mich, das Video auszublenden und mich darauf zu konzentrieren, mich vor potenziellen Angreifern zu verteidigen. Jetzt kämpfe ich damit, nicht unter einem schleichenden Gefühl der Angst zu ersticken.

„Du wirst sie töten, oder?"

Er blickt mit diesen kalten, blassen Augen auf mich herab. „Langsam."

„Du wirst nicht eher ruhen, bis sie alle tot sind."

„Das werde ich nicht."

Ich atme tief aus. „Gut." Er nickt.

„Was?", frage ich.

„Die meisten Zivilisten würden mich drängen, sie gefangenzunehmen und die Behörden zu informieren", sagt er.

„Gerechtigkeit gibt es nur für die Mächtigen und Reichen", antworte ich. „Die Polizei in Beaumont City schert sich einen Dreck um irgendetwas, außer um sich selbst. *X-Cite Media* hätte gemeldet werden müssen, sobald die Website online ging. Jemand sollte sie über den Zahlungsdienstleister ausfindig machen können, aber sie sind immer noch da draußen und ermorden Menschen zum Spaß. Sie müssen sterben."

Er zieht mich an sich. „Ja, mein rachsüchtiger, kleiner Geist."

„Wann hörst du endlich auf, mich so zu nennen?", murmele ich. „An dem Tag, an dem du deine Seele endlich an meine bindest."

Bei seinen Worten bleibe ich abrupt stehen. „Willst du mich immer noch heiraten?"

Seine Augen verengen sich. „Du etwa nicht?"

Ich schaue auf meine Schuhe, und in meinem Inneren verkrampft sich alles. Wie erkläre ich Xero, dass ich an niemanden gebunden sein will, wenn die Gefahr besteht, dass ich den Wölfen zum Fraß überlassen werde? Ich habe nur zugestimmt zu heiraten, weil es der Wunsch eines Mannes war, der kurz vor dem Tod stand.

„Sollten wir uns nicht um die unmittelbare Gefahr kümmern?", murmele ich.

Er lacht, und der Klang hallt durch den Flur der Schädel. Schauer laufen mir über den Rücken und setzen sich in meinen Knochen fest, sodass ich mich frage, ob ich eine Form der Gefahr gegen eine andere eintausche. In solchen Momenten fällt mir ein, dass Xero wahrscheinlich mehr Menschen getötet hat als alle bei *X-Cite Media* zusammen, ganz zu schweigen davon, dass er einer Frau das noch schlagende Herz herausgerissen hat.

„Du vergisst, dass ich die unmittelbare Bedrohung bin. Ich bin das Phantom, das sich nachts in Räume schleicht und die Unwürdigen bestraft. Ich bin der Mörder in der Dunkelheit."

„Also habe ich die Wahl zwischen sterben und dich heiraten?"

Seine Finger legen sich um meinen Hals und er drückt mich gegen die Wand. Dutzende vergessener menschlicher Überreste drücken in meinen Rücken und lassen mein Herz so heftig pochen, dass seine Vibrationen seine Finger erreichen. Xero starrt mich mit glühenden Augen an.

„Je eher du erkennst, dass du mir gehörst, desto eher hörst du auf, gegen dein Schicksal anzukämpfen."

„Welches Schicksal?"

„Du und ich, für immer zusammen." Er beugt sich so nah zu mir, dass ich meine grüne Minz-Zahnpasta in seinem Atem riechen kann.

Ich kneife die Augen zusammen und presse die Zähne aufeinander. „Aber ich kenne dich doch kaum."

„Mein Herz hast du schon", knurrt er und seine Lippen streifen mein Ohr. „Du kamst als kleines Mädchen zu mir und batest darum, gerettet zu werden. Du hast deine hübsche Seele entblößt und mir einen Vorgeschmack auf dein Paradies gegeben. Das kannst du mir nicht nehmen."

„Das ist verrückt", flüstere ich. „Du kannst nicht erwarten, dass ich mich binde, nachdem du mich wochenlang terrorisiert hast."

„Ist das so?" Er lässt meinen Hals los und zieht sich zurück.

Meine Augen weiten sich. Xero ist bereits zwei Meter entfernt und schreitet den Gang entlang.

„Xero?"

Er antwortet nicht.

Ich schaue mich um und überlege, ob ich diesem Verrückten folgen oder mich auf die Suche nach dem Weg zurück zum Parisii Drive machen soll. Dann fällt mir ein, dass ich bald obdachlos sein werde. Ganz zu schweigen davon, dass eine Snuff-Film-Firma hinter mir her ist.

Was zum Teufel mache ich hier? Xero ist meine einzige Chance, hier lebend herauszukommen ... Obwohl ich nicht sicher bin, welche Schrecken er danach für mich bereithält.

„Xero?" Ich eile ihm hinterher. „Warte."

Er rennt los und verschwindet um eine Biegung, sodass mein Herz sich zusammenzieht. Wenn ich zu genau darüber nachdenke, was sich unter meinen Füßen befindet, werden sich meine Albträume wahrscheinlich für die nächsten Wochen verschlimmern, aber die Menschen, die die Katakomben gebaut haben, mussten einen Ort haben, an dem sie die kleineren Knochen des Körpers aufbewahren konnten.

Ich beschleunige meinen Schritt und eile durch die Gänge, während ich die ganze Zeit versuche, nicht an Skelette zu denken. Fingerglieder, Rippen, Becken, Wirbelsäulen, Wirbel, Schlüsselbeine, Steißbeine, Zähne. Warum sehe ich nur Schädel?

Xero rennt voraus, sein Körper ein Leuchtfeuer der Dunkelheit in einem ohnehin schon gruseligen Gangs.

„Was hast du vor?", rufe ich, und meine Stimme hallt, weiß Gott wohin. „Stopp."

Er huscht nach links, und ich zwinge meine Gliedmaßen, sich schneller zu bewegen, um mit diesem Irren mitzuhalten. Wenn das seine Art ist, seinen Standpunkt klarzumachen, dann hat er es geschafft. Xero ist der Teufel, den ich kenne, und ich sollte bei ihm bleiben, bis er die Schlimmsten meiner Feinde besiegt hat.

Meine Schritte verlangsamen sich, als ich auf eine Lücke in der Wand zugehe, die zu einem schmalen, unbeleuchteten Gang führt. Hier ist Xero verschwunden, aber es ist so dunkel, dass ich nur die ersten paar Meter des Ganges sehen kann. Die Wände hier bestehen aus viel kleineren Knochen. Ich habe Biologie zwar nur mit Ach und Krach bestanden, aber selbst ich erkenne, dass es sich um Oberarm-, Speichen- und Ellenknochen handelt, deren Zwischenräume von geisterhaften Fingern ausgefüllt werden.

„Xero?", flüstere ich.

„Hier drinnen, kleiner Geist", erklingt seine Stimme aus der Dunkelheit.

„Komm zurück."

Er antwortet nicht.

„Das ist nicht lustig", schnauze ich, aber er schweigt.

Ich schlinge meine Arme um mich selbst und frage mich, was zum Teufel ich getan habe, dass ich nun versuche, einen Serienmörder aus den Tiefen einer Katakombe zu locken. Wenn jemand nicht dieses Video von mir gepostet und den Link an Mom geschickt hätte, dann wäre ich jetzt Zuhause.

Wenn Xero mich nicht über einen Friedhof gejagt und mich auf einem Grab gefickt hätte, gäbe es kein Video. Wenn diese Männer nicht in mein Haus gestürmt wären, hätte Xero mich weiterhin aus dem Kriechkeller heraus gequält. Wenn ich nicht in den sozialen Medien viral geworden wäre, hätte ich nie die Aufmerksamkeit von *X-Cite Media* auf mich gezogen. Wenn ich erst gar nicht über Xero gepostet hätte, wäre ich nie viral geworden.

Hätte, sollte, könnte. Ich bin schuld.

Es ist alles meine Schuld.

Niemand hat mir den Stift in die Hand gedrückt und mich gezwungen, einem Mann im Todestrakt zu schreiben. Das war alles meine Schuld. Ich fühlte mich wie tot, nachdem mich jeder Agent, der meinen Anfragebrief und mein *Rapunzelita*-Manuskript erhalten hatte, ignorierte.

Als Xero mir eine Antwort gab, fühlte ich mich lebendig. Jetzt benutze ich ihn zu meinem Schutz. Selbst ich merke, dass ich ein egoistisches Miststück bin. Mein Herz sinkt. Werde ich den Rest meines Lebens damit verbringen, mich auf andere zu verlassen? Kein Wunder, dass meine Mutter es leid war, sich mit meinem Unsinn herumzuschlagen.

„Xero, es tut mir leid. Es war falsch von mir, deine Frage abzutun", sage ich.

Stille.

„Aber ich weiß nicht, ob ich überhaupt jemanden heiraten will." Wieder Stille.

Eine kalte Brise weht durch den verlassenen Tunnel und lässt mich erschauern. Ich schlinge meine Arme fester um mich und mache einen Schritt nach vorn.

„Was wissen wir wirklich voneinander?", frage ich ins Leere. „Die Ehe ist eine so große Verpflichtung, vor allem, da nun keiner von uns zum Tode verurteilt ist."

Außer mir, wenn man genau darüber nachdenkt. *X-Cite Media* wollte, dass ich es bin, die in diesem Snuff-Film angegriffen, missbraucht und hingerichtet wird. Ich bin nur dank Xero ihren Klauen entkommen. Und jetzt habe ich ihn in die Flucht geschlagen.

Scheiße.

Wie um alles in der Welt soll man einem Mann sagen, dass man ihn nicht gut genug kennt, um sich auf eine lebenslange Bindung einzulassen, und dennoch möchte, dass er sein Leben riskiert, um das Eigene zu retten? So ausgedrückt, klinge ich extrem anmaßend.

Ich mache einen Schritt in die Dunkelheit, gefolgt von einem weiteren und noch einem, bis ich nichts mehr sehe. Sogar die Atmosphäre ändert sich von trocken zu feucht.

Eine Gänsehaut breitet sich auf meinem Körper aus, und sämtliche Härchen stehen mir zu Berge. Ich habe mich noch nie absichtlich ins Unbekannte begeben, aber ich würde Xero auf dem Weg in die Hölle folgen.

Ich halte eine Hand vor mich und gehe weiter durch die Dunkelheit. Als meine Finger eine weitere Wand aus Knochen berühren, taste ich herum, um eine Biegung zu finden.

„Das ist nicht lustig", murmele ich.

Meine Stimme hallt nicht mehr wider, da die Wände scheinbar immer näherstehen. Nachdem ich eine Ecke umrundet habe, schaue ich über meine Schulter. Ein Teil von mir erwartet, zu Salz zu zerfallen oder in einer Rauchwolke zu verschwinden, aber alles, was ich sehe, ist noch mehr Dunkelheit.

Angst durchzuckt mich und lässt mein Inneres erbeben. Was, wenn dies der Eingang zu einem Labyrinth ist? Was, wenn das Monster, das in diesen Knochenmauern wartet, jemand anderes als Xero ist?

„Wo bist du?", schreie ich.

Die Tunnel absorbieren den Schall. Ich stelle mir vor, dass sie mir auch den Atem rauben. Bis zu diesem Moment hatte ich nicht in Betracht gezogen, dass ich klaustrophobisch sein könnte. Vielleicht ist es nur die Angst vor Labyrinthen oder die Angst, lebendig begraben zu werden, aber wenn Xero nicht in den nächsten Sekunden herauskommt, wird etwas in mir zerbrechen.

„In Ordnung", sage ich mit rasselndem Atem. „Das hat lange genug gedauert. Ich kehre um."

Es ist ein Bluff. Ich weiß es, Xero weiß es und alle Geister, die in den Knochen gefangen sind, wissen es auch. Sogar meine Gliedmaßen wissen, dass ich nur Scheiße rede, weil ich mich weiter vorwärtsbewege.

Was ist mit Lizzies Leiche passiert, nachdem wir das Video ausgeschaltet hatten? Hat der Schauspieler ihre Leiche geschändet? Nachdem, was Jynxson gesagt hatte, klang es so, als wäre das Video noch nicht am Ende angekommen.

Ich will diese Männer umbringen. Jeden einzelnen von ihnen. Die Bastarde, die in ihr Haus eingebrochen sind, die Monster, die sie vergewaltigt haben, die Teufel, die dieses böse Spektakel arrangiert haben, und jeder kranke Wichser, der dafür bezahlt hat, die Erniedrigung und den Tod einer unschuldigen Frau zu sehen. Sie alle sollten ein grausames Schicksal ereilen.

Aber ohne Xero kann ich nichts davon tun. Verdammt, ich kann ohne ihn gar nichts tun.

„Du hast gewonnen", rufe ich in die Dunkelheit. „Ich werde aufhören, dich abzulehnen und zu leugnen, dass wir eine Verbindung haben. Bevor ich dich kennengelernt habe, habe ich nur existiert – kaum gelebt. Aber du hast mich aus einer Benommenheit herausgeholt, in der ich seit Jahren feststeckte. Du hast mich zwischen Tausenden Frauen ausgewählt, und ich war zu benommen, um zu erkennen, dass das, was wir hatten, etwas Besonderes war, und das tut mir leid."

Als Xero immer noch nicht antwortet, fahre ich fort: „Ich weiß nicht, was ich mir dabei gedacht habe. Ich habe dich als selbstverständlich angesehen, weil ich in meinem Leben noch nie für irgendetwas arbeiten musste. Jetzt verstehe ich es. Ich habe Glück, dich zu haben."

Meine Kehle ist wie zugeschnürt und meine Augen tränen. „Und du hast recht. Ich war undankbar. Du tust schon so viel für mich, und ich habe dir nicht ein Wort der Anerkennung geschenkt. Und ich verstehe, wenn du mich hier zurücklassen willst, um mich leiden zu lassen."

Ich atme tief durch. „Danke, Xero. Du hast mir häufiger das Leben gerettet, als ich zählen kann, und ich spreche nicht nur von den Männern, die mich umbringen wollen. Vor dir bin ich durch die Jahre geschlafen und habe das Leben einer Figur in einem Manuskript gelebt."

Ich taste mich weiter durch die Dunkelheit. „Und ich mag dich sehr, aber ich bin mir nicht sicher, ob es Liebe oder Verliebtheit ist. Ich ..." Ich räuspere mich. „Sagen wir es so. Ich habe nicht die beste Erfolgsbilanz mit Männern, aber bei dir fühlt es sich anders an. Manchmal kann man einen Menschen lieben, aber er hat nie wirklich existiert. Er war nur eine Erfindung der eigenen Fantasie. Das möchte ich dir nicht antun."

Ein schwaches Licht dringt an meine Augen und lässt mein Herz mehrere Schläge aussetzen. Ich beschleunige meinen Schritt durch den schmalen Gang und biege um eine Ecke, wo sich der Gang in einen künstlichen Tunnel mit Leuchtstoffröhren öffnet.

„Xero?"

Dieses Mal erwarte ich keine Antwort.

„Sei einfach geduldig mit mir, okay? Ich brauche Zeit, um herauszufinden, was real ist. Manchmal kann ich nicht einmal glauben, dass es dich gibt."

Als ich den Tunnel verlasse, werde ich von hinten gepackt und starke Arme ziehen mich an eine harte Brust. Mein Atem stockt und ein Kribbeln schießt mir den Rücken hinunter.

Xeros Lippen streifen mein Ohr und jagen mir wohlige Schauer über den Rücken. „Ich verspreche dir, ich bin realer als alles, was du je gekannt hast. Lass dir alle Zeit, die du brauchst, kleiner Geist. Ich werde immer noch hier sein, wenn du deine Gefühle sortiert hast, aber du darfst mich nie verlassen."

„In Ordnung." Ich schmiege mich an ihn, wobei sich meine Muskeln vor Erleichterung entspannen.

„Aber es ist Zeit, zu gehen", sagt er.

„Wohin?", frage ich.

„Zurück zum Parisii Drive. Ich habe gerade eine Nachricht von einem der Agenten draußen erhalten. Deine Mutter hat eine Umzugsfirma beauftragt, deine Sachen aus dem Haus zu holen. Wir müssen sie aufhalten. Jetzt."

SECHSUNDACHTZIG

XERO

Wir betreten das Haus gerade, als Möbelpacker Amethysts Sofa durch das Fenster bugsieren. Ein kleines Team arbeitet daran, den gesamten Türrahmen zu entfernen, da sie die von mir installierte Alarmanlage nicht außer Kraft setzen können.

Ich schreite durch die Küche und entsichere mit einem hörbaren Klicken mein Gewehr. „Was zum Teufel machen Sie da?"

Die Männer an der Tür erstarren. Ihr Anführer, ein rundlicher Bastard, der einem kahlen Weihnachtsmann ähnelt, hebt die Hände. „Beruhigen Sie sich. Wir haben vom Eigentümer den Auftrag, die Schlösser zu wechseln und das Haus zu leeren."

„Ohne Räumungsbescheid?", frage ich und verziehe vor Ekel die Lippen.

Der glatzköpfige Weihnachtsmann mustert mein Gesicht. Meine Haare sind immer noch dunkel gefärbt, und ich trage die Zahnprothesen von vorhin, sodass ich nicht mehr wie der Mann vom Fahndungsfoto aussehe.

Amethyst drängt sich an mir vorbei. „Das ist mein Haus. Ich wohne hier seit sechs Jahren."

„Davon weiß ich nicht", murmelt er.

„Rufen Sie meine Mutter an", ruft sie aus.

Der Mann seufzt. „Ich sag Ihnen was. Ich und die Jungs

machen eine Pause, während Sie Ihre Differenzen mit dem Eigentümer klären."

„Und Sie geben die Wohnzimmermöbel zurück und setzen die Fensterscheibe wieder ein – zusammen mit allem anderen, was Sie rausgeholt haben", knurre ich.

„Klar", murmelt er. „Wie auch immer."

Die Männer packen ihre Werkzeuge zusammen und verschwinden durch das Wohnzimmer und aus dem Fenster. Ich beiße die Zähne zusammen und frage mich, was zum Teufel mit Amethysts Mutter los ist. Jemand muss ihr mal erklären, dass vierundzwanzigjährige Frauen das Recht haben, mit dem Mann zu schlafen, den sie wollen.

Ich beuge mich zu Amethyst und flüstere: „Wie heißt deine Psychiaterin?"

„Warum?", fragt sie.

„Das Verhalten deiner Mutter ergibt keinen Sinn. Wäre sie einfach streng, hätte sie dich nach Hause geholt, aber sie ist von überfürsorglich zu einem Rauswurf ohne einen Cent übergegangen."

„Monica Saint. Ihre Praxis befindet sich an der Hauptstraße."

„Die in der Nähe des Nachtclubs Phoenix?", frage ich.

Sie nickt. „Was willst du tun?"

„Wenn ich Dr. Saint nicht persönlich befragen kann, dann laden wir deine Dateien herunter." Ich hole mein Handy heraus und tippe Tyler Anweisungen, er solle alles ausgraben, was mit der Familie Crowley zu tun hat.

„Danke", murmelt sie.

Ich schaue zu ihr hinunter und runzele die Stirn. „Wofür?"

„Du kannst dir wahrscheinlich nicht vorstellen, wie sehr ich mir gewünscht habe, auf meine Unterlagen zugreifen zu können. Ich war schon bei Dr. Saint, bevor ich mich erinnern kann. Sie weiß, warum ich mein Gedächtnis verloren habe."

Bei der Menge an Informationen, die ich ihr vorenthalte, zieht sich mir der Magen zusammen. Die Briefe und Fotos, die wir abgefangen haben, zeichnen das Bild eines Kindes, das in einer Einrichtung untergebracht und schrecklichen Misshandlungen ausgesetzt war, zusammen mit einer Elektroschocktherapie.

Ich kann Amethyst erst davon erzählen, wenn ich diese Bilder mit anderen Beweisen untermauern kann. Sie hat schon genug Probleme damit, die Realität zu verarbeiten. Wenn man ihr falsche Bilder aus der Vergangenheit zeigt, egal, wie überzeugend sie sind, könnte das ihren fragilen Zustand noch weiter erschüttern.

„Es gibt nur eine Möglichkeit, mit deiner Mutter umzugehen", murmele ich.

Sie wirbelt herum und ihre Augen weiten sich. „Was hast du vor?"

„Ich möchte nur mit ihr reden. Herausfinden, warum sie so entschlossen ist, jeden Aspekt deines Lebens zu kontrollieren oder dich auf die Straße zu setzen."

„Schön, aber ich führe", meint sie und ich grinse. „Was?", fragt sie.

„Ich liebe es, wenn du das Kommando übernimmst, kleiner Geist."

Ich führe sie nach oben, damit sie ihre wertvollsten Gegenstände einpacken kann, sollten diese Kerle doch noch zurückkommen. So sehr ich auch eine Armee von Wachen um ihr Haus postieren möchte, das Wichtigste, was ich schützen muss, ist Amethyst. Dazu gehört, *X-Cite Media* zu überwachen, den Anwerber herauszulocken und ihre Computersysteme zu durchforsten, um herauszufinden, an wen die Gelder gehen.

Jynxson, Tyler, die Spring-Brüder und ihre Teams sind alle damit beschäftigt, die Drahtzieher hinter den Snuff-Videos ausfindig zu machen. Außerdem arbeiten mehrere Leute daran, Agenten der Moirai zum Überlaufen zu bewegen, während ein anderes Team jeder Spur folgt, um Vater und seine Einrichtung für Kinderattentäter ausfindig zu machen. Ich habe noch nicht einmal an die Agenten gedacht, die mit Auftragsmorden Geld einbringen – wir haben gerade genug Leute, um uns um all das zu kümmern.

Wir gehen weiter nach oben, wo Amethyst ihre Wertsachen zusammensucht. Ich habe vor, das Haus zu kaufen, sobald es versteigert wird, aber ich möchte nicht, dass sie etwas Wertvolles verliert. Eine Stunde später trage ich ihre Kisten zum Schrank unter der Treppe und öffne die Tür zu dem Raum direkt unter ihrem Wohnzimmer.

„Was?", flüstert sie mit großen Augen. „Das ist ja wie in meinem Schlafzimmer."

Sie übertreibt. Die Wände sind schwarz, ebenso wie das Himmelbett, das den Raum dominiert, aber damit enden die Gemeinsamkeiten. Ich habe ein schwarzes Ledersofa neben das Bett gestellt, um mich tagsüber entspannen zu können, und einen Esstisch, der groß genug für zwei ist, an dem ich meine Mahlzeiten einnehme.

„Dein Zimmer ist ein Boudoir. Das hier ist eine Höhle." Ich deute auf das Skelett in der Ecke. „Sieh dir die Knochen meiner Opfer an."

Sie kichert. „Was machst du dann mit meinen Kissen?"

„Dein Geruch haftet ihnen an. Ich konnte nicht wirklich tagsüber in deinem Bett schlafen", murmele ich.

Sie dreht sich mit leuchtenden Augen um. „Schlafen wir hier, bis wir die Sache mit meiner Mutter geklärt haben?"

Ich ziehe die Augenbrauen hoch. „Ich dachte, du findest diesen Raum gruselig."

„Das hier ist ein Palast im Vergleich zu den Katakomben, und ich würde ruhiger schlafen, wenn ich wüsste, dass *X-Cite Media* nicht an mich rankommt."

Schuldgefühle zerreißen mir das Herz. Keine Frau sollte jemals Angst, abgesehen vor mir, verspüren. Diese mordende Bastarde und ihre Snuff-Filme lenken meinen kleinen Geist ab.

Ich lege meine Hand auf ihre Wange und blicke in ihre grünen Augen. Ihre Pupillen sind so weit, dass ihre Iris aus smaragdgrünen Flammen besteht.

„Ich würde die ganze Stadt in Schutt und Asche legen, wenn das nötig ist, damit du in Sicherheit bist", sage ich und meine jedes verdammte Wort so. „Aber zuerst muss ich alle Abschaumtypen auslöschen, die dir etwas antun wollen."

„Du lässt mich zusehen, wie sie brennen", sagt sie mit atemloser Stimme.

„Ich werde dir den Benzinkanister geben und dich ihre Sünden in einem allmächtigen Feuer reinwaschen lassen. Und ich werde diese Mistkerle als Opfergabe für meine dunkle Königin opfern."

Ihre Augen weiten sich. „Ich?"

„Sind noch andere Göttinnen im Raum?"

Sie geht mit vor Aufregung bebender Brust zum Bett. Ich nähere mich Amethyst und stelle mir bereits vor, wie sie gefesselt und nackt darauf liegt.

„Du hast zwei Möglichkeiten", sage ich. „Du kannst dich für mich ausziehen und dich auf dem Bett vor mich knien, oder ich schneide deine Kleidung auf und bringe dich selbst in Position."

„Warte. Warum?", sagt sie und ihre Wangen röten sich.

„Weil du lernen wirst, wie man Kabelbinder durchtrennt."

„Und dafür muss ich nackt sein?"

„Nein. Ich will, dass du nackt bist, damit ich dich für dein Versagen bestrafen kann." Sie zittert und ihre Finger wandern zum Reißverschluss ihres Kapuzenpullis.

„Was für eine Art von Bestrafung?"

„Edging."

„Scheiße."

Ich lache leise, da ich bereits weiß, wie sehr sie es hasst, wenn man ihr den Orgasmus verweigert. „Du hast einen Countdown von fünf bis zum Ausziehen. Alles, was noch an deinem Körper ist, wird abgeschnitten, und ich werde dich nicht kommen lassen. Fünf."

„Warte!"

Sie reißt ihren Kapuzenpulli herunter, ohne auch nur am Reißverschluss zu ziehen.

Das Kleidungsstück fällt auf den Betonboden. „Vier."

„Das ist nicht fair."

Sie zieht ihre Stiefel aus, reißt ihr Höschen und ihre Leggings in einer einzigen Bewegung herunter und lässt sie auf den Boden fallen. Ihre Bewegungen sind hektisch und ungeschickt, aber alles an ihr ist liebenswert.

Mein Blick fällt auf ihren runden Hintern, der noch einen Hauch der Spuren ihrer Züchtigung zeigt, und das Blut in meinem Kopf schießt nach unten.

„Drei", murmele ich, und meine Stimme wird vor Verlangen rauer.

Als Nächstes zieht sie ihren Sport-BH und ihr Tanktop aus, wodurch ihr Bauch und ihre kecken Brüste mit den rosigen Brustwarzen, die bereits steif sind, zum Vorschein kommen. Eine Gänsehaut entsteht, als ein Luftzug ihre Haut streift.

Mein Atem stockt. Meine Hände jucken, ihr entblößtes Fleisch zu berühren, aber ich halte mich zurück, weil ich die Vorfreude auskosten möchte. Ich hätte nie gedacht, dass Amethyst so begierig darauf sein würde, sich für mich auszuziehen. Es ist, als würde man die Geburt einer Göttin miterleben.

„Du bist so ein Arschloch", keucht sie.

„Ist das deine Art, mich um Analverkehr anzubetteln?", frage ich und ziehe eine Augenbraue hoch. „Zwei."

Mit einem Aufschrei krabbelt sie aufs Bett und geht in die Hocke. „Fertig. Bitte bestrafe mich nicht." Mein Herz rast erwartungsvoll, und der Puls in meiner Leistengegend pocht beim Anblick von Amethyst, die so ungeduldig wartet. Ich nehme die Rundung ihrer Taille, die Wölbung ihrer Brüste und die Röte beider Backen in mich auf. Sie hat sich mir noch nie so entblößt.

„Eins."

Sie windet sich, wobei ihr Arsch wackelt. „Xero, ich habe alles getan, was du wolltest!"

„Das hast du." Ich lege eine Hand auf ihren nackten Rücken, meine Finger streichen über Haut, die sich unglaublich glatt anfühlt. Sie zittert unter meiner Berührung, sodass eine weitere Welle des Verlangens zu meinem Schwanz schießt.

„Gutes Mädchen. Jetzt werde ich dir beibringen, wie du dich befreien kannst, wenn du mit Kabelbindern gefesselt wirst."

Sie windet sich auf dem Bett und beißt sich auf die Unterlippe. „Was, wenn ich es nicht schaffe?"

„Wir fangen mit den Grundlagen an. Dreh dich um und leg deine Handgelenke zusammen."

Während sie sich in Position bringt, gehe ich zu der Tasche, die ich am Fußende des Bettes abgestellt habe, und hole ein Bündel Kabelbinder heraus. Amethyst wimmert, bewegt sich aber nicht von der Stelle, und ich frage mich, ob sie an Lizzie Bath denkt.

„Bist du bereit?", frage ich.

Sie schluckt und ihr Atem beschleunigt sich. „Ja."

„Das wird dir vielleicht nicht logisch erscheinen, aber wenn es keine Hoffnung gibt, sich den Weg nach draußen zu erkämpfen, dann ist der nächste Schritt, sich zu eigenen Bedingungen zu ergeben."

„Was soll das überhaupt bedeuten?", fragt sie und ihre hübschen Gesichtszüge verziehen sich.

„Streck deine Arme so zu deinem Entführer aus, wie es für dich am vorteilhaftesten ist."

Sie nickt und streckt sie aus, wobei die Fäuste einander zugewandt sind. „Direkt vor mir?"

„Nicht ganz." Ich drehe ihre Hände so, dass die Handflächen nach unten zeigen, und befestige den Kabelbinder an beiden Handgelenken. „Diese Position bietet dir den größten Spielraum."

Ich weiche einen Schritt zurück und lasse sie ihre Handgelenke nach innen drehen, wodurch die Spannung nachlässt.

Sie windet eine Hand aus dem Kabelbinder. „Wissen das die Angreifer nicht auch?"

„Ja, sie wissen es, deshalb solltest du so viel Spielraum wie möglich schaffen." Ich drücke ihre Unterarme zusammen und befestige einen weiteren Kabelbinder. „Du solltest dich darum bemühen, das zu vermeiden."

Ihre vollen Lippen formen ein perfektes O. „Ich bin gefangen."

Meine Finger gleiten über ihre Brust und ich drücke eine Brustwarze so fest, dass sie zusammenzuckt. Erregung schießt in meinen Schwanz und macht mich benommen. Es ist diese Art von Vision, die meine Nächte im Gefängnis verfolgte – eine gefesselte und nackte Amethyst, die darauf aus ist, meine Wünsche zu erfüllen.

„Ich habe jetzt die Möglichkeit, mir zu nehmen, was ich will", sage ich mit tiefer werdender Stimme.

Sie zittert, ihre Lippen heben sich zu einem Lächeln.

„Das ist kein Spiel." Ich gebe ihr einen Schlag auf die Brust, sodass sie zusammenzuckt. „Du solltest versuchen zu entkommen."

„Wie?", krächzt sie.

„Greif mit den Zähnen nach dem losen Ende des Kabelbinders."

„So?", fragt sie mit großen Augen.

Ich nicke. „Positioniere den Verschlussmechanismus zwischen deinen Händen und ziehe ihn fest."

Sie positioniert den Kabelbinder und zieht ihn so fest, dass er sich in ihre Haut gräbt.

„Gut gemacht. Jetzt schau mir zu." Ich hebe meine zusammengelegten Unterarme über den Kopf und führe sie dann zu meinem Bauch, wobei ich meine Ellbogen so weit auseinanderziehe, dass sich meine Schulterblätter berühren.

Amethyst macht die Bewegung ohne die erforderliche Kraft nach und runzelt die Stirn. „Was mache ich falsch?"

„Versuch es noch einmal, aber schneller. Vergiss nicht, dass dein Leben davon abhängt."

Entschlossenheit lässt ihren Blick verhärten und sie atmet tief ein. Als sie diesmal ihre Arme hebt, verliert ihr Gesichtsausdruck jede Spur von Unsicherheit. Ich trete einen Schritt zurück und beobachte die Anfänge ihrer Verwandlung. Sie zieht ihre Arme nach unten und reißt sie auseinander. Der Kabelbinder reißt mit einem Knacken auf.

„Ich hab's geschafft", ruft sie mit großen Augen.

„Das ist mein Mädchen", antworte ich lächelnd. „Bist du bereit für einen weiteren Versuch?"

Wir wiederholen die Übung noch einmal, um sicherzustellen, dass sie die Bewegung perfekt beherrscht, dann rolle ich sie auf den Bauch und fessle ihre Arme hinter dem Rücken.

Amethyst zittert und ihr Atem beschleunigt sich.

Ihre Erregung beflügelt meine eigene, und mein Körper summt vor Verlangen. Ich würde von hinten in sie eindringen, ihr Haar wie Zügel halten und sie meinen Namen schreien lassen, aber wir haben ein ganzes Leben lang Zeit zum Ficken. Ich habe nur ein Zeitfenster, um Amethyst das Überleben beizubringen.

„Bleib im Moment, kleiner Geist", sage ich und drücke ihre Handgelenke zusammen. Meine Finger verweilen länger als nötig auf ihrer Haut, während ich frage: „Wie wirst du deine Arme positionieren?"

Sie drückt sie auseinander und legt ihre Fäuste auf ihre Arschbacken.

„So ist es richtig."

Ich fessle sie und lehne mich zurück, während sie die Fesseln lockert und sich befreit. Als Nächstes wiederholen wir die Übung, bevor ich ihre Handgelenke zusammendrücke und die Fesseln festziehe.

Der Anblick ihrer nackten, gefesselten Gestalt auf meinem Bett ist berauschend genug, aber ihr beim Kampf gegen die Fesseln zuzusehen, ist, als würde sie mit aller Eifer an meinem Schwanz lutschen. Ihre Muskeln spannen und verkrampfen sich, während sie versucht, ihre Fesseln loszuwerden, und ich kann mir fast vorstellen, wie sie unter mir liegt, während ich sie ficke.

Sie presst ihre Handgelenke so fest zusammen, dass ihre Knöchel weiß hervortreten. „Das hier ist schwieriger", murmelt sie und rollt sich auf die Seite. „Kannst du es mir zeigen?"

Es dauert einen Augenblick, bis ich mich daran erinnere, dass dies eine Übung ist und keine private Vorführung der schönsten Frau der Welt. Mit einem widerwilligen Seufzer beuge ich mich mit nach hinten erhobenen Armen nach vorn und führe die Umkehrung der ersten Bewegung aus.

„Oh." Sie rutscht an die Bettkante, lässt ihre zierlichen Füße auf den Boden fallen und steht auf.

Ich trete einen Schritt zurück und widerstehe dem Drang, sie auf die Matratze zu stoßen. Mein Schwanz drückt schmerzhaft gegen meinen Reißverschluss und bettelt um Erlösung. In meinem Kopf rasen Bilder von allen möglichen Wegen, wie ich Amethyst für mich beanspruchen kann, aber sie braucht erst einmal ein Erfolgserlebnis, bevor ich sie mit weiteren ablenkenden Herausforderungen konfrontiere.

Als ihre Augen meine treffen, strahlen sie vor Vitalität. Ich kann nicht sagen, was ihr mehr Leben einhaucht – die drohende Gefahr oder diese Übung in der Hoffnung, der Gefahr gewachsen zu sein. So oder so, ich bleibe gelassen. Sie ist jetzt lebendiger als je zuvor in der ganzen Zeit, die wir zusammen sind.

Mit angespannten Muskeln wiederholt sie die Bewegung, ihre Arme bewegen sich in einem präzisen Bogen. Der Kabelbinder öffnet sich mit einem befriedigenden Knacken und sie richtet sich auf.

„Ich hab's wieder geschafft!"

„Braves Mädchen", bringe ich mit rauer Stimme hervor, aber die Lust hat meine Zurückhaltung durchbrochen. Ich löse meinen Gürtel und ziehe ihn durch die Schlaufen.

„Beim nächsten Mal kombinierst du alles, was du gelernt hast. Ich werde auf dich losgehen und versuchen, dich zu fesseln. Wenn du mir entkommen kannst, bekommst du eine Belohnung."

„Und wenn ich versage?", fragt sie, wobei sich ihr Blick auf den Gürtel richtet.

Ich schenke ihr ein breites Grinsen. „Die Bestrafung wird dir vielleicht nicht gefallen, aber mir umso mehr."

SIEBENUNDACHTZIG

AMETHYST

Meine Muskeln schmerzen vom Training, aber zum ersten Mal, seit Jake vor meiner Tür aufgetaucht ist, habe ich das Gefühl, die Situation einigermaßen unter Kontrolle zu haben. Zumindest weiß ich, wer mich tot sehen will und warum.

Und ich weiß, dass ich nicht von einem rachsüchtigen Geist heimgesucht werde. Xeros Anwesenheit ist überwältigend genug, um meine Halluzinationen zu vertreiben, auch wenn er aufdringlich ist.

Das ist nicht böse gemeint. Ich bin dankbar. Dankbar für seine fortwährende Existenz. Dankbar für seinen Schutz. Dankbar für seine Anwesenheit.

Dank Xero bin ich nicht mehr allein, aber ich habe das winzige Fenster der Entscheidungsfreiheit verloren, das ich in meinem Leben hatte, als wir Brieffreunde waren. Ich bin von übermedikamentiert zu unter seiner Fuchtel geraten.

Ich hasse es, mich machtlos zu fühlen, aber etwas hat sich geändert. Trotz des Kontrollverlustes gibt er mir das Gefühl, am Leben zu sein. Xero ist der Funke, der mich selbst in den dunkelsten Momenten zum Leuchten bringt. Es ist sowohl beängstigend als auch berauschend.

Die Zeit mit ihm hat Gefühle in mir geweckt, von denen ich nie gedacht hätte, dass sie existieren. Ein köstlicher Nervenkitzel, ein verdrehtes Gefühl der Verbundenheit – all das lässt mich wacher fühlen, als ich es je für möglich gehalten hätte.

Und hier ist er und arbeitet daran, mich zu beschützen, egal, wie sehr ich nörgle und meckere. Selbst wenn ich des ständigen Drängens und Ziehens überdrüssig bin, die ruhige Gewissheit vermisse, die ich vorher hatte, oder mich nach der Einfachheit unserer Briefe sehne, gibt er mir, was ich brauche, um zu überleben, um stärker zu sein. Oder vielleicht ist es nur eine weitere Möglichkeit, mich selbst zu verlieren.

Nur die Zeit wird es zeigen.

„Geh aufs Bett und roll dich auf den Bauch", befiehlt er.

Ich erinnere mich daran, dass dies eine Übung ist, und stehe vom Bett auf und gehe zur Tür. „Fass mich nicht an."

Mein Herz rast vor Aufregung. Das Wichtigste bei der Befreiung aus Fesseln ist, dass man sich nicht von den Bastarden fesseln lässt.

Xero steht auf, wobei sein Körper den gesamten Raum in Anspruch zu nehmen scheint. Er ist so groß, dass er seinen Nacken vorbeugen muss, um nicht an die Decke zu stoßen, und der seltsame Winkel seines Kopfes lässt ihn nur noch unheimlicher aussehen.

Ich bewege mich immer noch rückwärts und schaue von einer Seite zur anderen, auf der Suche nach einer Waffe, um Xero in Schach zu halten. Mein Blick fällt auf eine Waffe, die auf der Kommode liegt. Xero bewegt sich, um sie zu greifen, aber ich bin schneller.

„Genau", knurre ich. „Bleib zurück."

Er grinst. „Willst du mich erschießen, kleiner Geist?"

„Wenn du näherkommst, werde ich nicht zögern, es zu tun", sage ich mit zitternder Stimme.

Er hebt seine Hände auf Schulterhöhe, aber nichts in seinem Gesichtsausdruck deutet darauf hin, dass er sich ergeben wird. Als er einen Schritt auf mich zumacht, um die Distanz zu verringern, legt sich mein Finger auf den Abzug.

„Du solltest zurückbleiben", sage ich. „Ich habe eine Waffe."

„Schusswaffen sind sinnlos, wenn man nicht bereit ist, sie zu benutzen." Er stürmt vor, packt mein Handgelenk und entreißt mir die Pistole aus meinen zitternden Fingern.

Mir wird flau im Magen. „Warte. Du hast ...“

Er drückt mir die Waffe an die Schläfe. „Jetzt bist du mir ausgeliefert. Leg dich auf das Bett und roll dich auf den Bauch.“

„Nein“, stoße ich durch zusammengebissene Zähne hervor.

„Oder ich schieße.“

„Das würdest du nicht tun.“

„Warum nicht?“, fragt er mit einem Grinsen.

„Weil niemand 99 Dollar für ein Video bezahlen wird, in dem ich wegen einer Schusswunde im Kopf sterbe.“

Er schmunzelt. „Schlauer kleiner Geist. Was wirst du jetzt tun?“

Ich stoße ihn mit dem Ellbogen in die Rippe, aber er grunzt nur. Als das nicht funktioniert, drehe ich mich um, greife seine Erektion durch seine Hose und drehe sie.

„Verfluchte Scheiße“, brüllt er.

Warmes Wohlgefühl erfüllt meine Brust. Ich greife nach der Waffe, aber er hält sie außer Reichweite. Als ich ihm gegen die Brust schlage, tut es eher mir weh. Ich erkenne meinen Fehler und stürme zur Tür.

Xero packt mich an den Haaren, aber diesen Trick kenne ich schon. Ich drehe mich wieder zu ihm um und ziele in Richtung seiner Kehle. Das reicht, um ihn zurück taumeln und seinen Griff lockern zu lassen, sodass ich mich wieder der Tür zuwenden kann.

Sie ist verschlossen. Scheiße.

Starke Arme packen mich um die Taille und reißen mich von den Füßen. Mit einem Magenkribbeln schreie ich so laut, dass wahrscheinlich sämtliche Skelette in den Katakomben aufschrecken.

Er presst mir eine Hand auf den Mund und trägt mich zurück zum Bett, sein Griff um meinen Körper ist so fest, dass ich mich nicht befreien kann.

Mein Puls beschleunigt sich und Schweiß bricht mir auf der Stirn aus. Was übersehe ich? Das haben wir in keiner der heutigen Lektionen behandelt. Ich beiße ihm in den Finger, aber der Schmerz lässt ihn nur vor Verlangen stöhnen.

Oh, Scheiße. Ich habe vergessen, dass er auch ein Masochist ist.

Er schleudert mich mit dem Gesicht voran auf die Matratze. Bevor ich den Aufprall überhaupt verarbeiten kann, drückt sich seine Hand zwischen meine Schulterblätter und fixiert mich auf dem Bett.

„Xero", schreie ich. „Du schummelst."

Er versetzt mir einen festen Klaps auf den Hintern, sodass sich meine Muskeln verkrampfen. Dann spreizt eine seiner Hände meine Pobacken und entblößt meine Rosette. „Ich will meinen Schwanz hier vergraben", knurrt er. „Ich will dich zum Schreien bringen."

Als er auf meinen Anus spuckt, verkrampft sich meine Muschi. Was zum Teufel passiert hier und warum findet mein Körper das erregend?

Xero hat mir vorhin gesagt, dass mir die Bestrafung nicht gefallen würde. Ich muss die Kontrolle über die Situation übernehmen und meine Belohnung einfordern. Ich drehe mich zur Seite und versuche, mich auf den Rücken zu rollen, aber ein schweres Gewicht landet auf meinem Rücken.

„Keine Bewegung", knurrt er.

„Fick dich."

Seine Finger gleiten zu meiner feuchten Muschi. „Nein, dich werde ich ficken."

Frustration breitet sich in mir auf und nimmt an Intensität und Hitze zu. „Wie soll ich entkommen, wenn du eine halbe Tonne wiegst?"

Er beugt sich so nah zu mir, dass sein heißer Atem mein Ohr streift. „Mädchen, die überleben, beschweren sich nicht über die Ungerechtigkeit ihrer Situation. Sie handeln."

Ich versuche, mich unter ihm wegzuwinden, aber es ist, als würde ich versuchen, ein Mammut zu bewegen. Ich bin unter seinem unmöglichen Gewicht gefangen, meine Muskeln brennen vor Anstrengung.

Mein Kiefer spannt sich an. Diese Übung ist Schwachsinn. Er hat sie so manipuliert, dass es keine Möglichkeiten gibt, die ich nutzen könnte. Ich kann nicht gewinnen, also höre ich auf zu kämpfen.

Xeros Finger umkreisen meine Schamlippe und bringen jedes Nervenende dort zum Singen. Dann umkreist er meine

Klitoris. Die Erregung durchströmt mich bis ins Mark und mein Inneres zieht sich zusammen. Ein Schauer durchfährt mich und ich versuche, ein Stöhnen zu unterdrücken.

Als er meine Handgelenke packt, zapple ich nicht herum und wehre mich nicht. Alles, was ich tue, ist zwecklos, also lasse ich ihn die Kabelbinder anlegen.

Xero hebt meine Hüften an und zwingt meine Beine auseinander, sodass mein Gesicht in der Matratze liegt und mein Arsch und meine Muschi zur Schau gestellt werden.

„Was für eine hübsche kleine Fotze", knurrt er und drückt meine Schamlippen mit den Fingern auseinander. „Schmeckt sie so gut, wie sie aussieht?"

„Es gibt nur einen Weg, das herauszufinden", murmele ich in die Kissen.

„Sieht so aus, als würden wir alle in den Genuss kommen, bevor sie überhaupt das Studio erreicht", knurrt er.

„Dann mach schon", stoße ich hervor und wackle mit meinem Arsch.

Der Klaps, den er mir verpasst, ist so heftig, dass der Schmerz auf meiner Haut explodiert und sich direkt an meiner Klitoris sammelt. Ich atme zischend aus und meine Augen beginnen zu tränen.

Scheiße. Nicht einmal, als ich ihm Müsli ins Gesicht geworfen habe, hat er zu fest zugeschlagen.

Er packt mich am Haar und zieht sie so fest, dass meine Kopfhaut brennt. „Ich weiß, was du vorhast, kleiner Geist, und es wird nicht funktionieren."

„Ach ja?", frage ich und versuche, den Schmerz zu verbergen. „Und was soll das sein?"

„Der Versuch, mich zu frustrieren." Er zieht an meinem Haar, um seinen Standpunkt zu unterstreichen. „Du denkst, du wärst in Sicherheit, weil ich geschworen habe, dich vor diesen Bastarden zu beschützen, aber niemand ist hier, um dich vor mir zu beschützen. Jetzt löse diese Kabelbinder und kämpfe um dein Leben."

„Sonst was?", schnauze ich. „Fickst du mich hart und schnell? Oh nein, wie furchtbar."

„Nicht ganz", sagt er mit einem leisen Knurren, das mir jedes einzelne Härchen auf meinem Nacken zu Berge stehen lässt. Etwas Kühles und Metallisches gleitet an meinem inneren Oberschenkel hoch und lässt meinen ganzen Körper erschauern.

Meine Muschi verkrampft sich.

Er wird mich mit der Waffe ficken.

Genau wie in diesen schmutzigen Büchern, in denen der Bösewicht das Opfer zwang, seine Waffe in sich aufzunehmen und russisch Roulette zu spielen.

Ich spreize meine Schenkel, mein Atem beschleunigt sich, die Muskeln in meiner Muschi zittern bei dem Gedanken, von einem wahnsinnigen Serienmörder erniedrigt zu werden, der aus dem Todestrakt ausgebrochen ist.

Das Pulsieren in meiner Klitoris ist mittlerweile so intensiv, dass sich meine Muschi wie ein offener Nerv anfühlt. Xero weiß nicht, mit wem er sich anlegt. Das ist so unglaublich heiß.

„Nimm mich ernst, kleiner Geist", knurrt er, und seine Stimme wird noch tiefer.

Schauer laufen mir den Rücken und setzen sich in meinem bebenden Geschlecht fest. Er weiß nicht, wie oft ich mich schon mit dieser Fantasie befriedigt habe.

Als das kalte Metall über meine Schamlippen gleitet, stöhne ich auf.

Xero lacht leise. „Glaubst du, ich hätte den Teil unseres Sexvertrags vergessen, in dem du das Spielen mit einer Waffe angekreuzt hast? Oder wie du jedes Mal besonders hart gekommen bist, wenn ich erwähnt habe, dass ich deine perfekte Muschi mit meiner Pistole durchbohre?"

Ich schüttle den Kopf, aber das führt nur dazu, dass er mir einen weiteren Klaps auf den Hintern verpasst. „Lüg mich nicht an", knurrt er. „Löse diese Kabelbinder oder rechne mit einer grausamen und ungewöhnlichen Bestrafung."

„Nein", schnaubte ich. „Ich habe diese Übungen satt. Du wechselst ständig die Position und fügst Dinge hinzu, gegen die ich mich nicht wehren kann."

„Erkläre das." Er zieht die Waffe weg.

„Wie soll ich mich wehren, wenn du mich hochhebst oder mich mit deinem Gewicht erdrückst?"

Er atmet tief durch. Es ist eines dieser erstickten Geräusche,

die Menschen machen, wenn sie versuchen, eine Tirade zurückzuhalten. „Die Zeit auf der Welt reicht nicht aus, um dir jedes
einzelne Szenario beizubringen. Manchmal ist es nötig, zu improvisieren."

„Ach? Und wie soll ich mit nur einem Tag Training und
gegen einen Verrückten, der jede meiner Bewegungen kontern
kann, über den Tellerrand improvisieren?"

Seine Hand schließt sich um meinen Hals und er hebt
meinen Kopf von der Matratze, um mir in die Augen zu starren.
Ich habe ihn noch nie so wütend gesehen, nicht einmal, als er mit
der Axt auf meine Angreifer losging. Wenn Blicke töten könnten,
würde ich nicht einmal mehr zucken.

„Mit einer solchen Einstellung wirst du gefangen genommen
und getötet", sagt er mit zusammengebissenen Zähnen und sieht
dabei so grimmig aus, dass ich kaum atmen kann. „Du hast fünf
Sekunden, um zu tun, was ich dir sage, sonst ... Eins."

Er blufft.

Ein Mann wie Xero Greaves würde mich nicht wegen einer
so trivialen Sache töten, nicht, wenn er mich an seiner Seite
behalten will, um mich eine Ewigkeit lang zu quälen.

Wenn ich weiter Widerstand leiste, wird er frustriert genug
sein, um noch ein paar weitere Trainingsszenarien durchzu-
spielen.

„Tu es doch", sage ich mit einem Grinsen.

„Zwei."

Seine Schritte entfernen sich zur Tür, was meinen Verdacht
bestätigt.

„Drei."

Beim Geräusch von etwas, das knackt, hebe ich den Kopf.
Xero steht mit dem Rücken zu mir und steht vor dem Skelett.

„Was machst du da?", frage ich.

Er dreht sich um und hält ein ganzes Bein in der Hand. „Ich
trenne diesen Oberschenkelknochen von der Kniescheibe. Vier."

Mein Atem stockt und mein Herz beginnt gegen meinen
Brustkorb zu hämmern. Angst schießt mir den Rücken hinauf.

„Warum?", röchelte ich.

Er kommt mit einem Grinsen auf mich zu, wobei seine
Augen vor Bosheit funkeln. Mein Fluchtinstinkt schreit mich an,

ich solle mich von den Kabelbindern befreien, bevor er bei fünf ankommt, aber meine krankhafte Neugier lässt mich an Ort und Stelle erstarren.

„Du weißt bereits, was passieren wird", sagte er, während er die Schienbein- und Fußknochen auf den Boden fallen ließ. „Fünf."

Oh.

Scheiße.

„Xero", krächze ich. „Denk einen Moment darüber nach. Du hast deinen Standpunkt klargemacht. Ich werde brav sein, okay?"

„Die Zeit ist um, kleiner Geist." Er hebt den Oberschenkelknochen. „Wenn ich dir einen Befehl gebe, solltest du daran denken, dass ich alle meine Drohungen wahr mache." Ich hebe meinen Oberkörper von der Matratze und versuche zu entkommen, aber Xero ist mit wenigen Schritten an meine Seite und packt mich am Hals.

„Du kannst diesen Oberschenkelknochen entweder wie ein braves Mädchen oder wie ein böses Mädchen ertragen. Mir ist das egal. So oder so wird dieser Knochen tief in deine Fotze eindringen."

Seine Worte hallen in meinem Kopf nach und lassen mich jede Lebensentscheidung überdenken, die mich zu diesem Moment gebracht haben. Bitterkeit und Angst breiten sich in mir aus und ich schlucke schwer.

„Xero, bitte."

Er ignoriert mich und geht um das Bett herum, wobei er noch immer diesen höllischen Knochen in der Hand hält. Ich krabble auf die andere Seite, um zu entkommen, aber er packt meinen Knöchel und reißt mich zurück.

Mit einem Schrei rutsche ich über die Matratze, wobei sich meine Brustwarzen verhärten, als sie über das Kissen streifen, das er aus meinem Zimmer gestohlen hat.

„Jetzt gibt es kein Weglaufen mehr, kleiner Geist."

„Das macht dich an", knurre ich. „Du kranker Freak."

„Ich sehe nicht, dass du versuchst, die Kabelbinder loszuwerden", sagt er.

Etwas Rundes und Glattes drückt gegen meinen Eingang,

und mein Körper versteift sich. Es ist kühl und hart, und ich kann bereits erkennen, dass es der Knochen ist.

Mein Herz schlägt so heftig, dass seine Vibrationen meine Muschi erreichen, die gegen das Objekt pulsiert, das er in meine triefende Öffnung einführt. Die feuchten Geräusche sind so obszön, dass ich nicht glauben kann, dass sie von mir kommen. Als der Knochen meine Klitoris streift, fühlt es sich an wie ein Blitzableiter, der einen Schub der Ekstase durch meinen Körper jagt.

Was zum Teufel ist los mit meinem Körper? Merkt er nicht, dass Xero mich benutzt, um eine Leiche zu schänden?

„Das ist so falsch", stoße ich hervor. „Nicht einmal du kannst so pervers sein. Hab etwas Respekt vor den Toten."

Er lacht nur. „Wenn du willst, dass ich aufhöre, weißt du genau, was zu tun ist."

„Fick dich", schreie ich.

Er schiebt den Oberschenkelknochen in meine Muschi, aber er ist so seltsam geformt, dass es sich anfühlt, als würde er mich in zwei Teile spalten. Seine breite Oberfläche gibt nicht nach und ist breiter als selbst Xeros Schwanz.

Schmerz und Lust vermischen sich, bis ich mich in einem demütigenden Sturm verliere und meine Lippen sich mit einem gutturalen Stöhnen öffnen. Der Knochen dehnt meine Muschi über das Natürliche hinaus und lässt meine Muskeln darum kämpfen, diesen grässlichen Umfang aufzunehmen.

„Xero", krächze ich.

„Das ist es, was du willst", keucht er, während er den Knochen tiefer in meine Muschi drückt.

Seine unebene Oberfläche reibt an jedem Lustzentrum und löst heftige Lustschauer aus. Ich schließe die Augen, mein ganzer Körper erschlafft bei dem qualvollen Gefühl, mit etwas so Widerlichem gefüllt zu sein.

Xero Greaves fickt mich mit einem menschlichen Knochen.

„Oh Gott", stöhne ich.

„Gott ist nicht bei uns in diesem Keller, aber ich werde dich gleich um Vergebung bitten lassen."

Tränen brennen in meinen Augen, aber ich bin fest

entschlossen, nicht zu weinen. Ich habe mich noch nie so beschmutzt gefühlt, noch nie so gefüllt.

„Du nimmst diesen Oberschenkelknochen so gut auf."

„Verpiss dich", schreie ich.

„Ich wollte deine Klitoris reiben, um dir zu helfen", knurrt er mir ins Ohr. „Aber dank dieses kleinen Ausbruchs musst du mit dem Knochen vorliebnehmen."

„Ich hasse dich."

„Sag das noch mal." Er drückt den Knochen tiefer in mich.

„Ich hasse dich!"

„Ich hasse dich auch", sagt er mit so viel Zuneigung, dass ich mich frage, ob er das Wort überhaupt versteht.

Er schiebt den Knochen hinein und heraus, wobei er jedesmal über meinen G-Punkt fährt. Der Druck in meinem Inneren baut sich auf und lässt mich die Zähne zusammenbeißen.

Ich will nicht durch die Überreste irgendeines Menschen zum Höhepunkt kommen. Das würde mich zu einer Nekrophilen machen. Er ist der verdrehte Perverse, nicht ich.

„Bitte", röchelte ich. „Berühre mich. Bitte."

„Was für ein durchschaubarer kleiner Geist", sagt er amüsiert. „Du willst verbergen, was dich wirklich zum Höhepunkt bringt. Wenn du an diesen Moment zurückdenkst, wirst du dich daran erinnern, dass du durch diesen Oberschenkelknochen Lust empfunden hast, nicht durch meine Finger."

Seine Worte erfüllen mich mit Scham. Das Vergnügen steigert sich und droht, mich kommen zu lassen, aber ich weigere mich, mich so etwas Verdorbenem hinzugeben.

„Du könntest das jederzeit beenden, indem du die Kabelbinder durchbrichst, aber du tust es nicht", sagt er.

„Ich kann nicht."

Sein Lachen lässt mich erschauern. „Belüge dich ruhig selbst, kleiner Geist, aber mich kannst du nicht belügen. Wir sind den Ablauf zweimal durchgegangen." Ich möchte meine Ellbogen auseinanderdrücken, aber ich bin so kurz vor dem Orgasmus, dass mein Körper nicht mitmacht. Mein Geist schwankt am Rande des Wahnsinns, angetrieben von einem Cocktail aus Ekstase, Verleugnung und Scham.

Meine Hüften bewegen sich, ohne meine Erlaubnis, um dem

Knochen entgegenzukommen und erhöhen die Reibung. Vielleicht kann ich mir einen leisen Orgasmus gönnen, nur damit ich einen klaren Kopf bekomme.

„Schmutziger kleiner Geist. So versessen aufs Ficken, dass du selbst mit einem Oberschenkelknochen kommen würdest."

Hitze durchströmt meine Adern, aber ich ignoriere seine Sticheleien. Ich will den Knochen entzwei brechen und ihn ihm ins Herz stoßen.

Die Lust steigert sich immer weiter, bis sie in meinem Innersten zu einem tosenden, wütenden Sturm wird. Ein Stöhnen entringt sich meiner Kehle, und meine Hüften zucken heftig, um jedes erniedrigende Gefühl zu vertreiben. Ein Orgasmus durchfährt mich wie ein Tsunami, zerreißt die Frau, die ich einmal war, und ersetzt sie durch jemanden, den ich kaum wiedererkenne.

Ich schnappe nach Luft, mein Körper zuckt unter den Wellen der Demütigung und des Entzückens, die so intensiv sind, dass sie an Schmerz grenzen.

„Dreckiges kleines Mädchen", sagt Xero mit spöttischer Stimme. „Hat dich der Anblick all dieser Knochen angetörnt?"

Ich schüttle den Kopf, will seine grausame Anschuldigung leugnen, aber ein weiterer Lustschub raubt mir den Atem. Meine verräterischen Hüften schieben sich dem Knochen entgegen und entlocken mir Empfindungen, bis ich nichts weiter, als ein zitternder Haufen aus Befriedigung und Scham bin.

„Wie war es?", fragt er mit amüsierter Stimme.

„Besser als dein mickriger Schwanz", fauche ich.

Er dreht mich auf die Seite und starrt mir in die Augen, als würde er mir jeden Augenblick die Seele rauben. Licht scheint durch sein dunkles Haar und lässt ihn wie aus einer anderen Welt erscheinen.

Mein Herz rast in meiner Brust, unter einer Mischung aus Angst, Verwirrung und einem wachsenden Gefühl der Scham.

„Dachtest du, ich würde irgendetwas in deine Muschi lassen, das nicht mir gehört?", knurrt er.

„Wovon sprichst du?", flüstere ich mit weit aufgerissenen Augen.

„Das da drüben ist ein 3D-Druck." Er nickt in Richtung des Skeletts, das in der Ecke hängt.

Ich starre das Ding mit offenstehendem Mund an, eine Welle widersprüchlicher Gefühle überrollt meine Sinne – Erleichterung, Ekel und ein verdrehtes Gefühl der Enttäuschung. „Ist es aus Plastik?"

Er grinst. „Keramik. Enttäuscht?"

Scham breitet sich auf meinen Wangen aus und mein Kiefer spannt sich an. Ich kann nicht glauben, dass er mich dazu gebracht hat, etwas so Abscheuliches zu genießen.

„Eines Tages", sage ich mit vor Wut zitternder Stimme. „Werde ich dich um Gnade betteln, um dein Leben flehen lassen. Dann werde ich dich an diesen Moment erinnern und dich töten."

Ich zittere, als ich diese hasserfüllten Worte ausspreche. Ein Teil von mir will ihn gedemütigt sehen, ein anderer Teil von mir ist entsetzt über meine eigenen Gedanken.

Was zum Teufel macht Xero mit mir? Dieses Arschloch verzerrt meine Persönlichkeit zu etwas, das ich nicht wiedererkenne.

Er lacht. „Das würde ich gerne sehen."

„Du hast ja keine Ahnung, mit wem du dich anlegst", antworte ich mit zusammengebissenen Zähnen.

„Nein, aber ich brenne darauf, sie kennenzulernen", entgegnet er grinsend.

ACHTUNDACHTZIG

XERO

Amethyst geht nicht näher darauf ein, wie sie mich um mein Leben betteln lassen will. Zu ihrer Verteidigung muss ich sagen, dass es schwierig ist, Worte zu finden, wenn mein Schwanz in ihrem Hals steckt und mein Ledergürtel um ihren Hals liegt, aber ihre Augen brennen vor blanker Mordlust, sodass ich ihr ins Gesicht spritze.

Sie kocht in der Dusche, dampft auf dem Beifahrersitz meines Autos und schmollt, während wir uns von hinten der Villa ihrer Mutter in Alderney Hill nähern. Ich habe sie mehrmals besucht, während Amethyst sich nach den Vorfällen mit der Leiche hier verkrochen hat.

Laut Grundbuch hat Melonie Crowley das Gebäude vor vierzehn Jahren von einer Firma gekauft, die Enzo Montesano gehörte. Er war der ehemalige Pate von New Alderney, der an einem Herzinfarkt starb und sein lukrativstes Vermögen seinem Stellvertreter Frederic Capello hinterließ.

Ich habe Enzos ältesten Sohn Roman im Todestrakt kennengelernt, wo er für ein Verbrechen schmachtet, das er nach eigenen Angaben nicht begangen hat. Montesano war einer der wenigen Insassen, die sich bei mir für all die Vergünstigungen bedankten, die der Fanclub für sie ausgehandelt hatte. Die *Brutti ma Bouni* seiner Haushälterin sind wahnsinnig lecker.

Die Innenbeleuchtung ist ausgeschaltet, was zu dieser Nachtzeit alles bedeuten könnte, aber Laternen beleuchten den Garten und die gepflegte Fassade des Hauses. Allerdings spielt das keine Rolle, da wir ihr Sicherheitsvideo so geschaltet haben, dass es Aufnahmen von letzter Nacht überträgt.

Amethyst reißt sich los, als wir uns der Küchentür nähern, und geht auf ein Gartenlabyrinth aus etwa 60 cm hohen Sträuchern zu. „Mama versteckt den Schlüssel immer unter einem Stein, aber ich weiß nicht mehr, wo."

„Ich habe einen." Ich schließe die Tür auf.

„Was?", zischt sie.

Ich winke sie näher heran. „Es war nicht schwer, eine Kopie anzufertigen, nachdem ich das erste Mal eingebrochen war. Komm schon."

Mit einem Seufzen kommt sie zurück, ihr Gesicht ist zu einer ausdruckslosen Maske erstarrt. Ich lege einen Arm um ihre Schulter, beuge mich zu ihrem Ohr und murmele: „Bist du sauer, weil du dir wünschst, ich hätte einen Knochen verwendet, den ich aus den Katakomben geholt habe? Denn wenn deine Vorlieben bis zur Osteophilie reichen, könnten wir beide ein Problem haben."

„Halt die Klappe." Sie stößt mir mit dem Ellbogen in die Rippen, als wir das Haus über einen kleinen Raum betreten, der die Küche vom Außenbereich trennt. Der Raum ist mit hohen Regalen für Hüte, Kleiderhaken und einer Bank ausgekleidet, auf der ein Gärtner seine Stiefel ausziehen und sie darunter schieben kann.

Melonie Crowley mag eine schreckliche Mutter sein, aber die Frau hat einen exquisiten Geschmack. Wir gehen durch die dunkle Küche, durch einen holzgetäfelten Flur und die Treppe hinauf. Amethyst führt mich durch ihr Haus, obwohl ich mir die Aufteilung bereits eingeprägt habe.

Oben an der Treppe bleibt sie stehen und hält mir ein Messer vors Gesicht. „Versuch ja keine Dummheiten", zischt sie. „Ich meine es ernst."

„Du bist die einzige Frau, die ich jemals entehren möchte", sage ich mit der Hand auf dem Herzen. „Du bist die Einzige."

Ihre Lippen verziehen sich, obwohl ich jedes Wort ernst

gemeint habe. Während sie weiter auf das Schlafzimmer ihrer Mutter zugeht, greife ich in meine Tasche, um das Klebeband herauszuholen. Der Plan ist, die Harpyie außer Gefecht zu setzen und Antworten über Amethysts fehlende Erinnerungen zu verlangen. Ich werde sie nicht davon abbringen, 13 Parisii Drive auf den Markt zu bringen, da ich es kaufen und jegliche Kontrolle, die die Frau über meinen kleinen Geist hat, durchtrennen will.

Amethyst öffnet die Schlafzimmertür und bleibt in der Tür stehen. „Was ist los?", frage ich.

„Sie ist nicht da."

„Bist du sicher?" Ich schaue über ihre Schulter auf ein ungemachtes Bett. „Stell dich hinter mich."

Auf leisen Sohlen betrete ich das Zimmer. Als ich eine Hand auf die Matratze lege, merke ich, dass die Laken bereits kalt sind. „Sieht aus, als wäre sie noch nicht nach Hause gekommen. Hat sie einen Freund?"

„Nein", sagt Amethyst und klingt dabei empört. „Sie ist mit meinem Vater verheiratet."

Ich drehe mich mit hochgezogener Augenbraue um. „Ist dir noch etwas eingefallen?"

Sie weicht einen Schritt zurück und runzelt die Stirn. „Nein?"

„Du hast gesagt, er lebt hier. Zeig mir einen Beweis, dass es ihn noch gibt."

Sie reibt sich verlegen den Nacken. „Als ich das letzte Mal nachgesehen habe, waren seine Kleider nicht im Schrank, aber es gibt Fotoalben."

„Wo?"

Sie geht um das Himmelbett herum zu einem Bücherregal in einer Nische und holt einen ledergebundenen Band heraus. „Das ist es", sagt sie mit vor Aufregung belegter Stimme. „Als ich das letzte Mal nachgesehen habe, habe ich Fotos von meinem Vater gefunden."

Ich trete an ihre Seite und nehme das Album entgegen. Nachdem ich die Bücherregale auf versteckte Fächer überprüft habe, frage ich: „Gibt es noch etwas, das wir mitnehmen sollten?"

Sie blickt sich um. „Die Sachen meines Vaters sind im Gästezimmer.“

„Zeig es mir.“

Ich folge ihr in den Flur zu einer Tür am anderen Ende des Hauses. Dahinter befindet sich ein einfacher Raum mit einem Doppelbett, einem hölzernen Schreibtisch und einem Sessel in der Ecke. Sie öffnet einen Kleiderschrank, der bis auf ein einziges Outfit, das auf einem Bügel hängt, leer ist.

Sie lässt die Schultern hängen. „Oh.“

„Was ist los?“

„Ich glaube, der gehört meinem Onkel Clive.“

„Was hast du beim letzten Mal gesehen?“, frage ich mit sanfter Stimme.

„Einen Schrank voller maßgeschneiderter Kleidung. Viele Schuhe. Hemden, die noch in der Verpackung waren.“ Ihre Stimme versagt. „Habe ich die auch nur halluziniert?“

„Komm her“, sage ich seufzend.

Sie kommt mit gesenktem Kopf auf mich zu, und ich umarme sie.

„Du standest unter großem Stress, als du herkamst. Ich gebe zu, dass ich meinen Teil dazu beigetragen habe.“

Sie zieht sich zurück und starrt mich an, wobei Tränen in ihren Augen schimmern. „Ich kann immer noch nicht sagen, was real ist.“

Mein Herz sinkt angesichts der Verzweiflung, die sie empfinden muss, wo sie erkennt, dass der Elternteil, den sie zu kennen glaubte, nur eine Illusion war. Ein solcher Verlust muss dasselbe klaffende Loch hinterlassen wie ein Trauerfall. Ebenso schlimm muss es sein, das Vertrauen in ihre eigenen Sinne zu verlieren.

„Ich bin real. Wenn du etwas siehst, das nicht richtig aussieht, zeige es mir und ich werde dir helfen, es zu verstehen.“

„Okay“, antwortet sie mit einem leichten Nicken.

„Gibt es noch etwas, das du aus diesem Haus mitnehmen möchtest?“

Sie schüttelt den Kopf und eine Träne läuft ihr über die Wange. Ich wische sie mit dem Daumen weg, und mir dreht sich innerlich alles um.

Muss ich so ein herzloser Bastard sein? Hätte ich nur Amethysts Adresse in Erfahrung gebracht, anstatt zurückzubleiben, um die Assistentin in den Tod zu treiben, der ihr zusteht, wäre ich am Parisii Drive angekommen, bevor der erste Mann überhaupt angegriffen hat.

Ich hätte Amethyst wegen der Ware und des Buchvertrags zur Rede stellen und ihr erklären sollen, dass ich nicht wollte, dass sie unsere Beziehung zu Geld macht. Wir hätten uns mit der Bedrohung durch *X-Cite Media* auseinandersetzen können, ohne ein zusätzliches Trauma zu verursachen.

Meine Psyche ist so an langsame Rache gewöhnt, dass ich ihre größte Schwäche ins Visier nahm: ihren fragilen Geisteszustand. In dem Moment, als mir klar wurde, dass sie dachte, ich sei eine Halluzination, legte ich nach und holte die Leiche ihres Angreifers zurück.

Ich nutzte ihre Verletzlichkeit aus, webte eine verdrehte Realität, um ihre Wahrnehmung zu verändern, und war damit keinen Deut besser als mein Vater. Als ich in ihre tränengefüllten Augen blicke, erinnere ich mich an meine eigenen Kämpfe mit einem zerrütteten Geist – den Schmerz, die Bitterkeit und die Hilflosigkeit, betrogen worden zu sein.

Meine Handlungen haben ihren schwachen Verstand nur noch weiter gebrochen, und das alles nur wegen meines angeschlagenen Egos. Ist es da ein Wunder, dass sie bei unseren Übungen nicht voll mitarbeitet? Sie ist eine Zivilistin, keine erfahrene Agentin.

„Amethyst, es tut mir leid", murmle ich. „Das ist meine Schuld."

„Wovon sprichst du?", fragt sie. „Du beschützt mich."

Ich habe sie dazu gebracht, mich für einen Helden zu halten, obwohl sie etwas viel Besseres verdient.

„Komm schon. Lass uns zu dir nach Hause zurückkehren."

„Was machen wir, wenn es versteigert wird? In einem deiner anderen Häuser leben?"

„Du meinst in den sicheren Häusern?", frage ich und führe sie auf den Flur.

„Ja."

„Heutzutage nutzen wir sie nur noch als Lager und für Lieferungen", murmele ich. „Die meisten von uns leben unter der Erde."

„In den Katakomben?"

„Und in Kellerwohnungen, die über die ganze Stadt verteilt sind", antworte ich mit einem Lächeln.

Wir gehen die Treppe hinunter in das Arbeitszimmer ihrer Mutter, wo wir ein Familienfoto und einen Stapel Briefe vom Schreibtisch nehmen. Nachdem wir das gesamte Erdgeschoss nach Hinweisen auf Amethysts Vergangenheit durchsucht haben, ohne etwas zu finden, verlassen wir das Haus und kehren zum Auto zurück.

Ich fahre schweigend zurück zum Parisii-Friedhof und werfe Amethyst verstohlene Blicke zu, während sie das Fotoalbum durchblättert. Ab und zu erhasche ich einen Blick auf ein glückliches, dunkelhaariges Paar auf den Fotos, das mit seiner kleinen Tochter Familienaktivitäten nachgeht.

„Erinnerst du dich an irgendetwas davon?", frage ich.

„An rein gar nichts", murmelt sie.

An einer Ampel zeigt sie mir das letzte Bild, auf dem Melonie Crowley mit einem gutaussehenden, dunkelhaarigen Mann vor einem Casino steht. „Das ist das neueste Foto, das ich von ihnen habe. Mein Vater sieht genauso aus wie damals."

„Es ist mindestens fünf Jahre alt", antworte ich.

„Woher willst du das wissen?" Amethyst schaut auf das Bild und hält die Seite näher an ihr Gesicht, als würde sie nach einem Zeitstempel oder Anzeichen von Alterung suchen, die sie übersehen hat.

„Auf dem Gebäude hinter ihnen steht Casino Montesano."

„Und?"

„Seit vier Jahren heißt es Capello Casino."

„Bist du dir da sicher?"

„Roman Montesano saß im Todestrakt in der Zelle, meiner gegenüber. Ich habe diesen Typen bis aufs kleinste Detail recherchiert."

„Oh." Sie schluckt. „Warum?"

„Ich habe ihm gesagt, dass ich eine eigene Organisation leite, und gefragt, ob er sein Casino zurückhaben möchte. Einem Mann, wie ihm zu helfen, wäre ein lukrativer Job gewesen."

„Was hat er gesagt?"

„Er sagte, er hätte es im Griff."

„Und hatte er es?"

„Wer weiß?", murmele ich. „Montesano geht nirgendwo hin, und sein Casino gehört immer noch jemand anderem."

Mein Handy klingelt, und als ich auf den Bildschirm blicke, sehe ich, dass es Tyler ist.

„Bericht", sage ich.

„Der Anwerber hat eine Nachricht geschickt. Er hat mit seinem Chef über deinen Vorschlag gesprochen, und sie stellen keine neuen Talente ein", sagt Tyler. „Du kannst aber gerne Videos für eine Vereinbarung über eine Umsatzbeteiligung einreichen."

„Verdammt", knurre ich. „Gibt es Fortschritte beim Zugriff auf ihre Systeme?"

„Nicht wirklich", murmelt er. „Sie sind hermetisch abgeriegelt. Sicherer als das Pentagon. Wir werden immer rausgeschmissen, bevor wir überhaupt versuchen können, in das System einzudringen. Ich arbeite daran, aber ihre Protokolle sind verrückt."

Ich beiße die Zähne zusammen. „Wir werden einen anderen Weg finden. Konntest du dir wenigstens Zugriff auf sein Handy verschaffen?"

„Ja. Sein Name ist Harlan Stills und er lebt an seinem Arbeitsplatz. Keine Familie, keine Lebensgefährtin und kein Sozialleben außerhalb der Arbeit für *X-Cite Media*."

„Das könnte sein Diensthandy sein", murmele ich.

„Es ist privat. Seine Vorgesetzten wären entsetzt, dass er ihre Sicherheit untergräbt, indem er sein Diensthandy benutzt, um sich mit minderjährigen Jungen zu verabreden."

„Gütiger Gott."

„Keine Sorge. Wir chatten bereits mit ihm, während wir sprechen, und ich sage dir ... ich war von den Schwanzbildern nicht beeindruckt."

„Lock ihn zu einem Treffen heraus."

„Ich arbeite daran, Boss", sagt Tyler, bevor er auflegt.

Amethyst starrt mich mit angespannten Gesichtszügen an.

„Glaubst du, dass er Kinder im Internet für seine Videos rekrutiert?“

„Ich glaube nicht, dass ein so vorsichtiges Unternehmen wie *X-Cite Media* solche öffentlich nachverfolgbaren Methoden anwenden würde, aber eines kann ich dir sagen ... Harlan Stills wird nicht lange genug leben, um das Leben eines weiteren Kindes zu gefährden.“

Es ist an der Zeit, etwas zu unternehmen, ein paar Schädel einzuschlagen und diese abscheuliche Operation von innen heraus zu zerstören. Nicht nur für die Frau, die ich liebe, sondern für jede Person, die jemals diesen Monstern zum Opfer gefallen ist.

NEUNUNDACHTZIG

AMETHYST

Xero ist fest entschlossen, mich völlig durcheinanderzubringen. In einem Moment ist er anmaßend und unhöflich. Im nächsten ist er liebevoll. Das einzig Beständige an ihm ist, dass er immer einen anderen Weg nach Hause nimmt. Dieses Mal kehren wir über ein Marmormausoleum zum Kriechkeller meines Hauses zurück.

Ich wusste, dass es dort Türen gab, aber ich hatte keine Ahnung, dass Menschen sie betreten konnten, es sei denn, sie wollten sterbliche Überreste dort ablegen. Wir treten durch einen gewölbten Eingang ein, und unsere Schritte hallen von den Steinwänden wider.

Ich wende meinen Blick von den Reihen von Särgen ab, die sich in Öffnungen in den Wänden befinden, und versuche, das Frösteln zu ignorieren, das meine Körper erfasst. Spinnweben hängen in jeder Ecke und verbreiten eine unheilvolle Aura. Ein gespenstischer Luftzug weht hindurch und lässt mich an meine Brust greifen.

Xeros Handylicht erhellt den Weg und ich klammere mich an seinem Oberarm fest.

„Angst, kleiner Geist?", fragt er.

Ich zittere. „Ich warte immer noch darauf, dass etwas aus den

Schatten springt und mich eines Verbrechens beschuldigt, an das ich mich nicht erinnern kann."

„Wir werden zusammen dafür sorgen, dass du deine Erinnerungen zurückbekommst", murmelt er.

„Wie?"

„Ich habe jemanden in die Praxis deiner Psychiaterin geschickt, um deine Unterlagen zu finden. Sobald wir sie haben, wirst du wissen, was in deiner Vergangenheit geschehen ist."

Erleichterung erfüllt mich. „Das hast du für mich getan?"

Xero bleibt am Ende des Ganges stehen, wo eine eiserne Treppe nach wer-weiß-wo hinunterführt. Mondlicht dringt durch die hohen Fenster ein und betont seine maskulinen Züge.

„Amethyst, ich würde tausend Köpfe aufbrechen, um einen Blick auf deine Vergangenheit zu werfen."

„Warum?", flüstere ich.

„Du bist meine süßeste Obsession. Von dem Moment an, als ich wusste, dass es dich gibt, war ich süchtig. Ich würde jeden Mann umbringen, der versucht, mich davon abzuhalten, dich zu besitzen."

Sein Blick ist so intensiv, dass er fast unerträglich ist, aber ich kann nicht wegsehen. Es ist, als hätte sein hitziger Blick die Kraft, mein Fleisch zu durchbohren und meine Knochen zu Asche zu verbrennen.

Schatten huschen über seine markanten Gesichtszüge und lassen ihn wie aus einer anderen Welt erscheinen – fast göttlich. Mein Herz rast und ich habe Mühe, meine Fassung zu bewahren. Seine Gegenwart ist so überwältigend, dass ich kaum atmen kann. Meine Beine zittern so sehr, dass ich Angst habe, dass sie unter mir nachgeben könnten.

Als er seine Hand ausstreckt und eine verirrte Locke aus meinem Gesicht streicht, durchfährt mich ein elektrisierendes Prickeln, das mich bis ins Mark trifft. Meine Erregung steigt und lässt meine Knie noch stärker zittern. Er legt einen Arm um meine Taille und zieht mich an seine Brust.

„Ich habe dich, kleiner Geist", sagt er, und seine tiefe Stimme hallt von den Wänden des Mausoleums wider.

Es ist zu viel. Ich bin machtlos gegen Xeros Anziehungskraft. Alles, was ich tun möchte, ist, seinem unwiderstehlichen Charme nachzugeben, auch wenn ein Teil von mir weiß, dass es ein Fehler wäre. Wie kann ich meinen Instinkten vertrauen, wenn ich nicht einmal meinen grundlegendsten Sinnen trauen kann?

Ich löse mich von ihm, gehe die Treppe hinunter und halte mich dabei am eisernen Geländer fest.

„Was sagst du da überhaupt?" Meine Worte klingen so rau, dass ich sie kaum als meine eigenen erkenne.

„Du gehörst mir. Du gehörst mir, bis ans Ende der Zeit. Du gehörst mir, bis die Sonne zur Supernova wird und der Mond zu Staub zerfällt. Du gehörst mir, bis das gesamte Universum auf Atome reduziert ist. Und selbst wenn von der Existenz nichts als bloße Echos übrigbleiben, wird meine Seele aus der Leere heraus nach deiner greifen."

Er kommt auf mich zu, wobei der Größenunterschied durch die Treppe noch verstärkt wird. Ich fühle mich so klein, so schwach, so unbedeutend, so unwürdig einer solch grandiosen Liebeserklärung.

„Xero, das ist verrückt", sage ich mit belegter Stimme.

Ein tiefes Lachen dröhnt aus seiner Brust und hallt durch die Steinmauern. „Ist das so schwer zu glauben?"

„Niemand hat jemals ..." Ich erreiche das untere Ende der Treppe und senke den Blick. „Nun, du kennst meine Vergangenheit."

„Lass dir nicht von einem unwürdigen Bastard deinen Wert diktieren", knurrt er. „Dieser Mann war zu blind, um deinen Wert, deine Stärke und die Schönheit deines Geistes zu sehen."

Ich senke den Kopf, überwältigt von der Intensität seiner Worte. „Mein ganzes Leben lang war ich eine Last", murmele ich. „Jemand, der schlafwandelnd von einer chaotischen Situation in die nächste schlittert. Das Leben ist kein Märchen, und es gibt keine gutaussehenden Prinzen. In dem Moment, in dem ich zu viel Ärger mache, wirst du mich verlassen."

„Setzt du mich etwa mit deiner Mutter gleich", knurrt er.

Mein Kopf schnellt hoch und ich treffe seinen Blick.

„Diese Frau ist unbedeutend, zerbrechlich, schwach. Sie ist zu eitel und oberflächlich, um dir die Liebe zu geben, die du verdienst."

„Vielleicht ist sie es leid, meine Morde zu vertuschen", murmele ich.

„Glaubst du etwa, dass mich so etwas Triviales wie ein paar Leichen interessiert?", fragt er mit einem schiefen Lächeln. „Vergiss nicht, dass ich ein Jahr damit verbracht habe, die Morde meiner Firma zu vertuschen."

Ich stoße ein humorloses Lachen aus. „Das stimmt."

„Du vergisst, dass ich Frauen mag, die Blut an den Händen haben."

Wärme erfüllt meine Brust und mein Herz flattert. „Was ist, wenn ich eine zwanghafte Mörderin bin?"

Er drückt mich fester an seine Brust. „Wenn du Arschlöcher töten willst, bin ich an deiner Seite, mit einem Lappen in der einen Hand, um deine Fingerabdrücke abzuwischen, und einer Schaufel in der anderen, um die Leichen zu begraben."

Ich lache leise. „Du bist völlig verrückt."

„Vielleicht bin ich das, aber nichts, was du jemals tun könntest, würde mich zurückschrecken lassen." Er legt seine Hand auf meine Wange und bringt seine Lippen nah an meine. „Ich habe keine Angst vor deinen Dämonen. Ich kann es kaum erwarten, sie zu befreien."

Mein Herz schlägt so heftig, dass ich Angst habe, es könnte explodieren. Ich habe mich noch nie so akzeptiert oder gesehen gefühlt. Nichts, was ich jemals tun könnte, würde ihn vertreiben, und das zu wissen, gibt mir eine seltsame Art von Sicherheit. Zum ersten Mal in meinem ganzen Leben fühle ich mich geliebt, beschützt und besonders.

Selbst als ich mit Mr. Lawson zusammen war, wusste ein großer Teil von mir, dass es falsch war. Er ging nie mit mir essen, stellte mich nie einem seiner Freunde vor und erlaubte mir nicht einmal, ihn beim Vornamen zu nennen. Der Mann war immer so paranoid, dass ich einen Fehler machen und unsere geheime Beziehung verraten könnte.

Xero hingegen wollte von Anfang an, dass die ganze Welt weiß, dass wir verliebt sind. Er machte mich zur Präsidentin seines offiziellen Fanclubs, schrieb in seinen Antworten an die Fans über mich und stellte mich seiner Schwester vor. Ganz zu schweigen von den großen Anstrengungen, die er unternimmt, um eine Organisation zu zerstören, die mich tot sehen will.

„Ist das Liebe?", flüstere ich an seine Lippen.

„Liebe? Das ist zu schwach, um zu beschreiben, was in meinem Herzen ist. Du bist mein Leuchtturm, mein Leitstern, der Sinn meines Lebens. Ich bin besessen, süchtig, dir zu Füßen zu liegen, und sei es nur, um den Hunger nach dir in mir zu stillen."

„Xero ..."

Seine Lippen pressen sich auf meine in einem Kuss, der mir den Atem raubt, und seine Finger gleiten in meine Locken und halten meinen Kopf fest. Er verschlingt meinen Mund, seine Zunge umspielt die meine, um jeden Zentimeter zu erkunden und die Flammen meiner Erregung zu schüren.

Meine Knie geben nach und ich sacke gegen ihn, spüre den Druck seiner Erektion.

„Siehst du, was du mit mir machst?", knurrt er in den Kuss hinein. „Ich kann nicht mehr klar denken, wenn ich weiß, dass du so nah bist. Wenn ich die Wahl hätte, wäre ich jede Stunde des Tages in dir."

„Tu es", sage ich.

Er zieht eine Augenbraue hoch. „Jetzt?" Ich nicke.

Er deutet auf den steinernen Raum. „Hier?"

Ich drehe mich im Kreis und nehme endlich meine Umgebung wahr. Der untere Stock des Mausoleums ist geräumiger als der obere und enthält zwei verzierte Marmorsärge, die nebeneinander liegen, mit einem steinernen Sitz an der einen Wand.

Zwischen ihnen befindet sich ein Gang, der zu einem dekorativen Bogen führt. An den Wänden hängen Wandleuchter, in denen erloschene Kerzen stehen. Mit Xero hier, der mich vor möglichen Geistern beschützt, merke ich, dass es gruselig, aber auch romantisch ist.

„Ja", sage ich, und unser Blick trifft sich. „Genau hier."

Er kommt auf mich zu und legt seine Hände um meine Taille. Er führt mich rückwärts zu einem der Steinsärge, und seine Augen leuchten vor Verlangen.

„Ist da jemand drin begraben?", frage ich.

„Spielt das eine Rolle?"

„Nein."

Er hebt mich auf die Kante des Sarges, sodass ich auf seiner Marmoroberfläche sitze. Kälte sickert durch den Stoff meines Rocks und meiner Strümpfe und lässt mich zappeln. Xero lässt meinen Oberkörper sinken, streicht mit seinen Händen über meine Oberschenkel und schiebt den Stoff nach oben.

„Öffne dich für mich", sagt er mit dieser tiefen Stimme, die sich wie Rauch um meine Sinne legt.

Obwohl ich ein enganliegendes schwarzes Ledermieder mit einem Reißverschluss vorne und eine passende schwarze Jacke mit Handschuhen trage, zittere ich immer noch. Ich spreize meine Schenkel, mein Atem stockt, als seine warmen Finger über den Spitzenbesatz meines Höschens streichen.

Ich starre in seine Augen, mein Herz schlägt mit einer solchen Intensität, dass ich den Widerhall in meinem ganzen Körper spüren kann.

„Du bist so schön, wenn du für mich wie meine eigene kleine Leichenbraut aufgebahrt bist." Xero greift nach dem Reißverschluss und zieht daran, sodass meine Brüste entblößt werden.

Kühle Luft umspielt meine Haut und lässt meine Brustwarzen sich zu harten Spitzen zusammenziehen. Sein Blick streift meinen Körper mit einem solchen Hunger, dass ich ihn fast körperlich spüren kann. Jeder Zentimeter von mir zittert, aber nicht vor Kälte.

„Bist du feucht vor Lust, kleiner Geist?", fragt er.

„Warum überzeugst du dich nicht selbst?", flüstere ich.

Mit einem Stöhnen schiebt er mein Höschen zur Seite und seine Finger streifen meine feuchten Schamlippen. In keinem Moment löst sich sein Blick von mir.

„So ist es brav", brummt er und drückt mit dem Daumen gegen meine Klitoris. Zwei seiner Finger stoßen in meinen Eingang und dehnen mich.

Meine Muschi schließt sich um seine Finger und will mehr. Sie braucht mehr.

„Xero", flüstere ich. „Bitte reize mich nicht so. Ich brauche dich in mir. Es tut weh, so leer zu sein."

Bei meinen Worten lodert ein Feuer in seinen Augen auf, das

sich durch meine äußeren Schichten brennt, bis ich mich nackt fühle.

„Willst du meinen Schwanz?“

„Verdammt, ja“, stöhne ich.

„Sag mir, dass du das genauso sehr willst wie ich“, sagt er mit eindringlicher Stimme.

„Ich will es.“

„Sag mir, dass du mich willst.“

„Ich will dich.“

Er dringt mit einem harten Stoß in mich ein, sodass ich kurz Sterne vor meinen Augen tanzen sehe. Die Dehnung ist unglaublich, jeder Zentimeter meines Geschlechts ist bis zum Bersten gefüllt. Ich wölbe meinen Rücken, während mein Körper sich an seine Größe gewöhnt.

Xero beugt sich über mich und seine Lippen drücken sich auf meine Halsschlagader. „Du gehörst mir“, knurrt er, seine Zähne umschließen meine Haut, während er seine Worte mit einem harten Stoß unterstreicht. „Du bist alles, woran ich jemals denke. Du bist alles, was ich jemals will. Du bist in meinen Lungen, unter meiner Haut, in meinem Herzen. Du bist das Blut, das durch meine Adern fließt.“

Er packt meine Hüften und fickt mich hart und schnell, jeder Stoß und jede Bewegung entzündet sämtliche Nerven in meinem Körper mit Funken der Lust. Ich klammere mich an seine Schultern, meine Nägel graben sich in seinen Ledermantel. Es ist das Einzige, was mich an die Welt bindet, denn jeder Stoß treibt mich tiefer in Richtung Abgrund.

„Oh Gott“, stoße ich mit erstickter Stimme hervor.

„So ist es richtig. Ich bin jetzt dein Gott und deine Fotze ist der Ort, an dem ich herrsche.“ Er beschleunigt sein Tempo, seine Piercings treffen jede Luststelle in mir und entlocken mir ein lautes Stöhnen.

Es ist zu viel. Nicht genug. Ich weiß nicht, ob ich nach mehr schreien oder ihn anflehen soll, aufzuhören. Meine ganze Welt konzentriert sich auf diesen Moment, und es gibt nur mich und ihn und das Feuerwerk, das in meiner Seele explodiert.

Die Spannung in meinem Inneren baut sich auf, zieht sich zusammen in Erwartung eines Höhepunkts. Mein Körper zittert, jedes Nervenende kribbelt vor Verlangen. Dieser Orgasmus ist so nah, dass ich ihn fast schmecken kann.

Ich drücke mich gegen ihn und schreie: „Mehr, Xero. Bitte!"

Xeros heißer Atem streift meine Haut, während er mit harten und schnellen Stößen in mich eindringt. Jeder Stoß seiner Hüften treibt mich weiter an den Rand des Höhepunktes.

„Komm für mich, kleiner Geist", knurrt er mir ins Ohr.

Meine Klitoris schwillt noch weiter an. Jede seiner Bewegungen erhöht den Druck nur noch mehr. In mir baut es sich auf wie ein Geysir, der kurz vor dem Ausbruch steht. Ich atme schwer und schnell, nicht wissend, ob ich diese Intensität des Vergnügens überleben werde.

Schließlich erfasst mich der Orgasmus und schickt mich in einen Strudel der Euphorie.

„Nicht aufhören." Ich klammere mich an seine Schultern und versuche, mich nicht selbst zu verlieren, während Wellen von Empfindungen auf meine Sinne einstürmen. Die ganze Zeit über stößt Xero mit unerbittlicher Kraft in mich hinein.

Gerade als ich denke, dass ich in all dem Vergnügen ertrinken könnte, versteift er sich und erfüllt mein Inneres mit der Hitze seines Spermas. Meine Muschi pulsiert um seinen Schwanz und genießt jeden Tropfen, bis er mit einem kehligen Stöhnen auf mir zusammenbricht.

In diesem Moment, in dem unsere Körper ineinander verschlungen sind und sich der Schlag unserer Herzen aufeinander abstimmt, sinkt die Wahrheit seiner Worte wie Steine in meine Psyche.

Xero vervollständigt mich nicht nur. Er füllt Lücken, von denen ich nie wusste, dass sie existieren. Er ist der einzige Mensch auf der Welt, der meine Schwächen akzeptiert, und der einzige Mann, der mir jemals die inneren Schichten seines Herzens gezeigt hat.

Warum widersetze ich mich ihm immer wieder? Er ist nicht der einzige Mörder hier. Ich weiß bis ins Innerste meiner Seele, dass er sich nicht vor der Hässlichkeit meiner Vergangenheit scheut, die zu traumatisch ist, um sich daran zu erinnern.

Er stößt einen tiefes, zufriedenen Seufzer aus, der mein Inneres erwärmt. „Ich liebe dich, Amethyst Crowley. Jedes schöne, zerbrochene Stück. Und ich werde dich nie gehen lassen."

Meine Brust zieht sich zusammen. An diesem Punkt erwidere ich seine Gefühle. „Xero, ich ..."

Er legt einen Finger auf meine Lippen. „Sag die Worte erst, wenn du sie von ganzem Herzen meinst. Lass dir Zeit. Ich kann warten."

Er hebt mich hoch und greift nach der Tasche mit den Gegenständen, die wir aus Mamas Haus mitgenommen haben, und er trägt mich durch eine Reihe von Steintunneln zurück. Die Luft ist kühl und feucht, das Echo seiner Schritte ist das einzige Geräusch, das in der Dunkelheit zu hören ist.

Während wir durch die gewundenen Gänge gehen, lehne ich meinen Kopf an seine Schulter und genieße ein tiefes Gefühl der Zufriedenheit und Sicherheit. Die vertrauten Wände, die zu meinem Kriechkeller führen, kommen in Sicht, und ich löse mich aus seiner Umarmung.

„Ich muss ein paar Leute foltern", sagt er, während er die Tür zum Schlafzimmer öffnet. „Kann ich dich hier allein lassen?"

Ich werfe einen Blick zurück in den Gang. „Sind diese Männer noch im anderen Raum?"

Er schüttelt den Kopf. „Die beiden, die ich am Leben gelassen habe, werden in einer Kammer auf der anderen Seite des Friedhofs verhört."

Meine Schultern entspannen sich. „Gut."

„Die Badezimmertür ist neben dem Skelett und die Küche ist dort drüben." Er deutet in die Richtung von Mrs. Bakers Kriechkeller. „Und ich habe dein Handy auf dem Nachttisch liegen lassen, damit du es aufladen kannst, falls du etwas brauchst."

Ich stelle mich auf die Zehenspitzen und gebe ihm einen Kuss auf die Lippen. „Geh."

Xero lächelt und zeigt seine makellosen weißen Zähne. „Schlaf ein wenig. Ich werde versuchen, so schnell wie möglich zurückzukommen."

Ich sehe ihm nach und bewundere, wie er sich zu seiner vollen, majestätischen Größe aufrichtet. Als er in Mrs. Bakers Keller verschwindet, gehe ich herum, um es zu erkunden.

Die erste Tür, die ich öffne, führt in ein Büro mit einem

Schreibtisch und neun Monitoren, die auf Ständer montiert sind und jeden Winkel meines Hauses zeigen. In jeder Ecke befinden sich kleinere Bildschirme, die verschiedene Blickwinkel auf jeden Raum zeigen.

Mir stockt der Atem. So hat er mir das Gefühl gegeben, dass ich mich nie vor seiner gespenstischen Präsenz verstecken konnte. Er hat überall Kameras installiert.

Aber das ist noch nicht einmal das Schlimmste.

Eine Wand ist mit vergrößerten Bildern von mir gefüllt, die meinen Tagesablauf zeigen. Einige zeigen mich unter der Dusche, andere außerhalb des Hauses. Dazwischen befinden sich Screenshots von einigen der pikanten Videos, die ich für Xero gedreht habe, während er im Gefängnis saß.

Ich schlucke. Er sagte, er sei von mir besessen, aber das ist krankhaft.

Aber da ist noch mehr.

Die Wand gegenüber ist wie eine Verbrechensanzeige, bedeckt mit einem komplexen Netz aus Fotos, Karten und Artikeln, die alle durch dünne rote Linie verbunden sind, die zu einer eindringlichen Sammlung vergrößerter Polaroids führen, auf die sich meine Augen nicht fokussieren können.

Ich arbeite mich langsam an sie heran und betrachte Bilder von Myra, ihrer Familie und Mr. Lawson. Jake ist da, zusammen mit den vier Männern von *X-Cite Media*, die Xero gefangen genommen hat. Ebenso Lizzie Bath.

Mein Herz rast, als ich meinen Blick auf Fotos von Sparrow und Wilder ruhen lasse, von denen ich dachte, sie seien nur Ausgeburten meiner Fantasie. Einem Bild zufolge, auf dem eine jüngere Version von mir auf einer Party zwischen ihnen tanzt, sind sie echt. Ich betrachte den Hintergrund und entdecke das Banner eines Verbindungshauses an der Wand.

Scheiße. Ich erinnere mich, dass ich mit einer Kommilitonin auf diese Party gegangen bin, die mir sogar ein rotes Kleid geliehen hatte, aber ich kann mich nicht daran erinnern, auch nur einen Fuß dorthin gesetzt zu haben. Mein Blick fällt wieder auf das Foto von mir, wo ich zwischen den Männern stehe. Ich trage dieses verdammte Kleid.

„Wie zum Teufel ist das passiert?", murmele ich.

Schließlich zwinge ich meine Augen, sich mit dem zu konfrontieren, was in der Mitte ist, nämlich eine Gruppe von gruseligen Bildern, auf denen überall ich zu sehen mit. Nackt. Auf keinem von ihnen bin ich älter als zehn Jahre. Auf einem bin ich in einer mit Eis gefüllten Metallbadewanne eingesperrt. Auf einem anderen bin ich in einer Zwangsjacke gefangen. Auf einem dritten sitze ich in einem gepolsterten Raum und habe vor Schreck weit aufgerissene Augen. Es gibt sogar ein Bild von mir, auf dem mein Kopf in einer bizarren Art von Käfig eingeschlossen ist, mit Metallvorsprüngen, die meine Haut durchbohren.

Ich kann sie nicht einmal als künstliche Intelligenz abtun, weil das Kind jede einzelne meiner Narben hat. Das Bild, das jemand in meinen Briefkasten geschoben hat, war schon beunruhigend genug, aber es gibt so viele, dass sie die Seiten eines ganzen Fotoalbums füllen könnten.

Woher hat Xero diese Bilder und warum hat er mir nicht gesagt, dass es sie überhaupt gibt?

/ NEUNZIG

XERO

Es gibt haufenweise gute Menschen, die für böse Organisationen arbeiten. Das ist der einzige Grund, warum ich Vater und die Firma, die uns zu Mördern gemacht hat, vernichten will. Aber wenn der Anwerber unschuldig wäre und gezwungen wurde, für *X-Cite Media* zu arbeiten, wäre er heute Abend nicht hier und würde in den Tod marschieren.

Ich stehe hinter einer Trauerweide im Garten der *St. Clement's*-Kirche und spähe zu dem Mann, der sich einer kleinen Gestalt nähert, die auf einer Bank sitzt. Harlan Stills schreitet mit der Selbstsicherheit eines Raubtiers, das glaubt, einen dreizehnjährigen Jungen für eine Liaison angelockt zu haben.

Camila hat sich bereit erklärt, als Köder zu fungieren. In der Dunkelheit könnte man ihre kleinere Gestalt mit der eines Jungen verwechseln.

„Jenson?", erklingt Harlans sanfte Stimme.

Jensonsama13 ist eines von Tausenden Social-Media-Profilen, die unser Technikteam genau zu diesem Zweck eingerichtet hat. Die Männer, die wir jagen, sind vorsichtig, paranoid und schwer zu fassen, aber sie alle haben ihre Schwächen. Man muss nur durch die abartigsten Paraphilien scrollen und herausfinden, welche davon haften bleibt.

Es ist schockierend, was Männer ihren verbotenen Schwärmereien offenbaren. Wir haben Schaltpläne, Staatsgeheimnisse und alle möglichen Pläne gesammelt. Und das alles für den Preis eines Bots mit künstlicher Intelligenz, der in der Lage ist, auf jeden einzugehen.

Harlan ins Visier zu nehmen, war einfach. Als wir seine widerliche Vorliebe für kleine Jungs entdeckten, war er es, der dieses Treffen arrangierte.

„Jenson dreizehn?", fragt er.

Camila dreht den Kopf. „Momo", sagt sie mit zitternder Stimme. „Bist du das?"

Harlans Benutzername lautet *Momotaro Blue*. In seinem Profil steht, dass er ein vierzehnjähriger Junge ist, der Manga, Anime und das Lackieren seiner Nägel mag. Wir haben sein Handy geklont, als ich mein Handy über den Tisch schob, um ihm meine Mappe zu zeigen. Nachdem wir seine Lieblings-Social-Media-Plattform entdeckt hatten, schickten wir ihm Hunderte Profile und warteten darauf, dass er anbeißt.

„Richtig", sagt Harlan. „Dreh dich um."

Camila dreht sich auf der Bank um und schießt ihm mit ihrem Betäubungsgewehr in die Brust. Harlan lässt seine Tasche fallen, die aufspringt und einen Knebel, eine Tube Gleitmittel und eine Rolle Klebeband zum Vorschein bringt. Die Spritze, die er in der Hand hält, gleitet ihm aus den Fingern, und sein Körper landet darauf.

Wenn er es geschafft hat, sich selbst das zu injizieren, was er vorhatte, dem Jungen zu spritzen, dann bin ich am Arsch. Zwei Dosen Betäubungsmittel bedeuten, dass ich mehr Zeit hiermit verbringen muss. Das bedeutet mehr Zeit, die ich ohne meinen süßen kleinen Geist verbringen muss.

Tatsächlich dauert es eine Stunde, bis Harlan in einem Zustand ist, in dem er vernommen werden kann. Nachdem ich ihn zu einem Krankenwagen gebracht habe, den wir in eine mobile Vernehmungseinheit umgebaut haben, fuhren wir zu einem unterirdischen Parkplatz und warteten.

Harlan sitzt nackt mit einer Kapuze über dem Kopf an einen Metallstuhl gefesselt, der am Boden des Fahrzeugs festgeschraubt ist. Elektroden umschließen seine Finger und überwachen seine Vitalfunktionen, während ein Pneumograf und eine Kardiomanschette Veränderungen seiner Atmung und seines Blutdrucks erkennen.

Wir haben diese Geräte an einen Lügendetektor angeschlossen. Beim ersten Anzeichen von Lügen gibt es einen elektrischen Strom an die Nippelklemmen an seinen Brustwarzen und die Stahlsonde in seiner Harnröhre ab. Ich hätte noch eine Metallkappe hinzufügen sollen, aber mir bleibt nicht genug Zeit dafür.

Seine Atmung verändert sich, was darauf hindeutet, dass er eine Ohnmacht vortäuscht.

Ich wende mich an Camila im Arbeitsbereich des Krankenwagens. „Jenson dreizehn, überbrücke den Lügendetektor und wecke Mr. Stills."

Camila gibt einen Befehl in den Laptop ein. Harlan zuckt zusammen, seine Muskeln verkrampfen sich, während er schreit.

„Wo bin ich?", ruft er. „Wer seid ihr?"

„Ich stelle hier die Fragen", antworte ich. „Nenn mir deine Nationalität."

„Worum geht es hier?", fragt er.

„Jenson."

Camila verpasst ihm einen weiteren Stromschlag, woraufhin Harlan sich in seinem Sitz windet. Ich lehne mich an die Wand, meine Finger zucken in Richtung meines Handys. Ich kann meinem kleinen Geist nicht mehr beim Schlafen zusehen. Ich hatte nicht daran gedacht, Kameras im Kriechkeller zu installieren, da ich nie die Option in Betracht gezogen habe, sie in mein Versteck mitnehmen zu müssen. Die Räumung ihrer Mutter war ein Rückschlag für meine Pläne, den selbst ich nicht vorausgesehen hatte.

„Ich bin Amerikaner", schreit Harlan.

„Braver Junge", sage ich. „Wir werden uns viel besser verstehen, wenn du einfach meine Fragen beantwortest."

„In Ordnung. Was willst du noch wissen?"

„Wo wurdest du geboren?"

„Beaumont City, New Alderney. Noch etwas?"

Ich stelle Harlan weiterhin eine Reihe harmloser Fragen, bis Camila den Daumen hebt, um mir zu signalisieren, dass sie den Lügendetektor kalibriert hat.

„Was machst du beruflich?", frage ich.

„Ich bin Content-Manager“, antwortet er.

Als der Lügendetektor ruhig bleibt, ziehe ich eine Augenbraue hoch. Seine genaue Berufsbezeichnung spielt keine Rolle, auch wenn wir ursprünglich dachten, er sei ein Anwerber. „Und dein Arbeitgeber?“

Er zögert. „Ein Unternehmen für Erwachsenenunterhaltung.“

„Wie heißt es?“, knurre ich.

Seine Brust hebt und senkt sich unter schnellen Atemzügen, was mich fragen lässt, ob er dachte, er sei von Selbstjustizlern gefangen genommen worden, die gegründet wurde, um Männer wie ihn zu fassen.

„Musst du daran erinnert werden, was passiert, wenn du meine Fragen nicht beantwortest?“, frage ich.

„Ich arbeite für *X-Cite Media*.“

Ich könnte hundert Fragen über die Organisation stellen, aber ich will mehr über meinen kleinen Geist erfahren. Harlan wird nicht sterben, bis meine Mitarbeiter jede nützliche Information über die Firma, die die Snuff-Videos produziert, herausgefunden haben. Abgesehen davon konzentriere ich mich auf meine dringendsten Anliegen.

„Wie heißt dein Boss?“

Er schluckt. „Ich kenne nur seinen Codenamen.“

„Wie lautet er?“

„Delta.“

Adrenalin schießt durch meine Adern und meine Nasenflügel weiten sich. „Wo kann ich ihn finden?“

Harlan schüttelt den Kopf. „Ich weiß es nicht.“

„Wieso nicht?“

„Er hat das Haus seit über einem Jahr nicht mehr besucht und kommuniziert nur per E-Mail mit mir.“

„Warum?“

„Ich …“ Er schluckt. „Ich glaube, er könnte im Ausland sein.“

Mein Blick huscht zum Lügendetektor, der weiterhin schweigt. Wenn Vater in einem anderen Land lebt, könnte das erklären, warum er seine Familie sterben ließ und nicht bei der Hinrichtung anwesend war. Das bedeutet, dass es umso schwieriger sein wird, ihn aufzuspüren.

„Wo lebt er?“

„Das hat er nicht gesagt.“

„Wo arbeitet er dann?“, knurre ich.

„Ich weiß es nicht. Ich schwöre bei Gott. Ich wurde nicht von Delta angestellt, sondern von Nocturne.“

Camila und ich tauschen Blicke aus. „Und wer“, frage ich, „ist Nocturne?“

Harlan legt uns seine gesamte Lebensgeschichte dar, angefangen mit seinem Abschluss an der *Alderney State*-Universität mit einem Master in Cybersicherheit, bevor er von einem Mann namens Nocturne angeworben wurde, um eine Plattform zu entwickeln, die Nutzern zeitlich begrenztes Content-Streaming anbietet.

Er spricht über hochmoderne Mechanismen zur Verwaltung digitaler Rechte, einschließlich Wasserzeichen, um die Quellen durchgesickerter Inhalte zu verfolgen und den Urheberrechtsschutz durchzusetzen. Faszinierendes Zeug, aber nutzlos.

„Jenson, bitte hilf Mr. Stills, auf den Punkt zu kommen.“

„Gut!“, ruft er. „Nocturne hat mit der Produktion von BDSM-Pornos angefangen, aber dann hatte er Probleme mit dem Cashflow. Der Markt hat sich verändert. Niemand will dafür bezahlen, zu sehen, wie Dominas Männern in die Eier treten. Er musste Kredite zurückzahlen, und da ging er eine Partnerschaft mit Delta ein.“

Ich nicke. Endlich kommen wir voran.

„Sie wechselten von weiblichen Dominas zu Männern, die das Sagen hatten, was sich besser verkaufte, aber Nocturne konnte seine Zinszahlungen immer noch nicht decken. Delta bot an, seine Schulden zu begleichen, wenn er im Gegenzug Eigentümer von *X-Cite Media* würde.“

„Nocturne steht in Kontakt mit Delta?“, frage ich.

„Ja“, antwortet er. Eine Sekunde später schreit er auf. Ich werfe Camila einen Blick zu, die mit den Schultern zuckt.

„Warum lügst du?“, frage ich und mein Blick wandert zum Lügendetektor.

„Ich habe nicht ...“ Harlan kreischt.

Er versucht, die Aufmerksamkeit auf Nocturne zu lenken,

von dem er glaubt, dass er keinen Kontakt zu Delta hat. Die Sache hat meine Neugier geweckt.

„Warum lenkst du unsere Aufmerksamkeit auf Nocturne?", frage ich.

Harlan sinkt auf seinem Sitz zusammen, seine schmale Brust hebt und senkt sich unter schnellen Atemzügen. Ich gebe ihm ein paar Sekunden Zeit, um sich von zwei aufeinanderfolgenden Stromschlägen zu erholen, bevor ich meine Frage wiederhole.

„Nocturne will Deltas Tod", sagt er schwer atmend. „*X-Cite Media* war sein Baby. Er hat es eingerichtet, um Femdom-Inhalte aus seinem Club zu streamen, und dann hat Delta seinen Traum verdorben."

„Nocturne ist nicht mit den Snuff-Filmen einverstanden?"

„Er hasst sie. Snuff-Filme verstoßen gegen seine Prinzipien von Sicherheit, Vernunft und Einvernehmlichkeit. Er leitete früher einen Nachtclub namens *X-Cite*. Dann verließen ihn seine Gäste, als Delta die BDSM-Inhalte, die sie genossen, durch Snuff-Filme ersetzte. Einige von ihnen zeigten Nocturne bei der Polizei an, weil sie dachten, er stecke hinter den Morden. Er wurde angegriffen. Sein Haus brannte zweimal nieder. Verdammt, er wurde sogar verhaftet und kam ins Gefängnis."

„Wo finde ich Nocturne?"

„Er hat gerade einen Nachtclub namens *Ministry of Mayhem* im Melrose Manor eröffnet. Das ist ein Herrenhaus am Simons Pond."

„Ich möchte, dass du dir ein Foto ansiehst und mir sagst, ob das Delta ist."

Harlan zittert. „Bitte. Ich will dein Gesicht nicht sehen."

Ich reiße ihm die Kapuze vom Kopf und sehe, dass er die Augen zusammengekniffen hat. Wimmernd lehnt sich Harlan von mir weg und senkt den Kopf, entschlossen, mir nicht in die Augen zu sehen. Es ist ironisch, wie er sich zusammenkauert und zittert wie ein verwundetes Tier, wenn man bedenkt, dass er dabei erwischt wurde, wie er versuchte, einem Kind die gleiche Behandlung zuzufügen.

„Du denkst, wir würden dein Leben verschonen, wenn du mein Gesicht nicht siehst?", frage ich.

Er nickt. „Hör zu, ich habe all deine Fragen beantwortet. Lass mich gehen, und ich schwöre, dass das unser kleines Geheimnis bleibt."

Meine Lippe kräuselt sich bei der pädophilen Formulierung. „Jenson."

Camila verpasst ihm einen weiteren Stromschlag, sodass das Fahrzeug von Harlans Schreien erfüllt wird. Ich packe ihn an den Haaren und reiße ihn hoch.

„Machen wir einen Deal", knurre ich. „Du bringst mich zu deinem Boss und dann werde ich dich gehen lassen."

Er zittert und nickt.

„Jetzt öffne deine Augen."

Er öffnet vorsichtig ein Auge und sein Gesicht erschlafft. „Xavier?", krächzt er. „Xavier Wetwang?"

Ich blinzle, überrascht, dass er mich ohne Haarwachs oder Gesichtsmaske erkennt, aber ich verschwende keinen weiteren Gedanken daran, warum er sich meine Gesichtszüge eingeprägt hat. Ich halte ihm ein Bild vor die Nase, das ich an dem Tag, an dem ich meine Stiefmutter und meine Brüder getötet habe, aus Vaters Haus gescannt habe.

„Ist das Delta?", frage ich.

„Ja." Er schluckt und sein Blick huscht vom Bild zu mir.

„Wer könnte noch Kontakt zu Delta haben?"

„Dolly", sagt er.

„Wer ist Dolly?"

„Seine Frau, aber ich habe sie seit Jahren nicht mehr gesehen."

Ich falte das Bild auseinander und zeige die Stiefmutter, die ich ermordet habe. „Diese Frau?"

Er schüttelt den Kopf. „Nicht sie. Dolly ist jünger, hat lockiges braunes Haar, grüne Augen und ist viel kleiner als Delta."

Ich runzele die Stirn. Warum überrascht es mich nicht, dass mein Vater meine Stiefmutter betrogen hat?

„Zweite Frage. Wessen Idee war es, Amethyst Crowley ins Visier zu nehmen?"

„Wer ist das?", fragt er.

„Die Frau, die den offiziellen Xero-Fanclub leitet", knurre ich. „Die Frau, die anstelle von Lizzie Bath sterben sollte."

Unglaube zeichnet sich auf seinem Gesicht ab. Seine Augen treten hervor und sein Mund öffnet und schließt sich wie bei einem Fisch auf dem Trockenen. Es sieht so aus, als würden sich die Zahnräder in seinem Kopf drehen. Mit jedem schockierten Keuchen versucht er, Worte zu formen, aber es gelingt ihm nur ein ersticktes Stöhnen.

„Bist du ..."

„Was?", knurre ich.

„Du bist der Mörder, der in den sozialen Medien viral ging. Der, dessen Hinrichtung wir übertragen haben."

„Und?"

„Aber du solltest tot sein."

Ich wende mich an Camila. „Hilf ihm, sich auf meine Frage zu konzentrieren."

Harlan schreit so laut, dass mir die Ohren klingeln, obwohl ich diesmal nicht sicher bin, ob es nur am Schmerz liegt. Jetzt, da klar ist, dass er nicht in den Fängen gesetzestreuer Selbstjustizlern ist, erwarte ich, dass er kooperativer ist.

„Tu mir nicht weh. Tu mir nicht weh. Es war nicht meine Idee, sie zu verfolgen."

„Wessen dann?", knurre ich.

„Dollys!", schreit er.

Ich beuge mich zu ihm hinunter, starre ihm in die braunen Augen und warte darauf, dass er sich beruhigt. Harlan windet sich panisch angesichts seines bevorstehenden Todes. Ihm ist wahrscheinlich klar geworden, dass der berüchtigte Mörder Xero Greaves es nicht gutheißen wird, wenn Pornografen die Frauen ins Visier nehmen oder töten, die sich für seine humane Behandlung im Todestrakt eingesetzt haben.

Ich bin normalerweise ein geduldiger Mensch, aber nicht, wenn ich die Chance verpasse, mit meinem kleinen Geist zu schlafen.

„Konzentriere dich", knurre ich und schnippe mit den Fingern vor seinen Augen. „Warum will Dolly, dass sie stirbt?"

„Ist das nicht offensichtlich?"

„Für mich nicht", knurre ich.

„Sie sind miteinander verwandt. Dolly hasst Amethyst genug, um sie tot sehen zu wollen."

„Warum?"

„Sie stellt ihren luxuriösen Lebensstil in den sozialen Medien zur Schau. Ich meine, sie sammelt Spenden, bekommt großzügige Geschenke und verdient Hunderttausende von ihren Millionen von Followern. Das muss doch Eifersucht schüren."

Ich spotte. „Blödsinn."

„Ich darf die Frau des Bosses nicht befragen. Ich verwalte nur die Inhalte. Vielleicht hasst Dolly die Tatsache, dass es da draußen jemanden gibt, der genau wie sie aussieht, nur jünger, frischer und unberührt."

„Sie muss etwas angedeutet haben."

„Verdammt!", schreit er. „Dolly und Delta sind geldbesessen. Vielleicht war der Grund finanzieller Natur."

Wie das Verkaufen einer Immobilie? Oder die Welle einer Hinrichtung zu reiten, über die sie in den Nachrichten und sozialen Medien immer noch debattieren? Ich richte mich auf, mein Herz rutscht mir in die Hose. Wir hatten Melonie Crowley in der Hand. Sie war die ganze Zeit vor unserer Nase, aber ich habe sie als unbedeutend abgetan.

Melonie Crowley, deren Tochter ihr wie aus dem Gesicht geschnitten ist, nur jünger und schöner. Die Frau, die ihre geisteskranke Tochter wie eine Last behandelt und sie im sprichwörtlichen Turm einsperrt.

Die Frau, die verzweifelt versucht, ein Haus zu versteigern und ihre einzige Tochter mittellos zurücklassen will.

Ich hätte sie töten sollen, als ich die Chance dazu hatte.

EINUNDNEUNZIG

AMETHYST

Ich starre auf die Bilder vor mir und weiß nicht, was ich davon halten soll.

Die Wand ist gefüllt mit Fotos, die Splitter meiner Vergangenheit zeigen. Aus den Vermisstenmeldungen geht hervor, dass Sparrow und Wilder verschwunden sind, nachdem sie eine Studentenparty mit einem unbekannten betrunkenen Mädchen verlassen haben.

Die Daten stimmen mit dem Wochenende überein, an dem meine Eltern in mein Zimmer im Studentenwohnheim stürmten und mich direkt zum Parisii Drive Nummer 13 brachten. An der Wand befindet sich auch ein Rezept für eine Vielzahl von Medikamenten mit komplexen pharmazeutischen Namen. Die Unterschrift darauf gehört Dr. Saint.

Ich stehe mit rasendem Herzen dort, wobei ich die Vibration bis in meine Fingerspitzen spüren kann. Die Frage ist nicht, ob ich die Brüder getötet habe oder warum. Es war wahrscheinlich Notwehr oder gerechte Vergeltung – genauso wie ich Mr. Lawson erledigt habe. Ich kann mich nicht an sie erinnern, weil Dr. Saint mir genug Medikamente verabreicht hat, um die Erinnerung auszulöschen.

Mein Blick schweift zu den Notizen, die in einer so wirren Handschrift verfasst sind, dass sie nicht lesbar sind. Der Verfasser hasst mich mit einer Intensität, die ich in meinem Innersten spüre. Wie konnte ich das nur übersehen?

Hat Xero diese Briefe abgefangen? Hat Xero diese Briefe *geschrieben*?

Wenn ja, warum sollte er dann veranlassen, dass der Erste vor der Hochzeit und nicht danach verschickt wird? Ich schüttle den Kopf. Das kann nicht sein. Die Handschrift entspricht nicht einmal dem, was ich von seiner Schreibkunst kenne, und sie klingt auch nicht wie etwas, das er jemals zu Papier gebracht hätte.

Wenn er nicht der erbitterte Verfasser ist, warum befinden sich die Notizen dann überhaupt in meinem Kriechkeller? Und diese schrecklichen Bilder ... Ich kann es nicht ertragen, sie anzusehen, und das nicht nur, weil sie ein Kind zeigen, das die schlimmste Art von Folter erleidet. Sie machen mich schwindelig. Es ist dasselbe Gefühl, das mich davon abhält, mein Gesicht im Spiegel anzustarren, weil ich es nicht ertragen kann, das Monster dort anzusehen.

Mein Atem beschleunigt sich und ich wende mich von der Wand ab. Vielleicht gibt es eine ganz harmlose Erklärung. Vielleicht hat die Person, die den ersten Drohbrief und das Foto geschickt hat, noch mehr geschickt und Xeros Leute haben sie auf seinen Befehl hin abgefangen.

Ich nicke bei dieser Schlussfolgerung, und mein Innerstes entspannt sich.

Xero würde nicht zum Spaß mit meinem Verstand spielen ... Oder doch? Aber er würde es aus Rache tun.

Xero hat einen ganzen Komplex aus Kammern und sogar einen Kontrollraum gebaut, damit er einen Ort hat, an dem er sich entspannen kann, während er einen Cocktail aus Folter, Gaslighting und psychischem Missbrauch austeilt. Verdammt, nur ein paar Meter von diesem Raum entfernt befindet sich ein sicheres Gefängnis, in dem er vier von Männern gefangen hielt, die er in einen menschlichen Tausendfüßler verwandelt hatte.

Wenn Dale und seine Kumpane nicht in mein Haus eingebrochen wären, um ihm den Spaß zu verderben, dann würde ich jetzt in diesem Raum hocken.

Die Erkenntnis schnürt mir die Kehle zu und ich krümme

mich, wobei ich meine Arme auf meinen Oberschenkeln abstütze. Was ist der Unterschied zwischen dem Leben hier mit Xero und dem in den Fängen von *X-Cite Media*? Der eine will mich tot und geschändet sehen, während der andere mich für alle Ewigkeit einsperren und foltern will.

Schauer durchfahren meinen gesamten Körper. Ich möchte auf die Knie fallen, aber ich habe Angst, dass ich mich nie wieder erheben kann. Ich greife nach der Stuhlkante, richte mich auf und setze mich an seinen Schreibtisch.

„Was würde *Rapunzelita* tun?", murmele ich.

Erstens ist sie fiktiv. Zweitens wird sie ohnmächtig und wacht auf, wenn ihre Probleme gelöst sind. Drittens ist nicht einmal Vollmond.

Ich lasse meinen Blick über die Oberfläche des leeren Schreibtisches schweifen und sehe dabei die Monitore, die alle Winkel meines Zuhauses übertragen. Eine kleine Gestalt verlässt Nummer elf mit einem Müllsack und verschwindet außer Sichtweite. Den schwarzen Haaren und dem Brillengestell nach zu urteilen, stelle ich mir vor, dass es Ezekiel ist. Wurde Relaney vielleicht aus dem Gefängnis entlassen?

Meine Finger wandern zu einer Schublade, öffne sie und finde eine Flasche Chloroform und eine Manilamappe. Ich ziehe sie heraus und öffne sie, woraufhin ich auf eine Auswahl an Fotos im Briefformat blicke. Das Erste zeigt eine Gruppe von Jungen, die auf gestuften Bänken sitzen. Sie sind alle mit grauen T-Shirts, passenden Shorts und Turnschuhen bekleidet und scheinen zwischen zehn und vierzehn Jahre alt zu sein.

Hinter ihnen stehen streng aussehende Männer in Schwarz, die entweder Lehrer oder Betreuer zu sein scheinen. Ich runzle die Stirn. Ist das Xeros Einrichtung für Kinderattentäter?

Das nächste Foto zeigt eine Familie, deren Gesichter ich größtenteils wiedererkenne. Die blonde Frau ist Xeros Stiefmutter, Bianca Greaves, und die beiden älteren Jungen sehen aus wie jüngere Versionen der Brüder, die Xero ermordet hat. Der Mann muss also Xeros Vater sein.

Ich vergleiche sein Gesicht mit dem Gruppenfoto und finde ihn hinten in der Mitte unter den Erwachsenen.

„Wow", flüstere ich.

Die anderen Fotos in der Akte zeigen denselben Mann bei gesellschaftlichen Veranstaltungen, wie er Würdenträgern die Hand schüttelt und mit Menschen posiert, die ich nicht kenne. Ich blättere weiter, bis ich ein Bild finde, das den Mann zeigt, der zusammen mit einem anderen vor einem Nachtclub steht, der meinem Vater so ähnlich sieht, dass ich zusammenzucke.

Es ist eine weniger heruntergekommene Version von Onkel Clive, die wohl vor seiner Inhaftierung aufgenommen wurde. Dad hatte nicht diesen leichten Überbiss, während der von Onkel Clive trotz seines struppigen Bartes sichtbar ist.

Aber wie zum Teufel sollte ein Mann wie er ein Monster wie Xeros Vater kennen?

„Mom sagte, dass Selbstjustizler ihn bis zu seiner neuen Adresse verfolgte und sein Haus in Brand setzte", murmele ich vor mich hin. „Niemand tut so etwas ohne guten Grund."

Und Mom beherbergt einen Mann, der mit einem Monster in Verbindung steht, das kleine Kinder in Mörder verwandelt?

Scheiße.

Jetzt bereue ich, dass ich Xero dazu gebracht habe, sie freizulassen.

Dieser Ort löst bei mir Klaustrophobie aus. Ich muss hier verdammt noch mal raus.

Ich verlasse den Raum, vermeide dabei, einen weiteren Blick auf die Wand mit den Bildern zu werfen, und gehe zum Regal, das meinen Kriechkeller von dem von Mrs. Baker trennt. Ich taste an den Paneelen herum und suche nach dem Hebel, den Xero gezogen hat, um die Tür zu aktivieren, aber alles, was ich finde, sind hervorstehende Schrauben.

Typisch.

Als Nächstes klettere ich die Leiter hinauf, die zum Schrank unter der Treppe führt, und versuche, die Falltür zu öffnen, aber sie klemmt. Ich neige den Kopf und suche nach einem Knopf, einem Hebel, einem Griff ... Nach allem, was ich verwenden kann, um die Falltür zu lösen, aber sie bleibt geschlossen.

Ich bin also eine Gefangene.

Mit knirschenden Zähnen steige ich wieder in den Kriechgang hinab und schleppe mich zum Schlafzimmer, wo ich alle Gegenstände zurückgelassen habe, die ich aus Mamas Haus mitgenommen habe. Xero wird nicht damit davonkommen, mich hier als sein Spielzeug zu behalten, egal, wie sehr er behauptet, es sei zu meinem Schutz.

Zuerst schicke ich eine Reihe wütender Nachrichten. Als er nicht darauf antwortet, setze ich mich auf die Bettkante und öffne das Fotoalbum.

Was, wenn Xero es wirklich auf mich abgesehen hat? Ich habe Geschichten über Antihelden gelesen, die mit den Töchtern von Männern flirten, die sie vernichten wollen. Es ist nicht abwegig, zu glauben, dass er die gleiche Taktik anwendet. Vielleicht versucht Xero, über mich an Onkel Clive heranzukommen.

Ich schüttle den Kopf. Das ergibt nicht einmal Sinn. Xero hat Onkel Clive wahrscheinlich mehrmals gesehen, als er mich verfolgte, während ich mich im Haus meiner Mutter aufhielt. Er hatte mehrere Gelegenheiten, sich den Partner seines Vaters zu schnappen, aber er war zu sehr damit beschäftigt, an meinen Fingern zu lutschen und mich zu reizen, bis ich vor Frustration ohnmächtig wurde.

Nachdem ich eine weitere Flut von Nachrichten verschickt habe, schlage ich das Fotoalbum auf und schaue mir die Bilder noch einmal an. Sie sind genauso, wie ich sie in Erinnerung habe – sie zeigen Dads Kindheit, Jugend, seine Ehe und meine Geburt.

Ich starre auf jüngere Bilder von Mom und es ist, als würde ich in den Spiegel schauen, nur ohne das Unwohlsein und das Trauma. Moms Haare sind genauso dunkelbraun, wie meine es wären, wenn ich nicht eine Seite schwarz gefärbt und die andere gebleicht hätte.

Sie altert im Laufe der Jahre nicht sehr stark, aber zum Ende des Albums hinwirkt sie immer angespannter. Das letzte Foto passt nicht zu den anderen, da sie mindestens im sechsten Monat schwanger ist.

Es wurde auf einer der Dinnerpartys aufgenommen, die sie so gerne veranstaltet. Ich kann mich an keine aus unserem vorherigen Haus erinnern. Die Gerichte auf diesen Fotos sehen aufwendig aus. Wahrscheinlich hat Mom sie alle selbst gemacht, denn sie ist ein Kontrollfreak, der keine Hilfe von außen zulässt. Kein Wunder, dass sie so angespannt wirkt.

Mein Blick fällt auf ein Bild von einer Party, auf dem Onkel

Clive mit seiner streng aussehenden Begleitung mit starkem schwarzem Make-up am Tisch sitzt. Neben ihm steht ein Mann, den ich von Xeros Fotos kenne, mit dem gleichen starken Kinn wie mein Stalker, aber tiefblauen Augen.

Es ist Xeros Vater.

Ein Foto von Onkel Clive und Xeros Vater könnte ein unglücklicher Zufall sein. Zwei sind eine Katastrophe. Wenn meine mörderischen Instinkte und meine fehlenden Erinnerungen in irgendeiner Weise mit ihrer Freundschaft zusammenhängen, dann wird Onkel Clive vielleicht noch einem weiteren Hausbrand entkommen müssen.

Die Tür öffnet sich und Xero tritt ein, seine Gesichtszüge werden weicher. „Ich habe dir doch gesagt, du sollst nicht auf mich warten."

Ich stehe so abrupt auf, dass das Album zu Boden fällt. Alle Schlussfolgerungen, die ich aus meiner Detektivarbeit gezogen habe, lösen sich in Luft auf und werden durch den Einwand ersetzt, seine Gefangene zu sein.

„Warum hast du mich im Keller meines eigenen Hauses eingesperrt?", schnauze ich.

Xeros Augen verengen sich. „Ist das die Art und Weise, mit dem Mann zu sprechen, den du liebst?"

Ich stoße ein verärgertes Lachen aus. „Wie sollte ich einen Mann lieben, der mich wie ein Psychopath in einem Keller einsperrt?"

Sein Gesicht zeigt nicht die geringste Regung, denn alles, was ich sage, ist die Wahrheit. Er will mich wie ein Haustier oder einen Vogel mit gebrochenen Flügeln einsperren, um mich für seine kranken Vergnügungen zu benutzen.

Er durchquert den Raum und greift nach dem am Boden liegenden Album. „Undankbare kleine Geister, die frech werden, müssen bestraft werden."

Ich weiche einen Schritt zurück, als mir klar wird, dass ich mit Xero Greaves in einem engen Raum gefangen bin. Jetzt ist wohl nicht der richtige Zeitpunkt für große Worte, da ich einem ausgebildeten Killer nicht gewachsen bin.

„Erkläre mir wenigstens, warum ich den Keller nicht verlassen darf."

„Weil ich gerade herausgefunden habe, wer dich tot sehen will."

Mir stockt der Atem. „Geht es um *X-Cite Media*?"

Er legt seine Hände auf meine Schultern und drückt sie fest, als wolle er mir den Ernst seiner Worte vermitteln. Ich versteife mich, mein Puls beginnt Augenblick zu rasen. Was zum Teufel kann schlimmer sein als eine Gruppe von Leuten die Snuff-Filme machen?

Xero.

In einer Minute wird er mich angrinsen und sagen, dass er es war. Dass er derjenige ist, der mich töten will, und ich bin kopfüber in seine Lüge hineingefallen. Jetzt, da ich gefangen bin und nicht entkommen kann, kann er mich nach Belieben zerfleischen.

„Wer ist es?", frage ich mit zitternder Stimme.

„Erinnerst du dich an die Männer, die du verhören solltest?"

„Ja", flüstere ich. „Warum?"

„Einer von ihnen erwähnte einen Mann namens Delta, der den Befehl gab, dich für das Studio gefangen zu nehmen."

Meine Brust zieht sich zusammen. Meine Kehle wird trocken. Mein Verstand schreit mich an, wegzulaufen. „Wer ist er?"

„Mein Vater."

„Okay."

Seine Augen weiten sich. „Das überrascht dich nicht?"

Ich schüttle den Kopf. „Ich bin in deinen kleinen Kontrollraum gegangen, der übrigens extrem gruselig ist, und habe Fotos von ihm mit deiner Stiefmutter gefunden."

Die meisten Männer würden in die Defensive gehen, wenn man ihr geheimes Stalker-Zimmer erwähnt, in dem sich pornografische Bilder ihrer Obsessionen befinden, aber Xero nickt nur und ermutigt mich, fortzufahren. Der Mann ist schamlos.

„Danach habe ich mir das Album angesehen und da war ein Foto von ihm in meinem alten Haus."

„Wo?", bellt er und lässt mich zusammenzucken.

„Letzte Seite."

Xero lässt meine Schultern los und schlägt das Fotoalbum auf. Sein Blick fällt auf die vielen Bilder von Dinnerpartys. Ein Ausdruck puren Ekels verzerrt sein Gesicht und er stößt ein leises, bedrohliches Knurren aus, das mir Schauer über den Rücken jagt.

„Ich hatte gehofft, dass es nicht wahr ist", sagt er.

„Was macht das für einen Unterschied?", frage ich. „Er bildet unschuldige Kinder zu Attentätern aus. Du hast seine Familie ermordet und mich zur Anführerin deines Fanclubs gemacht. Es macht Sinn, dass er mich aus Rache töten will."

„Der Mann, mit dem ich heute Abend gesprochen habe, behauptet, dass Delta schon eine Weile nicht mehr aktiv ist. Stattdessen hat seine Frau das Sagen."

„Deine Stiefmutter?", frage ich.

Er schüttelt den Kopf. „Die Frau, die er geheiratet hat, nachdem sie gestorben ist."

„Okay." Ich nicke. „Wer?"

Er wendet den Blick von mir ab, als wäre es zu abscheulich, den Namen dieser Frau auszusprechen.

Es herrscht Stille, und mein Verdacht wächst. Warum sollte ein Mann wie Xero, dem es völlig egal ist, dass ich sein gruseliges Zimmer gefunden habe, davor zurückschrecken, eine einfache Frage zu beantworten? Ich gehe sämtliche Leute, die für mich infrage kämen, in Gedanken durch, aber ich habe keine Ahnung, wer es sein könnte.

„Xero", sage ich mit harter Stimme. „Wer ist deine neue Stiefmutter?"

„Eine Frau namens Dolly, von der er sagte ..." Xero atmet tief ein. „Er sagte, Deltas Frau sieht aus wie du, nur älter."

Ich lache auf. Mom mag vieles sein, aber mit einem wahnsinnigen, kinderverderbenden Psychopathen verheiratet, der ein Netzwerk krimineller Unternehmen leitet? Nein. Xero muss Witze machen.

Als sein Gesicht ernst bleibt, schwindet mein Lächeln. Ich stoße ihm gegen die Brust, aber es ist, als würde ich versuchen, eine Wand zu verschieben. „Das ist Schwachsinn. Hast du irgendwelche Beweise dafür?"

Er greift in seinen Ledermantel, zieht ein Handy heraus und öffnet ein Video, in dem ein nackter Mann zu sehen ist, der an einen Lügendetektor angeschlossen ist und über Deltas Frau Dolly spricht. Ich möchte den Teil vorspulen, in dem er meinen

Namen nicht erkennt, und ihm klar wird, dass der Mann, der ihn befragt, Xero Greaves ist, aber ich zwinge mich, weiter zuzuhören.

Als ich zu dem Teil komme, in dem der Mann sagt, dass ich mit Dolly verwandt bin, zieht sich mein Innerstes schmerzhaft zusammen.

Mom würde nicht wollen, dass ich sterbe, nur weil ich jünger bin. Sie will nur, dass ich verschwinde, weil ich eine Last und eine Belastung für ihre Finanzen bin. Jedes Jahr wird mein Verhalten immer unkontrollierter. Meine öffentliche Online-Beziehung mit Xero war schon schlimm genug, aber ich habe angedeutet, dass ich einen anderen Mann getötet habe. Das und das Sexvideo waren wahrscheinlich der letzte Tropfen, der das Fass zum Überlaufen brachte.

Ich knirsche mit den Zähnen und meine Nasenflügel blähen sich. Es klingt so weit hergeholt, aber was weiß ich schon über Mom? Sie ist kontrollsüchtig, bereit, Morde zu vertuschen, würde mich auf unbestimmte Zeit unter Drogen setzen und hört nicht auf, damit zu drohen, mich in eine Anstalt einzuweisen.

Xero legt seine Hand auf meine Schulter, aber ich bin mit den Gedanken zu weit weg, um mich durch seine Berührung trösten zu lassen. Mamas Feindseligkeit muss mehr bedeuten, als nur eine Last loswerden zu wollen.

Jeder Instinkt in meinem Körper schreit mich an, ich solle zu Moms Haus zurückkehren und sie würgen, bis sie die Wahrheit ausspuckt.

ZWEIUNDNEUNZIG

XERO

Ich liege mit Amethyst im Bett und streichle sie, während sie sich im Schlaf hin und her wirft. Sie mag die Nachricht über ihre Mutter oberflächlich gut aufgenommen haben, aber ihr Geist ist aufgewühlt.

Was für Eltern wären darauf aus, ihr eigenes Kind umbringen zu lassen und warum? Selbst Vater, der Abschaum der Menschheit, hat nie versucht, einen von uns direkt zu töten. Er hat unsere Unschuld zerstört und uns zu Mördern gemacht, aber er wollte uns nie umbringen. Amethyst wirft den Kopf zurück und verfehlt meine Nase nur knapp. Ich ziehe sie an mich und seufze. „Entschuldige, kleiner Geist", murmele ich in ihr Haar. „Dieser Verrat war etwas, das ich nicht für mich behalten konnte."

Sie wimmert, ihre Beine bewegen sich unter der Bettdecke, als würde sie versuchen, ihren Dämonen zu entkommen. Ich habe bereits versucht, sie zu wecken, aber sie ist in einem Albtraum gefangen.

Ich habe Amethyst bereits genug verheimlicht, angefangen bei meinen Plänen, meiner Hinrichtung zu entkommen. Als dann diese Fotos und Drohbriefe eintrafen, habe ich sie ihr verheimlicht, um sie vor äußeren Bedrohungen zu schützen. Ich hätte vielleicht Informationen über Dolly verbergen können, aber ich konnte nicht zulassen, dass Amethyst weiterhin der Anerkennung dieser Frau hinterherjagte.

„Xero?", ruft sie.

„Ich bin hier, kleiner Geist."

„Xero, warte!"

Bei ihren Worten verkrampft sich mein Herz. Träumt sie von dem Moment, als ich sie allein in den Katakomben zurückließ und sie sich durch einen engen Tunnel aus Knochen kämpfen musste?

„Es tut mir leid, Amethyst", flüstere ich ihr ins Haar.

Ihr Körper entspannt sich für einige Augenblicke. Ich rolle sie auf den Rücken und studiere ihre Gesichtszüge. Das Licht meines Weckers scheint auf ihr Gesicht und beleuchtet die schnelle Bewegung ihrer Augen unter den Lidern.

Ich atme meine Anspannung in einem Hauch von Erleichterung aus. Sie ist in eine andere Schlafphase übergegangen.

Amethyst ist genau wie ich. Sie reagiert schlecht auf Verrat. Und wie ich wird sie einen Schlussstrich ziehen wollen. Ich habe bereits Leute, die das Haus ihrer Mutter beobachten und bereit sind, mich zu informieren, wenn sie, von wo auch immer sie hingegangen ist, zurückkommt.

Melonie Crowley ist nicht nur eine Frau, die ich zur Strecke bringen will. Sie ist der Schlüssel, um Vater und die geheime Einrichtung aufzuspüren. Vater ist auch der Schlüssel, um die Gruppe der Eliten zu stürzen, die die Moirai leiten. Wenn sie alle weg sind, werden ich und alle, die mit ihnen in Verbindung stehen, endlich unsere Freiheit haben.

Ich muss Amethysts Training intensivieren. Da ich weiß, dass die Person hinter *X-Cite Media* einen tief verwurzelten persönlichen Rachefeldzug führt, ist die Bedrohung noch immer präsent. Sie braucht einen Crashkurs in fortgeschrittenen Kampf- und Fluchttechniken.

Im Moment lasse ich sie noch schlafen. Aber Morgen werde ich ihr keine Gnade mehr gewähren.

———

Stunden später liegt sie mit gespreizten Beinen auf dem Bett, ihre Handgelenke sind am Kopfteil gefesselt. Ich habe ihre Knöchel mit Seilen fixiert, um ihre Beine gespreizt zu halten, ihre Arme aber mehr Bewegungsfreiheit haben. Ich unterdrücke ein Stöhnen, als ich sehe, wie ihre Brüste bei jeder Bewegung wippen und wie ihre Zuckungen mir verlockende Einblicke auf ihre Muschi gewähren.

„Erklär mir noch mal, warum ich das nackt machen muss?", fragt sie mit zusammengebissenen Zähnen. Wenn Blicke töten könnten, läge ich bereits tot auf dem Boden.

Ich grinse. „Mehr Winden. Weniger Jammern."

Sie fletscht die Zähne. „Eines Tages werde ich dich an ein Bett ketten."

„Ist das ein Versprechen, kleiner Geist?", frage ich.

„Du bist so ein Arschloch." Sie unterstreicht die Beleidigung mit einem Ruck an den Handschellen.

„Konzentrier dich, Amethyst", sage ich. „Was habe ich dir über das Entkommen aus einer Fesselung beigebracht?"

„Das ist nicht dasselbe, als wenn die Handgelenke zusammengebunden wären", ruft sie. „Ich kann die Kette nicht verdrehen und ihr schwächstes Glied brechen."

„Welche Möglichkeiten hast du dann?", frage ich.

Sie zerrt an den Handschellen. „Ich weiß es nicht, sag du es mir."

Mit dieser Einstellung werden wir nicht weiter kommen. Ich kann ihr die Grundlagen beibringen, aber nicht jedes mögliche Szenario vorhersehen. Amethyst hat so viel Zeit damit verbracht, von ihrer Mutter abhängig zu sein, dass sie fast nicht in der Lage ist, selbst Ideen vorzubringen und Entscheidungen zu treffen. Sie muss diese Hilflosigkeit überwinden, um zu überleben.

„Denk nach", sage ich mit Nachdruck.

Ihre Nasenflügel blähen sich. „Ich kann mit meinen Entführern verhandeln."

Ich widerstehe dem Drang, die Augen zu verdrehen. „Mit welchen Verhandlungspunkten, wenn sie dich bereits gefesselt und möglicherweise geknebelt haben?"

Sie schüttelt den Kopf zur Seite. „Warum musst du so morbid sein?"

Ich knirsche mit den Zähnen und balle meine Hände zu Fäusten. „Müssen wir den Tod von Lizzie Bath noch einmal durchgehen?"

„Nein", knurrt sie.

„Denn wir können alle Fesseln, die sie ertragen musste, Schritt für Schritt nachstellen, und ich kann dir beibringen, wie du dich aus jeder Einzelnen befreien kannst."

„Wage es ja nicht", knurrt sie.

„Dann finde einen Weg, dich aus diesen Handschellen zu befreien." Ich hebe einen Finger. „Bevor du weiter darüber jammerst, dass ich dir das hier nicht beigebracht habe, denk daran, dass es unendlich viele Methoden gibt, die ein Entführer anwenden kann. Du kennst bereits alle Grundlagen der Flucht. Jetzt bist du an der Reihe, dieses Wissen anzuwenden."

„Na gut", sagt sie und kneift die Augen zusammen.

Seufzend lehne ich mich gegen die Wand. Mir war schon früh klar, dass Amethyst nicht wie meine Altersgenossen war. Sie wurde in einem Leben aus Internaten, verschreibungspflichtigen Medikamenten und lähmenden Wahnvorstellungen behütet. In gewisser Weise wurde sie auch verhätschelt, was bedeutet, dass sie sich nie mit einer Situation konfrontiert sah, in der sie selbst ein Problem lösen musste.

Bevor ich das Gefängnis verließ, hatte ich vor, sie mit größter Sorgfalt aus ihrem Kokon zu befreien, aber das ist unmöglich, wenn man weiß, dass ihr Leben in Gefahr ist. Wenn Melonie Crowley nicht auftaucht, könnte es Wochen, wenn nicht Monate dauern, Vater zu finden und die Gruppe *X-Cite Media* zu zerschlagen.

„Okay", stößt sie keuchend hervor. „Was ist, wenn ich das Bett kaputt mache?"

„Wie kommst du darauf?", frage ich.

„Wenn es eine Requisite ist, dann ist es nicht so stabil wie das hier."

Ich nicke. „Stimmt. Noch etwas?"

„Oder ich könnte einen anderen Weg finden, die Kette zu knacken."

„Wie zum Beispiel?"

Amethyst windet sich auf dem Bett. „Ich könnte die Handschellen mit einer Haarnadel öffnen?"

Ich nicke.

Sie blickt von einer Seite der Matratze zur anderen. „Mist. Ich habe sie fallen gelassen."

Lächelnd steige ich auf das Bett, ziehe eine der vielen Nadeln heraus, die ich in ihr Haar gesteckt habe, und drücke sie ihr in die Hand.

„Danke."

Ich beuge mich vor, um ihr einen Kuss auf die weichen Lippen zu geben, gerade als sie sich zurückzieht und mir einen Kopfstoß verpasst. Er verfehlt meine Nase und landet stattdessen auf meinem Kinn, aber ich applaudiere für ihre Anstrengung.

Sekunden später öffnet Amethyst die erste Handschelle, bevor sie zur zweiten übergeht. Sie befreit ihre Beine, schleudert mir ein Kissen ins Gesicht und stürmt zur Tür hinaus. Ich lasse sie ihren Triumph eine Minute lang genießen, bevor ich ihr befehle, sich anzuziehen.

Nach dem Mittagessen üben wir gemeinsam, andere Arten der Fesselung zu lösen, wobei Amethyst an eine Reihe von Eventualitäten denkt. Sie hält eine Haarklammer zwischen ihren Fingerspitzen, während ich sie überwältige und sie ihre Gliedmaßen in die besten Positionen bringt, um maximale Bewegungsfreiheit zu erreichen.

Am Nachmittag kommt Camila mit einer Gruppe von Einsatzkräften zu uns und wir üben Nahkampf, bis Amethyst sich kaum noch auf den Beinen halten kann. Danach bringe ich sie zu einer Tiefgarage, wo ich ihr beibringe, Kofferräume von innen zu öffnen.

Ich befinde mich in einem Teufelskreis. Ich treibe sie in einen Zustand der Übervorbereitung, weil wir im Dunkeln agieren. Ich war völlig überrumpelt von der Erkenntnis, dass Amethysts Mutter die neue Frau meines Vaters ist, und entsetzt, dass ich sie in meiner Gewalt hatte und zuließ, dass sie floh.

Amethyst bricht schweißgebadet neben dem Fahrzeug zusammen und krümmt sich, wobei sie die Hände auf den Knien abstützt. Dies ist das achte Fahrzeug, das sie ausprobiert hat, und sie keucht heftig und schnell.

Mir schnürt es die Kehle zu, dass ich eine Woche Unterricht in einen einzigen Tag quetschen muss. „Gut gemacht, kleiner Geist."

„Kann ich mich ausruhen, bevor wir zur nächsten Übung übergehen?", fragt sie immer noch außer Atem.

„Für heute sind wir fertig." Ich hebe sie in meine Arme. „Lass mich dich zurückbringen."

Sie legt ihren Kopf an meine Schulter, ihr Körper erschlafft. „Gott sei Dank. Ich war am Ende meiner Kräfte."

Ich drücke ihr einen Kuss auf die feuchte Stirn und gehe zum Ausgang, wo Jynxson mit Tyler wartet.

„Bericht", sage ich.

„Ich habe Nocturne aufgespürt, oder besser gesagt, seine Website", sagt Tyler. „Er betreibt einen privaten Club mit BDSM- und Swinger-Abenden. Einmal im Monat veranstalten sie eine etwas konventionellere Veranstaltung für die breite Öffentlichkeit und alle, die Mitglied werden möchten."

„Wie viele Tickets hast du gekauft?"

„Bisher neun", antwortet er. „Ich möchte die Käufe staffeln, damit es nicht so aussieht, als wären wir eine Gruppe. Ich habe mir auch das Melrose Manor angesehen, in dem die Clubabende stattfinden, aber es gehört einem Offshore-Konsortium."

„Ich bin mehr daran interessiert, Nocturne zu finden. Was konntest du über ihn herausfinden?"

Tyler atmet tief aus. „Jemand hat alle seine Daten gelöscht, und es sieht so aus, als würde er nicht existieren. Vielleicht benutzt er einen anderen Namen, denn alles, was ich habe, sind ein paar Forenbeiträge von ehemaligen Mitgliedern, die sich an seinen alten Club erinnern."

„Können wir überhaupt mit Sicherheit sagen, ob er mit dem *Ministry of Mayhem* in Verbindung steht?"

Tyler schüttelt den Kopf. „Es gibt online nicht den geringsten Beweis, der ihn mit dem Club in Verbindung bringt."

„Schick Camila Fotos von früheren Clubabenden. Vielleicht kann sie Harlan Stills dazu bringen, ihn zu identifizieren."

„Wird erledigt." Tyler eilt davon und lässt uns mit Jynxson allein.

„Was willst du wegen McMurphy unternehmen?", fragt Jynxson.

Ich drücke Amethyst fester an mich. „Wie lange ist sie schon inhaftiert?"

„Sechsunddreißig Stunden", antwortet er. „Ich habe ihr einen Wasservorrat für eine Woche dagelassen."

„Gut. Gibt es Neuigkeiten aus dem Studio?"

„Es sind ganz normale Pornos mit professionellen Schauspielerinnen. Alle, die dort arbeiten, werden von einem Wachmann bar bezahlt, der mit Harlan Stills in dem Haus in der Innenstadt wohnt. Dort wird auch das Filmmaterial bearbeitet."

Wir gehen weiter durch den Ausgang in einen Flur, wo er den Aufzug ruft. Amethyst ignoriert uns entweder oder schläft, aber sie hat sich ihre Ruhe verdient. Nach unserem kleinen Streit heute Morgen, als ich sie an Lizzie Bath erinnerte, konzentrierte sie sich wie ein Profi auf ihr Training.

Der Aufzug kommt an, wir steigen ein und lassen uns in einen hell erleuchteten Maschinenraum bringen, der voller HLKK-Anlagen, Schalttafeln und an den Decken verlaufender Rohre ist.

Wir durchqueren den riesigen Raum und gelangen in einen Tunnel, in dem ein elektrisches Fahrzeug auf uns wartet. Jynxson springt auf den Fahrersitz, während ich mich neben ihn setze und Amethyst sich auf meinem Schoß zusammenrollt.

Er startet den Motor und fährt durch einen schwach beleuchteten Tunnel, der den Parkplatz mit einem Netz von unterirdischen Gängen verbindet, die sich über Beaumont City erstrecken. Das leise Brummen des Motors hallt von der Betonwand wider, während er in Richtung des Stadtteils Parisii fährt.

„Wie läuft das Training?", fragt er.

„Sie lernt schnell", antworte ich, während sie im Schlaf zuckt. „Für eine Anfängerin hat sie starke Kampffähigkeiten und kann sich aus Seilen, Handschellen, Klebeband und Kabelbindern befreien."

„Das ist doch gut, oder?"

Ich gebe als Antwort nur ein Brummen von mir.

Die Luft wird kälter, während wir weiter durch den Tunnel

fahren, der immer enger wird, je näher wir den Gebäuden rund um den Friedhof kommen.

„Also, wo liegt das Problem?", fragt er.

„Ich kann ihr in einer kontrollierten Umgebung nur begrenzt etwas beibringen", antworte ich seufzend.

„Das ist bei allen Attentätern so."

„Aber sie ist eine Zivilistin", murmele ich. „Und ein Ziel."

Er stößt einen Seufzer aus. „Dann müssen wir alles daran setzen, *X-Cite Media* auszuschalten."

Jynxson stellt einen Angriffsplan vor und erläutert, wie wir das Haus und das Studio außerhalb der Stadt zerstören können, aber ich höre nur mit halbem Ohr zu. Er redet nur, um die Stille zu füllen, denn wir wissen beide, dass Amethysts Problem größer ist als nur ein Snuff-Filmstudio. Jede Mutter, die ihr Kind tot sehen will, ist ein Monster, aber eine, die ihre Tochter einer Gruppe Männer aussetzt, die sie vor laufender Kamera vergewaltigen und ermorden wird, ist von einer besonderen Art von Bösartigkeit.

Wir könnten jeden Bastard umbringen, der mit diesen Filmen in Verbindung steht, aber das würde nicht ausreichen, um Amethyst zu schützen. Nicht, solange ihre Mutter noch atmet.

„Ich werde Druck auf die Spring-Brüder ausüben, damit sie weitergraben", sagt er. „Dolly ist immer noch da draußen und erteilt Befehle. Wir haben ihre E-Mail-Adresse. Es ist nur eine Frage der Zeit, bis Tyler sie gehackt hat und ihren Standort ermitteln kann."

Ich lehne mich im Sitz zurück und drücke Amethyst an meine Brust. „Zeit ist ein Luxus. Wenn Dolly Amethyst nicht in die Finger bekommt, wird sie sich einen Ersatz suchen, wie sie es mit Lizzie Bath getan hat."

Als wir den Tunnel am Rande des Friedhofs erreichen, hält Jynxson an, um mich aussteigen zu lassen, und ich gehe zu Fuß weiter durch den unterirdischen Gang, der zum Parisii Drive Nummer 15 führt.

Amethyst regt sich, wobei ihre weichen Locken mein Gesicht streifen. „Xero", murmelt sie. „Ich glaube, ich weiß, wen sie sich als Nächstes vornehmen werden, wenn sie mich nicht finden können. Meine beste Freundin, Myra."

DREIUNDNEUNZIG

AMETHYST

Es hat eine Weile gedauert, bis ich die Nachricht über Mom verstanden habe. Sie machte kein Geheimnis daraus, dass sie mich als Belastung ansah, aber ich dachte, das Schlimmste, was sie tun könnte, wäre, mich in eine Anstalt zu stecken. Deshalb habe ich so lange gebraucht, um zu begreifen, dass Myra ein Ziel sein könnte.

Nachdem wir in den Keller zurückgekehrt sind, rufe ich meine beste Freundin an, die beim Klang meiner Stimme in Tränen ausbricht.

„Wo warst du?", fragt sie. „Ich bin zum Haus gekommen, aber es ist leer. Die alte Dame von nebenan sagte, es stünde zum Verkauf."

Ich erstarre, als mir klar wird, dass meine Mutter meine Sachen bereits fortschaffen ließ. „Ich bin in Sicherheit."

„Ich habe mir solche Sorgen gemacht. Sag mir, wo du bist, und ich komme zu dir ..."

„Nein", unterbreche ich sie. „Es ist zu gefährlich."

Sie verstummt für mehrere Augenblicke und füllt den Hörer mit dem Geräusch ihrer hektischen Atemzüge. „Hat das mit dem gut bestückten Mann und Dick Johnson zu tun?"

„Ja." Ich reibe mir den Nacken. „Nein ... irgendwie schon."

„Denn am Tag, nachdem du mich im Laden besucht hast, hat

die Frau, die den inoffiziellen Xero-Fanclub leitet, Videos ausgegraben, die wir auf der Buchmesse gedreht haben. Sie sagte auch, dass Leute berichtet haben, du hättest sie begleitet.“

Zu jeder anderen Zeit würde ich meine Zähne zusammenbeißen, wenn ich daran denke, wie Lizzie Bath versucht hat, mich in Schwierigkeiten zu bringen, um Einfluss zu gewinnen. Jetzt dreht sich mir bei der Erinnerung an ihren grausigen Tod der Magen um.

„Sie ist verschwunden“, sagt Myra. „Ihre Videos sind online, also wurde sie nicht gesperrt. Sie hat nur aufgehört, etwas zu posten.“

„Bist du noch in deiner Wohnung?“, frage ich.

„Ja. Warum?“

„Ein paar Männer sind in mein Haus eingebrochen ...“

„Geht es dir gut?“, keucht sie.

„Mehr oder weniger.“

Sie schweigt einen Moment, bevor sie fragt: „Ist das wirklich passiert?“

„Ob sie wirklich meine Haustür aufgebrochen und versucht haben, mich zu entführen?“, frage ich. „Ja, und ich habe seit mehreren Tagen nicht mehr halluziniert.“

„Okay ... Okay ...“ Ich kann fast hören, wie sie sich die Unterlippe beißt. „Also, wie bist du ...?“

„Wie ich vier Entführern entkommen bin?“

„Entschuldigung. Ich musste fragen.“

„Auf die gleiche Weise, wie wir zwei Vergewaltigern entkommen sind, während wir beide unter Drogen standen.“

„Dieser Geist?“, flüstert sie.

„Ich kann am Handy nicht darüber sprechen. Ich glaube, du bist in Gefahr. Lizzie ist tot, weil die Leute, die mich entführen wollten und dabei gescheitert sind, sie stattdessen geschnappt haben.“

„Nein“, bringt sie mit zitternder Stimme hervor.

Das sind beunruhigende Neuigkeiten, die ich Myra persönlich überbringen sollte, aber dafür ist keine Zeit. Wenn Mom hinter diesen Angriffen steckt, dann weiß sie, dass sie am besten über meine einzige Freundin an mich rankommt.

Myra hat zu mir gehalten, selbst in meinen schlimmsten

Zeiten. Ich hasse es, sie zu beunruhigen, aber sie muss verstehen, wie groß die Gefahr ist, in der sie sich befindet, und welche Maßnahmen wir zu ihrer Sicherheit ergreifen. „Geh zu Lizzies Biografie, wo sie einen Affiliate-Link zu einer Hinrichtung eingefügt hat."

„Moment." Einen Augenblick später sagt sie: „Ihre Biografie ist weg."

„Versuch es mit X-CiteMedia.com."

Sie schweigt einen Moment lang, dann ringt sie nach Luft. „Was ist das?"

„Siehst du es?", frage ich.

„Was? Standbilder von Lizzie, wie sie an gewalttätigen Gangbangs teilnimmt? Ist das echt?"

Ich erschaudere bei der Erinnerung. „Ja. Diese Leute haben sie entführt. Ich habe Angst, dass du ihr nächstes Ziel sein könntest."

Myra hält einige Sekunden inne, bevor sie sagt: „Es klopft an meiner Tür."

Ich drehe mich zu Xero um, der auf sein Handy schaut und nickt, um zu bestätigen, dass seine Leute ihre Wohnung erreicht haben. „Keine Sorge", sage ich zu ihr. „Es sind Freunde."

„Woher weißt du das?", fragt sie.

„Schau durch den Türspion. Ist er um die zwei Meter groß, hat dunkles Haar, sturmgraue Augen und klassisch schöne Gesichtszüge?"

Einen Moment später flüstert sie: „Ja."

„Und ist er mit einer viel kleineren, dunkelhaarigen Frau mit großen braunen Augen und einem Kinn mit Grübchen zusammen?"

„Wer sind sie?"

„Freunde von mir", sage ich. „Sie werden dich in eine sichere Wohnung bringen, wo du bleiben kannst, bis sich die Lage beruhigt hat."

„Was ist mit meinem Job? Cesare hat mir gerade Überstunden gegeben. Ich kann ihn nicht im Stich lassen."

„Schick uns deine Bankverbindung, dann überweise ich dir 20 Riesen, um die nächsten Wochen zu überbrücken", schaltet Xero sich ein.

„Wer ist das?", fragt sie.

„Der Geist", antwortet Xero.

Myra stößt ein ersticktes Geräusch aus, und ich kann es ihr nicht verübeln. Diese Situation ist selbst für mich schwer zu verarbeiten, und ich bin mitten in der Gefahr.

„Du kannst Cesare von deinem sicheren Unterschlupf aus anrufen und ihm sagen, dass es einen familiären Notfall gibt", sage ich. „Wenn er ein guter Chef ist, wird er es verstehen."

„Okay."

Ich weiß nicht, ob Myras Chef ihr diese Zeit geben wird oder sie zum Teufel schickt. Die Arbeit im *Wonderland* ist nur ein vorübergehender Job, bis sie es schafft, in den Verlagsbereich zurückzukehren, und ihre Sicherheit ist wichtiger als die Hilfe für einen Typen, der sexuelle Gefälligkeiten von Mitarbeitern verlangt.

Etwa eine Minute später meldet sich Jynxson und sagt, er ist mit Myra zusammen und bringe sie an einen Ort auf der anderen Seite der Stadt.

———

Xero und ich sitzen schweigend beieinander, bis seine Schwester anruft, um zu bestätigen, dass sie in Sicherheit ist.

Die nächsten Tage sind zermürbend. Wenn ich nicht in irgendeinem unterirdischen Versteck bin und mich nicht gegen Xero und ein paar andere Männer zur Wehr setzen muss, dann kämpfe ich geknebelt und mit verbundenen Augen damit, einer Art Fesselung zu entkommen.

Meine Muskeln schmerzen von all der Anstrengung, aber ich bin sicher, dass kein Teil meines Körpers verletzt ist. Jeden Morgen wache ich mit neuen Schmerzen auf. Xero ist der schlimmste Tyrann, der es genießt, mich über meine Grenzen hinauszutreiben. Wenn ich bei diesen Entführungsübungen nicht erfolgreich bin, treibt er mich in den Wahnsinn.

Das Positive daran ist, dass er mir gezeigt hat, wie ich jede Tür im Keller öffnen kann, die nach draußen führt. Anfangs zögerte er, weil er dachte, ich würde die Gelegenheit nutzen, um zu fliehen, aber ich habe ihn davon überzeugt, dass ich mir der

Gefahren, die mit einem Verlassen des Hauses ohne Schutz verbunden sind, schmerzlich bewusst bin.

Vor ihm kann man nicht davonlaufen – und das nicht nur, weil ich seine Gefangene bin. Fast jeden Tag tauchen neue Fotos mit Drohbotschaften auf. Ich weiß immer noch nicht, ob es daran liegt, dass meine Online-Beziehung zu Xero etwas in Mom ausgelöst hat, das unter ihrer kalten Oberfläche brodelte.

Ich wusste, dass sie mir böse war, von dem Moment an, als ich nach dem Unfall aufwachte. Es war Dad, der mit aufmunternden Worten und Geschichten an meinem Bett saß, während sie mich nur mit Tabletts voller Essen besuchte. Jetzt weiß ich nicht einmal mehr, ob das real war.

Als ich zur Schule ging, rief ich meine Mutter an. Sie war kurz angebunden und wollte mich immer schnell an meinen Vater weiterreichen, der immer Zeit für ein Gespräch hatte. Er hörte sich meine Probleme mitfühlend an und beklagte sich über seinen vollen Terminkalender. Vielleicht war das die Art meines Gehirns, die Lücken zu füllen, nachdem sie aufgelegt hatte.

Mom hat mir nicht einmal erzählt, dass sie wieder geheiratet hat. Verdammt, sie hat nicht einmal erwähnt, dass sie sich von Dad getrennt hat. Ich erinnere mich sogar daran, dass sie davon sprach, dass er geschäftlich unterwegs war. Sie hat mich nicht nur in dem Wahn gelassen, dass er noch existiert, sie hat ihn auch noch gefördert. Aber wenn sie mit Xeros Vater verheiratet ist, bedeutet das, dass Xero mein Stiefbruder ist.

Am Ende der Woche, nach einer besonders anstrengenden Runde, bei der ich durch die Katakomben gejagt wurde, bringt Xero mich zurück zum Keller und sagt mir, ich solle nicht auf ihn warten.

„Wohin gehst du?", frage ich.

„Ein ehemaliger Mitarbeiter meines Vaters leitet einen Sexclub. Ich werde ihn dort mit Jynxson und ein paar anderen verhören."

„Und du lässt mich zurück?"

Er blickt mich stirnrunzelnd an. „Ich werde nicht dulden, dass du in einen Sexclub gehst."

„Du auch nicht." Ich gehe um ihn herum und versperre die Tür.

Er stößt ein spöttisches Schnauben aus. „Das ist Arbeit.“

„Ich habe viel Scheiße von dir ertragen, aber ich werde nicht zurückbleiben, während du an einen Ort gehst, der voller nackter Frauen ist.“

Seine Augen funkeln. „Eifersüchtig, kleiner Geist?“

„Du gehörst mir.“ Ich packe ihn an der Vorderseite seines Hemdes. „Das bedeutet, dass du keine anderen Frauen anstarren oder dich erregen darfst, wenn ich nicht in der Nähe bin.“

Er grinst mich breit an. „Es gefällt mir, wenn du besitzergreifend bist.“

Die Hitze in seinem Blick lässt meine Haut kribbeln. Ich ziehe sein Hemd fester und kämpfe gegen den Drang an, mich in seinem elektrisierenden Blick zu verlieren.

„Ich werde dich begleiten.“

Er streicht mir eine lose Locke aus der Stirn, und der Blick in seinen Augen wird weicher. „Der Club könnte voller nackter Frauen sein, und dennoch würde ich nur Augen für dich haben.“

Ich spüre, wie sich eine leichte Röte auf meine Wangen schleicht, und ich zwinge mich, den Blickkontakt zu unterbrechen. Das ist der Xero, der sein Herz in diese wunderschönen Briefe legte. Mein vom Pech verfolgter Liebhaber im Todestrakt. Aber in diesem Moment will ich mich seinen süßen Worten nicht hingeben.

„Hör auf, mich mit deinem Charme abzulenken. Ich werde dich begleiten.“

Er mustert mich mehrere Sekunden lang. Ich muss keine Gedanken lesen können, um zu wissen, dass er überlegt, ob er mich mit seinen überlegenen Kampfbewegungen außer Gefecht setzen und in meinem eigenen Keller einsperren sollte.

„Denk nicht einmal daran, mich zurückzulassen“, sage ich mit eisigem Blick. „Ich kann mich aus jeder Fesselung befreien, die du mir anlegst, und ich weiß bereits, dass der Club im Melrose Manor ist.“

Er grinst. „Herausforderung angenommen.“

———

Drei Stunden später, nach einem epischen Kampf, den ich gerade so gewonnen habe, erreichen wir den Hof eines Herrenhauses inmitten eines dichten Waldes. Licht strömt durch die hohen, symmetrischen Fenster und erhellt die Backsteinfassade.

Ich werfe Xero einen Blick zu, der den Eingang des Herrenhauses mustert. Sein abgedunkeltes Haar und seine blasse Haut lassen ihn wie den Helden einer heißen paranormalen Romanze aussehen. Die Anspannung lässt meinen Kiefer sich anspannen, und ich frage mich, ob er gestresst ist, weil ich ihn begleite.

„Geht es dir gut?", frage ich.

Er dreht sich mit starrem Blick zu mir um. „Bleib immer an meiner Seite. Ist das klar?"

„Natürlich."

„Wenn wir getrennt werden, halte Ausschau nach Camila oder Jynxson." Ich nicke.

„Und was auch immer passiert, nimm in keinem Moment deine Maske ab."

„Das werde ich nicht."

Xero bestand darauf, dass ich die blonde Seite meiner Haare abdunkle, sodass sie jetzt alle eine Farbe haben.

Meine Locken sind zu einem festen Dutt nach hinten gekämmt, und ich trage einen schwarzen Umhang mit Kapuze. Mit meinem Make-up, das mir eine gespenstische Blässe mit blutroten Lippen verleiht, habe ich mich selbst kaum im Spiegel wiedererkannt.

Wenn es bei dieser Undercover-Operation nicht darum ginge, zu verhindern, dass ich auf einer illegalen Website zum Opfer werde, würde ich die Verkleidung irgendwie cool finden.

Er beugt sich über den Vordersitz des Autos und legt seine Hand auf meine Wange, die sich unglaublich warm an meiner Haut anfühlt. „Versprich mir, dass du dich an den Plan hältst. Reagiere auf nichts, was du siehst. Keine Heldentaten."

Ich schlucke hart und nicke eilig.

Er greift in das Handschuhfach und holt ein Samtkästchen heraus. Er öffnet es und zeigt mir ein silbernes Halsband und einen separaten Ring.

„Was ist das?", frage ich.

„Dein Halsband." Er nimmt es heraus und öffnet es.

Nachdem er den Metallring um das Halsband gefädelt hat, hebt er es an meinen Hals. „Wenn du das trägst, weiß jeder, dass du mir gehörst."

Mein Herz setzt einen Schlag aus. „Wie ein permanentes Halsband?"

„Genau."

„Und wo ist deins?"

Er grinst. „Wenn du mich je an die Leine legen willst, sag es einfach. Ich werde mich gerne vor dir hinknien und dich auf dem Altar deiner Fotze anbeten. Aber heute Abend sind unsere Rollen vertauscht."

Ich schlucke schwer, mein Puls beschleunigt sich, als er mir das Metallhalsband umlegt. Jede Berührung seiner Haut schickt mir wohlige Schauer über den Rücken, die bis zwischen meine Schenkel wandern.

„Du bist zu herrisch, um für mich auf die Knie zu gehen", sage ich mit kaum mehr als einem Flüstern.

„Ich habe für dich gestohlen, für dich getötet. Ich würde die ganze Stadt niederbrennen, um zu sehen, wie sich die Flammen in deinen wunderschönen grünen Augen spiegeln. Wie kommst du darauf, dass ich nicht vor meiner kleinen Göttin niederknien würde?"

Er schließt den Verschluss des Halsbandes, zieht den Ring nach vorn und lehnt sich zurück, um sein Werk zu bewundern. Seine blassen Augen brennen so hell, dass ich kaum atmen kann. Eine Vielzahl von Gefühlen huschen über seine hübschen Züge, von Zufriedenheit bis hin zu Begierde, und ich schwöre, dass sogar ein Hauch von Stolz dabei ist.

„Weißt du, wie häufig ich mir das hier vorgestellt habe, während ich mir beim Geruch deiner Briefe einen runtergeholt habe?", sagt er und seine Finger gleiten über das kühle Metall auf meiner Haut.

Ein Kribbeln durchfährt mich, ich unterdrücke ein Zittern und flüstere: „Nein."

„Jede einzelne Nacht."

Meine Lippen öffnen sich unter einem Keuchen, obwohl nichts davon wirklich neu ist. Xero war auch meine Obsession, als er im Todestrakt saß, und ich weiß, dass meine Gefühle mehr als erwidert wurden. Aber diese Worte jetzt zu hören, wo er frei ist, verleiht ihnen so viel mehr Gewicht.

„Bleib sitzen."

Er steigt aus dem Auto und geht um die Vorderseite herum zu meiner Seite, wo er die Tür öffnet und mir seine Hand reicht.

Ich nehme seine Hand und trete hinaus, mein Herzschlag beschleunigt sich bei dem Gedanken, mit Xero auf eine Party zu gehen. Er sieht in seinem Smoking unglaublich gut aus, obwohl ich die Kleiderordnung des *Ministry of Mayhem* entsetzlich sexistisch finde.

Sein Blick schweift über das Korsett, das er für mich von meiner *Wonderland*-Wunschliste in Auftrag gegeben hat. Ich trage es mit einem Paar halterloser Strümpfe aus Kunstleder, die zu meinen Plateaustiefeln passen.

Er fährt sich mit der Zunge über die Lippen, sein Blick bleibt an dem hübschen Spitzenhöschen hängen, das ich statt eines Rocks trage.

„Hast du Angst, kleiner Geist?", fragt er.

Ich atme tief durch. „Ein bisschen, aber andererseits habe ich mich noch nie so lebendig gefühlt."

Er führt meine Knöchel zu seinen Lippen, um einen Kuss draufzuhauchen, und mir einen Schauer über die Haut jagt. „Das ist mein tapferes Mädchen. Nach heute Abend wird dein Leben nie mehr dasselbe sein."

VIERUNDNEUNZIG

XERO

Die Eingangshalle von *Melrose Manor* ist genauso prächtig wie das Äußere des Gebäudes. Von der hohen Decke hängen zwei antike Kronleuchter herab, welche die mit Mahagoni verkleideten Wände erhellen. An den Wänden hängen religiöse Wandteppiche, die im Laufe der Jahrhunderte verblasst sind und im Widerspruch zur dröhnenden Tanzmusik aus dem Inneren des Gebäudes stehen.

Amethyst klammert sich an meinen Arm, ihr ganzer Körper zittert vor Aufregung. Sie ist zum ersten Mal bei einer Veranstaltung wie dieser und weiß nicht, was sie zu erwarten hat. Ich hoffe, sie wird nicht enttäuscht. Unsere Priorität ist es, Nocturne zu finden, der unsere vielversprechendste Spur bei der Suche nach meinem Vater ist.

Wir nähern uns einer Gruppe maskierter Mitarbeiter am anderen Ende des Saals, die zwischen Sicherheitsleuten stehen. Nachdem wir Amethysts Umhang abgegeben haben, überprüft ein dunkelhaariger Mann in schwarzen Lederhosen und Kragen die QR-Codes auf unseren Tickets.

„An wen muss ich mich für eine Mitgliedschaft wenden?", frage ich ihn.

„Nur mit Einladung", antwortet er mit rauer Stimme.

„Mit wem muss ich dann sprechen, um eine Einladung zu bekommen?"

„Sie sprechen mit dir."

Er wendet seine Aufmerksamkeit von uns ab und dem Paar zu unserer Linken zu. Die Frau ist unter ihrem Umhang oben ohne. Der Kragen um ihren Hals ist so groß, dass sie ihren Kopf in einem unangenehmen Winkel neigen muss, um ihn halten zu können. Ich habe schon genug damit zu kämpfen, dass so viel von meinem kleinen Geist zur Schau gestellt wird. Ich würde nie zulassen, dass sie so entblößt wird wie diese Frau.

Wir kamen eineinhalb Stunden nach der Öffnungszeit an, sodass die fünfzehn meiner Leute die Gelegenheit hatten, den Veranstaltungsort auszukundschaften. Laut Jynxson ist es der gewöhnlichste Fetischclub, den er je besucht hat. Er erkundigt sich nach Nocturne, von dem es heißt, dass er sich in einem Mitgliederbereich in einem anderen Teil des Gebäudes aufhält.

Die Musik wird lauter, als einer der Mitarbeiter uns einen langen Flur entlang und durch eine Doppeltür in einen abgedunkelten Ballsaal führt, der von roten Scheinwerfern beleuchtet wird.

Es ist eine Tanzfläche, die von mehreren Podesten unterbrochen wird, auf denen BDSM-Möbel und gelegentlich eine Stange stehen. Neben mir ist Amethyst so voller Vorfreude, dass ich mir ein Lächeln nicht verkneifen kann. Zumindest ist einer von uns beeindruckt.

Ich löse sie von der Beobachtung einer nackten Frau in einem winzigen Käfig, die von einer kleinen Gruppe von Frauen und Männern gefingert wird, und begebe mich zum Barbereich. Auf sechs Bildschirmen wird ein Paar beim Sex aus verschiedenen Blickwinkeln übertragen. Die Frau ist eine Blondine, die ich von der Website des *Ministry of Mayhem* kenne, und der Mann trägt eine Maske.

„Was willst du?", ruft ein Barkeeper über die Musik hinweg.

Ich deute auf den Bildschirm. „Ist das live?"

Er nickt. „Das kommt aus dem *Screen Room*. Das ist ein Raum, der mit Kameras und Monitoren ausgestattet ist, sodass man sich selbst aus jedem Blickwinkel sehen kann."

Ich zögere, da ich mich daran erinnere, dass Nocturne daran

interessiert war, Videos von seinem inneren Kreis zu produzieren. „Ist das im Eintrittspreis inbegriffen?"

„Nur für Mitglieder. Was kann ich dir bringen?"

„Zwei Armagnacs auf Eis."

Plötzlich werde ich von einem Mann angerempelt, und als ich aufschaue, blicke ich in Tylers Augen. Er trägt ein Lederhalsband und Shorts, sein Oberkörper ist nackt. Ich lehne mich zu ihm und murmele: „Bericht."

„Ich habe mich mit einer Domina getroffen, die sagt, sie kenne Nocturne. Sie wählen sehr genau aus, wen sie in ihren inneren Kreis aufnehmen."

Er erklärt weiter, dass sie keine alleinstehenden Männer als Mitglieder einladen – sie könnten das Gleichgewicht stören, indem sie alleinstehende Frauen anmachen. Sie suchen nur nach Paaren, die entweder beide Switches sind oder ein dominant-devotes Paar.

Ich beende das Gespräch, als der Barkeeper mit unseren Getränken zurückkommt, und führe meinen kleinen Geist durch die Menge. Wir kommen an einer Frau in einem Gummikatzenkostüm vorbei, die einen an einen Pranger gefesselten Sub auspeitscht, an Pole-Tänzerinnen und an einer Spanking-Bank, auf der ein Mann in Lederchaps seinen nackten männlichen Begleiter mit einem Paddel züchtigt.

Aufgrund der Informationen, die von den anderen, die diesen Veranstaltungsort ausgekundschaftet haben, gesendet wurden, ist jeder auf dem Podium entweder ein Mitglied, das für die Menge auftritt, oder ein Profi. Ich sehe meine Schwester und Jynxson, die um ein Podium herumstehen, auf der zwei Männer eine Frau gleichzeitig nehmen.

Ich wende mich Amethyst zu, deren Wangen gerötet sind. „Amüsierst du dich?", frage ich, woraufhin sie eifrig nickt. „Möchtest du spielen?"

Ihre Augen weiten sich. „Was meinst du?"

Ich nicke in Richtung eines der wenigen unbesetzten Podeste. „Wir müssen auffallen, wenn wir eine Chance haben wollen, in Nocturnes Nähe zu kommen. Wie mutig fühlst du dich heute Abend?"

Sie lässt den Kopf hängen und ihr Blick wandert zwischen

mir und zwei freien Podesten hin und her. Eines ist eine weitere Spanking-Bank und das andere ist ein Thron. Ich verziehe keine Miene, um meinen kleinen Geist nicht unter Druck zu setzen, aber ich habe unseren Sexvertrag bis ins kleinste Detail auswendig gelernt.

Amethyst ist vom Exhibitionismus begeistert.

An manchen Morgen fantasierte sie davon, dass ich sie mitten im Gemeinschaftsraum des Gefängnisses ficke, während die Insassen uns durch die Gitterstäbe beobachten. Aber sich in einem imaginären Szenario in ihrem gemütlichen Schlafzimmer zu vergnügen, ist kein Vergleich zu einem Auftritt vor einem Live-Publikum.

„Nur wir?", fragt sie.

„Kein Mann wird dich anfassen, es sei denn, er will eine Hand verlieren", knurre ich.

Sie zögert einen Augenblick, bevor sie tief einatmet und ihre Augen vor Entschlossenheit hart werden. „Lass es uns tun."

Ich fahre mit einem Finger über ihren nackten Arm, was sie erschaudern lässt. „Bist du sicher, kleiner Geist?"

Sie nickt mir eifrig zu.

Ich grinse, lege meinen Arm um ihre Taille und wir bahnen uns einen Weg durch die Menge. Die meisten von ihnen blicken auf eines der besetzten Podeste, sodass ich Zeit habe, Amethyst auf ein Podium mit einem eisernen, mit Leder gepolsterten Thron zu heben.

Nachdem ich mich ihr auf dem Podium angeschlossen habe, befestige ich eine Leine an ihrem silbernen Halsband und fordere sie auf, sich hinzuknien. Sie nimmt zwischen meinen gespreizten Beinen Platz und blickt unterwürfig zu mir auf.

Amethyst atmet schwer durch die geöffneten Lippen, ihre hübschen grünen Augen weiten sich. Ihr Blick schweift umher, um zu sehen, wie sich einige aus der Menge bereits umdrehen, um unsere Szene zu beobachten.

„Schau mich an", sage ich über den Klang der Musik hinweg. Ihr Blick kehrt zurück und trifft auf meinen.

„Braves Mädchen." Ich ziehe an der Leine und bringe sie näher an meinen Schritt.

Exhibitionismus gehört nicht zu meinen Vorlieben. Als

Auftragskiller kann es Versagen oder den Tod bedeuten, wenn man in der Schusslinie ist, daher agiere ich lieber aus dem Schatten heraus. Diese Frau zu meinen Füßen zu haben, ist jedoch das stärkste Aphrodisiakum.

Ich könnte von tausend Feinden umgeben sein, die alle ihre Waffen auf meinen Kopf gerichtet haben, aber ich würde sie trotzdem ficken wollen, bis sie auf meinem Schwanz kommt.

Ich spreize meine Beine, lehne mich auf dem Thron zurück und lasse meine Erektion gegen meinen Hosenschlitz drücken. Ihr Blick fällt darauf und sie fährt sich mit der Zunge über die Lippen. Zu sehen, wie sehr es sie erregt, in dieser Position zu sein, ist so verlockend, dass ich ein Stöhnen unterdrücken muss.

„Zeig mir, wie sehr du es willst", sage ich während einer Pause in der Musik.

Sie fährt mit ihrer Hand meinen Oberschenkel hinauf und lässt mich bei ihrer Berührung erschaudern. Während ihre Finger über meinen Schritt gleiten, steigt einer der Club-Mitarbeiter auf das Podium.

Das rote Licht reflektiert auf seiner Glatze und lässt seine schweißnasse Haut schimmern, was mich an den Arsch erinnert, der Amethyst und ihre Freundin ins Hotel gelockt hat.

„Sir." Er streicht seine Lederweste glatt. „Dieser Thron ist nur für Mitglieder reserviert."

Ich neige meinen Kopf und grinse. Er richtet sich auf und versucht, seine Dominanz zum Ausdruck zu bringen, aber es ist ein erbärmlicher Versuch.

Er ist nicht Nocturne. Ein Mann hat einen bestimmten Ausdruck in den Augen, wenn er im Gefängnis war und gezwungen war, den Abschaum der Gesellschaft zu ertragen. Es ist ein roher Instinkt, der selbst Jahre nach der Entlassung nie wirklich verblasst. Der glatzköpfige Mann hat ihn nicht. Er hat noch nie diese ursprüngliche Verzweiflung erlebt, die aus dem Willen zu überleben entsteht.

„Ist dem so?", frage ich mit so leiser Stimme, dass er sich vorbeugen muss, um zu hören, was ich sage.

Als ich ihn angrinse, muss er etwas in meinen Augen sehen, denn er senkt den Blick. Genau wie ich dachte. Jeder Mann, der sich an einem Freitagabend ein Kostüm anzieht, um seine dunkleren Begierden zu entfesseln, ist keine Bedrohung. Er ist nur ein Lamm, das sich als Wolf verkleidet hat.

Amethyst drückt ihre Lippen gegen meinen Schaft, ihre Finger tasten an meinem Hosenschlitz. Ich muss mich sehr anstrengen, um meine Aufmerksamkeit auf diesen Zeitverschwender zu richten, aber das ist Teil meines Plans.

„Meine Dame und ich möchten eine Flasche Armagnac", sage ich.

Er zögert, seine Kehle spannt sich unter meinem Blick an. „Sir, Tischservice ist nicht ..."

„Sie haben meine Szene unterbrochen", knurre ich. „Da auf diesem Platz kein Schild steht, das besagt, dass er für Mitglieder reserviert ist, kann ich nur zu dem Schluss kommen, dass Sie hier sind, um mir zu dienen."

Sein Atem beschleunigt sich. Selbst in diesem schwachen Licht und von meinem Aussichtspunkt auf dem Thron aus kann ich sehen, wie sich seine blauen Augen weiten, und ich blicke ihn mit hochgezogenen Augenbrauen an. Reaktionen wie diese sind ein sicheres Zeichen dafür, dass er unterwürfige Tendenzen hat.

Ich lehne mich auf dem Thron zurück und starre den Mann mit solcher Intensität an, dass er gezwungen ist, seinen Blick zu senken. Er tritt von einem Fuß auf den anderen und seine Finger spielen an der Öffnung seiner Lederweste.

„Seien Sie ein guter Mann und holen Sie mir einen Drink", sage ich.

Er senkt den Blick und schluckt. „Ja, Sir."

„Und wenn Sie schon dabei sind, reservieren Sie uns etwas Zeit im *Screen Room*."

Bei meiner Bitte weiten sich seine Augen und seine blassen Wangen röten sich. Mit einem Nicken verlässt er das Podium. Inzwischen hat sich eine Menschenmenge um unser Podium gebildet, und Amethyst blickt zu ihnen hinüber, ihre Wangen genauso rot wie die des Mitarbeiters.

„Alle beobachten uns", haucht sie mit funkelnden Augen.

Mein Grinsen wird breiter. „Willst du, dass sie sehen, wie du kommst?"

„Wie?"

„Hol meinen Schwanz raus", knurre ich und lehne mich zurück, um ihr den nötigen Freiraum zu lassen.

Ihre zarten Finger fummeln an meinem Gürtel und Reißverschluss herum, und sie greift in meinen Hosenschlitz, um meine Erektion zu befreien. Ich stöhne und wünschte, wir wären allein, damit ich sie über den Thron beugen und in ihre enge, feuchte Hitze stoßen könnte, bis sie meinen Namen so laut schreit, dass die Wände wackeln.

Aber wir sind nicht allein. Wir stehen zur Schau, werden von Dutzenden Augen beobachtet, wenn nicht sogar von mehreren Kameras, die im Club installiert sind. Ich möchte, dass Amethyst nur von der Tatsache, beobachtet zu werden, kommt, aber ohne einen Teil von ihr mit diesen unwürdigen Voyeuren zu teilen.

Sie beugt sich vor und fährt mit ihrer Zunge meine Jakobsleiter hinauf. Das Vergnügen strömt durch meine Adern und ich kann nicht anders, als zu erschaudern.

Meine Finger graben sich in ihr Haar, während sie ihre Zunge um meine Eichel kreisen lässt und über den Punkt unter dem Prince-Albert-Piercing leckt.

Ich könnte allein durch den Anblick und das Gefühl meines kleinen Geistes kommen, aber heute Abend geht es nur darum, Nocturnes Aufmerksamkeit zu erregen. Und Amethyst zu gefallen. Sie hat so hart an der Entwicklung ihrer Flucht- und Kampffähigkeiten gearbeitet, dass sie eine besondere Belohnung verdient.

„Zeig ihnen, wie viel du aushältst", knurre ich.

Sie nickt und nimmt meinen Schaft tiefer in den Mund, bis meine Eichel ihren Rachen berührt. Ihre Augen tränen, dennoch wendet sie ihren Blick keinen Augenblick lang von mir ab.

„Braves Mädchen."

Die Menge tritt näher, um mehr zu sehen, aber ich halte meinen Körper angewinkelt, um ihre Privatsphäre zu schützen. Aus den Augenwinkeln sehe ich eine Frau, die versucht, auf das Podium zu steigen, aber jemand zerrt sie zurück in die Menge. Ich schicke meinen Leuten, die uns den Rücken freihalten, ein stummes Wort des Dankes und konzentriere mich wieder auf Amethyst.

Ich lasse sie noch ein paar Mal an meinem Schwanz auf- und

abgleiten, während ich die Zähne zusammenbeiße und den Drang unterdrücke, in ihrem Mund zu kommen. Es geht nicht nur um ihren Mund – es geht um ihre Unterwerfung. Ihr mutwilliger Wunsch, meinen Schwanz vor all diesen hungrigen Augen zu lutschen.

Sie summt, wobei der Klang an meinem Schwanz entlang vibriert, und bringt mich an eine gefährliche Grenze.

„Genug." Ich packe sie an den Haaren und ziehe sie von meinem Schwanz. „Jetzt komm auf meinen Schoß."

Sie löst ihre Lippen von mir, zieht sich zurück und erhebt sich. Ich drehe sie um und schiebe meine Finger zwischen ihre Schenkel und in ihr Spitzenhöschen, um ihre nasse Muschi zu ertasten.

„Du bist klatschnass", knurre ich und halte ihr meine feucht-schimmernden Finger vors Gesicht. „Macht dich der Gedanke, dass du meinen Schwanz vor dem ganzen Nachtclub lutschst, feucht?"

Sie blickt mich schwer atmend an. „Ja."

„Ja, was?"

„Ja, Sir."

Ich setze sie auf meinen Schoß und passe ihre Position so an, dass ihr Rücken an meiner Brust anliegt und sie der Menge zugewandt ist. Ich beuge ihre Hüften, schiebe ihr Höschen wieder zur Seite und führe meinen Schwanz in ihren Eingang.

„Zeig diesen Bastarden, dass du mein braves Mädchen bist", knurre ich ihr ins Ohr. „Gib ihnen einen Einblick in das, was sie niemals haben können."

Sie entspannt sich, ihre enge Hitze spannt sich um meinen Schwanz an. Die Menge rückt näher, um besser sehen zu können, aber ich umschließe ihre Muschi von vorn und umspiele mit meinen Fingern ihre Klitoris.

Der Clubangestellte von vorhin drängt sich mit einer Flasche und zwei Gläsern auf einem Tablett nach vorn. Ich ignoriere ihn und konzentriere mich auf die kleine Göttin auf meinem Schoß.

„Schneller", sage ich, und sie gehorcht und reitet meinen Schwanz im Takt der Musik.

Ich packe sie an den Hüften, bewege sie auf und ab, während ich meine Gesichtszüge hinter einer undurchdringlichen Maske verberge. Es ist fast unmöglich, bei der Frau, die ich liebe, ein Pokerface zu bewahren, aber meine Sinne sind in höchster Alarmbereitschaft. Jeder, der mit meinem Vater in Verbindung steht, muss gefährlich sein, und ich werde bei Nocturne oder seinen Leuten kein Risiko eingehen.

Sie wiegt ihre Hüften, wobei sich ihr Kopf von einer Seite zur anderen bewegt. Meine kleine Exhibitionistin genießt es, dass all diese Augen auf sie gerichtet sind, während sie ihr Vergnügen auskostet. Die Menge rückt näher, verzückt von ihrer ungezügelten Leidenschaft, aber ich mustere ihre Gesichter nach Anzeichen für reale Spieler.

Amethysts Muskeln spannen sich an, was darauf hindeutet, dass sie kurz vor dem Höhepunkt steht. Auch ich bin kurz davor zu kommen, aber ich will es noch ein wenig länger unterdrücken. Ich beschleunige meine Streicheleinheiten um ihre Klitoris und treibe sie zum Rand.

„So ist es brav", sage ich. „Meine kleine geile Schlampe." Bei meinen Worten stöhnt sie auf.

„Lass den Club hören, wie schön du für mich kommst."

Amethyst wirft den Kopf in den Nacken und kommt, ihre Hüften zucken, ihr Körper zittert, ihre Muschi zieht sich rhythmisch um meinen Schwanz zusammen. Sie schreit auf, der Klang ihres Orgasmus vermischt sich mit der Musik.

Die Menge bricht in Applaus aus, was ihre Muskeln zum Flattern bringt.

Mein Blick fällt auf die Bedienung, die ein Stück Papier auf unser Tablett mit den Getränken legt.

Sie sinkt nach hinten und ich wiege sie in meinen Armen. „Gut gemacht, kleiner Geist", flüstere ich ihr ins Ohr. „Es scheint, als hätte uns dein Auftritt geholfen, Mitglieder dieses Clubs zu werden."

FÜNFUNDNEUNZIG

AMETHYST

Ich lasse mich gegen Xeros Brust sinken, wobei mein Körper noch immer unter den Nachbeben meines Orgasmus zuckt. Glückseligkeit erfüllt mich und lässt mich keuchend und schwach an seiner Brust zurück.

Sein Schwanz steckt immer noch steif in mir. Irgendwie hat er die Kontrolle behalten, während ich mich dem Vergnügen hingegeben habe.

Das Klingeln in meinen Ohren lässt nach und ich höre noch das Ende des Applauses. Meine Augen schweifen wieder durch den Club und treffen auf die Blicke der Zuschauer. Mindestens achtzig Augenpaare sind auf uns gerichtet, und einige der männlichen Beobachter berühren sich unter ihrer Kleidung.

Xeros Hand liegt immer noch um meine Muschi, seine Finger streichen träge über meine Klitoris. Das ist das Einzige, was mich von den forschenden Blicken der Männer trennt.

Jetzt, da die Euphorie verflogen ist, warte ich auf einen Anflug von Verlegenheit oder Bedauern, aber meine Brust bläht sich vor Triumph. Triumph über die Einsiedlerin, die die letzten sechs Jahre schlafwandlerisch verbracht hat, und Triumph über den Teil meines Gehirns, der jedes Mal Halluzinationen erzeugte, wenn ich versuchte, mit einem Mann intim zu werden.

Ich hatte Sex mit Xero vor einem ganzen Nachtclub und mein Gehirn hat nicht ein einziges Mal gestreikt.

Ich winde mich auf seinem Schoß und bin mir schmerzlich bewusst, dass er immer noch einen Ständer hat. „Wolltest du nicht kommen?"

Er knabbert an meinem Ohr und jagt dabei Funken der Lust über meine empfindliche Haut. „Das hängt von dir ab."

„Was meinst du?", frage ich über den Klang der Musik hinweg.

„Möchtest du dich aus jedem Blickwinkel beim Ficken sehen?"

Mein Atem beschleunigt sich bei der Aussicht auf eine weitere Runde Sex, und ich drehe mich zu ihm um. „Wie?"

„Erinnerst du dich an diese Bildschirme an der Bar?"

„Natürlich. Gehen wir als Nächstes dorthin?"

Xero nickt und fordert den glatzköpfigen Mann von vorhin auf, näherzukommen. Inzwischen hat sich die Menge bereits umgedreht, um sich das nächste Spektakel anzusehen, aber einige Gäste bleiben zurück, um zu sehen, was als Nächstes passiert.

Mit leuchtenden Augen stellt der Mann sein Tablett auf dem Podium ab, steigt dann ebenfalls hinauf und fällt auf die Knie.

Ein Stich der Eifersucht schnürt mir die Brust zu, obwohl das Gefühl lächerlich ist. Xero hat mich aus Hunderten, wenn nicht Tausenden Menschen ausgewählt. Er hat sich sehr bemüht, mein Herz zu gewinnen, aber ein Teil von mir wird immer besitzergreifend sein. Das hält mich nicht davon ab, seinen Oberschenkel zu packen, um zu signalisieren, dass er tabu ist.

„Möchten Sie, dass ich Ihnen Ihren Armagnac einschenke, Sir?", fragt der Mann mit gesenktem Kopf.

„Wie heißen Sie?", fragt Xero.

„Scroggins, Sir. Darf ich Ihre Namen erfahren?"

„Sie können mich Master Nero nennen", sagt Xero. „Bringen Sie die Flasche in den *Screen Room*. Wir trinken sie später."

Ich halte den Atem an und warte darauf, dass Scroggins eine Reihe von Ausreden murmelt, warum wir keinen Zugang zu einem Bereich nur für Mitglieder haben, aber er verbeugt sich einfach tief und sagt dann: „Bitte, wenn Sie mir folgen würden."

Minuten später folgen wir Scroggins aus dem überfüllten

Ballsaal und durch eine verwinkelte Reihe von Korridoren. Ich klammere mich an Xeros Arm, mein Herz rast so heftig, dass es die leiser werdende Musik übertönt. Wenn das ein Hinterhalt ist, dann ist Xeros Verstärkung weit weg, denn wir haben Jynxson und die anderen auf der Tanzfläche zurückgelassen.

Xero legt einen Arm um meine Taille und zieht mich an sich. Die Geste ist beruhigend, aber sie ist eine beunruhigende Erinnerung daran, dass dies keine gewöhnliche Clubnacht ist. Xero hat bereits erklärt, dass der Mann hinter dem *Ministry of Mayhem* auch mit *X-Cite Media* verbunden ist.

Meine Finger wandern zu einem der Stilettos, die wir an meinem Korsett befestigt haben. Ich hoffe bei allem, was mir heilig ist, dass ich sie nicht benutzen muss.

Wir erreichen einen Notausgang und treten in einen Innenhof voller Fahrzeuge, und mein Blick wandert zu einem Tourbus.

„Der *Screen Room* befindet sich hier draußen?", fragt Xero.

Die Antwort auf diese Frage ist offensichtlich, aber ich weiß, dass er mit demjenigen kommuniziert, der auf der anderen Seite seines Ohrhörers zuhört.

„Ja, Sir", antwortet Scroggins, der immer noch das Tablett hält. „Das *Ministry of Mayhem* ist eine mobile Einrichtung, die von mehreren Standorten aus operiert. Das sollten Sie bedenken, sollten Sie eine Mitgliedschaft beantragen wollen."

Ich unterdrücke ein Grinsen. Natürlich würde Xero eingeladen werden, Mitglied zu werden. Dominanter als er können Männer nicht sein.

Musik dröhnt aus dem Tourbus, an dem Scroggins uns vorbeiführt. Er kommentiert die Aktivitäten im Inneren nicht, aber ich würde alles, was ich besitze, darauf verwetten, dass Nocturne hier seine Mitglieder unterhält.

Er hält vor einem Wohnwagen, der an einem silbernen Land Rover hängt. Es ist eine glänzende Kapsel auf Rädern mit reflektierenden Oberflächen, die im Mondlicht glänzen.

„Das ist der *Screen Room*." Scroggins öffnet die Tür und gibt den Blick auf einen kleinen Kontrollbereich mit Schalttafeln, Knöpfen und Monitoren frei, und mir bleibt der Mund offenstehen. Es ist die Art von High-Tech-Überwachungssystem, das man in einer geheimen Militäroperation erwarten würde, nicht in einem Fetischclub.

„Netter Wohnwagen", sagt Xero. „Wer hat dieses Setup entworfen?"

„Unser Anführer, Mr. Nocturne, ist Amateurfilmer", antwortet Scroggins mit einem Hauch von Stolz. „Der *Screen Room* ist mit modernster Überwachungstechnologie ausgestattet."

Wir folgen ihm in den Wohnwagen, der Rest ist leer. Jede Oberfläche, von den Wänden und Böden bis zur Decke, ist mit Bildschirmen bedeckt. Dazwischen befinden sich Schwerlastplatten und Haken, die vermutlich dazu dienen, die gesamte Ausrüstung an Ort und Stelle zu halten. Ich drehe mich im Kreis und sehe, wie sich meine Bewegungen in Echtzeit spiegeln.

„Warum zeigen die Bildschirme alle Seiten?", frage ich. „Ich dachte, das wäre wie in einem Spiegelkabinett."

„Die Mitglieder fanden es wohl zu verwirrend, also haben wir die Greenscreen-Technologie integriert, um die Feeds aus den umgebenden Bildern herauszufiltern."

Meine Haut kribbelt angesichts des Gefühls, beobachtet zu werden. „Werden wir gerade übertragen?"

„Nur, wenn Sie Ihre schriftliche Zustimmung geben." Scroggins stellt das Tablett auf einen einzelnen Tisch, das einzige Möbelstück im Raum, das kein Bedienfeld oder Monitor ist.

„Was passiert mit dem Filmmaterial?", fragt Xero.

Sie führen ein technisches Gespräch, in dem Begriffe wie Multi-Kamera-Erfassungsarrays, Echtzeit-Videocodierung, KI-gesteuerte Inhaltsverarbeitung und Dual-Stream-Übertragungsfunktionen fallen, aber ich bin wie hypnotisiert von dem, was ich sehe.

Ich kann nicht einmal sagen, ob es an meinem neu gewonnenen Selbstvertrauen oder an Xeros Anwesenheit liegt, aber zum ersten Mal, seit ich denken kann, habe ich keine Angst mehr vor dem, was sich mir darbietet.

Am Ende des Gesprächs nehmen Xero und Scroggins Anpassungen am Bedienfeld vor, damit unsere Bilder nicht an den Club übertragen werden. Er erklärt, dass die KI die besten Blickwinkel auswählt und das bearbeitete Filmmaterial auf eine Festplatte herunterladen wird, die wir als Andenken mit nach Hause nehmen können.

Mein Herz schlägt so heftig, dass seine Vibrationen bis zu meiner Klitoris widerhallen. Ich kann nicht glauben, dass ich bisher von der Angst, auf Video aufgenommen zu werden, über Sex mit Xero auf dem Friedhof bis hin zur Performance vor der Kamera alles erlebt habe. Vielleicht liegt der Unterschied in der Zustimmung. Außerdem würde es nicht so wehtun, wenn dieses Filmmaterial durchsickern würde, weil ich nicht vorhabe, meine Maske abzunehmen.

Scroggins senkt den Kopf. „Wenn Sie und Ihre Lady Hilfe benötigen, wäre es mir eine Freude und Ehre, Ihnen zu dienen."

Ich blicke an ihm hinunter und sehe die Erektion, die sich durch seine Lederhose abzeichnet, und frage mich, wem von uns der glatzköpfige Mann zuerst dienen will.

Xero stößt ein spöttisches Schnauben aus. „Das Privileg haben Sie sich noch nicht verdient. Wenn wir hier fertig sind, möchte ich mit Nocturne über eine Mitgliedschaft sprechen."

„Ja, Sir", sagt Scroggins mit einer tiefen Verbeugung.

Xero folgt ihm zum Ausgang, wo Scroggins ihm zeigt, wie man eine Reihe von Bildschirmen herunterzieht, um den Kontrollbereich zu verbergen. Einen Moment später erwacht er zum Leben und spiegelt meine Gestalt wider.

Ich stehe in der Mitte eines jetzt nahtlosen rechteckigen Prismas und lasse meinen Blick über die Bildschirme schweifen. Zum ersten Mal, seit ich denken kann, stört mich kein Teil meines Körpers.

Nach einem kurzen, leisen Wortwechsel mit Xero verlässt Scroggins den Raum. Die Tür fällt ins Schloss, seine Schritte entfernen sich und zurückbleibt nur das leise Summen der Technik.

Mein Herz rast vor Vorfreude auf das, was kommen wird, und jeder Schlag hallt mit dumpfem Echo in meinen Ohren wider. Der Nervenkitzel, den all diese Kameras, die mich aus jedem Winkel beobachten, auslösen, während Xero mich nimmt, löst eine Kaskade tobender Schmetterlinge aus.

Sie flattern in meiner Brust, kitzeln die Innenseite meines Magens und finden ihren Weg hinunter zu meiner Klitoris. Ich kann nicht anders, als mich zu fragen, ob Nocturne und seine Untergebenen uns vom Tourbus aus beobachten und darüber debattieren, ob wir eingeladen werden sollten, Mitglieder zu werden.

Xero taucht wieder auf und sieht im künstlichen Licht wie ein völlig anderer Mann aus. Seine blasse Iris steht in starkem Kontrast zu seinem schwarzen Haar und seiner Ledermaske und verleiht ihm eine zusätzliche Bedrohlichkeit.

In seinen Händen hält er ein Stück Seil, das zu Schlingen gewunden ist. Meine Sinne schlagen Alarm, dass diese Erfahrung Teil meines Trainings sein wird. Wenn ich keinen anständigen Kampf abliefere, kann ich mich von weiteren Orgasmen verabschieden.

Ich weiche einen Schritt zurück, während er mit einem raubtierhaften Blick in den Augen auf mich zukommt und mich mustert. Jeder Fluchtinstinkt schreit mich an, ich solle weglaufen, aber ich bin gefangen. Meine dunkleren Instinkte wollen bleiben und sehen, was Xero als Nächstes tun wird.

„Du weißt, dass ich dich liebe, oder?", fragt er.

„Was ist los?", frage ich zurück.

„Beantworte meine Frage", knurrt er.

„Ja."

„Und du weißt, dass ich geschworen habe, dich zu beschützen?" Ich nicke ihm zitternd zu.

„Gut, denn ich werde dich mit meinem Schwanz vernichten." Seine Lippen verziehen sich zu einem breiten Grinsen, das den Rest seines Gesichts unheimlich erscheinen lässt, besonders wenn es sich auf den Bildschirmen spiegelt.

Mein Atem stockt, als er näherkommt, und ich balle meine Hände zu Fäusten. Sein Blick fällt auf meine Hände, und in seinen Augen tanzt eine Mischung aus Bosheit und Heiterkeit.

„Wirst du gegen mich kämpfen, kleiner Geist?", stichelt er.

„Ich kann nicht fliehen, ich werde nicht erstarren und ich werde ganz sicher nicht kriechen." Mit einem dunklen Lachen zieht er das Seil straff. „Braves Mädchen. Jetzt wehre dich. Wenn du sechzig Sekunden durchhältst, darfst du kommen."

„Und wenn ich gewinne?" Ich hebe meine Fäuste.

Er grinst wieder, seine Augen verdunkeln sich. „Das wirst du nicht."

Xero sagt das mit so viel Selbstbewusstsein, dass es mir eiskalt den Rücken hinunterläuft. Ich zwinge mich, nicht zurückzuweichen, hebe die Augenbrauen und begegne seinem hitzigen Blick. „Wenn ich gewinne, darf ich dich an der Leine durch den Club führen."

„Das wird nicht passieren."

Ich führe einen Präventivschlag zu seiner Kehle aus. Xero fängt ihn mit eisernem Griff ab, aber ich reiße meinen Arm nach unten. Als er nach vorn zuckt, nutze ich seinen Schwung, um ihm ein Knie in den Bauch zu rammen.

„Netter Zug, kleiner Geist." Er packt mein Knie, drückt mich auf den Rücken und fixiert meine Handgelenke über meinem Kopf, wobei sich sein Gewicht auf mich drückt. „Aber du bist genau da, wo ich dich haben will."

Oh, Scheiße. Als Xero mir diese Bewegung zum ersten Mal zeigte, wurde ich dafür bestraft, dass ich zu viel Energie darauf verschwendet hatte, meine Arme zu befreien. Wir haben nur zweimal geübt, wie man sich aus diesem Griff befreit, aber ich bin sicher, dass ich die Grundlagen verstanden habe.

Xero greift mit seiner freien Hand nach unten und löst die vorderen Verschlüsse meines Korsetts. Es springt auf und fällt zu Boden, wodurch der Druck auf meine Rippen nachlässt.

„Danke", sage ich, endlich in der Lage, richtig atmen zu können.

Er greift nach unten, seine Finger schließen sich um eine Brustwarze und drücken sie so fest zusammen, dass ich nach Luft schnappe. Eine Welle der Empfindungen schießt direkt zu meiner Klitoris und die Muskeln meiner Muschi pulsieren.

„Fünfundzwanzig Sekunden. Ich kann es kaum erwarten zu hören, wie du um Gnade winselst."

„Netter Versuch, Arschloch." Ich verlagere mein Gewicht auf die Fersen, hebe die Hüften und bringe ihn aus dem Gleichgewicht. Er taumelt mit dem Kopf voran auf einen Bildschirm zu und lässt meine Handgelenke los, um einen Aufprall zu vermeiden. Ich ergreife die Gelegenheit, klammere mich an seinen Oberkörper und werfe uns beide zur Seite.

„Zehn", sagt er mit einem lauten Lachen.

Ich ramme ihm eine Faust in den Bauch, was mir ein zufriedenstellendes Grunzen einbringt, also ziele ich als Nächstes auf seine Eier.

Xero krümmt sich und stöhnt. „Tiefschlag, kleiner Geist."

Ich rapple mich auf, greife nach meinem Korsett und ziehe einen der Stilettos heraus. „Drei ... zwei ... eins. Jetzt schuldest du mir einen Orgasmus."

SECHSUNDNEUNZIG

AMETHYST

Ich weiß nicht, ob sich die vielen Trainingsstunden endlich auszahlen oder ob Xero mich für die Aufnahme verschont hat. Der *Screen Room* bietet uns die erste Gelegenheit, einen 360-Grad-Blick auf meine Kampffähigkeiten zu werfen, sodass er meine Techniken analysieren kann.

So oder so, ich werde meinen Sieg genießen.

Er hockt jetzt auf den Knien, seine Brust hebt und senkt sich, während er den Schmerz verarbeitet, den er scheinbar noch immer verspürt, nachdem ich ihm in die Eier geschlagen habe. Sein Gesichtsausdruck ist voller Stolz.

Ich trete zurück, außer Reichweite, nicht ganz sicher, ob dies das Ende unseres Wettbewerbs ist. Für den Fall, dass er betrügt, verstecke ich den Dolch hinter meinem Rücken.

„Habe ich gewonnen?", frage ich.

Er springt mit einer Beweglichkeit auf, die seinen Schmerz Lügen straft, und zieht mich an seine Brust. Dann grinst er mich an wie eine wilde Katze und lässt mein Herz wie einen gefangenen Vogel gegen seinen Käfig schlagen.

„Was habe ich über das Unterschätzen deines Feindes gesagt?", knurrt er, und seine Erektion drückt sich durch seine Hose in meinen Bauch. Ich führe den Dolch an seinen Hals und drücke die Klinge gegen seine Haut.

„Und was habe ich über das Unterschätzen meiner Person gesagt?"

Seine Augen verengen sich und seine Mundwinkel verziehen sich zu einem Grinsen. „Ich bin beeindruckt. Jetzt leg das Ding weg und hol dir deine Belohnung."

„Wie wäre es, wenn ich mir nehme, was ich will?" Ich halte ihm den Dolch an die Kehle und füge hinzu: „Zieh dich aus."

Er zieht eine Augenbraue hoch, tritt einen Schritt zurück, schüttelt seine Jacke aus und lässt sie auf den Boden fallen. „Na gut."

Er streift sein Hemd ab und lässt mich die blassen Narben bewundern, die seine gemeißelten Brustmuskeln und definierten Bauchmuskeln überziehen. Die Bildschirme hinter ihm zeigen einen wunderschön muskulösen Rücken, der ebenfalls von blassen Narben übersät ist, die er sich in fast einem Jahrzehnt als ausgebildeter Attentäter zugezogen haben muss.

Er löst keinen Augenblick lang den Blick von mir und seine Hand gleitet zu seiner Gürtelschnalle. In meinem Blickfeld öffnen mehrere Versionen von Xero ihre Hosen. Ehe ich mich versehe, hat er seine Schuhe ausgezogen und seine Hose heruntergeschoben, sodass sein unglaublich großer Schwanz mit all seinen Piercings zum Vorschein kommt.

Ich kann nicht anders, als mir über die Lippen zu lecken.

„Siehst du etwas, das dir gefällt, kleiner Geist?", fragt er mit einem bösen Grinsen.

Meine Finger umklammern den Dolch fester und ich nähere mich ihm, wobei ich mit der Spitze seiner Klinge über seine Brustwarzen und seine Bauchmuskeln fahre, bevor ich schließlich an der Basis seines Schwanzes ankomme.

Xero zischt, seine Augen funkeln vor Vergnügen. „Vorsicht damit", sagt er mit einer Stimme, die wie ein neckisches Schnurren klingt. „Du willst doch nicht aus Versehen etwas verletzen, das dir gefallen könnte."

„Auf die Knie mit dir."

Im Nu hat er mir den Dolch aus der Hand genommen und ihn mir an die Kehle gedrückt. Diese kalten blauen Augen bohren sich tief in meine Seele und lassen die feinen Härchen auf meinem Nacken sich aufstellen. „Du zuerst."

Scheiße.

Notiz an mich selbst: Ich muss daran arbeiten, mich nicht so leicht entwaffnen zu lassen.

Ich gehe auf die Knie, wobei ich ihm ununterbrochen in die Augen blicke. „Zufrieden?"

„Schieb unsere Kleidung hinter den Paravent, damit wir keine der Kameras verdecken."

Mit einem Seufzen greife ich nach meinem Korsett, Xeros Schuhe und Socken. Ich will auch den Gürtel nehmen, aber Xero schnappt ihn sich vor mir. Bei dem Gedanken daran, was er als Nächstes mit mir machen wird, durchströmt Hitze meine Muschi und ich unterdrücke ein Stöhnen.

Ich erhebe mich, um auf die andere Seite des Raumes mit der Stellwand zu gehen, als Xero eine Hand auf meinen Kopf legt und sagt: „Auf allen vieren."

Mein Atem beschleunigt sich. „Wie soll ich die Kleidung tragen, wenn ich auf Händen und Knien bin?"

„Nimm sie zwischen die Zähne."

Er nimmt mein Lederkorsett und seine Schuhe vom Stapel und legt sie mir auf den Rücken, als wäre ich ein Packpferd. Dann drückt er meinen Kopf in den Kleiderstapel und zwingt mich, die Kleidung zwischen die Zähne zu nehmen.

„Arschloch", stoße ich durch den Mund voll Stoff hervor.

„Muss ich erst bis zehn zählen?"

„Nein." Mit glühenden Wangen krabble ich auf Händen und Knien voran. Ich habe Xeros kleine Herausforderung gemeistert. Ich habe sechzig Sekunden überlebt und ihm sogar in die Eier getreten. Wie zur Hölle soll das meine Belohnung sein?

Als ich den Bildschirm erreiche, lege ich unsere Sachen auf einen kleinen Stapel und drehe mich um, wohl wissend, dass ich besser nicht zurückgehen sollte. Mein Blick fällt auf die Bildschirme unter meinem Körper, und der Anblick meiner schwingenden Brüste lässt mich stöhnen.

Ich werfe einen Blick über meine Schulter, um mich von hinten zu sehen, und bemerke meine geröteten Arschbacken. Xero steht im Hintergrund, wie ein obszönes Kunstwerk, und seine Schwanzpiercings funkeln im künstlichen Licht.

„Siehst du, wie schön du vor der Kamera aussiehst?", fragt er und seine Augen hinter der Maske funkeln.

Hitze steigt mir in die Wangen. Mit meinen glatt nach hinten gekämmten Locken und der Maske, die die obere Hälfte meines Gesichts bedeckt, könnte ich jemand anderes sein. Eine Frau mit einem erfüllten Leben und einem vollständigen Gedächtnis, die mit dem Mann, den sie liebt, ihre Vorlieben erforscht.

Liebe?

Es ist sicherlich nicht Hass oder gar Angst. Ich mag ihn, und wenn er nicht gerade ein Tyrann ist, ist er der süße, einfühlsame Mann, der mir diese wundervollen Briefe geschrieben hat. Xero akzeptiert mich, selbst mit meinen schmutzigen Geheimnissen und meiner zerrütteten Vergangenheit. Er vertreibt die Wahnvorstellungen und treibt mich an, stärker zu werden, während er Schlößer zu meiner Sexualität aufschließt, von denen ich dachte, dass sie längst verloren wären.

Früher saß ich zu Hause in einer Art Dämmerzustand und fragte mich, wann mein Leben beginnen würde, aber in der Gegenwart von Xero wird mir klar, dass ich wirklich lebe. Wie kann ich einen Mann nicht lieben, der mich die Intensität jeder Emotion spüren lässt?

„Komm her", erklingt seine tiefe Stimme und reißt mich aus meinen Gedanken.

Ich krabble zu ihm zurück und knie mich zu seinen Füßen nieder.

„Dreh dich um", befiehl er und ich tue, was er verlangt. Xero lässt mich die Hände hinter meinem Rücken verschränken, während er den Gürtel zweimal um meine Oberarme schlingt, bevor er sie mit einem Klicken der Schnalle sichert. Meine Brustwarzen ziehen sich vor Erwartung zusammen und Schauer laufen über meine Haut. Ich kann nicht genug von ihm bekommen, wenn er das Kommando übernimmt.

Er tritt vor mich und geht in die Hocke, sodass er auf Augenhöhe ist. „Gib mir deinen Fuß."

Ich strecke meinen linken Fuß nach vorn, den er auf seinem Oberschenkel ablegt. Er bindet ein Ende des Seils unter meiner Kniescheibe fest und das andere um meinen Knöchel. Es besteht aus Seidenfasern, die sich auf meiner Haut luxuriös anfühlen, aber nichts ist vergleichbar mit seiner Berührung. Jede Berührung seiner Finger sendet ein Kribbeln direkt in mein Innerstes.

„Was machst du da?", frage ich mit belegter Stimme.

„Ich bringe dich in die beste Position für die Kameras", antwortet er mit einem Grinsen.

Mein Puls beschleunigt sich, als er mich auf die Beine zieht und die beiden Seilstränge zusammennimmt, um sie an einem Haken an der Decke zu befestigen. Ich stehe auf einem Fuß, den anderen wie eine Ballerina angehoben, die Arme hinter dem Rücken gefesselt und den Oberkörper nach rechts geneigt.

Xero nimmt das letzte Stück Seil, wickelt es um den Gürtel und befestigt es oben. Dann geht er hinter mich, greift nach meiner Leine und zieht mich an seine nackte Brust.

„Ähm ... Xero?", frage ich. „Was ist mit meinem Höschen?"

Kühles Metall streift meine Haut und lässt mich meine Frage bereuen. Nachdem er meine Leine an der Decke befestigt hat, schneidet er den Bund meiner Unterwäsche auf und lässt den Stoff fallen. Kühle Luft umspielt meine Muschi und lässt die Muskeln meines Unterleibs vor Verlangen verkrampfen. Dann schneidet Xero durch die andere Seite meiner Unterwäsche und ballt sie in seiner Faust.

„Ich hätte mehr Seil mitbringen sollen", knurrt er. „Weil du so hübsch gefesselt aussiehst und schön weit gespreizt bist, damit ich dich ficken kann."

„Oh Gott", stöhne ich.

„So ist es richtig, kleiner Geist. Und heute Nacht werde ich dich dazu bringen, nach göttlicher Intervention zu schreien. Jetzt weit öffnen."

Er schiebt mir mein feuchtes Höschen zwischen die Lippen und drückt mir eine Hand auf den Mund, um meinen Protest zu ersticken. Als ich versuche, mich zu wehren, dreht er meinen Kopf zu den Bildschirmen, zu meiner linken.

„Siehst du diese triefende Fotze? Sie gehört mir."

Ich blicke auf meine Muschi, die auf mehreren Bildschirmen zu sehen ist. Sie sah noch nie so geschwollen, feucht oder rot aus. Der Anblick all dieser Erregung, die meine Innenschenkel benetzt, lässt mich in meinen provisorischen Knebel stöhnen.

Er fährt mit einem Finger über meine Klitoris und bringt

jedes Lustzentrum zum Explodieren, bevor er diesen Finger in meine Muschi schiebt.

„Und dieses nasse kleine Loch. Das gehört auch mir", sagt er und sein heißer Atem streift meinen Nacken.

Ich weiß nicht, wohin ich schauen soll, weil er überall ist. Er steht hinter mir, wobei seine Anwesenheit jeden Bildschirm ausfüllt. Sein Schwanz streift die Innenseite meines erhobenen Oberschenkels, das Metall seines Piercings kühlt meine Haut.

Mein Inneres verkrampft sich um seinen Finger und verlangt nach mehr. Mein Standbein zittert und droht unter der Intensität, all dieser Reize nachzugeben. Ich schreie auf, aber der Klang wird von dem Spitzenhöschen gedämpft, das er mir in den Mund geschoben hat.

„Was war das, kleiner Geist?", sagt er mit einem Grinsen. „Benutze deine Worte."

Ich knirsche mit dem Stoff zwischen den Zähnen. Wenn er nicht seine Hand auf meinen Mund gedrückt hätte, könnte ich meine Unterwäsche ausspucken und sprechen. Stattdessen stoße ich ein gedämpftes Flehen hervor und winde mich in seinem Griff.

Er zieht seinen Finger aus meiner Muschi und richtet die Spitze seines Schwanzes auf meine Öffnung aus. Seine freie Hand streicht über meine Brüste, bevor er mir in eine Brustwarze kneift.

„Ist es das, was du willst?"

Ich nicke ihm hektisch zu und stöhne durch den Knebel.

„Da du so ein braves Mädchen warst, kann ich dich wohl belohnen."

Er dringt mit quälender Langsamkeit in mich ein, und sein Piercing sorgt dafür, dass zusätzliche Lustschübe durch meinen Körper jagen. Das kühle Metall reibt sich an meinem Fleisch, sodass ich in meinen Knebel stöhne, und mein rechtes Bein vor Anstrengung zittert.

„Gefällt dir das, kleiner Geist?", fragt er und dringt tiefer ein. „Gefällt es dir, wenn ich dich fessle und die Kontrolle über das übernehme, was mir gehört?"

Ich kann nur mit einem unterdrückten Nicken antworten, meine Augen tränen.

Sein Lachen hallt in meinen Ohren wider. „Ich fasse das als ein begeistertes Ja auf."

Sex im Stehen stand in unserem Vertrag, ebenso wie Fesselung, Knebeln und spiegelnde Oberflächen. Xero hat mich im Badezimmer zwischen zwei Spiegeln gefickt, aber nichts ist vergleichbar mit dieser Weite von Bildschirmen.

Es ist, als würde man in seinen Lieblingspornofilm hineingezogen, vom Schauspieler gefickt werden und die Empfindungen des weiblichen Stars spüren.

Xeros Schwanz dehnt mich Zentimeter für Zentimeter, die Ringe der Jakobsleiter treffen jede erogene Zone. Als er bis zum Anschlag in mich eindringt, hält er inne.

„Schau uns an", sagt er, und seine tiefe Stimme umhüllt meine Sinne wie Rauch.

Die Hand auf meinem Mund rutscht zu meinem Kinn und neigt meinen Kopf nach oben, um meinen Blick an die Decke zu zwingen. „Ich habe dich noch nie so schön gesehen."

Ich starre in meine eigenen grünen Augen, die so stark tränen, dass die Haut hinter der Maske von Tränen schimmert.

„Scheiße", stoße ich gedämpft hervor.

Als Xero sich ein wenig zurückzieht, zieht er meinen Kopf nach unten, sodass ich auf den Bildschirm unter unseren Füßen schaue. Der Anblick seines Schwanzes, der aus meiner Muschi gleitet, schickt einen Schauer der Erregung durch meinen Körper und lässt mich fast zusammenbrechen.

„Ganz ruhig."

Sein starker Arm legt sich um meine Taille und drückt mich an seine Brust, und als er wieder in mich eindringt, geben meine Knie schließlich nach. Xero hält mich aufrecht, während er einen gleichmäßigen Rhythmus aufbaut, und benutzt mich gnadenlos, während er von hinten in meine Muschi stößt.

Meine Wände erbeben um seinen Schaft, und die Seile brennen auf meiner Haut. Ich muss mich sehr anstrengen, um das Gleichgewicht zu halten, als mein Körper bei jedem kraftvollen Stoß erbebt.

Schwindelerregende Wellen von Gefühlen überwältigen mich. Angst, Aufregung, Hochgefühl und Scham. Alles stürzt in einem Strudel des Wahnsinns über mich herein und zieht mich immer tiefer in die Abgründe der Verdorbenheit.

Ich hätte nie gedacht, dass all die schmutzigen Fantasien, die wir während unserer Telefonate austauschten, jemals wahr werden würden. Ich hätte nie gedacht, dass er das Gefängnis jemals lebendig verlassen würde, um seine perversen Versprechen zu erfüllen. Und doch ist er hier, der Teufel in meinem Rücken, der meine Seele in die Hölle zieht.

Xero ist unerbittlich, und die Intensität des Ganzen lässt mein Herz wie wild klopfen, als würde es versuchen, einem Inferno zu entkommen. Jeder Nerv in meinem Körper scheint in Flammen zu stehen, jeder Atemzug ist ein Kampf. Das Vergnügen ist so intensiv, dass es an Schmerz grenzt.

„Mehr", wimmere ich in meinen Knebel.

Sein Lachen ist dunkel, tief und heiser, rau vor unverfälschter Lust. Er fickt mich härter, tiefer, als wäre mein Körper ein Spielzeug, das nur zu seinem Vergnügen gebaut wurde.

Die Piercings reiben an meinen Lustpunkten und lassen mich zucken und verkrampfen, als Gegenpol zu seinen Stößen. Als kühles Metall über meine Klitoris gleitet, tanzen schwarze Flecken vor meinen Augen.

Benutzt er etwa den Griff des Dolches?

Mein Blick fällt auf die Bildschirme unter uns und ich finde die Antwort auf meine Frage. Stumpfes Metall, feucht von meiner Erregung, reibt über meine rote und geschwollene Klitoris.

Unsere Blicke treffen sich auf dem Bildschirm und der Ausdruck auf seinem Gesicht ist sadistisch. Das Seil um mein Bein zieht sich durch meine schockierte Bewegung zusammen und der Druck in meinen Unterleib nimmt zu. Mein Innerstes verkrampft sich und umschließt seinen Schaft, nur mit einem Gefühl der Dringlichkeit, von dem ich nicht sicher bin, ob es mit dem nahenden Orgasmus zusammenhängt.

„Hast du gedacht, ich würde nicht jede mir zur Verfügung stehende Waffe einsetzen, um dich zu brechen?", knurrt er mit rauer Stimme.

Ich schüttle den Kopf, und mir treten Tränen in die Augen, so intensiv ist dieser Moment. Die glühende Ekstase baut sich immer weiter auf, bis ich auf der Messerschneide eines Höhepunktes balanciere.

„Komm für mich, kleiner Geist."

Seine Stöße werden schneller, sein Arm um meine Taille fester. Sein Hodensack bewegt sich im Takt seiner schnellen Stöße.

Mein Körper spannt sich an, während das Vergnügen mein Innerstes erfüllt, und ich schließe genießend die Augen. Meine Hände ballen sich zu Fäusten, während Hitze durch mein Inneres strömt und der Druck seinen Höhepunkt erreicht.

„Genauso", brummt er.

Die Wände meiner Muschi umklammern Xeros Schaft so fest, dass seine Bewegungen langsamer werden. Er greift zwischen meine Lippen und zieht den Knebel heraus. „Schrei für mich."

Ein kehliger Schrei entweicht meiner Kehle, während sich jeder Muskel in meinem Körper vor der Intensität meines Höhepunktes anspannt. Ein Tsunami von Empfindungen überschwemmt meine Nervenenden und ich bin von einer alles umfassenden Erleichterung erfüllt.

„Sieh mich an", knurrt er.

Ich reiße die Augen auf und blicke Xero über den Bildschirm an. Seine Pupillen sind so weit, dass ich kaum noch sehen kann, was von seiner blassen Iris übrig ist, und seine Lippen kräuseln sich zu einem raubtierhaften Lächeln.

„Du siehst so verdammt schön aus, wie du meinen Schwanz umschließt", knurrt er, bevor sich seine Muskeln anspannen.

Seine Gesichtszüge verziehen sich zu einem Ausdruck der Lust. Was von meinen Überlebensinstinkten übrig ist, flüstert mir zu, dass dies Xeros wahres Gesicht ist, das schöne Monster, das auf meine Erniedrigung aus ist.

Die Stimme wird übertönt, als er mit einem tiefen Stöhnen kommt. Sein Schaft schwillt an und er füllt meine Muschi mit seinem warmen Sperma. „Drück meinen Schwanz wie ein braves Mädchen. Drück jeden Tropfen heraus."

Ich schwitze, keuche, zittere, meine Muskeln ziehen sich um ihn zusammen, während er den Rest seines Höhepunktes mit anhaltenden Stößen ausreitet. Er wirft den Dolch beiseite, sodass er mit einem dumpfen Aufprall auf den Bildschirmen landet und legt einen Finger auf meine Klitoris.

„Xero?“, hauche ich.

„Hast du gedacht, wir wären fertig?“ Seine Stimme ist kalt und lässt mich erschauern. „Du wirst mir noch einen geben. Und danach noch einen.“

Mein Herz rast, als mir klar wird, was er meint. „Oh, verdammt.“

„Ganz recht, kleiner Geist. Du gehörst mir, und ich werde dich nie gehen lassen.“

Während seine Worte in mir nachhallen, überkommt mich ein köstliches Gefühl der Angst. Es gibt kein Entkommen vor Xero. Ich bin diesem Raubtier völlig ausgeliefert.

SIEBENUNDNEUNZIG

XERO

Mehrere Orgasmen waren eine weitere Sache, die Amethyst in unserem Sexvertrag angekreuzt hatte, und ich habe dafür gesorgt, dass ich sie ihr verschaffte. Als ich mit ihr fertig war, flehte sie laut um Gnade und schrie etwas davon, dass sie Sterne sähe.

Unsere Zeit war um, also löste ich ihre Fesselung und half ihr, ihr Korsett und ein frisches Höschen anzuziehen. Nachdem wir uns angezogen und den USB-Stick mit unseren Aufnahmen entfernt hatten, trug ich sie aus dem Wohnwagen, wo Scroggins mir mitteilte, dass Nocturne bereits gegangen war.

Allerdings werde ich mich morgen Abend mit ihm im *Stargazer* auf der 5th treffen, um bei einer Tasse Kaffee über eine Mitgliedschaft zu sprechen. Ich werde dafür sorgen, dass der Laden von Leuten umringt ist, wenn er öffne, falls er im Laufe des Tages mehrere potenzielle Mitglieder trifft.

Amethyst verdient nach so einer heftigen Szene eine ausgiebige Nachsorge. Ich würde sie in ein nahe gelegenes Hotel mitnehmen, damit sie ein langes Bad nehmen kann, aber sie ist eine gesuchte Frau. Genau wie ich. Stattdessen bringe ich sie ins Auto und fahre sie zum Steinbecken im alten Pfarrhaus, wo wir uns nach unserem ersten Mal entspannt haben.

Drinnen angekommen, trage ich sie zum dampfenden Bad

und ziehe ihr die Kleider aus. Sie ist eine Vision, meine Göttin, mein Ein und Alles. Ihr Körper erzittert unter meiner Berührung, aber ich kann das Vertrauen in ihren Augen sehen, ein Vertrauen, das ich niemals verraten werde. Ich lasse sie in das warme Wasser sinken und genieße ihren süßen Seufzer. Ich gleite hinter sie, nehme sie zwischen meine Beine und schlinge meine Arme um ihre Taille.

„Du warst heute Abend großartig", flüstere ich mit leiser, ehrfürchtiger Stimme.

Sie seufzt bei meinen Worten und schmiegt sich an mich. Ich fahre mit meinen Händen über ihre glatte Haut und spüle die Intensität der Nacht fort. Ihr Herzschlag verlangsamt sich und gleicht sich meinem an, während wir uns langsam und sinnlich küssen.

Diese Nacht erfüllt alle meine Fantasien, die ich im Todestrakt hatte.

„Du gehörst mir", flüstere ich. „Niemand wird dir je wieder wehtun. Ich werde jeden vernichten, der es wagt, sich zwischen mich und das zu stellen, was mir gehört."

Während meine Hände ihre Reise über ihren köstlichen kleinen Körper fortsetzen, gibt sie sich meinen Berührungen hin. Mein kleiner Geist stöhnt leise, trotz ihrer Erschöpfung.

Meine Lippen streifen ihr Ohr und lassen sie erschauern. „Jeder Moment mit dir ist ein Geschenk, jede Berührung ein Privileg. Du bist berauschend – meine perfekte Ergänzung."

„Wirklich?", murmelt sie und schmiegt sich fester an meine Berührung.

Ihre Finger graben sich in meine Schenkel. Ich lächle, weil ich weiß, dass ich jeden Teil von ihr, Körper und Seele, für mich beansprucht habe. Während ihr Herzschlag sich beruhigt, verweilen wir im Becken, verloren in unserer privaten Blase. Das Wasser kühlt ab, aber die Hitze zwischen uns bleibt bestehen.

Nachdem ich ihr hinausgeholfen habe, trage ich sie in den Ankleideraum und wickle sie in ein weiches Handtuch, wobei ich darauf achte, sie mit der Sorgfalt und Aufmerksamkeit abzutrocknen, die sie verdient.

„Wir sind verbunden", sage ich, während sich unsere Blicke treffen. „In diesem und im nächsten Leben gehörst du mir."

Ihre Lippen verziehen sich zu einem Lächeln und für einen Moment scheint die Welt in ihrer Glückseligkeit stillzustehen. Amethyst bedeutet mir alles und ich werde sie mit meinem Leben beschützen. Minuten vergehen und die Last meines Versprechens setzt sich tief in meiner Seele fest.

Ich ziehe sie wieder in meine Arme, bringe sie zurück in den Kriechkeller und beobachte sie beim Schlafen. Ich verliere das Zeitgefühl, verloren im Wunder ihrer Gegenwart, bis mein Handy vibriert und mich in die Realität zurückreißt. Auf dem Bildschirm blinkt ein eingehender Anruf von Tyler.

„Bericht", flüstere ich, während ich in den Flur hinausgehe und die Tür schließe.

„Nachdem du erwähntest, dass der *Screen Room* draußen ist, habe ich eine Drohne über Melrose Manor fliegen lassen. Wusstest du, dass ihr Tourbus auf *X-Cite Media* zugelassen ist?"

Ich halte abrupt in meinen Schritten inne. „Was?"

„Ja, aber er ist vierzehn Jahre alt, was mit der Zeit übereinstimmt, in der Nocturne das Unternehmen an Delta verkauft hat und ins Gefängnis gegangen ist."

Ich gehe weiter zur Trennwand zwischen Nummer 15 und 13. „Gibt es weitere Hinweise auf Nocturnes Identität?"

„Der Anwerber oder Content-Manager weiß nichts weiter. Wir haben alles versucht, aber Nocturne war vorsichtig mit seinen Unterlagen."

Während ich weiter in Mrs. Bakers Kriechkeller und durch den Tunnel, der in die Katakomben führt, gehe, informiert mich Tyler alles, was sein Team über das *Ministry of Mayhem* in Erfahrung bringen konnte. Er hat bereits die Registrierungen der Autos, die um den Tourbus herum geparkt waren, miteinander verglichen und sich in den Online-Buchungsservice gehackt, den sie zur Abwicklung der Ticketzahlungen genutzt haben.

„Rate mal?" Er lässt mir keine Zeit zum Spekulieren. „Der Land Rover, der an diesem Anhänger hängt, ist auf Melonie Crowley zugelassen. Es sieht so aus, als würden Nocturne und Delta doch noch zusammenarbeiten."

Jeder Muskel in meinem Körper spannt sich an. „Oder Dolly verbündet sich mit Nocturne, um Delta zu Fall zu bringen."

Ich zögere, während ich mir vorstelle, wie Amethysts Mutter

sich gegen einen Mann wie meinen Vater stellt. Alles, was ich von dieser Frau gesehen und gehört habe, deutet auf eine sehr nervöse Persönlichkeit hin, die nicht kühl genug ist, um einen langwierigen Plan auszuführen.

„Dritte Option, und es ist nur ein Hirngespinst: Harlan Stills hat es irgendwie geschafft den Lügendetektor zu überlisten und Nocturne *ist* Delta."

Tyler stößt ein lautes Lachen aus. „Ein Aufenthalt im Gefängnis könnte erklären, warum er seit ein paar Jahren so ruhig ist."

„Nichts ist unmöglich", murmele ich. „Sonst noch was?"

Tyler informiert mich über die Fortschritte des Teams. Jynxson wird den Land Rover im Auge behalten, während die anderen sich in Gruppen aufgeteilt haben, um dem Tourbus zu folgen und Mitglieder zu beschatten, deren Namen mit den wichtigsten Verbrecherkonsortien von New Alderney in Verbindung stehen. Einer von ihnen muss uns zu Nocturne führen. Oder zu meinem Vater, wenn sie ein und dieselbe Person sind.

Ich gehe weiter durch die Katakomben zu einem Kontrollraum, in dem Tyler mit seinen beiden Assistenten Calvin und Denise an einem L-förmigen Schreibtisch sitzt. Die beiden Agenten haben wir aus der IT-Abteilung der Firma abgeworben.

Die Wände sind aus Stein, wie die meisten Kammern in den Katakomben, nur dass jede Wand mit Monitoren bedeckt ist, die Feeds anzeigen. Jeder Feed zeigt Live-Überwachungsmaterial von Kameras, die überall in der Stadt positioniert sind, einschließlich des Tourbusses und des Land Rovers.

Denise wirbelt herum und grinst mich an. „Hey, Xero. Nummer 13 wurde von der *Mancini Real Estate and Auction Company* zum Verkauf angeboten. Die virtuelle Tour ist bereits online und die Tage der offenen Tür sind morgen und übermorgen. Möchtest du ein Angebot vor der Auktion abgeben?"

Ich reibe mir den Nacken. „Mal sehen, ob wir den Verkäufer ausbooten können, bevor die Auktion überhaupt beginnt. Wir müssen nichts kaufen, was Amethyst in ein paar Tagen erben könnte."

Sie kichert. „Guter Plan."

Calvin hält einen Umschlag hoch. „Der ist angekommen, als du im Club warst."

„Noch einer?", knurre ich.

„Wie üblich ist er an ‚Schlampe' adressiert", sagt er.

Ich nehme den Umschlag und stecke ihn in meine Tasche. Es hat keinen Sinn, meine Stimmung heute Abend mit dem Bild eines gequälten und nackten Kindes zu verderben.

Eines ihrer Handys klingelt. „Es ist Jynxson", sagt Calvin. „Er hat gerade den Land Rover in eine Tiefgarage in der Innenstadt verfolgt."

Ich wende mich den Monitoren zu. „Welcher ist sein Feed?"

„Ich schalte ihn auf den großen Bildschirm", sagt Denise.

Der größte Monitor erwacht zum Leben und zeigt das Fahrzeug, das auf einen schwach beleuchteten Parkplatz fährt. Jeder Parkplatz ist nummeriert, was darauf hindeutet, dass wir dem Fahrer in ein Wohnhaus gefolgt sind.

„Schalte Jynxson auf Lautsprecher." Ich lasse mich auf einen freien Sitz fallen. „Er hat gerade am 113 Metro Tower geparkt", sagt Jynxson.

„Er?", frage ich.

„Männliche und weibliche Insassen", antwortet Jynxson. „Ihm zu dieser nächtlichen Stunde in das Wohnhaus zu folgen, wird schwierig werden. Darf ich sie betäuben?"

„Erlaubnis erteilt", murmele ich.

Wir drei starren auf den Bildschirm und beobachten zwei schemenhafte Gestalten auf dem Vordersitz des Land Rovers, die sich küssen. Ich halte den Atem an und warte darauf, dass das Paar aussteigt.

Sekunden vergehen, und das Paar setzt seine leidenschaftliche Umarmung fort, sodass ich die Theorie, dass Nocturne der Vater sein könnte, verwerfe. Der Mann war kalt und streng. Ich habe nie gesehen, dass er seine leiblichen Söhne umarmt hat, geschweige denn seine Frau, und er hat ganz sicher keine Sentimentalität gezeigt.

„Einen Moment", sagt Jynxson. „Ich bin gleich da."

Das Bild wackelt, als er aus dem Auto steigt. Er schleicht über den Parkplatz zum Fahrzeug und nimmt mit einer Betäubungspistole Stellung ein.

Calvin winkt ab. „Gerade kam eine weitere Nachricht von Alderney Hill. Draußen vor Melonie Crowleys Haus tut sich etwas."

„Was?", knurre ich. „Stell sie auf Lautsprecher."

„Hier ist Camila", sagt eine weibliche Stimme. „Ich habe in der Nähe des Eingangstors geparkt. Die Gartenbeleuchtung ist gerade angegangen. Dürfen wir das Grundstück betreten?"

Ich weiß verdammt noch mal nicht, was ich denken soll. War Amethysts Mutter im Club? „Erlaubnis erteilt, aber hol dir Verstärkung."

„Verstanden", sagt Camila.

Ich richte meine Aufmerksamkeit wieder auf den Bildschirm, wo Jynxson zu sehen ist und darauf wartet, dass das Paar aus dem Land Rover steigt. Ich beuge mich in meinem Sitz nach vorn und kneife die Augen zusammen. Der Motor des Fahrzeugs verstummt und die Scheinwerfer erlöschen.

„Sieht aus, als würden sie gleich aussteigen", murmelt Jynxson in das Mikrofon.

Die Fahrzeugtür öffnet sich. Ein mittelgroßer Mann steigt aus, der von der Statur her nicht annähernd Vaters Größe erreicht. Mein Herz setzt einen Schlag aus. So viel zu meiner Theorie, dass er Nocturne ist.

Jynxson schießt dem Mann einen Pfeil in die Schulter, woraufhin er lautlos zu Boden sackt. Die Beifahrertür fliegt auf und die Frau steigt eilig aus, sieht aber weder Amethyst noch ihrer Mutter ähnlich.

Sie schreit.

Ein Betäubungspfeil landet in ihrer Brust, noch bevor sie ihren Satz beenden kann, und sie sinkt neben dem Fahrzeug zu Boden. Jynxson eilt zu den am Boden liegenden Körpern.

Ich erhebe mich von meinem Sitz. „Wer zum Teufel sind diese Leute?"

„Einen Moment noch", murmelt Jynxson. „Der Mann ist Arthur Scroggins." Er hält einen Moment inne, wie er es immer tut, bevor er eine Pointe macht.

„Komm zur Sache", knurre ich.

„Kahlköpfig, stämmig und mit einer Flasche Armagnac in der Hand?", fragt er mit amüsierter Stimme.

„Verdammt. Ist das der Club-Mitarbeiter?", sage ich mit zusammengebissenen Zähnen. „Und die Frau?"

„Dr. Monica Saint."

„Das ist die Psychiaterin, die ich für dich recherchieren sollte", sagt Tyler. Ich wende mich an ihn, um einen Fortschrittsbericht zu erhalten, und er zuckt mit den Schultern. „Ich habe mich in ihr System gehackt und keine Aufzeichnungen über Amethyst oder Melonie Crowley gefunden."

Ich kneife mir in den Nasenrücken. „Bring sie her. Ich will wissen, warum sie dieses Fahrzeug benutzen und wie zum Teufel sie mit Delta, Nocturne und *X-Cite Media* in Verbindung stehen."

„Xero?", erklingt Camilas Stimme. „Ich habe einen Mann im Smoking im Visier, der durch die Hintertür kommt."

Mein Atem stockt. Die Wahrscheinlichkeit, dass er mit dem *Ministry of Mayhem* in Verbindung steht, ist hoch. „Ist er allein?"

„Ja."

„Schalte ihn aus", antworte ich. „Bring ihn in eine Zelle in der Nähe von Tylers Zimmer."

Es gibt eine kurze Pause, bevor sie sagt: „Erledigt."

Ich knirsche mit den Zähnen. Wo zum Teufel ist Amethysts Mutter hin verschwunden?

Amethysts Psychiaterin benutzt ein Auto, das auf ihre Mutter zugelassen ist, und der Mann, der das morgige Treffen mit Nocturne arrangiert hat, hat etwas mit der Psychiaterin am Laufen. Wenn man dann noch das Foto hinzufügt, das ich von meinem Vater auf der Dinnerparty ihrer Eltern gefunden habe, ergibt das eine verdammt große Verschwörung.

ACHTUNDNEUNZIG

XERO

Meine oberste Priorität ist der Mann, den Camila bei Mrs. Crowleys Haus herumlungern sah. Ich habe die Vermutung, dass er Nocturne sein könnte.

Nocturne zu haben, könnte uns einen Schritt näher an Vater bringen, um ihm endlich den gar ausmachen zu können. Es könnte sogar Licht in die Verschwörung bringen, wer Amethyst zerstören will.

Eine Stunde später betrete ich einen Verhörraum, in dem Camila ihn bereits an einen Lügendetektor angeschlossen hat. Wir verzichten auf die Metallsonde in der Harnröhre, da wir ihn nicht beim Begehen eines Vergehens erwischt haben.

Er sitzt mit nacktem Oberkörper in einer Smokinghose auf einem Stuhl, nachdem Camila ihm mehrere Elektroden an seine vernarbte Brust mit hervorstehenden Rippen geklebt hat. So wie er aussieht, hatte er es im Gefängnis wohl nicht leicht.

Eine Augenbinde bedeckt die obere Hälfte seines Gesichts, aber ich erkenne ihn sofort von Amethysts Foto auf dem unsere Väter und ihr Onkel Clive zu sehen war.

Die Tür fällt hinter mir ins Schloss und lässt ihn zusammenzucken. „Wer ist da?"

„Ich entschuldige mich für die Art und Weise unserer

Bekanntschaft, aber du scheinst zu den Menschen zu gehören, an die man nur schwer rankommt.“

Er atmet schwer. „Ich schwöre, ich habe nichts getan.“

Ich wende mich an Camila. „Hast du das Gerät kalibriert?“

Sie nickt. „Clive Bishop, achtundvierzig Jahre alt, geboren in Chicago, Illinois. Verurteilt wegen Verschwörung zum Mord und Verbreitung illegalen Materials. Saß vierzehn Jahre und sieben Monate im Bundesgefängnis von Alderney ab.“

Also ist er wirklich Nocturne.

„Bishop? Ich dachte, der Nachname wäre Crowley?“

Er sinkt in seinem Sitz zusammen. „Mein Nachname ist Bishop.“

„In welcher Beziehung stehst du zu Melonie Crowley?“, frage ich.

„Sie war mit meinem Bruder Lyle verheiratet.“ Er schluckt. „Lyle Bishop.“

„War?“

Er hustet. „Lyle starb einen Monat vor meiner Verhaftung bei einem Autounfall. Er änderte seinen Nachnamen, nachdem er mit den falschen Leuten in Schwierigkeiten geraten war.“

Meine Stirn runzelt sich. Amethyst und ich hielten den Verkehrsunfall für Schwachsinn, aber es sieht so aus, als hätte Melonie zumindest teilweise die Wahrheit gesagt. „War er allein im Auto?“

„Er war mit meiner Nichte zusammen“, röchelt er. „Sie hat überlebt.“

Ich atme tief aus. Amethyst hat die ganze Zeit über ihren Vater halluziniert? Ich verstehe nicht, warum ihre Mutter und ihre Psychiaterin ihr nicht gesagt haben, dass er tot ist.

„Darf ich bitte erfahren, worum es hier geht?“, fragt Nocturne.

„Bist du der Mann, der X-*Cite Media* gegründet hat?“, frage ich.

Er beißt die Zähne zusammen, seine Gesichtszüge verziehen sich zu einem hasserfüllten Grinsen. „Ich habe dir gesagt, dass ich unschuldig bin! Ich habe vielleicht die Infrastruktur aufgebaut, aber ich habe nichts mit dem mörderischen Dreck dieses Unternehmens zu tun.“

„Wer dann?"

„Ich kannte ihn als Dalton Greaves", knurrt er. „Ein Geschäftspartner meines Bruders, der mich als Fassade für die Verbreitung von Snuff-Videos benutzte. Als ich angezeigt wurde, verschwand er und ließ zu, dass ich fast fünfzehn Jahre im Gefängnis verrotte."

Ich nicke und werfe einen Blick auf die biometrischen Messwerte, die bestätigen, dass er die Wahrheit sagt. Nocturnes Geschichte stimmt mit der des Anwerbers überein. Ich bin nicht einmal überrascht, dass mein Vater sich Snuff-Filmen zugewandt hat.

„Hast du eine Ahnung, wo er jetzt sein könnte?", frage ich.

Seine Nasenflügel blähen sich. „Wenn ich das wüsste, glaubst du nicht, dass ich ihn dann nicht schon längst abgeknallt hätte? Er hat mich fast fünfzehn Jahre meines Lebens gekostet. Wegen ihm habe ich alles verloren."

„Warum sollte ich dir glauben?"

„Dieser Bastard hat meiner Nichte etwas angetan", brüllt er.

Ich starre ihn mit offenstehendem Mund an und mein Verstand beschwört die Polaroids von Amethyst herauf, die ich an die Wand gehängt habe. Kannte Vater Amethyst?

„Führe das weiter aus", verlange ich.

„Als sie zehn war, ist etwas passiert. Melonie besuchte mich in meinem ersten Monat im Gefängnis und flehte mich um Informationen über Dalton an. Sie war halb verrückt und schimpfte über einen Autounfall. Sie sagte, die Sicherheit ihrer Tochter hinge davon ab, ihn zu finden, aber ich konnte ihr nicht helfen."

Ich beuge mich vor und mein Atem beschleunigt sich. Hat Vater Amethyst in die Finger bekommen?

Nocturne ballt die Hände zu Fäusten und sein Gesicht verzieht sich vor Schmerz. „Melonie hat mich danach kein einziges Mal mehr besucht und ich habe nichts mehr von dem Mädchen gehört, bis sie vor zwei Wochen in Melonies Küche erschien."

Ich befrage Nocturne weiter über die Vergangenheit, aber sein Wissen beschränkt sich auf die begrenzte Menge an Informationen, die Melonie ihm bei diesem einen Besuch mitgeteilt hatte. Nach seiner Freilassung wurde er zum Gejagten und versteckte sich im Haus in Alderney Hill, nachdem Selbstjustizler sein Haus niedergebrannt hatten. Zweimal. Zu diesem Zeitpunkt versetzte jede Erwähnung von Amethyst Melonie in Rage.

„Was hast du mit Dr. Saint zu tun?", frage ich.

Seine Gesichtszüge entspannen sich. „Melonie hat mir ihre Dienste empfohlen und sie hilft mir bei meinen Depressionen. Es war ihre Idee, meinen Nachtclub wiederzubeleben."

Ich schaue auf die Wanduhr und hoffe, dass Jynxson mit der Befragung von Dr. Saint fertig ist.

„Wirst du mich umbringen?", fragt Nocturne mit trauriger Stimme.

„Nur, wenn du Informationen zurückhältst", antworte ich. „Ich will jede Information, die du über Dalton Greaves hast, einschließlich dessen, was er deiner Meinung nach deiner Nichte angetan haben könnte."

Wir fahren noch eine Stunde lang in diesem Stil fort, wobei Nocturne weiter auf die Beziehung seines Bruders zu meinem Vater eingeht. Amethyst hat mir bereits erzählt, dass Lyle Crowley eine internationale Adoptionsagentur leitete, aber es noch einmal von Nocturne zu hören, rückt diese Information in ein beunruhigendes Licht.

Ich würde mein linkes Ei darauf verwetten, dass Vater die *Happy Hearts*-Adoptionsagentur benutzt hat, um Kinder in seine unterirdische Einrichtung zu schleusen.

Nocturne bricht in Tränen aus, und ich lasse ihn in Ruhe und überlasse Camila die Vollendung des Verhörs mit dem Befehl, Nocturne irgendwo in Alderney Hill freizulassen.

Ich betrete den dunklen Flur, der die Zellen mit den oberen Ebenen der Katakomben verbindet, und kämpfe mit den neuen Erkenntnissen über Amethysts Vergangenheit.

Hat mein Vater sie in diese Einrichtung gesteckt, um ihre Mutter zu einer Beziehung zu manipulieren, oder bin ich zu voreingenommen, was Melonie Crowley anbetrifft? Ich muss irgendwie an diese Frau rankommen. Sie ist der Schlüssel zu allem.

Schritte nähern sich, kurz bevor Jynxson aus dem Schatten tritt.

„Was hast du herausgefunden?" Ich beschleunige meine Schritte, als ich auf ihn zugehe.

Er zuckt mit den Schultern. „Die Psychiaterin ist sauber. Größtenteils."

„Was bedeutet das?"

„Sie führt keine Aufzeichnungen über Amethyst, weil Mrs. Crowley keine Spuren zu den Verbrechen ihrer Tochter wollte."

„Also gab es mehr als eines." Das ist keine Frage. Alle Beweise deuten darauf hin, dass Amethyst im Alter von achtzehn Jahren einen Doppelmord begangen hat.

Er reibt sich den Nacken. „Amethyst hat betrunken zwei Männer angegriffen. Sie behauptet, nicht zu wissen, was mit ihnen passiert ist, aber Mrs. Crowley verlangte ein stärkeres Rezept, um ihre Tochter unter Kontrolle zu halten."

Ich nicke und erinnere mich an das Verschwinden von Sparrow und Wilder Reed. Melonie muss Amethyst zurückgebracht haben, um das Gleiche wie nach dem Tod des Musiklehrers mit ihr zu tun. „Eine Alternative zur Einweisung in eine Anstalt."

„Die Ärztin sagte, Amethyst sei vor vierzehn Jahren zu ihr gekommen, frisch aus einer Anstalt entlassen. Dr. Saint konnte sich nicht an den Namen erinnern, sagte aber, es sei außerhalb des Bundesstaats gewesen."

„Scheiße. Und Scroggins?"

Er stößt ein verächtliches Lachen aus. „Nur eine zufällige Bekanntschaft. Was soll ich mit ihm machen?"

„Setz ihn mit einer Verwarnung auf die Straße. Wenn er die Polizei ruft, schneiden wir ihm Körperteile ab."

„Und die Ärztin?"

„Sie bleibt, bis sie sich an etwas Nützliches erinnert", knurre ich. „Morgen werde ich Amethyst bitten, eine Liste mit Fragen aufzuschreiben, die sie ihrer Seelenklempnerin schon immer stellen wollte."

Er nickt. „Und McMurphy?"

Meine Schritte stocken. Ich hatte die Wärterin fast vergessen. „Bring mich zu ihr."

Jynxson und ich gehen durch einen gewundenen Gang, wobei unsere Schritte von den Steinwänden widerhallen. Der heutige Abend ist eine einzige Offenbarung nach der anderen. Inzwischen wird Amethyst wach sein und sich fragen, wo zum Teufel ich bin.

Er bleibt vor einer Tür stehen. „Da wären wir."

Als ich sie aufstoßen will, packt Jynxson meinen Arm. „Wirst du sie töten?"

„Nein, aber ich werde dafür sorgen, dass sie sich wünscht, ich würde es tun."

Ich gehe hinein und finde sie zusammengekauert in einer Ecke, die Knie an die Brust gezogen. Sie verbirgt ihr Gesicht hinter einer dunkelbraunen Haarpracht.

Meine Lippen verziehen sich und meine Gedanken kramen jede Minute der Ohnmacht hervor, die sie mich erdulden ließ. McMurphy dachte, sie könnte mich durch Einmischung in meine Beziehung zu Intimität erpressen.

Sie fing nicht nur Amethysts Briefe ab, sondern ließ auch meinen morgendlichen Sport ausfallen, um mich zu zwingen, ihre Avancen anzunehmen. Als sie scheiterte, verhöhnte sie mich in meiner tiefsten Verzweiflung und dachte, sie würde mir die letzten Stunden meines Lebens zur Hölle machen.

Wenn mein Team und ich nicht so fleißig an der Perfektionierung meiner inszenierten Hinrichtung gearbeitet hätten, hätte dieser wertlose Parasit den Erfolg gefährden können.

Ich schlage die Tür zu und genieße es, wie sie zusammenzuckt. Sie senkt den Kopf und zieht die Schultern bis zu den Ohren hoch.

„Erzähl mir von deiner Beziehung zu *X-Cite Media*", sage ich und ihr Kopf schnellt hoch. „Greaves, bist du das?"

„Du erkennst meine Stimme?"

„Wie hast du ...? Aber ich habe dich sterben sehen."

„Ja, und du hast es wunderbar für diese Website aufgenommen. Was haben sie dir für diese exklusiven Inhalte bezahlt?"

Sie schüttelt den Kopf. „Nein ... Das war ich nicht."

Mein Kiefer spannt sich angesichts ihrer Lüge an. Ich gehe auf sie zu und packe sie am Haar. „Wenn das, was du als Nächstes sagst, eine Verschwendung meiner Zeit ist, werde ich dafür sorgen, dass du nie wieder die privaten Momente eines anderen Mannes ausspionieren kannst."

„Xero, bitte", flüstert sie.

Ich lege meine Hand auf ihre Wange und reibe mit dem Daumen über ihr geschlossenes Auge.

Sie zittert.

„Wenn du diesen Raum lebend verlassen willst, solltest du mir etwas geben, das ein bisschen mehr Wert hat", knurre ich und drücke meinen Daumen in ihre Augenhöhle.

„Greaves", keucht sie. „Reiß mir nicht das Herz heraus. Ich hätte viel Schlimmeres tun können."

Ich stoße ein humorloses Lachen aus. „Wenn du die Nacht überleben willst, dann erzähl mir von *X-Cite Media*."

„Okay, okay. Einer der Gefangenen, die wegen Mordes lebenslänglich sitzen, erwähnte die Website und sagte, dass sie für Inhalte bezahlen. Ich habe die Videoclips hochgeladen und eine feste Gebühr erhalten. Ich habe niemandem wehgetan. Du solltest tot sein."

„Wer ist dein Kontakt dort?"

„Ein Mann namens Harlan", sagt sie. „Ich habe ihn nie getroffen. Es lief alles online. Bitte. Mehr weiß ich nicht."

„Sonst noch jemand?", frage ich. Sie schüttelt den Kopf.

„Und wenn wir all deine Prepaid-Handys durchsehen würden, was würden wir finden?"

Sie zittert. „Da war noch einer. Er hat nie seinen Namen genannt, aber er war von *X-Cite Media*. Er hat nach dir gefragt. Was du tust. Mit wem du sprichst. Die Namen der Leute, mit denen du Kontakt hast."

Mein Herzschlag beschleunigt sich. Wer sonst von dieser Firma würde sich dermaßen für meine Aktivitäten interessieren, außer dem Mann, dessen Leben ich zu zerstören versuche?

„Erzähl mir mehr."

Sie schüttelt den Kopf. „Ich habe ihn nie getroffen. Ich habe auch nie erfahren, wie er heißt. Er klang kultiviert. Älter. Er war derjenige, der vorschlug, dass ich deine Briefe abfangen sollte. Er wollte, dass du isoliert wirst."

„Was noch?", knurre ich.

Sie wimmert. „Das war's."

„Du lügst", knurre ich und sie zuckt zusammen.

„Er bat mich, die Hochzeit zu sabotieren", weint sie.

Wut lodert in mir auf. All die Wochen verbrachte ich damit, Amethyst für etwas zu bestrafen, das McMurphy auf Vaters Geheiß getan hatte. Diese unwürdige Schlampe trieb einen Keil zwischen mich und die andere Hälfte meiner Seele.

„Wann hattest du das letzte Mal Kontakt zu ihm?"

„Ich habe ihn in der Nacht deiner Hinrichtung angerufen. Er wollte wissen, ob ich sicher bin, dass du tot bist."

„Was hast du ihm gesagt?"

„Dass ich gesehen habe, wie du zusammengeschlagen und dann in die Krankenstation geschleppt wurdest. Ich war bei der Hinrichtung dabei und habe ihm sogar die Fotos gezeigt."

Ich drücke fester auf ihr Auge, bis sie schreit.

„Das ist alles", schluchzt sie. „Ich schwöre, ich weiß nichts weiter."

Ich kneife die Augen zusammen, während die Frustration meinen Körper erfüllt. Wenn sie mit jemand anderem zusammengearbeitet hätte, hätte ihr dieses Geständnis einen qualvollen Tod eingebracht. Aber sie hat gerade zugegeben, Kontakt zu meinem Vater gehabt zu haben.

„Weißt du, was das bedeutet?", flüstere ich.

Sie zittert, ihr Atem kommt stoßweise. „Dass ich sterben werde?"

„Das liegt ganz bei dir. Wirst du mir helfen, ihn zu finden?"

„Ich werde alles tun."

„Braves Mädchen." Ich lächle, als sie sich sichtlich entspannt. „Aber zuerst muss ich dich dafür bestrafen, dass du ein Spanner bist."

Ich presse meinen Daumen auf ihr Auge, bis ihre Schreie mit dem süßen Klang der Vergeltung in meinen Ohren erklingen. Der Augapfel unter meinem Finger gibt nach und Blut und Flüssigkeit laufen ihr Gesicht hinunter. Ich ziehe meinen Daumen zurück, wische die Flüssigkeit an meiner Smokinghose ab und richte mich auf. Der heutige Abend war voller Enthüllungen. Ich nehme mir vor, Jynxson dazu zu bringen, das Handy zu untersuchen, mit dem McMurphy mit meinem Vater kommuniziert hat, und gehe zur Tür.

Es gibt so viel, was ich Amethyst erzählen muss.

NEUNUNDNEUNZIG

AMETHYST

Stunden später wache ich auf und spüre Xeros Arme, die um meine Taille geschlungen sind, und seine Brust an meinem Rücken.

„Wann bist du zurückgekommen?", murmele ich in die Dunkelheit.

„Gerade eben", antwortet er leise. „Ich habe dir so viel zu erzählen."

Ich versuche, mich in seiner Umarmung zu drehen, aber seine Arme liegen wie ein Schraubstock um mich. „Hey, Xero?"

Als er mit einem Schnarchen antwortet, winde ich mich in seinem Griff. „Lass mich los. Ich muss auf die Toilette."

Seine Arme schließen sich nur noch fester um mich.

„Jetzt weiß ich, dass du wach bist." Ich trete nach hinten, aber er zuckt nicht einmal zusammen. „Xero. Das ist nicht lustig."

Das ist wahrscheinlich ein Test, falls ich von einem Verrückten gefangen genommen werde, der gerne umarmt. Ich greife zwischen unsere Körper, um seine Eier zu finden, aber er liegt so eng an meinem Rücken, dass ich nur seine Hüfte greifen kann.

„Gerade als ich anfange, mich zu verlieben, verwandelst du dich in ein Arschloch", sage ich und stoße ihn mit dem Ellbogen in die Rippen.

Er reagiert nicht. Das sieht Xero überhaupt nicht ähnlich. Normalerweise schläft er mit einem offenen Auge und würde nie ein Gespräch über Liebe ignorieren. Ich blicke mich im Raum um, mein Blick fällt auf das Skelett in der Ecke, und ich verziehe das Gesicht bei der Erinnerung daran, wie ich von seinem Oberschenkelknochen gefickt wurde.

Es erfordert ein wenig sanftes Zappeln und viel Luftanhalten, aber schließlich kann ich mich aus Xeros Griff befreien. Nachdem ich im angrenzenden Badezimmer kurz geduscht und mich angezogen habe, gehe ich zur Küchenzeile und mache mir ein Toast.

Meine Muschi pocht immer noch von letzter Nacht und meine Kehle ist immer noch ein wenig heiser nach den vielen Orgasmen, die er mir beschert hat. Nachdem er in mir gekommen war, brachte Xero mich immer wieder zum Höhepunkt, selbst nachdem ich geweint hatte. Der einzige Grund, warum er aufhörte, war, dass unsere Zeit im *Screen Room* abgelaufen war.

Zu diesem Zeitpunkt war meine Sicht durch die Tränen zu getrübt, um alle Reflexionen zu erkennen, und ich war nicht mehr daran interessiert zu sehen, was er mit seinen Fingern und seiner Zunge machte. Jetzt bereue ich, meine Augen geschlossen zu haben, denn das war wirklich heiß.

Ich kehre ins Schlafzimmer zurück und schaue mich nach dem USB-Stick um, den er mitgenommen hat. Als ich ihn nicht finden kann, frage ich Xero, der mir in einer gemurmelten Antwort mitteilt, dass er ihn in seinem Arbeitszimmer gelassen hat. Schluckend, weil ich mich an die gruselige Verbrechenswand erinnere, verlasse ich das Schlafzimmer und gehe zum abgesperrten Bereich am Ende des Kriechkellers.

Ich betrete den Raum, vermeide es, auf die Bilder in der Mitte der Wand zu schauen, und richte meinen Blick auf den Stick auf seinem Schreibtisch. Daneben liegt ein Manila-Umschlag mit derselben psychopathischen Schrift, die ich am Tag von Xeros Hinrichtung erhalten habe. Alle Gedanken an die Ereignisse der letzten Nacht verfliegen bei der Aussicht, einen weiteren Hinweis auf meine Vergangenheit zu erhalten.

Mit zitternden Fingern reiße ich den Umschlag auf und entnehme ihm einen Brief, in dem einfach nur steht:

Der einzige gut aussehende Prinz, den du verdienst.

Unter der gekritzelten Notiz befindet sich eine sorgfältig geschriebene URL. Ich setze mich an Xeros Schreibtisch, starte einen seiner Laptops und gebe die Adresse in den Browser ein. Der kurze Link leitet zu einem Video weiter, und ich drücke die Wiedergabetaste.

Ich erkenne es sofort als dasselbe Video, das Mom an dem Tag abspielte, an dem sie mir sagte, dass sie das Haus verkaufen würde. Es zeigt mich, wie ich über den Friedhof renne und von einer dunklen Gestalt verfolgt werde.

Was ich nicht verstehe, ist, wie jemand so klares Filmmaterial drehen konnte, ohne dass Xero es bemerkte. In dieser Nacht habe ich alle möglichen Dinge halluziniert, sodass es einfach Teil der großen Täuschung gewesen wäre, einen Mann mit einer Kamera oder einem Handy zu sehen. Aber Xero würde einen Spanner und sein Gerät auf keinen Fall übersehen.

Es ist seltsam, dass ich unbedingt ein Video sehen wollte, in dem wir Sex haben, während mich das andere zusammenzucken lässt. Aber das liegt daran, dass die Friedhofsszene von jemandem aufgenommen wurde, der meine Vergangenheit kennt und mich immer noch tot sehen will.

Ich spule vor, weil ich mich nicht mit den Augen eines Voyeurs sehen will. Als ich den Teil erreiche, in dem Xero mir etwas ins Gesicht drückt, das mich erschlaffen lässt, halte ich das Video an und öffne seine Schreibtischschublade, wobei ich mich daran erinnere, dass er dort eine Flasche Chloroform zurückgelassen hat.

Sie ist immer noch da. Ich ziehe sie heraus, nur damit eine weitere Flasche nach vorn rollt. Auf dem Etikett steht: SOMNOCHLORAT: HOCH ENTFLAMMBAR. Ich öffne den Deckel, rieche etwas, das süßer als Aceton ist, und mir wird sofort schwindelig. Meine Muskeln werden schwach und ich ziehe mich zurück.

Ich setze den Deckel wieder auf, lasse mich in meinem Sitz nach vorn sinken und meine Sicht wird dunkel. Das war ... stark.

Ich starre mehrere Minuten ins Leere, um wieder zu Sinnen zu kommen, und noch länger, um mich daran zu erinnern, warum ich an Xeros Schreibtisch sitze und auf Flaschen mit Chemikalien starre.

Ich richte meine Aufmerksamkeit wieder auf den Laptop-Bildschirm, auf dem ich nackt im Dreck liege und Xero über mir kniet. Wahrscheinlich trägt er mich jetzt zum alten Pfarrhaus, um mich dort ausgiebig zu baden. Da ich diesen Teil verpasst habe, weil ich bewusstlos war, lasse ich das Video weiterlaufen.

Xero zieht meine Beine auseinander und inspiziert meine Muschi. Meine Klitoris beginnt zu pulsieren und ich rutsche unbehaglich auf meinem Sitz hin und her. Werde ich gleich Zeuge von Somnophilie? Er steckt einen behandschuhten Finger in mich hinein und hält ihn dann gegen das Licht, nur dass es zu hell ist, um der Mond zu sein.

Die Kamera nähert sich meiner liegenden Gestalt und das Licht wird heller, und Xero erhebt sich und tritt zur Seite. In der Aufnahme sind hauptsächlich seine Beine zu sehen, aber ich sehe, wie er mit dem Arm winkt, als würde er jemanden heranwinken.

„Was zum Teufel?", flüstere ich.

Ein Mann erscheint kurz im Bild. Ich habe ihn noch nie zuvor gesehen, und er trägt mehrere Lagen abgetragener Kleidung, die an mehreren Stellen zerrissen ist. Ich kann seine Gesichtszüge durch seinen dichten Bart und sein struppiges schwarzes Haar kaum erkennen, aber als er seine Hand zwischen meine Beine schiebt, schieße ich aus meinem Sitz hoch.

„Was soll das?", schreie ich.

Er zieht seine Hand zurück und inspiziert seine Finger. Dann dreht er sich zur Kamera und grinst, wobei er ein mit Schmutz bedecktes Gesicht und einen Mund voller abgebrochener Zähne zeigt.

Meine Brust verengt sich und mein Atem wird flach. Was zum Teufel hat Xero sich dabei gedacht, diesen Mann einzuladen, mich zu berühren?

Der Mann holt seinen Schwanz heraus, der noch schmutziger aussieht als sein Gesicht, und streichelt ihn, bis er hart ist. Ich halte mir die Hand vor den Mund und würge, als er zwischen meinen gespreizten Beinen kniet und meinen bewusstlosen Körper näher zu sich zieht.

Xero steht einfach da und schaut zu. Ich möchte, dass die Kamera nach oben schwenkt und sein Gesicht zeigt, denn nichts an dieser Situation ergibt einen Sinn. Das kann nicht Xero sein. Xero, der so besitzergreifend ist, dass er jeden Mann ermordete oder verstümmelte, der mir zu nahe kam. Xero, der drohte, Reverend Tom zu töten, nur weil dieser freundlich war. Xero, der meine exhibitionistische Fantasie erfüllte, indem er meine Muschi mit seiner Hand bedeckte.

Xero, der jetzt nichts tut, während der dreckige Mann meinen bewusstlosen Körper so hart fickt, dass es zuckt. Tränen lassen meine Sicht verschwimmen.

Das kann nicht stimmen. Es muss eine Halluzination sein. Ja, das muss es sein. Ich habe gerade an irgendeiner Chemikalie gerochen, die eine visuelle Täuschung auslöst, um meine Beziehung zu sabotieren. Denn das ist es, was mein Verstand tut. Sabotieren.

Jedes Mal, wenn ich einem Mann näherkommen will, taucht Mr. Lawson auf, um mich in den Wahnsinn zu treiben. Dann schlage ich um mich und schreie so laut, dass der Mann mich für einen hoffnungslosen Fall hält.

Xeros Anwesenheit ist zu überwältigend. Ich würde ihn sogar ficken, wenn eine Armee von Geistern über uns stünde und mich anschreien würde, aufzuhören, also hat mein Gehirn einfach etwas Neues heraufbeschworen, um mich Single zu halten.

Der schwarzhaarige Mann kommt mit einem Brüllen, und Xero packt ihn an der Kapuze und zieht ihn von meinem reglosen Körper weg. Ich kann nicht einmal erleichtert aufatmen, weil ein zweiter Mann im Bild erscheint. Seine Hose hängt bereits an den Knöcheln, und seine blassen Beine sind mit dunklen Streifen bedeckt.

Er beugt sich zwischen meine Beine, sein Kopf kommt endlich in den Bildausschnitt und enthüllt ein Gesicht, das von unordentlichem braunem Haar umrahmt wird. Meine Hände heben sich, um mein Gesicht zu bedecken. Ich kann nicht hinsehen.

Ich beobachte den Rest der Szene durch meine Finger und frage mich, ob mein Gehirn aufhören wird, zu versagen, und zeigen wird, was in dieser Nacht wirklich passiert ist. Xero sagte, er habe mich vom Friedhof in ein Bad getragen, aber wann war er jemals vollkommen ehrlich?

Xero hätte mich warnen können, dass er einen Plan hatte, um seiner Hinrichtung zu entgehen, aber er ließ mich in dem Glauben, er sei tot. Dann hat er mich wochenlang in den Wahnsinn getrieben, indem er vorgab, ein Geist zu sein. Er hasste mich, weil ich versucht habe, ein Buch über unsere Beziehung zu veröffentlichen. Für ihn war das der ultimative Verrat.

Als Dale und seine drei Freunde in mein Haus einbrachen, um mich für einen Snuff-Film zu entführen, griff Xero nur ein, weil sie ihm seine Rache verdarben. Er wollte der einzige Mann sein, der mir das Leben zur Hölle machte.

Während sich der zweite Mann an meinem Körper vergeht, winkt Xero einen dritten heran. Er kriecht auf Händen und Knien, von der Hüfte abwärts nackt. Er ist blond und hat einen Schnurrbart, der so dick ist, dass er fast unecht aussieht.

Der dritte Mann dreht meinen Kopf zur Seite und schiebt mir seine Erektion in den Mund. Während er meinen Hals fickt, erscheint ein Vierter, um an meinen Brustwarzen zu saugen. Übelkeit steigt in mir auf. Ich krümme mich und übergebe mich auf den Boden.

„Xero", krächze ich. „Warum?"

Die Antwort ist einfach: Rache.

Xero kennt meine Schwächen. Meinen Geisteszustand. Mein sexuelles Trauma. Er weiß, dass ich von einem älteren Mann missbraucht wurde, und hat dieses Video erstellt, um mir größtmögliche psychische Schmerzen zuzufügen.

Schritt eins war Sex in der Öffentlichkeit, gefolgt von einem unbewussten, nicht einvernehmlichen Gangbang. Gestern Abend war also Schritt zwei, bei dem ich Sex in der Öffentlichkeit im *Ministry of Mayhem* hatte, gefolgt von Sex vor mehreren Kameras. Schritt drei wird darin bestehen, Sex mit diesen dreckigen Männern zu haben, während ich schreie und bei Bewusstsein bin, und Schritt vier wird ein Ausflug zum Foltertisch für eine Runde Stromschläge sein.

Genau wie das Kind auf dem Bild.

Mein Blick huscht zu der Wand mit den Fotos, wo die

jüngere Version von mir mit Elektroden bedeckt liegt und ein Paar Hände Sonden in ihre Schläfen drücken.

Nicht noch einmal. Nie wieder.

Ich kann nicht zulassen, dass das passiert.

Die Vergangenheit greift in die Gegenwart über, und ich sehe Mr. Lawsons knochiges Gesicht, spüre seine Hände auf meiner Haut.

Mein Körper kribbelt bei seiner imaginären Berührung, und meine Sicht verschwimmt.

Ich bewege mich, ohne nachzudenken, mein Körper auf Autopilot, und nehme die Flaschen mit Chloroform und Somnochlorat.

Mr. Lawsons Gesicht blitzt immer wieder vor meinem inneren Auge auf und verschmilzt mit einem Bild von Xero. Von Wahnsinn getrieben, gehe ich in die Küche, nehme die Spülschüssel und sammle alles andere ein, was brennbar aussieht.

Butter.

Speiseöl.

Papiertücher.

Desinfektionsmittel.

Streichhölzer.

Jeder Gegenstand ist ein Schritt tiefer in den Abgrund. Jede Bewegung ist automatisch, angetrieben von einem Urbedürfnis nach Reinigung und Zerstörung.

Ich kehre ins Arbeitszimmer zurück und schaue mir den Film noch einmal an. Nur Xeros Beine sind im Bild. Dem gelben Flüssigkeitsstrahl nach zu urteilen, der mir ins Gesicht spritzt, sieht es so aus, als würde er der Schändung noch Erniedrigung hinzufügen. Nicht-Einwilligung stand nicht auf der Liste der genehmigten Perversionen. Wassersport oder Gruppenvergewaltigung auch nicht.

Meine Gedanken füllen sich mit Erinnerungen an die Augen von Mr. Lawson, die mich anstarrten, als er fiel. Während sich Blut wie ein Heiligenschein um seinen Kopf ausbreitet, verwandelt sich sein Gesicht wieder in das von Xero.

Ich schüttle den Kopf und versuche, die Bilder zu verdrängen, aber sie werden nur noch stärker und überlagern sich mit dem Filmmaterial auf dem Bildschirm.

Mr. Lawson hat mir etwas verabreicht, um unser Baby zu töten. Xero mir etwas verabreicht, um meine Seele zu töten.

Ich schaue mir das Video bis zum Ende an, in dem ich im Dreck liege, bedeckt mit Sperma und Erde. Mir ist nicht einmal mehr übel, ich bin nur noch wie betäubt. Aus Betäubung wird Gleichgültigkeit und aus Gleichgültigkeit wird kalte, berechnende Wut.

Im Abspann des Films steht: ERSTELLT VON *X-CITE MEDIA*. Ich sollte nach Luft schnappen, aber selbst dieser Teil ergibt Sinn. Ich scrolle zurück und schaue mir den Film in umgekehrter Reihenfolge an, um zu beweisen, dass es keine Halluzination ist. Mein Gehirn ist nicht so geschickt darin, Illusionen zu erzeugen. Selbst wenn es dieses groteske Filmmaterial heraufbeschwören könnte, kann es den Scheiß nicht rückwärts abspielen.

Die einzige Täuschung ist, dass ich mir selbst erlaubt habe zu glauben, dass Xero Greaves ein Mensch ist.

Mein Magen verkrampft sich und durchzuckt meinen Körper mit Schmerzensstößen. Ich krümme mich und lasse meinen Blick zu Boden sinken. Warmes Blut rinnt meine Beine hinunter.

Als ich blinzle, ist es verschwunden.

Wut, Verrat und Ruin lassen mich in eine Abwärtsspirale geraten. Ich könnte diesen Abstieg in den Wahnsinn nicht aufhalten, selbst wenn ich es versuchen würde. Meine Gedanken zersplittern, jeder einzelne ein Splitter aus Wut und Schmerz.

Die Grenzen zwischen Vergangenheit und Gegenwart verschwimmen völlig. Ich sehe das junge Ich, das unter der Folter schreit, und das erwachsene Ich, das voller Blut ist.

Ich sehe Xero und ich sehe Mr. Lawson. Sie verschmelzen, werden eins.

Die Wut wächst, verschlingt jeden rationalen Gedanken und lässt nur das Feuer, das Bedürfnis, alles zu beenden.

Es ist Zeit, Xero die Hinrichtung zu geben, die er verdient.

EINHUNDERT

AMETHYST

Zuerst betrete ich den Flur des Kriechkellers und überprüfe meine Fluchtwege. Die Luke, die zum Schrank unter der Treppe führt, ist unverschlossen, aber Xero hat Leute vor dem Haus postiert. Wenn ich durch die Eingangstür renne, wird mich einer seiner Männer schnappen und zurückbringen und zurückschicken.

Er wird so wütend sein, dass seine Maske fällt und er von seiner Liebhaber-Rolle zum Vergewaltiger wechselt.

Stattdessen greife ich in die Regale und ziehe den Hebel der Tür, die meinen Raum von dem von Mrs. Baker trennt. Sie springt auf und gibt den Blick auf ihren ordentlich organisierten Keller voller Vorräte frei. Ich durchquere den Raum, versuche die andere Geheimtür zum Tunnel unter ihrem Hinterhof und lasse sie angelehnt.

Ich bin vielleicht verrückt, aber nicht dumm. Zumindest nicht mehr. Ich gehe zurück in meinen Bereich, nehme meine Schüssel mit Feueranzündern und gehe weiter ins Schlafzimmer.

Xero schläft auf der Seite wie eine schlummernde Schönheit, sein abgedunkeltes Haar fächert sich wie ein schmutziger Heiligenschein über das Kissen. Diese Farbe steht ihm besser, weil er nicht mehr wie der Todesengel aussieht, sondern wie eine überirdische Kreatur, die geschickt wurde, um zu täuschen und zu schänden.

Ich reiße meinen Blick von meinem bald toten Peiniger los, greife unter das Bett nach meiner Tasche und packe Autoschlüssel, mein Handy, Wechselkleidung und einer Reihe von Messern ein.

Nachdem ich die Tasche in Mrs. Bakers Keller abgestellt habe, kehre ich zu Xero zurück, öffne das Somnochlorat und träufle ein paar Tropfen auf sein Kissen. Die Chemikalie ist so stark, dass ich einen Schritt zurückweiche, um die Dämpfe nicht einzuatmen. Ein ausgebildeter Auftragskiller wie Xero wird nicht so leicht durch Beruhigungsmittel außer Gefecht gesetzt, selbst wenn er bereits schläft.

Sobald seine Atmung tiefer wird, nehme ich ein Kissen und tränke es mit so viel Chloroform, dass mir von den Dämpfen schwindelig wird. Nachdem ich es beiseitegelegt habe, lege ich eine Hand auf Xeros Schulter und schüttle ihn wach.

„Xero, wir müssen reden."

Lächelnd murmelt er: „Hmmm, kleiner Geist?"

Meine Lippen verziehen sich. Wie kann es dieses Monster wagen, mich zu unterschätzen? Er sollte in der Defensive sein.

„Leg dich auf den Rücken. Ich will dich ans Kopfteil fesseln."

„Du willst, dass ich dir ausgeliefert bin?", fragt er mit einem schläfrigen Grinsen.

„Genau", antworte ich durch zusammengebissene Zähne.

„Rache dafür, dass ich dich letzte Nacht zum Weinen gebracht habe?"

„Dreh dich einfach um."

Der Bastard gehorcht und blickt mit halb geschlossenen Augen zu mir auf. Er ist sich seiner Machenschaften so sicher, dass er mich nicht als Bedrohung wahrnimmt. Ich wäre nicht einmal überrascht, wenn er auch das Monster hinter den Briefen wäre.

Vielleicht hat Mom sie geschickt, um mich einzuschüchtern und gefügig zu machen. Xero sagte, sie habe Delta geheiratet, den Mann hinter *X-Cite Media*, aber was ist, wenn Xero selbst Delta ist?

Die Überlegung trifft mich wie ein Schlag ins Herz und ich taumele ein paar Schritte zurück.

Was, wenn Mom meine Online-Beziehung zu Xero missbilligte, weil sie bereits mit ihm verheiratet war? Oder etwas in der Art. Ich schiebe diesen Gedanken rasch beiseite. Vielleicht hat sie nur seinen Vater geheiratet.

Das spielt keine Rolle. Ich weiß, was ich gesehen habe, nämlich wie Xero mich bewusstlos gemacht und diese widerliche Gruppenvergewaltigung inszeniert hat.

Ich steige auf die Matratze und setze mich auf seine Hüfte, nur damit seine Hände meinen Hintern umfassen.

„Du warst letzte Nacht unglaublich", sagt er, seine Augen immer noch geschlossen. „Ich kann es kaum erwarten, dass wir uns das Filmmaterial gemeinsam ansehen."

„Ich habe es bereits gesehen." Ich greife nach seinem Handgelenk, ziehe es zum Kopfteil und fessle ihn an das eiserne Geländer.

Er lacht leise. „Und jetzt bist du für Runde zwei hier?"

„Ich werde deine Welt in Brand setzen. Jetzt gib mir dein anderes Handgelenk."

„Du bist unheimlich sexy, wenn du die Kontrolle übernimmst", murmelt er.

„Ich dachte, du würdest es bevorzugen, wenn ich bewusstlos bin."

„Du bist schön, wenn du schläfst, und bezaubernd, wenn du wach bist", murmelt er.

Ich schnaube. „Du bist derjenige, der mich heimsucht."

„Da liegst du falsch, kleiner Geist. Ich kann dich nicht aus meinem Kopf bekommen."

Nichts, was dieser Mann sagt, entspricht jemals der Wahrheit. Er umschifft es mit Irreführung und Lügen durch Auslassungen. Ich sollte ihn in Brand setzen und um mein Leben rennen, denn der Mann hinter *X-Cite Media* ist er. Selbst wenn er die Wahrheit über seinen Vater sagt, könnte er immer noch der Stellvertreter sein. Unabhängig davon besteht kein Zweifel daran, dass die Frau auf dem Friedhof ich war.

Während Xero sich sicher fühlt, bleibe ich mit dem chloroformgetränkten Kissen in der Hand über ihm sitzen. „Ich habe das Video gesehen.“

Er stöhnt. „Schon scharf auf mich?“

„Das, auf dem du mich auf dem Friedhof fickst.“ Sein Lächeln verschwindet.

„Wie hast du es gefunden?“

„Aus dem Manila-Umschlag, den du auf dem Schreibtisch liegen gelassen hast.“ Als er mich anstarrt und die Stirn runzelt, fahre ich fort. „Auf dem Zettel stand, dass du der einzige gutaussehende Prinz bist, den ich verdiene.“

Er legt den Kopf zur Seite. „Worum geht es hier?“

„Hast du mich mit Chloroform betäubt?“

„Das weißt du doch“, antwortet er. Er wirft einen Blick auf das Kissen, und seine Stirn runzelt sich noch mehr.

Ich lache bitter. „Du hast mich mehr als einmal unter Drogen gesetzt?“

Er starrt mich an, als wäre ich verrückt geworden. Vielleicht ist es das, was er schon immer wollte. Schließlich ist er der einzige Mensch auf der Welt, der mich ermutigt hat, meine Medikamente nicht zu nehmen. Jetzt weiß ich auch, warum. Es macht ihn an, mich instabil, aus dem Gleichgewicht gebracht, gebrochen zu sehen.

Xero Greaves ist der schlimmste Sadist. Er kombiniert psychologische Manipulation mit Schadenfreude und sexuellen Übergriffen.

„Amethyst?“, fragt er und sieht wirklich verwirrt aus.

„Wie oft hast du mich unter Drogen gesetzt?“

„Bist du wegen der Somnophilie verärgert?“ Er verdreht die Arme und versucht, sich aus einer seiner Handschellen zu befreien. „Es war einer der Perversionen, denen du in unserem Vertrag zugestimmt hast ...“

Ich drücke ihm das Kissen aufs Gesicht, weil ich sein Gaslighting satthabe. „Ich habe zugestimmt, Sex mit dir zu haben, während ich schlafe, und das war alles nur theoretisch“, schreie ich. „Woher zum Teufel sollte ich wissen, dass du nicht sterben würdest?“

Xero windet sich unter mir und wirft mich zur Seite, aber wir haben diese Bewegung so oft geübt, dass ich noch immer das Kissen umklammert halte, dass ich auf sein Gesicht drücke.

Er keucht unter mir, der gepolsterte Stoff dämpft seine Proteste. Ich setze mich auf ihn und ramme ihm mein Knie in den Bauch, wobei ich jedes Pfund meines Körpergewichts einsetze, um ihn unten zu halten.

Ich lasse nicht locker und halte den Druck aufrecht, auch wenn sein Körper langsam erschlafft. Aber ich wage es nicht, das Kissen wegzunehmen. Xero könnte die Luft anhalten und abwarten, bis ich nachlasse.

Manche Menschen können den Atem bis zu einer Minute lang anhalten. Ich gehe davon aus, dass ein Mann mit Xeros Training viel länger durchhält. Ich zähle die Sekunden und bereite mich auf seinen Überraschungsangriff vor.

Nach etwa zwei Minuten schüttelt sich sein Körper so stark, dass ich vom Bett geschleudert werde. Ich lande auf dem Betonboden und stoße die Spülschüssel samt Inhalt beiseite. Ein Schmerz explodiert in meiner Hüfte, aber er wird immer noch von dem betäubenden Schock seines Verrats gedämpft.

Als ich das Klirren von Metall von oben höre, schaue ich auf und sehe, wie Xero seine Handschelle vom Bettpfosten reißt. Alarmiert greife ich nach dem Somnochlorat. Ich springe auf, gerade als Xero die zweite Handschelle durchbricht, und schlage ihm die Flasche über den Kopf.

Das Glas zerspringt und setzt das Betäubungsmittel frei. Ich halte den Atem an und trete einen Schritt zurück.

Xero starrt mich mit weit aufgerissenen Augen an. Da wird mir klar, dass er wohl dachte, ich würde nur spielen ... Oder es nicht ganz so todernst meinen.

„Amethyst", haucht er mit glasigen Augen.

Ich greife nach meinen Sachen und eile zur Tür, ohne es zu wagen, Xero den Rücken zuzukehren. Erst als sein Körper erschlafft und zusammensackt, weiß ich, dass ich in Sicherheit bin.

Für Erste.

Wenn ich wegrenne, verschaffe ich mir nur einen winzigen Vorsprung. Wenn ich ihn am Leben lasse, wird er sich erholen und mich zurückzerren, um mich einer noch schlimmeren Bestrafung auszusetzen. Vielleicht lässt er mich dieses Mal von einer Leiche ficken.

Ich muss ihn jetzt erledigen. Nicht erst, nachdem er mich so schlimm misshandelt hat, dass von meinem Verstand nichts mehr übrig ist. Dann fahre ich nach Alderney Hill und erledige auch Mom.

Ein hervorragender Plan.

Ich stelle die Schüssel ab, öffne das Desinfektionsmittel und gieße es um die Schlafzimmertür. Idealerweise würde ich Xero in der brennbaren Flüssigkeit ertränken, aber ich kann es mir nicht erlauben, durch das Einatmen des Somnochlorats bewusstlos zu werden.

Stattdessen schütte ich Speiseöl in den Raum und werfe Papiertücher hinein, die als Anzünder dienen sollen. Ich ignoriere die Butter, zünde ein Streichholz an, zünde damit die Pappröhre an und werfe sie in den Raum.

Die Flammen breiten sich rasend schnell auf den Papiertüchern aus und dann fängt das mit Öl bespritzte Bettzeug Feuer. In wenigen Augenblicken füllt sich der Raum mit Rauch. Jeden Moment könnte jemand draußen das Feuer bemerken und reinkommen, also bleibe ich nicht, um zuzusehen, wie Xero verbrennt. Kalte Entschlossenheit und Überlebensinstinkt treiben mich an, als ich in Mrs. Bakers Kriechkeller renne und die Tür schließe.

Ich renne durch den dunklen Tunnel, als würde ich von Höllenfeuer verfolgt werden, und werde erst langsamer, als meine Nasenlöcher sich mit dem unheimlichen Geruch von Knochen füllen, der den Beginn der Katakomben ankündigt. Ich halte kurz inne, um eine anonyme Nachricht an Mrs. Baker zu senden, in der ich sie bitte, ihr Haus auf Rauch zu überprüfen, und gehe dann weiter in Richtung der Katakomben.

Zum ersten Mal seit über zehn Jahren habe dich keine Angst mehr vor den Toten. Geister könnten durch die Wände aus Skeletten schweben, aber meine Schritte würden nicht ins Stocken geraten. Sie können mir nichts anhaben. Nicht im Vergleich zu den Lebenden.

Ich atme tief ein und erwarte, Rauch zu riechen, aber die einzigen Gerüche, die ich wahrnehme, stammen von den

Knochen, die an der Wand aufgestapelt sind. Eilige Schritte kommen in meine Richtung und ich ducke mich in eine Spalte, die gerade groß genug ist, dass ich seitlich hineinpasse. Ich schließe die Augen, unterdrücke Schauer und keuche, während die Knochen sich an meinen Körper pressen.

Inzwischen sollte von Xero nicht mehr viel übrig sein. Schuldgefühle stechen mir in die Brust, wie damals, als ich Mr. Lawson vom Rand des Dachgartens stieß, aber ich zwinge mich, weiterzumachen. Etwas, das Kummer sein könnte, breitet sich in meinem Herzen aus, aber ich unterdrücke es.

Die Schritte entfernen sich, aber es ist zu früh, um Erleichterung zu verspüren. Sobald mein Verstand verarbeitet hat, was ich Xero angetan habe, werden seine Nachbilder zu meiner Liste der Geister hinzugefügt. Das heißt, wenn ich Xeros Anhänger überlebe, die zweifellos auf Rache aus sein werden.

Weniger denken, mehr fliehen.

Oberschenkelknochen streifen meine Wange und ich schwöre, dass meine Finger in die Vertiefung der Augenhöhlen eines Schädels tauchen. Ich zittere, bis sich der Gang schließlich zu einer Kammer weitet.

Ich ziehe mein Handy heraus und schalte das Licht ein, um mich im unteren Stockwerk eines Mausoleums wiederzufinden. Auf der einen Seite stehen staubbedeckte Sarkophage, auf der anderen Seite eine hohe Engelsstatue, die in eine Gedenkwand mit eingravierten Namen eingelassen ist. Am anderen Ende des Raums befinden sich Steintreppen, die hoffentlich nach oben führen.

„Gott sei Dank.“

Ich renne auf sie zu und laufe hinauf zur oberen Ebene, wo ich weitere Steinsärge und, noch wichtiger, eine Tür finde.

Aber sie ist verschlossen.

Ich schicke ein stummes Wort der Entschuldigung an die Familie, deren letzte Ruhestätte ich missachte, trete gegen die untere Platte, bis sich das Holz verschiebt, und bearbeite dann die Schwachstellen mit einem meiner Messer.

Schließlich gibt die Platte nach und ich trete sie mit meinem härtesten Tritt ein. Sonnenlicht strömt durch das Loch herein und ich möchte auf die Knie fallen und schluchzen. Stattdessen stecke ich das Messer in meine Tasche und krieche auf Händen und Knien in die Freiheit.

Irgendwie bin ich am Rand der Mausoleen gelandet, etwa dreißig Meter vom neuen Pfarrhaus entfernt. Es ist ein Steingebäude inmitten einer Gruppe Trauerweiden mit großen Erkerfenstern, schrägen Dächern und einem von Efeu umgebenen Eingang.

Ganz links von mir befindet sich der Friedhof, auf dem Xeros Gedenkstatue über den Grabsteinen thront. Das Sonnenlicht schimmert auf seiner Sense und seinen Flügeln, und seine Erhabenheit lässt mich wie einen Narren aussehen.

Ich habe Monate meines Lebens damit verbracht, nicht nur einen Mörder zu verehren, sondern auch andere dazu zu bringen, dasselbe zu tun. Wir haben Tausende von Dollar für ein aufwendiges Grab für einen Mann ausgegeben, der es auf schlimmste Weise entweiht hat. Ich muss verrückt gewesen sein.

Eine Bewegung am Pfarrhaus erregt meine Aufmerksamkeit. Eine athletische Gestalt steigt aus einem schwarzen Auto und geht über den Hof. „Reverend Tom?", rufe ich.

Er dreht sich um und lässt den Kopf von einer Seite zur anderen schwingen. „Reverend Tom!"

Ich renne auf den Priester zu, der mich mit einem breiten Lächeln begrüßt. „Amethyst. Geht es Ihnen gut? Ich bin vorbeigekommen, um nach Ihnen zu sehen, nachdem es auf der Straße zu der Auseinandersetzung gekommen ist, aber draußen hängt ein Schild, auf dem steht, dass Ihr Haus versteigert werden soll. Wo wohnen Sie?"

Ich schüttle den Kopf. „Nirgendwo. Meine Mutter hat mich rausgeworfen."

Er runzelt die Stirn. „Ich habe gerade mein Zimmer bei Mrs. Baker geräumt. Vielleicht kann sie Sie aufnehmen."

Mein Blick huscht über meine Schulter in den Bereich des Mausoleums, wo ein anderer Mann in Schwarz zwischen den Gebäuden hin und her huscht. In der Ferne steigt Rauch zwischen den hohen Bäumen auf. Er ist so schwach, dass nur die Person, die das Feuer gelegt hat, ihn bemerken würde.

Reverend Tom legt eine Hand auf meine Schulter und reißt

mich aus meinen Gedanken. „Sie sehen erschüttert aus. Kommen Sie herein und erzählen Sie mir, was passiert ist."

„O... Okay", flüstere ich.

„Lassen Sie mich Ihre Tasche nehmen." Er zieht den Griff aus meinen losen Fingern und geht weiter über den Kieshof.

Ich folge dem Priester durch eine Holztür in einen weißen Flur mit schwarz-weißen Fliesen. Meine Nasenflügel zucken bei einem schwachen Geruch von Chemikalien in der Luft, der mich an Insektenvernichter erinnert.

Er dreht sich um, sieht meinen Gesichtsausdruck und lacht leise. „Die Kammerjäger haben nicht gerade die beste Arbeit geleistet, was die Beseitigung aller Gerüche angeht. Ich denke, das ist einer der Nachteile, wenn man in einem alten Gebäude lebt."

Ich lächle schwach und frage mich, ob er als Alibi dienen kann, wenn die Polizei mich wegen Brandstiftung sucht.

Nachdem er meine Tasche an der Eingangstür abgestellt hat, geht Reverend Tom den Flur entlang und kommt an der offenen Tür eines Wohnzimmers vorbei, das mit abgenutzten Möbeln und Bücherregalen gefüllt ist. Xero drängt sich in meine Gedanken. Ist er aufgewacht, als die Flammen ihn verzehrten, oder ist er an einer Rauchvergiftung gestorben?

„Amethyst?"

Meine Gedanken kehren in die Gegenwart zurück und ich treffe auf seine grauen Augen. „Verzeihen Sie, was?"

Wir befinden uns in einem Raum mit grünen Wänden, die mit Chroma-Key-Technik grün gefärbt wurden, und der bis auf vier Kameras, die an Stativen an jeder Ecke angebracht sind, leer ist.

„Du hast meine Beichte nicht gehört?", fragt er. Ich schüttle den Kopf.

„Ich war von Anfang an ein Fan von dir."

„Oh." Ich trete nervös von einem Fuß auf den anderen.

„Obwohl ich etwas verwirrt war, als du anfingst, über Xero Greaves zu berichten. Das war überhaupt nicht dein Stil."

Meine Augenbrauen ziehen sich zusammen. „Reverend Tom?"

„Aber das hast du auf dem Friedhof wieder wettgemacht.

Diese Darbietung war wahrscheinlich eine deiner Besten. Ich habe es geliebt, dir beim Triumphieren zuzusehen, aber du warst so schön in deiner Bescheidenheit. Exquisit.“

Jegliche Luft scheint mir aus den Lungen gepresst zu werden. Er hat das Video auch gesehen?

Bevor ich diesen Gedanken überhaupt verarbeiten kann, stößt er die Tür hinter mir zu und kommt mit einem manischen Lächeln auf mich zu.

„Ich habe mich schon immer gefragt, wie es wohl wäre, mit dir zusammen zu sein. Ob ich dich jemals besiegen oder durch deine Klinge sterben würde wie die anderen.“

EINHUNDERTEINS

AMETHYST

Mein Atem stockt und eine Gänsehaut breitet sich auf meinem Körper aus. Warum spricht Reverend Tom so mit mir?

„Wovon sprechen Sie?", frage ich und weiche zur Tür zurück.

Als er sich der nächsten Kamera zuwendet, drehe ich mich um und ziehe den Griff herunter.

„Sie ist verschlossen", sagt er und schaltet die erste Kamera ein. „Du dachtest doch nicht, dass ich mich so einfach abwimmeln lasse? Es fühlt sich an, als würde ich dich schon seit Jahren kennen. Jetzt bist du an der Reihe, dich zu revanchieren."

Dieser Mann muss einen Nervenzusammenbruch haben ... Oder er ist mit Jake befreundet. So oder so, es ist Zeit zu gehen. Ich schaue von links nach rechts und nehme meine Umgebung in mich auf. Der Raum ist doppelt so groß wie mein kleines Studio zu Hause, aber auch mit grün gestrichenen Fenstern. Hier muss er seinen christlichen Podcast filmen.

Er geht zur nächsten Kamera und ich greife nach einem der Messer, stelle allerdings fest, dass ich sie in der Tasche gelassen habe. Meine Gedanken überschlagen sich. Ich kann nicht verstehen, was passiert, aber ich gehe in eine Verteidigungshaltung, bereit für das, was als Nächstes kommt.

„Lass mich raus", fauche ich und versuche, meine aufsteigende Panik unter Kontrolle zu bringen.

Reverend Tom ignoriert mich, schlendert zur nächsten Kamera und schaltet sie ein. „Wie willst du es angehen?"

„Was angehen?", krächze ich. Blut rauscht in meinen Ohren und ich höre seine Schritte, als er die vierte Kamera aktiviert. „Was zum Teufel geht hier vor sich?"

Er dreht sich mit leuchtenden Augen um. „Na gut. Ich fange an", sagt er und klingt dabei, als würde er eine Rolle spielen. „Willkommen im Beichtstuhl, mein Kind. Erzähle mir von deinen Sünden und ich werde dich mit Blut freisprechen."

Ich drücke mich an die Wand, meine Augen weiten sich, als er seinen Reißverschluss öffnet und seinen erigierten Penis herausholt.

Mein Herz schlägt wie wild gegen meine Rippen. Die Zeit für Fragen war vorbei, als ich einen Raum betrat und zuließ, dass die Tür hinter mir zufiel. Die Antwort liegt auf der Hand. Reverend Tom steht mit *X-Cite Media* in Verbindung und möchte einen Snuff-Film mit mir als Opfer drehen.

Ich überlege, was ich sagen könnte, um Zeit zu gewinnen und einen Fluchtweg zu finden, aber alles, woran ich denken kann, ist Xero. Er hat mich davor gewarnt, mich mit dem Priester einzulassen. War das, weil sie Konkurrenten waren?

Mein Blick huscht über die grünen Wände, in der Hoffnung, eine Idee zu bekommen, wie ich hier rauskomme. Reverend Tom greift nach seinem Kruzifix und zieht eine Klinge heraus, was meine Sinne schärft.

Ich hebe beide Handflächen und schüttle den Kopf. „Grüne Zimmerhintergründe reichen nicht aus. Das Studio will Originalinhalte, keine plagiierten Kulissen."

Sein Gesicht verzieht sich. „Das Innere von *St. Anne* ist zu leicht zu erkennen. Ich kann es nicht verwenden, nicht einmal für ein Vorsprechen."

Mir stockt der Atem, aber ich verziehe keine Miene, um meine Überraschung zu verbergen. Ekel steigt wie Galle in mir auf, aber ich unterdrücke die Bitterkeit und konzentriere mich auf mein Überleben. Wenn ich ihn dazu bringen kann, die Tür zu öffnen, kann ich vielleicht das Pfarrhaus verlassen, ohne dass ich verletzt werde.

„Hast du einen Gebetsraum oder eine Bibliothek?", frage ich.

Seine Augen flackern. „Wie wäre es mit einem Lesesaal?"

„Das wäre perfekt", krächze ich. „Gehen wir."

Er lächelt leicht. „Würdest du mir helfen, die Kameras zu bewegen?"

Und einem Psychopathen mit einer Erektion den Rücken zuzukehren? Ich zwinge mich zu einem Lächeln und deute mit dem Kopf in die hinterste Ecke. „Klar. Du holst die beiden da drüben. Ich nehme die beiden hier."

Er steht einen Meter entfernt und mustert mein Gesicht einen Augenblick zu lange. Ich atme schwer und versuche, mich nicht zu winden. Mit Reverend Tom zu kämpfen ist nicht dasselbe wie mit Jynxson und Xero zu sparren. Bei ihnen fühlte ich mich sicher, den ersten Schritt zu machen, weil ich dachte, dass sie sich genug um mich sorgen, um mich am Leben zu lassen.

Ich muss diesen perversen Priester dazu bringen, mir den Rücken zuzukehren, damit ich ihn irgendwie überwältigen kann.

„In Ordnung", sagt er mit heiserer Stimme. „Ich hole die Kameras."

Er stürmt auf mich zu und verpasst mir eine Ohrfeige, die meine Sicht mit einer Explosion von Sternen erfüllt. Ich taumle rückwärts und schmecke Blut.

Meine Schulter stößt gegen die Wand, aber bevor ich mich erholen kann, legt er seine Finger um meinen Hals und hebt mich von den Füßen.

„Spiel nicht die Unschuldige mit mir, Dolly", knurrt er mit einem manischen Grinsen.

Ich strecke meine linke Hand aus, um mit meinen Nägeln sein Auge zu erreichen, aber er packt mein Handgelenk und drückt mich gegen die Wand.

Er beugt sich vor, und seine Finger umschließen meinen Hals immer fester. „Wie sieht dein nächster Zug aus? Ich habe mir alle deine Züge gemerkt." Eine seltsame Ruhe überkommt meine Sinne, und ich starre in seine grauen Augen. Dieser Teilzeit-Psycho glaubt, er hätte mich in die Enge getrieben, aber ich habe das hier bereits mit einem echten Monster geübt.

Er steht zu nahe an mir dran, als dass ich genug Schwung für einen Tritt in die Leistengegend aufbringen könnte, und in ein paar Sekunden wird mir die Luft ausgehen. Ein Kopfstoß könnte mir einen Moment verschaffen, bevor er mit neuer Wut zurückschlägt, also muss der nächste Angriff sitzen.

Aber ich habe nur eine Chance, seine Verteidigung fallen zu lassen, und jetzt ist nicht der richtige Moment dafür.

„Zeig mir deine und ich zeige dir meine", sage ich mit zusammengebissenen Zähnen.

Er beugt sich vor, sein Mund öffnet sich. Ich halte den Atem an, mein Herz hämmert wie wild in meinem Brustkorb.

Seine Zunge schnellt heraus, fährt über meine Wange und hinterlässt eine Spur warmen Speichels. Abscheu schießt mir durch den Magen und lässt mich würgen. Mit meiner freien Hand greife ich nach seinem Messer und ramme es ihm ins Gesicht.

Schreiend zuckt er zurück, sein Griff um mein Handgelenk und meinen Hals lockert sich, aber nicht, bevor ich ihm einen tiefen Schnitt über das Auge gezogen habe.

Ich falle zu Boden, schnappe nach Luft und blinzle die Flecken aus meinem Blickfeld.

Er fasst sich an die Seite seines Gesichts und stolpert rückwärts, während Blut zwischen seinen Fingern hindurchsickert. „Du Schlampe!"

„Lass mich raus oder ich treffe beim nächsten Mal tatsächlich das Auge."

Er hält immer noch seine blutende Wunde und rennt zu seinem heruntergefallenen Dolch. Ich laufe zur nächsten Ecke, greife nach dem Stativ und schwinge es wie einen Golfschläger.

Die schwere Kamera, die daran befestigt ist, trifft ihn an der Seite seines Gesichts und bringt ihn aus dem Gleichgewicht. Ich schwinge es nach hinten und ramme es in sein verletztes Auge, sodass er auf die Knie stürzt.

„Was zum Teufel machst du mit meiner Ausrüstung?", brüllt er.

Mein Instinkt schreit mich an, wegzulaufen, aber ich kann einem Mann, der mich zu seinem Opfer machen will, nicht den Rücken zukehren. Ich schwinge das Stativ noch einmal und treffe seine Schläfe.

„Stopp! Du ruinierst meine Aufnahme."

Ich bleibe dicht an der Wand und eile zur nächsten Kamera.

Reverend Tom kommt taumelnd auf die Beine, aber ich bin schneller. Adrenalingeladen schnappe ich mir das Stativ und schlage ihm die zweite Kamera immer wieder auf den Hinterkopf, bis er vornüber auf den Boden fällt.

„Tom?", krächze ich.

Als er sich nicht bewegt, schleiche ich mich vorwärts, mein Puls rast so heftig, dass ich mir Sorgen mache, dass jeden Moment ein Gefäß platzen könnte. Wahrscheinlich tut er nur so, um mich für einen Überraschungsangriff in seine Nähe zu locken, so wie ich es vorhin gemacht habe, als ich ihn dazu gebracht habe, mir das Gesicht zu lecken.

Ich hocke mich neben seine ausgestreckte Hand und ramme ihm das Messer in die Handfläche. Als er nicht zusammenzuckt, rolle ich ihn auf die Seite und durchsuche seine Taschen, wobei ich ein Schlüsselbund finde.

Ohne einen einzigen Moment zu verschwenden, rapple ich mich auf, greife nach den Schlüsseln und eile zur Tür, betend, dass einer davon meine Rettung sein wird.

Mein Verstand schaltet auf Autopilot, während ich die Tür aufschließe und aus dem schwarz-weiß gefliesten Flur in den Innenhof sprinte. Vor mir, jenseits des Friedhofs, der Mausoleen und der Bäume, die den Friedhof umgeben, steigt schwarzer Rauch in den Himmel.

Xero.

Die Gewissheit, dass ich dieses Monster erledigt habe, wird durch sein überlebensgroßes, über den Tod hinausgehendes Bild in meinem Kopf erschüttert und erfüllt mich mit neuem Schrecken.

Meine Finger finden einen Autoschlüssel und ich eile zu der schwarzen Limousine, die an der Rückseite des Pfarrhauses geparkt ist. Ich reiße die Fahrertür auf, lasse mich in den Sitz gleiten und fahre los.

Der Kies knirscht unter den Reifen, als ich durch den Hof, an der *St.-Anna*-Kirche vorbei- und durch ihr Eisentor hinausfahre. Erleichterung durchströmt meine Adern wie frisch geweihtes Weihwasser.

Ich bin frei.

Auf dem Weg zur Autobahn nehme ich die Route in Richtung Alderney Hill, in der Hoffnung, genug Abstand zwischen mich und die Schrecken des Morgens zu bringen. Wind rauscht durch den Spalt im Fenster und trägt den Geruch brennender Lügen mit sich.

Egal, wie weit ich fahre, jedes Mal, wenn ich in den Rückspiegel schaue, sehe ich Rauchschwaden am Horizont, was unmöglich ist. Xeros Tod muss meine Halluzinationen zurückgebracht haben. Aber ich bin lieber wahnhaft als entehrt.

Oder tot.

Als ich Alderney Hill erreiche, ist der übliche Geruch von Wacholderbäumen verschwunden und wurde durch den überwältigenden Gestank von Rauch ersetzt. Das ist die Art und Weise, wie mein Gehirn mich daran erinnert, dass ich dafür gesorgt habe, dass ein Mann bei lebendigem Leib verbrennt.

Ich parke zwischen den Bäumen und gehe das letzte Stück zu Fuß. Inzwischen neigt sich die Sonne dem Horizont entgegen und wirft lange Schatten, die sich wie Gespenster über den Boden erstrecken. Ich ignoriere den unheilvollen Anblick und gehe weiter in Richtung des Hauses meiner Mutter.

Ein türkisfarbener Aston Martin steht in der Einfahrt und lässt mein Herz einen Schlag aussetzen.

Sie ist zurück.

Ich kann endlich ein paar Antworten bekommen, bevor sie stirbt.

Ich gehe zwischen den Bäumen hindurch, die das Haus umgeben, und schleiche mich zur Hintertür. Sie ist unverschlossen, und Fußspuren führen durch den Eingangsbereich in die Küche. Ich umgehe sie und gehe zur Arbeitsplatte, wo ich ein Messer aus dem Block ziehe.

Als ich um die Kücheninsel herumgehe, stolpere ich über etwas am Boden und strecke die Hand aus, um das Gleichgewicht zu halten, aber meine Schuhe rutschen auf etwas Glitschigem aus.

Was zum Teufel war das?

Mein Blick fällt auf den Boden. Es ist Blut.

Ich drehe mich um, aber alles, was ich sehe, ist ein Bein. Wem es gehört, wird durch den Rest der Insel verdeckt.

Mein Herz rast und mein Innerstes spannt sich an, als ich mich langsam vorwärtsbewege.

Was zum Teufel könnte hier passiert sein?

Langsam nähere ich mich, folge dem Bein und sehe meine Mutter, die auf dem Boden liegt. Blut tritt aus einer Wunde an ihrem Hals und sammelt sich um ihren leblosen Körper.

Ich muss einen Moment blinzeln, um zu verarbeiten, was ich sehe. Das ist keine Halluzination. Habe ich das getan? Ich schüttle diesen Gedanken ab. Ich kann es nicht gewesen sein. Ich habe gerade erst nach dem Messer gegriffen. Die Menge an Blut auf dem Boden ist zu groß, um frisch zu sein.

„Mom?"

Ihre Augen sind offen, aber sie starren leer an die Decke. Wer hat das getan? Xero? Delta? Onkel Clive?

Ich lasse mich neben ihr auf die Knie fallen, wobei mein Messer zu Boden rutscht. „Mom?", wiederhole ich und greife mit zitternden Fingern nach ihrem Gesicht. Ein Schluchzen schnürt mir die Kehle zu, und ich ziehe meine Hand zurück.

Wie konnte sie tot sein? Ich dachte, sie würde mit Xero zusammenarbeiten. Oder zumindest mit seinem Vater verheiratet sein. Hatte sie sich nicht mit jemandem verbündet, der mächtig genug war, sie davor zu schützen, gejagt zu werden?

Eine Bewegung aus dem Flur holt mich in die Gegenwart zurück. Ich greife nach dem Messer, rapple mich auf und bewege mich auf die Tür zum Eingangsbereich zu.

Mit dem Rücken stoße ich gegen einen Körper. Ich wirble herum und sehe Onkel Clive an. Seine Augen sind blutunterlaufen, sein Gesicht leichenblass.

Ich springe zur Seite, mein Magen dreht sich um, als ich merke, dass ich das Messer fallen gelassen habe. Ist er gekommen, um zu beenden, was er begonnen hat?

Onkel Clive stolpert nach vorn und hält sich die Wunde in seinem Bauch. Blut sickert durch seine Finger und befleckt sein weißes Hemd.

Er ist schweißgebadet, sein Atem kommt stoßweise, während er versucht, aufrechtstehen zu bleiben. Mit zusammengebissenen Zähnen stößt er hervor: „Verschwinde, bevor sie ..."

Ein Schuss durchdringt die Luft und eine Kugel bohrt sich in seine Brust.

Ich drehe mich um und blicke in zwei grüne Augen, die meinen gleichen. Übelkeit schnürt mir die Kehle zu und ich weiche rückwärts zur Tür.

Sie ist es. Das Monster aus dem Spiegel, nur dass die linke Seite ihres Haares blond ist, während meines noch immer dunkel ist.

Schauer laufen mir über den Rücken und meine Handflächen sind schweißnass. Ich dachte, sie wäre eine Ausgeburt meiner Fantasie. Was zum Teufel macht sie außerhalb der Grenzen meines Verstandes?

Ihr Lächeln wird breiter und Hass schimmert in ihren grünen Augen. Ich bin wie erstarrt und frage mich immer noch, wie zum Teufel so eine Kreatur existieren kann.

„Ich habe auf dich gewartet", sagt sie, bevor sie ihre Waffe hebt.

WEITER GEHT´S IN ‚ICH WERDE DICH HEILEN‘

WEITERE BÜCHER DER AUTORIN

Morally Black-Reihe
Seraphines Zähmung
Emberlys Fesseln
Rosalinds Unterwerfung
Ginevras Schatten

Pen Pal-Duett
Ich werde dich brechen
Ich werde dich heilen

ÜBER DIE AUTORIN

Gigi lebt mit ihrem Ehemann und zwei Katzen in London. Wenn sie nicht gerade düstere Liebesromane mit lebhaften Heldinnen und den moralisch zwielichtigen Bösewichten, die sie lieben, schreibt, kuschelt sie sich mit einer Tasse Tee und einem Buch aufs Sofa.

Melde dich unter: www.gigistyx.com/newsletter um immer auf dem Laufenden über Gigis Arbeiten zu sein.